Nicole Gozdek

Emanio – Der Schöne und das Biest

In Buxtehude, wo sich Hase und Igel gute Nacht sagen, nahm auch Nicole Gozdeks Leidenschaft für fantastische Geschichten ihren Anfang. Bereits als Schülerin schrieb sie ihre ersten Geschichten, bevor sie Deutsche und Französische Literatur studierte. Mit ihren All-Age-Fantasyromanen begeistert sie ihre zahlreichen Leser.

Nicole Gozdek

Emanio –
Der Schöne und das Biest

Roman

PIPER

Mehr über unsere Autoren und Bücher:
www.piper.de

Wenn Ihnen dieser Roman gefallen hat, schreiben Sie uns unter Nennung des Titels »Emanio – Der Schöne und das Biest« an empfehlungen@piper.de, und wir empfehlen Ihnen gerne vergleichbare Bücher.

ISBN 978-3-492-50438-6

Redaktion: Isabell Schmitt-Egner
Satz auf Grundlage eines CSS-Layouts von digital publishing competence (München) mit abavo vlow (Buchloe)
Covergestaltung: Emily Bähr, www.emilybaehr.de
Covermotiv: Shutterstock.com und Freepik
Printed in Germany

Kapitel 1: Emanio

Es war einmal ... ein Idiot, der nicht aus seinen Fehlern lernte. Und dieser Idiot bin ich.

Mit diesem Gedanken, einem Stöhnen und einem unterdrückten Fluch auf den Lippen öffnete Emanio seine verklebten Lider, als es laut an seiner Schlafzimmertür klopfte. Das Geräusch von knochigen Fingern auf altem Holz verstärkte das dumpfe Dröhnen in seinem Schädel, welches ihn wieder einmal plagte und weiterwuchs, als er gegen das unbarmherzige Licht der Morgensonne anblinzelte, das ihm lanzengleich in die Augen stach.

Zusätzlich zum Schmerz schoss eine Welle von Übelkeit durch seinen Körper und er verharrte rasch in seiner Aufwärtsbewegung, während er die Augen schloss und gegen den Drang kämpfte, sich zu übergeben. Seine Arme zitterten so stark, dass er kraftlos zurück in die Kissen sank, die sich unangenehm klamm unter ihm anfühlten. Längst zählte er nicht mehr, wie häufig er verschwitzt, bebend und mit einem Kater nach einem nächtlichen Exzess aufgewacht war und sich selbst und Morio gegenüber geschworen hatte, es nie wieder zu tun.

Warum habe ich Narr mich nur wieder überreden lassen, zu Akurios Soiree zu gehen?

Wie so oft wusste er nicht mehr, wie er von der ausgelassenen Abendveranstaltung seines Bruders zurück in seine Gemächer gekommen war, geschweige denn, wann er sich zu Bett begeben und wie viel er auf der Feier getrunken hatte. Vielleicht hatte einer der Diener oder eine seiner Wachen ihm zurück zu seinen Gemächern helfen müssen. Wie peinlich!

Er hätte auch nicht sagen können, was im Laufe des gestrigen Abends und der Nacht passiert war. Vereinzelte Erinnerungsfetzen tauchten wie Blitze in seinem Gedächtnis auf und brachten für einen kurzen Moment Licht in die Dunkelheit, bevor sie wieder verblassten. Aber die Erinnerungen hätten auch von einem beliebigen anderen Abend stammen können. Eindrücke von ausgelassenen Tänzen mit lächelnden jungen Frauen, von verschwitzten Körpern in zu dünnen Sommerkleidern, die sich unangenehm dicht an ihn drängten, von lautem Gelächter und von Akurios Freunden, die ihm Gläser mit prickelnden, bunten Getränken in die Hand drückten und ihm kraftvoll auf die Schulter klopften, wenn er sie in einem Zug leerte, strömten Schlag für Schlag auf ihn ein und weckten in ihm Bedauern, dass er erneut schwach geworden war.

Warum hatte er nicht höflich abgelehnt, als Akurios Freunde ihn angefleht hatten, mit ihnen auf die Soiree zu gehen?

Dabei *hatte* er noch entschieden Nein gesagt, als sein Bruder ihn gefragt hatte, hatte andere Verpflichtungen vorgeschoben und versucht, der Versuchung zu widerstehen. Doch die Entschlossenheit, die er Akurio gegenüber an den Tag gelegt hatte, hatte nicht lange gehalten. Als Akurio ihn kurze Zeit später vor seinen Freunden damit aufgezogen hatte, dass er sie im Stich lassen würde, hatte sie sich aufgelöst wie Nebel an einem warmen Sommermorgen. Der Druck seiner gesellschaftlichen Verpflichtungen als Erbe ihres Vaters war allgegenwärtig, und als sie ihn dann zu sechst bedrängt hatten, waren ihm rasch die Gründe ausgegangen, der Feier fernzubleiben.

Natürlich fielen sie ihm jetzt wieder ein, als Morio ein weiteres Mal an die Tür zu seinem Schlafgemach klopfte und sie dann öffnete, ohne weiter auf seine Antwort zu warten.

»Guten Morgen, Eure Durchlaucht!«

Emanio musste Morio, der trotz der frühen Stunde mit Sicherheit tadellos gekleidet war, nicht ansehen, um zu wissen, dass sich das Gesicht seines Sekretärs bei seinem Anblick enttäuscht verzog. Er musste sich auch nicht anhören, was Morio zu sagen hatte, denn er kannte jeden Vorwurf und jede Ermahnung, die Morio gewiss auf den Lippen lag.

Daher war es eine kleine Überraschung, als Morio lediglich mit leichter Resignation in der Stimme meinte: »Es ist bereits kurz nach sieben, Eure Durchlaucht.«

Widerwillig schlug Emanio die Augen auf und musterte Morios Miene, der am kleinen Schreibtisch stand und mit zusammengepressten Lippen und Sorgenfalten auf der Stirn den großen Stapel Umschläge durchging, die am Vortag gekommen waren.

»Ist ein Brief aus Nadus dabei?«, erkundigte er sich beiläufig. Dieses Mal rebellierten sein Magen und seine Muskeln nicht, als er sich langsam aufsetzte.

Morio hielt beim Sortieren und Öffnen der Briefumschläge inne. Ein kurzer Blick streifte Emanio, verfinsterte sich bei seinem Anblick und widmete sich dann wieder der allmorgendlichen Aufgabe. »Ich bedaure, Eure Durchlaucht. Es ist schon seit Tagen kein Bote aus der Hauptstadt gekommen.«

»Etwas Wichtiges, um das ich mich sofort kümmern sollte?«

Der bloße Gedanke, bereits am frühen Morgen eine Krise meistern zu müssen, ließ ihn erneut in Schweiß ausbrechen.

»Ein paar Gesuche um Hilfe – diese werde ich Euch nach dem Frühstück vorstellen. Ein Brief einer Verrückten, mit dem Ihr Euch nicht befassen müsst. Und ein Dutzend Einladungen, darunter eine zu einem Maskenball bei Baronesse di Porlione – als wüssten wir nicht, dass diese liederliche Säuferin die Maskenbälle nur dazu nutzt, um ungestraft über die

Stränge zu schlagen und so viele junge Männer wie möglich zu verführen!« Morio schnaubte und zum ersten Mal an diesem Morgen hatte Emanio das Gefühl, dass Morios Missbilligung nicht ihm galt. »Außerdem ist eine Einladung von Baron di Nadione zu einem Kartenabend auf seinem Stadtschloss gekommen – vermutlich geht es ihm darum, sich mit seinem nichtsnutzigen Freundespack über Frauen zu unterhalten und sich mit seinen Eroberungen zu brüsten. Schürzenjäger allesamt! Und zu guter Letzt eine Einladung zu einem Jagdausflug von Graf Zorak, womit er vermutlich einen Angelausflug meint, weil für den hässlichen Faulpelz Fußmärsche durchs Unterholz eine närrische Erfindung sind. Auch nur eine dieser Einladungen anzunehmen, würde ein falsches Signal an die Bevölkerung senden. Die Baronesse, der Baron und der Graf sind keine Personen, mit denen Ihr Euch – mehr als die Höflichkeit verlangt – abgeben solltet. Ihr müsst ein moralisches Vorbild sein!«

Emanio spürte den Tadel beinahe körperlich und sackte ein wenig in sich zusammen.

»Ja, du hast recht.« Er rieb sich die schmerzenden Schläfen, die weiterhin stark pochten, und wünschte sich, er hätte sich wieder hinlegen können. Doch er machte nicht den Fehler, eine Vertagung vorzuschlagen. Auch wenn er der Herzogssohn und Erbe von Ternilus war und Morio lediglich sein Sekretär, so verfügte doch Morio über den größten Teil seiner Zeit und nicht er selbst.

»… eine formale Absage schicken?« Morios Frage riss ihn aus seinen Gedanken.

»Was?«

»Ich fragte, ob ich der Baronesse, dem Baron und dem Grafen wie besprochen eine Absage schicken soll oder ob Ihr noch etwas ergänzen möchtet?«

»Bitte kümmere dich darum. Ich habe nichts hinzuzufügen.«

»Sehr wohl, Eure Durchlaucht. Dann überlasse ich Euch jetzt Eurem Frühstück und erwarte Euch um acht Uhr zur Besprechung des Tages. Ich brauche Euch ja nicht zu erinnern, dass um neun die erste Audienz beginnt.«

Mit schnellen Bewegungen sammelte Morio die Korrespondenz ein, verbeugte sich kurz vor ihm und verließ dann mit strammen Schritten das Schlafgemach, vorbei an einem schlanken, brünetten Dienstmädchen. Dieses neigte ehrerbietig den Kopf und knickste leicht, als es Morio passieren ließ, und betrat anschließend das Zimmer.

»Euer Frühstück, Eure Durchlaucht.«

»Vielen Dank, Elaria.«

Das Mädchen balancierte das schwer beladene Tablett vorsichtig auf einem Arm, während sie seinen Nachttisch freiräumte, um es dort abstellen zu können. Er unterdrückte ein Seufzen, als er sah, was sie ihm gebracht hatte.

Wenn ich das alles esse, rolle ich bald durch das Schloss! Falls ich mich nicht vorher übergebe!

Aber er sagte nichts angesichts der verschwenderischen Menge an Brot, Käse, süßem Gebäck und Früchten. Das Küchenpersonal brachte ihm stets eine große Auswahl seiner Lieblingsgerichte, aus Sorge, er könnte das Gewünschte nicht vorfinden und müsste seine kostbare Zeit damit verschwenden zu warten, während ein Dienstbote das Fehlende holte. Sie meinten es gut, auch wenn der Aufwand in seinen Augen nicht nötig gewesen wäre, da selbst der Hungrigste vor diesen Mengen kapituliert hätte. Und er hatte an diesem Morgen nicht den geringsten Appetit.

»Darf ich Euch auftun, Eure Durchlaucht?«

Elarias Frage riss ihn aus seinen Gedanken und er spürte, wie Hitze in seine Wangen schoss, als er den intensiven Blick bemerkte, mit dem sie sein Gesicht und seinen verschwitzten Oberkörper musterte. Er empfand das dringende Bedürfnis, sich den Schweiß und die Spuren der nächtlichen Exzesse abzuwaschen. Wie schrecklich er aussehen musste!

Emanio kam sich unrein vor und fühlte sich mehr als unwohl, obwohl nur Morio und Elaria ihn in diesem Zustand gesehen hatten. Aber er musste offensichtlich sein, denn ansonsten hätte das Dienstmädchen nicht angeboten, ihm aufzuwarten, statt ihn wie gewohnt seinem Frühstück zu überlassen. Er ignorierte das Jucken, das sich auf seiner Haut wie eine Ameisenschar ausbreitete und schmerzhaft brennende Bisse hinterließ.

»Danke, Elaria. Das ist nicht nötig«, erwiderte er rasch und zwang sich, nicht wegzusehen wie ein schuldbewusster kleiner Junge. Stattdessen sah er auf und erwiderte ihren Blick, was sie erröten ließ. Anscheinend bemerkte sie erst jetzt, welche Vertraulichkeit sie ihm gegenüber an den Tag gelegt hatte, denn sie schlug den Blick nieder und knickste, wobei sie vor lauter Verlegenheit beinahe über ihre eigenen Füße gestolpert wäre.

»Verzeihung, Euer Gnaden ... ich meine, Eure Durchlaucht. Benötigt Ihr noch etwas?«

Immer noch rot im Gesicht warf sie ihm einen weiteren schüchternen Blick zu und starrte dann auf seinen Oberkörper, vermutlich, um nicht Gefahr zu laufen, ihm erneut wie eine Gleichgestellte oder hochgeborene Dame von oben herab in die Augen zu sehen. Ihre Verlegenheit war so groß, dass sich die Röte ihren Hals hinab bis zu ihrer Brust ausgebreitet hatte, deren Ansatz er nun erahnen konnte. Sie musste bei der Arbeit mit der Kleidung irgendwo hintergehakt sein – vielleicht war das Tablett beim Tragen verrutscht? – wobei sie die beiden obersten Knöpfe verloren hatte. Doch Emanio beschloss, lieber nichts zu sagen, um sie nicht weiter in Verlegenheit zu bringen.

Stattdessen betrachtete er erneut sein üppiges Frühstück und entdeckte unter den Brötchen zwei kalte Bratenstücke, die von der Feier seines Bruders am Vorabend übrig geblieben sein mussten. Bei dem Anblick schüttelte sich sein gesamter Körper vor Abscheu. In den letzten sechs Jahren hatte er Fleisch, Wurst und Fisch immer zurückgehen lassen. Bei den Festgelagen packte er dennoch stets ein Stück auf seinen Teller, obwohl der Anblick und der Geruch ihm Übelkeit verursachten, zerkleinerte es und tat so, als hätte er davon gegessen, um sich nicht die spitzen Bemerkungen seines jagdbegeisterten Bruders anhören zu müssen. Dass er keine Tiere aß, würden Akurio und seine Freunde nicht verstehen.

»Was ist das?«

Elaria wurde bleich, als er die Brötchen anhob und sie die Bratenstücke bemerkte. »Es tut mir schrecklich leid, Eure Durchlaucht! Wir haben einen neuen Koch und anscheinend wusste er nicht, dass Ihr morgens kein Fleisch und keinen Aufschnitt wünscht. Es ist meine Schuld, ich hätte den Fehler bemerken müssen, bevor ich Euch das Essen bringe.«

Ihr Gesicht verfärbte sich vor Scham, als sie den Teller mit dem Beanstandeten wieder an sich nahm und Emanio die Brötchen, deren Unterseiten von der Bratensoße getränkt waren, angewidert zurück aufs Fleisch fallen ließ.

»Bitte verzeiht! Es kommt nie wieder vor!«

Sie starrte ihn mit weit aufgerissenen Augen an und erneut fühlte er sich unter ihrem eindringlichen Blick unwohl. Er nickte, woraufhin Elaria erneut knickste. Danach wandte sie sich endlich um, stolperte über den Bettvorleger und floh mit hochrotem Gesicht und dem Teller in der Hand aus seinem Schlafgemach, während er weiter versuchte, das Jucken zu ignorieren, das sich auf seinem Kopf und auf seiner Brust ausgebreitet hatte.

Ich brauche ein Bad! Sofort!

Schnell stand er auf, eilte mit großen Schritten ins Waschzimmer, wo schon die dampfende kleine Wasserschüssel, die ein anderer Diener gebracht haben musste, auf ihn wartete. Er hatte auf ein richtiges Bad gehofft, seufzte aber dennoch erleichtert, als er sich ungeduldig das feuchte Nachtgewand über den Kopf zog und nach dem Waschlappen griff. Diesen ließ er nur wenige Momente in der Schüssel einweichen, bevor er die Seife zur Hand nahm, sich gründlich das Gesicht, den Oberkörper und die Arme einschäumte und dann alles wieder abschrubbte. Danach begann er von vorn und dann erneut. So häufig wiederholte er die Prozedur, bis er nicht länger das Gefühl hatte, unrein zu sein, den Gestank fremder Leiber und den Dreck fremder Hände auf seinem Körper zu spüren. Stattdessen brannte die freigerubbelte Haut und endlich fühlte er sich wie ein neuer Mensch.

Rasch ging er in sein Ankleidezimmer, wählte angemessene Kleidung für einen Morgen voller Audienzen aus und zog sich an. Danach kehrte er in sein Schlafzimmer zurück, um zu frühstücken. Auch wenn ihm, wie ihm ein schneller Blick auf die Wanduhr verriet, kaum noch Zeit zum Essen blieb. Es war bereits kurz vor acht.

Doch der Anblick der restlichen Speisen weckte sowieso keinen Hunger in ihm, eher das Gegenteil. Und so nahm er sich lediglich eine Scheibe Brot, beschmierte sie schnell mit Butter, belegte sie mit einer Scheibe Käse, goss sich eine Tasse Tee ein und ging dann ins Wohnzimmer, wo er sich zwang, die nötige Stärkung für seinen bevorstehenden langen Tag zu sich zu nehmen. Dabei ignorierte er, dass der Tee kalt geworden war und einen bitteren Nachgeschmack hatte. Nach wenigen Schlucken ließ er den Rest stehen. Es wurde Zeit.

Als er seine Räumlichkeiten um Punkt acht Uhr verließ, erwarteten ihn Morio und zwei seiner allgegenwärtigen Wachen bereits. Die erneute Musterung durch Morio bestand Emanio mit einem beifälligen Nicken, und mit einem Anflug von Erleichterung bei Emanio machten sie sich gemeinsam auf den Weg zum Arbeitszimmer seines Vaters im Ostflügel.

Während seine Leibwächter vor der Tür warteten, ging er mit Morio rasch seinen Tagesablauf durch und unterschrieb nebenbei alle Dokumente, die sein Sekretär vorbereitet hatte. Dann war es bereits Zeit für die erste Audienz. Fünfmal pro Woche für jeweils drei Stunden konnte jeder Bewohner des Herzogtums das Schloss aufsuchen und sein Anliegen dem Herzog oder seinem Vertreter vortragen. Jede Frau, jeder Mann und jedes Kind wurden angehört, ganz gleich, worum es ging. Auch wenn Emanio bereits seit sechs Jahren als offizieller Vertreter seines Vaters fungierte und seine Nervosität angesichts der Wichtigkeit seiner Aufgabe verflogen war, nahm er seine Verpflichtung noch genauso ernst wie am ersten Tag.

Ich hätte am Vorabend einer Audienz wahrlich nicht feiern gehen sollen.

Doch er blendete den Anflug schlechten Gewissens rigoros aus und bemühte sich, höfliches Interesse auszustrahlen, als der erste Antragsteller, ein Mann mittleren Alters in einfacher Kleidung, an den beiden Wachen vorbei den kleinen Saal betrat. Aufrecht sitzend und mit einem leichten Lächeln auf den Lippen sagte Emanio: »Komm näher, guter Mann! Nenn uns deinen Namen und dein Anliegen.«

Etwas unterhalb des Herzogsthrons von Ternilus hatte Morio an einem kleinen Tisch Platz genommen und öffnete das Tintenfass, um seine Schreibfeder hineinzutauchen. Emanio sah aus dem Augenwinkel, wie er den Zauber in Gang setzte. Von jetzt an würde die Feder so lange Tinte aus dem kleinen Gefäß beziehen und Morio ohne Unterbrechung schreiben können, bis er das Schreibwerkzeug aus der Hand legte.

»Verzeihung, Euer Gnaden … Herzog Orsio …«

»Herzog Orsio hält sich derzeit in Nadus auf. Ich bin sein ältester Sohn, Emanio, und vertrete ihn in seiner Abwesenheit.«

»Die korrekte Anrede ist ›Eure Durchlaucht‹«, ergänzte Morio mit einem nachsichtigen Lächeln. »Und nun erzähl Seiner Durchlaucht, wer du bist und welches Anliegen dich hergeführt hat.«

Der Bauer nickte nervös und verbeugte sich unsicher vor Emanio. »Mein Name ist Bergo, Eure Durchlaucht. Ich besitze einen kleinen Hof ein paar Stunden südlich von hier. Wir betreiben ein wenig Viehzucht sowie Obst- und Gemüseanbau, doch überwiegend leben wir vom Getreideanbau.«

Bauer Bergo verstummte erneut. Emanio überraschte es nicht. Vielen Antragstellern war es unangenehm, dass sie in eine Lage geraten waren, in der sie Hilfe benötigten. Ihnen fiel es schwer, ihren Stolz oder ihre Scham beiseitezuschieben und ihre Bitte vorzutragen. Meistens benötigten sie dafür noch einen kleinen Anstoß von ihm.

»Wie kann ich dir helfen, Bergo? Ist mit deinem Hof alles in Ordnung?«

Der Angesprochene ließ den Kopf hängen, in seinen Augen zeigten sich jetzt die ersten Tränen. Emanio erhob sich, trat vor und legte ihm eine Hand auf die Schulter, auch wenn sich das Gewand unter seinen Fingern rau und schmutzig anfühlte und in ihm den Drang weckte, in seine Gemächer zurückzueilen und sich erneut zu waschen.

»Erzähl es mir!«, forderte er leise.

»Es gab ein Feuer, Herr«, flüsterte der Bauer, als Emanios bewährte Geste der Ermunterung seine Wirkung zeigte. »Meine Ernte ... sie ist ... es ist alles verbrannt ... Die Feuerhexe unseres Dorfes hat bei ihrer Untersuchung der Brandspuren herausgefunden, dass jemand versehentlich bei seinem abendlichen Heimweg mit seiner Laterne gestürzt ist und die Funken so auf das Feld gelangt sind. Die Trockenheit ... alles brannte wie Zunder ...«

Emanio drückte die Schulter des Bauern tröstend. »Mach dir keine Sorgen, Bergo. Du wirst neues Getreide zum Aussäen bekommen.«

»Aber, Eure Durchlaucht, ich kann mir keine neue Saat leisten! Und die Getreideernte ... sie startet bereits in wenigen Wochen!«

»Das ist auch nicht nötig, guter Mann. Es ist die Aufgabe eines jeden Herzogs, dafür zu sorgen, dass seine Untertanen in Frieden leben können und dass niemand hungern muss.

Es ist ein bedauerlicher Unfall gewesen, an dem du keine Schuld trägst. Morio, bitte sorge dafür, dass schnellstmöglich neue Saat zu Bauer Bergos Hof geliefert wird. Benachrichtige außerdem Peronio, dass seine Hilfe benötigt wird. Keine Sorge, Bergo, unser Erdhexer versteht seine Kunst. Er wird dafür sorgen, dass das Getreide rechtzeitig zur Ernte ausgewachsen sein wird und ihr keinen Schaden von dieser bedauerlichen Katastrophe zurückbehalten werdet.«

Bergos Augen weiteten sich voller Unglauben. Dann ging er überraschend in die Knie, ergriff Emanios Hand und küsste sie. »Habt Dank! Ich werde Euch Eure Großzügigkeit nie vergessen! Wir stehen auf ewig in Eurer Schuld. Ihr habt unsere Familie gerettet, meine Frau und meine Kinder können aufhören, sich vor Angst und Kummer in den Schlaf zu weinen. Und alles nur dank Euch, Euer Gnaden!«

Dieses Mal korrigierten weder Emanio noch Morio seine falsche Anrede. Als Bergo aufstand und Emanios Hand losließ, setzte sich Emanio zurück auf den Thron und lauschte gedankenverloren, als Bergo Morio alle notwendigen Informationen mitteilte und sein Sekretär anschließend einen Boten zum Erdhexer seines Vaters schickte. Erst als der Bauer überglücklich den Saal verlassen hatte, gestattete es sich Emanio, die feuchte Hand mit einem neben dem Thron für diese Fälle versteckten Tuch trocken zu wischen.

Danach nickte Morio zufrieden. »Gut gemacht. Euer Vater wäre stolz auf Euch.«

Emanio wusste nicht, was er darauf antworten sollte, daher schwieg er.

Auch die beiden nächsten Besucher waren ohne eigenes Verschulden in eine finanzielle Notlage geraten und Emanio war froh, dass er den Händlerinnen mit einem Abgabenaufschub und einem kleinen Darlehen helfen konnte. Die Frauen hatten unter Knicksen und überwältigten Bekundungen der Dankbarkeit für seine Großzügigkeit den Raum verlassen und Morio wollte gerade den nächsten Bittsteller hereinrufen, als Hauptmann Costario in den Saal stürmte und die beiden Wachen hinausbeorderte. Sofort nahm Morio vor dem Thron Aufstellung und auch Emanio suchte augenblicklich den Raum nach Attentätern ab, konnte aber nichts Verdächtiges erkennen. Bis auf Morio, Costario und zwei Botenjungen, die in Emanios Augen zu jung waren, um Auftragsmörder zu sein, waren sie die einzigen Personen im Saal. Verdächtige Magie wie Tarn- oder Kampfzauber konnte er ebenfalls nicht entdecken.

»Hauptmann?«, fragte er.

»Du verdammter Bastard! Du hast Nirelle verführt!«

»Raus mit euch!«, befahl Morio den Jungen.

Die beiden Boten rannten augenblicklich hinaus, während Emanio innerlich erstarrte und sich vor Schock nicht zu rühren vermochte. Seine Kopfschmerzen machten sich plötzlich wieder mit Macht bemerkbar. Wie Dolchstiche fuhr der Schmerz in seine Schläfen und ließ seine Augen tränen. Durch den Schleier bekam er mit, dass Costario mit Morio rangelte, der sich als unerwartet widerspenstig erwies. Die Verblüffung, den allzeit zurückhaltenden, grauhaarigen Sekretär raufen zu sehen wie einen betrunkenen heranwachsenden Burschen, riss Emanio aus seiner Regungslosigkeit.

»Was ist hier los? Hauptmann, erklärt Euch!«

»Leugnet Ihr es? Wie könnt Ihr es wagen!«

In einem erneuten Anflug von Wut schleuderte der Hauptmann Morio zur Seite und ging dann mit blitzenden meergrünen Augen und geballten Fäusten auf Emanio los. Er erinnerte ihn an eine vor Zorn tobende Seeschlange und Emanio zuckte unwillkürlich zurück. Doch er kam nicht weit, die Lehne in seinem Rücken verhinderte seine Flucht.

Costarios Faust schoss vor, auf Emanios Gesicht zu ... und prallte mit einem lauten Klirren gegen eine Wand aus Eis, die sich urplötzlich zwischen ihnen beiden erhob.

»Haltet inne, bevor Ihr Verrat begeht, Hauptmann!« Morios Augen blitzten eisblau vor Empörung und nur Emanio erkannte, wie sehr ihn das Aufrechterhalten des magischen Schildes anstrengte. Normalerweise setzte der Sekretär seine Wassermagie lediglich in geringem Maße wie bei dem Tintenzauber ein, jedoch nicht im Kampf.

»Was erlaubt Ihr Euch, Hauptmann! Ihr vergesst Euren Eid und Eure Pflicht, wenn Ihr hier hereinstürmt und mich grundlos angreift!«

Endlich drangen sie zu Costario durch. Er senkte die Fäuste, wirkte aber immer noch angriffsbereit. »Es war nicht grundlos, *Eure Durchlaucht*!«, zischte er.

»Dann erklärt Euch! Sofort!«

»Ihr habt Nirelle verführt!«

»In Ordnung.« Emanio seufzte frustriert. »Ganz von vorne bitte. Wer ist Nirelle und warum denkt Ihr, dass ich sie verführt hätte?«

Es war ihm unverständlich, wie der Hauptmann auf die Idee gekommen war. Er kannte keine Frau namens Nirelle und ganz gewiss hatte er niemanden gegen dessen Willen verführt!

Aber leider war der Hauptmann nicht der Erste, der mit diesem Vorwurf zu ihm kam. Manchmal verliebten sich Mädchen und Frauen in ihn aufgrund seines Äußeren oder der Tatsache, dass er der Erbe eines Herzogs war, und ihre Väter, Brüder oder Verehrer gaben ihm dann die Schuld für ihre Schwärmereien, obwohl er die Mädchen und Frauen nicht ermutigt hatte. Er hätte also nicht überrascht von dem Vorwurf sein sollen. Aber nie hätte er gedacht, dass der Hauptmann seiner eigenen Wache vor Eifersucht so unvernünftig werden und ihn angreifen könnte. Er hatte auch nicht gewusst, dass der Witwer das Auge auf jemanden geworfen hatte.

»Tretet zurück, Hauptmann!«

Morio hatte einen Eisdolch in seiner Hand geformt und hielt ihn drohend erhoben. Der Hauptmann musterte ihn einen langen Augenblick abschätzend, bevor er gehorchte.

Ruhiger geworden setzte er dann zu einer Erklärung an: »Nirelle ist meine älteste Tochter. Sie hat sich gestern Abend heimlich auf die Soiree Eures Bruders geschlichen. Dort ist sie Euch begegnet. Ihr habt mit ihr getanzt und sie hat sich in Euch verliebt.«

»Moment mal! Wie alt ist Eure Tochter?«

Geschockt starrte er Costario an. Er erinnerte sich an drei kleine Mädchen mit meergrünen Augen, die ihrem Vater hinterhergerannt waren, als der Hauptmann Emanio als Jugendlichen zur Zaubererakademie in die Stadt begleitet hatte. Sie konnte doch noch nicht alt genug sein, um auf eine Abendveranstaltung zu gehen!

»Sie ist gerade sechzehn geworden. Nie hätte ich gedacht, dass sie ihre Pflichten vernachlässigen und ihre Schwestern alleinlassen könnte, um sich auf die Feier Eures Bruders zu schleichen. Wenn ich herausfinde, wer ihr diesen Floh ins Ohr gesetzt hat, dann kann derjenige etwas erleben! Aber das ist nebensächlich. Wichtig ist, dass Ihr ihr Hoffnungen gemacht habt und dass sie keine Erfahrung mit Männern hat. Als ihr ein Diener mitgeteilt hat, dass Ihr sie sehen möchtet, ist sie ihm gefolgt. Beim Warten hat sie Wein getrunken und an mehr erinnert sie sich nicht. Heute Morgen ist sie nackt in einem der Gästezimmer des Schlosses aufgewacht und hat erkannt, was passiert ist. Danach ist sie weinend zu mir gekommen und hat mir alles gestanden. Ihr habt sie verführt!«

Emanio öffnete den Mund, wusste aber nicht, was er erwidern sollte. Konnte es wahr sein? Hatte er mit dem Mädchen geschlafen? Er erinnerte sich nicht, was nach dem ersten Glas Alkohol auf der Feier passiert war. Dass er an diesem Morgen in seinem eigenen Bett aufgewacht war, bedeutete ja nicht, dass er es nicht getan hatte.

»Emanio hat Eure Tochter nicht verführt! Das ist völlig ausgeschlossen!« Morio schien nicht dieselben Zweifel zu empfinden oder sie nicht zeigen zu wollen. Wie immer stand sein Sekretär in der Öffentlichkeit loyal zu ihm. »Das Mädchen lügt! Vermutlich hat sie gehofft, dass Emanio sich auch in sie verliebt haben könnte, und hat mehr in seine Höflichkeit hineininterpretiert, als vorhanden war. Das Mädchen war betrunken und kann sich nicht erinnern. Wie können wir überhaupt einer ihrer Aussagen Glauben schenken? Sie könnte mit einem anderen jungen Mann im Bett gewesen sein, der weniger vorzeigbar ist. Und nun schiebt sie die Schuld Emanio zu, weil sie weiß, dass Ihr ihn im Gegensatz zu ihrem Liebsten nicht angreifen würdet. Ein Irrtum, wie sich jetzt herausgestellt hat!«

Die Augen des Hauptmanns kniffen sich wütend zusammen und plötzlich erinnerte Emanio sich an ein anderes meergrünes Paar, das ihn funkelnd angesehen hatte, während er das lachende Mädchen durch den Saal gewirbelt hatte. War das Nirelle gewesen? Sollte der Hauptmann doch recht haben?

»Er war es, ich weiß es! Meine Tochter würde nicht lügen, nicht in einem so schwerwiegenden Fall!«

»Ach? Und in einem anderen Fall würde sie also lügen? Vielleicht empfindet sie dies ja nicht als schwerwiegenden Fall! Oder vielleicht möchte sie Seine Durchlaucht erpressen, damit er sie heiratet.«

»Was unterstellt Ihr meiner Tochter da? Nehmt das sofort zurück!«

Emanio versuchte, die wütenden Stimmen auszublenden, während er sich bemühte, sich zu erinnern. Er besaß nur ein verschwommenes Bild von grünen Augen, einem lächelnden Gesicht und anderen tanzenden Paaren, aber keine Erinnerungen, die ihn allein mit dem Mädchen zeigten. Und nichts an dem einen Moment weckte in ihm den Eindruck, dass er das Mädchen attraktiv gefunden hatte. Warum hätte er sie zu einem geheimen Stelldichein bestellen sollen?

»Ich denke gar nicht daran!«, wetterte Morio unterdessen. »Schließlich wisst Ihr genauso gut wie ich, dass Emanio zwar aus Verpflichtung zu solchen Veranstaltungen geht, sich mit den Gästen unterhält und mit einigen unverheirateten Frauen und Mädchen tanzt, aber dabei stets den höflichen Anstand wahrt. Außerdem hält er sich nie lange auf Feiern auf, da er seine Aufgaben als Erbe ernst nimmt und ihnen jeden Morgen wieder zu früher Stunde nachkommen muss.«

»Es war ja klar, dass Ihr auf seiner Seite steht! Ihr könnt nicht zugeben, dass Euer Zögling nicht Euren hohen moralischen Ansprüchen entspricht! Dabei sieht doch jedes Kind, dass er an manchem Morgen mit einem Kater zu kämpfen hat, so auch heute! Euer Zögling ist ein Trunkenbold! Was wisst Ihr denn, wie er sich auf Abendveranstaltungen verhält, wenn Ihr ihn nicht ständig überwacht?«

Der Eisdolch zerbrach in Morios Hand. Seine Augen loderten vor Magie und Zorn, was der Hauptmann entweder nicht bemerkte oder ignorierte.

»Nein«, fuhr Costario fort, »ich verlange, dass Emanio das einzig Richtige tut, zu seiner Tat steht und meine Tochter heiratet!«

Ich soll Nirelle heiraten? Niemals!

Während Emanio noch die Worte fehlten, lachte Morio bereits höhnisch. »Emanio ist eng verwandt mit dem Königshaus. Er wird einmal ein passendes Mädchen aus dem Hochadel heiraten und ganz gewiss keine niedriggeborene Dirne!«

Costario brüllte voller Zorn und stürzte sich augenblicklich auf den Sekretär.

»Genug jetzt!«

Emanio bemerkte erstaunt, dass er aufgesprungen war und die beiden Kämpfenden angeschrien haben musste, denn der Befehl donnerte immer noch laut durch den Saal. Costario und Morio hielten inne und starrten ihn mit großen Augen an, als hätten sie vergessen, dass er ebenfalls anwesend war. Vermutlich hätte er früher eingreifen müssen.

»Es reicht«, wiederholte er ruhiger. »Ich weiß nicht, was letzte Nacht geschehen ist. Nirelle erinnert sich ebenfalls nicht. Ich kann mir nicht vorstellen, dass die Anschuldigungen stimmen. Bevor wir weiter Vorwürfe austauschen und ohne Beweise aufeinander losgehen, sollten wir erst einmal herausfinden, was passiert ist. Daher schlage ich vor, dass Ihr als Erstes den Diener befragt, der Eurer Tochter die Nachricht zukommen ließ, und dann die Wachen von der Nachtschicht, ob eine oder einer von ihnen Nirelle mit jemandem gesehen hat. Solange wir keine Fakten haben, werde ich keine voreilige Entscheidung treffen. Daher empfehle ich Euch, Ihr erledigt wieder Eure Arbeit, Hauptmann!«

Costario starrte ihn an und fletschte die Zähne, ohne sich in Bewegung zu setzen. Emanio konnte einen solchen Ungehorsam nicht durchgehen lassen, ganz gleich, ob der Hauptmann im Recht war oder nicht.

»Geht an Eure Arbeit! Sofort!«

Erneut hallte sein Befehl unbeabsichtigt kraftvoll durch den Saal und dieses Mal gehorchte der Hauptmann. Ohne ein weiteres Wort drehte sich Costario zähneknirschend auf dem Absatz um und verließ den Raum schnellen Schrittes. Erleichterung ließ Emanio in sich zusammensacken und er stieß den Atem aus, den er unbemerkt angehalten hatte.

»Sehr gut, Eure Durchlaucht!« Morios überraschendes Lob brachte ihn zum Zusammenzucken. »Heute habt Ihr bewiesen, dass Ihr ein wahrer Herrscher und würdig seid, in die Fußstapfen Eures Vaters zu treten. Ihr habt angesichts der empörenden Vorwürfe des Hauptmanns einen kühlen Kopf bewahrt und Euren Willen durchgesetzt. Ihr habt Euch nicht erpressen lassen. Das macht einen guten Herrscher aus.«

Emanio fühlte sich in diesem Moment jedoch nicht wie einer. Im Gegenteil. Entkräftet lehnte er sich auf dem Thron zurück. Der Kater und die Übelkeit waren zurückgekehrt und jetzt, da die Gefahr vorüber war, zitterte er wie Schilfgras im Wind.

»Wir machen ein paar Minuten Pause. Ich benötige etwas zu trinken, bevor ich mich dem nächsten Bittsteller widmen kann.«

»Ich lasse einen Diener kommen«, erwiderte Morio und Emanio schloss erleichtert die Augen.

Er öffnete sie erst wieder, als sich jemand in seiner unmittelbaren Nähe laut räusperte. Ein Bediensteter mit einem Tablett in der Hand starrte ihn missmutig an, als würde er schon länger darauf warten, dass Emanio ihn zur Kenntnis nahm.

»Danke«, sagte er und nahm den Kelch entgegen. Erst als die Flüssigkeit seine Lippen benetzte, bemerkte Emanio, dass es sich um Wein handelte. Aber das war ihm in diesem Moment auch egal. Er trank den gesamten Kelchinhalt in großen Schlucken aus und spürte, wie sich seine Kopfschmerzen verflüchtigten.

»Machen wir weiter.« Er nickte Morio zu, der den Nächsten zur Audienz hereinrief.

Als die Zeit für Bittgesuche mittags endlich vorüber war, stieß Emanio einen tiefen Seufzer der Erleichterung aus. Jetzt durfte er sich eine längere Pause gönnen, bevor er am Nachmittag seinen nächsten Termin in der Stadt wahrnahm.

»Soll ich Euch nachher nicht doch besser begleiten?«, fragte Morio.

Emanio schüttelte entschieden den Kopf. »Ich brauche dich hier, um die morgige Ratssitzung vorzubereiten. Geh noch mal die Unterlagen durch und vergewissere dich wie besprochen, dass alle Ortsvorsteher eine Einschätzung zum zu erwartenden Ertrag der ersten Ernte nächsten Monat geschickt haben. Nicht dass ein Bericht fehlt oder weitere Bauern unsere Hilfe benötigen. Jemand anderer kann heute Nachmittag Protokoll führen.«

»Sehr wohl, Eure Durchlaucht.«

Mit einem Nicken zum Abschied überließ er Morio dem Papierkram und eilte in seine Gemächer zurück. Dort entdeckte er zu seiner Verärgerung, dass das Waschwasser vom Morgen noch nicht ausgetauscht worden war.

»Ich will augenblicklich frisches Wasser haben! Kümmert euch darum!«, befahl er den beiden Wachen vor seiner Tür gereizt und wartete dann ungeduldig. Er musste das schreckliche Gefühl auf seiner Haut loswerden. Sofort!

Nicht nur, dass er angegriffen worden war und sich deswegen unrein fühlte, auch das Starren der Männer und Frauen, die eine Audienz bei ihm gehabt hatten, die Berührungen, die er hatte erdulden müssen, die schleimigen Handküsse – all das widerte ihn an. Er musste Distanz zwischen sie und sich bringen, die fremden Berührungen, Körperflüssigkeiten, Gerüche und aufdringlichen Blicke von seinem Körper waschen.

Als der schlecht gelaunte Diener vom Vormittag ihm endlich frisches Wasser brachte, dabei seinem Blick auswich und auf Emanio schuldbewusst wirkte, hätte er fast erleichtert geseufzt. Der Dienstbote war kaum wieder zur Tür hinaus, als er sich auch schon entkleidete und mit dem Schrubben begann. Nach ein paar Minuten ließ das Gefühl des Unbehagens nach, als das wohltuende Brennen seine Haut überzog und er sich endlich sauber fühlte.

Er wählte eines seiner Gewänder aus, die er bei offiziellen Anlässen in der Stadt trug, kleidete sich an und kehrte dann ins Wohnzimmer zurück, wo der Diener nun sein Mittagessen auf dem Tisch aufbaute.

»Danke, Kio.«

Der Dienstbote wich seinem Blick missmutig aus und verließ schweigend seine Gemächer. Emanio setzte sich und griff nach dem Besteck, doch der Eintopf schmeckte ihm an diesem Tag nicht. Vielleicht waren es auch die Folgen des Katers, doch nach wenigen Bissen verspürte er dermaßen

Übelkeit, dass er keinen weiteren Löffel voll herunterbrachte. Skeptisch starrte er in die Schüssel. Befand sich möglicherweise Fleisch im Eintopf?

Der Verdacht vertrieb auch den letzten Rest seines Appetits und er schob den Teller von sich. Ein Blick auf die Uhr verriet ihm, dass ihm noch genau zwei Stunden blieben, bis er von den Gildenoberhäuptern in Rius erwartet wurde. Er erhob sich, nahm die Unterlagen, die Morio vorbereitet hatte und die er in der Kutsche noch einmal durchgehen wollte, und machte sich auf den Weg, erneut begleitet von seinen beiden allgegenwärtigen Wachen.

Seine Entscheidung, frühzeitig aufzubrechen, erwies sich als richtig. Noch bevor er den Flügel verlassen hatte, begegnete er Adella mit ihrer Zofe und die Höflichkeit gebot es, dass er ein paar Worte mit ihr wechselte.

»Guten Tag, Adella. Suchst du deinen Vater? Ich bedaure, ich habe den Grafen leider heute noch nicht gesehen.«

Er schenkte ihr ein kurzes Lächeln, froh, dass er vor Adella nicht all die Regeln beachten musste, die nötig waren, wenn er auf ein anderes Mitglied des Hofs traf. Doch Adella war mit Akurio und ihm zusammen im Schloss aufgewachsen und da Graf di Sperazione einer der wichtigsten Berater seines Vaters war, hatten sie als Kinder so viele Feiern und offizielle Anlässe spielend miteinander verbracht, dass er sie als kleine Schwester ansah.

Eine Bewegung in seinem Augenwinkel machte Emanio auf Adellas Zofe aufmerksam, die sich jetzt ein paar Schritte zurückzog, um sie beide ungestört miteinander sprechen zu lassen. Er schenkte ihr ein dankbares Nicken, bevor er sich Adella zuwandte, die das Zwischenspiel beobachtet hatte und nun schmollend den Mund verzog.

»Als ob ich keinen anderen Grund hätte, in diesem Teil des Schlosses unterwegs zu sein. Also wirklich, Emanio!« Adella lachte perlend und öffnete ihren Fächer, um sich etwas kühle Luft zuzuwedeln. »Nein, ich war auf dem Weg zu dir. Ich dachte, wir könnten an unsere Unterhaltung von letzter Nacht anknüpfen. Leider warst du nach unserem zweiten Tanz verschwunden, dabei hattest du mir doch noch einen Walzer versprochen!«

Obwohl sie lachte, den Fächer zusammenklappte und ihm damit spielerisch auf den Oberarm schlug, bemerkte Emanio jetzt echte Irritation unter ihrer heiteren Fassade.

Leichte Panik überkam Emanio bei ihren Worten. Er konnte sich nicht erinnern, Adella auf Akurios Soiree gesehen zu haben, geschweige denn, worüber sie sich unterhalten hatten. Er hatte ihr einen Tanz versprochen und war dann verschwunden? Das klang gar nicht nach ihm. Morio hatte ihm jahrelang eingebläut, jedes seiner Versprechen einzuhalten oder, falls er es nicht mit Sicherheit konnte, es gar nicht erst zu geben. Wo war er gewesen, dass er nicht mit Adella hatte tanzen können? Und warum konnte er sich partout nicht erinnern? Konnte an Costarios Vorwurf doch etwas Wahres dran sein? War er bei Nirelle gewesen?

Er überspielte die Angst vor seinen zunehmenden Gedächtnislücken mit einem strahlenden Lächeln und einem Handkuss. »Du weißt, dass ich nichts lieber getan hätte, als wie versprochen mit dir zu tanzen, Adella. Aber bedauerlicherweise kam eine dringende Angelegenheit dazwischen. Ich hoffe, du kannst mir mein Versäumnis vergeben?«

Sie schnippte ihren Fächer auf und wedelte sich erneut Luft in das leicht gerötete Gesicht. Emanio bedauerte sie und war froh, dass Männer es in der aktuellen höfischen Mode besser hatten als Frauen. Sie konnten im Sommer leichtere Stoffe tragen, während die Etikette den Damen Röcke und Kleider mit mehreren Lagen vorschrieb. Kein Wunder, dass er seit Wochen keine Dame mehr ohne ihren Fächer zu sehen bekam.

»Na schön, dieses eine Mal verzeihe ich dir«, erwiderte Adella mit einem Lächeln und warf mit einer schwungvollen Bewegung die langen roten Haare nach hinten, die ihre Zofe ihr zu Locken gedreht und zum Teil zu einer kunstvollen Hochfrisur gesteckt hatte. Sie lächelte ihn an, während sie einen Moment lang in ihrem bestickten Brokatbeutel kramte und dann ein zartes Fläschchen hervorholte. »Ich habe ein Geschenk für dich, Emanio.«

»Oh, das ist reizend von dir. Es wäre aber nicht nötig gewesen. Mein Geburtstag ist schließlich noch eine Weile hin.«

Vor plötzlichem Unbehagen, das er sich nicht erklären konnte, fing seine Haut an zu jucken. Unwillkürlich trat er einen Schritt zurück und konnte sich noch beherrschen, bevor er eine Hand auf seinen Arm legen und ihn kratzen konnte.

Zum Glück hatte Adella seinen Fauxpas nicht bemerkt, da sie soeben den Deckel vom Fläschchen entfernt hatte. »Ich habe dieses Parfüm gesehen und sofort an dich gedacht. Ich musste es kaufen und dir schenken. Hier! Riech einmal!«

Sie ging einen Schritt auf ihn zu, drückte dabei auf den Zerstäuber und eine leicht violette Duftwolke hüllte ihn augenblicklich ein und raubte ihm den Atem. Der schwere Geruch lag wie eine Gewitterwolke in der Luft und ein unangenehmer Druck baute sich in seinem Kopf auf, als er den Atem anhielt und ein paar Schritte zurückwich. Im verzweifelten Versuch, sich vom Geruchsangriff zu befreien, schüttelte er den Kopf, doch er spürte, wie die Schwaden in seinen Haaren und seiner Kleidung hingen. Seine Nase kribbelte und der Druck in seinem Schädel breitete sich weiter aus. Als er seine Brust erreichte, kam es zur Explosion.

»HAAATSCHIII!«

Der Nieser brachte seinen gesamten Körper zum Beben und löste das Gefühl der Beklemmung augenblicklich auf. Als er blinzelnd aufsah, erkannte er, dass die Explosion so heftig gewesen war, dass es ihr gelungen war, die unangenehme Parfümblase zu zerstreuen. Der letzte violette Schwall löste sich in diesem Moment auf.

Dann wandte er sich verlegen zu Adella um, die ihn mit offenem Mund anstarrte. Hitze breitete sich in seinem Gesicht aus, doch er konnte nicht mehr vorgeben, sich über das Geschenk zu freuen, auch wenn die Höflichkeit ihm gebot, den Anschein aufrechtzuerhalten.

»Vielen Dank für die nette Geste, Adella. Ich bedaure sehr, dass ich dein Geschenk leider ablehnen muss. Ich scheine einen Bestandteil des Parfüms nicht zu vertragen.«

Adellas Augen wurden groß vor Schock. »Aber ... aber ...« Emanio hatte sie noch nie zuvor stammeln gehört. »Du magst den Duft nicht? Er gefällt dir wirklich nicht? Aber ... er war perfekt für dich! So perfekt wie ...«

Sie brach verlegen ab, als er ihr den Deckel aus der Hand nahm und ihn auf das Fläschchen setzte. Erst dann ließ seine Anspannung nach und er seufzte erleichtert.

»Das war nett von dir, aber es ist leider nicht das Richtige für mich. Ich bedaure. Wenn du mich bitte entschuldigen würdest. Ich muss mich auf den Weg in die Stadt machen. Die Gildenmeister erwarten mich um halb vier in der Gildenhalle.«

Er schenkte ihr ein Lächeln, das vermutlich angesichts der Kopfschmerzen, die dieser olfaktorische Angriff hinterlassen hatte, etwas steif wirkte.

»Du willst nach Rius?« Adella musterte ihn enttäuscht.

»Ja, es tut mir leid. Aber lass uns doch unser Gespräch zu einem späteren Zeitpunkt fortsetzen. Ich wünsche dir einen schönen Nachmittag, Adella.«

Er neigte leicht den Kopf zum Abschied. Nickend passierte er die Zofe, die tief vor ihm knickste, anschließend zu ihrer Herrin eilte und Adella damit anscheinend so erschreckte, dass sie ihren Brokatbeutel fallen ließ. Emanio hörte Adellas entsetztes Keifen, dass das Mädchen hoffentlich nicht das Parfümfläschchen kaputtgemacht hatte, als er in den nächsten Gang einbog.

Wie erwartet traf er kurz darauf im öffentlichen Teil des Schlosses auf die nächste Ablenkung.

»Eure Durchlaucht!«

Die Gruppe um Baron di Nadione hatte ihn entdeckt und grüßte ihn erfreut, während sie sich respektvoll vor ihm verbeugten und knicksten. Besonders strahlend lächelte der Baron, der seit Jahren zu Akurios engsten Vertrauten zählte und sich, zu Morios großem Verdruss, bemühte, eine ebenso enge Freundschaft zu Emanio aufzubauen.

»Guten Morgen«, sagte der Baron ungeachtet der Tatsache, dass die Mittagszeit bereits fast verstrichen war. Aber anders als Emanio konnte er es sich erlauben, nach einer Soiree lange zu schlafen. Vermutlich waren er und seine Gefährten eben erst aufgestanden.

»Seid mir gegrüßt, Baron!« Emanio nickte höflich seinen Begleitern zu, zu denen auch Baronesse di Porlione gehörte, die ihn mit begierig funkelnden Augen anstarrte. Er wandte rasch den Blick von ihr ab und ignorierte den Aufmerksamkeitszauber, den sie auf ihre Augen und ihre Haare gelegt hatte. Zum Glück war die Baronesse lediglich eine Trickbeherrscherin. Ihre Magie war leicht zu brechen, wenn man sie erkannt hatte, und sie konnte keine weiteren Zauber ausführen.

»Ich weiß nicht, ob Ihr schon Gelegenheit hattet, meinen Brief zu lesen. Aber ich möchte Euch herzlich zu meinem Kartenabend in sieben Tagen einladen. Ihr seid der Ehrengast! Ich weiß ja, wie gerne Ihr Karten spielt.«

Emanio zuckte innerlich zusammen, als er sich an die Einladung erinnerte, die Morio am Morgen erwähnt hatte. Wenn er sich recht entsann, war die förmliche Absage unter den Briefen gewesen, die er vor der Audienz unterschrieben hatte. Aber Morio hatte nichts davon gesagt, dass der Baron ihn als Ehrengast vorgesehen hatte. Mit Absicht? Hatte Morio befürchtet, dass er dann schwach werden und doch zu der Veranstaltung gehen könnte?

»Oh, vielen Dank für die Einladung! Das ist mir in der Tat neu.« Emanio hoffte, dass ihm die Lüge nicht anzusehen war. »In sieben Tagen sagtet Ihr? Es tut mir außerordentlich leid, aber ich kann nichts versprechen. Ich werde mit meinem Sekretär über meine Verpflichtungen für diesen Tag reden und Euch dann eine Antwort geben.«

»Aber natürlich, Eure Durchlaucht.« Der Baron lächelte verständnisvoll, bevor er Emanio von Kopf bis Fuß musterte. Emanio kam sich unangenehm berührt vor, er hasste es, dermaßen angestarrt zu werden. Zumal der Baron nun auch noch an seinem Ärmel zupfte.

»Ein außerordentliches Gewand, wenn ich das anmerken darf. Prachtvoll! Dieser Schnitt! Die Verzierungen! Und dann dieser leichte Stoff! Ihr werdet wieder eine neue Mode in Rius auslösen, mein Lieber! Aber sagt, bevor alle anderen in den nächsten Wochen mit einem ähnlichen Gewand bei Hof auftauchen, werdet Ihr mir als Eurem Freund und Bewunderer doch Euren Schneider verraten und mir einen Vorsprung verschaffen, oder?«

»Es ist immer noch derselbe wie letztes Mal, Baron«, erwiderte Emanio verwirrt. Was hatte der Mann bloß ständig mit der Frage nach seinem Schneider? Seine Familie ging seit Jahren zum offiziellen Schneider der Herzogsfamilie. Eine Tatsache, die in ihren Kreisen bekannt war. Wollte er Emanio einen Seitenhieb gegen ihren Hofschneider entlocken oder was bezweckte er damit?

Emanio ließ sich seine Irritation nicht anmerken, sondern befreite wie beiläufig seinen Ärmel aus der Hand des aufdringlichen Barons. »Ich bedaure außerordentlich, dass ich unsere Unterhaltung an dieser Stelle unterbrechen muss. Doch die Gildenmeister erwarten mich in Kürze in Rius und ich darf unsere verehrten Gildenoberhäupter nicht warten lassen.«

»Aber natürlich nicht. Dafür habe ich vollstes Verständnis. Wir können ja nächste Woche weiterreden. Aber dann müsst Ihr mir die geheimen Mittel verraten, mit denen Ihr es stets schafft, dass Euch die Mädchen und Frauen von ganz Rius zu Füßen liegen! Bestimmt ist es ein Zauber, es kann gar nicht anders sein.«

Der Baron lachte dröhnend und seine Freunde, die bislang andächtig ihrer Unterhaltung gelauscht hatten, stimmten mit ein. Falls ein Runzeln über Emanios Stirn gehuscht war, hatte es niemand bemerkt. Er glättete seinen Gesichtsausdruck zu einem höfischen Lächeln, nickte der Gruppe kurz zu, die zum Abschied erneut knickste und sich verbeugte, und war froh, dass er das anstrengende und verwirrende Gespräch hinter sich lassen konnte.

Welche Mittel und Zauber meinte er bloß? Was Akurios Freund nicht glauben wollte, war, dass Emanio gar nichts tat. Die Mädchen und Frauen suchten seine Aufmerksamkeit, geblendet von der Tatsache, dass Emanio der Erbe eines der mächtigsten und wohlhabendsten Herzogtümer des Königreiches war. Oder möglicherweise hatte der Baron in seinem Versuch, sich bei ihm einzuschmeicheln, auch nur übertrieben.

Mit einem Blick nach unten vergewisserte er sich, dass seine Unterlagen für das Gildentreffen noch in der Mappe unter seinem Arm steckten, und kräuselte angewidert die Nase, als er bemerkte, dass der Gestank des Parfüms noch immer nicht vollständig verflogen war.

Mit gemächlichen Schritten ging er weiter. Seine Überraschung war groß, als er durch den Haupteingang hinausging, ohne zuvor noch ein weiteres Mal angesprochen worden zu sein. Er lag außerordentlich gut in der Zeit. Zu gut. Vermutlich war seine Kutsche deshalb noch nicht vorbereitet. Auch sein bewaffneter Begleitschutz war noch nicht zu sehen.

Dafür aber kam nach ein paar Minuten sein Bruder mit seinem Gefolge vom Stall aus auf ihn zugeritten.

»Ho!«

Akurio zügelte sein Pferd und kam am Fuß der langen Freitreppe zum Stehen. Er lächelte. »Guten Morgen, Bruderherz! Tolle Feier gestern Abend, nicht wahr?«

Emanio erwiderte das Lächeln und nickte dann Jagdmeister Kudonio kurz zu, der seit sechs Jahren ebenfalls zum Rat seines Vaters gehörte und dem er daher die angemessene Höflichkeit schuldete. »Akurio. Kudonio. Seid gegrüßt. Auf dem Weg zur Jagd?«

Emanio zwang sich, nicht abgestoßen das Gesicht zu verziehen. Er verstand nicht, was so erstrebenswert daran sein sollte, Jagd auf hilflose Tiere zu machen. Und sein Bruder jagte aus Vergnügen und nicht, um die Bewohner des Schlosses zu ernähren.

»Richtig.« Akurio nickte. »Warum begleitest du uns nicht? Ein wenig körperliche Betätigung an der frischen Luft würde dir guttun.«

Kritisch musterte Akurio ihn. Vermutlich um Emanios immer noch winterlich blasse Hautfarbe mit seiner eigenen Bräune zu vergleichen. Aber anders als Akurio hatte Emanio nicht die Zeit, sich jeden Tag stundenlang draußen aufzuhalten und zu tun, was er wollte. Das vergaß Akurio jedoch regelmäßig.

»Es tut mir leid, aber ich habe bereits andere Verpflichtungen. Vielleicht nächstes Mal.«

»Andere Verpflichtungen?« Akurio hob skeptisch die Augenbrauen. »Welche denn? Willst du dich wieder in der Bibliothek vergraben? Oder in die Stadt fahren, um ein neues Gewand zu kaufen? Deine Ankleidekammer muss doch langsam überquellen!« Er schnaubte missbilligend. »Lass dir gesagt sein, dass ein richtiger Mann beileibe nicht so viel Zeit beim Schneider verbringt wie du. Ein Mann geht ausreiten, fechten oder auf die Jagd. Obwohl …« Erneut streifte sein kritischer Blick Emanios Kleidung. »Du siehst aus, als hättest du dich für eine andere Art der Hatz gekleidet, Bruderherz. Wer ist denn die Glückliche, für die du dich so schick gemacht hast?«

Schick gemacht? Emanio sah erstaunt an sich herab. Er trug seine normale höfische Kleidung für offizielle Anlässe. Er war der Stellvertreter ihres Vaters, als solcher repräsentierte er das Herzogtum und musste sich entsprechend kleiden. Aber vielleicht empfand sein Bruder jedes Gewand, das nicht aus Leder bestand, als schick?

Emanio musterte seinerseits die Kleidung seines Bruders und seiner Jagdgesellschaft. Jeder Einzelne von ihnen trug derbe, aber bequeme Lederkleidung, die ihnen beim Reiten, Bogenspannen und Speerwurf ausreichend Bewegungsfreiheit ließ. Viele Stücke wiesen noch Blutflecke von der letzten erfolgreichen Jagd auf. Lediglich das Gewand seines Bruders hob sich ein wenig von den anderen ab. Emanio starrte auf das Fuchswappen auf Akurios Brust.

Baron di Nadione und die anderen erzählten auf den Soireen stets staunend von dem wilden Exemplar, das Akurio gezähmt hatte und das ihn auf seinen Jagdausflügen begleitete, während sein Bruder mit einem stolzen Lächeln danebenstand und sich ihre Lobpreisungen anhörte. Doch Emanio konnte es jetzt nicht bei der Gruppe entdecken und da er den Ausflügen bewusst fernblieb, hatte er den Fuchs noch nie gesehen.

»... nicht nötig, dass du so viel Aufwand für eine Frau betreibst«, sagte Akurio und riss Emanio aus seinen Grübeleien. »Als wärst du nicht schön genug, dass dir die Frauen zu Füßen fallen, sobald du ihnen ein Lächeln schenkst. Den meisten von ihnen ist es sogar egal, dass du der Erbe des bedeutendsten Herzogtums des Landes bist.«

»Du übertreibst!«

Akurio schnaubte. »Ach? Tu ich das? Ich denke eher, dass du es mit diesem Aufzug übertreibst. Also? Wen möchtest du beeindrucken?«

»Niemanden!«

Das fehlte noch, dass Akurio Gerüchte über ihn in die Welt setzte! Wenn er nicht aufpasste, dann würden sie ihn demnächst fragen, wann denn die Hochzeit sei!

»Die Gildenmeisterinnen sind alle verheiratet und älter als unsere Mutter. Aber wenn du möchtest, mache ich dich gerne mit ihnen bekannt.«

Akurio lachte. »Also schön, behalte dein Geheimnis für dich! Ich finde es noch heraus. Auf reiche Beute, Bruderherz!«

Akurio gab seinem Pferd die Sporen. Es verfiel so abrupt in Galopp, dass sein Medaillon aus der Weste rutschte und wild umherfliegend im Licht der Sonne tanzte.

Emanio starrte seinem Bruder hinterher, während der Jagdmeister und seine Gehilfen sich beeilten, ihm zu folgen. Nur am Rande bekam er Kudonios Abschiedsgruß mit.

Erst als das Klappern der beschlagenen Hufe verstummt war, wandte er sich um. Er verstand nicht, warum sein Bruder ihn ständig mit irgendwelchen jungen Frauen in Verbindung bringen wollte. Wenn es jemanden gab, der das Auge auf ein Mädchen geworfen hatte, dann war es Akurio. Anders konnte er sich das goldene Medaillon nicht erklären, das sein Bruder seit Monaten zu jedem Anlass trug. Dabei hasste sein Bruder Schmuck und jedes andere Geschmeide. In Lederkleidung fühlte er sich weitaus wohler als in höfischen Gewändern. Nein, es konnte nur einen Grund geben, warum er es niemals ablegte. Es musste ein Geschenk von seiner Angebeteten gewesen sein. Vielleicht sollte er zur Abwechslung einmal seinen Bruder mit seiner Schwärmerei aufziehen?

Bevor er zu einer Entscheidung kommen konnte, hörte er erneut das Klappern von Hufen auf Pflaster. Er drehte sich um und sah Hauptmann Costario mit einem Dutzend Wachen auf ihn zu reiten. Ihnen dicht auf den Fersen folgte seine Kutsche. Er seufzte, als er sie sah. Er hätte ein offenes Gefährt angesichts der schwülen Junihitze vorgezogen, doch der Hauptmann bestand wie stets auf ein geschlossenes, prunkvolles Fuhrwerk, das Emanios Stand entsprach und Sicherheit bot. Zusätzlich trugen Costario und seine Wachleute ihre besten Uniformen.

Emanio warf Costario einen scharfen Blick zu, doch der Hauptmann ließ nicht erkennen, dass an diesem Tag etwas anders war. Nur als der Mann sich weigerte, ihm ins Gesicht zu sehen, erkannte Emanio, dass der Vorfall vom Morgen unterschwellig noch immer in Costario kochte.

»Hauptmann.«

»Eure Durchlaucht.«

Als dem Schein genüge getan war, stieg Emanio ein. Die beiden Leibwächter, die mit ihm zusammen gewartet hatten, blieben zurück, als sich die Kutsche zusammen mit dem schweigenden Hauptmann und seinem Begleitschutz in Bewegung setzte. Auf ein Gespräch zu warten, so wie sie es sonst gerne begannen, um die Fahrt den Hügel hinab nach Rius zu verkürzen, war heute eine vergebliche Hoffnung.

Daher starrte er hinab ins Tal, als sie die Mauern des Schlosses hinter sich gelassen hatten. Den Stoff vor den Schiebefenstern hatte er zurückgezogen und die Scheibe hochgeschoben, um die Aussicht und eine gelegentliche kühle Brise genießen zu können. Die unmittelbare Umgebung seines Zuhauses bestand aus unberührten Wiesen, die jetzt, Anfang Juni, in voller Blüte standen. Dahinter erstreckte sich auf der einen Seite eine bewaldete Hügelkette, die zum Privatbesitz der Herzogsfamilie gehörte und in dem sich das Wildgehege und Akurios bevorzugtes Jagdgebiet befanden. Auf der anderen Seite hingegen konnte er über den Weinberg weit übers Tal sehen, durch das sich in gemächlichen Windungen der Ajado schlängelte. Auch heute befanden sich wieder zahlreiche Boote und Segelschiffe von reisenden Händlern und Fischern auf dem Fluss. Das geschäftige Treiben setzte sich in der Stadt am Fuße des Hügels fort. Stimmengewirr drang aus der Ferne zu ihm hinauf.

Vereinzelt hörte er Gelächter, bevor er den Blick von den hellen Häusern mit den blauen Ziegeldächern abwandte und ihn weiter in die Ferne schweifen ließ, über die Felder und Obsthaine der Bauern bis hin zur Hügelkette im Süden, die die Grenze ihres Herzogtums zu ihrem Nachbarn Calirus markierte. Das alles war Ternilus und wie immer empfand Emanio Stolz bei diesem Anblick.

Das Gefühl war noch nicht verflogen, als sie eine Weile später die Stadt erreichten und durch Rius' Straßen fuhren. Emanio sah aus dem Fenster und beobachtete neugierig die Bewohner, die irgendwann *seine* Untertanen sein würden. Als Jugendlicher hatte er sich gern unter die Menschen gemischt. Doch seit er an seinem sechzehnten Geburtstag offiziell zum Stellvertreter seines Vaters ernannt worden war und mehr Verpflichtungen übernommen hatte, fand er dafür immer seltener Zeit.

»Ein guter Herrscher hört seinen Untertanen zu und erkennt, was sie sich wünschen und was sie insgeheim benötigen«, hörte er wieder Morios Stimme in seinem Kopf.

Daher lauschte er auf die Gesprächsfetzen, die er über den Kutschen- und Pferdelärm erhaschen konnte. Als sie kurz darauf an einer Kreuzung anhalten und eine Gruppe Händler mit ihren Wagen vorbeilassen mussten, lehnte Emanio sich leicht hinaus, um mehr zu hören. In seiner Nähe saßen zwei wohlhabende Kaufleute auf ihren Pferden und warteten ebenfalls. Emanio verfolgte aufmerksam ihre Neuigkeiten zu den Handelsentwicklungen in den benachbarten Herzogtümern und Königreichen und war froh, dass es ihnen und ihren Geschäften gut zu gehen schien, bis die beiden weiterritten.

Er hatte nicht bemerkt, dass sich seine Kutsche ebenfalls wieder in Bewegung gesetzt hatte und er immer noch aus dem offenen Fenster lehnte, als sie nun auf die Hauptstraße einbogen. Doch die Menschen bemerkten ihn.

»Seht! Dort ist der Schöne!«

»Eure Hoheit!«

»Schaut hierher, Eure Durchlaucht!«

Emanio unterdrückte ein Augenrollen. Er wünschte sich, sie würden aufhören, ihn den Schönen zu nennen, doch er hatte mit seinen Bitten, dies zu unterlassen, nur kurzzeitig Erfolg gehabt.

Winkend schenkte er den Bewohnern von Rius ein leichtes Lächeln und ein lautes Kreischen antwortete ihm, als die Menschen nun auf die Kutsche zu drängten. Emanio hörte den Hauptmann fluchen.

Dann sah Emanio, wie zwei Damen ein Stück weiter vorn ohnmächtig zusammenbrachen. Doch niemand außer ihm schien es mitbekommen zu haben.

»Anhalten!«, rief Emanio energisch, öffnete die Tür und sprang noch während der Fahrt auf die Straße.

»Eure Durchlaucht!«

Er ignorierte die entsetzten Wachen hinter ihm ebenso wie die Forderungen des Hauptmanns zurückzukommen und wieder einzusteigen. Stattdessen bahnte er sich mühsam den Weg durch die Menschenmenge zu den beiden jungen Frauen. »Lasst mich durch! Zurück!«, befahl er immer wieder, während die Frauen und Männer ihn begrapschten und in ihrem Eifer, ihm nahe zu sein, an seiner Kleidung zerrten. Schaudernd versuchte er die unerwünschten Berührungen abzuschütteln und verfluchte sich, weil er nicht auf seine Leibwächter gewartet hatte. Doch im nächsten Moment teilte sich die Menge und er erblickte endlich die beiden Frauen. Die Dunkelhaarige kam soeben zu sich und er half ihr sich aufzusetzen. Um ihn herum seufzten ein paar Mädchen und er hörte jemanden laut bedauern, dass sie es nicht gewesen war, die in Ohnmacht gefallen war.

»Ist alles in Ordnung? Geht es Euch gut?«

»Ihr ... Ihr ...!« Sie schien ihn erkannt zu haben, errötete vor Verlegenheit und brachte nicht mehr als ein Stottern über ihre Lippen, welches er zudem über den Lärm der Leute, die sich noch immer um ihn drängten, kaum verstand.

Er half ihr hoch und dann ihrer Gefährtin, die ebenfalls stammelnd verstummte, bevor sie ihren Dank vollständig über die Lippen bringen konnte.

»Aber das ist doch selbstverständlich.« Er winkte ab. »Darf ich Euch meine Kutsche anbieten? Ich denke, es ist besser, wenn ein Heiler sich vergewissert, dass es Euch gut geht.«

»Aber ... aber ... nein, das geht nicht ...«

»Unsinn! Ich kann gut zu Fuß gehen. Ich bestehe darauf, Euch zu einem Heiler fahren zu lassen.«

»Danke, Eure Durchlaucht.«

Die Wachen waren inzwischen heran und bahnten ihnen einen Weg durch die Menge. Emanio führte die Frauen zu seinem Gefährt – unter dem missbilligenden Blick des Hauptmanns – und half ihnen beim Einsteigen. Dann befahl er dem Kutscher, zum nächsten Heiler zu fahren und die beiden Damen anschließend nach Hause zu bringen. Eine der Wachen wollte ihm sein Pferd anbieten, aber Emanio winkte ab. »Danke, aber ich ziehe einen Spaziergang vor.«

Ein wenig Bewegung würde ihm guttun und außerdem wollte er seine Worte den beiden Damen gegenüber nun nicht Lüge strafen.

»Denkt Ihr, dass Ihr mit solchen Mitteln von Eurer Schuld ablenken und Euch die Bevölkerung gewogen machen könnt?«, zischte Hauptmann Costario erbost, als sich Emanio zu Fuß wieder auf den Weg Richtung Gildenhalle machte und die Menschen um sie herum enttäuscht zu murmeln begannen.

Emanio blieb stehen und starrte ihn an. »Unterstellt Ihr mir Berechnung, Hauptmann?«

Costario warf ihm einen wütenden Blick zu, als sich die Aufmerksamkeit der Wachen nun ihm zuwandte. »Gehen wir! Verteidigungsformation!«

Sie nahmen ihn mit ihren Pferden in die Mitte und setzten sich in Bewegung. Emanio genoss den Spaziergang durch die Straßen von Rius. Es war seltsam beruhigend und er bemerkte irgendwann, dass seine Gedanken abzuschweifen begannen. Er ließ sie gewähren, im Vertrauen darauf, dass die Wachen ihn beschützen und zu seinem Ziel leiten würden, während er darüber nachgrübelte, wie er die Spannungen zwischen sich und dem Hauptmann beheben konnte.

Daher erkannte er erst recht spät, dass etwas nicht stimmte. Ein flaues Gefühl hatte sich schleichend in seinem Körper ausgebreitet. Die Luft war drückend, wie kurz vor einem Gewitter. Doch als er aufsah, entdeckte er nicht dunkle Wolken am Himmel, sondern eine Art graue Nebelsuppe.

Emanio ging weiter, er sah die Pferde vor sich und den vagen Umriss der Reiter auf ihren Rücken. Der Nebel verdichtete sich mit unglaublicher Geschwindigkeit. Schon jetzt erkannte er niemanden mehr außer seinen Wachen, die Häuser und Menschen in den Straßen hatte die graue Wand bereits verschluckt. Ebenso schien sie die Geräusche zu dämpfen, denn er hörte nichts mehr, keine Rufe und keine menschlichen Stimmen, nur noch das gedämpfte Klappern der Hufe auf dem Kopfsteinpflaster.

Er schaute nach rechts und links. Die Reiter schienen sich dort nur noch als Schatten zu bewegen. Das war doch einfach unmöglich ... Emanio schaute nach vorn – und blickte auf eine undurchdringliche, wabernde Nebelwand. Er warf einen Blick nach hinten, drehte sich im Kreis. Fort! Sie waren alle fort! Weder hörte noch sah er einen einzigen Wachmann. Hier ging etwas vor sich, etwas Unnatürliches. Magie? War er von einem Zauber umgeben?

»Hauptmann Costario? Wo seid Ihr? Hört mich jemand?«

Emanio lauschte besorgt, doch die Magie schluckte anscheinend jedes Geräusch. Er beschleunigte seine Schritte, in der Hoffnung, dass er die Reiter vor sich einholen konnte, dass sich plötzlich ein Pferdeleib vor ihm aus all dem Grau schälte, aber da war nichts.

»Ist hier jemand?«

Erneut erhielt er keine Antwort und das Unbehagen wuchs in ihm. Also ging er im Zickzackkurs weiter und sah sich aufmerksam um, während er immer wieder laut nach dem Hauptmann und seinen Wachen rief. Irgendwann *musste* er doch auf einen anderen Menschen treffen oder ein Haus erreichen! So breit waren die Straßen in Rius nicht!

Emanio lief weiter, mal schneller, mal langsamer. Er änderte die Richtung und strebte dorthin, wo sich eigentlich nach wenigen Schritten Häuser hätten befinden müssen, aber alles, was er fand, war Nebel. Spätestens jetzt stand für ihn fest, dass er es mit einem Zauber zu tun hatte. Ja, er konnte sich nicht mal sicher sein, dass er sich noch in der Stadt auf der Straße befand. Vielleicht existierte die Straße von Rius immer noch an einem anderen Ort und seine Wachen wunderten sich, wohin er verschwunden war. Aber konnte das sein? Er hatte sie doch vorhin noch gesehen! Sie mussten den Nebel doch auch bemerkt haben! Warum hatte sich niemand zu ihm umgedreht oder etwas gesagt? Emanio kam der Gedanke, dass der Zauber sich auf ihn richtete. Jemand hatte ihn auf magische Weise von seinen Wachen trennen wollen. Nur wozu? Und vor allem: Wer?

Stehenzubleiben und abzuwarten schien ihm keine Option zu sein, also ging er weiter und nach einiger Zeit glaubte er tatsächlich, dass sich der Nebel ein wenig lichtete. Emanio fasste Mut und behielt seine Marschrichtung bei.

Ein lautes Keckern drang an sein Ohr und er hätte vor Überraschung fast geschrien. Wild fuhr er herum, sein Herz schlug heftig in seiner Brust.

Wo war das Geräusch hergekommen? Was war das? Er lauschte, sah sich nach allen Seiten um und erwartete jeden Moment, dass sich ein Schatten aus dem Nebel lösen und sich auf ihn stürzen würde.

Behutsam setzte er seine Füße Schritt für Schritt voran. Sein Herzschlag beruhigte sich wieder. Vielleicht hatte er nur ein Tier gehört, das sich im Nebel ebenso verloren hatte wie er selbst. Emanio kniff die Augen zusammen und hielt kurz inne. Vor sich glaubte er etwas wahrzunehmen, eine helle Stelle im Nebel, der sich noch weiter aufgelöst hatte.

Ein paar Sekunden später erkannte er, dass die Lichtquelle zu einem Haus gehörte, denn der Schein einer Kerze spiegelte sich in einer Scheibe.

Emanio fuhr zusammen, als das Keckern wieder ertönte, und auch dieses Mal konnte er die Richtung nicht bestimmen, aus der es gekommen war.

Es kam ihm vor, als würde ihn ein unsichtbarer Feind beobachten und verhöhnen. Die Angst griff wieder nach ihm und er beschleunigte seine Schritte, strebte der Sicherheit des Hauses entgegen. Gleich würde dieser Albtraum enden. Dort wohnte jemand und dieser Jemand konnte ihm beistehen und ihm erklären, wo er sich befand.

Im nächsten Moment schoss etwas unmittelbar vor seinem Gesicht vorbei und er schrie. Hektisch wedelte er mit den Armen vor seinem Kopf herum, doch was immer es gewesen war, er hatte es nicht erwischt.

Nun konnte er die Umrisse der kleinen Hütte besser erkennen. Sein Blick glitt nach oben, zu dem unregelmäßigen Dach des Häuschens. Dort schien sich etwas zu bewegen, etwas Dunkles. Emanio fühlte einen Schauer, als er die Schar pechschwarzer Krähen bemerkte, die auf dem Strohdach hockten. Jede einzelne schien ihn anzustarren. Verhielten sich so gewöhnliche Vögel? Bildete er sich nur ein, dass sie ihn fixierten?

Und dann öffneten sie, wie auf ein unhörbares Kommando hin, alle gleichzeitig die Schnäbel und schrien laut krächzend in seine Richtung!

Emanio rannte los, zur Hütte. Im nächsten Augenblick hämmerte er wie verrückt mit der Faust an die Tür. »Hilfe! Ist da jemand? Ich brauche Hilfe!«

Er wollte gerade erneut rufen, als die Tür geöffnet wurde und er seine Faust beinahe nicht auf Holz, sondern in das Gesicht eines freundlichen kleinen Großmütterchens geschlagen hätte.

»Ja, bitte?«

Die alte Frau starrte ihn an und erst da bemerkte er, dass er ihr seit einigen langen Momenten in das runzlige Gesicht mit der Höckernase blickte, ohne etwas zu sagen.

»Bitte verzeiht, verehrte Frau. Mein Name ist Emanio. Ich bin der älteste Sohn von Herzog Orsio und suche eine Unterkunft vor dem verzauberten Nebel.«

Sie musterte ihn. »Der Erbe des Herzogs. Oder der Schöne – ich habe von Euch gehört. Dann kommt herein!«

»Vielen Dank!«

Als die Tür hinter ihm ins Schloss fiel, verstummten die Schreie der Krähen und er atmete erleichtert tief ein und aus. Unglaublich, dass er so viel Angst vor ein paar Vögeln gehabt hatte!

Er folgte der Alten, die sich ihm noch nicht vorgestellt hatte, weiter in die Hütte. Er hatte gedacht, sie würde ihn in ihre Stube führen, doch der Raum, den er jetzt betrat, war voller Regale und Tische mit Tinkturen. Ein brodelnder Kessel hing über einem offenen Feuer. Verschiedene Kräuter waren zum Trocknen an der Decke befestigt und endlich begriff er, wo er war.

»Ihr seid eine Kräuterhexe, nicht wahr?«

Er lächelte die alte Frau an, die sich ihm zugewandt hatte und ihn mit zusammengekniffenen Augen beobachtete.

»Ich habe auf Euren Besuch gewartet.«

Emanio blickte sie überrascht an. Sie hatte auf ihn gewartet? Wieso?

Doch bevor er ihr eine Frage stellen konnte, fuhr sie fort: »Ich habe viel von Euch gehört, Emanio, Sohn von Herzog Orsio. Doch leider nichts Gutes.«

Wie bitte? Wovon spricht sie?

»Was denn?«

»Ich habe gehört, dass Ihr Eure Macht und Euren Einfluss missbraucht, das Herzogtum und seine Bewohner nicht schützt und keine Liebe kennt.«

Emanio spürte, wie ihm bei dieser ungeheuerlichen Behauptung der Mund aufklappte. Er und seine Macht missbrauchen? Das Herzogtum nicht schützen? War sie wahnsinnig?

»Aber das hat jetzt ein Ende. *Ich verfluche Euch! Jeder soll fortan die Dunkelheit Eures wahren inneren Wesens auf den ersten Blick erkennen und Ihr sollt begreifen, was wirklich im Leben zählt! Nur wenn Ihr Eure wahre Liebe vor der Wintersonnenwende findet, könnt Ihr den Fluch brechen! Andernfalls soll er niemals enden!*«

Er wollte lachen, er *sollte* lachen, so lächerlich waren ihre Worte. Doch die Regung verging ihm, als er nun spürte, was er gleich hätte bemerken sollen. Starke Magie ging von der Hexe und ihren Worten aus. Sie umhüllte ihn wie der Nebel zuvor und Panik ergriff ihn, als er erkannte, dass es die Hexe gewesen war, die ihn heraufbeschworen hatte. Dass sie es gewesen war, die ihn von seinen Wachen getrennt und zu ihrer Hütte geführt hatte. Dass sie mächtig genug sein musste, um Omira zu täuschen, die mit ihrer Magie jede Gefahr für das Herzogtum und die Mitglieder der herrschenden Familie vorhersah. Aber die Seherin seines Vaters hatte ihn nicht gewarnt, hatte die Gefahr ebenso wenig erkannt wie er.

Und nun war es zu spät.

Er bemerkte, dass es ihm nicht gelang, ihre Magie abzuschütteln, obwohl er sich verzweifelt und mit aller Kraft wehrte. Etwas packte ihn, eine gewaltige magische Faust schmetterte ihn gegen die Wand. Sein Körper brannte. Er vermochte nicht zu sagen, ob er in eine Kerze gestürzt war, ob es die Nebenwirkungen ihres Fluchs oder lediglich Schmerzen waren, die ihn schreien ließen. Die Macht der Hexe drückte ihn zu Boden. Er hörte sie keuchen und fluchen, als er sich gegen die magischen Fesseln wehrte.

»Bei den Verdammten!«

Dann schlug sie so kraftvoll zu, dass es sich anfühlte, als hätte ein Pferd ausgetreten und ihn mit voller Kraft mit dem Huf erwischt. Pein explodierte in seinem Körper ... und dann war da nichts mehr.

Als er die Augen aufschlug, dröhnte ihm der Schädel. Was war passiert?

Er blinzelte gegen das helle Licht der Sonne an. Erst dann bemerkte er, dass er auf Holzbrettern lag und nicht in seinem Bett. Stöhnend presste er die Lider zusammen.

Nicht schon wieder! Er hatte sich doch geschworen, nie wieder auf eine Feier seines Bruders zu gehen und zu viel zu trinken!

Emanio versuchte sich zu erinnern, was am Vorabend passiert war. Aber in seinem Gedächtnis herrschte an diesem Morgen nur Dunkelheit. Nicht ein einziger Erinnerungsfetzen gab ihm Hilfestellung. Wo war er hier?

Verwundert schlug er erneut die Augen auf, als er sich an den ungewöhnlichen Anblick des Zimmers erinnerte, in dem er aufgewacht war. Eins stand fest: Er befand sich nicht im Schloss seines Vaters.

Plötzlich hellwach pochte sein Herz wie verrückt und die Gewissheit, dass etwas nicht stimmte, verstärkte sich noch. Panik legte sich über seine Gedanken, als er aufstehen wollte und sofort wieder zu Boden stürzte.

Er starrte auf seine Hände. Oder besser gesagt auf das, was seine Hände hätten sein sollen. Übelkeit überkam ihn.

Bei den Verdammten! Was ist das? Was ist mit meinen Händen geschehen?

Statt auf bleiche Haut und schlanke Finger fiel sein Blick auf etwas Schwarzes, Großes, Bestialisches.

War das …? Nein, völlig unmöglich! Er hatte nur einen über den Durst getrunken und Morio spielte ihm jetzt einen Streich, um ihm eine Lektion zu erteilen! Ja, genau!

Er wollte »Morio!« rufen, doch was er stattdessen hörte, war ein gewaltiges Brüllen. Das Brüllen einer Bestie.

Einer Bestie mit schwarzen Pfoten und gewaltigen Krallen, in die er sich aufgrund des Fluchs der Hexe verwandelt hatte.

Kapitel 2: Lerio

Das Gras raschelte unter seinen Pfoten, als er durch den Wald hetzte. Hinter sich hörte er sie schon, die Stimmen und Schritte der Jäger, die jetzt noch achtlos durch den Wald stapften. Bald würden sie schleichen und lautlos aus dem Hinterhalt angreifen, dann würde er sie nicht mehr so leicht entdecken und sich vor ihnen verstecken können. Er hatte Glück gehabt. Er hatte nicht mit ihnen gerechnet und sie nur durch Zufall gesehen, bevor sie ihn hatten aufspüren können.

Jetzt rannte er vor ihnen davon, während er immer wieder leise Warnschreie ausstieß. Hirsche, Wildschweine, Hasen, Fasane und andere Bewohner des Waldes schreckten bei seinen Rufen auf und stoben in alle Richtungen davon, fort von der Gefahr. Er hätte Erleichterung empfinden sollen, doch das tat er nicht. Unwillkürlich begann er sie zu zählen, seine Freunde, von denen es täglich weniger gab. Kummer und Zorn erfüllten sein Herz und ließen seinen kurzen, buschigen Schwanz kräftig hin und her peitschen. Und schuld daran waren allein die Jäger, mit ihrer abscheulichen Lust aufs Töten.

Wenn es ihnen darum gegangen wäre, Nahrung zu finden, um nicht zu verhungern, dann hätte er es verstehen können. Das war der Kreislauf des Lebens: fressen und gefressen werden. Doch die Jäger waren alle wohlgenährt, bei einigen spannten sich die Wämser über kleinere oder größere Bierbäuche. Keiner von ihnen verschwendete auch nur einen Gedanken daran, wie es wäre, abends mit grummelndem

Magen ins Bett gehen zu müssen. Sie hatten Nahrung und Reichtümer im Überfluss und bemerkten es nicht einmal.

Ein Knurren entfuhr ihm und seine Ohren zuckten wütend, als er daran dachte. Ein Wildgehege hatte es Herzog Orsio genannt, aber im Grunde war es nichts anderes als ein weitläufiges Schlachthaus, eingezäunt von Magie statt von Mauern, und die Menschen machten gnadenlos Jagd auf alles, was im Innern lebte. Nur ihnen war es möglich, die magischen Barrieren zu passieren. Alle anderen waren in ihnen gefangen, den Bestien in Menschengestalt gnadenlos ausgeliefert.

Ich hasse sie!

Grenzenloser Zorn überkam ihn, als er an Herzog Orsio und seine Familie dachte. Sie waren die Schlimmsten von allen. Einst hatten sie vorgegeben, die Tiere schützen zu wollen vor Eindringlingen und Wilderern. Doch der magische Zaun zum Schutz der Waldbewohner war eine List gewesen, eine Täuschung, die ihn und die anderen Wildhüter in die Irre hatte führen sollen.

Verfluchte Lügner! Eidbrecher!

Aber dann hatten sie ihr wahres Gesicht gezeigt, als sie vor sechs Jahren Jagdmeister Kudonio eingestellt hatten, mit seiner Gier nach Blut und Trophäen. Er hasste ihn mit jeder Faser seines Herzens. Schon oft hatte er sich vorgestellt, dem Mann mit seinen langen, scharfen Krallen das Gesicht zu zerfetzen, bis Kudonio vor derselben Todesangst schrie, die er den Tieren des Waldes jeden Tag zufügte. Doch es war nicht mehr als ein willkommenes Gedankenspiel, er hatte es nie getan und würde es nie tun. Denn er war nicht wie sie.

Über sich hörte er jetzt die kehligen Schreie der Falken. *Diese Verräter!* Er konnte nicht verstehen, wie sie sich mit den Menschen verbünden konnten, um Jagd auf andere Tiere zu machen.

Ein Keuchen erfüllte die Luft, als er noch schneller rannte. Seine Pfoten klatschten jetzt hörbar auf den Boden und seine

Bewegungen drückten das Gras hinab, sodass es sich nicht länger hinter ihm aufrichtete. Er hinterließ klar erkennbare Spuren für die Jäger, aber das war ihm in diesem Moment egal.

Ich muss sie warnen!

Hinter sich hörte er jetzt die Jagdhunde, aber noch waren sie weit genug entfernt, als dass er sich Sorgen um sich selbst hätte machen müssen. Und sollte sich das ändern, nun, so hatte er eine Möglichkeit, um sie von seiner Spur abzulenken, nicht wahr?

Doch sein Selbstbewusstsein wurde ihm im nächsten Moment zum Verhängnis. Seine linke Vorderpfote krachte in den Bau eines Hasen und knickte um. Er konnte nicht rechtzeitig abbremsen und stürzte schmerzhaft zu Boden. Unwillkürlich entfuhr ihm ein Schmerzenslaut. Dann stieß er wieder seinen Warnruf aus, als ihm der Bewohner des Baus zur Hilfe kommen wollte.

»Bring dich in Sicherheit und warne die anderen! Die Jäger kommen!«

Der Hase schoss davon und seine Anspannung ließ ein wenig nach. Nun musste er nur noch seine Pfote aus dem Erdloch befreien. Behutsam hob er sein Vorderbein an und zog sie heraus. Dann belastete er die verletzte Gliedmaße vorsichtig und zuckte zusammen. Verdammt! Es fühlte sich an, als hätte er sie sich bei seinem Sturz verstaucht.

Er humpelte dennoch los, biss die Zähne zusammen und wurde schneller. Dann jedoch gab das verletzte Vorderbein überraschend unter ihm nach und einen Atemzug später schoss ein Pfeil dicht über ihn hinweg.

Dort, wo sein Kopf gewesen wäre, wäre er nicht gestolpert.

Er erstarrte vor Schreck. Unwillkürlich sah er sich um, dorthin, woher der Pfeil gekommen sein musste.

Ein Mann von etwa zwanzig Jahren stand wenige Dutzend Schritte hinter ihm und runzelte die Stirn. Noch immer hielt er den Bogen in der schlanken, aber dennoch kräftigen Hand, während er mit der anderen in den Köcher auf seinem Rücken griff, um einen weiteren Pfeil hervorzuholen. Dabei spannten sich seine Muskeln, die geöffnete Lederweste klaffte auseinander und bot einen Blick auf die wohlgeformte Brust, die dank seines schweißnassen Hemdes gut zu erkennen war. Er musste gerannt und seiner Spur gefolgt sein, aber abgesehen vom Schweiß deutete nichts darauf hin, dass die Strapazen ihren Tribut gefordert hätten. Der Mann keuchte nicht einmal vor Anstrengung. Im Gegenteil, er war in körperlicher Höchstform.

Natürlich erkannte er den Jäger, aber er hatte Akurio, den jüngeren Sohn von Herzog Orsio, noch nie aus der Nähe betrachtet, geschweige denn in ihm etwas anderes gesehen als ein Mitglied der verhassten Eidbrecherfamilie. Er erinnerte sich noch zu gut an den heranwachsenden Akurio, der dem Jagdmeister wie ein Hündchen gefolgt war und gebannt gelauscht hatte, wenn Kudonio ihm erklärte, wie man mit Pfeil und Bogen schoss, Fallen stellte und der Beute das Fell abzog. Er hatte in ihm nie den attraktiven Mann gesehen, zu dem Akurio geworden war.

Erst als sein Hinterbein überraschend zu brennen begann, löste sich sein Blick vom Herzogssohn und er wirbelte herum. Ein leises Winseln entwich seiner Kehle, als die Bewegung den Schmerz seiner Verletzung noch verstärkte und er *ihn* ein ganzes Stück hinter Akurio erblickte.

Kudonio, den Schlachtmeister. Seinen Feind. Den Mann, der ihm mit einem Pfeil einen qualvoll brennenden Streifschuss am Hinterbein verpasst hatte.

Du Trottel! Was stehst du auch hier herum und gaffst? Renn weg!

Nur leider war das nicht so einfach. Ein Rascheln verriet sie, als die anderen Mitglieder des Jagdtrupps jetzt von zwei verschiedenen Seiten durch das Unterholz brachen und ihm den Fluchtweg abzuschneiden begannen. Sein Herz setzte bei ihrem Anblick einen kurzen Moment aus und fing dann an schneller zu schlagen, als ihm voller Schreck klar wurde, dass er mit seiner verstauchten Vorderpfote und dem verletzten Hinterbein keine Möglichkeit hatte, der Meute zu entkommen. Es war vorbei.

Dennoch zögerte er, das einzige ihm jetzt noch Mögliche zu tun.

»Halt! Nicht schießen!«, rief plötzlich einer der Gehilfen des Jagdmeisters laut. »Das ist ein Gestaltwandler!«

Die übrigen Mitglieder der Jagdgesellschaft fingen an zu murmeln. Er sah, wie sie abwechselnd ihn, Kudonio und Akurio anstarrten. Doch der Jagdmeister ließ sich von ihrer Verunsicherung nicht erschüttern, sondern kam langsam auf ihn zu. Der Herzogssohn jedoch wirkte genauso verdutzt wie der Rest der Jagdgesellschaft.

»Ein Gestaltwandler? Ist das wahr? Wer bist du? Sprich!«, forderte Akurio.

Der Blick Kudonios wanderte über das Muster seines Fells, erfasste jedes Detail und mit einem mulmigen Gefühl im Magen ahnte er, was jetzt kommen würde.

»Das ist Lerio. Der Hässliche«, verkündete der Jagdmeister laut und das Gewisper der anderen verstummte für einen kurzen Moment, bevor es zu aufgeregtem Geraune wurde. Dann begannen die Ersten zu lachen.

Hätte Lerio in seiner Luchsgestalt erröten können, so hätte er es in diesem Augenblick getan. Scham breitete sich in ihm aus, als die Menschen ihn schadenfroh anblickten und grinsten.

»Die Frage ist nur, was der Hässliche hier macht.« Kudonio kniff die Augen zusammen und runzelte die Stirn. »Ich habe ihn nämlich nicht hierhergeschickt, Eure Durchlaucht. Er dürfte sich überhaupt nicht im Wildgehege aufhalten. Sehr verdächtig. Sprich! Warst du etwa auf der Jagd und hast versucht, einen Hasen, ein Eichhörnchen oder ein anderes kleines Tier zu erlegen? Zu mehr bist du Winzling ja nicht in der Lage. Dabei weißt du ganz genau, dass dies das private Jagdgebiet der Herzogsfamilie ist, du Dieb!«

Schock ließ ihn wie angewurzelt stehen bleiben und Kudonio anstarren. Dass sein Vorgesetzter ihm nicht vertraute, weil er vor zehn Jahren von Herzog Orsio als Wildhüter angestellt worden war und seine Aufgabe immer noch als solcher sah und nicht als Jagdgehilfe von Kudonio und der Herzogsfamilie, wusste er längst. Auch Kudonios persönliche Abneigung gegen alle Gestaltwandler hatte er viel zu oft zu spüren bekommen, als dass sie ihn noch überraschen konnte.

Doch ein Dieb? Wie konnte ihm Kudonio vorwerfen, ein Wilderer zu sein? Allein die Vorstellung, seine tierischen Freunde zu jagen, brachte ihn dazu, sich heftig vor Abscheu zu schütteln. Niemals könnte er einen von ihnen mit seinen Krallen zerreißen und fressen! Und das nicht nur, weil sie seine Freunde waren, nein! Wie seine gesamte Familie betrachtete Lerio jedes Tier als intelligentes, fühlendes Wesen. Sie zu hetzen und umzubringen, war nichts anderes als Mord.

»Rede!«, forderte der Jagdmeister erneut und klang gereizt. »Was hattest du hier in deiner abnormen Gestalt zu suchen? Verwandle dich auf der Stelle zurück und antworte mir! Falls du es nicht tust, lasse ich dich als den Dieb auspeitschen, der du bist, und werde dich und deine gesamte Familie entlassen!«

Lerio zuckte zusammen. Er wusste, dass Kudonio keine leeren Drohungen aussprach. Wenn er sich nicht augenblicklich zurückverwandelte, würde das seine Familie teuer zu stehen kommen.

Er schloss die Augen, um die begierigen Blicke der Männer um ihn herum nicht zu sehen, die gespannt auf das Spektakel warteten. Er wandte ihnen den Rücken zu, als er sich auf seine andere Gestalt konzentrierte, das Bild eines aufrecht gehenden Menschen mit zwei Armen und zwei Beinen heraufbeschwor und sich daran erinnerte, wie es war, Hände zu haben, seine Schwestern zu umarmen, der Mutter in der Küche zu helfen. Sofort spürte er das Kribbeln der Magie, als die Verwandlung begann. Sein Fell fing an sich zurückzuziehen, die Hinterbeine wurden länger, der Rücken krümmte sich und seine Krallen gruben sich nicht länger in die Erde.

Und dann kauerte er in seiner menschlichen Gestalt auf dem Waldboden und die Jagdgesellschaft keuchte überrascht auf, obwohl sie seine Verwandlung erwartet und herbeigefiebert hatte.

»Der ist ja nackt!«

Gelächter explodierte um ihn herum und Scham breitete sich in Lerio aus, als sie ihn verspotteten und sich gegenseitig abfällige Bemerkungen über sein Äußeres zuwarfen. Er wusste, dass er nicht so groß, muskulös und stark wie sie war. Stattdessen war er klein, dünn, sehnig und dank seiner Gestaltwandlermagie übermäßig behaart.

»Wie ein Affe!«, grölte einer der Männer und Lerio begriff, dass es Akurio war, der am lautesten lachte und über ihn lästerte.

Unwillkürlich richtete er sich auf und drehte sich zu ihm um. Er verharrte in der Bewegung, als er die verächtliche Grimasse sah, die der Herzogssohn zog. Nun verstand er nicht mehr, wie er ihn jemals attraktiv hatte finden können. Akurio war ein Jäger. Hässlich von innen.

»Götter!«

»Iiih!«

Lerio hatte vergessen, dass er einen guten Grund gehabt hatte, sich von der Jagdgesellschaft abzuwenden. Nun jedoch hörte er ihre entsetzten Schreie und Schmerz breitete sich in seiner Seele aus, als er den Ekel sah, der sich auf den Gesichtern von Akurio und seinen Männern ausbreitete. Das Schlimmste war, dass zwei von ihnen sich zu übergeben begannen, als verursache sein Anblick ihnen körperliche Übelkeit.

»Ein Monster!«, flüsterte ein anderer entsetzt und wich vor ihm zurück. Dennoch konnte der Jagdgehilfe nicht aufhören, ihm ins Gesicht zu starren, als würde seine Hässlichkeit ihn gleichermaßen faszinieren wie abstoßen.

»Der Hässliche«, wiederholten die Jäger und was sie zuvor gesagt hatten, um ihn zu verletzen und zu verspotten, klang erstmals wie die Bekräftigung einer Tatsache.

Lerio zitterte, als sein Blick über ihre Mienen huschte. Nicht eine einzige drückte Mitgefühl ihm gegenüber aus. Er hatte es nicht erwartet und dennoch: Die Hoffnung, dass einer von ihnen ein letztes bisschen Anstand besaß und ihm helfen würde, starb nun.

»Welch eine Missgeburt! Seine Eltern hätten ihn bei seiner Geburt ertränken sollen!«, verkündete Akurio laut. Seine Fratze war voller Hass und Abscheu verzogen. »Fass, Reißzahn!«

Die Worte taten weh. Sie hätten es nicht tun sollen, schließlich kannte er die Grausamkeit der Menschen zur Genüge und hatte lernen müssen, mit ihrem Spott und ihren boshaften Bemerkungen umzugehen. Doch irgendwie war es etwas anderes, sie von ihm zu hören, als hätte sein Leben keinen Wert, als sei er nichts anderes als Vieh, geboren mit einem Makel, welches man ohne einen weiteren Gedanken beseitigte.

Etwas Kleines huschte wie ein roter Blitz auf ihn zu. Lerio wollte ihm zurufen, sich vor den Jägern in Sicherheit zu bringen, doch seine Worte erstarben ungesagt auf seinen Lippen, als er das Tier erkannte.

Es war ein Fuchs. Genauer gesagt, Akurios zahmer Fuchs, den er stets mit auf die Jagd nahm.

Dann war das Tier heran und Zähne bohrten sich kräftig in Lerios Wade, als Reißzahn dem Befehl seines Herrn gehorchte.

Lerio schrie. Tränen schossen ihm ins Auge, erst vor Schmerz, dann vor Demütigung, als die Jäger johlten und Reißzahn anfeuerten.

Seine Wade brannte. Blut rann an ihr herab, als sich Reißzahn in ihr verbiss und nicht mehr loslassen wollte, so sehr Lerio sein Bein auch schüttelte und um sich trat. Er hatte Angst, dass der Fuchs ein Stück Fleisch herausbeißen würde, wenn er nicht bald von ihm abließ. Voller Furcht schlug er dem Tier mit der Faust auf den Kopf. Er wusste sich nicht anders zu helfen.

Zum Glück – und vielleicht auch aus Überraschung – ließ der Fuchs jetzt von ihm ab. Lerio wirbelte herum und rannte los, weg von der Meute.

»Tötet die Missgeburt!«

Lerio wusste nicht, wer es gerufen hatte. Es war auch egal, denn das Jagdfieber hatte sie nun gepackt. Er hörte, wie sie ihm hinterherstürzten, ihren Hunden, Falken und Reißzahn Befehle zuriefen, und Todesangst breitete sich in ihm aus.

Er hetzte durch den Wald und ignorierte dabei die Schmerzen in seiner Wade. Pfeile flogen dicht an ihm vorbei, die Jagdfalken waren ihm auf den Fersen, als er um sich und Haken schlagend durch die Bäume rannte.

Er schwamm durch den Fluss, wälzte sich durch eine Lichtung stinkender Gerrisblumen, um die Hunde zu verwirren und abzuhängen. Er zwängte sich durch schmale Felsspalten und kroch durch Höhlen, in die die Falken ihm nicht folgen wollten und die Jäger nicht konnten. Dieses eine Mal war er dankbar, dass er so klein und dünn war.

Und irgendwann, als Lerio für einen Moment keuchend innehielt, um nach seinen Verfolgern zu horchen, begriff er, dass er es geschafft hatte. Er hatte sie abgehängt.

Ein Schluchzen schüttelte seinen erschöpften und zerschlagenen Körper. Heiße Tränen der Scham und der Pein rannen über seine Wangen. Warum hassten sie ihn nur so?

Später vermochte er nicht zu sagen, wie lange er dort gesessen und geweint hatte. Die Schmerzen in seiner Wade waren zu einem dumpfen Pochen abgeklungen, seine anderen Verletzungen waren in seinem Elend noch leichter zu ignorieren. Lerio begann zu zittern, als die Hitze des Tages langsam nachließ.

Leise stemmte er sich hoch, schlich zum Ausgang der Höhle und sah hinaus in den Himmel, um den Sonnenstand zu prüfen. Abendbrotzeit. Mit Sicherheit waren die Jäger längst zurück im Schloss und schlugen sich dort die Bäuche voll, während sie Geschichten darüber erzählten, wie sie ihn, den Hässlichen, gehetzt und ihm eine Lektion erteilt hatten.

Er wischte die Tränen weg, wütend, dass er immer noch nicht gelernt hatte, ihnen aus dem Weg zu gehen und ihre Gemeinheiten zu ignorieren. Auch für ihn wurde es langsam Zeit nach Hause zu gehen und er wollte nicht, dass seine Mutter und seine Schwestern bemerkten, dass er geweint hatte. Er wollte ihnen nicht erzählen, was passiert war.

Aber vermutlich muss ich das, dachte er beklommen, als er sich humpelnd auf den Weg machte. Die Bissverletzung pochte schmerzhaft, jetzt da er nicht länger von Todesangst angetrieben wurde. Jeder Schritt war eine Qual.

Er brauchte viel länger zurück zu seinem Versteck, als er gedacht hatte. Doch statt sorgsam zusammengelegt unter dem Busch fand er seine Kleidung davor zerstreut und teilweise zerrissen, als hätten die Hunde sie gefunden und sich voller Frust auf sie gestürzt.

Lerio beugte sich bekümmert hinab, um sie aufzuheben, als er den Geruch und die gelbe Flüssigkeit bemerkte. Das hatten die Hunde gewiss nicht getan. Es waren eindeutig Menschen gewesen, die seine Kleidung besudelt hatten.

Erneut musste er gegen die Tränen kämpfen. *Warum kann es nicht eine Welt ohne Menschen geben? Dann wäre alles besser.*

Er hob das Hemd und die Hose vorsichtig hoch, doch es gab nicht ein Fitzelchen, das nicht von Urin getränkt war.

Mutter darf sie so nicht sehen. Der Gedanke setzte sich mit Nachdruck in ihm fest und so begab er sich humpelnd zum nächstgelegenen Bach, um seine Kleidung notdürftig zu waschen.

Anschließend machte er sich auf den Heimweg, der ihm dieses Mal doppelt so lang vorkam. Seine normale Feierabendzeit war schon seit Stunden verstrichen, als er sich endlich der Hütte näherte.

Seine Mutter stand draußen und starrte ihm entgegen. Er versuchte zu lächeln, vorzutäuschen, es wäre alles in Ordnung. Doch er hatte vergessen, dass er das nasse Hemd und die Hose noch in den Händen trug. Das Gesicht seiner Mutter verzog sich besorgt, als sie seinen Zustand bemerkte, und sie eilte ihm entgegen.

»Lerio! Um der Götter willen! Was ist mit dir geschehen? Woher hast du all die Verletzungen?«

Als wäre er ein kleiner Junge und nicht bereits fünfundzwanzig Jahre alt, führte sie ihn hinein, setzte ihn in der Waschküche auf einen Schemel und wusch ihn. Er ließ es sich gefallen, insgeheim froh über die Fürsorge und Wärme nach all dem Hass und der Abscheu des Tages.

Danach machte sich seine Mutter daran, seine Verletzungen zu versorgen, und erst jetzt bemerkte er, wie viele er sich zugezogen hatte. Der Kräutersud, den sie auf die Bissspuren auf seiner Wade strich, fühlte sich im ersten Augenblick unangenehm an. Dann breitete sich wohltuende Kühle in seinem Unterschenkel aus.

»Trink das!« Seine Mutter drückte ihm einen Becher Wasser in die Hand. Er schluckte und spürte den Geschmack der Heilkräuter auf der Zunge, während sie die Wunde verband, froh, dass seine Schwestern noch nicht aus dem Schloss zurück waren, auch wenn es ihm Sorge bereitete, dass sie überhaupt dort arbeiteten. Doch seit dem Tod des Vaters brauchte seine Familie das Geld. Er verdiente leider nicht genug, um sie alle fünf zu ernähren und ihnen ein Dach über dem Kopf zu geben.

Madira war die Erste, die zurückkam. Selbst die harte Arbeit als Küchenmädchen hatte ihr die kindliche Leichtigkeit noch nicht nehmen können.

»Mutter? Lerio?«

Madira steckte den Kopf zur Tür herein und verlor ihr strahlendes Lächeln, als sie ihn auf dem Schemel sitzen sah, während die Mutter die Wunden von den Abschürfungen auf seinen Armen und seinem Rücken versorgte.

»Was ist geschehen?«

»Nichts. Du musst dir keine Sorgen machen, Madira.«

Lerios Versuch zu lächeln scheiterte, als seine Mutter in diesem Moment mit einer Pinzette in der Wunde herumfuhrwerkte. Er verzog das Gesicht zu einer Grimasse.

»Lüg mich nicht an!« Madiras Zorn überraschte ihn. »Ich bin kein kleines Kind mehr! Du musst mich nicht vor der Wahrheit beschützen! Das waren sie, oder? Die Männer, mit denen du zusammenarbeitest.«

Lerio schwieg. Madiras Blick verfinsterte sich, als sie erkannte, dass er ihr nicht antworten wollte. Sie ging in den anderen Raum zurück und kurz darauf hörte er sie mit Gerania und Torra wispern. Dass Torra bereits zu Hause war, überraschte ihn. Die Herrin, bei der sie als Zofe arbeitete, beschäftigte sie häufig bis spät in den Abend hinein und wenn es zu dunkel und gefährlich wurde heimzukehren, übernachtete sie sogar im Schloss.

Es war Torra, die jetzt in die Waschküche kam, um ihn gründlich von Kopf bis Fuß zu mustern.

»Du siehst schlimm aus«, meinte Torra und strich ihm mitfühlend über den Kopf. Diese einfache Geste brachte ihn erneut zum Weinen. »Wer war es?«

»Lass es gut sein, Torra. Bitte.«

Er wollte seinen Schwestern nicht von der Grausamkeit der Menschen erzählen müssen. Er wusste zwar, dass er sie nicht ewig beschützen konnte – vielleicht war es dafür sogar schon zu spät –, aber er musste sie mit seiner Schilderung auch nicht gegen die Menschen einnehmen, mit denen sie Tag für Tag im Schloss zu tun hatten. Nicht dass sie noch auf die dumme Idee kamen, ihn zu rächen.

Er schwieg eisern, während ihre Mutter das Abendessen zubereitete. Normalerweise hätte er ihr dabei geholfen, doch dieses Mal wollte sie das nicht zulassen. Er blieb auch stumm, als Madira und Gerania Geschichten aus der Schlossküche zum Besten gaben, die ihren Schilderungen zufolge ein Ort der Strenge und Ordnung dank der Oberköche sein musste, während es abseits ihrer aufmerksamen Blicke in den unteren Rängen chaotisch und albern zuging. Täglich wussten sie von neuen Streichen, Freundschaften und Feindschaften, aber auch von Liebesverwicklungen unter den älteren Küchenjungen und -mädchen zu berichten. Lerio hoffte nur, dass seine Schwestern mit dreizehn und fünfzehn sich noch einige Jahre lang nicht in diese hineinziehen ließen.

Und mit dieser beängstigenden Vorstellung im Kopf ging er kurz darauf ins Bett, während Madira und Gerania ihrer Mutter beim Abwasch halfen. Es dauerte lange, bis er einschlafen konnte.

Am nächsten Morgen wusste Lerio nicht, was ihn geweckt hatte. Er blinzelte im ersten Licht der Sonne, das durch die geöffneten Fensterläden hereinfiel. Ein freches Eichhörnchen hatte sie ausgenutzt und huschte durch die Stube, auf der Suche nach übrig gebliebenen Krümeln vom Abendessen. Lerio ließ es gewähren.

Sein Blick wanderte weiter über die schlafenden Gestalten seiner Schwestern, die sich wie jede Nacht dicht neben ihm niedergelassen hatten. Er sah Gerania und Madira, doch

Torras Lager links von ihm war leer. Nun hörte er draußen etwas rascheln und dann würgte jemand.

Lerio schoss augenblicklich in die Höhe und war zur Tür hinausgerannt, bevor er den Schmerz in seinen Gliedern überhaupt wahrnahm. Er fand Torra draußen vor, ein paar Schritte von der Hütte entfernt, wo sie sich ins Gras übergab und darauf achtete, dass ihre Haare ihr dabei nicht ins Gesicht fielen.

Ein Gefühl des Entsetzens breitete sich in ihm aus, als er sie sah. »Torra?«, flüsterte er voller Angst.

Wenn sich einer der Jäger an seiner Schwester vergriffen und sie vergiftet hatte, dann würde er ihn umbringen!

Er trat auf sie zu und streichelte ihr sanft über den Rücken, bevor er ihr half, ihre Haare zurückzuhalten. Nach einem langen Moment richtete sich Torra auf. Sie war leichenblass im Gesicht und schwitzte. Er musste sie stützen, als er sie zu einem umgestürzten Baumstamm am Rand der Lichtung begleitete, weg von der Hütte und von den neugierigen Ohren ihrer jüngeren Schwestern.

»Könnte ich etwas Wasser haben?«, bat sie, bevor Lerio sie mit Fragen bestürmen konnte.

Er nickte und eilte sofort zum Brunnen hinter dem Haus. Kurz darauf brachte er ihr einen kleinen Eimer voll und sie griff mit beiden Händen hinein, um zu trinken und sich anschließend das Gesicht zu waschen.

Lerio ging unterdessen unruhig auf und ab. Es gefiel ihm nicht, dass seine Schwester so ruhig wirkte. War das nicht das erste Mal, dass sie sich übergeben hatte? Wusste sie, was mit ihr los war?

Besorgt hielt er inne und starrte sie an. Hatte seine Schwester womöglich einen Feind im Schloss, von dem sie ihnen bislang nichts erzählt hatte?

»Bitte, sag doch etwas!«, flehte er. »Bist du krank? Hat dich jemand vergiftet?«

»Was?« Völlig verdutzt starrte sie ihn an, als wäre seine Frage zu lächerlich, um sie auch nur zu denken, geschweige denn sie auszusprechen.

»Kaum einer von uns wird jemals krank. Also ist es etwas Schlimmes. Kannst du es mir verübeln, dass ich Angst um dich habe?«

»Ach, Lerio!« Sie seufzte.

Ihr Verhalten und die Sorge machten ihn wahnsinnig und daher tat er etwas, was er sonst stets vermied, wenn er in seiner menschlichen Gestalt steckte. Er griff auf seine Luchssinne zu und schnupperte. Sofort sprang ihn ein verräterischer Duft an.

»Du bist *schwanger*?«

Völlig geschockt setzte er sich an Ort und Stelle ins Gras, weil seine Beine ihn nicht mehr trugen. Seine kleine Schwester erwartete ein Kind? Aber sie war doch erst siebzehn!

»Aber wie ...?«

»Wie wohl!« Torra musterte ihn, als wäre er einfältig. »Wie es immer passiert.«

»Aber du hast nie etwas von einem Verehrer erzählt! Ich dachte, du interessierst dich noch nicht für Männer!« Ein schrecklicher Gedanke kam ihm. »Dir hat doch niemand Gewalt angetan, oder?«

Torra wurde erneut blass. »Bei den Göttern, nein! Lerio, bitte, beruhige dich! Es geht mir gut. Wenn jemand schuld an dieser Situation ist, dann ich. Ich hatte dir doch erzählt, dass meine Herrin wochenlang vom Frühlingsball der Herzogsfamilie geschwärmt hat, oder?«

Er runzelte die Stirn. Was wollte sie damit sagen?

»Der Frühlingsball findet immer am letzten Aprilwochenende statt und ist traditionell ein Maskenball. Ich war so neugierig, dass ich beschlossen hatte, ebenfalls hinzugehen. Es ging auch alles gut. Ich habe ein altes Kleid meiner Herrin geflickt und es geringfügig umgeändert, damit es niemand erkennt. Das Schwierigste war noch, eine Maske zu finden, aber eine andere Zofe hat mir geholfen, die auch Feuer und Flamme für die Idee war, dass wir uns auf den Ball schleichen. Und in unseren schicken Kleidern haben wir uns wie feine Damen gefühlt. Es war großartig!«

Ein Glanz war in Torras Augen getreten, der Lerio gar nicht gefiel. Er hatte nicht gewusst, dass seine Schwester von einem besseren Leben träumte, das für sie als Gestaltwandler unerreichbar war. Nie hätte er gedacht, dass sie sich wie eine leichtsinnige Träumerin verhalten und diesem gefährlichen Wunsch nachgeben könnte. Wenn sie erwischt worden wäre!

Doch seine Schwester schwärmte jetzt vom Ball, in Erinnerungen versunken. Lerio musste sie zum Kern ihres Gesprächs zurückholen. »Und der Vater des Kindes?«

»Weißt du, ich habe den jungen Herrn gleich bemerkt. Er ist ständig so nett und charmant«, fuhr sie begeistert fort. »Ich wusste sofort, wer er war. Menschen! Als könnten sie ihre Identität verbergen, wenn man sie an ihrem Geruch erkennt. Er hat mich angelächelt, als ich auf ihn zugegangen bin und um einen Tanz gebeten habe. Und er hat mir meine Bitte gewährt! Nicht einen Ton des Tadels hat er gesagt, als ich ihm vor lauter Aufregung auf die Füße getreten bin. Er war die vollendete Höflichkeit.« Sie seufzte schwärmerisch, während Lerios Magen einen Sturzflug machte.

»Du hast mit Emanio getanzt? Oder mit Akurio?« War dieses Monster der Vater ihres ungeborenen Kindes?

»Mit Emanio natürlich!« Sie kicherte glücklich. »Danach hat er mit anderen Frauen getanzt und ich habe ihn beobachtet, während ich ein Glas Wein getrunken habe.«

Jetzt log sie. Er kniff die Augen zusammen und sie lenkte ein. »Gut, es waren eher zwei oder drei. Ich gebe zu, dass ich etwas betrunken war, als er den Maskenball verließ und ich auf die Idee kam, ihm zu folgen. Möglicherweise war ich auch nicht mehr sicher auf den Beinen, denn ein Diener musste mich stützen. Er hat mich gefragt, wo ich hinmöchte, und ich habe ihm die Wahrheit gesagt. Kurz darauf habe ich mich in einem Schlafzimmer wiedergefunden, in dem ganz romantisch nur ein paar Kerzen brannten. Ich muss eingeschlafen sein, aber ich erinnere mich noch, dass mich Küsse und der Geruch nach Magie geweckt haben. Mehr weiß ich nicht mehr. Am nächsten Morgen bin ich in dem Bett erwacht und habe mich wie eine Prinzessin gefühlt, als ich erkannt habe, was in der Nacht geschehen sein musste.« Sie seufzte erneut und schloss verträumt lächelnd die Augen.

Der Erbe des Herzogs hatte seine Magie benutzt, um seine Schwester zu verführen? Dafür würde dieser Schurke bezahlen! Was hatte er ihr nur angetan, dass sie immer noch bei der Erinnerung selig lächelte? Er hatte Akurio für schlimm gehalten, aber seine Verbrechen waren nichts gegen die seines älteren Bruders.

»Ich werde ihn umbringen!«

»Was? Nein!«

Lerio bemerkte erst, dass er sich Richtung Schloss umgewandt und wütend die Fäuste geballt hatte, als sich Torra an seinen Arm klammerte.

»Das darfst du nicht, Lerio!«

»Denkst du, dass ich ihn damit durchkommen lassen werde? Er hat dir die Unschuld geraubt und dich geschwängert! Ich werde ihn zur Rede stellen, damit er die Verantwortung für seine Tat übernimmt! Er hält doch heute Audienz oder nicht? Dann werde ich ihn aufsuchen und er wird dafür bezahlen!«

»Aber das möchte ich nicht, Lerio.«

Völlig verdutzt hielt er inne.

Bitte was? Emanio hatte ihr Leben ruiniert und sie nahm ihn in Schutz? Sobald ihre Schwangerschaft sichtbar wurde, würde sie ihre Anstellung verlieren! Hatte sie daran einmal gedacht? Von Zofen erwartete man Keuschheit und nach dem, was Torra von ihrer Herrin erzählt hatte, teilte sie diese Ansicht.

»Ich habe mir keine Hoffnungen gemacht, dass es länger als eine Nacht dauern und mehr bedeuten könnte als ein flüchtiger Moment des Glücks. Ich mache mir keine Hoffnungen auf eine Ehe und einen liebenden Mann. Dass ich jetzt schwanger bin, bereue ich nicht. Vielleicht werden sie mich wegen dieses angeblichen Fehltritts aufziehen und meiden, aber es ist nicht so, als wären plötzlich all meine Träume für eine gute Zukunft zerstört. Wir sind schließlich Luchswandler.«

Sie lächelte, beinahe traurig, und der Anblick versetzte Lerio einen Stich. Es war seine Schuld, dass sich seine Schwester keine Hoffnungen auf eine Ehe erlaubte. Er wusste, was sie über ihn erzählten. Viele hielten sein zerstörtes Auge und die schrecklichen Narben in seinem Gesicht für eine Missbildung oder die Folgen einer Krankheit, also etwas Erbliches, das seine Schwestern und er an ihre Kinder weitergeben konnten. Dabei war es eine Verletzung gewesen, die sein Gesicht und all seine Aussichten auf Glück, auf Liebe und einen Partner zerstört hatte.

»Bitte denk das nicht! Es ist nicht deine Schuld!«

Torra, die ihn besser kannte als seine beiden anderen Schwestern, musste erkannt haben, was er gedacht hatte. Sie legte ihm tröstend die Hand auf die verunstaltete Wange. »Du bist nicht hässlich. Ich möchte nicht, dass du dich wieder unter einem Tarnzauber oder einer Maske versteckst. Versprich mir das! Du kannst nichts dafür, dass die Menschen auf uns Gestaltwandler herabsehen. Nichts davon ist deine Schuld. Und ich bin auch nicht unglücklich. Bald werde ich ein Kind haben, das habe ich mir immer gewünscht. Ich brauche keinen Ehemann, wenn ich Mutter, Gerania, Madira und dich habe. Und wenn ich Glück habe, dann erbt das Kind einmal die Magie seines Vaters und nicht die unsere. Dann wird sie oder er es besser im Leben haben als wir. Das ist es, was ich mir für meine Tochter oder meinen Sohn wünsche. Ein gutes, glückliches Leben.«

Lerio sah sie an und wusste nicht, was er darauf erwidern sollte. Also schwieg er.

Sie gingen hinein, als es Zeit für das Frühstück wurde. In Gedanken versunken bereitete er es zu, während seine Mutter und seine Schwestern sich für die Arbeit fertigmachten. Sie nahmen ihre Brote, küssten ihn auf die Wange und dann begaben sich alle vier auf den Weg zum Schloss. Seine Mutter zur dortigen Wäscherei, Torra zu ihrer adligen Herrin und die beiden Jüngeren in die Küche.

Lerio starrte ihnen hinterher, er wusste nicht, wie lange. Eigentlich hätte er etwas essen und zum Wildgehege aufbrechen sollen, aber er konnte sich nicht dazu aufraffen. Noch immer wirbelten die Gedanken und Gefühle in seinem Kopf durcheinander, als würde er Purzelbäume schlagen. Erneut verspürte er Wut, als er an den Mann dachte, der seine Schwester geschwängert hatte. Er hatte sich damit abgefunden, dass er nie einen Mann finden würde, der ihn liebte – dafür war er zu hässlich und abstoßend –, aber er wünschte sich etwas Besseres für seine Schwestern. Und er würde dafür sorgen, dass sie es bekamen!

Kurzentschlossen ging er zum großen Kleiderschrank in der Stube, in der sie all ihre Habseligkeiten aufbewahrten, und wühlte in ihm herum, bis er ganz hinten die Ersatzaugenklappe gefunden hatte. Wo seine andere Augenklappe abgeblieben war, wusste er nicht. Vielleicht hatte einer der Hunde gestern das Lederstück verschleppt, um darauf herumzukauen.

Er setzte sie auf und spürte, wie ein Teil der Anspannung aus seinem Körper wich. Dann machte er sich ebenfalls auf den Weg zum Schloss, um Emanio zur Rede zu stellen.

Ein mulmiges Gefühl überkam ihn, als er den gewaltigen Gebäudekomplex auf dem Hügel erblickte, der rundherum von einer hohen Befestigungsmauer umgeben war. Seine

Knie zitterten mit jedem Schritt, der ihn dem mächtigen Bauwerk näherbrachte. Er hasste die Menschenmengen im Schloss und in der Stadt. Nur im Wald fühlte er sich vor den gemeinen Blicken und Bemerkungen sicher. Daher wusste er nicht, wann er das letzte Mal den gewundenen Hügelpfad hinauf zum Gipfel genommen hatte, mit der Absicht, das Schlossgelände zu betreten. Manchmal verharrte er am Waldrand, um seine Schwestern zur Arbeit zu bringen oder sie abzuholen. Doch er wartete nie dort, wo die Menschen ihn sehen und ihn anstarren konnten.

Nur die Wut brachte ihn heute dazu, seinen Widerwillen zu überwinden und nicht zwischen den Bäumen anzuhalten, wo er sich sicher fühlte. Stattdessen ging er weiter hinauf, an der Burgmauer entlang auf das Haupttor zu.

Lerio war noch einige Steinwürfe entfernt, als er Gebrüll und angstvolle Schreie vernahm. Unwillkürlich lief er schneller. Panische Männer und Frauen kamen ihm entgegen. Kurz stockte er, doch wider Erwarten griffen sie ihn weder an, noch wichen sie angewidert vor ihm zurück. Ja, sie nahmen ihn gar nicht richtig wahr. Die meisten rannten an ihm vorbei in Richtung Wald. Ein paar rempelten ihn bei ihrer wilden Flucht an, aber kein Einziger schenkte ihm auch nur die geringste Aufmerksamkeit.

Was ist bloß los?

Plötzlich hatte er Angst um seine Familie und er lief noch schneller, direkt auf das Geräusch zu. Das Haupttor kam in Sicht. Vor ihm konnte er ein Dutzend Wachen sehen, die den Eingang versperrten, die Menschen hinter ihnen zurückdrängten und den anderen, die aus der Stadt kamen, zuriefen umzukehren.

Aber vor dem Tor ...

Lerios Atem stockte, als er das gewaltige Biest entdeckte. Es war schwarz wie die Nacht. Vermutlich reichte ihm das Tier bis zum Kinn und war dreimal so lang wie er. Die scharfen Krallen glänzten im Licht der Morgensonne und die

Ohren waren angelegt, um die empfindlichen Gehörgänge gegen das laute Geschrei zu schützen. Im leicht geöffneten Maul konnte er spitze Reißzähne entdecken, die Augen darüber leuchteten wie vor Magie und der lange Schwanz peitschte aufgeregt hin und her.

Auch wenn er noch nie einen gesehen hatte, wusste Lerio sofort, dass er einen wunderschönen schwarzen Panther vor sich hatte.

»Majestätisch!«, hauchte er bewundernd.

Doch diese Ansicht teilten die Wachen nicht, die ihre Lanzen und Schwerter drohend erhoben hatten und so verhinderten, dass der Panther noch einen Schritt auf das Tor zu machte. Hinter den Soldaten tauchten jetzt ein halbes Dutzend edel gekleideter Gestalten und ein Mann in vornehmer Uniform auf, bei dem es sich um Hauptmann Costario handeln musste.

»Bleibt alle zurück! Eure Durchlaucht, meine Dame, es ist zu gefährlich für Euch.«

Dank Costarios Worten fiel Lerios Blick auf Akurio, ein paar weitere Adlige sowie eine alte Frau mit selbstbewusster Ausstrahlung und einer gewissen Ähnlichkeit zum Herzogssohn. Dies musste Ilana, die Mutter von Herzog Orsio sein.

»Erlegt die Bestie!«, forderte Akurio laut und seine Großmutter nickte.

»Schnell, bevor sie einen Menschen töten und unser Vieh reißen kann!«

Eine junge Frau drängte sich jetzt an den Gaffern und Wachen vorbei in die erste Reihe. Die Soldaten hatten nicht mit ihren Ellbogenstößen gerechnet und machten ihr überrumpelt Platz. Dann sah das rothaarige Mädchen, in dem Lerio jetzt die Herrin seiner Schwester erkannte, den Panther und kreischte grell.

»Rettet mich vor dem Monster!«

»Zurück! Schnell!«

Hauptmann Costario versuchte Ordnung in die Situation zu bringen, hatte damit angesichts der Aufregung der Adligen um ihn herum, die allesamt auf ihn einredeten und ihm Befehle zuriefen, jedoch keinen großen Erfolg.

Lerio lenkte seine Aufmerksamkeit wieder auf die prächtige Großkatze, die jetzt Schritt für Schritt zurückwich und weiter die Ohren angelegt hatte. Der Schwanz fuhr dicht über den Boden. Ihn überkam Mitleid. Erkannten sie denn nicht, dass sie ihr Angst machten?

Entschlossen ging er näher an den Panther heran und nach wenigen Schritten bemerkte er etwas, das er zuvor aus der Entfernung nicht gesehen hatte.

»Haltet ein!«, rief er rasch, als der Hauptmann den Bogenschützen befahl vorzutreten und anzulegen. »Das ist ein Mensch! Ein Gestaltwandler! Ihr dürft ihn nicht töten!«

Hauptmann Costario musterte ihn überrascht, hielt ihn jedoch nicht auf, als er weiter auf den Panther zuging.

»Wie kommst du auf die Idee?«

»Aber das ist doch offensichtlich!«

War der Mann denn blind?

Lerio seufzte kurz, bevor er fortfuhr und auf den Panther deutete: »Seht Ihr die Kleidungsfetzen, die an seiner Gestalt herabhängen? Das passiert, wenn man als Mensch die Gestalt eines größeren Tieres annimmt, ohne sie zuvor abzulegen. Ich nehme an, die Verwandlung hat ihn oder sie überrascht, und nun findet derjenige nicht mehr den Weg zurück. Wir haben hier keine Bedrohung, sondern jemanden, der Hilfe benötigt!«

»Haltet euch zurück! Solange der Panther niemanden angreift, wird keiner die Waffe gegen ihn erheben!«, befahl Costario seinen Leuten, löste sich dann aus der Gruppe und ging auf die Raubkatze zu. Die Wachen hinter ihm raunten leise, doch nur die Adligen versuchten, ihn von seinem Vorhaben abzubringen.

»Das ist Wahnsinn, Hauptmann!«, meinte Akurio.

»Wer soll uns denn vor der Bestie beschützen, wenn sie Euch tötet?« Torras Herrin wirkte panisch.

Lerio hatte den Panther erreicht, der ihm jetzt den Kopf zudrehte. Augen voller Furcht, aber auch voller Hoffnung blickten ihn an.

»Keine Sorge, wir helfen dir«, flüsterte er ihm zu.

Von der anderen Seite näherte sich der Hauptmann. Er war noch etwa fünf Schritte von dem Gestaltwandler entfernt, als er innehielt und vor Staunen die Augen aufriss.

»Kann das möglich sein? Das ist Emanio!«

Lerios Blick schoss herum, zurück zu dem Gestaltwandler. Dem Mann, der seine Schwester verführt und geschwängert und den er unbeabsichtigt gerettet hatte.

Kapitel 3: Emanio

Zwei Stunden zuvor

Sein Herz raste und er kniff die Augen zu, in der Hoffnung, dass sich alles als schlechter Traum herausstellen würde, wenn er sie das nächste Mal aufschlug. Selbst die Erklärung, dass er Rauschmittel genommen und nun Erscheinungen hatte, war ihm willkommener als der Fluch einer Hexe.

Doch die Augen geschlossen zu halten, half ihm nicht weiter. Im Gegenteil. Nun traten seine anderen Sinneseindrücke umso stärker hervor und er bemerkte Veränderungen, die sich nur dadurch erklären ließen, dass er in eine große, schwarze Bestie verwandelt worden war. Die Proportionen seines Körpers fühlten sich falsch an, genauso wie der Boden unter seinen Händen ... oder Pfoten. Jedes Knirschen der Holzbretter bei der geringsten Gewichtsverlagerung konnte er hören, genauso wie das Singen der Vögel draußen, als wäre das Fenster geöffnet und sie säßen unmittelbar davor. Was sie nicht taten. Auch das spürte er plötzlich. Er konnte erkennen, wo sich das nächste Lebewesen befand, und die Vögel waren mehr als hundert Schritte von ihm entfernt.

Was ist mit mir geschehen?

Panik wollte sich erneut in ihm ausbreiten, doch er zwang sich, ruhig zu bleiben, tief und langsam ein- und auszuatmen.

Wenn er zum Gestaltwandler geworden war, dann musste er sich auch zurückverwandeln können! Vielleicht hatte die

Hexe gelogen, als sie behauptet hatte, dass der Fluch sich nur brechen ließe, wenn er seine wahre Liebe fand? In seinen Adern schlummerte die Magie eines Herrschaftszauberers, eine Hexe sollte nicht in der Lage sein, ihn dauerhaft zu verfluchen. Bestimmt hatte sie ihm nur Angst einjagen wollen und er hatte ihre Lüge geglaubt. Ja, genau.

Also konzentrierte er sich und rief sich das Bild seines menschlichen Körpers vor Augen, so wie es Gestaltwandler bei ihrer Rückverwandlung immer taten. Dabei versuchte er sich zu entspannen, die fremde Magie zuzulassen, die sein magisches Erbe für gewöhnlich abblockte. Doch nichts geschah. Er verspürte weder ein Kribbeln in seinen Gliedern noch einen winzigen magischen Funken.

Er war in der Gestalt der Bestie gefangen.

Verzweiflung erfasste ihn und er fühlte sich, als würde er in ein dunkles Loch stürzen, aus dem er aus eigener Kraft nicht mehr herausklettern konnte.

Die Hexe! Sie musste ihm helfen!

Rasch rappelte er sich auf, um die Hütte zu durchsuchen. Seine neuen Sinne hatten ihm zuvor schon verraten, dass sich niemand mit ihm zusammen hier drin befand, doch er traute ihnen nicht, da er sie durch Hexenmagie erhalten hatte. Daher wollte er sich mit eigenen Augen vergewissern und alle Räume nach Tarnzaubern absuchen.

Er machte einen Schritt nach vorn … und stürzte unerwartet, als er das Gleichgewicht verlor. Völlig verblüfft starrte er auf den Boden, doch es waren seine eigenen Gliedmaßen, die ihn im Stich gelassen hatten, nicht die Holzbretter. Seine neue Gestalt kam ihm seltsam ungelenk vor.

Seinen nächsten Versuch ließ er langsamer angehen, dennoch taumelte er jetzt wie bei seiner ersten Schifffahrt auf hoher See. Seine Krallen fuhren zum falschen Zeitpunkt aus und verhakten sich im Boden. Der lange Schwanz, der bei jeder Gefühlsregung durch die Luft peitschte, ließ ihn mal nach links und mal nach rechts torkeln, ohne dass er die Richtung durch ein Anzeichen vorhersehen konnte.

Nach wenigen Schritten war er der Verzweiflung nahe. Es war unmöglich, sich einfach nur geradeaus zu bewegen! Wie machten Gestaltwandler das bloß?

Die Hütte hatte nur noch zwei andere Zimmer. Eine kleine Schlafkammer und eine normale Küche. Doch beide wirkten verlassen. Emanio bemerkte jetzt, dass er noch nicht einmal mehr den Geruch der Hexe wahrnehmen konnte, geschweige denn einen ihrer Zauber. Hatte sie seinen Geruchssinn verwirrt?

Unschlüssig verharrte er einen Moment in der Schlafkammer, bevor er sich vorsichtig umdrehte. Dabei stürzte er wieder, als wäre er ein Kleinkind, das erst laufen lernte. Vielleicht stimmte das ja auch, wenn er in Bestienzeit dachte.

Auch die Haustür zu öffnen, stellte sich kurz darauf als große Herausforderung dar. Als er zum ersten Mal auf drei Pfoten stand und die vierte zum Griff heben wollte, konnte er das Gleichgewicht nicht halten und kippte um.

»Argh!«

Er brüllte frustriert. Inzwischen fühlte sich sein gesamter Körper von all den Stürzen und Zusammenstößen mit Möbeln und Türrahmen grün und blau geschlagen an – nicht, dass er das bei seinem schwarzen Fell hätte sehen können.

Aber er versuchte es weiter. Niemand würde ihm zur Hilfe kommen, weil niemand wusste, wo er war. Er musste sich selbst helfen.

Erst nach seinem dritten Sturz kam er auf die Idee, es doch im Sitzen zu versuchen. Mit den Hinterbeinen auf dem Boden ließ sich das Gleichgewicht viel besser halten. Er erreichte mit der Vorderpfote die Klinke und konnte die Tür öffnen.

Emanio trat in seiner neuen Gestalt nach draußen. Das erste Gefühl war vorsichtige Erleichterung, denn der Nebel hatte sich nicht nur zurückgezogen, er sah ein Stück entfernt auch die Häuser der Stadt wieder. Andernfalls hätte er keine Möglichkeit gehabt, überhaupt den Weg nach Hause zu finden. Ihm fiel ein, dass die Wachen inzwischen nach ihm suchen mussten. Costario hetzte wahrscheinlich bereits zweihundert Mann durch die Straßen, um den verlorenen Herzogssohn und eventuell zukünftigen Ehemann seiner Tochter zurückzubringen. Nur dass jetzt und hier keiner der Männer zu sehen war. Er schaute sich um, versuchte herauszufinden, wo in der Stadt er sich befand. Doch anscheinend hatte ihn der Zaubernebel der Hexe einmal quer durch Rius und noch ein Stückchen weiter geführt. Bis zu den ersten Häusern mochten es ein paar hundert Schritte sein.

Mit einem Seufzen, das in seiner neuen Gestalt wie ein gereiztes Fauchen klang, machte er sich auf den Weg. Immer wieder fluchte er mauzend, wenn sich der Unterboden als tückisch erwies. Er begann kleine Steine zu hassen. Sie klemmten ihm in den Pfoten, bereiteten ihm Schmerzen, ließen ihn das Gleichgewicht verlieren und er hatte Mühe, sie wieder loszuwerden, denn mehr als ein Stück Geröll bohrte sich so tief in seine Ballen, dass er es nicht ohne Weiteres herausschütteln konnte.

Das Stück bis zum Stadtrand erschien ihm endlos und erst auf halber Strecke kam ihm die Idee, dass der Weg durch die Stadt womöglich nicht der kürzeste war. Er musste zurück ins Schloss, zu Omira und Peronio. Die Seherin und der Erdhexer wussten vielleicht eine Lösung, wie der Fluch gebrochen werden konnte. Möglicherweise hatte auch einer der Zauberer aus der Stadt einen Rat, aber deren Akademie befand sich auf der anderen Seite von Rius und zunächst einmal war es wichtig, dass er ins Schloss zurückkehrte, seiner Familie und den Ratgebern berichtete, was mit ihm geschehen war. Die Zaubererakademie musste warten.

Also sah er sich gründlich um, bis er wusste, wo er sich befand. Erleichtert atmete er tief aus. Nicht weit von ihm entfernt begann der Hügel, auf dem sein Zuhause lag. Er konnte einen selten benutzten Pfad entdecken, der hinauf in Richtung Schloss führte. Der Weg durch die Stadt wäre ein gewaltiger Umweg gewesen. Solange er seine Gestalt nicht beherrschte und der Fluch nicht gebrochen werden konnte, verspürte er Dankbarkeit über jeden Schritt, den er nicht gehen musste.

Emanio wandte sich dem Hügelpfad zu und machte sich an den Aufstieg. Neben ihm erstreckten sich Wiesen und ein Weinberg. Noch nie zuvor war ihm aufgefallen, wie viele Gerüche es in der Natur gab. Die verschiedenen Blumen und Gräser standen in voller Blüte, was noch intensivere Düfte bedeutete. Immer wieder schüttelten Niesanfälle seinen Körper und er fiel unzählige Male zu Boden, weil er sich dabei nicht auf den Beinen halten konnte.

Ich hasse Blumen!

Voller Frust starrte er irgendwann auf die Wiese. Inzwischen hielt er sich so dicht an den Weinstöcken wie möglich, doch selbst das half nur bedingt. Sein neuer Geruchssinn war sehr empfindlich. Vielleicht antworteten seine Sinne auch auf etwas gereizt, so wie bei Adellas Parfüm am Vortag. Was auch immer der Grund war, dass er sich elend fühlte, er hoffte, dass die Wiese bald ein Ende nahm.

Emanio wusste nicht, wie lange er schon unterwegs war. Die Sonne stand mittlerweile höher am Himmel. Er schätzte die Uhrzeit ungefähr auf sieben und fragte sich, ob Morio wie jeden Morgen um diese Zeit an seine Tür klopfte oder ob die Wachen ihn über sein Verschwinden informiert hatten. Wie gerne hätte er sich jetzt Morios Tadel oder seine bissigen Bemerkungen über die Mitglieder des Hofes angehört.

Emanio seufzte und setzte sich wieder in Bewegung. Nach langen Minuten des Wanderns konnte er endlich das Schloss in der Ferne sehen. Sein Hügelpfad bog auf einen anderen, breiteren Weg ein und unwillkürlich ging er schneller, wie ein Pferd, das seinen Stall und das Futter schon am Horizont erahnen konnte.

Erst nach ein paar Schritten fiel ihm auf, dass er sicherer auf den Beinen war. Die Übung hatte seine Bewegungen geschmeidiger gemacht und er musste nicht länger darüber nachdenken, wie er seine Vorder- und Hinterbeine setzen musste, um das Gleichgewicht zu halten.

Fast zu Hause!

Erleichtert eilte er weiter. Er bemerkte zwar, dass sich andere Menschen auf dem Hauptweg befanden, doch erst als die Ersten zu schreien begannen, er sich besorgt umsah und nichts Gefährliches bemerkte, begriff er, dass sie *ihn* meinten. Sie hatten Angst vor *ihm*!

»Ihr müsst keine Furcht vor mir haben!«, rief er ihnen zu. Doch was stattdessen an seine Ohren drang, war ein gewaltiges, raubtiergleiches Brüllen, das die Menschen nur noch schneller davonrennen ließ.

Er hörte sie nach den Wachen und nach Waffen rufen und jetzt verspürte auch er den ersten Anflug von Furcht. Was wenn sie ihn nicht erkannten? Was wenn sie ihn angriffen und töteten, ohne zu ahnen, wer hinter der Bestie steckte?

Emanio begann Richtung Schloss zu rennen, was zu seiner Überraschung gut funktionierte. Dort bestand zumindest die Möglichkeit, dass einer der Magier oder Hexer den Fluch bemerkte und ihn erkannte.

Doch als er sich dem Haupttor näherte, sah er schon die Wachen herbeilaufen und sich dort versammeln. Zu seiner Verblüffung konnte er jetzt ihre Angst riechen, daher wurde er langsamer und blieb schließlich wenige hundert Schritte vor dem Eingang zum Schlossgelände stehen.

Ihm gefiel es nicht, dass sie ihn fürchteten. Vielleicht hätte sich ein anderer darauf verlassen, dass sie vor ihm zurückweichen würden, oder sich den Weg freigekämpft. Aber die Hauptaufgabe eines Herrschers war es, sein Volk zu schützen. Das hatten ihm sein Vater und Morio jahrelang eingebläut. Er konnte nicht anders, als jetzt abzuwarten und das Beste zu hoffen.

Es dauerte nicht lange, und er spürte etwas tief in sich. Es war, als würde sein Blut singen. Jemand Vertrautes näherte sich dem Tor. Und noch bevor er sie roch, wusste er, dass gleich sein Bruder und seine Großmutter die Burgmauer erreichen und ihn sehen würden. Unwillkürlich trat er einen Schritt näher heran, doch er verharrte augenblicklich, als er bemerkte, wie sehr die Anspannung der Soldaten bei dieser winzigen Bewegung wuchs.

Ihre Gruppe teilte sich kurz darauf und Emanio erblickte Omira, Graf di Sperazione, seine Frau, Adella und Baron di Nadione sowie Hauptmann Costario, die Akurio und seine Großmutter zum Tor begleiteten.

Was macht Hauptmann Costario denn hier? Sollte er nicht auf der Suche nach mir sein? Oder hat er dem Rat Bericht erstattet?

Emanios Verwunderung legte sich und wich Erleichterung, als er die vielen vertrauten Gesichter sah. Doch das Gefühl ließ bei Costarios Worten rasch nach.

»Bleibt alle zurück! Eure Durchlaucht, meine Dame, es ist zu gefährlich für Euch.«

Welche Gefahr? Etwa er? Dachte der Hauptmann, dass er seinen Bruder und seine Großmutter angreifen würde? Das war absurd!

Doch es kam noch schlimmer. Nicht nur, dass Costario ihn nicht erkannte, auch seine Familie tat es nicht.

»Erlegt die Bestie!«, verlangte sein Bruder und seine Großmutter nickte zustimmend und auch ein wenig ängstlich.

»Schnell!«, forderte sie. »Bevor sie einen Menschen töten und unser Vieh reißen kann!«

Ein leises Wimmern entrang sich seiner Kehle, als ihre Worte ihn trafen. Die Personen, die ihm am Nächsten standen, erkannten ihn nicht und forderten seinen Tod! Dabei hatte er gehofft, dass sie sich nicht vom Hexenfluch täuschen lassen und ihn in der Bestie erkennen würden.

Er sackte ein wenig in sich zusammen. Dass Adella bei seinem Anblick kreischte, bekam er nur am Rande mit, genauso wie die Unruhe, die unter den Wachen am Tor ausbrach.

Und jetzt? Was, wenn auch Omira und Peronio mich nicht erkennen?

Voller Verzweiflung starrte er die Seherin an und wollte sie dazu bringen, ihn sich genauer anzuschauen, ihre Magie zu benutzen, um den feindlichen Zauber zu entlarven. Aber sie war mit Akurio, seiner Großmutter und den anderen beschäftigt.

Wo ist Peronio?

Doch im nächsten Moment erinnerte er sich mit Schrecken daran, dass er den Erdhexer am Vortag zu Bauer Bergo geschickt hatte. Er würde frühstens am Abend ins Schloss zurückkehren, vielleicht sogar erst morgen.

Die Schreie der vielen Menschen taten ihm in den Ohren weh. Er versuchte, die Geräusche auszusperren, und bemerkte überrascht, dass sich seine Ohren umklappten und einen Teil des Lärms dämpften. Dennoch wich er langsam zurück, den Blick auf die Waffen der Soldaten gerichtet. Zum ersten Mal begriff er, in welcher Gefahr er sich befand.

So abgelenkt war er vom Tumult und dem Aufruhr seiner eigenen Gedanken, dass er den Mann, der sich ihm von der Seite näherte, erst bemerkte, als er auf wenige Schritte herangekommen war. Er musterte ihn, der als Einziger keinerlei Geruch nach Furcht verströmte, neugierig. Etwas war anders an ihm und damit meinte er nicht die Augenklappe, die seine linke Gesichtshälfte größtenteils verbarg. Auch nicht seine schlanke und kleine Statur.

Nein, er verströmte ein Unwohlsein, als sei er es nicht gewohnt, sich in der Nähe des Schlosses aufzuhalten. Das passte dazu, dass seine Kleidung einfach und praktisch war.

Aber auch das war es noch nicht. Irgendwie roch er anders als die übrigen Menschen hier. Emanio konnte seinen Geruch nicht einordnen. Vielleicht fehlte ihm dazu die Erfahrung, möglicherweise gab es auch eine Erklärung dafür.

Auf jeden Fall hatte der Mann jetzt seine volle Aufmerksamkeit, noch bevor er sich einmischte und das Wort ergriff: »Haltet ein! Das ist ein Mensch! Ein Gestaltwandler! Ihr dürft ihn nicht töten!«

Die Erleichterung, die über Emanio hereinbrach, war so groß, dass er am liebsten angefangen hätte zu weinen.

»Wie kommst du auf die Idee?«, fragte Hauptmann Costario überrascht.

»Aber das ist doch offensichtlich!« Der Fremde seufzte und deutete auf ihn. »Seht Ihr die Kleidungsfetzen, die an seiner Gestalt herabhängen? Das passiert, wenn man als Mensch die Gestalt eines größeren Tieres annimmt, ohne sie zuvor abzulegen. Ich nehme an, die Verwandlung hat ihn oder sie überrascht, und nun findet derjenige nicht mehr den Weg zurück. Wir haben hier keine Bedrohung, sondern jemanden, der Hilfe benötigt!«

Danke, danke, danke! Endlich jemand, der durchschaut, was mit mir geschehen ist!

Zum Glück hörte der Hauptmann auf den Mann. Er kam nun ebenfalls auf ihn zu und befahl seinen Soldaten zurückzubleiben. Emanio starrte ihn an, erleichtert, dass er sich durch Akurios und Adellas Einwände nicht von seinem Vorhaben abbringen ließ.

Dann spürte er, dass der Fremde ihn fast erreicht hatte, und wandte sich ihm zu. Dankbarkeit erfüllte ihn, als der Mann ihn anlächelte und flüsterte: »Keine Sorge, wir helfen dir.«

Von der anderen Seite nahte der Hauptmann, aber Emanio mochte den Blick noch nicht von dem gütigen Gesicht abwenden, das ihn als einziges nicht mit Furcht oder Abscheu anstarrte. Aus irgendeinem Grund vertraute er dem Mann, dessen Augen sich jetzt überrascht weiteten, als Costario ihn erkannte und der Fremde sich zum Hauptmann umdrehte.

»Kann das möglich sein? Das ist Emanio!«

Ein gewaltiges Keuchen aus dutzenden Kehlen erfüllte die Luft und Emanio drehte sich unwillkürlich zu seiner Familie um, um zu sehen, wie sie die Neuigkeit aufnahm. Seinem Bruder klappte in diesem Moment der Unterkiefer herab. Es hätte komisch wirken können, hätte Akurio nicht dermaßen unter Schock gestanden. Seine Großmutter traf die Enthüllung noch härter. Sie schwankte sogar und musste von Omira gestützt werden, damit sie nicht stürzte. Doch am schlimmsten erschütterte die Neuigkeit Adella, die jetzt kreidebleich wurde und zum Entsetzen ihrer Eltern in Ohnmacht fiel.

»Das soll mein Bruder sein?«, fragte Akurio skeptisch.

Der Hauptmann nickte. »Der Panther trägt dieselbe Kleidung wie Seine Durchlaucht, als er gestern zum Treffen der Gildenmeister aufgebrochen ist.«

»Aber in meiner Familie gibt es keine Gestaltwandler!« Akurio wirkte empört. »Das ist niemals Emanio.«

Voller Misstrauen wandte er sich dem Fremden zu und zischte. »Du! Das ist alles deine Schuld, nicht wahr?«

Er wollte auf Emanios Retter zugehen, überlegte es sich aber anders, als sein Blick auf Emanios Bestiengestalt fiel. Noch immer fürchtete er sich vor ihm und Kummer erfüllte Emanio, als sie sich jetzt zankten und gegenseitig die Schuld zuwiesen.

»Schluss damit! Das bringt doch alles nichts.«

Morio sprach aus, was er dachte. Sein Sekretär trat zwischen den Schaulustigen hindurch, die weiter Abstand hielten, und kam mutig auf ihn zu. Emanio verharrte regungslos. Er wollte ihn nicht erschrecken und den anderen beweisen, dass von ihm keine Gefahr ausging.

Auch Morio betrachtete die Kleidungsfetzen, die an seinen Beinen und um seinen Hals hingen, für einen langen Moment.

»Der Hauptmann hat recht. Dies sind eindeutig die Sachen von Emanio. Es ist nur die Frage, was mit ihm geschehen ist.« Er sah ihm ins Gesicht.

»Eine Hexe war es«, versuchte Emanio zu erklären. Doch wie befürchtet zuckten Morio und der Hauptmann lediglich zusammen.

»Wir verstehen Euch nicht«, sagte sein Retter.

»Kann er es aufschreiben?«, schlug Morio vor. »Geht das?«

Er konnte es zumindest versuchen. Vorsichtig fuhr Emanio seine Krallen aus und betrachtete den Weg vor sich. Er versuchte, nur eine von ihnen zum Schreiben zu benutzen, und kratzte Buchstaben in den Staub. Es war mühsam und seine Pfoten verkrampften sich augenblicklich, aber er versuchte so gut und knapp wie möglich mitzuteilen, was geschehen war.

Hexe hat mich verflucht. Bin gefangen. Nur meine wahre Liebe kann mich retten. Muss vor Wintersonnenwende geschehen.

»Was schreibt er?«, rief seine Großmutter ängstlich herüber, als er fertig war.

Hauptmann Costario las seine Botschaft vor.

»Dann ist das also Emanio?«

Adella war wieder auf den Beinen und starrte ihn mit großen Augen an. Emanio versuchte zu nicken, was in seiner neuen Gestalt jedoch schwierig war. Die menschliche Geste fühlte sich genauso unnatürlich an wie das Schreiben.

»O nein, wie furchtbar! Keine Sorge, Emanio! Ich werde dir helfen. Ich werde alles nur Mögliche tun, um dich zu retten und den Fluch zu brechen!«, versprach Adella.

»Und jetzt?«

Morio sprach aus, was sie vermutlich alle dachten.

»Wir suchen nach einer Möglichkeit, um Emanio zu helfen«, verkündete seine Großmutter, die jetzt näher an ihn herantrat und ihm in die Augen sah. »Keine Sorge, mein Junge. Wir finden einen Weg, egal wie lange es dauert.«

»Aber was machen wir in der Zwischenzeit mit ihm?«, fragte eine der Wachen.

»Vielleicht sollten wir ihn im Stall unterbringen, damit die Bewohner des Schlosses sich nicht vor ihm fürchten?«, schlug eine andere vor.

Costario nickte. »Versuchen wir es. Bitte folgt mir, Eure Durchlaucht! Bildet eine Gasse!«

Die Menschenmenge am Tor stob auseinander und machte den Eingang frei, als der Hauptmann, Morio, Großmutter und er sich jetzt in Bewegung setzten. Emanio bemerkte erst nach einigen Schritten, dass sein Retter ihnen nicht folgte, sondern zurückgeblieben war und ihm hinterherstarrte. Wer war er? Fragen konnte er ihn leider nicht, doch er verspürte große Dankbarkeit ihm gegenüber.

Die Soldaten bildeten wie angeordnet eine Gasse in Richtung Stall. Doch das wäre nicht nötig gewesen, denn die Schlossbewohner hielten freiwillig einen großen Abstand und ließen Emanio nicht aus den Augen.

Sie fürchten mich noch immer.

Doch leider waren sie nicht die Einzigen, wie sich kurz darauf herausstellte. Sie waren nur noch etwa hundert Schritte vom Stall entfernt, als das erste Pferd ihn roch und panisch zu wiehern begann. Kurz darauf erfasste eine Welle der Furcht den gesamten Stall. Emanio konnte beinahe sehen, wie sie sich unter den Pferden ausbreitete, und blieb augenblicklich stehen.

Er konnte nicht weitergehen, andernfalls würden die Tiere vor Angst in ihren Verschlägen steigen und sich verletzen.

»Was machen wir jetzt?« Costario wirkte zum allerersten Mal ratlos.

»Wir bringen ihn ins Schloss«, verkündete Großmutter Ilana entschlossen. »Das ist immer noch Emanios Zuhause. Die Menschen müssen sich mit der Situation abfinden. Am besten wir ergreifen Maßnahmen, um die allgemeine Panik einzugrenzen. Komm, Emanio!«

Er folgte seiner Großmutter dankbar, die energisch in Richtung Freitreppe ausschritt. Die Wachen beeilten sich, eine neue Gasse zu bilden, und Costario, Morio und die anderen setzten sich ebenfalls in Bewegung.

Seine Großmutter führte sie direkt ins Ratszimmer und ließ die Ratsmitglieder herbeirufen, die noch fehlten. Emanio machte es sich in einer Ecke bequem, nachdem er bemerkt hatte, dass sie aus Angst Abstand zu ihm hielten. Graf di Sperazione schickte seine Frau und Adella hinaus, die der Aufforderung nur widerwillig folgte und trotzig herumwirbelte, als ihr Vater all ihre Argumente, warum sie bleiben müsse, mit einem »Du gehörst nicht zum Rat« abschmetterte.

Akurio hingegen ließ sich davon nicht aufhalten. »Ich bleibe!«, verkündete er laut. »Es geht immerhin um meinen Bruder!«

»Na gut«, willigte ihre Großmutter ein. »Dann nimm auf einem der Gästestühle am Ende des Tisches Platz. Wo bleiben Brusperio, Kudonio und Peronio?«

»Peronio befindet sich nicht im Schloss, sondern erfüllt einen Auftrag als herzoglicher Erdhexer für Emanio«, erklärte Costario, der soeben die letzten Schaulustigen herausgedrängt hatte.

»Und ich bin hier«, verkündete der blonde Kastellan, der jetzt mit großen Schritten den Ratssaal betrat. »Ich musste noch die Audienz für den heutigen Tag absagen.«

Brusperio nahm neben Emanios Großmutter Platz. Auf seiner anderen Seite saß Omira, ihre Seherin, die erstaunlich schweigsam war. Die alte Frau wirkte beunruhigt. Kein Wunder, falls sie den Fluch nicht vorhergesehen hatte.

Costario und Graf di Sperazione setzten sich auf die Stühle gegenüber. Peronios Platz blieb leer, genauso wie der Herzogsthron, auf dem Emanio während der Abwesenheit seines Vaters immer Platz nahm. Der Einzige, der jetzt vom siebenköpfigen Rat noch fehlte, war Kudonio.

Der Jagdmeister betrat kurz darauf den Saal und wirkte irritiert. »Was ist los?«, wollte er wissen. »Wer hat die Notfall-Ratssitzung einberufen und weshalb?«

»Das war ich, seinetwegen«, erklärte Großmutter und deutete auf Emanio in der Ecke.

Augenblicklich riss Kudonio einem der Soldaten, der am Eingang Wache hielt, die Lanze aus der Hand, richtete sie auf Emanio und trat dann langsam zwei Schritte auf ihn zu, während er ihn nicht aus den Augen ließ. »Alle hinter mich, schnell!«

»Halt!«, bellte Costario und sprang auf.

Der Jagdmeister sah ihn verstört an. »Ihr wollt nicht, dass ich die Bestie töte?«

»Das ist mein Enkel Emanio. Er wurde verflucht. Deshalb habe ich die Ratssitzung einberufen. Wir müssen besprechen, was wir jetzt tun.«

»Das Dringendste ist, die Hexe, die für den Fluch verantwortlich ist, zu suchen und sie hierherbringen zu lassen«, ergriff Costario augenblicklich das Wort.

»Ich bin ganz Eurer Meinung.« Der Graf stimmte ihm zu.

Auch der Kastellan nickte. »Außerdem müssen wir dafür Sorge tragen, dass die Abläufe im Schloss wie gewohnt weitergehen. Das wird am ehesten dazu beitragen, die Angst der Bevölkerung zu zerstreuen. Wir müssen in ihren Augen stark wirken. Ich werde zusammen mit Morio die Aufgaben Seiner Durchlaucht übernehmen«, schlug Brusperio vor und die anderen nickten der Reihe nach.

»Ist das Euer Ernst?« Akurio war aufgesprungen, die Wangen vor Zorn gerötet. Er stützte sich mit den Händen auf den Tisch und beugte sich zu den Ratgebern vor, sodass sein Medaillon auf der Kante zu liegen kam. »Mein Bruder wird verflucht und Ihr diskutiert nicht, wie es dazu kommen konnte? Wo waren Hauptmann Costario und seine Leute, als Emanio in die Gewalt der Hexe geriet? Findet es denn niemand außer mir verdächtig, dass er erst heute Morgen Alarm geschlagen und uns über Emanios Verschwinden informiert hat?«

Der Hauptmann erwiderte Akurios Blick ruhig und ließ sich von der Anschuldigung nicht aus der Ruhe bringen. »Ich habe die Suche nach Eurem Bruder organisiert und geleitet, sobald wir uns aus dem Hexennebel befreit hatten und uns klar wurde, dass Emanio verschwunden war. Da Ihr und der Rat schwerlich Erfahrung mit der Suche nach Vermissten habt, hielt ich es für meine vorrangigste Pflicht, Seine Durchlaucht zu finden und nicht Euch zu informieren. Dies befand ich erst heute Morgen für notwendig, nachdem wir bis dahin keine Spur von Emanio gefunden hatten.«

»Ich halte Hauptmann Costarios Vorgehen für vernünftig«, mischte sich Brusperio ein. »Er kann uns nicht immer augenblicklich über jeden Vorfall informieren. Andernfalls könnte er seine eigentliche Aufgabe nicht erfüllen. Und Emanio zu suchen, war nun einmal wichtiger.« Der Kastellan nickte Costario zu, der dankbar den Kopf in seine Richtung neigte.

»Aber ...!«

»Still, Akurio! Ich verstehe deinen Unmut, aber der Hauptmann und der Kastellan haben recht. Was hätten wir tun sollen? Wir wären nur die ganze Nacht aufgeblieben und hätten uns Sorgen gemacht.« Großmutter seufzte. »Nicht, dass ich mir jetzt keine Sorgen mehr mache, da Emanio gefunden wurde.«

»Und was ist mit Omira? Findet Ihr ihr Schweigen nicht verdächtig? Sie hat während der gesamten Sitzung noch keinen Ton gesagt und auch vor der Katastrophe hat sie niemanden gewarnt. Bestimmt steckt sie mit der Hexe unter einer Decke!«

»Es reicht, Akurio!« Nun sprang auch Großmutter auf.

»Es war ja klar, dass du deine beste Freundin in Schutz nimmst, Großmutter!«

Akurios Augen blitzten zornig und er musterte die alte Seherin voller Verachtung.

»Ich verstehe Euren Zorn, Eure Durchlaucht«, erwiderte Omira jetzt leise. »Ich hätte den Angriff auf Euren Bruder vorhersehen müssen. Das habe ich jedoch nicht. Was ich mir jedoch verbitte, sind Anschuldigungen gegen meine Person. Ich diene dem Herzogtum seit fünfzig Jahren und bin gegenüber seiner Herrscherfamilie loyal.«

Akurio schnaubte. »Dann seid Ihr eben alt und nutzlos und keine Verräterin, auch gut!« Er musterte Omira kalt. »Ob Ihr Eure Kräfte verloren oder uns verraten habt, kommt am Ende aufs Selbe hinaus. Ihr seid entlassen!«

Omira erhob sich langsam und erstmals trat Zorn in ihre Augen. Magie sammelte sich um ihre Gestalt, sodass Emanio sie bis in seine Ecke spürte und sich ihm die Haare am ganzen Körper aufstellten. Er war ebenfalls empört aufgesprungen. Er liebte seinen Bruder und war dankbar für seine Fürsprache, aber jetzt ging Akurio zu weit.

»Ihr habt mir gar nichts zu sagen«, erklärte die Seherin Akurio.

»Ich bin der Sohn Eures Herzogs! Ihr steht in meinen Diensten und habt mir zu gehorchen!«

»Nein, das tue ich nicht.«

»Omira hat recht«, pflichtete Brusperio ihr bei. »Nur der Herzog, sein rechtmäßiger Vertreter oder sein Erbe können ein Ratsmitglied entlassen. Ihr seid weder Herzog Orsios Erbe noch sein rechtmäßiger Vertreter. Wir wissen nicht, warum sie den Fluch nicht vorhergesehen hat. Vielleicht ist die Hexe zu stark, möglicherweise hat sie einen Zauber beschworen, um ihr Komplott vor den Augen von Sehern zu verbergen. All das ist jetzt jedoch nebensächlich. Statt auf gegenseitige Schuldzuweisungen sollten wir uns lieber darauf konzentrieren, eine Lösung zu finden und den Fluch zu brechen.«

»Und was, wenn sich der Fluch nicht brechen lässt?« Akurio war zu dickköpfig, um sich von jemandem den Mund verbieten zu lassen. »Was dann? Mein Bruder kann in dieser Gestalt nicht über das Herzogtum herrschen!«

»Akurio hat recht«, mischte sich Kudonio ein. Der Jagdmeister hielt noch immer die Lanze in der Hand und musterte Emanio misstrauisch aus dem Augenwinkel. »Er ist bloß noch ein Tier. Nur ein Mensch kann herrschen.«

»Schluss damit!«, befahl Großmutter gereizt. »Diese Diskussion bringt nichts. Wir haben bis zur Wintersonnenwende Zeit, um den Fluch aufzuheben. Diese Zeit sollten wir nutzen und nicht von vornherein die Schlacht als verloren ansehen. Eins haben wir bei all den Streitereien völlig vergessen. Mein Sohn ist immer noch der Herzog. Die Verantwortung für Ternilus und die Lösung dieser Krise obliegt ihm. Wir sollten einen verlässlichen Boten in die Hauptstadt entsenden. Es wird Zeit für Orsio, aus Nadus heimzukehren.«

Seine Großmutter erhob sich und beendete die Ratssitzung. Emanio blieb in seiner Ecke und mied Kudonios misstrauischen Blick. Es war frustrierend, dass er nicht reden und sich mitteilen konnte. Er hätte sich zu gerne an der einen oder anderen Stelle in die Diskussion eingemischt und ihnen weitere Informationen gegeben, aber wenn er versuchte zu sprechen, hörten die anderen nur ein raubtierhaftes Brüllen. Ein Geräusch, das ihnen nur wieder Angst machen würde. Darum hatte er geschwiegen, obwohl er am liebsten fluchend und Befehle ausstoßend durch den Raum marschiert wäre.

Das Schlimmste war, dass er gar nichts tun konnte und sich darauf verlassen musste, dass die Wachen die Hexe fanden. Doch konnten sie das überhaupt? Die Hexe war ungewöhnlich mächtig, wie sie am magischen Nebel und dem Fluch gesehen hatten.

»Bringt Seine Durchlaucht auf sein Zimmer!« Bei Costarios Worten wandte sich Emanio ihm zu. Der Hauptmann hatte Wachen herbeigerufen und gab ihnen jetzt Befehle. Die Männer und Frauen wirkten nicht glücklich und beäugten Emanio furchtsam. »Eure Durchlaucht, es wäre besser, wenn Ihr fürs Erste dortbleibt.«

Emanio versuchte zu nicken, was dieses Mal schon ein wenig besser klappte als beim ersten Mal.

Er folgte ihnen und versuchte, den Geruch der Angst, den die Soldaten verströmten, zu ignorieren. Costario hatte recht, erkannte er niedergeschlagen. Wenn die Wachen ihn dermaßen fürchteten, wie sollte es dann den einfachen Schlossbewohnern gehen? Nein, es war besser, wenn er in seinen Gemächern blieb. Auch wenn ihn das Zuschlagen der Tür hinter ihm wenige Minuten später an das einer Kerkertür erinnerte.

Er wartete. Der halbe Vormittag war bereits verstrichen. Langsam knurrte ihm der Magen und er hatte Durst. Ein Zittern hatte seine Glieder erfasst, jetzt da die Aufregung der letzten Stunden abgeklungen war. Er fühlte sich müde, aber sobald er seine Augen schloss, bestürmten ihn seine anderen Sinne und seine Befürchtungen wuchsen, dass der Fluch niemals gebrochen werden würde.

Also schlich er unruhig durch seine Gemächer, machte Pausen, wenn das Zittern zu stark wurde und seine Kraft ihn verließ, und wartete.

Es war Mittag, als eine seiner Wachen, die vor seiner Tür verblieben waren, zu ihm hereinschaute und mit einem ängstlichen Blick in seine Richtung zwei Schalen am Eingang abstellte. Dann schloss er die Tür schnell wieder.

Der Geruch nach Furcht hing immer noch dort, als Emanio zu den Schalen ging und nachschaute, was der Mann ihm gebracht hatte. Es waren eine Schüssel voll Wasser und eine voll Fleisch. Vermutlich dachten sie, dass er jetzt den Appetit einer Raubkatze hatte.

Dankbar stürzte er sich auf die erste Schüssel und trank gierig, bis sie leer war. Die zweite ignorierte er, trotz seines knurrenden Magens. Doch die Verwandlung in einen Panther hatte nichts an seiner Abneigung gegen Fleisch geändert. Der Anblick der gebratenen Stücke verursachte ihm immer noch Übelkeit.

Der Nachmittag verstrich in völliger Einsamkeit. Er konnte zwar die Wachen vor seiner Tür spüren, aber sie schauten kein weiteres Mal zu ihm herein, auch nicht, um die Schalen abzuholen.

Am späten Nachmittag hatte er erneut Durst und sein Hunger war unerträglich geworden. Zuletzt hatte er am Mittag des Vortages etwas gegessen und dort auch nur wenig. Das rächte sich jetzt. Magenkrämpfe machten sich mit gewaltigen Schmerzen bemerkbar. Inzwischen hechelte er und zitterte so stark, dass er sich hinlegen musste, und das ganze Wasser, das er zur Mittagszeit getrunken hatte, hatte seine gereizte und viel zu trockene Kehle nicht lange besänftigen können. Außerdem drückten die verbliebenen Fetzen seiner Kleidung unangenehm in seine Haut.

Irgendwann schlief er erschöpft ein. Er erwachte in der Nacht mit brennender Kehle und hielt den Geruch nach Wasser in der Luft im ersten Moment für eine Illusion. Doch dann bemerkte er den zweiten neuen Geruch in seinen Räumen. Jemand war hier gewesen.

Ob sie mir mein Abendessen gebracht haben?

Emanio erhob sich langsam. Noch immer fühlte er sich schwach und inzwischen bereute er die Entscheidung, sich in seinem Bett schlafen zu legen. Beim Sprung hinab stürzte er. Das war ihm schon seit dem Hügelaufstieg nicht mehr passiert. Sein zweiter Versuch aufzustehen und zur Tür zu gehen, verlief noch langsamer und mühsamer.

Es dauerte gefühlt eine kleine Ewigkeit, bis er die Schalen erreicht hatte. Dort angekommen, brach er augenblicklich keuchend zusammen.

Nicht schon wieder Fleisch!

Verzweiflung erfüllte ihn, als er die neue Schüssel mit klein geschnittenen Bratenstücken erblickte. Sein Hunger war so groß, dass er ernsthaft erwog, seinen Fleischverzicht zu beenden. Dann jedoch stieg ihm der Geruch in die Nase und er wich angewidert zurück. Er konnte sich nicht überwinden, das zu essen.

Er bemühte sich, das Wasser langsam auszutrinken, etwas bis zum Morgen aufzusparen, doch er hatte so fürchterlichen Durst, dass er schneller als gedacht den Boden der Schlüssel erreichte. Doch das Brennen in seiner Kehle war noch nicht vollständig gelöscht.

Ob die Wachen ihm noch etwas bringen würden?

Er versuchte an der Tür zu kratzen, doch seine Pfote fiel kraftlos herab. Emanio rief nach Hilfe, doch nur ein klägliches, leises Miauen kam aus seinem Mund und niemand erschien. Hatten sie ihn überhaupt gehört? Oder hatten sie zu viel Angst vor ihm, um seine Gemächer außer zu den Mahlzeiten zu betreten?

Unbehagen erfüllte ihn angesichts seiner Schwäche. Das konnte doch nicht normal sein, oder? Dieser Durst, dieses Zittern und die Magenkrämpfe nach anderthalb Tagen ohne Nahrung? Andere hungerten viel länger, wenn es sein musste. Hatte es womöglich mit dem Fluch zu tun? Entzog dieser ihm seine Kraft?

Als er das nächste Mal die Augen aufschlug, schien die Sonne ins Zimmer herein und er fühlte sich etwas besser. Es musste später Vormittag sein. Jemand hatte ihm neues Wasser gebracht, das Fleisch jedoch stehen gelassen.

Merken die denn nicht, dass ich es nicht esse?

Frustriert knurrte er und schlug mit der Pfote nach dem verhassten Essen. Die Schale flog durch das Wohnzimmer, krachte gegen die Wand und ihr Inhalt verteilte sich auf dem Boden. Kurz empfand er einen Anflug von Scham, weil er dermaßen die Beherrschung verloren hatte, dann jedoch war er auch schon wieder verflogen.

Er hatte Durst, Hunger und wünschte sich nichts sehnlicher als etwas Richtiges zu essen und dann ein Bad. Er fühlte sich unrein. Doch selbst wenn jemand kommen sollte, wie sollte er ihm seine Wünsche kundtun?

Durstig begann er zu trinken und danach wartete er erneut.

Der Rest des Tages verlief ähnlich wie der erste. Lediglich zu den Mahlzeiten ließen sich die Wachen blicken. Inzwischen hatte er mitbekommen, dass sie untereinander ausknobelten, wer die Tür öffnen und ihm Essen und Wasser bringen musste.

Mittlerweile war er vor lauter Frust dazu übergegangen, sie anzuknurren, wenn sie erneut mit einer Schale voll Fleisch auftauchten. Doch das hatte sich als Fehler herausgestellt. Statt zu begreifen, warum er sich so verhielt, bekamen sie lediglich Angst. Beim zweiten Mal hatten sie das Wasser noch nicht abgestellt und flüchteten mit beiden Schalen. Für den Rest des Abends und der Nacht verspürte er wieder einen erbärmlichen Durst. Wenn er nicht versprochen hätte, fürs Erste auf seinen Gemächern zu bleiben, hätte er sich selbst etwas zu trinken und zu essen geholt. Aber er würde sein Wort nicht brechen und die Lage für alle nur verschlimmern, indem er durchs Schloss schlich und Angst verbreitete. Und bestimmt würden Morio oder seine Großmutter, wenn sich die Unruhen aufgrund seiner plötzlichen Verwandlung in eine Bestie etwas gelegt hatten, sofort bei ihm vorbeischauen. So lange konnte er warten.

Nachts kam das Zittern zurück. Vielleicht hatte er Fieber, er wusste es nicht. War es normal für einen Panther, so viel zu hecheln? Oder handelte es sich um eine Nebenwirkung des Fluchs?

Emanio verbrachte eine unruhige Nacht. Immer wieder rissen seine trockene Kehle und die Magenkrämpfe ihn aus dem Schlaf. Als er im Laufe des Vormittags erneut die Augen aufschlug, hatte er die Nase voll.

Jetzt verstand er, warum er in seinen Gemächern hatte bleiben sollen. Sie hatten ihm eingeredet, das Beste, was er in dieser Situation tun könnte, wäre Nichtstun, obwohl ihm dies zuwider war. Aber es ging ihnen nicht darum, den Schlossbewohnern seinen Anblick zu ersparen, sondern vor allem sich selbst. Oder warum hatte ihn in den anderthalb Tagen, die er in seinen Gemächern verbracht hatte, nicht ein Einziger von ihnen besucht? Noch nicht einmal Morio hatte vorbeigeschaut und sich erkundigt, wie es ihm ging! Niemand war auf die Idee gekommen, ihn über den Stand der Ermittlungen zu informieren. Hatten sie die Hexe gefunden? Oder suchten sie noch nach ihr?

Dann kam ihm ein schrecklicher Gedanke: Und was, wenn die Hexe sie ebenfalls erwischt hatte? Was, wenn sie die anderen Bewohner des Schlosses inzwischen kontrollierte? Bis auf die paar Sekunden, in denen er die Wachen sah, hatte er mit niemandem Kontakt. Es wäre ihr ein Leichtes, die Menschen zu überwältigen und die Macht an sich zu reißen, ohne dass er es mitbekam.

Ich gehe hinunter!

Zitternd erhob er sich, ging zur Tür, setzte sich und drückte mit der Pfote die Klinke herunter. Die beiden Soldaten, die davor Wache hielten, kreischten bei seinem Anblick erschrocken. Der Mann fuchtelte mit seinem Dolch herum, doch Emanio brauchte nur unwirsch zu knurren, da ließ er schon die Waffe fallen und nahm mit seiner Kollegin zusammen die Beine in die Hand.

Emanio machte sich ebenfalls auf den Weg. Er ging langsam und benutzte die Dienstbotengänge als Abkürzung, denn ihm fehlte die Kraft. Immer wieder musste er Pausen einlegen und kurz verschnaufen.

Eine ganze Weile später als gedacht erreichte er einen der öffentlichen Korridore, der zum Ratssaal führte. Nun jedoch verließ ihn das Glück. Als er die Tür zum Gang öffnete, sich hindurchzwängte und sie hinter ihm ins Schloss fiel, bemerkte er, dass er unmittelbar vor einigen Mitgliedern des Hofs herausgekommen war. Es handelte sich um Baron di Nadione und seine Freunde und Emanio verspürte ein Déjàvu.

Doch dieses Mal lief alles ganz anders als vor drei Tagen, als er in die Stadt aufgebrochen war.

Der Baron erblickte ihn als Erster und kreischte. »Da! Da! Das Monster ist da! Rettet mich!«

Er wollte sich hinter Baronesse di Porlione verstecken, die ihm mit ihrem Fächer einen Schlag versetzte. »Bist du ein Mann oder ein Angsthase? Du hast uns doch selbst die Neuigkeiten erzählt! Das ist Emanio, der Schöne.« Sie betrachtete ihn von oben herab und ihre Lippen kräuselten sich angewidert. »Oder zumindest war er es einmal. Nicht dass jetzt noch jemand diese Bestie als schön bezeichnen und bewundern würde. Dafür hat der Fluch gesorgt. Er hat uns allen sein wahres Gesicht gezeigt.«

Mein wahres Gesicht?

Fassungslos starrte er die Baronesse an, die ihm stets geschmeichelt hatte, ihn jetzt aber voller Verachtung musterte.

Die Gruppe tuschelte untereinander, als er sich mit herabhängendem Schwanz an ihnen vorbeischlich. Ein paar von ihnen lachten und stießen sich gegenseitig grinsend an. Emanio konnte es nicht fassen. Hatten sie schon immer so schlecht über ihn gedacht oder lag es an dem Fluch? Respektierten sie ihn nicht länger, weil er nicht mehr schön und vielleicht bald auch nicht mehr der Erbe des Herzogtums war?

Es war, als wären ihm gewaltsam die Augen geöffnet worden. Hatte er sich ernsthaft noch vor ein paar Tagen von diesen falschen Freunden dazu drängen lassen, auf Akurios Soiree zu gehen, weil sie ohne ihn nicht feiern wollten? Vermutlich war das ebenfalls nicht wahr gewesen. Alles nur Lügen, Schmeicheleien und nicht ernst gemeinte Komplimente. Morio hatte recht gehabt. Er hätte sich von ihnen fernhalten und sich nicht aus falsch verstandener sozialer Verpflichtung zu Dingen drängen lassen dürfen, die er nicht wollte.

Niedergeschlagen schlich er langsam weiter. Der Weg kam ihm länger vor als sonst und noch immer konnte er die hämischen Bemerkungen der Höflinge hinter sich hören, die ihm zusätzlich die Kraft raubten.

Als er um die nächste Ecke bog, begegnete er Elaria. Das Dienstmädchen wirkte adrett ... bis sie ihn bemerkte. Dann wurde sie kreidebleich im Gesicht, schrie und schmiss ihr Tablett im hohen Bogen von sich. Geschirr klirrte, als es auf dem Boden zerbrach. Sie zitterte und starrte ihn an wie eine Maus die Katze, dann lief sie wimmernd davon.

Kummer überkam ihn bei ihrem Verhalten. Hatte der Rat die Bewohner des Schlosses nicht über seinen Fluch informiert? Oder glaubten die Menschen, dass ein Panther nichts anderes als ein blutrünstiges Raubtier sein konnte, und rannten davon, obwohl sie wussten, dass er es war?

Er ging auf das Tablett zu, das Elaria fallen gelassen hatte, als er seine Neugier und seinen Hunger nicht mehr zügeln konnte. Vielleicht war ja etwas Essbares dabei?

Emanio schnüffelte an dem Verschütteten, doch leider handelte es sich um Gulasch. Nicht nur, dass es scharf roch, auch bestand der größte Teil aus Fleisch und hatte damit den Rest des Gerichts für ihn verdorben.

Ich brauche dringend etwas zu essen!

Doch wenn seine Mahlzeit nicht zu ihm kam, dann musste er sie sich eben selbst besorgen! Erneut benutzte er sein neues und verbessertes Riechorgan und schnüffelte.

Da!

Er setzte sich in Bewegung. Sein Magen knurrte vor Hunger so laut, dass auch alle anderen es wahrnehmen mussten. Nur leider verstanden sie es falsch.

Der Diener mit dem voll beladenen Tablett, der die Laute seines Hungers hörte, begann zu zittern und ängstlich vor ihm zurückzuweichen. Doch die Furcht des Mannes war ihm in diesem Moment egal, er interessierte sich nur für die Speisen, die der Diener mit sich herumtrug.

»Braves Kätzchen!«

Ernsthaft? Ungläubig starrte er den Dienstboten an.

Vielleicht hatte er unwillkürlich die Zähne gefletscht, denn jetzt quiekte der Mann, drehte sich auf dem Absatz um und rannte davon.

Mein Essen!

Die Verzweiflung und die Panik verliehen ihm neue Kräfte. Er stürzte hinterher, als der Mann einmal links, dann rechts und wieder rechts abbog und sich plötzlich in einer Sackgasse wiederfand.

»Bitte, tu mir nichts!«, flehte der Diener, als Emanio näherkam.

Seinem Magen entfuhr erneut ein Knurren und augenblicklich streckte der Mann seine Last von sich. »Du möchtest das Futter? Hier, nimm es! Es gehört dir!«

Er machte drei Schritte vor, stellte das Tablett an der Wand ab und zog sich sofort zurück.

Emanio lief das Wasser im Mund zusammen, als er all die Kuchen und süßen Brötchen entdeckte. Keine Ahnung, welchem Baron er das Frühstück gestohlen hatte, aber das hier war jetzt seins!

Voller Heißhunger stürzte er sich auf die Nahrung. In jeder anderen Situation hätte er sich dafür geschämt, wie sehr er schlang. Aber es tat so gut, endlich etwas Richtiges zu essen zu haben!

Nur am Rande bekam er mit, dass der Diener sich auf Zehenspitzen im weiten Bogen um ihn herumschlich und dann so schnell er konnte davonrannte.

Erst als er ein paar Minuten später seinen ärgsten Hunger gestillt hatte, fing er an zu grübeln. Was, wenn der Mann mit Verstärkung zurückkam und diese nicht wusste, dass er es war? Besser, er zog sich zurück.

Emanio gönnte sich noch einen letzten großen Bissen Kuchen und machte sich auf den Weg. Er war zum Glück nicht weit vom Audienzsaal entfernt. Und da heute wieder Audienz sein musste, sofern sein Gedächtnis ihn nicht täuschte, würde er dort bestimmt auch ein Ratsmitglied antreffen, das ihm helfen konnte.

In der Ferne hörte er die Rufe der Wachen, die ihn suchten, aber er ignorierte sie. Er erreichte das Vorzimmer, in dem etwa ein Dutzend Bittsteller saßen. Die nervösen Gespräche unter den Wartenden verstummten, als seine Pfoten über die Fliesen kratzten. Neugierig drehten sie sich zu ihm um und schrien auf. Augenblicklich wirbelten die beiden Wachen herum.

»Bitte beruhigt Euch! Habt keine Angst!«, rief der erste Mann.

Der zweite positionierte sich mit seiner Lanze zwischen Emanio und den Bittstellern. Er versuchte, Zuversicht auszuströmen, aber er zitterte sichtlich.

»Es handelt sich nicht um ein wildes Tier, sondern um Emanio, den Sohn des Herzogs! Er wird Euch nichts tun, es besteht kein Grund zur Sorge!«, sagte der erste Soldat.

Doch sein Kollege widersprach ihm. »Geht!«, schrie er den Männern, Frauen und Kindern jetzt zu. »Bringt Euch in Sicherheit!«

Sofort stürzten sie los und Emanio drückte sich an die Wand, als die zweite Wache den Strom der Flüchtenden anführte.

Die erste Wache versuchte sich Gehör zu verschaffen, doch die Schreie der anderen waren so laut, dass er scheiterte. Ein paar Sekunden später war es vorbei. Emanio und der Soldat starrten sich gegenseitig resigniert an, als die Tür zum Audienzsaal aufgerissen wurde und das wütende Gesicht von Kastellan Brusperio herausschaute.

»Was ist denn hier für ein Tumult? Könnt Ihr nicht für Ordnung sorgen?«, herrschte er die arme Wache an. Dann entdeckte er Emanio. »Oh! Ich verstehe.«

Eine neugierige Händlerin schaute ihm einen Augenblick später über die Schulter, erblickte Emanio in seiner Bestiengestalt und wimmerte.

»Wartet!«, rief Brusperio der Frau noch zu, aber es war zu spät. Sie folgte den anderen Flüchtenden.

Am liebsten hätte sich Emanio für den Aufruhr, den er unbeabsichtigt verursacht hatte, entschuldigt, aber sein Brüllen hätte mehr Schaden als Nutzen angerichtet.

Der Kastellan stieß einen schweren Seufzer aus. »Das war's mit unserem Versuch, die Gerüchte einzudämmen.«

Emanio ließ den Kopf hängen.

»Nein, Eure Durchlaucht, es ist nicht Eure Schuld!«, versicherte ihm Brusperio. »Wir hatten nur gehofft, die Information noch ein paar Tage länger zurückhalten und der besorgten Bevölkerung dann gleichzeitig auch eine gute Neuigkeit zukommen lassen zu können. Aber die Überlegungen sind jetzt müßig. In ein paar Tagen wird das gesamte Herzogtum wissen, dass Ihr verflucht wurdet.«

»Es tut mir leid.« Die verbliebene Wache machte ein niedergeschlagenes Gesicht. »Und ich habe auch noch herausposaunt, dass es sich um Seine Durchlaucht handelt.«

Brusperio seufzte erneut. »Es lässt sich nicht mehr ändern. Am besten ist es, wenn ich dem Rat von der neuen

Entwicklung berichte. Bittsteller muss ich heute ja nicht mehr anhören.« Er wandte sich an Emanio und sah ihn flehentlich an. »Bitte, Eure Durchlaucht, begebt Euch zurück in Eure Gemächer! Ich werde Euch später aufsuchen, um Euch Bericht zu erstatten, oder Morio schicken, sollte er bis dahin zurück sein.«

Emanio nickte bedrückt. Der ganze Vorfall tat ihm leid. Der Kastellan sah erschöpft aus und wirkte um Jahrzehnte gealtert, als hätte er in den vergangenen beiden Tagen ohne Pause gearbeitet, um sowohl seine eigenen als auch Emanios Pflichten zu erfüllen. Und wenn Morio nicht im Schloss war, dann hatte er dabei noch nicht einmal seine Hilfe gehabt. Sein Sekretär hatte ihn also nicht im Stich gelassen, sondern erfüllte lediglich eine andere Aufgabe. Irgendwie erleichterte ihn das.

»Wartet!« Brusperio runzelte die Stirn, als er ihn musterte. Dann bat er die Wache um sein Messer und begann anschließend zu Emanios Überraschung, vorsichtig die Kleidungsfetzen durchzuschneiden. »Ich verstehe nicht, warum sich niemand darum gekümmert hat«, brummte er. »So, fertig!«

Emanio nickte ihm dankbar zu. Dann machte er sich auf den Rückweg und wich wieder auf die Dienstbotengänge aus, um nicht erneut Panik unter den Schlossbewohnern und den Besuchern zu verursachen. Er wollte die Tür auf dem nächsten Stockwerk aufdrücken, als er davor zwei Personen erspürte und erstarrte. Besser er wartete noch ein wenig, bis sie vorbeigegangen waren.

Doch die beiden Männer blieben vor der verborgenen Tür stehen. »Hast du deinen neuen Dienstplan auch bekommen?«

»Ja«, erwiderte die kratzige Stimme eines älteren Mannes. »Bin zum Glück nicht zur Suche nach der Hexe eingeteilt.«

»Ich auch nicht. Schätze mal, der Hauptmann gibt sich absichtlich nicht viel Mühe. Sonst hätte er uns doch bis auf eine Notbesetzung alle dazu eingeteilt. Ich vermute, er möchte den Herzogssohn noch eine Weile leiden lassen für das, was er mit Nirelle gemacht hat.«

Der zweite Mann lachte. »Kannst du es fassen, dass der jetzt eine Bestie ist? Da hat es den Richtigen getroffen! Der war doch unter seinem schicken Äußeren bereits eine Bestie in Menschengestalt!«

Emanio zuckte zusammen, als er die Schadenfreude in der Stimme des älteren Mannes hörte. Eine Bestie in Menschengestalt? Warum sagte er das? Nur weil die Tochter des Hauptmanns ihn beschuldigt hatte, sie verführt zu haben? Aber es stand doch noch gar nicht fest, ob das stimmte oder sie gelogen hatte!

Sein ohnehin schon trockener Mund erinnerte ihn jetzt an eine Wüste und seine Zunge klebte fest. Er hatte das Gefühl, als würde ihm etwas die Luft abschnüren. Selbst wenn er hätte sprechen können, so hätte er in diesem Moment kein Wort herausgebracht. Kopfschmerzen durchzuckten ihn, als wäre jedes böse Wort ein Dolch, den sie ihm in den Schädel rammten.

Er verstand ihren Hass auf ihn nicht. Hatte er sich denn auch in ihnen getäuscht, so wie in der Baronesse und ihren Freunden?

»Mir tun seine Opfer leid«, fuhr der Jüngere fort.

Opfer? Mehrzahl? Wovon sprach er denn jetzt wieder?

»Ich verstehe nicht, wie die Mädchen und jungen Frauen so naiv sein können und sich dermaßen von seinem Äußeren blenden lassen. Er mag der schönste Mann im gesamten Herzogtum sein, aber das ist alles nur Fassade. Von innen ist er hässlich und böse. Ein Monster. Bestimmt hat die Hexe das erkannt und ihn deshalb auch in eins verwandelt. Ein finsteres Raubtier ist passend.«

Der zweite Mann pflichtete seinem Kollegen bei. »Mit Sicherheit hat sie das. Sie muss gehört haben, welche Verbrechen er begangen hat. Hoffentlich finden sie sie nie. Er hat es nicht verdient, dass der Fluch jemals gebrochen wird! Ich habe gehört, dass er die Mädchen mit Alkohol und Rauschmitteln wehrlos gemacht hat, sogar mit Magie, wenn das alles nicht funktioniert hat.«

Emanio schnappte nach Luft und taumelte, als seine Schmerzen und sein Entsetzen größer wurden. Logen sie absichtlich? Waren es die Mädchen, die die Lügen verbreiteten? Oder waren sie womöglich verzaubert worden und glaubten das alles tatsächlich? Er war kein liederlicher Schürzenjäger, der die Mädchen reihenweise verführte oder mit Gewalt, anderen Mitteln oder gar mithilfe seiner Magie ins Bett zerrte!

Doch genau das behaupteten die beiden Männer jetzt erneut.

»Ich habe noch am Morgen, als der Fluch in Kraft trat, ein weinendes Mädchen trösten müssen«, erzählte der Ältere bedrückt. »Sie war in der Nacht eines seiner Opfer geworden, ist nackt und ohne Kleider in einem der Gästezimmer erwacht und erinnerte sich an nichts. Sie war völlig verstört, wie du dir vorstellen kannst. Ich habe ihr etwas zum Anziehen besorgt, sie nach Hause gebracht und ihr dann eine diskrete Kräuterhexe empfohlen, die ihr helfen kann, unerwünschte Folgen dieser Nacht loszuwerden.«

Aha! Jetzt wusste er, dass sie logen! In der Nacht vor seiner Rückkehr ins Schloss hatte er bewusstlos in der Hütte der Hexe gelegen und war bereits verwandelt gewesen! Er konnte das Mädchen gar nicht geschändet haben!

Doch seine Erleichterung verflog genauso rasch, wie sie gekommen war. Das war nur ein Vorfall und das Mädchen konnte sich an nichts erinnern. Sie hatte auch das Opfer eines anderen Verführers werden können. Denn die Wachen klangen nicht so, als würden sie lügen, wenn sie von ihren Erfahrungen und den Anschuldigungen berichteten. Der ältere Mann wirkte, als hätte er mehr als ein Mädchen nach einer solchen Nacht nach Hause bringen und sie trösten müssen. Doch wer war der Übeltäter? Konnte es sein, dass er die Taten unter dem Einfluss von Alkohol begangen hatte und sich nicht mehr an sie erinnerte? Oder war ein anderer der Schuldige? Doch warum sagten die Mädchen dann aus, dass sie sich mit ihm getroffen hatten?

»Ich hoffe, dass meine Töchter nie einem Adligen auffallen, wenn sie älter sind«, meinte die erste Wache besorgt. »Was, wenn sie von einem dieser Blender schwanger werden und dann ihr Leben ruiniert ist? Diese Mistkerle sorgen ja nie für ihre Bastarde oder den Lebensunterhalt der verführten Mädchen, obwohl sie das Geld dazu hätten. Stattdessen ziehen sie sich feige aus der Affäre, leugnen ihre Taten oder lassen von Männern wie Morio alles unter den Teppich kehren und die Geschädigten mit Drohungen mundtot machen. Davor habe ich Angst.«

Was war das? Morio sollte davon gewusst und die Mädchen und ihre Familien bedroht haben? Das hätte er nie im Leben getan! Morio war derjenige, der ihm stets moralisch vorbildliches Verhalten predigte!

»Aber zumindest einer dieser Mistkerle hat jetzt die Quittung erhalten«, erwiderte sein Kollege. »Ich hoffe, dass er eine Bestie bleiben muss und leidet. Das wäre die gerechte Strafe.«

Sie plauderten noch ein wenig über andere Dinge und setzten dann ihren Rundgang durch das Schloss fort, während Emanio wie erschlagen und völlig am Ende hinter der geheimen Tür liegen blieb und die Welt nicht mehr verstand.

Noch immer zitterte er und erst langsam begriff er, dass er unter Schock stehen musste. Es fiel ihm schwer, einen klaren Gedanken zu fassen, geschweige denn zu verstehen, was dort passiert war. Seine Kopfschmerzen und sein Entsetzen waren so stark, dass ihn jetzt die Übelkeit ergriff und er sich übergeben musste. Nun bereute er, dass er so viel Kuchen gegessen hatte.

Wie hatte das passieren können? War er blind gewesen? War er tatsächlich ein solcher Mistkerl, wie die Soldaten behauptet hatten? Er hatte versucht, das Beste für seine Untertanen zu tun. War es ihm so schrecklich misslungen? Er hatte noch nicht einmal Anerkennung gewollt, sondern hatte nur seine Pflicht getan. Und jetzt hielten ihn alle für einen Halunken und ein Monster, das diesen Fluch verdient hatte.

Völlig verstört rappelte er sich irgendwann auf, als der Gestank nach Erbrochenen sich nicht mehr ertragen ließ. Wie im Traum öffnete er die Tür zum Korridor und trat hinaus. Ziellos wanderte er durch das Schloss, doch seinen eigenen Gedanken konnte er dadurch nicht entkommen.

Er ging an Menschen vorbei. Er spürte sie mit seinen Sinnen, doch keiner von ihnen versuchte, ihn aufzuhalten oder ihn anzugreifen.

Dass ihn seine Wanderung in die völlig falsche Richtung geführt hatte, bemerkte er erst, als er vor der geschlossenen doppelseitigen Prunktür zum Ratssaal wieder zu sich kam. Er hörte sie drinnen tagen und blieb unwillkürlich stehen, obwohl er Brusperio versprochen hatte, in seine Gemächer zurückzukehren. Hätte er es nur getan!

Denn das was er zu hören bekam, entmutigte ihn nur noch mehr. Noch immer gab es keine Spur von der Hexe. Stattdessen berichtete der Hauptmann, dass seine Leute endlich ihre Hütte gefunden hatten.

Das hätte er ihnen bereits vor zwei Tagen erzählen und ihnen den Weg dorthin zeigen können! Hatte der Soldat recht gehabt? Versuchte Costario die Ermittlungen absichtlich zu verzögern? Tat er nur pflichtbewusst und plante insgeheim seine Rache?

»Die Hütte der Hexe war leer. Ausgeräumt, als hätte sie ihre Flucht geplant. Wir befragen zurzeit die Nachbarn, ob sie etwas wissen. Bislang noch ohne Ergebnis. Aber wir suchen weiter«, berichtete der Hauptmann und Emanio verspürte Misstrauen ihm gegenüber.

War das alles, was sie in zwei Tagen erreicht hatten? Die Hexe war inzwischen über alle Berge!

Doch selbst wenn sie sie fanden und zum Schloss zurückbrachten, was sollte das bringen? Sie hatte ihn nicht grundlos verflucht. Hatte sie ihm nicht gesagt, dass sie viel Schlechtes über ihn gehört habe? Er hatte es ignoriert, für ein Missverständnis gehalten, doch jetzt wusste er es besser. Die Hexe hatte die Mädchen rächen wollen und ihn deswegen verwandelt. Warum sollte sie Gnade zeigen und den Fluch aufheben?

Jetzt ist alles egal.

Er spürte, wie ihn abrupt die Kräfte verließen, und ließ sich fallen. Sein schwerer Körper kam mit einem Krachen auf dem Boden auf und Emanio hörte, wie drinnen Rufe laut und Stühle zurückgeschoben wurden.

Dann riss seine Großmutter die Tür auf und schrie auf.

»Emanio!«

»Es geht ihm nicht gut«, stellte die Seherin besorgt fest. »Seht nur, wie er zittert. Schnell! Bringt ihm etwas zu essen und zu trinken und feuchte Tücher!«

Peronio, dessen Hautfarbe und Geruch Emanio an ein frisch gepflügtes Feld erinnerten, kniete sich neben ihm nieder und legte besorgt die Hand auf seine Stirn. Der Erdhexer war der Einzige, der ihn noch nicht in seiner Fluchgestalt gesehen hatte, aber er schien keinerlei Angst vor ihm zu haben.

»Er fühlt sich heiß an. Ist das normal für Panther oder hat er Fieber?«

»Ich verstehe nicht, was passiert ist.« Brusperio trat neben Omira und die Großmutter. »Ich habe ihn vorhin noch gesehen. Zu dem Zeitpunkt war er noch nicht in solch schlechter Verfassung. Wir sollten einen Heiler holen.«

»Hauptmann? Bitte kümmert Euch darum.«

»Sehr wohl, Eure Durchlaucht!«

Emanio ignorierte ihre Besorgnis und die Hände, die sich ungefragt auf seinen Körper legten. Er war so müde und wollte nur noch schlafen.

»Ah, da kommt der Diener!«

Jemand schob einen jungen Mann nach vorne. Er erkannte Kio, der ihm abwechselnd mit Elaria das Essen brachte. Auch jetzt hatte er ein Tablett mit einem Teller, einer großen Karaffe Wasser und einem Becher dabei.

Peronio nahm es ihm ab und füllte den Becher, um ihn dann an Emanios Mund zu halten. »Trinkt, Emanio! Das wird Euch guttun.«

»Du darfst nicht aufgeben, Junge! Wir werden die Schuldige schnappen und nicht ruhen, bevor der Fluch besiegt ist. Bis dahin musst du bei Kräften bleiben. Bitte, trink!«, flehte seine Großmutter, als er sich nicht rührte.

Nur ihretwegen öffnete er das Maul und ließ zu, dass der Erdhexer ihm das Wasser in den Rachen schüttete und dann einen zweiten Becher füllte.

»Er sollte auch etwas fressen«, meinte Brusperio besorgt. Der Kastellan schob den Teller näher an ihn heran, doch dieses Mal war Emanio weniger kooperativ. Es befand sich zwar ausnahmsweise kein Fleisch auf dem Teller, sondern lediglich Kartoffeln und Rüben, doch es roch irgendwie komisch. Vielleicht lag es an den verwendeten Gewürzen oder an seiner überempfindlichen Nase, doch er wollte das nicht verzehren, daher schob er den Teller mit der Pfote beiseite.

»Sollte er nicht etwas essen?«, fragte Großmutter besorgt.

»Wir können ihn nicht zwingen«, erwiderte Omira. Die Seherin schien in die Zukunft zu schauen, denn Emanio spürte jetzt ihre Magie in der Luft knistern. »Es wird ihm nicht schaden, jetzt nichts zu fressen. Wir lassen ihm später etwas bringen und dann kommt alles in Ordnung.«

Brusperio nahm den Teller an sich. »Das lasse ich an die Hunde verfüttern. Lasst eine Trage holen und Emanio auf seine Gemächer bringen! Ich schaue nachher nach ihm.«

Geschäftigkeit kam auf und schneller, als Emanio sich erholen konnte, hatte Peronio ein halbes Dutzend Wachen und eine Trage organisiert. Die Männer hievten seinen Körper vorsichtig hinauf und trugen ihn zurück in seine Räumlichkeiten. Sie legten ihn auf sein Bett und ließen ihn allein.

Als das nächste Mal jemand nach ihm sah und ihn aus seinen düsteren Gedanken riss, war es Abend und Morio öffnete die Tür. Er hatte noch nicht einmal geklopft.

»Was höre ich da? Ihr seid heute vor dem Ratssaal zusammengebrochen?«

Emanio fauchte gereizt. Hatte Morio vergessen, dass er nicht antworten konnte?

Doch davon ließ sich sein Sekretär nicht beirren. Er begann das Schlafzimmer aufzuräumen, ließ die Wachen Diener rufen, welche das verstreute Fleisch vor der Tür aufsammelten und die Spuren beseitigten. Ein Mädchen in der Kleidung des Küchenpersonals – sie konnte nicht älter als fünfzehn oder sechzehn sein, dass sie sich in seine Nähe traute, überraschte ihn – brachte ihm ein Tablett.

»Was soll das? Emanio isst kein Fleisch! Seit Jahren nicht, das solltest du eigentlich wissen!«, fuhr Morio sie unwirsch an.

»Verzeihung, Herr, das wusste ich nicht. Ich bin sonst nicht für Seine Durchlaucht zuständig. Ich bringe gleich etwas anderes, es kommt nicht noch einmal vor.« Das Mädchen ließ sich von Morios schlechter Laune nicht einschüchtern, sondern knickste und verschwand.

Morio seufzte, als Emanio sich jetzt die Mühe machte, den Kopf zu heben und ihn missbilligend anzustarren. Sein Hals schmerzte bei der Bewegung und er hatte das Gefühl, als würde etwas auf seine Luftröhre drücken. »Wenn ich gewusst hätte, was passiert, wäre ich nicht persönlich nach Merus geritten, um den dortigen Fluchgelehrten zu bitten zu kommen. Ich hätte es einem Boten überlassen. Aber ich habe gute Neuigkeiten. Der Magier hat sich einverstanden erklärt, Euch zu helfen. Er wird in ein paar Tagen hier sein und Euch aufsuchen. Er findet eine Lösung, davon bin ich überzeugt.«

Morio lächelte müde – kein Wunder, wenn er in zwei Tagen bis ins nächste Herzogtum und wieder zurück geritten war.

Das Küchenmädchen kehrte wenige Minuten später zurück, jetzt mit Kartoffeln, Bohnen, Eiern und einer großen Schale Pudding sowie einer Karaffe mit Wasser.

»Kann ich Euch noch etwas bringen?«

Zu seinem größten Erstaunen sprach sie direkt mit ihm und lächelte ihn an. Sie schien keinerlei Angst vor ihm zu haben.

»Nein, danke«, antwortete Morio. »Du kannst jetzt gehen. Falls wir noch etwas benötigen, rufen wir.«

Das Mädchen knickste und verschwand. Sie war gerade zur Tür heraus, als Brusperio und Costario in seine Gemächer stürmten. Der Kastellan und der Hauptmann waren außer Atem. Als Brusperio sah, dass Emanio eine Kartoffel verschlingen wollte, schrie er auf. »Nicht! Es könnte vergiftet sein!«

»Wovon redet Ihr da?« Irritiert starrte Morio ihn an.

Costario musterte Morio, Emanio und die soeben gebrachte Mahlzeit kritisch. »Brusperio hat recht. Wir haben Grund zu der Annahme, dass jemand Emanio töten will. Das Essen, das Seine Durchlaucht heute Mittag verschmäht hat und wir den Hunden zum Fraß gegeben haben, war vergiftet. Wir haben soeben die toten Tiere entdeckt und der verantwortliche Diener ist verschwunden. Von jetzt an darf Emanio nichts mehr zu sich nehmen, das nicht von loyalen Küchenmitarbeitern zubereitet und unter Begleitschutz hierhergebracht wurde, damit niemand es erneut versuchen kann.«

Emanio starrte ihn an und fragte sich, wann sein Leben zu diesem Albtraum geworden war. Er wollte endlich aufwachen.

Kapitel 4: Lerio

Auch zwei Tage, nachdem er ausgerechnet Emanio gerettet hatte, wusste Lerio nicht, was er von dem Vorfall halten sollte. Hätte er geahnt, wer in der Gestalt des Panthers steckte, hätte er dann den Hauptmann und die Wachen aufgehalten oder hätte er sie gewähren lassen? Der Wunsch, seine Schwester zu rächen, loderte immer noch heiß in ihm, aber er konnte es niemandem sagen, obwohl seine Mutter und seine beiden anderen Schwestern inzwischen von Torras Schwangerschaft wussten. Sie verstanden weder seinen Zorn noch das Gefühl des Versagens, das ihn erfasste, wenn er an Torras ungeborenes Kind dachte.

Als dann Gerania beim Abendessen auch noch den Namen des Herzogssohns bewundernd aussprach, war es mit seiner Beherrschung geschehen.

»Ich habe heute Seine Durchlaucht, Herzogssohn Emanio, gesehen«, erzählte Gerania, während er zähneknirschend lauschte. »Ich habe ihm das Essen gebracht, da in der Küche alle Angst vor ihm haben und kein anderer die Aufgabe übernehmen wollte. Und das nur, weil er in einen Gestaltwandler verzaubert wurde! Es ist so traurig, dass ihn jetzt alle meiden. Er wurde verflucht und kann doch nichts dafür, wie er aussieht.«

Lerio legte das Besteck auf den Tisch und holte tief Luft. »Spar dir dein Mitleid! Er ist nicht wie wir. Er ist kein Gestaltwandler in Not, dem wir beistehen sollten. Hast du schon einmal daran gedacht, warum er verflucht wurde?

Vielleicht hat er es verdient. Vielleicht ist dies die Strafe der Götter dafür, dass er Torra verführt hat.«

»Lerio! Wie kannst du so etwas sagen?« Seine Mutter starrte ihn entsetzt an. »So habe ich dich nicht erzogen! Du weißt, dass jedes Schlechte, das wir denken oder tun, eines Tages auf uns zurückfällt. Die Götter sehen alles und sorgen für Gerechtigkeit, spätestens im nächsten Leben. Und für alles andere gibt es die Gerichtsbarkeit des Königs und seiner Herzöge.«

Auch Torra wirkte enttäuscht von ihm. »Hast du denn vergessen, dass er der Vater meines ungeborenen Kindes ist? Er gehört damit zur Familie und ich möchte, dass er unser Kind heranwachsen sieht – ob er es als seins anerkennt oder nicht. Du weißt, dass ich ihm keine Vorwürfe mache für das, was geschehen ist. Ich habe nicht erwartet, dass er mich heiratet oder anders behandelt als zuvor. Ihn trifft keine Schuld und ich möchte nicht, dass ihm etwas Schlimmes passiert. Dass er verflucht wurde, tut mir leid. Ich wünschte, wir könnten ihm helfen. Es muss schrecklich sein, ohne Vorwarnung zum Gestaltwandler gemacht zu werden und in einem fremden Körper gefangen zu sein.«

Schweigend ließ er den Tadel über sich ergehen. Ihre Worte änderten nichts daran, wie er empfand. Er war voller Zorn zum Schloss gegangen und fühlte sich nun um die Gerechtigkeit betrogen. Er konnte nicht vergessen, dass Emanio seiner Schwester unrecht getan hatte, auch wenn sie die Nacht mit ihm nicht bereute.

Lerio schwieg, als Gerania ihre Erzählung fortsetzte. »Die Küche ist in Aufruhr. Seit Tagen gibt es ein neues Gerücht nach dem anderen, doch was wir heute erfahren haben, übertrifft alles!«

»Halt! Ich wollte es erzählen! Immerhin habe ich es zuerst gehört!« Madira funkelte Gerania empört an.

»Na schön, dann erzähl!«

»Was gibt es denn so Spannendes?«, fragte Torra, die Klatsch und Tratsch genauso liebte wie seine jüngeren Schwestern.

»Ihr wisst doch, dass ich den Wachen auf der Mauer und beim Zwinger das Essen bringe, oder? Als ich heute am frühen Abend wie gewohnt meine Runden drehte, bemerkte ich gleich die Aufregung unter den Hundeführern und bin zu ihnen gelaufen. Es stellte sich heraus, dass drei Hunde, alles junge Tiere, die zuvor nicht krank gewesen waren, unerwartet gestorben sind.«

Torra schnappte erschrocken nach Luft. »Du meinst, sie wurden verflucht oder auf eine andere Weise getötet?«

»Vergiftet!«, berichtete Madira genüsslich, deren Augen jetzt vor Aufregung glänzten. »Der Kastellan hat am Mittag eine übrig gebliebene Portion Essen, die Seine Durchlaucht verschmäht hatte, an die Hunde verfüttern lassen. Ein Tierheiler stellte fest, dass dieses vergiftet gewesen sein muss.«

»Wie furchtbar!« Torra war blass geworden und hatte die Augen aufgerissen. »Jemand hat versucht, Emanio zu ermorden?«

Sie warf Lerio einen Blick zu und Scham überkam ihn, als er die leisen Zweifel in ihm bemerkte. Traute sie ihm das wirklich zu?

»Bei der Befragung stellte sich dann heraus, dass Kio dem Herzogssohn die Mahlzeit gebracht hatte«, fuhr Gerania fort.

»He! Das ist meine Geschichte!« Madira war über Geranias Einmischung wenig begeistert.

»Aber du warst gar nicht dabei, als sie uns in der Küche befragt haben! Du kannst ihnen gar nicht erzählen, was anschließend passiert ist!«

»Bitte keinen Streit! Nun erzählt schon weiter!«, flehte Torra.

Gerania warf Madira, die schmollte, einen triumphierenden Blick zu. »Gut. Ich werde euch nicht auf die Folter spannen. Hauptmann Costario und die Wachen wussten bereits, dass Kio die vergifteten Speisen gebracht hatte. Anscheinend war der Hauptmann persönlich dabei gewesen. Sie wollten wissen, wer alles mit der Zubereitung zu tun gehabt hatte. Aber es hat sich herausgestellt, dass Kio selbst ein Tablett zusammengestellt hat, als der Ruf nach einem frühen Mittagessen für Seine Durchlaucht kam. Alle Köche waren beschäftigt gewesen, niemand hat ihm geholfen und Kio hat sich einfach aus den Töpfen bedient.«

»Also muss er es gewesen sein, der das Gift unter das Essen gemischt hat!«, berichtete Madira aufgeregt.

»Genau!« Auch Geranias Augen leuchteten vor Spannung. »Aber das Belastendste ist, dass Kio verschwunden ist! Er ist zu seiner Abendschicht nicht aufgetaucht. Und als der Hauptmann das erfahren hat, ist er gleich zusammen mit dem Kastellan zu Emanio gerannt. Ich bin den beiden begegnet, nachdem ich Seiner Durchlaucht das Abendessen gebracht habe.«

»Aber warum sollte Kio Seine Durchlaucht vergiften wollen?«, fragte Torra verstört.

»Vermutlich war er eifersüchtig.« Gerania zuckte mit den Schultern. »Jeder in der Küche weiß, dass Elaria und er einmal zusammen waren. Aber Elaria hat nur noch Augen für Emanio, und Kio lief die ganze Zeit nur noch mit schlechter Laune herum. Damit konnte er Elaria nicht zurückgewinnen.« Sie kicherte.

»Genug!«, mischte sich ihre Mutter ein. »Das ist eine ernste Angelegenheit, nichts worüber man lacht. Drei Hunde sind tot. Ein Mensch wäre beinahe ermordet worden und warum? Aus simpler Eifersucht? Nein, das ist wahrlich nicht komisch und ihr solltet das ernster nehmen. Ein Leben ist kein Spiel.«

Madira und Gerania ließen die Köpfe hängen. »Es tut uns leid, Mutter.«

Anschließend war die Stimmung für den Rest des Abends gedrückt und alle waren froh, als sie endlich schlafen gehen konnten.

Lerio musste an die Worte seiner Mutter denken, als er am nächsten Morgen bei seiner Ankunft gleich zum Jagdmeister gerufen wurde. Anscheinend hatte Kudonios Mutter ihm diesen Leitsatz nicht beigebracht, denn für ihn war jeder Tag und jede Begegnung mit Lerio ein Spiel. Und wie stets versuchte Kudonio zu gewinnen. Dabei war es ihm gleich, ob er Lerio mit seinen Hänseleien und Schikanen in den Selbstmord oder in die Kündigung trieb.

Daher schlotterten Lerio jetzt auch die Knie, als er sich auf den Weg zu Kudonios Arbeitsraum machte. Zum Jagdmeister gerufen zu werden, hatte nie etwas Gutes zur Folge.

Cer, dessen vollen Namen Lerio auch nach zehn Jahren als Wildhüter nicht kannte, schenkte ihm einen besorgten Blick. Der Alte war für die Ausrüstung der Wildhüter und Jagdgehilfen zuständig und der Einzige, der Lerio heimlich zur Hilfe kam, wenn die anderen ihn wieder triezten. Aber Cer hatte ebenfalls nicht gewusst, was der Jagdmeister von Lerio wollte. Dieses Mal konnte er ihm nicht aus der Patsche helfen.

Viel zu schnell stand Lerio vor der Tür zu Kudonios Arbeitsraum. Ein letztes Mal vergewisserte er sich, dass seine Augenklappe richtig saß und kein Stück von seinem Narbengewebe darunter hervorschaute. Er wollte seinem Vorgesetzten keinen Vorwand liefern, wieder auf seinem Äußeren herumzuhacken. Das tat er seit dem Vorfall im Wald, wo ihn alle nackt gesehen hatten, sowieso schon ständig.

»Herein!«, rief Kudonio, als er an der Tür klopfte.

Lerio öffnete sie mit zitternden Händen und versuchte dann seinen Muskeln zu befehlen, sich nichts anmerken zu lassen. Kudonio war ein Jäger. Wenn er seine Angst witterte, dann würde er niemals von ihm ablassen.

»Ihr wolltet mich sehen?«, fragte er mit fester Stimme, als er forschen Schrittes das Arbeitszimmer betrat. Wie stets musste er das Entsetzen unterdrücken, als er die Wand der Trophäen sah. Kudonio präparierte die Köpfe seiner erlegten Beute und hing sie sich an die Wand. Nichts machte ihm mehr Freude, als über die Jagdausflüge zu berichten, bei denen er sie errungen hatte. Darüber vergaß er alles andere. Mehr als einmal war es Lerio gelungen, von sich abzulenken, indem er sich scheinbar neugierig über den Schädel eines seiner ermordeten Hirsch- oder Wildschwein-Freunde erkundigt hatte.

Kudonio sah von seinem Schreibtisch auf, auf dem sich die Papiere stapelten. Nun strich er den Brief glatt, der vor ihm lag, und räusperte sich nach einem langen Moment des Starrens. Eines seiner beliebten Mittel, um Lerio nervös und mürbe zu machen.

»Ich habe eine Nachricht aus dem Schloss erhalten. Sie benötigen oben einen Wildhüter und da habe ich gleich an dich gedacht. Eigentlich kann ich keinen Mann erübrigen, aber ob du hier bist oder dort, macht keinen Unterschied. Was soll ich mit einem, der nichts zum Jäger taugt? Der ohnmächtig wird, wenn er ein Tier ausweiden soll? Der sich vor jeder Arbeit drückt und lieber durch den Wald spazieren geht, als wäre er ein adliger Herr, der niemandem Rechenschaft ablegen muss? Du bist ein nutzloser Faulpelz! Schlimmer noch, ein verweichlichter Tiermensch und eine Schande für jede Raubkatze! Ich habe keine Ahnung, wie du jemals das Wohlwollen des Herzogs erlangt hast. Wenn du nicht den Sonderstatus hättest, dass du nur bei äußerst schweren Vergehen entlassen werden kannst, hätte ich dich längst davongejagt!« Der Jagdmeister funkelte ihn voller Verachtung an. »Was schlotterst du so, du Wicht?«

Lerio war gleich, was seine Frage Kudonio über ihn verriet. Panik hatte ihn erfasst und seine Verzweiflung siegte über seine Vorsicht.

»Ich soll ins Schloss? Aber was soll ich dort?«

War das eine neue List Kudonios, um ihn zu quälen?

»Woher soll ich das denn wissen? Bin ich dir Rechenschaft schuldig? Du gehst jetzt sofort nach oben und meldest dich beim Kastellan. Und komm ja nicht wieder!«

Er zückte einen seiner Wurfdolche, aber Lerio rannte hinaus, bevor der Jagdmeister ihn erneut als Übungsziel missbrauchen konnte. Grauen erfüllte ihn, als er an all die Menschen im Schloss dachte. Weshalb hatte der Kastellan einen Wildhüter angefordert? Und was sollte er tun, wenn der Mann ihn nur für kurze Zeit benötigte? Kudonio hatte ihn davongejagt! Hieß das für den Tag? Oder für immer? Doch was sollte er dann tun? So schrecklich seine Arbeit auch war, er brauchte das Geld und die Tiere seinen Schutz!

Schweren Herzens machte er sich auf den Weg. Erst als das Eingangstor vor ihm aufragte und die Menschen ihn bemerkten, fiel ihm auf, dass er sich nicht von Cer verabschiedet hatte. Was würden die anderen ihm erzählen, wo er abgeblieben war?

Er mied die Blicke der Passanten und starrte vor seine Füße, als er sich den Wachen am Tor näherte. Viel zu schnell war er dran.

»Name und Begehr?«, blaffte ihn eine der Wachen energisch an.

»Wildhüter Lerio, Herr«, erwiderte er leise. »Jagdmeister Kudonio schickt mich zum Kastellan.«

»Du kannst passieren.«

Lerio wusste nicht, ob der Soldat wusste, warum der Kastellan einen Wildhüter ins Schloss bestellt hatte, oder ob die Wachen alle Bewohner des Schlosses und der unmittelbaren Umgebung kannten und ihn deshalb das Gelände betreten ließen. Er traute sich nicht zu fragen, sondern sah zu, dass er vorankam.

Bald brauchte er jedoch wieder Hilfe und schüchtern wandte er sich an ein Botenmädchen, in der Hoffnung, dass sie noch nicht von der Grausamkeit der Erwachsenen erfasst worden war und ihn nicht aufgrund seines Äußeren verspotten würde.

»Kastellan Brusperio?«, wiederholte sie. Sie nickte. »Das ist kein Problem. Ich bringe dich zu ihm.«

Sie führte ihn durch einen Nebeneingang ins Schloss und durch zahlreiche Korridore. Rasch wusste er nicht mehr, wo er war, und erneut erfasste ihn Angst. Was, wenn er den Weg nicht mehr zurückfand? Würde er dann hoffen müssen, dass eine seiner Schwestern ihn aus diesem steinernen Irrgarten rettete? Er verstand nicht, wie sie sich Tag für Tag in diesem Monstrum aufhalten und sich zurechtfinden konnten. Gab es hierbei ein geheimes Hilfsmittel? Hatten sie nicht den Eindruck, dass die Wände immer näherkamen, je länger sie sich fernab von der frischen Luft und dem freien Himmel aufhielten?

»Wir sind da«, verkündete das Mädchen schließlich und lächelte ihn überraschend freundlich an. »Dies ist das Arbeitszimmer von Kastellan Brusperio. Klopf einmal an, wenn du so weit bist, und warte, bis er dich hereinbittet. Keine Sorge, er ist nett.«

War ihm seine Angst dermaßen leicht anzusehen?

»Danke.«

Das Mädchen eilte davon, während er tief ein- und ausatmete, die Hand hob und zögerte. Und wenn der Kastellan doch in Kudonios neueste Gemeinheit verwickelt war?

Es half nichts. Der Kastellan hatte einen Wildhüter bestellt. Lerio atmete ein letztes Mal durch und klopfte dann.

»Herein!«, rief eine kräftige Männerstimme.

Lerio öffnete die Tür und betrat den Raum. Es handelte sich um ein Arbeitszimmer mit Schreibtisch, mehreren Stühlen, zahlreichen Regalen und Papierstapeln, doch anders als bei Kudonio hingen hier keine Trophäen, sondern Landschaftsbilder an der Wand.

»Ja, bitte?«, fragte die Stimme und Lerio bemerkte verlegen, dass er den Kastellan ignoriert hatte, bei dem es sich um den blonden Mann von Mitte dreißig handeln musste. Er war derjenige, der gesprochen hatte. Zusammen mit seinem grauhaarigen, etwa ein Dutzend Jahre älteren Gast musterte der Kastellan ihn neugierig.

»Ich bin Wildhüter Lerio, Herr. Jagdmeister Kudonio schickt mich.« Lerio verneigte sich unbeholfen.

»Ah, exzellent! Das ging schnell!« Der blonde Kastellan wirkte erfreut. »Hat er dir verraten, was deine Aufgabe ist?«

Lerio schüttelte den Kopf. »Nein, Herr.«

»Bitte, nenn mich Brusperio, wie alle hier.« Der Kastellan winkte ab und lächelte erneut. Nicht einmal hatte sich sein Gesicht bislang zu einer angewiderten Grimasse verzogen. Störte ihn sein Aussehen denn nicht?

»Das ist Morio, der Sekretär von Seiner Durchlaucht Emanio«, stellte Brusperio den anderen Mann vor, der ihn neugierig betrachtete.

»Kenne ich dich nicht? Du warst derjenige, der erkannt hat, dass es sich bei dem Panther um einen Gestaltwandler handelt, nicht wahr? Du hast Emanio gerettet«, stellte Morio fest.

Als Lerio beklommen nickte, wechselten Brusperio und er einen Blick und nickten. Sie waren zu einer Entscheidung gekommen.

»Dann weißt du ja, dass Emanios Verwandlung uns vor einige Herausforderungen stellt. Die Wachen haben keine Erfahrungen mit Flüchen oder großen Raubkatzen. Dementsprechend fürchten und meiden sie ihn. Sie wissen nicht, wie sie mit ihm umgehen sollen«, erklärte Brusperio.

»Und da kommst du ins Spiel«, fuhr Morio fort. »Als Wildhüter hast du Erfahrung im Umgang mit verschiedenen wilden Tieren.«

»Aber er ist doch kein wildes Tier, sondern ein Mensch!«, protestierte Lerio unwillkürlich, als die beiden Männer ihm die altbekannten Vorurteile gegen Gestaltwandler vortrugen. »Er ist dieselbe Person wie vor seiner Verwandlung!«

Und keine gute …

»Richtig!« Brusperio nickte. Er musterte Lerio einen langen Moment und kniff dann die Augen zusammen, als hätte er einen Gedanken gehabt. »Aber die meisten Menschen wissen das nicht. Im Gegensatz zu uns verstehen sie nicht, was es bedeutet, ein Gestaltwandler zu sein.«

Brusperio weiß es! Er weiß, dass ich ein Luchswandler bin!

Lerios Herz setzte einen Schlag aus und er begann zu schwitzen, als ihn die Panik erfasste. Was würde der Kastellan nun tun?

Womit Lerio jedoch nicht gerechnet hatte, war, dass Brusperio ihn einen Moment lang schweigend ansehen und ihm dann kaum merklich zunicken würde, bevor er weitersprach: »Die Menschen fürchten Seine Durchlaucht daher und in der aktuellen Situation …« Er brach ab und seufzte.

»Gestern gab es einen Anschlag auf Emanios Leben«, ergänzte Morio unvermittelt, der ihren stummen Austausch anscheinend nicht mitbekommen hatte. Seine Augen blitzten eisblau und Magie sammelte sich in seinen Händen. »Beinahe hätte der feige Giftmischer damit Erfolg gehabt.«

Lerio war verwirrt. Warum erzählten sie ihm das? Warum verriet der Kastellan Morio nicht, was er war? Warum vertrauten sie ihm, dem Gestaltwandler in ihrer Mitte? Er hatte es zwar schon von seinen Schwestern gehört, aber er bezweifelte, dass die Neuigkeit außerhalb der Wachen und des Küchenpersonals bereits bekannt war.

»Herr? Warum erzählt Ihr mir das?«

Nun ergriff der Kastellan wieder das Wort. »Emanio muss rund um die Uhr beschützt werden, solange die Ermittlungen andauern und der Giftmischer sich auf freiem Fuß befindet. Wir haben ihm mehr Leibwächter zugeteilt, bereits vor Tagen. Doch wie sich herausgestellt hat, haben die Männer und Frauen dermaßen große Angst vor ihm, dass sie sich nicht in einem Raum mit ihm aufhalten wollen. Sobald Emanio seine Gemächer verlässt, fliehen sie vor ihm und Seine Durchlaucht ist angreifbar. Deshalb haben wir dich angefordert. Deine Aufgabe ist es ab sofort, Emanio zu betreuen. Und zwar rund um die Uhr. Du wirst die Wachen rufen, sobald du eine Gefahr für ihn entdeckst.«

»Ich soll ihn beschützen?«

Brusperio und Morio nickten. Lerio schwindelte bei dem Gedanken, dass der Kastellan nicht nur bereit zu sein schien, sein Geheimnis zu bewahren, sondern ihm zudem auch noch den Schutz des Herzogssohns anzuvertrauen. Aber sie meinten das tatsächlich ernst.

»Für wie lange?«

Brusperio lächelte entschuldigend. »Das kann ich dir nicht sagen. So lange, bis die Gefahr für Emanios Leben beseitigt und der Fluch gebrochen ist. Ab sofort gibt es keine andere Aufgabe für dich.«

Lerios Magen rutschte ihm in die Kniekehlen, als er langsam begriff, dass sie sich keinen Scherz mit ihm erlaubten. Ausgerechnet er sollte Emanio beschützen? Er hasste den Mann!

Doch dann erinnerte er sich an den Tadel seiner Mutter und seiner Schwester. Emanio war der Vater seines Neffen oder seiner Nichte. Er wollte, dass das Kind die Gelegenheit bekam, seinen Vater kennenzulernen.

Lerio nickte langsam. »Ich werde ihn beschützen.«

Zum Glück hatte niemand etwas davon gesagt, dass er Emanio mögen musste und ihm nicht das Schlechteste wünschen durfte, während er seine Pflicht erfüllte!

Kapitel 5: Emanio

Was mache ich hier?

Betrübt starrte er an die Decke. Erneut hatte er in der vergangenen Nacht kaum geschlafen. Zusätzlich zu den ihm schon bekannten Zitteranfällen hatten ihn Albträume geplagt. In ihnen hatte er immer wieder gehört, was die Soldaten auf dem Gang, die Baronesse und die Hexe über ihn gesagt hatten. Sie alle hatten ihn beschuldigt. Sie alle hassten ihn und wünschten ihm das Schlechteste.

Immer wieder war er keuchend aus dem Schlaf gefahren und hatte nicht gewusst, wo er war, während er kaum Luft bekam, weil etwas – anscheinend ein von Brusperio übersehener Fetzen seiner Kleidung – in seinen Hals drückte. Die Nacht schien ihm unzählige Attentäter zu bergen und er hatte seinen Sinnen nicht getraut, die ihm erzählen wollten, dass sich in seinen Gemächern niemand anderes aufhielt. Verdankte er seine neuen Sinne nicht auch der Hexe? Wie konnte er da irgendetwas glauben, was sie ihm vorgaukelten?

Er hatte noch nie Angst in der Dunkelheit gehabt, doch diese Nacht hatte ihn mit Furcht erfüllt.

Und dann noch der Giftanschlag. Er verstand es nicht. Er kannte Kio zwar nicht gut, aber er hatte ihn jeden Tag gesehen. Niemals hätte er gedacht, dass der Diener ihn so sehr hasste, dass er ihn umbringen wollte.

Warum?

Wer wollte ihn noch tot sehen? Und wer von ihnen würde das Messer in die Hand nehmen und damit zustechen?

Warum tue ich mir das an?

Als die Sonne endlich aufging, war er müder als jemals zuvor. Er hatte die Hoffnung verloren. Bestimmt war die Aussage der Hexe, dass es einen Weg gab, den Fluch zu brechen, nur eine List gewesen, um ihn leiden zu sehen. Wäre es nicht viel befriedigender, ihm zuerst Hoffnungen zu machen und sie dann zu zerschlagen?

Nur dass er keine Hoffnungen mehr hatte. Kein Lebensziel. Wer war er denn, wenn nicht Emanio, der Sohn und Erbe von Herzog Orsio? Niemand wollte ihn als zukünftigen Herrscher haben, das war ihm gestern klar geworden.

Soll ich gehen? Ternilus verlassen? Doch was dann?

Er hatte jetzt die Gestalt eines übergroßen Panthers, der allen Angst und Schrecken einjagte. Die Wahrscheinlichkeit, dass er außerhalb des Schlosses überlebte, würde mit jeder Meile sinken, die er sich von ihm entfernte.

Aber wäre es denn so schlimm, wenn er starb? Wer würde ihn denn vermissen?

Irgendwann klopfte es und plötzlich fühlte sich alles zu viel an. Er konnte demjenigen noch nicht einmal zurufen, dass er ihn in Ruhe lassen sollte! Auch die Bettdecke konnte er sich mit seinen Pfoten nicht über den Kopf ziehen und sich unter ihr verstecken!

»Guten Morgen, Eure Durchlaucht!«, rief eine fröhliche Stimme und er knurrte unwillkürlich.

Das Küchenmädchen vom Vorabend kam in sein Schlafzimmer spaziert, als hätte sie das Geräusch nicht gehört. Er fauchte sie gereizt an, doch sie musterte ihn furchtlos.

»Ihr habt wohl schlecht geschlafen, wie?«

Emanio blinzelte. Warum hatte sie keine Angst vor ihm? Was konnte er tun, damit sie ihn alleinließ?

»Ich bin gekommen, um Euch zu fragen, was Ihr zum Frühstück haben möchtet.«

Wie bitte? Sie wollte wissen, was er essen wollte? Wie stellte sie sich das vor? Er konnte ihr doch nicht antworten!

»Könnt Ihr nicken? Oder den Kopf schütteln?«

Sie sah ihn gespannt an. Als er ihr nicht schnell genug antwortete, wiederholte sie die Frage. Trotz der frühen Stunde und seiner Gereiztheit war sie äußerst gut gelaunt. Sie plapperte, erzählte von den Gerichten, die die Köche zubereiteten, und welche davon sie gerne aß.

»Nicht, dass bei unserer Arbeit viel Zeit zum Essen bleibt. Also ... Nicken oder Kopfschütteln?«

Seufzend gab er sich geschlagen. Sie würde keine Ruhe geben, bis er ihr in irgendeiner Form geantwortet hatte. Er versuchte es mit einem Nicken, dann mit einem Kopfschütteln, doch das Erste fiel ihm leichter.

»Sehr gut!« Das Mädchen strahlte. »Dann fangen wir an. Dass Ihr kein Fleisch und auch keinen Aufschnitt esst, weiß ich schon. Was hättet Ihr denn gerne? Brot mit Käse? Brot mit Marmelade? Brot mit Butter? Haferflocken? Pudding? Milchreis?«

Unerwartet knurrte ihm der Magen. Die Enthüllung vom Vorabend, dass jemand ihn tot sehen wollte, hatte ihm den Appetit geraubt. Doch jetzt all die leckeren Gerichte zu hören, weckte ihn wieder. Plötzlich hatte er Heißhunger auf die süßen Brötchen mit Rosinen, die er am Vortag gegessen hatte. Doch wie sollte er ihr das mitteilen?

Also schüttelte er immer wieder den Kopf. Sie zählte mehr und mehr auf, doch die süßen Brötchen waren nicht darunter und inzwischen wirkte sie ratlos.

Erneut überkam ihn Frust, weil er mit niemandem richtig reden konnte. Und hier drinnen konnte er noch nicht einmal mit der Kralle in den Staub schreiben ... Moment mal! Schreiben, das war's!

Er sprang aus dem Bett und eilte zum Schreibtisch gegenüber, an dem Morio immer die Post durchging. Heute lagen dort keine Briefe – seit Tagen hatte ihm niemand die Post gebracht –, aber er fand einige Blatt Papier, eine angespitzte Feder und ein Tintenfass.

Das verschlossen war. Das war ja klar.

Er seufzte mauzend.

»Was möchtet Ihr denn? Oh, wollt Ihr etwas aufschreiben? Moment!«

Das Küchenmädchen schraubte das Tintenfass auf, tunkte die Feder hinein und verharrte dann unschlüssig. Emanio setzte sich auf die Hinterpfoten, legte die linke Vorderpfote auf den Tisch und streckte mit der rechten die Krallen aus. So müsste es doch funktionieren, oder?

Furchtlos drückte die Dienerin ihm die Feder in die Pfote und er schloss seine Krallen um sie. In diesem Moment klopfte es an der Tür zu seinen Gemächern und er zuckte zusammen. Die Feder fiel ihm aus der Vorderpfote, während er mit der anderen abrutschte und das Gleichgewicht verlor. Er stürzte mit dem Kinn voran Richtung Tisch und versuchte noch verzweifelt, sich mit der nun freien rechten Pfote abzustützen, bevor sein Kinn schmerzhafte Bekanntschaft mit dem Holz machen konnte. Doch er hatte nicht hingeguckt, wohin er seine Pfote schlug, und die Kraft unterschätzt, die er in seinem Schreck eingesetzt hatte. Es klirrte, als er den kostbaren Glaskelch mit dem Wappen von Ternilus unter seiner Pfote zerschmetterte, den Baron di Nadione ihm zu seinem letzten Geburtstag geschenkt hatte. Emanio benutzte das viel zu protzige Gefäß nie, welches mit kleinen Edelsteinen und Metallstücken besetzt war, und hatte schon fast vergessen, dass es noch immer auf dem Schreibtisch stand.

»Ich gehe schon!«, rief das Mädchen fröhlich, während er leise wimmerte. Bevor sie denjenigen einlassen konnte, wurde die Tür von außen geöffnet und eine seiner Wachen winkte mit sichtbarer Erleichterung jemanden hinein.

Der Mann mit der Augenklappe!

Emanio starrte ihn ungläubig an. Er hatte nicht erwartet, seinen Retter jemals wiederzusehen. Besonders nicht als Gast in seinen eigenen Räumen.

Auch das Dienstmädchen verharrte verblüfft. »Was machst du denn hier?«

Sie kannte ihn? Woher?

Verdutzt wanderte sein Blick zwischen den beiden hin und her. Seine Nase kribbelte und plötzlich begriff er. Nicht nur in ihrem Äußeren ähnelten sie sich, sondern auch in ihrem Geruch! Die beiden waren verwandt! Vielleicht Geschwister?

»Gerania?« Sein Retter wirkte ebenso erstaunt, sie hier zu sehen. »Was machst du hier?«

»Ich bin doch jetzt für die Mahlzeiten von Seiner Durchlaucht zuständig. Dabei fällt mir ein ... wir wollten besprechen, was es heute zum Frühstück geben soll.«

Das Dienstmädchen, dessen Namen er nun auch kannte, wandte sich gespannt zu ihm um, während der Mann die Tür hinter sich schloss und auf sie beide zukam. Ein paar Schritte vor ihm hielt er an und verbeugte sich ungelenk.

»Eure Durchlaucht, ich bin Wildhüter Lerio. Brusperio hat mich heute Morgen Euch zugeteilt. Ich hoffe, es ist Euch recht, dass ich Euch ab sofort Gesellschaft leiste?«

Überraschenderweise verhielt der Mann sich genauso höflich, als würde er in menschlicher Gestalt vor ihm stehen und nicht als Panther. Dafür war Emanio ihm überaus dankbar.

Gleichzeitig schoss ihm der Gedanke durch den Kopf, dass es dieser Mann gewesen war, der verhindert hatte, dass der Hauptmann und seine Wachen ihn bei seiner Rückkehr ins Schloss töteten.

Ich wünschte, du hättest nichts gesagt!

Im nächsten Moment überkam ihn Scham ob seiner Undankbarkeit. Lerio konnte nichts dafür, dass er verzweifelt und frustriert war. Er hatte nur versucht, Emanio, einen ihm unbekannten Gestaltwandler, zu retten. Und was tat er? Er gab ihm deswegen die Schuld. Morio hätte sich für ihn geschämt.

Emanio versuchte sich zu ihm umzudrehen, um höflich den Kopf zu neigen, doch dabei belastete er die Vorderpfote, in der die Splitter steckten. Er maunzte schmerzerfüllt.

»Oh nein!«, rief Gerania erschrocken. »Ihr seid verletzt!«

Sie warf Lerio einen flehentlichen Blick zu und dieser seufzte. »Dürfte ich bitte Eure Pfote sehen, Eure Durchlaucht?«

Vorsichtig hob Emanio sie hoch und war völlig perplex, als sein Retter sie ohne Umschweife ergriff und behutsam herumdrehte. Er zischte.

»Das sieht übel aus«, murmelte der Wildhüter. »Was ist passiert? Ihr habt ja ein paar Glas- und Metallsplitter tief im Ballen stecken. Und sind das ... Edelsteine? Das wird wehtun, sie alle wieder herauszuholen, fürchte ich.«

»Aber du kannst ihm doch helfen, Lerio, oder?«

Das Mädchen sah ihn vertrauensvoll an, als wäre sie es gewohnt, dass Lerio da war, wenn sie oder jemand anders in Schwierigkeiten steckte. Plötzlich war er sich sicher, dass es sich bei den beiden um Bruder und Schwester handelte.

»Natürlich«, erwiderte der Mann, der etwa in Emanios Alter sein musste, geistesabwesend und ging mit dem Gesicht näher heran. »Hast du ein Messer?« Behutsam begann er die einzelnen Teile des Kelchs zwischen seinen Krallen herauszuziehen. Emanio fauchte, als der Wildhüter dabei eine von ihnen ein wenig zur Seite bog. Doch Lerio ließ sich davon nicht stören. Vorsichtig entfernte er das nächste Stück Glas, das sich verklemmt hatte, und legte es zu den anderen Bruchstücken und den Edelsteinen, die er schon herausgepult hatte.

»Hier ist eins«, sagte Gerania im nächsten Moment und hielt ihm ein Messer hin, das einer der Diener beim Aufräumen übersehen haben musste. »Warte! Ich mache es schnell sauber.«

Anschließend reichte sie es ihm und Lerio musterte Emanio eindringlich. »Das wird jetzt wehtun. Gerania, ich möchte, dass du das Messer genau hier reinsteckst und langsam zur Seite drückst. Dabei werde ich versuchen, die Metall- und Glassplitter, die noch im Ballen stecken, zu entfernen. Und Ihr, Durchlaucht, dürft dabei nicht zusammenzucken, sonst könntet Ihr meine Schwester und mich mit Euren Krallen schwer verletzen. Verstanden?«

Emanio nickte, dankbar für ihre Hilfe. Er war froh, dass Lerio ihn vorgewarnt hatte, denn die nächsten Minuten waren äußerst unangenehm und schmerzhaft. Aber schließlich gelang es den Geschwistern mit vereinten Kräften, die Überreste des Kelchs aus seiner Pfote zu entfernen.

»Ich hoffe, Ihr seid nächstes Mal vorsichtiger, Eure Durchlaucht«, meinte Lerio kopfschüttelnd. »Ihr könnt Euch nicht mehr so verhalten, als wärt Ihr ein Mensch. Was hattet Ihr überhaupt vor?«

»Ich hatte ihn gefragt, was er gerne zum Frühstück hätte. Doch unter meinen Vorschlägen war nicht das Richtige dabei, deshalb wollte er es aufschreiben.«

»Was hattest du ihm denn noch nicht vorgeschlagen?«

»Nun ...« Gerania überlegte. »Die süßen Speisen noch nicht. Kuchen, Pfannkuchen, süße Brötchen ...«

Hier nickte Emanio.

»Das war's? Ihr möchtet süße Brötchen?«, wiederholte sie. Erneut nickte er und sie lächelte. »Ich sage in der Küche Bescheid. Bin gleich wieder da!«

Als sie fort war, herrschte Schweigen zwischen ihnen. Emanio wurde mit einem Mal bewusst, dass er Lerio nicht kannte und dieser ihn ebenfalls nicht. Normalerweise hätte er in einer solchen Situation höflich ein paar allgemeine Fragen gestellt und ein belangloses Gespräch angefangen, doch das konnte er als Panther nicht. Unbehagen erfüllte ihn, als er begriff, dass er die Stille zwischen ihnen nicht mochte, doch keine Möglichkeit hatte, sie zu brechen. Es sei denn, er fauchte ihn an. Und das wäre äußerst unhöflich.

Lerio schien jetzt, da seine Schwester weg war, genauso ratlos zu sein. Er schwieg und ließ seinen Blick durch das Schlafgemach wandern, bemüht, Emanios Blick auszuweichen. Es war unangenehm.

Dazu kam, dass Emanios Muskeln vom Sitzen auf den Hinterpfoten und seinem verkrampften Versuch, sich aufrecht zu halten, langsam steif wurden. Er zog die Vorderpfote vom Schreibtisch herunter und zischte vor Schmerz, als er sich umdrehen wollte und das Gewicht auf sie verlagerte.

Keine gute Idee.

»Geht es Euch gut?«, fragte Lerio. Sein Blick fiel auf die verletzte Gliedmaße, die Emanio nicht belasten wollte und daher ein wenig hochhielt.

»Vielleicht legt Ihr Euch hin?«

Emanio nickte. Eine gute Idee. Doch als er zum Bett blickte, begriff er, dass er dort niemals hinaufkommen würde, ohne zu springen und die Vorderpfote zu belasten. Der Fußboden würde also für die nächste Zeit sein Ruheplatz werden müssen.

Er streckte sich aus und dann warteten sie beide schweigend auf die Rückkehr von Gerania.

Er hörte Lerio leise seufzen, beinahe erleichtert, als sich die Tür ein paar Minuten später öffnete und Gerania in der ihr anscheinend eigenen Fröhlichkeit die Gemächer betrat. Dieses Mal hatte sie ein Tablett dabei und der Geruch von frischgebackenen süßen Brötchen stieg ihm in die Nase. Wasser lief ihm im Mund zusammen und sein Magen knurrte vor Hunger.

»Entschuldigung, es hat ein wenig länger gedauert. Aber dafür sind sie frisch!«, rief sie und stellte das Tablett auf dem Boden vor ihm ab. Auch an eine Schale zum Trinken und an eine große Karaffe Wasser hatte sie gedacht.

»Schenkst du ihm bitte ein, Lerio?« Dann wandte sie sich an ihn. »Ich hoffe, es schmeckt Euch. Leider muss ich sofort wieder hinunter, aber falls Ihr später noch etwas haben möchtet, sagt meinem Bruder Bescheid. Er kann dann eine der Wachen zu mir schicken. Ansonsten komme ich zum Mittagessen wieder.«

»Danke, Gerania.«

Sie nickte Lerio kurz zu und ging flinken Schrittes zur Tür. Im nächsten Moment war sie verschwunden und mit ihr die Leichtigkeit.

Emanio hatte Hunger, also widmete er sich seinem Tablett. Doch dann fiel ihm auf, dass Gerania nur ihm Essen gebracht hatte. Er hatte noch nie in der Gegenwart eines Gastes gespeist, ohne dass dieser ebenfalls einen Teller vor sich stehen gehabt hatte. Plötzlich kam es ihm falsch vor, sich den Bauch mit süßen Brötchen vollzuschlagen.

Er sah Lerio an, der immer noch seinem Blick auswich und aus dem Fenster sah. Dann starrte er auf seinen Teller und überlegte. Schließlich verlagerte er vorsichtig das Gewicht. Er hob seine verletzte Pfote, jedoch ohne die Krallen auszufahren. Dann gab er einem der Rosinenbrötchen einen Stoß, sodass es vom Teller rollte. Dann noch einen und noch einen. Bis das Brötchen vor Lerios Füßen lag und der Mann es bemerkte.

Lerio öffnete den Mund, doch kein Ton kam über seine Lippen, als er das Brötchen ansah. Nach einem langen Moment wanderte sein Blick weiter zu Emanio und dieses Mal hatte er keine Hemmungen, ihn anzuschauen.

»Für mich?«, fragte er, als könnte er nicht glauben, dass Emanio ihm etwas zu essen anbieten könnte.

Emanio nickte. Dann streckte er seine Pfote erneut aus und rollte ein zweites Stück in Lerios Richtung. Der Wildhüter hob es auf.

»Danke«, sagte er leise.

Sie aßen schweigend, doch dieses Mal kam ihm die Stille nicht mehr so drückend vor – als hätten sie Fortschritte gemacht. Dabei wusste er nicht mehr über seinen Retter als zuvor.

Gemeinsam verputzten sie alle süßen Brötchen. Anschließend trank Emanio gierig. Das Frühstück hatte ihn durstig gemacht.

Er war gerade damit fertig, als es erneut an die Tür klopfte und Morio mit zwei Wachen die Gemächer betrat. Sie blieben am Eingang zurück, während sein Sekretär zu ihnen ins Schlafzimmer kam.

»Ich sehe, ihr zwei habt euch schon ein wenig miteinander bekannt gemacht. Sehr gut!« Er lächelte kurz und wandte sich dann ernst an Emanio. »Hat er Euch gesagt, was seine Aufgabe ist? Wildhüter Lerio wird Euch ab sofort Gesellschaft leisten und zwar rund um die Uhr. Er wird Euch beschützen und jeden Angriff frühzeitig erkennen. Das schließt auch Vergiftungen ein. Solltet Ihr Euch also krank fühlen, wird er das als Wildhüter erkennen, rechtzeitig melden und einen Heiler holen können. Außerdem haben wir beschlossen, die Wachen vor der Tür zu verstärken. Ab sofort werden dort stets vier Soldaten stehen. Ihr müsst nur rufen, damit sie Euch zur Hilfe eilen.«

Er sah die beiden aktuellen Wachen scharf an, die beschämt nickten.

»Herr?«

Lerio wirkte unbehaglich, als er die Hand hob.

»Ja?«

»Was ich vorhin vergessen habe zu fragen: Heißt das, ich soll ihn auch nachts beschützen? Aber was ist, wenn ich schlafen muss?«

»Das tust du hier«, antwortete Morio überrascht, als sei das selbstverständlich gewesen. Für Emanio war es das aber nicht und auch nicht für Lerio, der so aussah, als wollte er widersprechen.

»Aber ...«

»Keine Sorge, die Diener werden dir ein Lager bereiten, auf dem du schlafen kannst. Niemand erwartet von dir, dass du ohne Ruhepausen auskommst.«

»Aber was ist mit meiner Familie? Ich muss ihnen Bescheid geben, wo ich bin und dass ich auf absehbare Zeit nicht nach Hause komme. Und ich brauche auch Kleidung zum Wechseln.«

»Dann schicken wir ihnen einen Boten. Dieser kann dir deine Sachen auf dem Rückweg mitbringen.«

Morio lächelte zufrieden, während Lerio mit jeder Antwort bedrückter aussah. Erneut blickte er zum Fenster hinaus, beinahe verzweifelt, als vermisste er seine Familie schon jetzt. Emanio empfand Schuldgefühle. Hatten sie Lerio überhaupt gefragt, ob er für ihn sorgen wollte? Es klang nicht so.

»Bitte, Herr, meine Schwestern arbeiten alle im Schloss. Vielleicht kann die Älteste mich später aufsuchen? Sie ist die Zofe von Herrin Adella.«

Morio nickte. »Ich werde es veranlassen.«

Emanio war überrascht, als er sich an Adellas Zofe erinnerte. Für ein Mädchen war sie recht groß gewachsen, ein gutes Stück größer als ihr Bruder. Auch war ihre Ähnlichkeit zu Lerio und Gerania nur gering. Während Gerania und Lerio glatte, aber wuschelige Haare in einem hellen Braunton hatten und zierlich und drahtig waren, hatte die Zofe dunkelbraune, lockige Haare und eine vollere Figur. Er hätte sie nicht für ihre Schwester gehalten.

Sein Sekretär wollte sich abwenden und die Gemächer verlassen, als sich Lerio noch einmal zu Wort meldete.

»Herr? Die Erlaubnis Seiner Durchlaucht vorausgesetzt, könntet Ihr mir etwas über seinen normalen Tagesablauf und seine Essensvorlieben erzählen? Vorhin wollten wir von ihm erfahren, was er sich zum Frühstück wünscht. Seine

Durchlaucht wollte es aufschreiben, dabei hatte er jedoch einen Unfall und fügte sich Verletzungen zu. Ich würde gerne vermeiden, dass dies noch einmal passiert. Eine Liste würde da helfen.«

Welch eine großartige Idee! Emanio war begeistert und auch ein wenig gerührt, dass der Wildhüter ihm weitere Schmerzen ersparen wollte. Nun blickte Lerio ihn fragend an.

Ach, richtig! Er sollte zustimmen.

Er nickte langsam und Morios Augen weiteten sich verblüfft.

»Aber selbstverständlich. Ich schreibe dir alles Wichtige auf.«

»Könntet Ihr mir gleich zu jedem einzelnen Punkt etwas erzählen? Nicht dass ich später nicht mehr genau weiß, was damit gemeint ist.«

»Natürlich.«

Da Emanio direkt vor dem kleinen Schreibtisch im Schlafgemach lag, zogen sich die beiden ins Wohnzimmer zurück. Er hörte sie angeregt miteinander reden und bedauerte einmal mehr, dass er das nicht konnte. Doch ihre Stimmen wirkten seltsam beruhigend und nach kurzer Zeit bemerkte er, dass ihm die Augen zufielen. Seine ruhelose Nacht machte sich bemerkbar und er ließ sich hinab in den Schlaf ziehen.

Er wurde davon wach, dass jemand ihn an der Schulter rüttelte. Unwillig knurrte er, während er versuchte die lästige Hand abzuschütteln, und jemand fluchte in seiner unmittelbaren Nähe.

Die Person ließ ihn los und rannte zur Tür. Plötzlich wurde es laut und an Schlaf war nicht mehr zu denken.

»Holt einen Heiler und informiert Brusperio und Morio! Seiner Durchlaucht geht es schlecht!«, rief Lerio und augenblicklich kam Gemurmel unter seinen Wachen auf.

Zwei von ihnen rannten mit dem Wildhüter zurück in seine Gemächer und erst jetzt bemerkte Emanio, dass er wieder zitterte und gleichzeitig hechelte. Er schlug die Augen auf und blickte in drei besorgte Gesichter. Unter ihnen war auch die nette Wache, die vor dem Audienzraum Dienst gehabt hatte und als Einzige nicht vor ihm davongelaufen war.

»Was ist passiert?«, fragte der Soldat Lerio.

»Ich weiß es nicht. Seine Durchlaucht schlief, als Morio und ich uns vorhin unterhalten haben. Als Morio ging, habe ich Seine Durchlaucht weiterruhen lassen. Doch irgendwann begann er zu zittern und er fühlt sich heiß an, als hätte er Fieber. Vielleicht eine Folge seiner Verletzung von heute früh? Eure Durchlaucht? Könnt Ihr mich verstehen? Könnte ich Eure Pfote untersuchen?«

Emanio ließ es zu, dass die beiden ihn vorsichtig auf die Seite drehten. Bereits die kleine Bewegung empfand er als furchtbar anstrengend. Er keuchte, während der Wildhüter seine verletzte Vorderpfote betrachtete.

Am liebsten hätte er Lerio beruhigt, dass der Wildhüter nicht seine Pflichten vernachlässigt hatte, dass dies normal für ihn war. Aber so wie sich Lerio jetzt verhielt, waren das Zittern und die Schnappatmung keineswegs normal für einen Panther und langsam bekam Emanio Angst.

Was, wenn er mit seinem Verdacht recht hatte und dies die Nebenwirkungen des Fluchs waren, der ihm die Kraft raubte? Versuchte sich seine Magie womöglich gegen den Hexenfluch zu wehren und die feindliche Magie zu überwinden? Die Hexe hatte ihn mit einer List überrumpelt, aber seine angeborenen Abwehrfähigkeiten waren stark. Vielleicht kämpfte seine Magie noch gegen den feindlichen Angriff und ihm ging es deshalb so schlecht?

Wäre es möglich, dass es ihm von selbst gelang, den Fluch zu brechen?

Plötzlich verspürte er trotz seines Elends neue Hoffnungen.

»Ich kann keine Entzündung erkennen«, meinte Lerio und runzelte die Stirn. »Auch ist seine Pfote nicht heißer als der Rest seines Körpers, was der Fall gewesen wäre, hätte die Infektion dort ihren Anfang genommen. Ich verstehe es nicht.«

»Der Heiler wird uns hoffentlich mehr sagen können«, sagte die nette Wache und blickte zur Tür. »Wo bleibt er denn? Habt ihr ihm nicht mitgeteilt, dass es dringend ist?«

Seine Kollegin stand in der Nähe der Tür. »Die beiden sind noch nicht zurück. Ich hoffe, sie beeilen sich.«

Die beiden Soldaten und Lerio wirkten angespannt. Der Wildhüter erhob sich, rannte ins Bad und kam kurz darauf mit einem feuchten Lappen zurück. Diesen legte er ihm auf den Kopf. Die Kühle tat gut.

In diesem Moment stürzte Morio zur Tür herein. »Was ist passiert?« Sein Blick fiel auf Lerio, der Emanio immer noch besorgt musterte und Morio dabei ignorierte.

»Wir wissen es nicht«, erklärte der furchtlose Soldat. »Die anderen holen den Heiler. Seine Durchlaucht hatte sich heute Vormittag verletzt, aber Wildhüter Lerio denkt, dass es einen anderen Grund für das Fieber geben muss.«

»Gift?«, fragte Morio scharf. »Wer hat Emanio heute die Mahlzeiten gebracht?«

»Gerania war es nicht! Meine Schwester würde niemanden vergiften!«

»Wer hat Emanio vergiftet?«, fragte Brusperio, der in diesem Moment ins Zimmer gestürzt kam. Der Kastellan war außer Atem, als wäre er den ganzen Weg zu seinen Gemächern gerannt.

»Wir wissen noch nicht, was geschehen ist«, wiederholte der Soldat beschwichtigend, während Morio und Lerio einander wütend und misstrauisch musterten. »Wir warten noch auf den Heiler. Er wird uns hoffentlich sagen können, was mit Seiner Durchlaucht nicht stimmt.«

»Wo bleibt der Mann bloß?«, fragte Morio irritiert. Er trat näher und zögerte einen Moment, bevor er sich neben Lerio auf den Boden kniete und eine Hand auf Emanios Fell legte. Im nächsten Moment breitete sich eine angenehme Kühle von der Stelle in Emanio aus.

»Ich kann versuchen, das Fieber ein wenig mit meiner Eismagie zu senken, bis der Heiler kommt«, murmelte sein Sekretär besorgt. »Aber ich weiß nicht, ob das viel bringt, wenn ich die Ursache nicht erkennen oder bekämpfen kann.«

»Seht doch, wie leicht er jetzt atmet!«, erwiderte Lerio. »Es hilft ihm auf jeden Fall. Keine Sorge, Eure Durchlaucht, der Heiler müsste gleich da sein.«

Brusperio, Morio, Lerio und die beiden Wachen warteten in angespanntem Schweigen. Es mussten noch mehrere Minuten vergangen sein, bis die beiden anderen Soldaten mit Brik zurückkehrten.

Brik betrat sein Schlafzimmer und Emanio spürte, wie alle um ihn herum aufatmeten. Lediglich der Heiler wirkte angespannt, als er auf ihn zukam.

»Meine Herren, ich protestiere. Ich bin ein Heiler ersten Ranges, kein niederer Tierheiler! Ich bin kaum der Richtige für diesen Fall.«

Emanio spürte, wie die Temperatur im Raum schlagartig sank, als sich Morio wütend aufrichtete. Eismagie knisterte um ihn herum. »Dann ist es ja gut, dass Ihr gerufen wurdet, um Seine Durchlaucht zu behandeln, nicht wahr? Als Oberheiler des Schlosses gehört die Gesundheit der herzoglichen Familie schließlich zu Euren wichtigsten Aufgaben. Daher finde ich Euren Protest äußerst unangebracht!«

»Aber er ist ein Panther!« Entweder war Brik furchtlos oder aber er bemerkte nicht, wie kurz Morio davorstand, die Geduld zu verlieren.

»Morio hat recht. Die Gesundheit Seiner Durchlaucht obliegt Eurer Verantwortung – ganz gleich in welcher Gestalt«, mischte sich Brusperio streng ein.

»Nun gut, ich werde ihn untersuchen. Aber ich kann nicht garantieren, dass ich ihn richtig behandeln kann. Ich bin ein Heiler für Menschen! Mit den Körpern und Krankheiten von Tieren kenne ich mich nicht aus.«

Lerio machte ihm Platz und wich ein paar Schritte zurück, als der Heiler jetzt neben seiner Bestiengestalt niederkniete. Emanio spürte den Widerwillen des Mannes, aber auch seine Angst, als Brik seine bleiche Hand nach ihm ausstreckte. Der Nordmann zitterte sichtlich, als er sie ihm auf den Hals legte – nicht in die Nähe seiner Zähne oder Krallen.

Die Magie des Heilers breitete sich fast unmerklich über seinen Körper aus und das Pochen in seiner verletzten Pfote ließ augenblicklich nach. Wieder einmal staunte Emanio über das Feingefühl, das der eher ruppige Oberheiler an den Tag legte, wenn er Zauber wirkte. Brik war bereits sein ganzes Leben lang sein persönlicher Heiler und auch wenn Emanios eigene Magie seine schon lange erkannte, so fiel es ihm schwer, den Moment zu bemerken, in dem Brik mit der Untersuchung oder Heilung begann.

Nach einem langen Moment seufzte der Heiler und augenblicklich ergriff Morio das Wort: »Und? Was hat er?«

»Abgesehen von der verletzten Vorderpfote, die ich geheilt habe, leidet er meiner Einschätzung nach – und wie gesagt, ich gehe hier von meiner Erfahrung mit meinen menschlichen Patienten aus – unter den Begleiterscheinungen einer Entgiftung.«

»Entgiftung?«, wiederholten Morio und Brusperio beinahe gleichzeitig. Sie wirkten verdutzt.

Auch Emanio verstand es nicht. Was meinte Brik damit?

»Ja«, bekräftigte der Heiler. »Ich nehme an, es ist nicht das erste Mal, dass er unter Zittern, Übelkeit, Schwächeanfällen und Kopfschmerzen leidet. Oder?«

»Moment mal!« Brusperio runzelte die Stirn. »Das müsstet Ihr doch eigentlich wissen! Wir hatten Euch rufen lassen, als Seine Durchlaucht gestern zum ersten Mal vor dem Ratssaal zusammengebrochen ist! Soll das heißen, dass Ihr ihn da gar nicht persönlich untersucht habt?« Misstrauisch kniff er die Augen zusammen.

»Habt Ihr die Aufgabe etwa an einen Tierheiler übergeben, weil Ihr Euch nicht zuständig fühltet?« Morio schnappte nach Luft, als sich Briks bleiches Gesicht jetzt rötete. »Soll das heißen, Ihr habt *gar nichts* getan, als wir Euch rufen ließen? Emanio, war ein Heiler – *irgendeiner* – gestern bei Euch?«

Der Kopf war schwer, als Emanio ihn jetzt langsam anhob und schüttelte. Danach ließ er ihn augenblicklich wieder zu Boden sinken.

»Ihr könnt Euch darauf verlassen, dass ich Herzog Orsio und den Rat bei nächster Gelegenheit über Euer Pflichtversäumnis unterrichten werde. Euer Verhalten wird Konsequenzen haben! Und nun schlage ich vor, dass Ihr Seine Durchlaucht behandelt, bevor Ihr die Lage für ihn – und Euch – noch schlimmer macht! Was meintet Ihr mit Entgiftung?« Brusperios Stimme klang jetzt so kalt vor Wut, dass Emanio, gegen den dieser Zorn gar nicht gerichtet war, zusammenzuckte.

»Genau das. Ich nehme an, dass Seine Durchlaucht als Mensch große Mengen an Alkohol und Rauschmitteln zu sich genommen hat, welche ihn langsam vergiftet haben, und dies als Panther nicht mehr tut. Sein Körper – so verändert er uns auch erscheint – ist aber noch an die Stoffe gewöhnt – ja, von ihnen abhängig – und versucht mit dem plötzlichen Fehlen der Suchtmittel zurechtzukommen.«

»Das ist absoluter Unsinn!«, unterbrach Morio das folgende Schweigen. »Emanio nimmt keine Rauschmittel und Alkohol trinkt er nur in geringen Maßen. Er ist nicht süchtig!«

»Soweit wir wissen«, meinte Brusperio nachdenklich. Er seufzte und rieb sich die Schläfen.

»Dann fragen wir Seine Durchlaucht doch!«, schlug Morio vor. »Er wird dasselbe sagen wie ich.«

Lerio nickte. »Eine gute Idee. Eure Durchlaucht, könnt Ihr Euch ein wenig aufrichten und unsere Fragen beantworten?«

Der Wildhüter half ihm hoch, sodass er nicht länger auf der Seite, sondern auf dem Bauch lag.

»Nehmt Ihr Rauschmittel zu Euch?«

Morio wirkte erleichtert, als Emanio den Kopf schüttelte. »Trinkt Ihr regelmäßig größere Mengen Alkohol?«

Diese Frage war nicht so einfach zu beantworten. Wie sollte Emanio ihnen mitteilen, dass er es nicht wusste? Dass er regelmäßig unter einem Kater litt und morgens nicht mehr wusste, was geschehen war und wie viel er getrunken hatte, wenn er am Abend zuvor auf einer Feier gewesen war? Er hatte sich bemüht, nicht mehr als ein- bis zweimal pro Woche zu einer Abendveranstaltung zu gehen. Zählte das dann auch als regelmäßig? Vermutlich nicht, oder?

Er schüttelte langsam den Kopf und Morio wandte sich triumphierend an den Heiler. »Seht Ihr? Emanio ist nicht abhängig von Rauschmitteln. Er ist ein pflichtbewusster Junge, stets höflich und geht nur aus sozialer Verpflichtung zu Feiern. Genauso geht er auch mit Alkohol um – er trinkt nur in Maßen zu bestimmten Gelegenheiten. Er ist keiner dieser gelangweilten Erben und Titelträger, der den ganzen Tag nur mit ... Lustbarkeiten und Alkohol verbringt! Eure Vermutung ist also falsch.«

»Wartet, Morio!«, unterbrach ihn Brusperio. »Warum hat Emanio bei der letzten Antwort gezögert? Eure Durchlaucht, soll das heißen, dass Ihr nicht *wissentlich* Alkohol oder Rauschmittel zu Euch genommen habt, aber Ihr seid Euch nicht sicher, ob das stimmt?«

Erleichterung, dass der Kastellan so aufmerksam war, überkam ihn und er nickte. Es tat ihm zwar gut, dass Morio so unerschütterlich auf seiner Seite stand und ihn verteidigte, aber etwas stimmte nicht mit ihm. Vielleicht hätte er sich früher an Brik wenden und sich untersuchen lassen sollen?

»Es wurde ihm bereits einmal etwas unter das Essen gemischt. Beim letzten Mal war es zwar Gift, aber kann es sein, dass dies auch bei anderer Gelegenheit passiert ist? Dass ihm jemand – sei es als Scherz oder aus böser Absicht – Alkohol oder berauschende Substanzen in ein Getränk gemischt hat?«

Brik starrte den Kastellan überrascht an. »Was soll das heißen: Jemand hat versucht, Seine Durchlaucht zu vergiften? Warum hat mir niemand davon erzählt? Er kann sich auch wegen gewisser Giftstoffe so verhalten!«

Der Oberheiler wirkte jetzt empört.

»Wir versuchen, den Mordanschlag auf Emanio geheimzuhalten, während wir den Übeltäter suchen«, erklärte Brusperio. »Die Situation ist angesichts von Emanios Fluch schon angespannt genug, wir wollen keine Welle der Angst in der Bevölkerung schüren. Daher verlasse ich mich darauf, dass Ihr dieses Geheimnis für Euch behaltet.«

»Als ob ich die Geheimnisse meiner Patienten ausplaudern würde!« Brik schnaubte zornig. »Aber Ihr hättet mich vor meiner Untersuchung darauf hinweisen müssen. Jetzt muss ich ihn erneut untersuchen und anhand der neuen Informationen entscheiden, wie ich Seine Durchlaucht am besten behandele.«

»Dann tut das!«

Morio war noch immer wütend. Er ging unruhig im Zimmer auf und ab, während der Oberheiler Emanio erneut untersuchte. Brusperio wirkte nervös und fuhr sich immer wieder durch die Haare, während er wartete. Lerio und die Wachen verfolgten das Geschehen schweigend und aus einigen Schritten Entfernung.

Schließlich ließ das leise Kribbeln von Briks Magie nach, der Heiler schlug die Augen auf und seufzte.

»Und?«, wollte Morio sofort wissen.

»Ich bleibe dabei. Seine Durchlaucht leidet eindeutig unter dem Wegfall von noch nicht bekannten Suchtmitteln. Jedoch macht die Tatsache, dass seine Verwandlung bereits einige Tage her ist und ich seine Symptome nicht sofort untersuchen konnte, als sie zum ersten Mal auftraten …« Seine Wangen röteten sich bei diesen Worten, die einem Schuldeingeständnis gleichkamen. »… es schwierig zu sagen, wonach er süchtig ist. Er hat nur noch geringe Mengen der Substanz im Körper. Da es einem Alkoholentzug ähnelt, bleibe ich bei meinem ursprünglichen Verdacht. Wenn sich Seine Durchlaucht nicht erinnern kann, größere Mengen an Wein, Bier oder Schnaps zu sich genommen zu haben, kann es sein, dass Fremdeinwirken die Ursache ist.«

Brik wirkte bei diesen Worten äußerst skeptisch. Vermutete er, dass Emanio selbst schuld war und es nur nicht zugeben mochte?

»Nun, ich möchte nicht spekulieren. Bleiben wir bei den Tatsachen«, fuhr der Heiler fort, bevor Emanio ihn empört anfauchen konnte. »Ich habe die schädlichen Substanzen, soweit ich konnte, in seinem Körper abgebaut und mich um seine verletzte Pfote gekümmert. Ich empfehle für die nächsten Tage leichte Nahrung und Erholung, anschließend körperliche Ertüchtigung in geringem Maße, bis Seine Durchlaucht wieder bei Kräften ist.«

»Vielen Dank«, erwiderte Brusperio.

Der Kastellan wartete, bis der Heiler Emanios Gemächer verlassen und die Soldatin die Tür hinter ihm geschlossen hatte. Dann sah er ernst in die Runde.

»Also haben wir nicht nur einen Attentäter im Schloss, sondern auch jemanden, der Emanio regelmäßig Rauschmittel untergemischt hat. Vielleicht handelt es sich um dieselbe Person. Ich denke dabei an Kio, der täglich die Gelegenheit dazu hatte. Es kommen aber natürlich auch andere Übeltäter infrage – oder mehrere. Solange wir in der Sache ermitteln, kein Wort zu niemandem. Das ist ein Befehl!«

Brusperio blickte die vier Soldaten scharf der Reihe nach an, bis alle zustimmend genickt hatten.

»Auch Hauptmann Costario erfährt nichts davon«, ergänzte Morio drohend. »Er hat seine Durchlaucht angegriffen, beschuldigt und ist damit befangen. Akurio hat recht. Costario war für Emanios Schutz verantwortlich, als Emanio im Hexennebel verschwand. Und seitdem wurden bei den Ermittlungen keine nennenswerten Fortschritte gemacht. Ich verstehe nicht, wie es weder von der Hexe noch von Kio eine Spur geben kann. Nein, ob er ihm nun direkt schaden wollte oder nur seine Pflicht vernachlässigt hat, Hauptmann Costario ist ein Verräter.«

Kapitel 6: Lerio

Was mache ich hier?

Ratlos starrte Lerio aus dem Fenster, aber sein Blick erfasste den kleinen Innenhof mit dem Springbrunnen nicht. Stattdessen spielten sich vor seinem Auge wieder die Szenen vom Vormittag und vom Nachmittag ab.

Er war mit dem festen Vorsatz hergekommen, nicht mehr als das Nötigste zu tun und es dem Mistkerl, der seine Schwester geschwängert hatte, nicht leicht zu machen. Lerio hatte sich vorgestellt, welch eine Befriedigung es ihm verschaffen würde, Emanio leiden zu sehen.

Doch das Erste, was er gesehen hatte, als er die Gemächer des Herzogssohns betreten hatte, war Gerania gewesen, die sich bestens mit Emanio verstand. Emanio verhielt sich dazu ganz anders als erwartet. Statt auf einen Verführer und Täuscher zu treffen, war er auf ein hilfloses, übergroßes Kätzchen gestoßen, das ihn ein wenig an seine Schwestern erinnert hatte, als sie ihre ersten Gehversuche in ihrer Luchsgestalt gemacht hatten. Wie häufig hatte er Torra, Gerania und Madira Splitter aus den Pfoten entfernen müssen? Dasselbe für Emanio zu tun, war beinahe schon ein Reflex gewesen. Er hatte nicht darüber nachgedacht, vor allem, weil Gerania und der Herzogssohn ihn mit fast identischen Mienen voller hilflosem Vertrauen, dass er wusste, was zu tun war, angeschaut hatten.

Ich will ihn nicht mögen!

Also hatte er ignoriert, wie sich die letzten Überreste von Emanios alter Kleidung tief in das Fell am Hals des Herzogssohns drückten. Anscheinend hatte man beim Entfernen der Fetzen den nur aus nächster Nähe sichtbaren Kragen vergessen. Lerio war diesem gefährlichen Blick aus Katzenaugen ausgewichen, hatte stattdessen nach draußen gesehen, während Gerania das Essen geholt und der Herzogssohn leise und unbewusst vor Schmerzen gejault hatte. Doch die Zufriedenheit, die er erwartet hatte, war ausgeblieben, obwohl er sich gesagt hatte, dass der Mann nichts anderes verdient hatte.

Und warum hatte Emanio ihm von seinem Frühstück abgegeben? Das war bestimmt auch nur ein Versuch gewesen, ihn zu beeinflussen und seine Sympathie zu erringen! Jeder wusste, dass Emanio ein selbstsüchtiger Mistkerl war.

Doch was wollte er jetzt?

Ich verstehe ihn nicht.

Lerio drehte sich um und schaute zurück zum Bett, auf dem der Herzogssohn jetzt in seiner neuen Gestalt erschöpft schlief. Erneut brannten seine Wangen vor Scham, als er sich fragte, wie lange Emanio auf dem Boden gelegen und gelitten hatte. Statt seinen Schützling zu beobachten, war er wie ein verzweifeltes Tier in einem zu kleinen Käfig unruhig auf und ab gegangen und hatte sehnsüchtig nach draußen gestarrt, dorthin, wo die Freiheit lag, die er nur noch sehen, aber nicht mehr spüren oder riechen konnte. Es war seine Schuld gewesen, dass er erst so spät bemerkt hatte, dass etwas mit Emanio nicht stimmte.

Lerio seufzte und setzte sich auf den Stuhl neben dem Schreibtisch. Jetzt musste er nur den Kopf ein wenig drehen, um hinaus- oder den Herzogssohn anzuschauen. Falls es ihm nicht gut ging, würde er es nicht noch einmal übersehen.

Der Panther hatte sich auf dem Bett zusammengerollt und wirkte trotz seiner gewaltigen Größe auf einmal klein. Vielleicht lag es aber auch nur daran, dass Lerio jedes Mal an ein Kätzchen denken musste, wenn Emanio ihn mit großen Augen ansah, leise mauzte oder mit übervorsichtigen Schritten durch das Zimmer tapste. So verhielt sich keine ausgewachsene Raubkatze.

Es klopfte an der Tür und Lerio fuhr unwillkürlich so schnell herum, dass er sich fast den Hals verrenkte. Wer konnte das sein? Natürlich fiel ihm erst jetzt ein, dass er Brusperio und Morio nicht um eine Waffe gebeten hatte. Sicher, er könnte sich in seinen Luchs verwandeln und gegen mögliche Angreifer kämpfen. Doch was würde das bringen? Bis er sich aus seiner Kleidung befreit hatte, hätte der- oder diejenige Emanio dreimal ermordet.

Wussten der Kastellan und Emanios Sekretär, dass er ein Gestaltwandler war? Hatten sie ihn deshalb ausgesucht? Dachten sie, dass er als Luchs besonders gut geeignet war, sich um einen Panther zu kümmern?

Misstrauen erfasste ihn. Er kannte die beiden nicht und doch hatten sie ihm innerhalb kürzester Zeit Emanios Schutz übertragen, obwohl sie fast jeden verdächtigten, selbst den Hauptmann der Wache. Warum? Sicher wussten sie nicht, dass Lerio jeden Grund hatte, Emanio etwas anzutun.

»Wer ist da?«

Er hätte vor lauter Grübeln fast vergessen, dass jemand an der Tür geklopft hatte. Nun wurde sie einen Spalt geöffnet und ein ihm vertrautes Gesicht spähte herein.

»Torra!«

Rasch warf Lerio einen schuldbewussten Blick auf den Panther, aber der schlief immer noch. Lerio hatte ihn mit seinem Ruf nicht geweckt.

Dennoch sprang er jetzt auf und schlich auf Zehenspitzen durch das Wohnzimmer zum Eingang, wo seine Schwester unsicher verharrte und sich umsah. Der Anblick erinnerte ihn daran, was Emanio ihr mit seinem schäbigen Verhalten angetan hatte. Wenn der Herzogssohn sich ehrenhaft verhalten hätte, wäre Torra jetzt mit ihm verlobt. Sie würde nicht ängstlich auf der Schwelle stehen bleiben und sich fragen, ob Emanio sie im nächsten Moment aus seinen Räumlichkeiten verjagen würde. Torra verdiente es, glücklich und eine respektierte zukünftige Herzogin zu sein.

»Lerio!«

Torras Blick verriet ihre Erleichterung, als sie ihn musterte. »Es stimmt also? Sie haben dich zu Emanios Beschützer gemacht? Aber ...«

Sie warf einen Blick über ihre Schulter auf den Gang zu den Wachen, die ihre Unterhaltung mit anhörten.

»Komm herein«, bat Lerio. »Schließ die Tür.«

Torra nickte und gehorchte. Lerio ging zu einem Sessel, von dem aus er einen guten Blick ins Schlafzimmer hatte, und setzte sich. Dieses Mal zögerte Torra merklich, bevor sie seinem Beispiel folgte.

»Ich dachte, du hasst ihn? Und jetzt bist du sein Beschützer?«

Lerio zuckte zusammen.

»Es war nicht meine Idee. Kudonio hat mich hergeschickt, weil sie einen Wildhüter brauchten, der sich um Emanio kümmert. Glaub mir, ich wäre überall lieber als hier im Schloss und in dieser Position.«

Sie musterte ihn einen langen Moment. »Dann hast du also nicht vor, ihm zu schaden, wenn sich dir die Gelegenheit bietet? Oh, ich glaube nicht, dass du ihm absichtlich Unheil zufügen wirst. Aber du könntest zusehen, statt ihm zu helfen, wenn es niemand mitbekommt. Bitte, Lerio, versprich mir, um meinetwillen, dass du das nicht tust.«

Ihre Worte taten weh, aber er musste zugeben, dass er sie verdient hatte. Er hatte ihr allen Grund gegeben, an ihm zu zweifeln. Vermutlich wären seine Worte auch nicht mehr als ein Lippenbekenntnis gewesen, hätte er nicht noch immer Schuld wegen des Vorfalls am Nachmittag empfunden. Das Gefühl war genauso unerwartet gewesen wie die Panik, die ihn erfasst hatte, als er erkannt hatte, wie schlecht es dem Herzogssohn ging.

»Ich verspreche es, Torra. Ich werde Emanio keinen Schaden zufügen, weder durch eine bewusste Tat noch durch Unterlassen. Aber ich werde dich nicht anlügen: Ich denke nicht, dass ich ihm je vergeben kann, was er dir angetan hat. Wir werden nie Freunde werden, aber ich kann lernen, ihn als Vater meiner Nichte oder meines Neffen zu tolerieren. Die Familie ist am wichtigsten.«

Sie nickte. »Mehr verlange ich auch nicht. Danke, Lerio.«

Dann seufzte sie und schüttelte kurz den Kopf. »Ich kann nicht fassen, dass du jetzt ebenfalls im Schloss arbeitest. Du hast dich von diesem Ort stets ferngehalten und wolltest nie, dass Gerania, Madira und ich hier unseren Lebensunterhalt verdienen. Und jetzt lebst du hier, wenn ich den Boten richtig verstanden habe? Für wie lange?«

Er sank ein wenig in sich zusammen, als er an die erschreckende Aussicht dachte. »Ich weiß es nicht. Es klang so, als könnte ich erst nach Hause, wenn sie Kio gefasst haben und wenn der Fluch gebrochen ist.«

»Und wenn er nicht gebrochen werden kann?«, sprach Torra aus, was er sich nicht traute in Worte zu fassen.

»Dann bin ich hier bis an mein Lebensende gefangen«, murmelte er düster.

»Kopf hoch! So schlimm wird es nicht kommen. Bestimmt finden sie bald einen Weg, den Zauber der Hexe zu beenden, und du kannst wieder nach Hause und zurück zum Wildgehege.«

»Danke, Torra. Erklärst du bitte auch Mutter und Madira, was geschehen ist? Gerania bringt ihm das Essen, sie weiß schon Bescheid.«

»Dann hat es auch Madira längst gehört, du kennst doch die zwei.« Torra lächelte. »Aber natürlich, ich erzähle es ihnen heute Abend. Morgen bringe ich dir dann deine Sachen vorbei, in Ordnung? Ich muss jetzt langsam schauen, dass ich zu meiner Herrin zurückkehre. Sie hatte einen Ausflug nach Rius vor, bei dem ich sie nicht begleiten sollte, daher habe ich jetzt ein wenig Zeit. Aber es wartet noch ein Berg an Arbeit auf mich, den ich vor ihrer Rückkehr erledigen muss. Ich komme morgen wieder vorbei.«

Lerio nickte, als sich ein Kloß in seinem Hals bildete und ihm die Luft abschnürte. Er wusste, dass es lächerlich war, Torra nicht gehen lassen zu wollen, dass er lernen musste, allein im Schloss klarzukommen und sich an die fremde Umgebung zu gewöhnen. Aber in diesem Moment fühlte es sich an, als würde nicht nur Torra ihn verlassen, sondern auch ein Stück Zuhause sich von ihm entfernen. Als die Tür hinter ihr ins Schloss fiel, schluckte er mühsam.

Am besten, ich denke gar nicht erst darüber nach.

Unruhig stand er auf und begann wieder durch die Gemächer zu wandern. Er musste sich mit den Räumlichkeiten vertraut machen, sodass er sich jederzeit problemlos zurechtfinden konnte. Das jedenfalls schob er als Begründung vor, während er durch die unterschiedlichen großen Räume ging, in die ihre Hütte zwei- oder dreimal hineingepasst hätte. Und all dieser Platz stand einer einzigen Person zur Verfügung?

Auch der Luxus war etwas, an den er sich nicht so leicht gewöhnen konnte. Überall standen kunstvoll gefertigte Möbel, hingen Bilder und Spiegel an den Wänden, Schmuckstücke aus Gold und Silber waren über die Zimmer verteilt. Warum benötigte eine Person zum Beispiel so viele Spiegel? In jedem Raum hing einer, in manchen wie dem Ankleidezimmer sogar mehrere. Bei seinem ersten Rundgang war er zusammengezuckt, als er sich selbst im Spiegel gesehen hatte.

Dieser unansehnliche Mann war er? Ungläubig hatte er in die glatte Oberfläche gestarrt, danach hatte er seinen Anblick gemieden, so gut es nur ging.

Nun jedoch blieb er vor dem großen Spiegel im Wohnzimmer stehen und sah hinein. Zuletzt hatte er sein Gesicht kurz nach seiner Verletzung intensiv betrachtet, bevor er seinen eigenen Anblick nicht mehr ertragen und den Spiegel zerschlagen hatte. Danach hatte er begonnen, eine Augenklappe zu tragen und zu sparen, bis er genug Geld beisammenhatte, um sich bei einem Zauberer in Rius einen teuren Illusionszauber zu kaufen.

Aber er hatte gewusst, was unter dem Zauber lag, hatte stets befürchtet, dass die Magie eines Tages unerwartet in sich zusammenfallen würde. Daher hatte er begonnen, die Menschen zu meiden, sodass es keine Rolle spielte, als die Illusion irgendwann nicht mehr funktionierte.

Nun jedoch übte der Spiegel eine unerklärliche Faszination auf ihn aus. Ihm ging nicht aus dem Kopf, wie die Jagdgesellschaft sich bei seinem Anblick verhalten hatte. Und plötzlich musste er sich selbst einen Eindruck von seiner Hässlichkeit verschaffen.

Lerio hob die Lederklappe an und erstarrte, als das Narbengewebe auf seiner linken Gesichtshälfte zum Vorschein kam.

Sei nicht so ein Feigling! Das ist dein Gesicht!

Er riss sich die Augenklappe vom Kopf und sah in den Spiegel. Sofort zog das zerstörte Sehorgan seinen Blick auf sich. Der milchweiße Augapfel war verstörend und unheimlich. Blicklos starrte er Lerio an. Feine rot-weiße Verästelungen zogen sich durch ihn. Das war das Narbengewebe, das sich gebildet hatte, doch ansonsten war das Organ tot.

Blind.

Er erschauerte, als er sich erinnerte, welch ein Glück er gehabt hatte. Hätte er sich nicht im letzten Moment weggedreht … er hätte an jenem Tag auch leicht beide Augen verlieren oder sterben können.

Stattdessen hatte der Hieb seine linke Gesichtshälfte getroffen, hatte Haut, Auge und Knochen gespalten. Eine große lange Delle zog sich durch seinen Schädel. Der untere Teil war schlecht zusammengewachsen, immer wieder behelfsmäßig von seinen Eltern, die sich als herumziehende

Gelegenheitsarbeiter keinen Heiler hatten leisten können, genäht und wieder aufgeschnitten worden, als sich Eiterbeulen unter der Haut gebildet hatten. Das Ergebnis war ein abstoßender Flickenteppich aus roten, weißen und braunen Narben. Lediglich der tiefe Schnitt auf der Stirn war gut verheilt, sodass man dicht vor ihm stehen musste, um die Vertiefung im Schädelknochen zu sehen. Aber wer tat das jemals freiwillig?

»Ich bin abscheulich.«

Rasch wandte er den Blick ab und setzte die Augenklappe auf. Er verstand nicht, warum seine Familie darauf bestand, dass er sie zu Hause nicht trug. Wie konnten sie es ertragen, dieses Grauen jeden Tag anzuschauen? Selbst er vermochte sich das nicht vorzustellen.

Er schüttelte sich. Dann setzte er sich auf den Stuhl im Schlafzimmer und wartete darauf, dass Emanio aufwachte. Doch der Panther schlief und antwortete nicht, als Lerio ihn laut ansprach. Nur die Tatsache, dass seine Temperatur normal war, hielt ihn davon ab, erneut nach dem Heiler rufen zu lassen.

Emanio rührte sich auch nicht, als Gerania irgendwann mit dem Abendessen für sie beide auftauchte.

»Lass ihn schlafen«, meinte sie, als er den Herzogssohn wachrütteln wollte. »Falls er später Hunger auf etwas Warmes hat, können wir ihm gerne etwas bringen. Ansonsten habe ich einige Speisen ausgewählt, die sich halten und auch kalt schmecken. Ich habe mir schon etwas Ähnliches gedacht, als er heute das Mittagessen verschlafen und mich morgens unwillig angeknurrt hat. Er lässt sich genauso schlecht wecken wie du, wenn er erschöpft ist.«

»Ich bin überhaupt nicht wie er!«

Gerania kicherte. »Wenn du das meinst.«

Sie stellte das Tablett ab und verschwand gut gelaunt. Kurz nach ihr klopfte es erneut. Dieses Mal waren es zwei ihm unbekannte Diener, die ihm – wie von Morio versprochen und nun von Brusperio beaufsichtigt – ein Lager am Fuß von Emanios Bett errichteten, wobei sie furchtsame Blicke auf den schlafenden Panther warfen.

»Wie geht es ihm?«, wollte der Kastellan wissen, als die beiden Männer ihre Arbeit beendet hatten und gegangen waren.

»Unverändert. Er schläft.«

Brusperio seufzte. »Damit war zu rechnen. Ich habe einen Vetter, der einmal einen Entzug durchgemacht hat. Nach den ersten beinahe schlaflosen Tagen und Nächten hat er anschließend die Erholung nachgeholt, als die schwersten Symptome abgeklungen waren.« Er sah Lerio. »Bitte zögere nicht, mich oder Morio zu benachrichtigen, sollte sich der Zustand Seiner Durchlaucht heute Nacht ändern. Sowohl zum Guten als auch zum Schlechten. Ansonsten sehe ich morgen früh nach ihm.«

Lerio nickte und verfolgte, wie der blonde Mann die Gemächer verließ. Erst danach gestattete er sich, sich wieder zu setzen und mit dem Essen anzufangen. Erstaunlicherweise hatte er großen Hunger und er musste sich bremsen, um nicht mehr als die ihm zustehende Portion zu verschlingen.

Danach wartete er weiter, ob sich Emanios Zustand veränderte. Als die Sonne unterging, entzündete er die magischen Lampen mit einer Berührung, damit er auch weiterhin sofort erkennen konnte, wenn sich der Herzogssohn bewegte.

Erst als ihm die Augen zufielen, wechselte er vom Stuhl zu seinem Lager, nahm die Lederklappe ab und war eingeschlafen, als sein Kopf das Kissen berührte.

Wände kamen auf ihn zu. Sie hatten Augen und wisperten höhnisch, als sie ihn anstarrten. Er hörte sie schadenfroh lachen, als sie ihn zwischen sich gefangen nahmen, ihm jeden

Fluchtweg versperrten, bis er voller Furcht wimmerte und sie ihn langsam zerquetschten.

Lerio schrak keuchend hoch und riss augenblicklich das Auge auf. Er wusste im ersten Moment nicht, wo er war. Dann erblickte er den Panther auf dem Bett, der leise stöhnte, und begriff. Ein Albtraum!

Automatisch warf er einen Blick zu den Wänden des Zimmers, an denen immer noch das magische Licht brannte, doch erst als sie sich auch nach einigen Momenten nicht bewegt hatten, beruhigte sich sein Herzschlag langsam. Dennoch hatte er Angst, wieder einzuschlafen. Er warf einen Blick zum Fenster, doch draußen war es stockfinster. Es musste mitten in der Nacht sein.

Etwas wimmerte. Zuerst dachte Lerio, dass er selbst das gewesen wäre, aber das Geräusch ertönte erneut und nun sah er, dass die Pfoten des Panthers unruhig zuckten, als wäre auch er in einer finsteren Traumwelt gefangen.

»Eure Durchlaucht?«

Er stand auf und ging ums Bett herum. Einen kurzen Augenblick zögerte er, dann legte er die Hand auf Emanios Schulter. »Eure Durchlaucht, hört Ihr mich? Ihr müsst aufwachen!«, sagte er laut.

Emanio erstarrte in seinen Bewegungen. Dann hoben sich seine Augenlider langsam. Er blinzelte, als er Lerio bemerkte.

»Ist alles in Ordnung?«

Ein klägliches Miauen entfuhr dem Herzogssohn. Dann hustete er.

»Wartet! Ich bringe Euch Wasser.«

Lerio eilte zum Schreibtisch, wo noch immer das Tablett mit dem Abendessen stand. Er schenkte einen Becher ein, brachte ihn zum Bett, wo Emanio jetzt den Kopf leicht angehoben hatte, und half ihm beim Trinken.

Noch zweimal füllte er den Becher, bis Emanios dankbares Miauen sich kräftiger anhörte.

»Möchtet Ihr auch etwas essen?«

Emanio nickte langsam und Lerio nahm die Schale mit süßen Brötchen, die Gerania extra für den Herzogssohn gebracht hatte, und stellte sie vor ihm ab.

Doch statt zu fressen, sah Emanio ihn an.

»Was ist? Falls Ihr etwas anderes möchtet, nickt einfach.«

Zu seiner großen Überraschung schüttelte Emanio den Kopf und stand langsam auf. Dann bewegte sich der Panther mit gesenktem Kopf auf ihn zu und Lerio erkannte, dass sie sich jetzt in etwa auf Augenhöhe befanden, dass Emanio ihm unverwandt ins Gesicht sah ... das dieses Mal nicht von einer Lederklappe verdeckt war.

Lerio fuhr entsetzt zurück und schlug sich die Hand vor die linke Seite. »Es tut mir leid! Ich habe vergessen, dass ich sie nicht trage. Es kommt nie wieder vor!« Er schloss das rechte Auge, in dem sich jetzt Tränen bildeten, die er den Mann nicht sehen lassen wollte.

Emanio miaute laut und zum ersten Mal wünschte sich Lerio, er könnte in seiner Menschengestalt verstehen, was die Raubkatze sagte. Nahm der Herzogssohn seine Entschuldigung an oder war er ähnlich abgestoßen von seinem Anblick, wie es Akurio gewesen war?

Zitternd wartete er auf Emanios Antwort, doch er hörte kein wütendes Gebrüll, keine Großkatze, die fluchtartig das Schlafzimmer verließ. Stattdessen berührten ihn feine Schnurrhaare unerwartet an der Hand und er spürte warmen Atem in seinem Gesicht.

Lerio erstarrte. Was hatte Emanio vor?

Im nächsten Moment schlossen sich scharfe Zähne behutsam um seine Finger und begannen ganz vorsichtig zu ziehen. Lerio gehorchte, nahm die Hand von seinem Gesicht und sah Emanio an.

Zu seiner größten Überraschung blickte ihm der Panther immer noch ins Gesicht. Er hob langsam die Pfote.

Jetzt wird er mich schlagen.

Trotz seiner Angst zuckte Lerio nicht zurück, zu sehr geprägt von seinen Begegnungen mit Kudonio. Aber Emanio verblüffte ihn erneut. Statt ihm die Pranke ins Gesicht zu schlagen oder seine Krallen auszufahren, legte er ihm die Pfote ganz sacht auf die verletzte Wange und miaute. Es klang beinahe wie eine Frage.

»Was?«

Emanio mauzte erneut und legte den Kopf schräg, den Blick unverwandt auf ihn gerichtet.

»Ihr seid nicht angewidert?«

Der Panther grollte leise, bevor er den Kopf schüttelte. Dann miaute er ein weiteres Mal.

»Ihr wollt wissen, was mit meinem Gesicht passiert ist?«

Der Herzogssohn nickte und wäre die Situation nicht so anders gewesen als alles, was er sich jemals hätte ausdenken können, hätte Lerio gedacht, er würde immer noch träumen.

Lerio schluckte. Er konnte dem Blick des Panthers nicht ausweichen. Doch statt Abscheu oder Ekel entdeckte er darin etwas, das wie eine Mischung aus Sorge und Neugier aussah, und das brachte ihn zum Reden.

»Als ich ein Junge war, zogen meine Eltern mit meinen Geschwistern und mir durchs Land. Sie waren Wanderarbeiter. Eines Tages war ich allein unterwegs und habe im Wald gespielt. Ich weiß nicht mehr, warum ich hinter dem Bewaffneten auf den Weg gesprungen bin. Vermutlich, weil ich noch nie jemanden getroffen hatte, der ein Schwert trug. Ich wollte ihn mir aus der Nähe anschauen, vielleicht hoffte ich auch darauf, die Waffe einmal anfassen zu dürfen. Ich weiß es nicht mehr. Ich weiß nur noch, dass der Mann mit erhobenem Schwert herumgewirbelt ist, bereit zuzuschlagen. Er hat mich für einen Banditen gehalten, der ihn überfallen wollte.«

Er erzählte ihm nicht alles, nur genug, damit der Herzogssohn endlich aufhörte, ihn fragend anzustarren. Denn in

Wahrheit erinnerte er sich an alles, so sehr er sich in all den Jahren auch bemüht hatte, jenen Tag zu vergessen.

»Das Schwert traf mich im Gesicht. Ich verlor an jenem Tag das Augenlicht auf der linken Seite. Aber ich habe noch Glück gehabt, dass ich mich im letzten Moment weggedreht habe. Ansonsten hätte mir der Schlag den Schädel gespalten. Seitdem habe ich diese Narben.«

Emanio maunzte erneut und Lerio seufzte. »Wisst Ihr, nicht jeder hat einen persönlichen Heiler oder kann sich auch nur einen Tierheiler leisten, der einen mehr schlecht als recht zusammenflickt. Meine Eltern mussten meine Wunden selbst versorgen und sie haben ihr Bestes gegeben. Die Wunden haben geeitert, viele Male. Sie haben alles getan, um mein Leben zu retten, mein Aussehen war nebensächlich. Und jetzt sehe ich eben so aus. Aber keine Sorge, von nun an werde ich stets meine Augenklappe tragen und Euch nicht mehr mit diesem Anblick belästigen.«

Er bückte sich, hob sie auf und wollte sie aufsetzen. In diesem Moment schlug ihm eine Tatze das Lederstück aus der Hand. Als Lerio aufsah, war der Panther so dicht vor ihm, dass er seine Schnurrhaare auf seiner unverletzten Gesichtshälfte spürte und der Panther ihn mit der Nase hätte anstupsen können. Der Herzogssohn schnurrte und wirkte sehr zufrieden mit sich. Emanio bückte sich, hob die Augenklappe mit dem Maul auf, wandte sich um und legte sie neben sich auf den Nachttisch. Dann mauzte er, legte sich hin und drehte sich so, dass er Lerio immer noch im Blick hatte.

»Was soll das?«

Völlig verwirrt musterte er den Panther, der die Augen schloss und miaute. Dann blinzelte Emanio und starrte ihn an. Erneut schloss er die Augen. Das wiederholte er ein paarmal, bis Lerio begriff.

»Es ist Euch egal, ob ich die Augenklappe trage oder nicht? Meint Ihr das?«

Emanio nickte und zum ersten Mal in seinem Leben verschlug es Lerio buchstäblich die Sprache. Fassungslos starrte er den Herzogssohn an.

Nach einem langen Moment der Regungslosigkeit trat er an den Schreibtisch, griff nach dem kleinen Messer, das dort lag, und ging dann langsam auf Emanio zu, der ihn erneut aus großen Augen vertrauensvoll ansah. Danach begann er behutsam den vergessenen Kragen zu zerschneiden, der sich immer noch tief ins Fell des Panthers grub und ihm Schmerzen bereiten musste. Er arbeitete schweigend. Als er fertig war, legte er das Messer zurück, nickte Emanio kurz unbeholfen zu und legte sich dann wieder auf sein Lager. Dieses Mal schlief er traumlos.

Kapitel 7: Emanio

Er miaute leise und augenblicklich raschelte es kaum hörbar, als Lerio die Seite für ihn umdrehte. Dann herrschte wieder Stille.

Wie Emanio in den letzten Tagen herausgefunden hatte, war der Wildhüter kein großer Redner, aber seit Lerio ihn vor zwei Nächten von den letzten Resten seiner höfischen Kleidung befreit hatte, wofür er ihm dankbar war – endlich konnte er wieder frei atmen –, wirkte das Schweigen zwischen ihnen kameradschaftlich. Erst nachdem sich Lerio in jener Nacht wieder schlafen gelegt hatte, hatte Emanio verblüfft erkannt, wie sehr er dem Mann, den er kaum kannte, bereits vertraute. Nicht ein einziges Mal hatte er an dem Wildhüter gezweifelt, während dieser mit einer Waffe an seinem Hals herumfuhrwerkt hatte, um den Stoff zu zerschneiden. Und das, obwohl er immer noch nicht wusste, wer alles in den Anschlag auf ihn verwickelt war und wer ihn insgeheim hasste. Lerio hätte ihn mühelos angreifen, ihn schwer verletzen oder töten können – aber er hatte es nicht getan.

Auch wenn Lerio selten sprach, so redete er doch stets *mit* ihm und nicht *über* ihn. Er erkundigte sich nach seinem Befinden und seinen Wünschen und wartete seine Antwort ab, statt Entscheidungen für ihn zu treffen. Selbst Morio und Brusperio vergaßen manchmal, dass er noch dieselbe Person war und sie verstehen konnte, wenn sie in seiner Anwesenheit über ihn und seinen Fall, aber nicht mit ihm diskutierten und über die nächsten Schritte sprachen, wie sie herausfinden wollten, wohin der Verräter Kio verschwunden war und inwieweit Hauptmann Costario in den Anschlag und den Fluch verwickelt war. Besonders Morio traute Costario seit dem Angriff während der Audienz vor sechs Tagen nicht mehr über den Weg und sowohl Morio als auch der Kastellan konzentrierten sich darauf, mögliche Attentäter zu finden und weitere Anschläge zu verhindern, aber nicht auf Emanios Gefangenschaft in seiner Bestiengestalt. Daher hatte Emanio beschlossen, dass er etwas tun und sich selbst retten musste. Er konnte sich nicht darauf verlassen, dass die Wachen die Hexe fanden, die ihn verflucht hatte, oder dass der Fluchgelehrte, der noch nicht aus dem benachbarten Herzogtum angereist war, ihn schon befreien würde.

Aus diesem Grund saß er nun den zweiten Tag gemeinsam mit Lerio in der Bibliothek, stöberte in alten Büchern über Magie und Flüche und suchte nach einem Gegenzauber. Am liebsten hätte er das Schloss, die Stadt und die Umgebung nach Kio und der Hexe abgesucht, aber da der Heiler angeordnet hatte, dass er sich schonen sollte, hatten Morio und Brusperio ihm verboten, das Schloss zu verlassen. In diesem Fall respektierten sie Briks Anordnung mehr als seinen vermutlich unvernünftigen Wunsch, selbst draußen nach seinen Feinden zu suchen.

Auch Lerio ließ sich von seinem flehentlichsten Maunzen nicht erweichen, die Regeln zu brechen. Auch wenn Emanio festgestellt hatte, dass sein Jammern ansonsten erstaunlich effektiv war, um zu bekommen, was er wollte. Er musste sich morgens nur vor seine Wanne setzen und leise miauen und schon orderte Lerio, der dank Morios Liste von seinen Gewohnheiten wusste, ihm sein gewünschtes Bad. Sein neues Fell war zwar weniger leicht trocken zu bekommen als menschliche Haut und fühlte sich nass nach einer Weile unangenehm an, aber das und Lerios Bemühungen, ihn anschließend trocken zu rubbeln, nahm er gerne in Kauf, wenn er wieder sauber sein und sich trotz seiner Bestiengestalt ein wenig wie ein Mensch fühlen konnte.

Jetzt miaute er erneut und schaute den Wildhüter an, der neben ihm auf dem Boden in der fast menschenleeren Bibliothek saß und geduldig abwartete, bis er die aktuelle Seite gelesen hatte. Nach jedem Laut von ihm blätterte Lerio eine Seite weiter. Zuerst hatte Emanio es selbst versucht, aber seine Pfoten und Krallen waren nicht dafür geeignet, feine Buchseiten umzublättern, ohne sie zu beschädigen. Dank Lerios Hilfe kam er erstaunlich gut voran. Vier Bücher hatte er in den letzten beiden Tagen schon auf diese Weise gelesen. Eine Lösung für sein Problem hatte er zwar noch nicht entdeckt, dennoch war er optimistisch und erleichtert, dass er dank Lerio nicht länger zur Untätigkeit verdammt war.

Lerios Seufzen riss ihn irgendwann aus seiner Konzentration. Sehnsüchtig sah der Wildhüter zum Fenster, wo der Stand der Sonne andeutete, dass es Zeit fürs Abendessen war. Emanio bekam ein schlechtes Gewissen, weil er völlig die Zeit vergessen hatte. Vermutlich hatte Gerania längst das Essen in seine Gemächer gebracht und war wieder gegangen. Lerio hatte zwar nichts gesagt, aber Emanio konnte auch so sehen, wie sehr er seine Schwestern vermisste. Inzwischen hatte Emanio auch Torra, Adellas Zofe, kennengelernt, die jeden Abend kam, um nach ihrem Bruder zu sehen, seine Wäsche auszutauschen und Nachrichten von ihrer Mutter auszurichten. Und jedes Mal, wenn Gerania und Torra gegangen waren, starrte Lerio ihnen hinterher, ließ den Kopf hängen und wirkte bedrückt.

Voller Bedauern, dass Lerio seinetwegen vermutlich die Besuche seiner Schwestern verpasst hatte, erhob Emanio sich und knurrte leise. Das war das Zeichen dafür, dass er für den Tag genug hatte und in seine Gemächer zurückkehren wollte. Lerio drehte sich zu ihm um, stand ebenfalls auf und legte beim Hinausgehen das Buch, das Emanio noch nicht beendet hatte, aufgeklappt auf den Lesetisch, damit er am nächsten Morgen an derselben Stelle weitermachen konnte. Die Wachen, die sie den ganzen Tag aus einigen Schritten Entfernung beobachtet und die Besucher der Bibliothek kontrolliert hatten, schlossen sich ihnen an und begleiteten sie zurück zu seinen Gemächern, wo sie erneut vor seiner Tür Aufstellung nahmen und für den Rest ihrer nicht mehr lange dauernden Schicht die beiden dort tagsüber verbliebenen Kollegen ablösten. Drinnen warteten im Wohnzimmer wie befürchtet schon ihr Abendessen und ein neuer Stapel Kleidung für Lerio, nicht aber seine Schwestern, und Emanios schlechtes Gewissen kehrte zurück.

Für den Rest des Abends war seine Stimmung gedrückt und wieder verfiel er in düstere Grübeleien, wer ihn alles insgeheim hasste und warum. Er verstand es nicht. Er hatte niemandem etwas getan, auch Kio hatte keinen Grund, ihn zu vergiften. Oder war der Diener von jemandem beauftragt worden, ihn unter Rauschmitteln zu setzen und zu töten? Doch wer war dann der Auftraggeber? Wer wollte seinen Tod? Und wer hatte die Hexe bezahlt, um ihn zu verfluchen? Oder war die Alte von selbst auf die Idee gekommen, nachdem die Mädchen und Frauen behauptet hatten, er hätte ihnen Gewalt angetan? Logen sie oder sprachen sie die Wahrheit? Hatte er unter Alkoholeinfluss diese schlimmen Taten begangen und konnte sich nicht mehr an sie erinnern? Oder gab es möglicherweise in seiner Nähe einen Verführer, der sich auf magische Weise für Emanio ausgab?

»Guten Morgen, Eure Durchlaucht!«

Geranias fröhliche Stimme riss ihn am nächsten Morgen aus dem Schlaf und er knurrte unwillkürlich, während Lerio seine Schwester leise anzischte: »Still! Du weckst ihn noch auf!«

»Gut, dann kann er gleich sein Frühstück genießen! Es ist nicht gesund, wenn er sich ständig in seinen Büchern vergräbt und darüber das Essen vergisst.«

Zu Emanios großer Überraschung behandelte das Küchenmädchen ihn nicht viel anders als ihren Bruder. Als sie beide am ersten Tag in der Bibliothek das Mittagessen versäumt hatten, hatte Gerania abends mit strenger Miene im Wohnzimmer auf sie beide gewartet und sie scheltend belehrt, wie wichtig regelmäßige Mahlzeiten waren, um gesund und kräftig zu bleiben. Lerio hatte den Tadel regungslos über sich ergehen lassen. Erst als sie enttäuscht über Lerios Angewohnheit, seine Narben ständig unter einer Maske zu verbergen, geklagt hatte, war der Wildhüter vor Scham rot angelaufen. Er hatte sich abgewandt, als er die Lederklappe abgenommen hatte, und Emanio hatte das Stück aus seinen Händen ziehen und über Nacht verstecken müssen, damit Lerio begriff, dass ihn sein Anblick nicht störte und er in ihren Gemächern er selbst sein konnte. Das hatte ihm das Wohlwollen von Gerania eingebracht, die jetzt jedes Mal strahlte, wenn sie ihn sah.

Auch jetzt lächelte sie ihn breit an, als er sich langsam und ein wenig steif erhob. »Guten Morgen, Eure Durchlaucht! Ich habe Euch süße Brötchen und eine Auswahl Eurer anderen Lieblingsspeisen gebracht. Ich hoffe, das Frühstück sagt Euch zu. Sagt Bescheid, falls etwas fehlt, und ich besorge es sofort.«

Emanio nickte, was immer besser funktionierte. Doch das Frühstück sah gut aus und er musste nicht mehr befürchten, dass ihm jemand etwas untermischte. Inzwischen bekam er wieder richtig Appetit. Mit knurrendem Magen nahm er sich ein süßes Brötchen und begann zu essen.

Lerios Schwester war noch nicht lange gegangen, als Morio an der Tür klopfte und ohne abzuwarten seine Gemächer betrat. »Guten Morgen, Eure Durchlaucht! Bitte entschuldigt, dass ich Euch bei Eurer Mahlzeit störe. Hauptmann Costario hat eine Ratssitzung einberufen und der Kastellan bat mich, Euch zu holen. Wir denken, dass Ihr seine Neuigkeiten ebenfalls hören solltet.«

Neuigkeiten? Welche Neuigkeiten? Hatten Costarios Wachen eine Spur der Hexe gefunden oder sie gar in Gewahrsam nehmen können?

Aufregung erfasste ihn, er sprang auf und folgte seinem Sekretär zusammen mit Lerio und seinen Wachen hinunter zum Ratssaal.

Hauptmann Costario wirkte überrascht, sie zu sehen, während Graf di Sperazione die Stirn runzelte und Kudonio die Augen misstrauisch zusammenkniff, als rechnete er damit, dass Emanio sie jeden Moment angriff. Dafür schenkten seine Großmutter, Omira und Peronio ihm ein Lächeln, während der Kastellan ihm, Morio und Lerio zunickte.

»Bitte nehmt Platz! Der Hauptmann wollte gerade anfangen, uns Bericht zu erstatten.«

Morio und Lerio nahmen auf den Gästestühlen am anderen Ende des Tisches Platz, während Emanio auf Brusperios Geheiß hin auf den Thron sprang, der für seine neue Gestalt ein wenig zu klein und unbequem war, weshalb er die Vorderpfoten auf dem Tisch abstützte. Es schien, als wollte der Kastellan die anderen erinnern, dass Emanio trotz seiner neuen Gestalt noch immer der Sohn und Erbe seines Vaters war. Der Graf und der Jagdmeister wirkten sichtlich beunruhigt, ihn dort sitzen zu sehen. Der Hauptmann hingegen nickte ihm einmal kurz zu und ließ keine Regung erkennen, bevor er mit seinem Bericht anfing.

»Beginnen wir mit der Sitzung und dem täglichen Stand der Ermittlungen. Bedauerlicherweise gibt es, eine Woche nach ihrem Verschwinden, noch immer keine Neuigkeiten zum Verbleib der Hexe. Wir haben die Nachbarn, Bekannten und Freunde der Kräuterhexe ausgiebig befragt und auch Boten mit Zeichnungen und Warnungen in die benachbarten Herzogtümer geschickt. Wir vermuten, dass sie Ternilus unmittelbar nach dem Fluch verlassen hat. Dadurch, dass sie ihren Bekannten kaum etwas über ihre Vergangenheit, ihre Familie und frühere Freunde verraten hat, haben wir leider keine konkrete Spur, wohin sie geflüchtet sein könnte. Wir vermuten, dass sie das Herzogtum verlassen hat und sich bei jemandem versteckt, dem sie vertraut, um dort abzuwarten, bis Gras über die Sache gewachsen ist und wir in unseren Bemühungen nachlassen. Ohne Hilfe werden wir sie nicht finden. Auf Peronios Anregung hin …« Costario nickte dem Erdhexer kurz zu. »… haben wir über die Zaubererakademie von Rius Kontakt zu anderen magischen Institutionen aufgenommen. Die Kräuterhexe muss ja irgendwo ausgebildet worden sein. Jemand muss sie von früher kennen und mehr über sie wissen.«

Costarios Bericht lag wie Blei in Emanios Magen. Er hatte gehofft, dass der Hauptmann etwas Neues in Erfahrung gebracht hatte. Etwas, das Anlass zur Hoffnung bot. Stattdessen hatten der Hauptmann und seine Wachen auch sieben Tage nach der Tat gar nichts. Warum hatte Costario den Rat überhaupt zusammengerufen?

Der Hauptmann räusperte sich, bevor er fortfuhr: »Was jedoch die Suche nach dem Verräter Kio betrifft, sind wir weitergekommen. Meine Leute haben mir vor einer halben Stunde berichtet, dass sie den ehemaligen Küchenjungen gefunden haben. Sie bringen ihn gerade her.«

»Das sind ja gute Neuigkeiten!« Großmutter Ilana strahlte erleichtert. »Dann erhalten wir endlich Antworten und erfahren, ob der Giftmörder auf eigene Faust oder im Auftrag von jemandem gehandelt hat.«

»Ich fürchte, leider nicht.« Der Hauptmann schüttelte den Kopf. »Kios Leiche wurde in einer abgelegenen, verlassenen Hütte im Wald gefunden. Vermutlich sein Versteck während der letzten Tage und möglicherweise auch der geheime Treffpunkt mit seinem Auftraggeber. Die Tatsache, dass er dort ermordet wurde, lässt uns jedenfalls vermuten, dass er nicht allein gehandelt hat und von demjenigen getötet wurde, der hinter dem Anschlag auf Seine Durchlaucht steckt. Dass dort jemand durch Zufall auf Kio gestoßen ist, der sich an ihm rächen wollte, ist unwahrscheinlich. Meine Leute untersuchen aktuell den Fundort und organisieren die Überführung der Leiche ins Schloss, damit Brik oder ein anderer Heiler sowie unsere Magier sie untersuchen und uns mehr über seine Todesumstände und den Mörder verraten können.«

Schweigen senkte sich nach den Worten des Hauptmanns über den Saal. Gute Neuigkeiten klangen anders.

»Das heißt, wir wissen immer noch nicht, wer hinter dem Attentat auf Seine Durchlaucht steckt, und der Einzige, der es uns hätte verraten können, wurde ermordet«, fasste Morio zusammen. Er klang gereizt und funkelte den Hauptmann an, als wäre der Misserfolg allein seine Schuld.

Brusperio seufzte. »Ich wünschte mir auch, es gäbe bessere Neuigkeiten. Vielleicht haben wir Glück und wir erhalten durch die Heiler und die Magier eine neue Spur. Zumindest Kio kann Emanio jetzt nicht mehr schaden. Das heißt, der Drahtzieher muss aus den Schatten treten oder einen neuen Helfer finden, was uns Zeit verschafft, ihn aufzuspüren. Die Wachen sollen Oberheiler Brik benachrichtigen, dass wir am Tor auf ihn warten. Wer möchte mich begleiten?«

Morio sprang augenblicklich auf und streifte den Hauptmann, der sich ebenfalls erhob, mit einem eisigen Blick. Auch Emanio stand auf, sah zu Lerio und maunzte leise, woraufhin der Wildhüter kurz seufzte und dann verkündete: »Wir kommen ebenfalls mit.«

Sie folgten dem Kastellan, Morio und dem Hauptmann durch das Schloss und hinaus. Emanio versuchte den Geruch der Angst zu ignorieren, den die meisten Menschen verströmten, denen sie begegneten. Selbst der Anblick der vier Wachen, zwischen denen Lerio und er liefen, und Lerios Furchtlosigkeit in seiner Nähe änderten nichts daran, dass die Bewohner und Besucher des Schlosses immer noch eine Bestie sahen, wenn sie ihn erblickten.

Aus diesem Grund hielt er sich auch ein wenig zurück und legte sich etwas abseits auf den Boden, als ihre Gruppe das Tor erreicht hatte und auf die Rückkehr der Soldaten mit Kios Leiche wartete. Er wollte niemanden in Panik versetzen, konnte aber auch nicht in seinen Gemächern oder in der Bibliothek warten und hoffen, dass sie ihn informierten, sobald sie etwas herausgefunden hatten. Er musste dabei sein, die Leiche mit eigenen Augen sehen und hören, was Brik und die Magier zu sagen hatten.

Emanio versuchte die Blicke der Passanten und ihr Getuschel zu ignorieren. Doch das wurde schwierig, als ein paar Minuten später ein Mädchen auftauchte und auf den Hauptmann zuging.

»Nirelle!« Costarios Miene verfinsterte sich, als er sich zu seiner Tochter umdrehte und ihm dabei kurz einen scharfen Blick zuwarf. Emanio glaubte zu fühlen, wie der Hass des Hauptmanns ihn streifte, aber dann wandte sich Costario wieder seiner Tochter zu. »Was machst du hier?«

»Ich bin auf dem Weg zum Markt unten in Rius. Ich bin in drei Stunden wieder da. Benötigst du etwas aus der Stadt, Vater?«

»Nein, danke.« Costario trat zwischen Emanio und seine Tochter und versperrte ihm so den Blick.

»Ist etwas passiert?«

Doch bevor er ihr antworten konnte, ertönten Rufe vom Tor. »Macht Platz! Lasst uns vorbei!«

Eine Gruppe von Soldaten kam schnaufend und mit schweren Schritten auf das Schloss zu und die Leute wichen respektvoll zurück oder blieben stehen, um sie passieren zu lassen. Schweigen breitete sich aus, als die Umstehenden bemerkten, dass die Wachen eine Bahre mit einem verdeckten Körper zwischen sich trugen. Der Anführer der Gruppe musste den Hauptmann entdeckt haben, denn er kam direkt auf ihn zu und salutierte.

»Hauptmann, wir bringen den toten Flüchtigen.«

Er blieb stehen und winkte die Träger heran, welche unmittelbar neben ihm Halt machten. Brusperio trat vor und schlug das Leichentuch vorsichtig zurück, um sich zu vergewissern, dass es sich tatsächlich um Kio handelte. Im nächsten Moment holte Nirelle scharf Luft. »Das ist er!«

»Wer?« Der Hauptmann wirkte verwirrt.

»Der Mann, der mich an jenem Abend zu Seiner Durchlaucht bringen wollte. Emanios Diener!«

Bei ihrer Äußerung breitete sich eine feindselige Stimmung unter den Wachen aus. Alle drehten sich zu dem Mädchen um und warfen dann einen Blick auf seine Bestiengestalt. Nur Nirelle hatte ihn noch nicht bemerkt und Emanio hoffte, dass es so blieb.

Costario holte scharf Luft. »Bist du dir sicher?«

»Ja! Absolut! Ich erkenne ihn wieder.«

»Danke, Nirelle!«

Sie nickte, sichtlich erleichtert, dass er ihr glaubte. Dann küsste sie ihren Vater kurz auf die Wange und machte sich auf den Weg nach Rius, anscheinend ohne zu bemerken, dass ihr alle für einen langen Moment hinterherschauten, bevor sie sich zum Hauptmann und zu Emanio umdrehten. Lerio schien die Feindseligkeit der Wachen ebenfalls zu spüren, denn er war näher an ihn herangetreten.

»Was bedeutet das?« Brusperio wirkte ratlos.

»Das bedeutet, dass Emanio nicht der Verführer ist, wie ich es Euch schon die ganze Zeit gesagt habe!« Morios Genugtuung war deutlich zu hören. »Schließlich hat Kio versucht, Seiner Durchlaucht zu schaden und ihn zu töten!«

Der Hauptmann schnaubte. »Das ist kein Beweis für seine Unschuld. Habt Ihr schon einmal daran gedacht, dass Kio versucht haben könnte, Emanio zu ermorden, *weil* er wusste, welches Monster in ihm steckt? Vielleicht wollte der Junge ihm nicht mehr gehorchen und ihm Frauen zuführen und hat daher auf diese Weise versucht, ihn aufzuhalten. Und als Emanio von seinem versuchten Giftanschlag erfahren hat,

hat er den verräterischen Diener getötet und ihn so zum Schweigen gebracht.«

»Wie soll das gehen? Emanio steht rund um die Uhr unter Beobachtung und wird von Euren eigenen Wachen überall hinbegleitet. Mal abgesehen davon wurde Kio eindeutig erdrosselt – *mit menschlichen Händen!* – und nicht durch Zähne oder Krallen getötet.« Brusperios Miene verriet deutlich seine Skepsis.

»Vielleicht hat er menschliche Gestalt angenommen und sich davongeschlichen, um den Mord zu begehen«, argumentierte Costario und Emanio konnte kaum glauben, wie tief die Abneigung des Hauptmanns ging und wie sehr sie sein Urteilsvermögen überschattete.

»Das ist lächerlich!« Morio ballte die Hände zu Fäusten, die jetzt eisig dampften. »Emanio ist kein Gestaltwandler, sondern wurde verflucht. Er kann nicht beliebig die Gestalt wechseln, er ist gefangen. Doch das wollt Ihr nicht einsehen, oder? Der wahre Schurke wird entkommen, nur weil Ihr Emanio bestrafen wollt, ganz gleich, ob er schuldig ist oder nicht!«

Das Gesicht des Hauptmanns war hochrot angelaufen und er sah aus, als wäre er kurz davor, auf Morio loszugehen, als Brusperio zwischen die beiden trat. »Es bringt nichts, wenn wir uns streiten und gegenseitig beschuldigen. Konzentrieren wir uns darauf herauszufinden, was geschehen ist. Wo bleibt Brik? Hat jemand die Magier informiert?«

Eine der weiblichen Wachen, die sich bislang im Hintergrund gehalten hatte, räusperte sich. »Oberheiler Brik hat eine Behandlung und entschuldigt sich, dass er den Lebenden den Vorrang vor den Toten gibt. Er kommt nach. Die Zaubererakademie wurde ebenfalls informiert. Wir rechnen damit, dass sie in Kürze jemanden schicken, um den Leichnam auf magische Spuren zu untersuchen.«

»Gut, dann sollten wir die Bahre hineinbringen und noch einmal jeden befragen, der in Kontakt mit Kio stand. Vielleicht können wir ja so herausfinden, wer sein Auftraggeber und Mörder ist. Gehen wir!«

Die Wachen blickten zu Costario, der nickte. Vier Männer hoben daraufhin die Bahre an. Emanio wollte ihnen folgen und sah sich nach Lerio um. Zu seiner Überraschung hatte der Wildhüter ein paar Schritte in Richtung Tor gemacht, die entgegengesetzte Richtung, und starrte sehnsüchtig auf den Wald. Plötzlich wurde sich Emanio bewusst, dass nicht nur er sich in den letzten Tagen eingesperrt gefühlt haben musste. Wie musste es Lerio ergehen? Der Mann war ein Wildhüter und verbrachte seine Tage draußen an der frischen Luft, nicht zwischen vier Wänden oder in Bibliotheken.

Emanio ging auf ihn zu und stupste ihn mit dem Kopf an, womit er Lerio sichtlich überraschte, denn er zuckte erschrocken zusammen und sah sich hektisch nach allen Seiten hin um, bevor er ihn bemerkte.

»Entschuldigt, Eure Durchlaucht. Ich war in Gedanken. Lasst uns den anderen folgen und wieder hineingehen. Hier draußen seid Ihr nicht sicher, solange der Strippenzieher noch frei herumläuft.«

Jetzt war es an Emanio, einen kurzen, sehnsüchtigen Blick Richtung Wald zu werfen, bevor er sich der Vernunft beugte. Lerio und er gingen mit seinen vier Wachen ins Schloss zurück. Leider hatten sie versäumt darauf zu achten, wohin die Gruppe um Costario und Brusperio verschwunden war, daher begaben sie sich nach einem Moment des Zögerns in die Bibliothek, wo Emanio mit Lerios Hilfe das Buch vom Vortag beendete.

Dort fand sie wenig später Brusperio. Der Kastellan lächelte leicht, als er verkündete: »Die Magier sind da.«

Doch ein paar Augenblicke später begriff Emanio, dass er Brusperio missverstanden hatte. Die Magier – zwei grauhaarige Männer mit einer starken Ausstrahlung – waren nicht gekommen, um Kio zu untersuchen, sondern ihn.

»Eure Durchlaucht, mein Name ist Brax und das ist mein Kollege Tario. Wir sind Fluchgelehrte aus Branellio. Euer Sekretär Morio hat uns über Euer Schicksal unterrichtet und bat uns zu kommen.«

Der ältere der beiden Männer war vorgetreten und verbeugte sich nun vor seiner Bestiengestalt. Das war die Hilfe aus dem Nachbarherzogtum Merus, die Morio verständigt hatte! Fluchgelehrte! Das bedeutete, sie mussten wissen, wie sich der Fluch lösen ließ, immerhin taten sie dies jeden Tag! Oder nicht?

Emanios Herz klopfte schneller, als er leicht den Kopf vor den beiden Magiern neigte.

Er konnte es kaum abwarten, während Brusperio auf Bitte von Brax die Bibliothek räumen ließ, bis sich nur noch die beiden Magier, Brusperio, Lerio und zwei seiner Wachen im Raum befanden.

»Bitte tretet ein paar Schritte zurück«, bat Tario den Wildhüter, »damit Eure Energien unsere Untersuchung nicht beeinflussen. Vielen Dank!«

Lerio gehorchte augenblicklich, während Brusperio ihm hinterherschaute und so ratlos wirkte, wie sich Emanio fühlte. Besaß Lerio möglicherweise eine magische Gabe? Doch im nächsten Moment war die Frage vergessen, als die beiden Fluchgelehrten mit der Untersuchung begannen. Brax, der Ältere, legte seine Hand auf Emanios Kopf, Tario seine hingegen auf eine Stelle über Emanios Herzen. Dann wirkten sie ihre Magie und er fing an zu wimmern.

Es tat weh. Instinktiv versuchte er die Hände abzuschütteln, von denen die schmerzhafte Kraft ausging, musste aber feststellen, dass er sich nicht bewegen konnte, als wäre er an Ort und Stelle festgefroren. Nur dass ihm heiß war und nicht kalt. Er bemerkte, dass sein Körper bebte und er zu fauchen begonnen hatte, während Brusperio einen Schritt vorgetreten war.

»Zurückbleiben!«, befahl Brax. »Ihr dürft Euch nicht einmischen, während wir ihn untersuchen. Das könnte ihn in Gefahr bringen.«

»Was tut Ihr da? Ihr tut ihm weh!«, rief Lerio, der anscheinend nicht wusste, ob er nähertreten und ihm helfen sollte oder ob er dadurch alles noch schlimmer machen würde. Immer wieder trat er einen Schritt vor und dann sofort zurück.

»Das sind nicht wir«, erklärte Tario grimmig. »Das ist der Fluch, der sich gegen unsere Untersuchung wehrt.«

Die Hände der beiden Magier bewegten sich jetzt über Emanios Gestalt in der Luft und glühten, während unerträglich schwere Ketten seinen Pantherkörper zu umschlingen und zu Boden zu drücken schienen. Er glaubte, die Ketten flimmern zu sehen, während Brax und Tario nach ihnen griffen. Doch jedes Mal, wenn die beiden Fluchbändiger seine Fesseln berührten, zogen sie sich nur noch enger um seinen Körper und schnürten ihm die Luft ab. Emanio biss die Zähne zusammen. Er wusste, dass die Magier alles taten, um ihm zu helfen, und dass es nicht ihre Schuld war, doch es war schwer, das Wimmern und Fauchen zurückzuhalten, je länger der Kampf mit dem Fluch dauerte. Schließlich hielt er es nicht länger aus und brüllte vor Schmerzen. Endlich hörten die Magier aus Branellio auf.

»Hat es gewirkt? Habt Ihr eine Möglichkeit gefunden, ihn zu befreien?«, fragte Brusperio begierig, während er Emanio anstarrte und auf seine Rückverwandlung zu warten schien.

Brax schüttelte grimmig den Kopf, während Emanio vor Erschöpfung und Schmerzen nach Luft schnappte und Lerio näher herantrat. »Leider nein. Das Problem ist, dass dies kein Hexenfluch ist. Wenn die Frau sich als Hexe ausgegeben hat, dann hat sie über ihre magischen Kräfte gelogen. Es gibt verschiedene Möglichkeiten, um den Fluch einer Hexe aufzulösen, und wir haben jede versucht. Ohne Erfolg.«

»Was meint Ihr damit?« Brusperio wirkte verwirrt.

»Hexenmagie beruht immer auf einem magischen Element – wie zum Beispiel Wasser, Feuer, Wind oder Erde – oder einem Prinzip«, erklärte Brax. »Und jedes Element oder Prinzip hat sein Gegenstück. Daher lässt sich ein Feuerzauber durch einen Wasserzauber beenden. Es kommt nur darauf an, die Quelle des Ursprungszaubers zu erkennen und das richtige Gegenstück auszuwählen, um einen Hexenzauber zu brechen. Wir haben jedes Element und jedes uns bekannte Prinzip auf den Fluch von Seiner Durchlaucht angewendet, nichts hat geholfen. Der Zauber lässt sich nicht brechen, da er nicht auf einem Element oder Prinzip beruht. Weshalb wir schlussfolgern müssen, dass die Hexe in Wahrheit eine mächtige Magierin war, die ihren Zauber komplex aufgebaut und dabei verschiedene Energien verwoben hat. Wir haben versucht, den Fluch mit Gewalt und reiner Kraft zu brechen, aber die Magierin ist mächtiger als wir beide zusammen. Wir sind leider nicht stark genug, um den Fluch aufzulösen. Es tut uns leid.«

Brusperio, den die schlechte Neuigkeit genauso mitzunehmen schien wie Emanio, schwieg einen Moment nachdenklich. »Wäre ein anderer Magier oder eine Gruppe von Magiern imstande, den Fluch zu brechen?«

»Mit reiner Kraft?«, fragte Tario. »Ausgeschlossen.«

Brax setzte zur Erklärung an. »Es ist um einiges kraftaufwendiger, einen Zauber zu brechen, statt das magische Geflecht Strang für Strang aufzulösen. Wir wissen nicht, was die Magierin gemacht hat, aber der Fluch widersetzt sich jedem Versuch, einen seiner Einzelteile anzugreifen und aufzulösen. Ich fürchte, diesen Fluch kann nur jemand brechen, der die Magierin gut kennt, oder die Magierin selbst. Falls es möglich ist, würde ich darauf setzen, die Bedingungen des Fluchs zu erfüllen. Denn ich fürchte, eine Magierin von ihrer Stärke wird sich weder von gewöhnlichen Soldaten noch von anderen Magiern finden und zurückbringen lassen.«

Emanio senkte den Kopf und schloss die Augen, als er begriff, dass er für immer ein Panther bleiben und in dieser Gestalt gefangen sein würde, wenn es ihm nicht gelang, bis zur Wintersonnenwende seine wahre Liebe zu finden. Doch wie sollte das gehen? Wer würde sich schon in eine Bestie verlieben?

Kapitel 8: Lerio

Er atmete tief ein und schloss die Augen, als er die Wärme der Sonnenstrahlen auf seinem Gesicht spürte und der fast schon vergessene Geruch von Blumen, Bäumen und frischer Luft in seiner Nase kitzelte. *Wie sehr habe ich das vermisst!*

Heute war bereits sein sechster Tag in Emanios Diensten. Sechs Tage eingesperrt im Schlossgebäude – bis auf den kurzen Abstecher zum Tor vor zwei Tagen. Sechs Tage zur Untätigkeit verdammt, während der Herzogssohn von morgens bis abends irgendwelche Bücher wälzte, die er nicht lesen konnte. Es war eintönig und eine Qual, stundenlang schweigend und regungslos in der Bibliothek sitzen zu müssen und darauf zu warten, dass Emanio ihm Bescheid gab, dass er sich bewegen sollte – und dies lediglich, um die nächste Seite umzublättern!

Als er an diesem Morgen aufgewacht war, hatte er gewusst, dass er dies nicht noch einmal einen ganzen Tag lang durchstehen konnte, ohne verrückt zu werden. Schlimm genug, dass er unter ständiger Beobachtung stand und sich daher seit sechs Tagen nicht hatte verwandeln können. Schlimm genug, dass es der verhasste Herzogssohn geschafft hatte, dass Lerio jetzt an ein kleines Kätzchen denken musste, wenn der Panther ihn flehentlich ansah und kläglich maunzte.

Ich will ihn nicht mögen oder Mitleid mit ihm haben!

Lerio hätte schreien können beim Gedanken an einen weiteren Tag in der Bibliothek und so war er während des Frühstücks unruhig im Wohnzimmer auf und ab gegangen, bis

Emanios Sekretär aufgetaucht war und er Morio gefragt hatte, ob es auf dem Schlossgelände irgendwo die Möglichkeit gab, dass er mit Emanio spazieren ging. Er hatte zwar den Herzogssohn als Grund für seine Frage vorgeschoben, hatte aber nicht damit gerechnet, dass Emanio bei seinen Worten aufhören würde zu essen, um augenblicklich an seine Seite zu eilen und Morio flehentlich anzustarren. Anscheinend war er nicht der Einzige, der sich eingesperrt gefühlt hatte. Nicht der Einzige, der sich jetzt wieder frei atmen konnte.

Lerio lächelte, als er die Augen öffnete und sich die Zeit nahm, sich im Schlossgarten umzusehen. Rechts neben ihm befand sich die große Terrasse, die eine Handvoll Adlige zum Frühstück genutzt hatten, bevor Emanios Anblick sie vertrieben hatte. Direkt daneben, ein Stückchen vor ihm, erstreckte sich der Rosengarten, von dem aus Wege in die anderen Gartenteile führten, wo es neben verschiedenen Blumenbeeten auch Gemüsebeete und Gewächshäuser gab. Er hätte sich gerne dort umgesehen, doch Emanio hatte einen großen Bogen um diesen Teil des Gartens gemacht und sich augenblicklich zur großen freien Rasenfläche in der Mitte der Anlage begeben, die von kleinen Wasserstraßen oder hohen Hecken gesäumt wurde und in deren Mitte ein Springbrunnen und eine große, offene Laube auf sie warteten.

Als er bemerkte, wie weit er zurückgefallen war, wandte sich Lerio ebenfalls nach links, um Emanio und den anderen zu folgen. Es tat gut, sich wieder zu bewegen und tief durchzuatmen. Seine Gliedmaßen kribbelten, als warteten sie darauf, dass er sich in einen Luchs verwandelte. Seit er als Kind die Fähigkeit zur Verwandlung entwickelt hatte, waren noch nie mehr als drei Tage vergangen, ohne dass er seine andere Gestalt angenommen hatte. Er spürte, wie sehr ihm sein anderes Ich fehlte, der einzige Teil von ihm, der vollständig und ohne Makel war und in dessen Haut er sich wohlfühlte.

Der Drang, loszulaufen und als Luchs die Rasenflächen, Büsche und Bäume zu erkunden, wurde beinahe übermächtig, während er schneller ausschritt.

Die allgegenwärtigen Wachen schenkten ihm nur einen kurzen Blick, als er zu Morio und Emanio aufschloss, und hielten dann weiter nach potenziellen Bedrohungen Ausschau. Morio schien die angenehme Geräuschkulisse des Parks mit Worten übertönen zu müssen, denn er erzählte Emanio jetzt ausgiebig von den letzten Audienzen, die Brusperio und er abgehalten hatten, sowie vom Stand der Ermittlungen, soweit der Hauptmann sie ihnen berichtet hatte. Er klagte über die Unfähigkeit der magischen Gemeinschaft, die nicht imstande war, eine simple Kräuterhexe oder Spuren von Kios Mörder aufzuspüren, und kam dabei auch auf die beiden Fluchmagier zu sprechen, die Emanio nicht hatten helfen können.

»Das hohe Ansehen, das dieser Brax und sein Gehilfe Tario im Reich genießen, ist eindeutig übertrieben, wenn sie den Fluch einer Hexe nicht brechen können. Es tut mir leid, dass ich Eure Hoffnungen mit diesen beiden Stümpern geschürt habe. Und ihre Behauptung, dass die Hexe eine mächtige Magierin ist? Lächerlich! Das deckt sich weder mit den Erkenntnissen der Wache noch mit unseren eigenen. Alle Bekannten der Hexe schwören Stein und Bein, dass sie nicht mehr als eine Kräuterhexe ist.«

Morio kniff wütend das Gesicht zusammen. Möglicherweise lag es aber auch daran, dass ihm die für diesen Vormittag schon recht warme Junisonne direkt ins Gesicht schien, denn jetzt ging er auf eine Nische in der lang gezogenen hohen Hecke zu. Drinnen befand sich ein kleiner Brunnen, um den herum Sitzbänke aus Holz oder Stein standen. Das Ganze wurde von drei Seiten von blühenden Dornenhecken gesäumt.

Der grauhaarige Sekretär schwieg einen Moment, während er sich nach einer Bank im Schatten umsah und dann

Platz nahm. Emanio ließ sich zu seinen Füßen nieder, während Lerio stehen blieb und den Wachen dabei zusah, wie sie den Eingang sicherten. In der Hecke raschelte etwas, vermutlich nisteten dort Vögel oder Eichhörnchen huschten durch das dichte Gebüsch. Es war friedlich und Lerio bemerkte, dass er sich zum ersten Mal seit Tagen entspannte.

Leider dauerte dieses Gefühl nicht lange an, als Morio kurz darauf erneut das Wort ergriff. »Was den Kastellan und mich beunruhigt, ist, dass die Hexe überhaupt in der Lage gewesen ist, Euch zu verfluchen. Immerhin schlummert die Magie eines Herrschaftszauberers in Euch! Wie also hätte sie Euch überwinden sollen, sei es als Hexe oder Magierin? Schließlich sind Herrschaftszauberer von Natur aus gut gegen feindliche Magie geschützt – sie hätte nicht in der Lage sein dürfen, Euch in die Gestalt einer Bestie zu bannen!«

Der Sekretär wurde lauter. »Nein, dafür gibt es einen anderen Grund, darauf würde ich meine Wassermagie verwetten! Vermutlich ist dieser Bastard Kio schuld. Er hat Euch schon wer weiß wie lange vergiftet und damit Eure Abwehrkräfte immer weiter geschwächt. Wie gerne ich diesen elenden Verräter für seine Taten büßen lassen würde! Aber nein, er musste sich ja ermorden lassen! Der Tod ist viel zu gut für diesen Abschaum!« Morio knurrte. »Als dann die Hexe kam, hattet Ihr ihrer stümperhaften Magie nichts mehr entgegenzusetzen, weil Euer Körper völlig darauf konzentriert war, das Gift zu bekämpfen. So war es ihr ein Leichtes, Euch mit ihrem feindlichen Zauber zu überwältigen – das hatte nichts mit ihrer Stärke oder ihrem Können zu tun! Doch das Schlimmste ist, dass sie bei ihrem Angriff Eure Schilde dauerhaft beschädigt oder beeinträchtigt hat, sodass Ihr fremde Magie jetzt nicht mehr so leicht abwehren könnt. Anders können Peronio und Omira es sich jedenfalls nicht erklären, dass Ihr den Fluch nicht abschütteln konntet, nachdem Euer Körper die Gift- und Suchtstoffe besiegt hatte. Ihr hättet Euch vollständig erholt haben müssen.«

Lerio starrte den Panther an, dessen Schwanz unruhig durch die Luft peitschte, ein sichtbares Anzeichen dafür, dass Morios Äußerungen ihn nicht kalt ließen, auch wenn er keinen Ton von sich gab. Morio schwieg jetzt ebenfalls, nur die Tiere in der Hecke hinter ihnen waren zu hören, doch das Rascheln entfernte sich, während Lerio versuchte zu verstehen, was Morio erzählt hatte. Jeder wusste, dass sich in der Königsfamilie und in den Blutlinien der Herzöge und Herzoginnen eine Magie vererbte, die man Herrschaftsmagie nannte. Doch was das für eine Magie war und was das bedeutete, das wusste die einfache Bevölkerung nicht. Vielleicht musste man die Zaubererakademie besucht haben oder ein Adliger sein, um über die verschiedenen Arten von Magie aufgeklärt zu werden. Etwas, was ihm als Gestaltwandler trotz seiner ihm innewohnenden Magie stets verwehrt bleiben würde.

Lerio wusste nur, was alle wussten: Dass die Herrschaftszauberer an der Spitze der magischen Gemeinschaft standen. Falls ihre Gabe in außergewöhnlich starken Schilden lag, so wie Morios Worte angedeutet hatten, dann wäre es eine Erklärung dafür, warum das Volk sie noch nie Zauber hatte ausüben sehen. Unter den Herrschaftszauberern standen die Magier, auf der dritten Ebene folgten die Elementarzauberer, Visionäre und Heiler. Erst danach kamen die sogenannten Elementarhexen – also die Kräuter-, Wasser-, Feuer- und sonstigen Hexen, deren Kräfte auf ein Element begrenzt waren –, sowie die Tierheiler und die Seher, deren Gabe im Gegensatz zu der der Visionäre auf eine Zeit – Gegenwart, Vergangenheit oder Zukunft – beschränkt war. Auf der fünften Ebene waren die Trickbeherrscher angesiedelt, die lediglich einen einzigen Zauber ausüben konnten. Und ganz unten im Ansehen der Personen mit Magie und sogar noch unter den Personen ohne Kräfte befanden sich die Gestaltwandler.

»Keine Sorge, Eure Durchlaucht, wir finden einen Weg, um den Fluch zu brechen und Euch zurückzuverwandeln«, fuhr Morio fort. »Peronio, Omira und ich haben gestern einen Boten zur Zaubererakademie von Rius geschickt und dort nach Meistern für magische Schilde und magische Heilung gefragt. Ein Magier hat sich für heute Nachmittag angekündigt, um Euch erneut zu untersuchen – hoffentlich ist er fähiger als die beiden sogenannten Fluchgelehrten Brax und Tario! Und falls nicht, so wird es mit Sicherheit in diesem Land einen Magier geben, der kenntnisreich genug ist, um eine Lösung für Eure Notlage zu finden. Es ist nur eine Frage der Zeit, bis Ihr wieder ganz Ihr selbst seid.«

Lerio sah den Herzogssohn langsam nicken, als wäre er nicht so optimistisch wie sein Sekretär, bevor eine Bewegung im Augenwinkel seine Aufmerksamkeit erregte. Er hörte, wie sich Morio verabschiedete, um einen Termin wahrzunehmen, konzentrierte seine Aufmerksamkeit jedoch auf das Mädchen, das jetzt die Nische betrat und auf sie zukam. Rasch sah er sich nach Torra um, doch seine Schwester schien ihre Herrin an diesem Vormittag nicht zu begleiten, denn die Adlige war allein im Schlossgarten unterwegs.

Herrin Adella lächelte, als sie sich Emanio näherte, doch es wirkte verkrampft, als hätte sie Angst vor seiner großen Raubtiergestalt. Sie hatte ihre Sitzbank noch nicht erreicht, als sie bereits ihren Brokatbeutel aufnestelte, drauflosplapperte und ein Parfümfläschchen hervorholte.

»Emanio!«, rief sie freudestrahlend. »Schön, dass ich dich hier entdecke! Wie geht es dir? Wir haben uns ja seit deiner Rückkehr ins Schloss nicht mehr gesehen. Leider haben mir meine Eltern nicht viel über dich berichten können und du warst auch nicht in der Öffentlichkeit zu sehen. Haben die Magier einen Weg gefunden, um den Fluch zu beenden? Ich habe mich überall umgehört und einen Zauber gesucht, der dir helfen könnte. Von einer Hexe habe ich diesen magischen Duft bekommen, der seinen Träger schützen und stärken soll. Ich hoffe, er kann den bösartigen Zauber brechen.«

Emanio fauchte, als Adella den Deckel von dem Parfümfläschchen nahm, was Lerio sofort in Alarmbereitschaft versetzte. Der Panther begann Schritt für Schritt vor ihr zurückzuweichen und aggressiv mit dem Schwanz zu peitschen, als sie mit der Flasche in der Hand auf ihn zukam, doch der Fluchtweg wurde ihm auf drei Seiten von Dornenhecken versperrt und Lerio kannte keine Katze, die sich freiwillig in ihr versteckt hätte. Unterdessen ging das Mädchen unbeirrbar weiter auf ihn zu. Hatte sie ernsthaft vor, den Herzogssohn mit dem magischen Trank einzusprühen?

Die Wachen schienen die Gefahr nicht zu erkennen und Lerios Fassungslosigkeit lähmte ihn einen Augenblick zu lang. In diesem Moment drückte die Grafentochter bereits auf den Zerstäuber. Eine penetrante fliederfarbene Wolke trat aus und wehte ihm entgegen. Er spürte den Zauber über sich hinweggleiten, als könnte dieser mit seiner Gestaltwandlermagie nichts anfangen. Nur am Rande bekam er mit, dass Emanio einen Satz zur Seite machte und dabei beinahe in der Hecke gelandet wäre. Schnell trat er zwischen den Herzogssohn und die dumme Adlige, die sich nun daran machte, den Panther zu verfolgen, wobei sie weiter auf den Zerstäuber drückte.

Lerio stürzte vor und rang mit ihr um das Parfümfläschchen, dessen unerträglicher Inhalt jetzt in die Hecke geweht wurde, bevor es ihm gelang, ihr die Waffe abzunehmen.

»Habt Ihr völlig den Verstand verloren?«, herrschte er sie an, während er ihre linke Hand aufbog, um auch an den Deckel zu gelangen.

Im nächsten Moment fühlte er, wie ihre Rechte gegen seine vernarbte Gesichtshälfte schlug. Er spürte, wie etwas unter dem Leder aufplatzte und seine Wange hinunterlief.

»Wie kannst du erbärmliche Missgeburt es wagen, mich zu berühren und anzugreifen! Dich lasse ich auspeitschen!« Adella sah sich mit hochrotem Gesicht und blitzenden Augen nach den Soldaten um. »Wachen! Nehmt diesen Verbrecher fest und lasst ihn in den Kerker werfen!«

Wieder hob sie die flache Hand, um ihm eine Ohrfeige zu verpassen, während Lerios Magen in Richtung Kniekehlen stürzte. Was hatte er getan? Was wenn sein Verhalten seine Schwester die Anstellung kostete?

Er schloss die Augen und rechnete fest mit dem Schlag, der im nächsten Moment auf seiner verletzten Gesichtshälfte landen würde. Doch stattdessen hörte er ein lautes raubtierhaftes Brüllen unmittelbar vor sich, gefolgt von einem ängstlichen Kreischen.

Als er die Augen wieder öffnete, war die Grafentochter bereits ein Dutzend Schritte zurückgewichen und trat zitternd langsam noch weiter zurück, während sie den Panther, der sich zum Angriff bereit zwischen ihr und Lerio positioniert hatte, nicht aus den Augen ließ. Zwei der Wachen standen neben Lerio, als hätten sie vorgehabt, ihn wie von Adella gefordert festzunehmen, waren jedoch wohl angesichts von Emanios Verhalten nicht mehr sicher, auf welcher Seite sie stehen sollten.

»Hol den Hauptmann, den Kastellan oder Morio!«, sagte der schwarzhaarige Mann neben ihm zu einer der anderen Wachen im Hintergrund, während das Mädchen jetzt zu weinen begann. Lerio starrte geschockt auf den Panther, der bereit war, ihn gegen das Mädchen und die Wachen zu verteidigen, die er jetzt ebenfalls anfauchte. Warum tat er das?

»Du stehst auf *seiner* Seite und würdest mich angreifen, Emanio? Warum tust du das? Wie kannst du nur? Ich habe doch nur versucht, dir zu helfen!«

Große, hässliche Tränen liefen über Adellas Wangen und die weibliche Wache trat auf sie zu, um ihr ein Taschentuch zu reichen.

Die verbliebenen Wachen wurden unruhig, daher richtete Lerio sich auf und ergriff das Wort.

»Nur dass Ihr ihm nicht geholfen habt – im Gegenteil! Die meisten Tiere haben empfindliche Nasen. Dazu vertragen sie Parfüms, Magie, gewisse Nahrungsmittel oder gar Gifte anders als Menschen. Seine Durchlaucht steckt derzeit im Körper eines Panthers. Ein Zauberelixir, welches Menschen helfen soll, kann bei ihm stattdessen großen Schaden anrichten. Hat Euch die Hexe, von der Ihr das Fläschchen habt, das denn nicht erklärt? Bestimmt hat sie gesagt, dass der Trank nur für Menschen gedacht ist? Im Grunde habt Ihr Seine Durchlaucht nicht geholfen, sondern ihn unbeabsichtigt angegriffen! Deshalb verhält er sich jetzt so!«

»Das wusste ich nicht«, murmelte der schwarzhaarige Mann neben Lerio, der jetzt die Hand vom Messer an seinem Gürtel sinken ließ.

Lerios Worte brachten das Mädchen nur noch heftiger zum Weinen. Im nächsten Moment raschelte es laut in der Hecke neben ihnen und ein kleiner Schatten flog durch die Luft. Schneller als die Wachen eingreifen konnten, hatte er sich auf Adella gestürzt und kletterte brüllend an ihren Röcken und über ihr Oberteil hoch, bis er auf ihrer Schulter saß und sich in ihren Haaren festkrallen konnte. Unterdessen hatte Adella begonnen zu kreischen und auf das Tier einzuschlagen, welches sich jedoch von ihrem Verhalten nicht abschrecken ließ, sondern sich weiter an ihre langen Locken klammerte.

»Nehmt es weg! Nehmt dieses Vieh von mir!«

Die weibliche Wache versuchte ihr zu helfen, doch sie hatte wenig Erfolg.

»Bei der Unterwelt! Was ist denn hier los? Ist das ein *Affe*?«

Lerio wirbelte zu Morio herum, der mit der vierten Wache auf sie zugerannt kam. Beide blieben perplex stehen, als sie den unerwarteten Anblick in sich aufnahmen. Die Herrin Adella mit einem laut kreischenden Affen in den Haaren, während die Soldatin versuchte, ihn zu fassen. Der angriffslustige Emanio, der bereit zu sein schien, Lerio zu verteidigen, während zwei Wachen an seinen Seiten unsicher wirkten, ob sie ihn beschützen oder verhaften sollten.

Der schwarzhaarige Anführer von Emanios Begleitschutz fing an zu erklären, was vorgefallen war, während Lerio langsam an Emanios Seite trat. Gemeinsam verfolgten sie den Kampf der beiden Frauen mit dem Äffchen und Lerio begann sich zu wundern, wo das Tier hergekommen war. Wie der Panther war es im Königreich nicht heimisch. Und warum war es so auf Adella fixiert?

Dann jedoch stand der Wind günstig und er bemerkte den Duft, der das Tier umgab.

»Ich hatte Euch ja erzählt, dass Zauber auf Tiere eine andere Wirkung haben können als auf Menschen, oder?« Lerio musste ein Schmunzeln unterdrücken. »Das ist der Beweis dafür. Was auch immer in dem Zaubertrank war, den Ihr versprüht habt, der Affe war vermutlich irgendwo hinter der Hecke und hat einen Schwall abbekommen. Und jetzt ist er verzaubert.«

»Soll das heißen, dass es meine Schuld ist, wie sich dieses Vieh verhält?« Empörung stand in Adellas Gesicht geschrieben, die einen Moment lang aufhörte, sich zu wehren, und so dem Äffchen die Gelegenheit gab, zurück auf ihre Schulter zu klettern.

Doch bevor Lerio antworten oder einer der anderen sich einmischen konnte, stürmte eine junge Frau durch den Eingang in ihre Nische. Ihrer bunten Kleidung und Schminke nach schien sie eine wandernde Schaustellerin zu sein. Sie erblickte das Äffchen auf Adellas Schulter, die jetzt erneut mit dem Fächer nach dem Tier schlug, und kniff augenblicklich die Augen zusammen. »Was macht Ihr dort mit unserem Affen?«

Die beiden Frauen starrten sich feindselig an. Lerio und Emanio wechselten einen Blick und beschlossen dann einvernehmlich, dass es Zeit für den Rückzug wurde. Rasch gingen sie zur Terrasse zurück, während sich Morio und zwei der Wachen ihnen anschlossen und die beiden anderen zurückblieben und versuchten, die erhitzten Gemüter zu beruhigen.

»Du lieber Himmel, welch ein Drama!«, meinte Morio. »Ich hatte ein schlechtes Gewissen, weil ich Euren Spaziergang abkürzen und Euch zum Rat bringen sollte, aber ich denke, ein Szenenwechsel ist jetzt nicht das Schlechteste.«

Der Sekretär erklärte nicht, was er damit meinte, sondern führte Emanio, die Wachen und ihn direkt zum Ratssaal, wo die Ratsmitglieder schon auf sie warteten. Lerio versuchte einzuschätzen, worum es ging, doch die ihre Mienen wirkten entweder neugierig oder ratlos, lediglich Herzoginmutter Ilana sah zufrieden aus.

»Emanio, da bist du ja! Sehr schön, dann sind wir jetzt vollständig.«

Emanios Großmutter bedeutete ihnen Platz zu nehmen, während sie stehen blieb. »Ich habe den Rat heute zusammenrufen lassen, um etwas zu verkünden. In den letzten Tagen habe ich mich ausführlich mit Omira und Peronio beratschlagt und habe die Meinung zahlreicher Magier, Hexen und Heiler von der Zaubererakademie eingeholt. Niemand scheint einen Weg zu kennen, diesen Fluch zu brechen. Selbst die beiden besten Fluchbändiger des Königreichs sind an der Aufgabe gescheitert. Daher haben wir drei beschlossen, dass der beste Weg, den Fluch zu beenden, ist, seine Bedingungen zu erfüllen.«

Plötzlich wurde es totenstill im Saal. Niemand rührte sich, während Emanios Großmutter verkündete, dass sie beschlossen hatte, den Kampf gegen den Fluch aufzugeben und sich dem Willen der Hexe zu fügen. Wusste sie denn nicht, was das für ihren Enkel bedeutete? Lerio warf einen vorsichtigen Blick zu Emanio, der wie erstarrt auf dem Thron saß.

»Was soll das heißen?«, wollte Graf di Sperazione verwirrt wissen.

»Das soll heißen, dass Emanio sich auf die Suche nach seiner wahren Liebe begeben wird. Mein Enkel ist zweiundzwanzig Jahre alt. Es wird Zeit, dass er an die Zukunft denkt, eine Frau findet und unsere Linie fortsetzt. Der Fluch setzt uns dabei leider unter Druck. Da Emanio bis zur Wintersonnenwende nicht das gesamte Herzogtum bereisen und auf der Suche nach seiner wahren Liebe jede unverheiratete junge Frau kennenlernen kann, werden wir es anders machen. Ich habe heute Morgen die Ankündigung, dass Emanio auf Brautschau ist, an alle Städte und Dörfer des Herzogtums sowie an alle Adligen der Hauptstadt und der Nachbarherzogtümer geschickt. In der Nachricht habe ich alle unverheirateten Mädchen und Frauen gleich welchen Standes eingeladen, eine Woche nach der Sommersonnenwende hier im Schloss vorstellig zu werden, damit Emanio sie kennenlernen kann.«

Alle unverheirateten Mädchen und Frauen gleich welchen Standes?

Ein Stuhl wurde mit hörbarem Knarzen neben ihm zurückgeschoben und Lerios Blick fiel auf Morio, der ebenso geschockt wirkte, wie Lerio sich fühlte.

»An alle Dörfer und Städte? Gleich welchen Standes? Das heißt, jede kann sich als Braut bewerben? Jedes Bauernmädchen, jede Händlerstochter und sogar jede Dirne? Das könnt Ihr nicht ernst meinen! Emanio ist mit dem Königshaus verwandt! Er hat eine hochgeborene Adlige als Ehefrau verdient!«

»Ihr wisst, dass ich Euch immer geschätzt habe, Ilana, aber nun geht Ihr zu weit!« Auch Graf di Sperazione wirkte empört und hatte die Augenbrauen zornig zusammengezogen. »Ihr habt kein Recht, diese Entscheidung zu treffen, ohne sie vorher mit diesem Rat oder Herzog Orsio abzustimmen! Denn wenn Ihr das getan hättet, dann wüsstet Ihr, dass Euer Sohn und ich schon vor Jahren über eine mögliche Verbindung unserer beiden Häuser gesprochen haben. Wir haben lediglich auf seine Rückkehr vom Hof gewartet, um die bevorstehende Verlobung von Emanio und Adella zu verkünden. Adella ist seine versprochene Braut.«

Adella und Emanio?

Wieder hatte er die eigensinnige Grafentochter vor Augen, wie sie mit dem Parfümfläschchen auf Emanio losging und sich gegen das hartnäckige Äffchen wehrte. Er kannte keine zwei Personen, die weniger zueinander passten.

Ein lautes Fauchen ertönte und augenblicklich starrte Lerio zum Thron, wo es Emanio nicht mehr auf seinem Sitz hielt. Sein Fauchen machte nur zu deutlich, was er von der Enthüllung des Grafen hielt, doch dieser beachtete ihn schon nicht mehr, sondern setzte den Streit mit Emanios Großmutter fort, während der Rest des Rats versuchte, die beiden zu beschwichtigen. Alle außer Lerio ignorierten den Panther, der jetzt zur Tür rannte, sich davorsetzte, sie öffnete und verschwand, bevor Lerio sich von seiner Überraschung erholen konnte.

»Lasst ihn!«, meinte die Herzoginmutter zu den beiden ebenfalls überrumpelten Wachen, als sie Emanio folgen wollten. Lerio war bis zu diesem Moment noch nicht einmal auf die Idee gekommen, ihm hinterherzurennen. Zu tief saß noch der Schock.

»Ich sehe Adella nicht als zukünftige Herzogin«, mischte sich Omira leise ein. Die Seherin hatte sich bei beiden Gelegenheiten, als Lerio sie gesehen hatte, still verhalten. Dies war das erste Mal, dass sie das Wort ergriff. »Die Identität von Emanios wahrer Liebe liegt noch im Dunkeln. Nur eins weiß ich mit Sicherheit: Dies ist nicht Adellas Weg und sollte sie ihn weiterverfolgen, dann wird sie nicht glücklich werden.«

»Unsinn! Akurio hatte recht, Ihr büßt langsam Eure Kräfte ein, altes Weibsstück!«

»Das geht zu weit, Graf!«

Erdhexer Peronio hob beschwichtigend die Hände. »Wir sollten uns alle beruhigen. Dieses Problem lösen wir nicht, wenn wir uns darüber entzweien. Tatsache ist, bislang ist Seine Durchlaucht nicht offiziell mit Adella verlobt. Außerdem kann der Fluch nur von Emanios wahrer Liebe beendet werden. Liegt dann nicht der Schluss nahe, dass Emanio längst wieder seine normale Gestalt angenommen hätte, wäre Adella seine wahre Liebe? Nein, ich vermute, dass das Mädchen oder die Frau, die gemeint ist, noch immer irgendwo dort draußen ist. Und der Fluch wird sich nicht um ihre Herkunft scheren, weil das die Liebe ebenfalls nicht tut.«

Herzoginmutter Ilana nickte, jetzt ruhiger geworden. »Peronio hat recht. Ich habe eingesehen, dass eine vorteilhafte, arrangierte Ehe Emanio nicht hilft. Ich möchte das Beste für meinen Enkel und falls das eine Bauerntochter ist, dann sei es so. Das ist mein letztes Wort. Die Ratssitzung ist hiermit beendet!«

In Lerios Kopf drehte sich alles. Er bekam nicht mit, was die Ratsmitglieder und Morio besprachen, während sie grüppchenweise den Saal verließen. Die Wachen waren verschwunden, vermutlich auf der Suche nach Emanio. Lerio kümmerte es nicht. Er konnte nur noch an seine Schwester denken.

Kann es sein, dass Torra Emanios wahre Liebe ist?

Plötzlich konnte er nicht abwarten, seiner Schwester zu erzählen, was er soeben erfahren hatte. Voller innerer Unruhe hielt er den erstbesten Diener auf, dem er begegnete, und bat ihn, ihn zu seiner Schwester zu bringen. Vom verwirrenden Marsch durch die unzähligen Gänge des Schlosses zu den Gemächern von Herrin Adella bekam er kaum etwas mit. Seine Gedanken wurden erst wieder klar, als er vor Torra stand und ihr in die Augen sah.

»Was machst du denn hier? Warum bist du nicht bei Emanio?« Sie sah sich zu allen Seiten um und winkte ihn rasch herein. Ein paar Sekunden später fand er sich im Ankleidezimmer von Torras Herrin wieder, wo seine Schwester anscheinend gerade ein Tageskleid geändert hatte.

Lerio konnte sich nicht zurückhalten, als er mit den Neuigkeiten, die er während der Ratssitzung erfahren hatte, heraussprudelte.

»Das heißt, du könntest Emanios wahre Liebe und rechtmäßige zukünftige Herzogin sein! Stell dir das einmal vor! Ist das nicht großartig?«

Aufgeregt starrte er sie an. Vor einer Woche hätte er nicht gedacht, dass ihn eine Verbindung zwischen seiner Schwester und dem Herzogssohn mal so freuen würde, aber in den letzten Tagen hatte er häufig auch gute Seiten an Emanio erkennen können. Gute Seiten, die die Liebe seiner Schwester bestimmt noch fördern und verstärken konnte.

Doch Torra schwieg und wirkte wenig begeistert. »Adella denkt, dass sie die rechtmäßige Verlobte von Emanio ist?«, wiederholte sie, als wäre das die einzige wichtige Neuigkeit. »Kein Wunder, dass sie ständig solch ein Aufheben um ihn macht, wenn sie ihm begegnet.« Sie seufzte.

»Wen interessiert deine Herrin? Das ist deine Gelegenheit!«

»Nein, Lerio, das ist sie nicht. Ich liebe Emanio nicht und kann mir nicht vorstellen, seine Frau und die zukünftige Herzogin zu werden. Zumal das bedeuten würde, mir gleichzeitig auch Adellas lebenslange Feindschaft zuzuziehen. Es ist besser, wenn niemand je erfährt, wer der Vater meines Kindes ist. Schwöre es mir, Lerio! Schwöre mir, dass du es niemandem verraten wirst!«

Lerio zuckte zurück. Er verstand es nicht. »Aber ...«

»Schwöre es mir!«

Torras Vehemenz ließ ihm keine Wahl. Leise leistete er den Schwur und kehrte dann wie im Halbschlaf in Emanios Gemächer zurück. Er wusste nicht, ob ihn jemand geleitet oder ob er den Weg überraschend von allein gefunden hatte.

Erst als er einmal durch die vertrauten Räumlichkeiten gewandert war, kam er wieder zu sich.

Emanio war verschwunden.

Kapitel 9: Emanio

Bloß weg hier!

Das war der einzige Gedanke, der noch in seinem Kopf verblieben war, als er durch die Gänge des Schlosses nach draußen rannte. Die Personen, die ihm begegneten, waren nicht mehr als Schemen, die an ihm vorbeizogen. Noch nie war er so schnell gerannt, noch nie hatte ihn so sehr der Gedanke an Flucht getrieben. Er hielt es nicht länger zwischen den Mauern des Schlosses aus, auch der Garten reichte nicht mehr, um seinen Durst nach Freiheit zu stillen.

Also rannte er zum Tor, setzte ohne nachzudenken über Karren und Menschen hinweg, die ihm im Weg standen, ignorierte die Schreie der Passanten und war hinaus und im Wald, bevor er gefühlt auch nur blinzeln konnte.

Zwischen den Bäumen wurde er langsamer, bis er kurz darauf auf einer kleinen Lichtung innehielt und sich zu Boden sinken ließ.

Er verstand nicht, wie sie ihm das antun konnten. Wie konnten sie hinter seinem Rücken Pläne für seine Zukunft schmieden, ohne mit ihm darüber zu sprechen? Sie hätten mit ihm reden und ihn nach seinen Wünschen und Vorstellungen fragen können, ohne den letzten Rest seiner Freiheit zu stehlen. Reichte es nicht, dass sein Leben bereits durch sein Erbe als zukünftiger Herzog vorgezeichnet und sein Tagesablauf durch seine Pflichten größtenteils verplant war? Musste er ihrer Meinung nach auch noch das letzte bisschen Freiheit aufgeben? Waren seine Träume, Gefühle und Gedanken denn gar nichts wert? Warum hatten sie nicht vorab mit ihm reden können?

Stattdessen hatten sie ihn vor vollendete Tatsachen gestellt und das auch noch vor dem gesamten Rat. Sowohl seine Großmutter, die beschlossen hatte, dass er bis zur Wintersonnenwende verheiratet sein würde, als auch sein Vater, der anscheinend bereits vor Jahren beschlossen hatte, dass eine Heirat zwischen ihm und Adella eine gute Idee sei.

Adella und er!

Er fauchte, so absurd war die Idee, dass er sich in sie verlieben könnte. Sie war für ihn wie eine jüngere Schwester und dazu eine, die er häufig nicht verstand. Wie nur hatte sie nach der Katastrophe mit dem Parfüm auf die Idee kommen können, ihn mit einem Zaubertrank einzusprühen? Sie hatte seinen Willen einfach ignoriert! Und wie sie Lerio behandelt hatte, der als Einziger den Angriff auf seine Sinne als solchen erkannt hatte! Nein, er konnte sich nicht vorstellen, mit ihr verheiratet zu sein.

Warum fragt mich niemand, was ich möchte und denke?

Es lag nicht mal allein an seiner Verwandlung in eine Bestie, auch wenn ihn jetzt die meisten Schlossbewohner und Angestellten wie ein Tier ohne Verstand statt wie ihren zukünftigen Herrscher behandelten. Der Fluch hatte offenbart, wie die Menschen wirklich über ihn dachten, und wer ihn trotz seiner Bestiengestalt wie ein intelligentes, fühlendes Wesen behandelte. Das hatten jedoch nur Morio, Brusperio, Lerio und Gerania getan. Alle anderen interessierte es offensichtlich nicht, wie er sich fühlte.

Der Gedanke betrübte ihn und so blieb er liegen. Er wollte nicht ins Schloss zurückkehren und es kümmerte ihn nicht, ob sie nach ihm suchten oder nicht.

Irgendwann hörte er leisen Flügelschlag und öffnete die Augen. Eine Schar Krähen hatte sich um ihn herum auf der Lichtung niedergelassen, als spürten sie keinerlei Furcht vor seiner raubtierhaften Gestalt.

Emanio beobachtete sie eine Weile, ohne sich zu bewegen, und bewunderte die Leichtigkeit, mit der sie ihr Leben führten, während seine eigenen Gedanken ihn niederdrückten.

Der Rat versuchte nicht länger, einen Ausweg aus dem Fluch zu finden. Sie machten sich keine Sorgen, dass dies der falsche Weg sein könnte. Als wäre es leicht, die wahre Liebe zu finden!

Aber das war es nicht. Jedenfalls nicht für ihn. Er wusste nicht, was mit ihm nicht stimmte. Er hatte sich in seinem gesamten Leben noch nie verliebt. Wie häufig hatte er mitangesehen und mitangehört, wie Akurio und seine Freunde sich in Mädchen verliebten und von ihnen schwärmten! Dieses Gefühl, dass eine Frau all seine Gedanken beschäftigte, ihn sprachlos zurückließ und er nicht aufhören konnte, an sie zu denken und von ihr zu träumen, kannte er nicht.

Hatte die Hexe doch recht gehabt? Wusste er tatsächlich nicht, was Liebe war? War er unfähig, Liebe zu empfinden?

Traurigkeit erfüllte ihn und wäre er ein Mensch gewesen, hätte er vermutlich geweint, ohne sich vor den Krähen, die nur gelegentlich mit einem Keckern seine Anwesenheit zur Kenntnis nahmen, zu schämen.

Doch halt! Er empfand Liebe. Liebe für seine Eltern, seinen Bruder und seine Großmutter. In geringerem Maße auch für Morio und Adella, die er zu seiner erweiterten Familie zählte. Nur romantische Liebe, die war ihm fremd, und er bezweifelte, dass er bis zur Wintersonnenwende dieses Gefühl entdecken und seine wahre Liebe finden konnte.

Eine Zeit lang hatte er gedacht, dass er womöglich anders und mehr wie Graf Zorak war, der nur an Männern Gefallen fand. Er hatte auf den Abendveranstaltungen heimlich Männer betrachtet, doch er hatte nie etwas für sie empfunden.

Müsste er denn nicht attraktive Männer wie Baron di Nadione anziehend finden, wenn er sie den Frauen vorzog?

Emanio stellte sich den Baron vor, rief sich sein Gesicht mit dem allgegenwärtigen Lächeln und die Gestalt mit den modischen, eng anliegenden Gewändern vor sein inneres Auge. So intensiv war die Vorstellung, dass er glaubte, der Baron würde leibhaftig vor ihm stehen. Er nutzte die Gelegenheit, um ihn von oben bis unten zu mustern, horchte tief in sich hinein, wo der Fluch ruhte, und versuchte zu spüren, ob er sich bei den Gedanken an den Baron regte. Fast hatte er das Gefühl, als läge ein merkwürdiges Knistern in der Luft, als wäre sie vor Spannung geladen wie bei einem Gewitter, während er den Fluch berührte und ihn zwingen wollte, sich zu regen.

Nichts.

Noch immer fand er weder das Antlitz noch die agile Gestalt des Barons attraktiv. Auch der Fluch machte keinerlei Anstalten, sich auflösen zu wollen. Der Baron war also nicht die Lösung und da er sich auch nie in andere Männer verliebt hatte, war er jetzt ratlos. In der Vergangenheit hatte er das Problem verdrängt, hatte sich auf das Herzogtum und auf seine zahlreichen Pflichten konzentriert und gehofft, dass er eines Tages ebenfalls erfahren würde, was es bedeutete, Gefühle für eine andere Person zu entwickeln. Doch dank des Fluchs hatte er jetzt kaum noch Zeit dafür.

Doch sollte er sich jetzt einfach so geschlagen geben und dem Willen der anderen beugen? Nein! Es wurde Zeit, dass er sein Schicksal in die eigene Hand nahm! Er hatte sich zu lange darauf verlassen, dass die anderen die Hexe und Kio schon finden würden, dass die Magier, die sie zurate zogen, schon eine Lösung für sein Problem wussten. Doch was hatte ihm das gebracht? Gar nichts! Kio war tot, die Hexe spurlos verschwunden und die Magier ratlos.

Nein, wenn er wieder ein Mensch werden wollte, dann musste er sich selbst auf die Suche nach der Hexe begeben und sie dazu bringen, den Fluch aufzuheben! Ganz gleich, ob er damit sein Versprechen, im Schloss zu bleiben, brach und die Bewohner des Herzogtums beunruhigte! Es wurde Zeit, dass er an sich selbst dachte. Am besten machte er sich sofort auf den Weg, bevor ihn die Wachen, Brusperio, Costario, Morio oder seine Großmutter daran hinderten.

Plötzlich krächzten die Krähen allesamt laut und er hob überrascht den Kopf. Bevor er herausfinden konnte, was die Vögel aufgeschreckt hatte, hörte er ein leises Klappern wie von Metall von Holz, begleitet von einem kaum wahrnehmbaren Schaben, das plötzlich stockte, als sei der Gegenstand irgendwo hintergehakt. Sein Kopf wirbelte in die Richtung und erschrocken sah er, wie jemand einen Pfeil aus seinem Rückenköcher zog, ihn blitzschnell anlegte und den Bogen hob.

Jemand zielte auf ihn!

Viel zu spät kam er auf die Idee aufzuspringen. Doch andere hatten die Gefahr eher bemerkt als er. Mit lautem Gekrächze stoben die Krähen auf und flogen direkt auf den Schützen zu. Dieser zuckte erschrocken zusammen, kurz bevor er den Pfeil losließ, und mit Grauen sah Emanio das unvermeidbare Verhängnis herannahen.

Bevor Emanio sich bewegen konnte, traf der Pfeil bereits sein Ziel. Eine Krähe fiel mit einem letzten Aufschrei zu Boden, während ihre Brüder und Schwestern, die den Pfeil von Emanio abgelenkt hatten, sich auf den Mörder stürzten und dabei laut krächzten.

Auch Emanio begann zu brüllen. Er folgte den Vögeln, während der Zorn auf den Schützen in ihm wuchs. Er konnte die Gestalt vor sich in der leichten Lederweste nicht erkennen, da das Gesicht von einer Kapuze verdeckt wurde. In diesem Moment ließ sie den Bogen fallen, hielt die Arme vor den Kopf, um die erbosten Vögel abzuwehren, und machte dann auf dem Absatz kehrt, um zu fliehen.

Emanio verfolgte den Mann und schon bald erreichten sie den Rand des Waldes. Unwillkürlich wurde er langsamer, als die Krähen ihn überholten und keckernd auf ihn einredeten. Sie schienen ihm sagen zu wollen, dass es eine dumme Idee wäre, den Schützen weiter zu verfolgen, und damit hatten sie recht. Niemand würde verstehen, warum er den Mann jagte, warum er solchen Zorn empfand. Stattdessen würden sie ihn fürchten und als gemeingefährliche Bestie betrachten.

Er blieb stehen.

»Es tut mir leid.« Sein Miauen musste für die Krähen kläglich klingen, als er zu ihnen aufsah. »Sie ist gestorben, um mich zu retten. Es war meine Dummheit und Achtlosigkeit, die den Angriff erst ermöglicht hat. Es ist meine Schuld, dass sie jetzt tot ist.«

Und es war ein Angriff und kein Unfall gewesen, wie ihm jetzt bewusstwurde. Ein versuchter Mordanschlag. Denn inzwischen wusste jeder im Schloss und in der unmittelbaren Umgebung, was mit ihm geschehen war. Es gab keinen anderen Panther in der Gegend, keine andere schwarze Großkatze. Wer auch auf ihn geschossen hatte, war ihm vermutlich bereits mit Mordabsichten vom Schloss in den Wald gefolgt.

Leicht zitternd kehrte er zur Lichtung zurück, wo der Leichnam der tapferen Krähe lag, die sich für ihn geopfert hatte. Für eine lange Zeit starrte er den toten Vogel an und ließ sich von der Schuld überwältigen, ohne jedoch noch einmal mit seinen Sinnen die Umgebung zu vernachlässigen.

Daher hörte er es auch, als sich kurz darauf jemand der Lichtung näherte.

Er wandte sich dem Neuankömmling zu und starrte überrascht auf den männlichen Luchs, der furchtlos auf ihn zugestürzt kam.

»Idiot! Was stehst du hier herum? Weißt du denn nicht, dass das Jagdgebiet nicht weit entfernt ist und die Jäger heute unterwegs sind? Jeder weiß doch, dass im Jagdfieber die Grenzen schnell mal ignoriert werden. Und wer überprüft schon, ob eine Tötung rechtmäßig war? Niemand! Willst du großer Idiot hier herumstehen und dich umbringen lassen?«

Völlig verdutzt ließ er die Schimpftirade des kleineren Katers über sich ergehen. Er hatte nicht geahnt, dass er in seiner Fluchgestalt andere Tiere verstehen könnte. Bei den Krähen hatte das nicht funktioniert.

Unwillkürlich musste er schmunzeln, als die kleine Wildkatze, die nicht einmal halb so groß war wie er, jetzt wütend fauchend vor ihm stand und ihm die Leviten las.

»Lachst du über mich?«

Der Luchs hielt inne und starrte ihn misstrauisch an. Dann fauchte er erneut. »Stumpfkralle! Du solltest ohne Aufsicht nicht im Wald unterwegs sein!«

Stumpfkralle? Irgendwie war es niedlich, wie wütend und besorgt sich der Luchs aufführte.

»Komm mit! Ich bringe dich zurück zum Schloss!«

»Moment mal!« Überrascht ergriff Emanio erstmals das Wort. »Woher weißt du, wo ich wohne, kleines Kätzchen?«

Er war vermutlich der einzige Panther in der Welt, der in einem Schloss wohnte.

Unwillkürlich setzte er sich in Bewegung, um der kleinen Wildkatze zurück zum Waldrand zu folgen, während er einen letzten, bedauernden Blick in Richtung der toten Krähe warf. Daher kam es für ihn auch so unerwartet, als der Luchs fauchte und sagte: »Nenn mich nicht kleines Kätzchen!«, dass er beinahe gestürzt wäre.

»Du verstehst mich?«

Niemand hatte ihn bislang verstanden.

»Natürlich verstehe ich dich!« Der Luchs wirkte eingeschnappt, was vielleicht auch an dem Namen lag, den Emanio ihm verpasst hatte.

»Aber wie soll ich dich dann nennen? Und woher kennst du mich?«

»Auf jeden Fall nicht kleines Kätzchen! Und jeder weiß, wer du bist. Der verfluchte Herzogssohn. Der Panther, der nicht weiß, was es heißt, eine Großkatze zu sein.«

Kapitel 10: Lerio

So ein rücksichtsloser Dummkopf! Wegzulaufen, wenn jemand ihn umbringen will! Und dann noch die Wachen und mich zurückzulassen! Ist er lebensmüde? Hat er auch nur einmal daran gedacht, was mit den Wachen und mir passiert, wenn er tot aufgefunden wird?

Lerio war noch immer fuchsteufelswild, als er einen Blick zurückwarf und die tote Krähe mit dem Pfeil in der Brust sah. Das hätte Emanio sein können.

Er blieb stehen und ignorierte Emanios dreist-besorgte Frage. »Geht es dir gut, kleines Kätzchen?«

»Wir nehmen sie mit und du folgst mir. Keine Dummheiten mehr! Verstanden?«

Lerio huschte zur Krähe zurück, achtete darauf, den Pfeil nicht zu berühren oder gar zu beschädigen, während er den toten Vogel vorsichtig ins Maul nahm und in Richtung Schloss trug. Morio und Brusperio sollten die Beweise für das erneute Attentat sehen und untersuchen.

Die Ohren aufgestellt lauschte er angestrengt auf jedes verdächtige Geräusch, jeden schweren Atem oder Schritt, der von einem Menschen stammen könnte. Vielleicht war der Mörder noch in der Nähe und plante, es ein zweites Mal zu versuchen. Lieber kein Risiko eingehen. Er schnupperte, doch abgesehen von einem schwachen, mehrere Minuten alten menschlichen Geruch, den er nicht zuordnen konnte, lag auch nichts Verdächtiges in der Luft.

Trotzdem blieb er wachsam, als er den Herzogssohn zurück zum Waldrand führte.

Als sie die Bäume hinter sich gelassen hatten, sahen sie schnell auch Menschen und Lerios Anspannung wuchs. Jeder von ihnen konnte ein potenzieller Attentäter sein.

Doch zum Glück rochen die meisten von ihnen nach Furcht und liefen davon oder wichen ihnen in einem weiten Bogen aus. Dennoch verspürte er große Erleichterung, als ihnen kurz vor dem Tor Morio, Brusperio und ein halbes Dutzend Wachen entgegenkamen.

Rasch legte er die tote Krähe ab. »Warte hier auf deine Freunde und zeige ihnen den Vogel. Und bleib von jetzt an ständig wachsam! Verstanden?«

Er fauchte, bevor er zurück in Richtung Wald huschte, wo er seine Kleidung versteckt hatte. Er hatte keine Lust, sich vor Morio, Emanio und den anderen zu verwandeln und nackt ins Schloss zurückzukehren.

»Danke, kleines Kätzchen!«

Emanios Neckerei kam unerwartet, genauso wie das Dankeschön. Aber irgendwie hatte Emanio in den letzten Tagen ständig Dinge getan, die er nicht erwartet hatte, manche gut und manche schlecht.

Er warf einen Blick zurück und war erleichtert zu sehen, dass Morio, der Kastellan und die Wachen Emanio in ihre Mitte genommen hatten. Sofern sie nicht völlig unaufmerksam waren, sollte der Herzogssohn jetzt in Sicherheit sein.

Kurz darauf erreichte er sein Versteck. Beinahe widerwillig zwang er sich, menschliche Gestalt anzunehmen und sich anzuziehen. Er vermisste seinen Luchskörper schon jetzt und wusste nicht, wann er das nächste Mal Gelegenheit zu einem Ausflug in den Wald finden würde. Möglicherweise war diese Verwandlung ein Fehler gewesen, auch wenn er dank seiner Luchssinne leicht Emanios Spur aufnehmen und ihn – abgesehen vom Attentäter – schneller als alle anderen hatte finden können. Es war ein Risiko gewesen, seine Gestaltwandlerfähigkeiten zu nutzen. Er wollte Emanio und seinen Leuten nicht verraten, was er war. Bislang waren sie freundlich zu ihm, aber er wusste, wie schnell sich das Verhalten von Menschen ändern konnte, wenn sie entdeckten, dass er anders war. Er vertraute ihnen nicht.

Als er ein paar Minuten später die Gruppe um Emanio, Morio und Brusperio erreichte, standen sie noch an derselben Stelle und der Sekretär hielt dem Panther eine Strafpredigt. »... nicht nachgedacht! Ihr seid nicht unsterblich! Das ist die Dummheit der Jugend, Ihr denkt immer, dass Euch ja nichts passieren kann. Irrtum, wie Ihr an der Krähe sehen könnt! Das hättet Ihr sein können und was dann? Ihr wärt tot gewesen, bevor einer von uns Euch zur Hilfe hätte eilen können!«

Lerio sah, dass Emanio den Kopf gesenkt hielt, während er die harschen Worte über sich ergehen ließ. Auch sein Schwanz hing regungslos herab. Unerwartet überkam Lerio Mitleid mit dem Mann und Unverständnis mit Morio. Merkten der Sekretär und die anderen nicht, wie sie ihren zukünftigen Herrscher behandelten? Wie respektlos sie mit ihm in seiner Panthergestalt redeten? Und plötzlich erinnerte er sich, wie er selbst mit Emanio in seiner Luchsgestalt geschimpft hatte, und er empfand Scham.

Dies ist nicht richtig.

»Ihr habt ihn gefunden!«, rief er daher mit gespielter Erleichterung aus, während er seine Schritte auf den letzten Metern beschleunigte. »Den Göttern sei Dank!«

Brusperio nickte ihm zu, während Morio ihm lediglich einen kurzen Blick schenkte, bevor er wieder Emanio wütend anfunkelte. In der kurzen Stille hörten sie die Schritte, die vom Schlosstor kamen. Lerio drehte sich um. Hauptmann Costario näherte sich ihnen mit einem weiteren halben Dutzend Soldaten. Die Gruppe war mit Bögen und Köchern voll Pfeilen ausgestattet, als wären sie auf der Jagd statt auf der Suche nach Emanio. Die Miene des Hauptmanns wirkte finster, als er sie alle draußen vor der Schlossmauer stehen sah.

»Was macht Ihr hier?« Er runzelte die Stirn. »Ich dachte, Emanio hätte versprochen, im Schloss zu bleiben und nicht die einfache Bevölkerung in Angst und Schrecken zu versetzen?«

Misstrauen erfasste Lerio, als sein Blick über die Befiederungen der Pfeile huschte. Sie waren unterschiedlich dicht und in verschiedenen Farben gehalten. Der einzige Pfeil, der Ähnlichkeiten mit denen des Hauptmanns hatte, war der in der Brust der Krähe. War er der Schütze und tat lediglich überrascht, Emanio hier draußen zu sehen? Er ignorierte Morios und Brusperios Antwort und ließ Costario nicht aus den Augen. Von nun an würde er noch wachsamer sein und Emanio nicht mehr in der Gesellschaft der Wachen allein lassen.

»Ihr werdet nicht noch einmal ohne Eure Wachen Eure Räumlichkeiten verlassen!« Der Hauptmann wirkte aufgebracht. »Es ist schwer genug, die Suche nach der Hexe und einem Attentäter zu koordinieren. Wir können es uns nicht leisten, unsere Kapazitäten auch noch auf die Suche nach Euch zu verschwenden, nur weil Ihr einen kindischen Trotzanfall hattet! Ihr seid der Erbe des Herzogtums und tragt Verantwortung! Dann verhaltet Euch auch so!«

Emanio nickte und ließ den Kopf hängen, als wäre er beschämt.

Brusperio trat vor. »Wir sollten langsam ins Schloss zurückkehren. Wir überlassen Euch und Eure Leute jetzt Euren Aufgaben. Habt einen schönen Tag!«

Der Kastellan drängte Morio und Emanio zum Aufbruch, während er dem Hauptmann zum Abschied kurz zunickte. Auffällig war, dass weder Morio noch er den Anschlag auf Emanio oder die tote Krähe erwähnten, die Brusperio in den Händen hielt.

Lerio und die Wachen beeilten sich, den dreien zu folgen, als sie mit strammen Schritten auf das Tor zueilten. Die Leibwächter des Herzogssohns nahmen den Panther erneut in die Mitte, während Lerio unmittelbar neben ihm ging, um im Fall eines erneuten Angriffs rechtzeitig eingreifen zu können.

Sie hatten das Tor durchschritten und näherten sich dem Haupteingang mit der großen Freitreppe, als ein Adliger in heller Aufregung die Stufen herabeilte und »Helft mir! Der Fluch!« schrie.

»Baron di Nadione!«, grüßte Brusperio überrascht. »Was ist geschehen?«

»Den Göttern sei Dank, Ihr erkennt mich!« Dem Baron standen Tränen in den Augen, als er auf den Kastellan zustürzte und ihn flehentlich ansah. »Ihr müsst mir helfen! Der Fluch ...«

»Was ist mit dem Fluch?«, fragte Morio, dem dieser neue Zwischenfall sichtlich ungelegen kam.

»Er breitet sich aus! Jetzt hat es mich erwischt! Ich bin eine Bestie geworden!«

Lerio musterte die Gestalt des Barons verwirrt. Mit einem Panther oder einer anderen Bestie hatte er nicht die geringste Ähnlichkeit. War der Mann irrsinnig?

»Seid Ihr betrunken, Baron? Um diese Uhrzeit? Ihr solltet Euch schämen!« Morios Tadel war bissig.

»Nein! Ich meine es ernst, so glaubt mir doch! Ich bin in eine Bestie verwandelt worden! Ich bin verflucht!«

Morio schnaubte verächtlich, während Brusperio den aufgelösten Baron zu beruhigen versuchte. »Habt keine Sorge, Ihr seid nicht verflucht. Ihr steht in menschlicher Gestalt vor uns, Ihr seid keine Bestie.«

»Lasst uns gehen, Kastellan! Der Baron liebt es, Aufmerksamkeit zu erregen und Seiner Durchlaucht alles nachzumachen. Doch jetzt zu behaupten, ebenfalls verflucht zu sein, ist dabei der Tiefpunkt seiner Peinlichkeiten. Ihr solltet Euch schämen, Baron! Geht am besten Euren Rausch ausschlafen und lasst in Zukunft die Finger vom Wein und anderen Rauschmitteln!«

Nach diesem Tadel drängte sich Morio an dem Mann vorbei und Emanio folgte ihm, während Brusperio den Baron ein letztes Mal kritisch ansah und sich dann mit Lerio und den Wachen zusammen auf den Weg machte.

Wenig überraschend zogen sie sich in Emanios Gemächer zurück. Nach all der Aufregung des Vormittags hatte keiner von ihnen Lust, in alten Büchern zu stöbern oder in der Öffentlichkeit zu verbleiben, wo Emanio angreifbar war. Brusperio und Morio verabschiedeten sich bald und ließen Emanio und Lerio alleine im Wohnzimmer zurück, wo sie beide aus dem Fenster starrten.

Als Gerania kam, um ihnen das Mittagessen zu bringen, bemerkte sie die angespannte Stimmung und hob fragend die Brauen, doch Lerio schüttelte nur den Kopf, nicht bereit zu erzählen, was vorgefallen war.

Wahrscheinlich hätte sich das Schweigen und Aus-dem-Fenster-Starren am Nachmittag fortgesetzt, wäre nicht Morio kurz nach dem Mittag mit einer weiteren Magierin zurückgekehrt. Zum Glück war ihre Untersuchung weniger schmerzhaft für Emanio als die letzte, denn dieses Mal wimmerte und brüllte der Panther nicht. Doch auch die Gelehrte für magische Gesundheit musste sich dem Fluch geschlagen geben.

»Ich verstehe nicht, wo das Problem liegt«, gestand sie. »Körperlich ist Seine Durchlaucht in guter Verfassung. Von der Vergiftung ist lediglich eine leichte Erschöpfung zurückgeblieben, deren einziges Gegenmittel Bewegung und gesunde Ernährung ist.« Sie sah Emanio streng an, als könnte sie wahrnehmen, wie viele süße Brötchen der Herzogssohn in letzter Zeit verspeist hatte. »Doch magisch gesehen steht Seine Durchlaucht am Rande des Zusammenbruchs, was nicht mit seinem körperlichen Zustand zusammenpasst. Seine Energien sind dermaßen niedrig, als würde er ständig Magie einsetzen – nur dass ich das nicht erkennen kann. Ich vermute, dass er sich gegen den Fluch wehrt, aber solange sich seine Magie nicht erholt, hat er keine Aussicht auf Erfolg.«

»Was können wir tun, damit sich Emanios Magie erholt?«, wollte Morio wissen.

»Ich fürchte, gar nichts. Das geschieht normalerweise während der Genesung von allein. Wir können lediglich abwarten. Es tut mir leid.«

Es war eine niederschmetternde Neuigkeit an diesem eh schon schlechten Tag und so verwunderte es Lerio kein bisschen, als Emanio bereits am späten Nachmittag schlafen ging und sich für den Rest des Abends nicht mehr rühren wollte.

Es war kurz nach Sonnenaufgang am nächsten Morgen, als Lerio die Augen aufschlug. Sein erster Blick galt dem Bett, das wenig überraschend leer war, nachdem Emanio am Vortag bereits so früh schlafen gegangen war.

»Eure Durchlaucht?«, fragte Lerio laut, doch er bekam keine Antwort. Lerio runzelte die Stirn. Bei Emanios gutem Gehör hätte er ihn hören müssen. Wo steckte er bloß?

Mit einem mulmigen Gefühl im Bauch stand er rasch auf und ging durch jedes Zimmer. Der Panther war nirgends zu sehen. Emanio war schon wieder verschwunden.

»Das darf doch nicht wahr sein!«

Lerio stürmte durch das Wohnzimmer zur Tür und riss sie auf. Er war überrascht, davor nur zwei statt der normalerweise vier Wachen zu sehen.

»Guten Morgen!«, grüßte ihn der Jüngere mit einem Lächeln.

»Seine Durchlaucht ist verschwunden.«

Die beiden Wachen blinzelten angesichts der Neuigkeit noch nicht einmal. »Oh, das wissen wir«, meinte der Ältere. »Seine Durchlaucht ist bereits bei Sonnenaufgang mit seinem Geleitschutz aufgebrochen, um einen Spaziergang zu machen. Morio hat uns informiert, dass die Heilerin von gestern ihm regelmäßige Bewegung empfohlen hat.«

Er machte einen Spaziergang? Einen Tag, nachdem ein Attentat auf ihn verübt worden war? Und dazu nur in Gesellschaft von Costarios Leuten?

Lerio konnte es nicht fassen und spürte, wie ihm der Mund aufklappte.

»Sie sind ohne mich aufgebrochen?«

»Ihr habt geschlafen«, erwiderte der Jüngere, als hätte man Lerio nicht wecken können, was nicht stimmte. Er hatte einen leichten Schlaf.

Lerio atmete tief durch. Es brachte nichts, wütend auf die beiden Männer zu sein. Sie ahnten nichts vom gestrigen Attentat und schienen nicht in irgendwelche finsteren Pläne eingeweiht zu sein. Außerdem war Kio tot, die einzige offizielle Bedrohung für Emanio gebannt. Woher sollten sie wissen, in welch ernster Gefahr der Herzogssohn schwebte? Doch Emanio wusste es und verhielt sich dennoch unvernünftig. Dieser leichtsinnige Idiot!

»Ich vermute, sie sind in den Schlossgarten gegangen?«

»Davon ist uns nichts bekannt.«

»Trotzdem danke.«

Lerio nickte ihnen zum Abschied kurz zu und eilte dann aus dem Flügel der Herzogsfamilie in den nächsten Teil des Schlosses, wo er sich von einer Dienerin den Zugang zum Schlossgarten zeigen ließ. Anders als am Vortag war es bewölkt und noch recht frisch, doch Lerio bemerkte es kaum, als er durch die verschiedenen Gartenabschnitte, den Park, die kleine Baumgruppe und das Heckenlabyrinth rannte.

Nichts. Keine Spur von dieser dämlichen Stumpfkralle und den Dummköpfen von Beschützern. Sollte er Morio und Brusperio verständigen? Doch was sollte er ihnen sagen? Dass er sich Sorgen machte, weil der Herzogssohn ohne ihn zu einem Spaziergang aufgebrochen war? Dass Costario ihn möglicherweise in eine Falle lockte, er aber keine Beweise dafür hatte? Selbst in seinem Kopf klang es lächerlich, dass jemand ausgerechnet seine Beschuldigungen gegen den respektierten Hauptmann der Wache glauben sollte. Nein, er musste einen anderen Weg finden.

Doch das Einzige, was ihm einfiel, um Emanio zu finden, waren seine Luchssinne. Nur dass er sich innerhalb des Schlosses nicht verwandeln wollte. Nein, besser wenn er seine menschliche Gestalt beibehielt und in ihr auf seine Gestaltwandlermagie zugriff. In ihr war sein Geruchssinn zwar nicht so gut wie als Luchs, aber immer noch stärker als der eines Menschen.

Er rannte um das Hauptgebäude herum, bis er irgendwann Emanios Geruch aufschnappte. Die Spur führte ihn – wie konnte es auch anders sein – zum Tor und vom Schlossgelände weg.

»Hohlköpfe!«, schimpfte er murmelnd, als er durch das Haupttor eilte und der Spur folgte. Sie führte ihn an den Ort des gestrigen Mordversuchs, doch seine Vermutung, dass der Herzogssohn vorhatte, den Schauplatz nach neuen Hinweisen abzusuchen, erwies sich als falsch. Sein Geruchssinn verriet ihm, dass Emanio und seine Begleiter sich nicht lange an diesem Ort aufgehalten hatten. Stattdessen führte die Spur ihn weg vom Wildgehege – zumindest so viel Verstand besaß die Stumpfkralle – in den anderen Teil des Waldes.

War Emanio auf der Suche nach der Hütte, in der der tote Diener gefunden worden war?

Doch ein paar Minuten später machte sein Magen einen Sturzflug. Emanio lief nicht länger in willkürlich erscheinenden Bögen durch den Wald, sondern schnurgeradeaus und Lerio wusste, was sich am Ende dieses Weges befand: die Hütte seiner Familie.

Bald darauf keuchte er, als er so schnell er konnte auf sein Zuhause zurannte. Er konnte sich nicht erklären, was Emanio dort wollte. Hatte der Panther eine Spur des Attentäters aufgeschnappt? Führte ihn diese womöglich zu Lerios Familie? Waren seine Mutter und seine Schwestern jetzt ebenfalls ins Blickfeld des Angreifers geraten?

Dann war er endlich bei der Hütte und wurde langsamer. Die Wachen hoben abrupt den Kopf, als sie seine laute Atmung hörten, beruhigten sich aber, als sie ihn erkannten.

»Guten Morgen!«, grüßte einer von ihnen, während Lerio an ihnen vorbeiging, dem Geruch des Panthers hinterher. Er wollte um die Ecke biegen und blieb beim Anblick, der ihn erwartete, entsetzt stehen.

Seine jüngste Schwester Madira war in ihrer Luchsgestalt und tollte übermütig um die riesige schwarze Raubkatze herum. Sie hatte keinerlei Angst und ihre Rufe kündeten von Freude, während der Panther auf dem Bauch auf der Lichtung lag und es duldete, dass sie über ihn hinwegkrabbelte und -sprang.

Madira hob den Kopf, als sie Lerios Geruch wahrnahm. Er legte schnell den Zeigefinger vor den Mund, damit sie nicht begeistert quiekte, bevor er ihr ein Zeichen machte, zu ihm zu kommen. Sein Magen schlug Purzelbäume, als er leise ein paar Schritte zurückwich, in der Hoffnung, dass Emanio ihn noch nicht bemerkt und ihr Geheimnis nicht aufgedeckt hatte.

Seine Schwester folgte ihm zum Glück schweigend in die Hütte und nahm erst wieder ihre menschliche Gestalt an, nachdem er die Tür geschlossen hatte. »Lerio! Du bist hier!«

Sie warf sich in seine Arme, als wäre er viel länger als eine Woche fort gewesen und als hätte sie nicht mehr mit seiner Rückkehr gerechnet.

»Sei gegrüßt, Madira«, sagte er leise. Sein Lächeln verblasste, als er sich den Ernst der Lage wieder bewusst machte. »Was ist passiert? Was macht der Herzogssohn hier? Weiß er, dass wir Gestaltwandler sind? Hast du es ihm gesagt?«

Madira zuckte mit den Schultern. »Keine Ahnung, warum er hier ist, ich habe ihn nicht gefragt«, erwiderte sie unbekümmert. »Aber keine Sorge, ich habe ihm nichts verraten und er hat Gestaltwandler mit keinem Wort erwähnt. Ich denke, unser Familiengeheimnis ist sicher. Er ist nett und hat mit mir gespielt. Ich wollte ihn dazu bringen, mit mir auf die Bäume zu klettern, aber er hat sich nicht getraut.«

Lerio ließ sie los und wandte sich Richtung Tür. »Ich muss zu Emanio, bevor ihm etwas auffällt. Geh du dir am besten etwas anziehen. Musst du dich nicht bald mit Gerania auf den Weg zur Schlossküche machen? Hast du schon gefrühstückt?«

»Nein, noch nicht.« Sie schmollte. »Spielverderber!«

Doch sie ließ sich widerstandslos von ihm zum Kleiderschrank schieben und öffnete ihn. Augenblicklich huschte Lerio leise nach draußen. Als sein Blick auf den Panther fiel, spürte er, wie wieder der Zorn über die Unvernunft des Herzogssohns in ihm hochkam, und er ging mit schnellen Schritten auf Emanio zu.

»Könnt Ihr mir erklären, was das sollte?«, zischte er wütend, als der Panther aufsah und zu ihm schaute. »Warum seid Ihr abgehauen? Ohne Bescheid zu geben oder auf mich zu warten? *Schon wieder!* Und was macht Ihr ausgerechnet hier?«

Emanio miaute, doch Lerio verstand ihn in seiner menschlichen Gestalt nicht. Kurz hielt der Panther inne, dann ging er auf die Hütte zu und senkte den Kopf zum Trampelpfad herab. Dann hielt er seine rechte Pfote in einer unnatürlichen Haltung und Lerio begriff erst, dass Emanio vorhatte, mit seinen Pfoten die Antwort aufzuschreiben, als der Herzogssohn bereits mit einem leisen Jaulen Buchstaben in die festgetretene Erde kratzte.

»Halt!«, rief er rasch. »Das bringt nichts. Ich kann nicht lesen!«

Der Panther hielt abrupt inne und Lerios Wangen brannten vor Scham, als sich der Herzogssohn, der so gebildet und geübt in der Kunst des Lesens war, dass er mehrere Bücher täglich verschlang, jetzt zu ihm umdrehte und ihn ungläubig anstarrte.

»Ich mochte nicht zugeben, dass ich nicht lesen kann. Ich habe es nie gelernt. Darum hatte ich Morio an meinem ersten Tag auch gebeten, mir beim Aufschreiben Eurer Vorlieben und Eures Tagesablaufs gleichzeitig alles gründlich zu erklären. Die Liste hätte ich nicht entziffern können.«

Da ließ der Panther den Kopf hängen und maunzte. Ein weiteres Miauen ertönte und Lerio sah überraschend Gerania in ihrer Luchsgestalt aus dem Wald herannahen. Die beiden Wildkatzen unterhielten sich einen Moment, anschließend eilte seine Schwester in die Hütte.

Dort musste sie sich verwandelt und angezogen haben, denn als sie kurz darauf wieder herauskam, hatte sie sich für die Arbeit fertiggemacht. Doch statt zum Schloss aufzubrechen, kam sie auf Lerio zu und musterte ihn ungewöhnlich ernst. »Ich weiß, warum er hier ist, was er aufschreiben wollte. Er hat gesagt, dass er doch nur mit dem Luchsmännchen von gestern reden wollte, weiter nichts. Anscheinend hat er Madiras und meine Spur im Wald gerochen und ist deswegen hergekommen. Er hat gedacht, dass er hier seinen neuen Freund findet und sich mit ihm unterhalten kann.«

Seinen neuen Freund? Ungläubig starrte er Emanio an. Meinte der Herzogssohn das ernst? Aber er hatte doch nur mit ihm geschimpft? Warum hätte er ihn suchen sollen?

Doch dann begriff er. Emanio hatte gehofft, Lerio in seiner Luchsgestalt zu finden, weil er der Einzige war, mit dem er reden konnte. Wie einsam musste er sich fühlen, dass er sich auf die Suche nach einer Person machte, die kein einziges nettes Wort zu ihm gesagt hatte? Und Lerio hatte dazu noch alles getan, um Emanio zu verheimlichen, dass es sich bei dem Luchs um ihn selbst handelte.

Plötzlich erfüllte ihn abgrundtiefe Scham angesichts des Misstrauens, mit dem er Emanio bedacht hatte, nur weil dieser mit Madira gespielt und sich mit ihr unterhalten hatte. Wie kleinlich musste man sein, um jemandem jegliche Möglichkeit der Verständigung zu verweigern?

Kapitel 11: Emanio

Emanios Freude, als er den Geruch, der ihn an das freche Luchsmännchen erinnerte, in der Luft wahrnahm, verflog etwas, als er sich ein paar Minuten später mit seinem Begleitschutz der einsamen Hütte im Wald näherte und davor einen anderen Luchs entdeckte. Dieser hier war um einiges kleiner als das Männchen von gestern, er hatte ein anderes Fellmuster und ... Emanio schnüffelte ... er war weiblich und noch nicht ausgewachsen?

Inzwischen traute er seinen neuen Sinnen ein wenig mehr und versuchte häufiger zu interpretieren, was ihm seine Nase sagte, doch zu oft fühlte sich das noch wie raten an. Dieses Mal hatte er jedoch richtig gelegen, denn als er sich der kleinen Gestalt näherte, hielt das Luchsmädchen überrascht inne. Sie schien keine Angst vor ihm zu haben.

»Ich grüße dich«, sagte sie und Emanio verspürte immense Erleichterung, dass die gestrige Begegnung keine Ausnahme gewesen war, sondern er auch diesen Luchs verstehen konnte.

»Guten Morgen.« Er blieb unbeholfen ein paar Schritte entfernt stehen. »Ich bin Emanio.«

Sie machte ein Geräusch, das ihn an ein Kichern erinnerte. Sie war noch sehr jung. »Spielst du mit mir?«

»Oh. In Ordnung. Was denn?«

»Wir könnten auf die Bäume klettern und ein Wettrennen machen, wer schneller oben und wieder unten ist.«

Er betrachtete skeptisch die Bäume um sie herum. Dort sollte er rauf? Die Äste wirkten viel zu schmal, um sein Gewicht tragen zu können. Und selbst wenn sie es getan hätten, er hatte keine Ahnung, wie man kletterte.

»Ich glaube, das kann ich nicht.«

»Oh!«, machte sie enttäuscht. Dann verlor sie das Interesse an ihm und jagte einem Schmetterling hinterher, während er sich auf den Boden legte und abwartete.

Als sie kurz darauf auf seinen Rücken sprang – zum Glück war sie nicht schwer –, zuckte er zusammen und sie kicherte erneut. Danach machte sie sich einen Spaß daraus, über ihn hinwegzuklettern und zu – springen.

Er mochte das verspielte Luchsmädchen, dennoch war er froh, als sie ihr Spiel nach einer Weile woanders fortsetzte und kurz darauf Lerio auftauchte, auch wenn der Wildhüter sichtlich sauer war. Als er Emanio erblickte, verfinsterte sich sein Gesicht und er begann mit Emanio zu schimpfen. Zu Recht, er hätte sich nicht ohne Lerio auf die Suche nach dem Luchsmännchen machen sollen.

»Es tut mir leid«, sagte er, aber natürlich verstand Lerio ihn nicht.

Da er im Gras leider nicht schreiben konnte, sah er sich nach einer anderen Möglichkeit um. Ein paar Schritte weiter verlief der Weg. Er ging dorthin und betrachtete die Erde. Sie hatte eine flache, wenn auch feste Oberfläche und eignete sich zum Schreiben.

Er begann. Sofort verkrampfte sich seine Vorderpfote, doch er biss die Zähne zusammen. Er musste Lerio unbedingt erklären, warum er dieses Risiko eingegangen war. Doch er konnte ein leises Jaulen vor Schmerz nicht unterdrücken.

Im nächsten Moment rief Lerio: »Halt! Das bringt nichts. Ich kann nicht lesen!«

Was? Lerio konnte nicht lesen?

Das fühlte sich wie ein Schlag ins Gesicht an und er ließ den Kopf hängen, als er bekümmert begriff, dass ihm noch nicht einmal diese Möglichkeit geblieben war, um sich mit dem Mann zu verständigen, mit dem er die meiste Zeit verbrachte. Lediglich Nicken, Kopfschütteln und Maunzgeräusche standen ihm zur Verfügung, um ein paar Grundbedürfnisse mitzuteilen. Doch das reichte ihm nicht. Er wollte wieder mit jemandem reden und sich austauschen! Antworten können, wenn jemand fragte, wie es ihm ging! Er wollte erklären können, was er meinte, Vorschläge machen und seine Meinung äußern, wenn er dachte, dass sie mit einer Idee oder Vermutung falsch lagen! Stattdessen musste er darauf warten, dass sie daran dachten, ihm Fragen zu stellen, und darauf hoffen, dass es die richtigen waren und sie zudem sein Kopfschütteln oder Nicken verstanden!

Lerio sprach weiter, ohne dass Emanio ein Wort davon hörte. In seinem Kopf rauschte es. Es war so frustrierend, dass er sich in dieser Gestalt nicht verständigen konnte!

»Ich will doch nur mit jemandem reden! Ist das zu viel verlangt?«

»Mit wem möchtest du denn reden?«

Fast wäre er zusammengezuckt, als hinter ihm unerwartet eine Stimme ertönte. Er hatte nicht bemerkt, dass sich ihnen jemand genähert hatte. Langsam drehte er sich um und stellte fest, dass es sich bei dem Neuankömmling um einen weiteren Luchs handelte. Wieder ein Weibchen und nicht das Männchen vom Vortag, aber sie machte einen neugierigen und aufgeschlossenen Eindruck auf ihn und war zudem ein wenig reifer als das erste Luchsmädchen, auch wenn sie ebenfalls noch nicht erwachsen auf ihn wirkte. War sie älter als das erste Luchsmädchen? Klüger? Oder lag es an etwas anderem? Sie musterte ihn, als würde sie wissen, wer er war.

»Ich bin auf der Suche nach einem Luchsmännchen, dem ich gestern begegnet bin. Vielleicht kennst du ihn?«

Er wagte nicht zu fragen, ob sie ein Gestaltwandler oder ein normaler Luchs war. Irgendwie kam ihm das unhöflich vor. Daher fragte er auch nicht nach ihrem Namen. Benutzten Tiere überhaupt Namen, wenn sie miteinander redeten?

Sie zögerte. »Warum suchst du ihn?«

»Ich bin ihm gestern im Wald begegnet, nachdem ein Mann auf mich geschossen hat. Er hat mich zurück zum Schloss begleitet und mit mir gesprochen. Du musst wissen, ich wurde verflucht und stecke in dieser Gestalt fest. Das war das erste Mal, dass mich seitdem jemand verstanden hat. Ich wollte ihn suchen und mit ihm reden. Weiter nichts. Als ich den Luchsgeruch wahrgenommen habe, bin ich ihm bis hierher gefolgt, in der Hoffnung, hier meinen neuen Freund zu finden und mich mit ihm unterhalten zu können.«

»Warte hier einen Moment!«, bat das Luchsmädchen. »Ich werde deine Botschaft jemandem übermitteln.«

Sein Verdacht, dass es sich bei ihr womöglich um eine Luchswandlerin handelte, wuchs. Wie wollte sie es sonst jemandem erzählen?

»In Ordnung. Danke!«, rief er ihr zum Abschied hinterher.

Sie huschte in die Hütte. Es dauerte ein paar Minuten, bis jemand wieder herauskam. Zu seiner Überraschung handelte es sich um Lerios jüngere Schwester Gerania. Drinnen hörte er jemanden rumoren, Stoff raschelte, als würde sich jemand anziehen. Also hatte er recht gehabt! Lerios Familie hatte eindeutig etwas mit den Luchswandlern zu tun! Bei dem weiblichen Luchs eben musste es sich um eine Gestaltwandlerin handeln, die Lerios Schwester von ihrem Gespräch erzählt hatte!

Gerania berichtete ihrem Bruder, was er gesagt hatte, und Emanio konnte sehen, wie Lerios Miene von wütend über verwirrt zu mitleidig und beschämt wechselte. Er schwieg eine lange Zeit, während Gerania irgendwann in die Hütte zurückging.

»Es tut mir leid«, sagte Lerio schließlich. »Mir war nicht klar, wie schwer und einsam es für Euch sein muss, dass Ihr

Euch mit niemandem verständigen könnt, dass niemand versteht, was Ihr sagt. Ich war so wütend über Euer Verschwinden, dass ich mit Euch geschimpft und mich nicht einmal gefragt habe, *warum* Ihr das getan habt. Es tut mir leid, ich werde versuchen, zukünftig mehr Verständnis zu haben.«

Lerio blickte ihn so ernst an, dass Emanio einen Kloß im Hals hatte. Er hatte das Gefühl, als hätten sie einen wichtigen Schritt in Richtung Freundschaft gemacht.

»Lasst uns ins Schloss zurückkehren. Hier ist es nicht sicher«, schlug Lerio schließlich vor.

Emanio nickte, obwohl er lieber mit der Suche nach dem Luchsmännchen oder der Hexe weitergemacht hatte. Aber er hatte die Gelegenheit verpasst, Lerio über die Gestaltwandler mitzuteilen, was er vorhatte. Und da seine Richtungsänderung nur zu einem erneuten Streit geführt hätte, wartete er lieber, bis sich Lerio etwas beruhigt hatte.

Sie machten sich schweigend auf den Rückweg. Müdigkeit überkam ihn. Er war so lange Spaziergänge nicht gewohnt, und er musste sich anstrengen, um mit Lerio und den Wachen Schritt halten zu können. Doch er gab keinen Laut von sich, um sich nicht erneut den Unmut des Wildhüters zuzuziehen. Doch natürlich bemerkte Lerio das Problem und schlug eine Pause vor. Anschließend marschierten sie schweigend in einem langsameren Tempo weiter.

Zurück im Schloss protestierte Emanio daher noch nicht einmal, als der Wildhüter schnurstracks in Richtung von Emanios Gemächern ging. Er war zu erschöpft für weitere Ausflüge. Nachdem die Wachen gegangen waren und Lerio ihm eine Weile später ein zögerliches Lächeln geschenkt hatte, entfuhr ihm ein erleichtertes Seufzen. Lerio war nicht länger wütend auf ihn!

Es klopfte kurz darauf und Gerania betrat die Gemächer, in den Händen trug sie ein Tablett. Überrascht bemerkte er bei einem Blick nach draußen, dass es immer noch früher

Morgen und Frühstückszeit war. Es fühlte sich für ihn viel später an.

Als er gegessen hatte, war er plötzlich so erschöpft von der Aufregung und den Anstrengungen des Morgens, dass er ins Schlafzimmer ging, mit letzter Kraft aufs Bett sprang, seinen Kopf auf die Pfoten legte und entkräftet die Augen schloss.

Kapitel 12: Lerio

Lerio starrte das Gesicht des schlafenden Panthers an, dessen Schnurrhaare und Augen nicht länger zuckten. Emanio schien in einen tiefen Schlaf gefallen zu sein und das, obwohl er bereits einen Großteil des letzten Tages und der Nacht verschlafen hatte. Anscheinend hatte die Aufregung des Vormittags beim Herzogssohn ebenfalls Spuren hinterlassen.

Erschöpft ließ sich Lerio zurück in den Stuhl sinken und schloss ebenfalls das Auge. Erneut überkam ihn das schlechte Gewissen, weil er Emanio angeschrien und seine Einsamkeit und seinen Kummer nicht bemerkt hatte. Dabei waren die Anzeichen da gewesen. Schließlich war Emanio nicht grundlos weggelaufen, als seine eigene Großmutter ihm enthüllt hatte, dass sie den Kampf gegen den Fluch aufgegeben hatte. Den Fluch, den er hingegen so verzweifelt zu brechen versuchte, dass er sich tagelang von morgens bis abends auf der Suche nach einem Gegenzauber in der Bibliothek vergrub. Hätte Gerania ihnen am ersten Tag nicht eine Standpauke gehalten, dass sie sich Zeit für regelmäßige Mahlzeiten nehmen sollten, Emanio hätte vermutlich ohne Pause durchgelesen, ohne das Verstreichen der Zeit zu bemerken.

Dieses Verhalten zeugte von abgrundtiefer Verzweiflung und niemand von ihnen hatte sich wirklich in ihn hineinversetzt. Weder Morio, der lieber gegen die unfähigen Fluchbändiger gewettert hatte, statt Emanios eigenen Frust über ihr Scheitern zu bemerken, noch die Herzoginmutter, die zwar ihre ganze Zeit und Energie in den Versuch gesteckt hatte, ihrem Enkel zu helfen, ohne ihn jedoch ein einziges Mal zu fragen, ob ihre Entscheidungen das waren, was er wollte. Was, wenn Emanio weggelaufen war, weil er sich von dem Beschluss, dass er heiraten sollte, unter Druck gesetzt und eingesperrt gefühlt hatte?

Vielleicht hatte es ja nicht an der Vorstellung gelegen, Adella zur Frau nehmen zu müssen. Was, wenn Emanio *niemanden* heiraten wollte?

Lerio stieß einen schweren Seufzer aus und rieb sich die schmerzenden Schläfen. Er selbst war auch nicht besser gewesen. Das Einzige, woran er gedacht hatte, war, dass Emanio das Unrecht wiedergutmachen und seine Schwester heiraten sollte. Dabei schienen weder Torra noch der Herzogssohn eine Neigung zur Eheschließung zu verspüren. Doch er ... er hatte nicht gefragt, was seine Schwester wollte. So wie auch niemand Emanio gefragt hatte, was er wollte.

Voller Scham stellte er sich vor, was geschehen wäre, wenn *er* verflucht worden wäre. Er konnte die besorgten Gesichter seiner Mutter und seiner Schwestern vor sich sehen. Natürlich hätten sie alles getan, um ihm zu helfen. Stets hätten sie ihn gefragt, was sie für ihn tun konnten, wie es ihm ging ...

Bei den Göttern! Ich habe ihn nicht ein einziges Mal gefragt, wie er sich in dieser Lage fühlt!

Stöhnend schlug er das Auge auf, als er begriff, dass er Emanio eine Entschuldigung schuldete, dass der Herzogssohn nicht der Einzige gewesen war, der jemandem unrecht getan hatte. Lerio wollte etwas sagen, doch Emanio schlief noch immer tief und fest.

Er ließ den Panther weiterschlummern, während er überlegte, was er jetzt tun konnte und wie er sich Emanio zukünftig gegenüber verhalten sollte. Wie viel Zeit dabei verstrichen war, bemerkte er erst, als Gerania mittags mit ihren Mahlzeiten vorbeikam und der Herzogssohn immer noch nicht aufgewacht war. Gerania plapperte in ihrer gewohnten Fröhlichkeit vor sich hin, doch dieses Mal konnte sich Lerio nicht dazu bringen zu lächeln oder ein Gespräch mit ihr zu beginnen.

Ein vages Unwohlsein hatte sich in ihm ausgebreitet. Er ignorierte seine Schwester und kniete stattdessen neben dem Panther nieder. Besorgt legte er die Hand auf dessen Schulter, doch er fühlte sich nicht heiß an.

»Eure Durchlaucht?«

Emanio antwortete nicht und schien ihn nicht zu hören. Auch nicht, als Lerio ihn rüttelte und laut ansprach. Hier stimmte etwas nicht!

Doch dieses Mal musste er sich nicht vorwerfen lassen, dass er das Problem nicht rechtzeitig erkannt und nicht sofort gehandelt hatte. »Hol einen Heiler und verständige anschließend Brusperio und Morio«, bat er Gerania, die verstummt war und nun besorgt nickte.

Keine zehn Minuten später stürmte Hilfe in die Gemächer.

Leider schien der Oberheiler noch genauso eingebildet zu sein wie zuvor, denn er tauchte nicht selbst auf. Stattdessen kam eine Nachwuchsheilerin auf sie zu gerannt. »Mein Name ist Celia. Oberheiler Brik hat mich gebeten, für ihn einzuspringen. Was ist passiert?«

Sie lauschte Lerios hastiger Zusammenfassung von Emanios Symptomen und den bisherigen Erkenntnissen der Magier und wirkte dann genauso besorgt über die Tatsache, dass der Herzogssohn nicht ansprechbar war. Zum Glück war Celia höchst engagiert und machte keine Unterschiede in ihrem Einsatz, egal ob ihr Patient in einem menschlichen Körper steckte oder in einem tierischen. Ohne ein Wort des Protests legte sie dem Panther die Hände auf die Rippen und begann sofort mit der Untersuchung.

»Er leidet unter Erschöpfung. Vermutlich hat er sich nach seiner Erkrankung zu viel zugemutet. Ich werde versuchen, seine Kraftreserven aufzufüllen«, sagte Celia wenige Augenblicke später und wirkte dann ihre Heilmagie.

Sie hatte soeben die Hände von Emanios Körper genommen, als es an der Tür zu den Gemächern klopfte. Lerio wechselte einen verwunderten Blick mit der Heilerin, denn Morio und Brusperio hätten vermutlich nicht geklopft, sondern wären ohne abzuwarten in die Räumlichkeiten geeilt.

Bevor sie jedoch handeln konnten, öffnete sich die Tür des Wohnzimmers. Als Lerio sah, wer auf sie zukam, blieb ihm kurz der Mund offenstehen.

Akurio! Was machte der denn hier?

Er konnte es kaum fassen. Von Emanios jüngerem Bruder hatte er in den letzten Tagen wenig zu Gesicht bekommen. Er wusste nicht, ob Akurio ihm absichtlich aus dem Weg gegangen war, oder ob es in der Herzogsfamilie nicht üblich war, jemandem einen Besuch abzustatten, denn auch die Herzoginmutter hatte er seit der Ratssitzung nicht gesehen.

Akurios Blick huschte jetzt durch den Raum. Bei Lerios Anblick kräuselten sich seine Lippen verächtlich, während er der Heilerin ein respektvolles Nicken schenkte. Dann fiel sein Blick auf Emanio und verharrte auf dem schlafenden Panther. »Wie geht es meinem Bruder?«, wollte er von Celia wissen.

»Er hat sich ein wenig überanstrengt und schläft. Macht Euch keine Sorgen um ihn, Eure Durchlaucht.«

Celia schenkte ihm ein höfliches, aufmunterndes Lächeln.

»Ich nehme an, dass Emanio gut versorgt wird?«

Akurio warf ihm bei diesen Worten einen skeptischen Blick zu und Lerio versteifte sich. Vermutlich grenzte seine kühle Antwort an Unhöflichkeit, aber Lerio wollte sich nicht mangelnde Fürsorge von jemandem vorwerfen lassen, der sich anderthalb Wochen nach der Verwandlung seines Bruders in einen Panther zum ersten Mal nach dessen Wohlergehen erkundigte. »Selbstverständlich! Er wird rund um die Uhr von uns betreut, Eure Durchlaucht.«

»Gut!«

Akurio nickte und schien dann keine weiteren Fragen mehr zu haben, denn er verschwand genauso schnell, wie er gekommen war.

Celia und er sahen sich an und schüttelten dann gleichzeitig den Kopf. »Adlige, nicht wahr?«, meinte die Heilerin.

Emanios Bruder war noch nicht lange fort, als die Tür erneut aufgerissen wurde und Morio und Brusperio die Gemächer betraten. Die Mienen der beiden wirkten besorgt und sie hatten überraschend die Meisterin für magische Gesundheit dabei, die den Herzogssohn bereits am Vortag untersucht hatte.

»Wir haben es soeben gehört und Verstärkung mitgebracht. Wie geht es ihm?«, wollte der Kastellan wissen und eilte zu ihnen ins Schlafgemach, gefolgt von Morio und der Magierin.

Lerio wechselte einen verwunderten Blick mit Celia, für die der Besuch der Magierin genauso unerwartet zu sein schien. Zweifelten der Kastellan und der Sekretär Celias Fähigkeiten an?

»Bitte verzeiht uns, verehrte Heilerin Celia, dass wir noch eine magische Gelehrte hinzugezogen haben, aber die Tatsache, dass Seine Durchlaucht nicht ansprechbar ist, macht uns Sorgen. Wir dachten, dass es nicht schaden könnte, jemanden zurate zu ziehen, der Emanio bereits untersucht hat und daher seinen jetzigen Zustand mit seinem gestrigen vergleichen kann.« Brusperio neigte respektvoll den Kopf vor der Heilerin und lächelte höflich.

»Aber natürlich, das verstehe ich.« Celia trat einen Schritt zurück, um Platz für die Magierin, den Kastellan und Morio zu machen, die sich nun um Emanios Bett drängten.

Die Magierin, deren Namen Lerio immer noch nicht kannte, untersuchte den Panther mehrere Minuten lang, sowohl magisch als auch mit den Augen und Händen, verharrte dabei jedoch am längsten beim Kopf. Danach richtete sie sich auf.

»Die Erschöpfung ist schlimmer, als ich dachte. Heilerin Celia hat gute Arbeit geleistet, um Emanio Energie zuzuführen, die Seine Durchlaucht auch zulässt. Leider befindet sich der Körper Seiner Durchlaucht jedoch in einer dauerhaften Abwehrhaltung und inzwischen ist es mir auch gelungen zu erkennen, wogegen er kämpft. Der Fluch ist nur eins seiner Probleme, gleichzeitig ist er auch Opfer magischer Attacken. Er führt sozusagen einen Zweifrontenkrieg. Sobald er sich auf einen Gegner konzentriert, gewinnt der andere an Kraft. Und ich befürchte, es wird mit der Zeit nur noch schlimmer werden, der magische Kampf frisst seine Energie schneller, als er sie wiederherstellen kann. Falls nichts dagegen getan wird, hat Seine Durchlaucht bald überhaupt keine Energie mehr und stirbt lange vor der Wintersonnenwende. Aus diesem Grund hat ihn der Spaziergang heute Morgen auch dermaßen geschwächt und waren die Bemühungen von Heilerin Celia noch nicht von Erfolg gekrönt.«

Die Magierin nickte der Heilerin kurz anerkennend zu, bevor sie sich Brusperio und Morio zuwandte. Der Kastellan wirkte geschockt, während Morio wütend aussah. Kälte ging von seiner Gestalt aus, während sich seine eisblauen Augen empört zusammenkniffen.

»Emanio stirbt, weil jemand magische Attacken auf ihn verübt? Wer greift ihn an?«

Die Magierin seufzte. »Es tut mir leid, aber das weiß ich nicht. Der Schuldige ist geschickt darin, seine Identität zu verbergen und alle Spuren zu verwischen. Ich kann nur erkennen, dass Seine Durchlaucht angegriffen wird.«

»Und jetzt? Was können wir tun, um Emanio zu retten?«, wollte der Kastellan wissen.

Die Meisterin für magische Gesundheit schwieg einen Moment, während sie nachdenklich auf den Panther starrte. »Wir müssen ein Problem nach dem anderen angehen«, entschied sie schließlich und sah dann zu Celia herüber. »Zunächst werden meine Kollegin und ich uns um seine körperliche Genesung kümmern. Wenn wir die Erschöpfung vollständig beseitigt haben, werde ich Seine Durchlaucht bei der Bekämpfung der magischen Angriffe unterstützen. Zusammen sollte es uns hoffentlich gelingen, sie abzuwehren und seine Schilde soweit zu stärken, dass er schwache und mittelstarke Zauber in Zukunft allein bekämpfen kann.«

»Dann los!«

Celia und Brusperio nickten, während Morio entschlossen noch näher herantrat. »Ich kann ebenfalls helfen.«

Lerio wusste nicht, wie lange die drei bereits dabei waren, ihre Magie zu wirken. Mindestens der halbe Nachmittag war bereits verstrichen, während Celia, Morio und die Gelehrte immer noch regungslos und ohne zu blinzeln um Emanio herumstanden.

Als Celia den Kopf drehte und leise seufzte, war es so unerwartet, dass er zusammenzuckte. Die Heilerin wirkte blass und erschöpft, als sie vom Bett zurücktrat. Sie taumelte ein wenig und Lerio eilte an ihre Seite, um sie zu stützen. »Danke.«

Er führte sie zum Stuhl, bevor er ihr ein Glas Wasser einschenkte, das sie rasch leerte.

»Ah, das tut gut!«

»Wie geht es ihm?«

Seine Besorgnis musste ihm deutlich anzumerken sein, denn sie lächelte verständnisvoll. »Besser.« Celia sah kurz zum Bett, wo sich nun auch Morio regte und langsam zu sich kam.

»Es ist uns gelungen, Emanios körperlichen Gesamtzustand zu verbessern. Aktuell verstärken die beiden die Schilde von Seiner Durchlaucht. Er antwortet dieses Mal viel besser auf unsere Magie und akzeptiert sie, was – wie ich vermute – an der Anwesenheit von Morio liegt. Seine

Durchlaucht kennt ihn und seine Eismagie, er vertraut ihm. Die Tatsache, dass er mit uns zusammengearbeitet hat, hat es uns enorm erleichtert, unsere Zauber zu wirken.«

Der Sekretär drehte sich zu ihnen um. Er wirkte grau im Gesicht und war sichtlich entkräftet. Lerio eilte an seine Seite und führte ihn dann zu einem Sessel im Wohnzimmer, bevor er auch ihn mit etwas zu trinken und zu essen versorgte.

»Vielen Dank«, sagte Morio. Wie müde Emanios Freund war, erkannte Lerio daran, dass Morios gewohnt spitze Zunge sich dieses Mal nicht regte.

Kurz darauf kam Celia ebenfalls aus dem Schlafzimmer, an ihrer Seite die Magierin, die weniger erschöpft zu sein schien als die Heilerin und der Wasserhexer, denn sie konnte eigenständig gehen, ohne zu taumeln oder zu zittern.

»Leider kann ich aktuell nicht mehr tun«, meinte sie an Morio gewandt. »Nachdem Ihr Euch aus dem Zauber zurückgezogen habt, begann Seine Durchlaucht sich wieder gegen meine Magie zu wehren, daher habe ich aufgehört. Aber Seine Durchlaucht ist bereits deutlich kräftiger als noch heute Mittag. Ich rechne damit, dass er in ein paar Stunden erwachen wird.«

Den Göttern sei Dank!

Lerios Erleichterung war so groß, dass er kurz das Auge schließen und langsam ein- und ausatmen musste, um nicht vor Erleichterung zu weinen. Er bekam nur am Rande mit, wie sich Morio und die Gelehrte für magische Gesundheit verabschiedeten. Dann berührte ihn eine Hand an der Schulter.

Lerio sah Celia ins Gesicht. »Ich muss jetzt leider auch gehen«, sagte sie leise. »Bevor ich mich meinen nächsten Patienten widmen kann, muss ich mich ausruhen. Aber ich sehe später wieder nach Seiner Durchlaucht. Falls in der Zwischenzeit etwas sein sollte und Oberheiler Brik nicht für mich einspringen kann, schicke nach mir. In Ordnung?«

Sie lächelte und Lerio überkam ein Gefühl der Dankbarkeit. Mit seinem Kloß im Hals konnte er nur nicken, doch das schien zu genügen.

Stunden vergingen, ohne dass viel passierte. Der Abend war angebrochen.

Celia kehrte kurz vor dem Abendessen zurück und war zufrieden mit Emanios Fortschritten, sodass Lerio nicht beunruhigt war, dass der Herzogssohn noch nicht erwacht war.

Als es kurz nach Celias Besuch an der Tür klopfte, erwartete er, Gerania mit dem Abendessen zu sehen, doch dem war nicht so. Ungläubig starrte er Madira an, die mit einem Tablett neben seinem Stuhl stand und zum Bett sah, auf dem der Herzogssohn friedlich schlief.

»Was machst du hier?«, fragte er laut und zuckte dann schuldbewusst zusammen.

»Ich wollte dich sehen. Außerdem wollte ich wissen, wie es Emanio geht. Also habe ich so lange mit Gerania gestritten, bis sie eingewilligt hat, heute Abend die Schicht mit mir zu tauschen. Also?«

Sie stellte das schwere Tablett ab und sah ihn dann mit großen Augen wissbegierig an. Lerio seufzte, bevor er ihr einen strengen Blick zuwarf. »Das ist nichts, worüber du tratschen darfst, verstanden?« Sie nickte eifrig und biss sich auf die Unterlippe. »Es geht ihm gut. Die Heilerin, Emanios Sekretär Morio und eine Magierin haben ihn vorhin lange behandelt und es hat Wirkung gezeigt. Sie rechnen damit, dass er bald aufwachen wird. Also keine Angst.«

Er lächelte sie an. In Gedanken hatte er wieder das Bild von Madira in ihrer Luchsgestalt vor Augen und wie sie an diesem Morgen übermütig um Emanio herumgetollt war. Er hätte nicht gedacht, dass seine jüngste Schwester nach dieser einen Begegnung solch eine tiefe Bindung zum Herzogssohn aufgebaut hatte. Aber andererseits war Emanio zurzeit ein Panther und jeder von ihnen hatte instinktiv die Neigung, einer anderen Katze zu helfen.

»Das freut mich. Ich möchte nicht, dass du den ersten Freund, den du hast, wieder verlierst«, sagte Madira dann jedoch und machte ihn sprachlos.

Emanio und ich sollen was sein? Freunde?

Er starrte seine jüngste Schwester einen langen Moment an, bevor er sich wieder fing. »Wie kommst du darauf, dass wir Freunde seien?«

Es war absurd. Dabei mochte er den Herzogssohn nicht einmal!

In Ordnung, vielleicht mochte er Emanio ein bisschen, seitdem er ihn kennengelernt hatte. Aber Freunde?

Madira sah ihn tadelnd an, als ahnte sie, was ihm durch den Kopf ging. »Du trägst die Augenklappe in seiner Gegenwart nicht. Das machst du nur bei Leuten, denen du vertraust.« Lerio zuckte ertappt zusammen, doch bevor er es leugnen konnte, fuhr sie bereits fort: »Emanio mag dich. Er mag auch deinen Luchs. Weiß er, dass du das Luchsmännchen bist?«

»Nein.«

»Warum denn nicht? Das ist dumm, Freunde sollten sich vertrauen und keine Geheimnisse voreinander haben!«

In Momenten wie diesem wurde Lerio daran erinnert, wie jung sie war, wie unbeschwert sie und Gerania im Vergleich zu Torra und ihm aufgewachsen waren. Sie erinnerte sich nicht an das Misstrauen und die Boshaftigkeit der Menschen, die sie von einem Ort zum nächsten verjagt hatten, manchmal sogar mit Steinen, Waffen oder Magie und nicht nur mit Beschimpfungen und Drohungen, nur weil sie Gestaltwandler waren. Gerania und Madira kannten nur das Leben im Schloss und in ihrer Hütte im Wald.

»Das verstehst du nicht«, erwiderte er und war froh darüber. Er wollte, dass Madira und Gerania es nie verstanden.

»Ist es wegen Torra? Willst du ihretwegen nicht mit ihm befreundet sein?«

Madira schaffte es erneut, ihm die Sprache zu verschlagen. Sie musterte ihn einen langen Moment, während er schwieg. »Weißt du, Torra hat nichts dagegen, wenn ihr Freunde seid. Ich habe sie gefragt. Du musst also ihretwegen kein schlechtes Gewissen haben.«

Mit einem für ihr Alter erstaunlich weisen Ausdruck sah sie ihn noch einen Moment lang an, bevor sie sich lächelnd auf den Weg zur Küche machte.

Zu seiner großen Überraschung sollte es nicht lange dauern, bis es erneut an der Tür klopfte. Er rechnete mit Morio, Brusperio oder Celia, doch zu seiner Verblüffung war es Torra, die hereinkam. Hatten sich seine Schwestern abgesprochen?

»Torra!«

»Guten Abend, Lerio! Wie geht es dir? Und wie geht es ihm?« Sie schaute kurz zu Emanio hinüber, der immer noch schlief, bevor sie sein Gesicht gründlich musterte.

»Mir geht es gut.«

»Ich hoffe, du gönnst dir genug Ruhe. Du solltest einen guten Eindruck machen, wenn die Eltern kommen. Weißt du, wann sie eintreffen?«

»Die Eltern?«

Welche Eltern?

Sie seufzte und warf ihm einen strengen Blick zu, wie sie es früher getan hatte, wenn er einer der Diskussionen zwischen seinen Schwestern nicht zugehört hatte. »Du weißt doch, dass die Herzoginmutter und der Rat Botschaften nach Nadus geschickt haben, um Herzog Orsio und seine Frau heimzuholen? Es gibt Gerüchte, dass Emanios Eltern heute oder in den nächsten Tagen zurückerwartet werden – zum ersten Mal seit sechs Jahren! Meine Herrin und ihre Freundinnen sind so aufgeregt deswegen, dass sie kaum noch über etwas anderes sprechen. Adella und Baronesse di Perlione sind eben nach Rius aufgebrochen, um sich bei den dortigen Schneidern mit der neuesten Mode am königlichen Hof eindecken zu lassen. Sie machen seit Tagen nichts anderes mehr, ich bin froh, dass ich heute nicht erneut Stoffmuster, Bänder oder Hüte hochhalten und endlosen Diskussionen über Stoffe, Schnitte und Farben lauschen muss. Die Adligen sind alle verrückt geworden. Ich habe nicht nur Baron di Nadione beim Schneider gesehen, in Gewändern, die Emanios ähneln, sondern auch Graf Zorak. Stell dir vor, dieser ungehobelte Nordmann hat sich eine neue Weste mit Fellbesatz bestellt!« Torras Stimme wurde so laut, dass Lerio Sorge hatte, dass sie Emanio wecken würde.

»Ich hoffe, der Schneider beauftragt seinetwegen jetzt nicht die Jäger, damit sie irgendein armes Tier töten, nur damit der Graf Emanios Eltern beeindrucken kann!«

Torra begann unruhig auf- und abzugehen. »Bestimmt tun Jagdmeister Kudonio und Akurio ihm nur zu gerne den Gefallen. Die beiden sind absolut blutrünstig!«

Lerio nickte besorgt, bevor seine Gedanken wieder zu Akurios unerwarteten Besuch am Mittag wanderten. Die Jagd lag dem Herzogssohn eindeutig mehr am Herzen als sein Bruder. Erneut überkam Lerio Mitleid mit Emanio. Dessen Familie schien deutlich weniger eng miteinander verbunden zu sein als seine eigene, wenn seine Eltern ihre Söhne schon seit sechs Jahren nicht besucht hatten und Herzoginmutter Ilana mehr Energie in die geplante Brautschau für ihren Enkel steckte als in ein einziges persönliches Gespräch mit ihm. Kein Wunder, dass Emanio sich auf die Suche nach seinem Luchs gemacht hatte.

Kapitel 13: Emanio

Emanio konnte es nicht fassen, dass er fast einen ganzen Tag bewusstlos gewesen war, weil sein Körper sich im Kampf gegen den Fluch und magische Attacken, die er noch nicht einmal bemerkt hatte, bis zur Erschöpfung gewehrt hatte. Schockiert starrte er Lerio an, der ihm immer noch erklärte, was am Vortag geschehen war. Jedes Wort verstärkte in ihm den Entschluss, dass er sein Leben wieder in die eigenen Hände nehmen musste. Er konnte nicht einfach nur abwarten, bis er erneut angegriffen wurde oder dass die anderen schon eine Lösung fanden.

Daher unterbrach er nun mit einem Miauen Lerios Wortschwall. Der Wildhüter verstummte abrupt, die Miene immer noch besorgt, als Emanio zum Ankleidezimmer eilte, einen Beutel hervorkramte, zurück ins Schlafzimmer rannte, den Beutel auf ihr Frühstück legte und dann laut fordernd miaute. Zum Glück dauerte es nicht lange, bis Lerio begriff, dass er das Essen einpacken sollte. Lediglich Zeit zum Trinken nahm Emanio sich, denn er hatte schrecklichen Durst. Danach eilte er zur Tür und maunzte, bis Lerio seine Augenklappe aufgesetzt hatte und ihm mit ihrem Proviant folgte.

Er ignorierte Lerios Fragen genauso wie die verwirrten Gesichter der Wachen und machte sich mit seinem Gefolge auf den Weg. Dieses Mal konnte sein schlechtes Gewissen wegen der Furcht, die er unter den Angestellten und den Besuchern des Schlosses verbreitete, ihn nicht aufhalten. Unbeirrt marschierte er durch die Korridore, bis er den Haupteingang erreicht hatte. Draußen hielt er inne, sah sich kurz um, bis er eine geeignete sandige Fläche gefunden hatte, und machte sich dann ans Werk.

Führt mich zu der Hütte, in der Kio gefunden wurde. Ich möchte sehen, wo Kio ermordet wurde, und den Ort auf Spuren untersuchen.

Ihn erfüllte Zufriedenheit, dass er endlich einen Weg gefunden hatte, seine Wünsche mitzuteilen. Doch das Gefühl verblasste schnell, als er sich daran erinnerte, dass Lerio nicht lesen konnte. Zudem machte keine der Wachen Anstalten, seine Botschaft laut vorzulesen. Konnten die Männer sie etwa ebenfalls nicht entziffern?

»Das halte ich für keine gute Idee«, meinte irgendwann der Anführer seiner Leibwächter, nachdem die Soldaten sich für einen langen Moment gegenseitig ratlos angesehen hatten.

Emanios Zuversicht löste sich in Luft auf wie Bodennebel in der Morgensonne. Auf die Idee, dass sie ihn zwar verstehen, aber seine Wünsche ignorieren könnten, war er nicht gekommen.

»Kastellan Brusperio und Hauptmann Costario wären damit nicht einverstanden«, stimmte einer der anderen Männer zu, während sich Fassungslosigkeit angesichts der Befehlsverweigerung in Emanio ausbreitete. Er knurrte unwillkürlich und die Soldaten zuckten zusammen.

»Wieso? Was hat Seine Durchlaucht geschrieben?« Lerios Verwirrung war inzwischen so groß, dass er sein Geheimnis, dass er nicht lesen konnte, anscheinend nicht länger verbergen wollte. Der Wildhüter blickte abwechselnd die Wachen und Emanio an.

Der Anführer der Soldaten las ihm die Botschaft vor und Lerio schwieg einen Moment, während er nachdenklich auf seiner Unterlippe kaute.

»Mir gefällt es zwar auch nicht, dass Seine Durchlaucht sich in Gefahr begibt, wenn jemand noch immer seinen Tod will«, sagte Lerio schließlich. »Aber wenn das sein Wunsch ist, dann sollten wir ihn befolgen. Emanio ist schließlich der Erbe von Herzog Orsio und Befehl ist Befehl. Außerdem könnte er mit seinen geschärften Sinnen als Panther eine Spur finden, die bislang übersehen wurde.«

Unerwartete Wärme und Dankbarkeit breiteten sich in Emanio aus, als Lerio nicht nur Verständnis für seinen Wunsch äußerte, sondern ihn zudem noch gegen die Wachen verteidigte.

»Aber nur im Schloss ist er sicher!«

Lerio wandte sich zu dem Soldaten um. »Wirklich? Und was ist mit dem Giftanschlag durch Kio und dem magischen Angriff gestern? Beides geschah innerhalb dieser Mauern.« Lerio deutete auf den Schlossflügel hinter ihnen. »Nein, Seine Durchlaucht ist im Schloss nicht sicherer als außerhalb. Aber wenn Ihr denkt, dass sein derzeitiger Schutz durch Euch nicht ausreicht, dann solltet Ihr vielleicht Verstärkung anfordern, die uns zur Hütte begleitet.«

Die Wachen wirkten, als hätten sie in eine Zitrone gebissen. Lerios Vorschlag gefiel ihnen sichtlich nicht und der Anführer begann erneut zu argumentieren, warum sie alle im Schloss bleiben sollten, bis Emanio laut fauchte, sich in Richtung Tor umdrehte und langsam losging. Sie hatten schon genug Zeit verloren.

»Aber, Eure Durchlaucht ...«

Emanio ignorierte den Protest der Wachen, die hinter ihnen zurückblieben, während Lerio an seine Seite eilte.

»Kommt Ihr, oder sollen wir uns allein auf den Weg zur Hütte machen?«

Lerios scharfe Worte wirkten, denn die Männer setzten sich endlich in Bewegung. Der Anführer seufzte, als er an ihnen vorbeirannte und sich an die Spitze ihrer Gruppe setzte. »Gut, wie Ihr wollt. Wir untersuchen den Fundort.

Aber nicht ohne Verstärkung. Wir sollten mindestens einen Soldaten mitnehmen, der mit zum ursprünglichen Trupp gehörte und uns erklären kann, wo der Verräter genau gefunden wurde und was sie bereits untersucht haben. Warten wir am Tor, bis die anderen da sind. Und ich möchte Boten zu Hauptmann Costario und Kastellan Brusperio schicken, um die beiden darüber zu unterrichten, was wir vorhaben. Nicht, dass sie uns nachher aus Sorge noch Suchtrupps hinterherschicken.«

Emanio musste zugeben, dass das vernünftig klang, auch wenn er Costario noch immer misstraute. So wenig wie der Mann in den elf Tagen seit seiner Verwandlung herausgefunden hatte, konnte Costario sich nicht sonderlich bemüht haben.

Also warteten sie am Tor, bis sich sechs weitere Soldaten und eine Hexe zu ihnen gesellt hatten. Emanio wusste nicht, wer auf den zusätzlichen magischen Schutz bestanden hatte, hielt die Begleitung durch die Feuerhexe jedoch für eine gute Idee. Die magische Verstärkung wiegte nicht nur die Wachen in Sicherheit, sondern auch die Menschen, denen sie auf dem Weg zur Hütte im Wald begegneten. Der Geruch nach Furcht wurde jedes Mal schwächer, sobald die Männer und Frauen die Robe der Feuerhexe erkannten.

Emanio musste sich und seine Ungeduld bremsen, um seinen Gefährten nicht davonzueilen, als endlich die abgelegene Hütte in Sicht kam, in der Kio gestorben war. Ihm kam es vor, als könnte er den Tod, der in der Luft lag, noch immer ganz schwach wittern, aber vermutlich war dies Einbildung. Schließlich war der ermordete Küchenjunge bereits vor vier Tagen zurück ins Schloss gebracht worden.

Der Anführer der Wache bestand darauf, die Hütte vor Emanios Betreten auf versteckte Attentäter untersuchen zu lassen, obwohl Emanios Sinne ihm längst verraten hatten, dass sich darin kein Lebewesen befand. Doch der Mann hatte den Befehl gegeben, bevor Emanio seine Beobachtung in die Erde ritzen konnte.

Also wartete er ungeduldig mit dem treuen Lerio an seiner Seite, dessen Magen jetzt hörbar knurrte. Sofort überkam Emanio das schlechte Gewissen, weil er seinen Freund zum Aufbruch gedrängt hatte, ohne ihm Zeit zum Frühstücken zu lassen. Daher zog er nun vorsichtig an dem Beutel, den Lerio noch immer über der Schulter trug, bis er ihn im Maul hatte und ihn dem Wildhüter reichen konnte. Dann miaute er.

»Oh! Habt Ihr Hunger, Eure Durchlaucht?«

Emanio ließ es zu, dass Lerio ihm eins der Brötchen reichte. Beim zweiten drückte er Lerios Hand so lange zurück, bis der Wildhüter begriffen hatte, dass es seins war, und ihm ein dankbares Lächeln schenkte. Erst als er den Proviant mit wenigen Bissen verschlungen hatte, erkannte Emanio, dass seine Entschlossenheit seinen eigenen Hunger ebenfalls verdrängt hatte. Die Stärkung hatte nötig getan.

Kurz darauf gab der Anführer seiner Wache die Hütte endlich für sie frei und Emanio betrat das heruntergekommene Gebäude. Anscheinend hatte es lange leer gestanden, denn der Wind pfiff durch einige beschädigte Bretter in den Wänden, Laub und Dreck hatten sich in den Ecken angesammelt und Wasserflecken am Boden kündeten davon, wo der Regen durch die Decke getropft war. Die einzigen Anzeichen dafür, dass sich in letzter Zeit jemand in der Hütte aufgehalten hatte, waren ein karges Lager aus etwas Stroh und Moos an der einzigen intakten Wand, eine Angel, sowie dreckiges Besteck, das Kio vor seinem Tod anscheinend nicht mehr sauber gemacht hatte.

Hinweise auf eine zweite Person, auf Pläne zu seiner Ermordung, Kräuter oder gar fertige Gifttränke entdeckte Emanio keine. Und falls es Spuren gegeben hatte, so waren sie inzwischen entweder vom Wind zerstreut, vom Regen in der letzten Nacht weggespült oder von den Soldaten unbeabsichtigt zerstört oder entfernt worden, die Kios Leiche gefunden hatten. Noch nicht einmal Emanios Nase und sein Gespür für Magie halfen ihm weiter. Die einzigen Personen, die er in der unmittelbaren Umgebung entdecken konnte, waren die Männer und Frauen, mit denen er hergekommen war.

Doch so schnell gab Emanio nicht auf. Erst nachdem er jede Ecke in der Hütte und jeden Baum und jedes mögliche Versteck in der Nähe untersucht hatte, seufzte er. Augenblicklich trat Lerio an seine Seite und legte ihm tröstend die Hand auf den Rücken.

»Wir finden schon noch eine Spur von dem Übeltäter«, sagte der Wildhüter voller Zuversicht. Emanio sah ihn an, doch kein Wort des Vorwurfs oder Zeichen des Zweifels standen in sein Gesicht geschrieben. Lerios Loyalität schien unerschütterlich zu sein. Und das, obwohl Emanio in den letzten vier Stunden nicht mehr erreicht hatte, als Leute zu verärgern und die Zeit der Feuerhexe zu verschwenden.

Erneut erfüllte ihn Dankbarkeit, dass Lerio auf seiner Seite stand. Die Unterstützung des Wildhüters schenkte ihm neue Kraft. Sie würden den Attentäter schon noch finden! Doch vorher suchten sie die Hexe!

Erneut hielt Emanio Ausschau nach einem geeigneten Stück Untergrund und schrieb auf, was er wollte. Dieses Mal zog keiner seine Befehle in Zweifel, als der Anführer Emanios Worte laut vorlas. Stattdessen wirkten die Soldaten resigniert, als sie sich auf den Weg zur Hütte der Hexe machten. Sie glaubten anscheinend nicht, dass Emanio etwas finden würde, was die anderen Wachen übersehen hatten, aber sie widersprachen ihm auch nicht.

Dieses Mal ging Emanio voraus, Lerio auf der einen und die Feuerhexe auf der anderen Seite, während die Soldaten sie flankierten und ihnen den Rücken freihielten. Emanio erinnerte sich noch gut an den Hügelpfad, der ihn nach seiner Verwandlung zurück zum Schloss geführt hatte, sodass er keine Schwierigkeiten hatte, ihn wiederzufinden. Dass die Menschen, denen sie auf den Wegen rund um das Schloss begegneten, ihn anstarrten, ungläubig auf ihn deuteten, gehässig über ihn tratschten oder furchtsam vor ihm davonliefen, nahm er nur in den ersten Minuten wahr. Anschließend legte ihm Lerio erneut eine Hand auf das Fell, um ihn zu trösten, und begann von seiner Familie zu erzählen und wie es war, mit drei jüngeren Schwestern aufzuwachsen. Emanio lauschte dankbar, konzentrierte sich nur auf Lerios Stimme und schon bald waren alle anderen Geräusche in den Hintergrund getreten.

Dank Lerios Erzählungen kam ihm der Weg den Hügel hinab überraschend kurz vor. Instinktiv hatte sich Emanio wieder dicht an die Weinreben gehalten. Doch anscheinend reizten die Gerüche von der blühenden Wiese auf der anderen Seite des Pfads seine Nase an diesem Tag nicht so stark oder der Regen der vergangenen Nacht hatte einen Teil der lästigen Pollen davongewaschen, denn Emanio kam ohne Probleme an den Feldern vorbei. Sogar so gut, dass er überrascht war, als er sein Ziel endlich vor sich erblickte.

Die Hütte der Hexe.

Emanio erschauderte bei ihrem Anblick. Für einen Moment hatte er wieder das Gefühl einer unsichtbaren Bedrohung, wie an jenem verhängnisvollen Tag, als er durch den Nebel auf sie zugerannt war. Damals hatte er das Keckern der Krähen als bedrohlich empfunden und die wahre Gefahr nicht gesehen. Im Rückblick und angesichts ihres Verhaltens beim Attentatsversuch konnte er jetzt erkennen, dass sie sich vermutlich bemüht hatten, ihn vor der Hexe zu warnen, aber er war zu verängstigt und abgelenkt gewesen, um das zu begreifen.

Mühsam schluckte er. Er hatte nicht bemerkt, dass er unwillkürlich innegehalten hatte, aber Lerios Berührung gab ihm die Kraft weiterzugehen. Dieses Mal wartete er nicht darauf, dass die Wachen die Hütte sicherten, sondern trat als

Erster durch die Tür, während er die Proteste der Soldaten ignorierte.

Drinnen atmete er tief ein und sah sich um. Er vernahm den Geruch vieler Menschen, teilweise mehrere Tage alt und vermutlich von den Soldaten, die die Hütte untersucht hatten. Andere waren frischer, wenn auch beißender, und befanden sich hauptsächlich an den Schränken und Truhen, als hätte jemand Zeit damit verbracht, sie zu durchsuchen. Ein Dieb?

Doch was er nicht roch, waren die Hexe oder ihre Magie. Verzweifelt schloss er die Augen und versuchte sich an die Begegnung mit ihr zu erinnern, um doch noch eine Spur von ihr zu finden. Wenn er mehrere Tage alte Gerüche wahrnehmen konnte, dann musste er auch die Hexe riechen können!

Aber es gelang ihm nicht. Für einen kurzen Moment verließ ihn der Mut, dann ging er hinaus und starrte auf die Nachbarhäuser. Irgendjemand musste etwas wissen!

Ich möchte die Nachbarn noch einmal befragen, schrieb er in die Erde.

Der Anführer seines Begleitschutzes protestierte wie erwartet: »Sie wurden doch schon alle befragt und wussten nichts! Das ist Zeitverschwendung!«

Es ist MEINE Zeit! Tut es einfach!

Lerio und die Feuerhexe blieben die ganze Zeit an seiner Seite, während er auf das nächste Haus zuging. Die erste Nachbarsfamilie erschrak, als sie ihn bemerkte, doch Lerio beeilte sich, ihnen die Angst zu nehmen, indem er Emanio vorstellte, auf die Feuerhexe und die Soldaten hinwies und sie um ein paar Minuten ihrer Zeit bat, damit Emanio ihnen seine Fragen stellen konnte. Am Ende war es Emanio, der die Befragung durchführte, indem er die Worte mühsam in die Erde ritzte, die Feuerhexe sie vorlas und die Wachen schweigend um sie herumstanden, bis Emanio mit den Antworten zufrieden war und sie den Nächsten holten.

Danach wurde es einfacher, denn die Nachbarn der Hexe wurden zu ihm geführt, sie waren also schon vorgewarnt. Sie mussten sie nicht erst noch beruhigen und Emanio hatte den Großteil der Fragen bereits in die Erde geritzt, sodass er nur noch auf eine von ihnen deuten musste, damit die Feuerhexe sie vorlas. Doch leider musste er nur wenige neue Fragen ergänzen, denn die Menschen wussten erstaunlich wenig über die Kräuterhexe zu berichten. Nur einmal kamen seine Krallen noch zum Einsatz, als er den Dieb identifizierte, der die verbliebenen Habseligkeiten der Hexe aus der Hütte gestohlen hatte. Der Mann zitterte sichtlich, als Emanio knurrte und seine Zähne zeigte. Der Gauner schien zu erkennen, dass er sich nicht herausreden oder alles leugnen konnte.

Gemeinsam mit den Wachen gingen sie zum Haus des Mannes zurück und Emanio identifizierte Dutzende Wertsachen, die nach anderen Menschen rochen und ihm vermutlich nicht gehörten. Das was der Dieb von der Hexe hatte mitgehen lassen, waren ein paar Tinkturen und Werkzeuge, die sie zurückgelassen hatte, aber nichts Persönliches, das ihnen weitergeholfen hätte. Emanio war enttäuscht, als der Mann die Gegenstände hervorholte und Emanio auch an ihnen keine hilfreichen Spuren fand. Anschließend überließen sie den Dieb der Stadtwache, die den Mann verhaftete und versprach, die Besitzer der gestohlenen Sachen ausfindig zu machen.

Wie viel Zeit vergangen war, bemerkte Emanio erst, als sein Magen irgendwann grummelte, er zur Sonne sah und erkannte, dass es später Nachmittag war. Bald würden Lerios Schwestern kommen, um nach ihm zu sehen.

Er warf einen Blick zu dem Wildhüter, der immer noch an seiner Seite stand und ihn den ganzen Tag unterstützt hatte. Danach blickte er zu den Häusern, deren Bewohner sie noch nicht befragt hatten, und knurrte leise, bevor er zurück zum Hügelpfad schaute. Es war dasselbe Geräusch, das er von sich gab, wenn er für den Tag genug gelesen hatte.

»Feierabend?«, fragte Lerio.

Emanio nickte und spürte augenblicklich, wie eine Welle der Erleichterung durch die Soldaten ging.

Wir machen morgen weiter.

Und als er eine Stunde später Lerios Lächeln sah, als er mit Gerania und Torra scherzte, wusste er, dass es die richtige Entscheidung gewesen war.

Von da an gingen sie jeden Tag nach dem Frühstück den Hügel runter nach Rius und setzten die Suche nach der Hexe fort – sehr zur Verärgerung von Hauptmann Costario, der die Ausflüge für zu riskant hielt und genervt war, dass er so viele Leute für »eine solche Zeitverschwendung« abstellen musste, und zum Entsetzen von Morio, der nicht verstand, warum sich Emanio dermaßen in Gefahr begeben musste. Sein Sekretär protestierte selbst dann noch, als Emanio seine Gründe und Wünsche in die Erde geschrieben und Brusperio die Diskussion für beendet erklärt hatte. Zumindest der Kastellan stand wie Lerio von Anfang an auf seiner Seite.

»Wie Ihr wünscht, Eure Durchlaucht«, hatte Brusperio lediglich gesagt, als sie am ersten Tag ins Schloss zurückgekehrt waren und Emanio seine Pläne offengelegt hatte. »Wie können wir Euch unterstützen?«

Der Kastellan kümmerte sich um alles, sowohl um die Absprache mit dem Hauptmann bezüglich seines Begleitschutzes als auch die Koordination mit der Zaubererakademie, die ihm jeden Tag eine magische Verstärkung zur Seite stellte, als auch um Proviant, damit sie sich während der Suche verpflegen konnten, sowie um einen Schreiber, der die Ergebnisse der Befragungen für Emanio festhielt.

Der arme Mann musste dutzende von Seiten befüllen, denn Emanio gab keine Ruhe. Nach den Nachbarn der Hexe befragte er ihre bekannten Stammkunden, anschließend die Lieferanten und schließlich sogar jedes einzelne Mitglied der Zaubererakademie. Ebenso gründlich wie in den Befragungen war Emanio in der Durchsuchung der Umgebung. Jede Straße, jeden Laden und jedes öffentliche Gebäude in ganz Rius suchte er ab und verpasste dabei sogar die große Sonnenwendfeier.

Diese war eine schmerzhafte Erinnerung daran, dass die Wintersonnenwende immer näher rückte und ihm nur ein halbes Jahr blieb, um seine wahre Liebe zu finden oder den Fluch anderweitig zu beenden. Er verspürte daher keinen Wunsch, den Tag zu feiern.

Zwischendrin verließ ihn manchmal der Mut, doch Lerio gelang es abends stets, seine Stimmung wieder zu heben und ihn aufzumuntern. Nach dem dritten Tag der ergebnislosen Suche legte sich Emanio nach der Rückkehr in ihre Gemächer augenblicklich auf den Boden und schloss die Augen. Ergab es überhaupt noch Sinn, die Befragungen und das Durchstreifen der Umgebung fortzusetzen?

»Eure Durchlaucht? Schlaft Ihr?« Lerio berührte ihn an der Schulter und Emanio blinzelte ihn kurz an. Der Wildhüter hielt eine Schale mit Erdbeeren in der Hand. »Schaut mal, was Gerania uns gebracht hat. Ihr müsst etwas essen, um bei Kräften zu bleiben.«

Emanio knurrte unwillig und Lerio versuchte ihn dazu zu bringen, den Mund zu öffnen, indem er eine Erdbeere davorhielt und ihn immer wieder anstupste. Gerania schien das lustig zu finden, denn sie lachte. Lerio gab selbst dann nicht auf, als er die Frucht an seinen geschlossenen Zähnen zerdrückt hatte. Emanio hörte die beiden untereinander leise wispern und war genervt. Konnten sie ihn nicht einfach in Ruhe lassen?

»Attacke!«

Bei Lerios Ruf riss er erschrocken die Augen auf und versuchte, die Gefahr zu erspähen. Warum hatte er die Eindringlinge nicht gerochen?

Etwas Weiches traf ihn im Gesicht. Emanio blinzelte, als er ungläubig erkannte, dass es Erdbeeren waren. Was ...?

Gerania kicherte hell und sein Blick wirbelte zu den Geschwistern herum. Er sah gerade noch, wie die beiden sich erneut mit Früchten bewaffneten, dann begann der neue Angriff.

»Einfach den Mund weit aufmachen! Wenn der Herr zu erschöpft ist, sich zu Tisch zu begeben, dann kommt das Essen eben zu ihm.« Lerio grinste und Emanios Kehle entrang sich ein drohendes Fauchen, was die Geschwister jedoch nur dazu brachte, erneut zu lachen und ihn mit Essen zu bewerfen.

Sie nahmen ihn nicht ernst!

Fassungslos öffnete er den Mund, um sie anzubrüllen. In diesem Moment nutzte Lerio die Lücke in seiner Verteidigung und warf eine Erdbeere direkt in sein Maul. Emanio schloss es instinktiv wieder, als er den süßen Geschmack auf der Zunge wahrnahm, und schluckte. Gerania und Lerio jubelten.

»Wer am häufigsten das Ziel trifft, hat gewonnen«, schlug Gerania vor. Ihre Augen funkelten übermütig und sie grinste.

»Und was kriege ich nach deiner Niederlage?«

»Ha! Als ob du mich schlagen könntest! Erinnerst du dich, wie wir das Spiel letztes Jahr mit Torra gespielt haben? Du hast haushoch gegen Madira und mich verloren!«

»Weil ich euch absichtlich habe gewinnen lassen!«, empörte sich Lerio. »Schau!«

Er warf die nächste Frucht in Geranias Richtung und traf ihre Nase. Die Erdbeere zerplatzte und ihr klappte fassungslos der Mund auf, als der süße Saft heruntertropfte. Das nächste Geschoss traf wenige Augenblicke später direkt ins

Ziel. Gerania blinzelte. Es sah so komisch aus, dass Emanio lachen musste.

»Das hast du absichtlich gemacht!«

»Gibst du jetzt zu, dass ich der bessere Werfer bin?«

»Niemals!«

Dann wandten sich die Geschwister nach einem letzten Blickduell wie auf ein unsichtbares Zeichen hin gleichzeitig ihm zu und grinsten. »Auf ihn mit Gebrüll!«

Emanio konnte nicht aufhören zu lachen, als die beiden ihre Munition stehen ließen und sich gemeinsam auf ihn stürzten, um ihn zu kitzeln. Zum Glück hatten sie damit keinen Erfolg, denn er war nicht kitzelig, aber ein Gefühl der Wärme und tiefen Dankbarkeit breitete sich in ihm aus, als er belustigt mitspielte und seine Schnurrhaare den beiden durch ihre Gesichter zog. Es war albern, es war kindisch und eines Herzogssohns nicht würdig. Und gleichzeitig tat es so gut, einfach mal alle Verpflichtungen und jede Etikette hinter sich zu lassen und Blödsinn zu machen. Morio wäre bei dem Anblick vermutlich vor Entsetzen umgefallen, doch Emanio hatte so viel Spaß wie seit frühster Kindheit nicht mehr.

Eine Weile später saß er glücklich gemeinsam mit den Geschwistern am Tisch und verspeiste mit ihnen zusammen die zweite Portion Erdbeeren, die Gerania aus der Küche geholt hatte. Die Kleidung der beiden war mit roten Flecken übersät, da der Rest der ersten Schale nach der Kitzelattacke doch noch dran hatte glauben müssen, und die Haare standen den beiden zerzaust vom Kopf ab, doch weder Gerania noch Lerio schienen sich daran zu stören. Stattdessen erzählten sie ihm Geschichten aus ihrer Kindheit und schienen sich besonders gut zu erfreuen, wenn sie ihm zum Lachen oder dazu bringen konnten, entsetzt die Pfote vors Gesicht zu schlagen.

Irgendwann wurde Emanio still und sah zwischen den beiden Geschwistern hin und her. Es war ein anderer Lerio als der, den er in den ersten Tagen kennengelernt hatte. Weniger zurückhaltend, liebevoll und gelegentlich auch ein wenig albern. Er beneidete die Geschwister um ihren Zusammenhalt und ihre Unbekümmertheit. Akurios und seine Kindheit waren früh von Verpflichtungen bestimmt gewesen, was auch ihren Umgang miteinander geprägt hatte. Sie hatten zu wenig Zeit in ihren jungen Jahren miteinander verbracht, um mehr als eine Handvoll Gemeinsamkeiten zu haben. Viel größer waren die Unterschiede.

Emanio hoffte, dass sie das ändern konnten, wenn er irgendwann wieder er selbst war. Er vermisste den Akurio von früher, bevor sein Bruder dank Kudonio seine Leidenschaft fürs Jagen entdeckt hatte. Emanio wollte wieder ein engeres Verhältnis zu ihm aufbauen, aber dafür musste er erst einmal den Fluch beenden.

Er hatte nicht bemerkt, wie still und niedergeschlagen er geworden war, bis Lerio plötzlich die Hand auf seine Schulter legte, er aufsah und bemerkte, dass sie allein am Tisch saßen. Gerania war gegangen, ohne dass er es mitbekommen hatte.

»Macht Euch keine Sorgen, wir finden die Hexe und eine Möglichkeit, den Fluch zu brechen!«, versprach der Wildhüter und tätschelte ihn. »Vielleicht nicht morgen oder übermorgen, aber irgendwann in naher Zukunft bestimmt. Ihr dürft nur nicht aufgeben.«

Keiner anderer hatte ihm Trost zugesprochen, mit ihm herumgealbert oder ihn eingeladen, an ihrem Familienleben und ihren Geschichten teilzuhaben. Ein nie zuvor gekanntes Gefühl breitete sich in Emanio aus und er begriff, dass es eine Mischung aus Rührung, Dankbarkeit und Zugehörigkeit war. Lerio war in den letzten Tagen zu einem guten Freund geworden. Und Emanio war sich sicher, dass sie gemeinsam alles schaffen konnten.

Abends, wenn sie sich beide allein in ihren Gemächern aufhielten, war auch die Zeit, in der Lerio ihm Geschichten von seinem Leben als Wildhüter und seiner Zeit im Wildgehege erzählte, während Emanio begierig lauschte. Nach und nach bekam er auch die schlechten Seiten von Lerios Leben zu hören. Als der Wildhüter ihm erzählte, wie Kudonio ihn zum ersten Mal beschimpft hatte, weil er die Tiere im Wildgehege nicht hatte jagen und töten wollen, da dieses als Schutzgebiet vor Wilderern angelegt worden war, begann Emanio zu winseln und zu knurren.

Das ist meine Schuld! Warum habe ich mich nie für die Wildhüter interessiert und hinterfragt, was Kudonio den ganzen Tag macht? Warum habe ich darauf vertraut, dass das, was mir die Ratsmitglieder berichten, der Wahrheit entspricht?

Er schwankte zwischen Zorn auf Kudonio und Schuldgefühlen. Scham erfüllte ihn, als er an all die armen Tiere dachte, die wegen seiner Achtlosigkeit in den letzten Jahren getötet worden waren. Als Lerio ihm gestand, dass er deswegen Kudonio den Gehorsam verweigert hatte und vom Jagdmeister daraufhin misshandelt worden war, ließ Emanio entsetzt den Kopf hängen. Es war seine Verantwortung als Vertreter seines Vaters, alle Menschen und Tiere in Ternilus zu beschützen. Doch er hatte nichts vom Versprechen seines Vaters gewusst, das Wildgehege als Schutzzone zu bewahren, und er hatte Kudonio schalten und walten lassen, wie ihm beliebte, sowohl mit dem Wildgehege als auch mit seinen Untergebenen wie dem armen Lerio. Er mochte sich nicht vorstellen, was sein Vater tun würde, wenn er davon erfuhr.

Gleich am nächsten Morgen ließ er sich von seinen Wachen mit Lerio zusammen zu Morio bringen. Dann zerrte er solange an dessen Ärmel, bis sein Sekretär mit ihnen nach draußen kam, wo er den Befehl in die Erde ritzte, dass die Jäger ab sofort nicht mehr im Wildgehege jagen sollten, weil sie damit das Schutzgebiet verletzten.

Morio versprach, die Anordnung an Kudonio weiterzugeben. Dennoch konnte Emanio das Gefühl nicht verdrängen, dass es zu spät war, dass er früher hätte handeln müssen.

Aber zumindest hatte Lerio gesehen, wie sehr ihn seine Erzählung bekümmert hatte. Emanio hatte gedacht, Lerio würde nach der Aussprache kaum noch mit ihm reden, doch das Gegenteil war der Fall. Inzwischen sprach der Wildhüter mehr und offener mit ihm als früher. Auf diese Weise gab er Emanio die Gelegenheit, ihn besser kennenzulernen, und Emanio stellte fest, dass sie überraschend viele Gemeinsamkeiten hatten. Sie aßen beide aus Prinzip kein Fleisch und keinen Fisch, sie beide fühlten sich im Schloss eingesperrt und sie beide fühlten eine starke Verpflichtung gegenüber ihren Familien.

Und eines Abends, während einer von Lerios Erzählungen, erkannte Emanio überrascht, dass Lerio inzwischen längst Morio als seinen engsten Vertrauten und besten Freund abgelöst hatte.

Doch wird Lerio auch immer noch mein Freund sein, wenn der Fluch gebrochen ist und wir beide in unser altes Leben zurückgekehrt sind?

Er wusste keine Antwort darauf.

Kapitel 14: Lerio

»Was für ein abscheuliches Vieh!«

Lerios Kopf wirbelte herum, als er die bösartige Bemerkung hörte. Eine Adlige hatte gesprochen. Sein Blick wanderte unwillkürlich zu den Augen und den Haaren der schönen Schwarzhaarigen, bevor er den Aufmerksamkeitszauber abschütteln konnte. Er wusste nicht, wer die Trickbeherrscherin und ihre Freunde waren, die über Emanio lästerten und schadenfroh über jede gemeine Bemerkung lachten, die einem aus ihrer Gruppe einfiel, doch das musste er auch nicht. Er kannte Menschen wie sie zur Genüge, schließlich hatte er sich oft ähnliche fiese Bemerkungen anhören müssen und war als der Hässliche bezeichnet worden.

»Die Bestie hat es nicht anders verdient! Es hat ja lang genug gedauert, bis es ihm jemand endlich heimgezahlt hat«, höhnte die Trickbeherrscherin erneut.

Wie können sie so nur über Emanio reden?

Lerio begriff es nicht. Emanio war schließlich ihr zukünftiger Herzog und er verstand auch als Panther sehr genau, wer schlecht über ihn sprach. Bekümmert huschte Lerios Blick zurück zum Herzogssohn, der an seiner Seite durch die für ihn immer noch verwirrenden Gänge des Schlosses ging, doch Emanio ließ sich nicht anmerken, dass er die Adligen gehört hatte. Kümmerte es ihn nicht, was die Menschen über ihn dachten?

Oder hatte er gelernt, sich nichts anmerken zu lassen?

Doch als Emanio plötzlich gegen ihn stieß und ihn beinahe zu Fall gebracht hätte, begriff er, dass der Panther während der Hänseleien immer näher an ihn herangerückt war, als hätte er unwillkürlich Trost bei ihm gesucht. Mitgefühl breitete sich in ihm aus. Er wusste nur zu gut, wie tief die Verletzungen gingen, die durch die gemeinen Worte verursacht wurden, daher legte er eine Hand auf Emanios Fell, um ihm zu zeigen, dass er nicht allein war.

Warum taten die Wachen nichts gegen die Beleidigungen?

Lerio warf einen gereizten Blick auf die Soldaten, die sie begleiteten, doch die Männer und Frauen wirkten nicht, als würden sie die verbalen Attacken der Adligen als Angriffe sehen und darauf antworten wollen. Stattdessen ließen sie Emanio damit allein und sahen einfach nur zu, so wie auch ihm nie jemand beigestanden hatte.

Nie hätte er gedacht, dass Emanio und er etwas gemeinsam hätten, doch die vergangenen neun Tage hatten gezeigt, dass sie mehr verband, als er vermutet hätte. Inzwischen waren ihm Emanios Gesten, Körperhaltungen und Geräusche so vertraut, dass er instinktiv wusste, wann Emanio seine Unterstützung brauchte, wann er den Mut verlor und wann er kurz davor war, die Geduld mit seinen Wachen zu verlieren. Dann war es an Lerio, eine Pause vorzuschlagen, mit den Wachen zu diskutieren oder ihn einfach an der Schulter zu berühren, um ihm zu zeigen, dass Emanio das Ganze nicht allein durchstehen musste.

»Hört nicht auf sie! Ihr seid keine Bestie. Die wahren Ungeheuer, das sind sie«, sagte Lerio laut genug, dass ihn nicht nur die Wachen, sondern auch die Lästerer hören konnten. Nicht, dass es geholfen hätte.

Die Dunkelhaarige schnaubte verächtlich. »Der Hässliche und das Biest – welch ein wundervolles Paar! Ist er Eure wahre Liebe, Eure Durchlaucht?« Ihre Stimme triefte vor Hohn und ihre Begleiter brachen in wieherndes Gelächter aus.

Lerio spürte, wie sich Hitze in seinen Wangen ausbreitete, doch er weigerte sich, ihnen zu zeigen, wie sehr ihn der

Spott getroffen hatte. Als würde er jemals Teil eines Paares sein!

Dieses Mal war es Emanio, der ihn zaghaft anstupste und ihm Trost spendete. Sie ignorierten die lauten Rufe hinter ihnen, doch Lerio spürte, wie eine Last von seinen Schultern fiel und er befreit atmen konnte, als er sie endlich nicht mehr hörte.

Es war noch recht früh am Morgen, als sie die Freitreppe herunterliefen. Ein frischer Wind fegte über den Platz und ließ ihn kurz erschaudern. Am Fuß der Treppe warteten bereits die restlichen Soldaten von Emanios Begleitschutz auf sie, ebenso wie die Feuerhexe, die sich ihnen am ersten Tag angeschlossen hatte.

Erneut schrieb Emanio den Plan für den Tag in den Staub. Er wollte zwei der umliegenden Dörfer aufsuchen und dort die Bewohner fragen, ob sie die Hexe gesehen hatten, während er die Orte nach möglichen Verstecken und magisch verborgenen Spuren absuchte.

Lerio nickte der Soldatin, die ihm Emanios Worte vorgelesen hatte, dankbar zu. Dann machten sie sich auf den Weg.

Der Pfad den Hügel hinab nach Rius war ihm inzwischen schon so vertraut, dass Lerios Gedanken innerhalb kürzester Zeit zu wandern begannen. Frieden überkam ihn, als er einen tiefen Atemzug der frischen Luft nahm und der Geruch des Waldes zu ihrer Linken in seine Lungen strömte.

Daher zuckte er auch erschrocken zusammen, als Emanio an seiner Seite plötzlich wütend knurrte. Bevor Lerio sich zu ihm umdrehen konnte, war der Herzogssohn bereits losgerannt und hielt blitzschnell auf die Bäume zu. Dort schienen zwei Gestalten verschwinden zu wollen und Emanio stieß ein lautes Fauchen aus.

Was …?

Die beiden Gestalten zuckten zusammen, als der Panther sie zurannte. Lerio erblickte einen großen muskulösen Mann in derber Kleidung, der eine zweite, kleinere Person am

Oberarm gepackt hielt und mit sich zerrte. Dann drehte die Person ihr Gesicht in Richtung des Panthers und Lerio erkannte seine Schwester. Ihr furchtsamer Gesichtsausdruck traf ihn wie eine Faust in den Magen und er rannte los, bevor er wusste, was geschah.

»Gerania!«

Nur vage bekam er mit, dass die Feuerhexe an seiner Seite war, während die Soldaten hinter ihnen brüllten und ihnen zuriefen stehen zu bleiben.

Angst hatte ihn erfasst. Doch in diesem Moment hatte sich Emanio auch schon auf den hünenhaften Mann gestürzt, der seine Schwester vor Schreck losließ. Die Vorderpfoten des Panthers stießen den Mann zu Boden, der jetzt furchtsam wimmerte. Der Geruch von Urin erfüllte plötzlich die Luft, als Emanio dicht über dem Gestürzten stand und die Zähne fletschte.

Gerania schluchzte laut auf. Im nächsten Moment hatte sie sich an seine Brust geworfen und war in Tränen ausgebrochen, während er instinktiv die Arme um sie legte, um sie zu trösten.

»Du bist in Sicherheit«, versprach er und schloss erleichtert das Auge, während er den Kopf in ihren Haaren vergrub und tief einatmete.

»Was ist geschehen?« Der Anführer der Soldaten hatte mit schnellen Schritten zu ihnen aufgeschlossen. Lerio ignorierte ihn.

Zum Glück antwortete die Feuerhexe für ihn. »Dieser Mann wollte das Mädchen gewaltsam zwischen die Bäume verschleppen. Seine Durchlaucht hat sie gerettet.«

»Stimmt das, Mädchen?«, fragte der Soldat.

Gerania nickte. Sie zitterte immer noch und es dauerte ein paar lange Minuten, bis sie sich so weit beruhigt hatte, dass sie aufhörte zu schluchzen und die Fragen der Wachen beantworten konnte.

Lerio war übel vor Entsetzen, als Gerania erzählte, wie der Mann eine Verletzung vorgetäuscht und sie mit einem Ruf nach Hilfe weg von der Straße in Richtung Bäume gelockt hatte, wo er auf einem großen Stein anscheinend auf ein Opfer und eine günstige Gelegenheit gewartet hatte.

»Zum Glück hat Seine Durchlaucht so scharfe Augen und gesehen, was passiert ist«, flüsterte Gerania und erschauderte. »Es ging so schnell, dass ich nicht wusste, was mit mir geschieht. Als ich endlich schreien wollte, hatte der Mann mich schon zwischen die Bäume gezerrt und mir eine Hand auf den Mund geschlagen.«

Lerio erschauderte, als er sich ausmalte, was geschehen wäre, wären sie nicht ausgerechnet in diesem Moment an dieser Stelle vorbeigekommen oder wäre Emanio nicht bei ihnen gewesen. Die Bilder, die in ihm aufkamen, waren schrecklich, unerträglich, und er verdrängte sie mit aller Macht.

Stattdessen drückte er Gerania ein wenig fester an sich, während Tränen über seine Wange liefen und er keinen Ton über die Lippen brachte. Gerania klammerte sich an ihn, während Emanio an ihrer Seite leise miaute.

Erst jetzt bemerkte Lerio, dass der Panther den Mädchenschänder losgelassen hatte, der inzwischen gefesselt war und von den Soldaten mit ihren Waffen in Schach gehalten wurde.

»Wir sollten den Verbrecher und das Mädchen zurück zum Schloss bringen und Bericht erstatten, Eure Durchlaucht«, schlug der Anführer des Begleitschutzes vor und Emanio nickte.

Doch Gerania steckte der Schreck so sehr in den Gliedern, dass sie keine zwei Schritte gemacht hatte, bevor sie die Kräfte verließen und sie stolperte. Lerios Herz schlug unregelmäßig, als er an ihre Seite eilte. Doch bevor er ihr aufhelfen konnte, war Emanio da und kauerte sich nieder, während er miaute.

»Eure Durchlaucht?«, fragte Gerania verwirrt.

Lerio und sie beobachteten, wie der Panther etwas in den Waldboden kratzte und erneut maunzte.

»Ihr sollt auf seinen Rücken klettern. Er wird Euch zurücktragen«, erklärte die Feuerhexe und Lerio starrte Emanio überrascht an.

»Nein, das kann ich nicht annehmen. Aber habt vielen Dank, Eure Durchlaucht«, widersprach Gerania und der Panther grollte leise und ritzte erneut eine Botschaft in die Erde. Die beiden stritten sich auf diese Weise so lange, bis sich Lerios Schwester bereit erklärte, den Arm um seinen Hals zu legen und sich auf dem Rückweg von ihm stützen zu lassen. Und so geschah es.

Sie mussten einen ungewöhnlichen Anblick bieten, als sie zum Schloss zurückkehrten, doch Lerio achtete nicht auf die Mienen der Menschen, denen sie begegneten. Stattdessen wich er nicht von Geranias Seite, die noch immer unter Schock stand. Sie vergrub ihre Hand ein wenig ängstlich im Fell des Panthers und schmiegte sich an ihn, während dieser an ihrer Seite mit behutsamen Schritten den Hügel erklomm. Tiefe Dankbarkeit erfüllte Lerio, als er sah, wie liebevoll und vorsichtig sich Emanio um seine Schwester kümmerte.

Zurück im Schloss brach Hektik aus, als die Wachen Hauptmann Costario und den anderen berichteten, was geschehen war. Der Hüne wurde in den Kerker gebracht, während Emanio und Lerio Gerania zum Flügel der Heiler brachten, wo Celia sie gründlich untersuchte, ihre blauen Flecken heilte und dann darauf bestand, Lerios Schock ebenfalls zu behandeln.

Es war kurz vor Mittag, als Lerio und Emanio sich endlich wieder in den Gemächern des Herzogssohns befanden und Lerio die Sprache wiederfand.

»Danke! Was Ihr heute getan habt, werde ich Euch nie vergessen.«

Und zum ersten Mal, seit Kudonio, Brusperio und Morio ihn dazu gezwungen hatten, Emanio zu dienen, erfüllte ihn die Aufgabe mit Stolz und er konnte sich nicht mehr vorstellen, etwas anderes zu tun.

Kapitel 15: Emanio

Emanio war froh, dass er Gerania hatte helfen können. Lerios Dankbarkeit, die der Wildhüter nicht aufhören konnte, immer wieder zu betonen, war ihm beinahe schon ein wenig unangenehm. Für ihn war es selbstverständlich gewesen, dem Mädchen beizustehen. Nicht nur, weil er Lerios Schwester mochte. Er konnte sich nicht vorstellen, nichts zu tun, wenn einer seiner Untertanen in Not war.

Als Morio kurz darauf in seine Gemächer platzte, dachte Emanio daher zuerst, er hätte von dem Vorfall gehört und wäre gekommen, um die Ereignisse zu kommentieren. Doch Morios Worte ergaben keinen Sinn.

»Sie sind gleich da! Ein Falkenwandler hat ihre Kutsche und ihr Gefolge entdeckt!« Sein Sekretär wirkte ungewohnt aufgeregt.

Wer waren *sie*? Emanio wechselte einen verdutzten Blick mit Lerio, doch Morio plapperte bereits weiter: »Brusperio und seine Leute sind eifrig dabei, alles für ihre Ankunft vorzubereiten. Heute Abend soll es ein Bankett geben, zu dem alle von Rang und Namen eingeladen sind. Kommt Ihr?«

Morio holte tief Luft und schien erst dann ihre Verwirrung zu bemerken. »Eure Durchlaucht, ich darf Euch mitteilen, dass Herzog Orsio und Herzogin Latia gesichtet wurden. Sie fahren soeben mit ihrem Gefolge den Hügel zum Schloss hoch. Ihr werdet zum offiziellen Willkommen auf der Schlosstreppe erwartet. Hat Euch denn niemand informiert?«

Emanios Herz setzte einen Schlag aus, als die Neuigkeit seine Gedanken ins Chaos stürzte. Seine Eltern waren zurück? Aufregung erfasste ihn bei der Aussicht, sie nach sechs langen Jahren endlich wiederzusehen. Doch gleichzeitig fühlte er auch einen seltsamen Widerwillen beim Gedanken, seinen Eltern unter die Augen zu treten. Hätte es nicht anders sein müssen? Immerhin hatte er sie so lange nicht gesehen und sie vermisst. Er hätte es doch eigentlich kaum erwarten dürfen, sie wiederzusehen, oder? Schließlich hatte er sich stets bemüht, ein guter Sohn und der perfekte Erbe zu sein. Er hatte sich in ihrer Abwesenheit um das Herzogtum gekümmert, er hatte ihnen zudem regelmäßig Berichte mit allen wichtigen Neuigkeiten aus Ternilus in die Hauptstadt geschickt. Und zeugte es nicht von ihrem Vertrauen in ihn, dass sie ihm nur gelegentlich Ratschläge und Aufmunterungen, nie aber Tadel oder Befehle gesendet hatten? Sie hatten bei ihrem Aufbruch nach Nadus gemeint, dass es eine gute Vorbereitung auf die Zeit sei, wenn sein Vater die Herrschaft eines Tages an ihn abtreten würde. Er hatte in gewisser Weise Stolz empfunden, als ihre ursprünglich kurze Reise in die Hauptstadt zu mehreren Monaten, dann zu einem Jahr und schließlich zu sechs Jahren angewachsen war. Bedeutete das nicht, dass sie sich auf ihn verließen? Zwar hatten sie ihm versprochen, im Ernstfall nach Ternilus zurückzukehren, doch der Ernstfall war bis zu seinem Fluch nicht eingetreten.

Oder zumindest hatte er das gedacht. Aber er hatte nicht bemerkt, dass jemand ihn so sehr hasste, dass er ihn tot sehen wollte. Er hatte nicht gehört, mit welcher Verachtung seine Untertanen von ihm sprachen und welche schrecklichen Taten sie ihm zutrauten. Und noch weniger hatte er mitbekommen, dass er über lange Zeit von einem seiner Diener beinahe mit Rauschmitteln vergiftet worden wäre. Nein, er war zu blind gewesen, um zu erkennen, dass der Ernstfall schon vor langer Zeit eingetreten war, dass er irgendwo vom Weg abgekommen war und sich verirrt hatte. Es reichte nicht, dass er sein Bestes gegeben hatte, denn sein Bestes war nicht gut genug für die Bewohner von Ternilus, und eine Hexe hatte ihn erst verfluchen müssen, damit er das erkannt hatte.

Daher breitete sich auch ein mulmiges Gefühl in ihm aus, als Morio zur Tür hinauseilte, und Lerio erwartete, dass Emanio ihm im selben Tempo folgte. Stattdessen jedoch zögerte Emanio.

»Kommt Ihr?«, fragte Lerio, als Emanio kurz vor der Schwelle innehielt. Er schien überrascht zu sein, als Emanio sich nicht rührte, doch dann machte Verständnis seine Züge weicher. »Ihr macht Euch Sorgen, wie sich Eure Eltern bei Euren Anblick verhalten werden, oder? Bitte glaubt nicht, dass sie Euch aufgrund des Fluchs hassen werden! Seht mich an!«

Lerio deutete auf seine Augenklappe, die er stets außerhalb ihrer Räumlichkeiten trug und auch dann aufsetzte, wenn Morio, Brusperio oder ein anderer als seine Schwestern sie besuchte. »Meine Verletzung hat mein Gesicht entstellt. Doch meine Eltern hat das nie gekümmert. Sie haben mich geliebt, nicht mein Äußeres. Eure Eltern werden sich auch daran erinnern, wenn sie ihren ersten Schrecken überwunden haben. Bestimmt werden sie alles daransetzen, den Fluch zu brechen. Immerhin sind sie deswegen aus Nadus zurückgekehrt, oder nicht? Sie sind hier, um zu helfen.«

Emanio hoffte, dass Lerio recht hatte, dass sein Anblick nicht so abstoßend war, dass sie ihn nicht mehr ertragen konnten.

»Kommt, Eure Durchlaucht, es wird Zeit. Ihr werdet sehen, dass alles gut wird.«

Der Wildhüter lächelte so aufmunternd, dass Emanio auf ihn zuging. Er wollte Lerio nicht enttäuschen.

Emanio, Lerio und die Wachen machten sich auf den Weg. Überraschend gehörten sie zu den Letzten, die den Haupteingang des Schlossgebäudes erreichten. Alle Adligen von Rang und Namen, die Ratsmitglieder, einige Dutzend Magier sowie die wichtigsten Bediensteten hatten bereits auf der großen Freitreppe Aufstellung genommen. Seine Großmutter und sein Bruder – flankiert von Wachen – mit den Ratsmitgliedern und Graf di Sperraziones Familie standen ganz vorn, dahinter die übrigen Höflinge und die Magier, dann die Schlossangestellten. Eigentlich hätte sich Emanio die Stufen hinunterschieben müssen, doch er zögerte. Vermutlich war es keine gute Idee, sich durch die Menge zu drängen und alle in Angst und Schrecken zu versetzen, kurz bevor seine Eltern erwartet wurden. Er wollte kein Chaos verursachen, daher blieb er auf der obersten Ebene und wich stattdessen lieber zur Seite aus, sodass er zwischen zwei steinernen Statuen hinabsehen konnte.

Emanio hörte bereits die Rufe der Wachen am Tor wenige hundert Schritte weiter, als die Kutsche seiner Eltern mit ihrem Gefolge durch eine Schar jubelnder und Blumen werfender Untertanen aufs Schlossgelände gelassen wurde. Er sah seinen Vater auf einem prächtigen Rappen voranreiten, während die strahlend weiße und goldverzierte Kutsche seiner Mutter von vier Schimmeln gezogen wurde. Es war ein Anblick, der Ternilus lange nicht vergönnt gewesen war.

Sowohl sein Vater als auch seine Mutter winkten den Menschen huldvoll zu und lächelten, während sie sich umsahen. Als ihr Blick auf Emanios Bruder und seine Großmutter fiel, stellten sie das Winken ein. Sein Vater zügelte sein Pferd ein paar Schritte vor den Ratsmitgliedern und stieg ab. Er wartete, bis die Kutsche ebenfalls gehalten hatte, um die Tür zu öffnen und Emanios Mutter beim Aussteigen zu helfen.

Beim Anblick ihres Kleids kam ein ehrfürchtiges Raunen aus der Mitte der Adligen auf und Emanio vermutete, dass etliche Damen nach der offiziellen Begrüßung unverzüglich nach Rius aufbrechen würden, um ihren Schneidern noch den einen oder anderen Änderungswunsch mitzuteilen oder gar gleich eine komplett neue Garderobe nach dem Vorbild seiner Mutter in Auftrag zu geben.

Als seine Eltern sich zu den Anwesenden auf der Freitreppe umdrehten, kehrte abrupt Stille ein. Die Damen knicksten und die Herren verbeugten sich.

Unterdessen musterte seine Mutter das Schlossgebäude, als müsste sie sich erst wieder mit ihm vertraut machen. »Wie klein es ist im Vergleich zum königlichen Schloss in Nadus!«, entfuhr es ihr überrascht. »Es kam mir in meinen Erinnerungen größer vor. Und wie ländlich alles ist! Irgendwie ... pittoresk. Meinst du nicht auch, Orsio?«

Mutters laute Stimme hallte über den Schlosshof und Emanio zuckte zusammen. Er bezweifelte, dass seine Mutter *pittoresk* positiv gemeint hatte.

Ihr Blick streifte die Menschen auf der Freitreppe und kniff sich zusammen, als hätte sie jemanden entdeckt, den sie lieber nicht wiedergesehen hätte. Doch zum Glück trat seine Großmutter in diesem Moment vor und unterband die potenziellen Beleidigungen vor der Begrüßung mit ihren warmen Worten und einem Lächeln.

»Herzlich willkommen zu Hause, mein lieber Orsio! Und willkommen zurück, Latia! Ihr werdet hier dringend gebraucht.«

Akurio ging ebenfalls auf ihre gemeinsamen Eltern zu und lächelte. »Mutter, Vater, schön, dass ihr zurück seid. Wir haben euch vermisst.«

Sein Vater umarmte ihn kurz und küsste Großmutter anschließend auf die Wange, bevor er sich erneut suchend umsah. Er musterte Brusperio scharf.

»Wo ist Emanio? Und was ist das für eine ungeheuerliche Geschichte von einem Fluch, die Ihr mir geschrieben habt? Wir hätten die Nachricht beinahe für eine Fälschung gehalten oder vermutet, dass Ihr einen über den Durst getrunken hattet, während Ihr sie verfasst habt. Es war eine List, oder? Eine List, damit wir nach Hause zurückkehren.«

Emanio zuckte zusammen. Das war schlimmer, als er es sich ausgemalt hatte. Seine Eltern glaubten nicht, dass er verflucht war.

»Brusperio, Ihr seid ein Witzbold!«, stieß nun auch seine Mutter ins selbe Horn, während sie lachte, ihren Fächer aufklappte und sich Luft zuwedelte. »Ihr wisst doch, dass in Emanios Adern königliches Blut fließt. Es ist ausgeschlossen, dass jemand aus meiner Linie einem Fluch zum Opfer fällt.«

Der Kastellan fiel in ihr Lachen nicht mit ein, obwohl es ratsam gewesen wäre, um seine Mutter auf seine Seite zu ziehen. Stattdessen wirkte er steif und förmlich, als er sich erneut vor ihnen verbeugte.

»Euer Gnaden, ich bedaure, dass ich keine besseren Neuigkeiten für Euch habe, doch leider entspricht jedes Wort, das ich Euch schrieb, der Wahrheit.«

Das Lachen seiner Mutter verstummte und die Miene seines Vaters verfinsterte sich. Doch das bemerkte der Kastellan nicht, da er sich umgedreht hatte und nun die Anwesenden auf der Freitreppe suchend musterte. »Eure Durchlaucht, wenn Ihr bitte nach vorne kommen würdet?«

Unruhe kam unter den Versammelten auf, als sie näher aneinanderrückten und eine breite Gasse bildeten. Alle drehten sich jetzt um und schauten nach oben. Emanio spürte, dass sein Schwanz unruhig peitschte, als er zusammen mit Lerio und seinen Wachen auf seine Eltern zuging, doch er konnte ihn nicht stillhalten. Hoffentlich dachte niemand, dass er sie angreifen wollte.

Als seine Eltern seine Fluchgestalt zum ersten Mal erblickten, wurden sie kreidebleich. Sein Vater musste seine Mutter stützen und die Mitglieder des herzoglichen Gefolges begannen zu schreien. Niemand schien der Gruppe erzählt zu haben, dass es am besten wäre, die Pferde unverzüglich nach der Ankunft fortzubringen. Jetzt rissen sie an ihren Zügeln und wieherten panisch. Innerhalb von Sekunden hatten die ersten die Flucht ergriffen und Emanio blieb augenblicklich stehen.

Sein Vater brüllte gegen das Tohuwabohu an, doch die Menschen hörten ihm in ihrer Panik nicht zu. Er war hochrot im Gesicht, während er immer wieder »Still! Beruhigt Euch!« brüllte. Genervt befahl er den Stallburschen, die verbliebenen Pferde fortzuschaffen. Anschließend ordnete er an, dass seine Dienstboten durch einen Nebeneingang das Schlossgebäude betreten sollten. Inzwischen wirkte er frustriert – kein Wunder, als Herzog war er es gewohnt, dass ihm die Leute unverzüglich gehorchten.

Als wieder Ruhe eingekehrt war, starrte er Emanio skeptisch an. »Seid Ihr sicher, dass dies mein Sohn und keine Bestie ist, die jemand gezähmt oder verzaubert hat?«

»Ja, Euer Gnaden«, erwiderte Brusperio.

Seine Mutter schluchzte. »Mein armer Junge!« Sie zückte ein Taschentuch, um sich die Tränen abzuwischen. Dann verhärtete sich ihr Gesichtsausdruck. »Keine Sorge, damit wird diese Hexe nicht ungestraft davonkommen, das verspreche ich! Gleich morgen werde ich einen Boten zu meinem Onkel, dem König, schicken, damit er die Hexe, die dies verbrochen hat, im ganzen Reich jagt! Dafür wird sie brennen, das schwöre ich! Niemand vergreift sich an der königlichen Familie!«

Zustimmendes Gemurmel kam unter den Mitgliedern ihres Gefolges auf, während die Anwesenden auf der Freitreppe Blicke wechselten.

Noch immer starrten seine Eltern Emanio an. Schließlich trat sein Vater ein paar Schritte näher, blieb jedoch in ausreichendem Abstand vor Emanio stehen und er begriff beklommen, dass seine Eltern ihn trotz der Versicherung, dass er es war, fürchteten.

Sein Vater ließ den Blick über die Umstehenden schweifen. Als er Lerio ein Stück hinter Emanio erblickte, stockte er.

»Wer ist das?«, fragte er scharf.

»Wildhüter Lerio, Euer Gnaden«, erwiderte Brusperio. »Er kümmert sich um Emanios Wohlbefinden.«

Bei diesen Worten kniff sein Vater abschätzend die Augen zusammen. »Gut.«

Seltsamerweise starrte er Lerio auch weiterhin an. Es war ein so ungewöhnliches Verhalten für seinen Vater, dass Emanio sich fragte, ob er den Wildhüter möglicherweise kannte.

Das Starren brach abrupt ab, als sich sein Vater an Brusperio wandte. »Die Reise war anstrengend. Meine Frau und ich werden uns zurückziehen, um uns ein wenig auszuruhen. Alles Weitere können wir heute Abend beim Festbankett besprechen.«

Unzufriedenes Gemurmel kam auf. Emanio konnte nicht erkennen, wer sprach, aber es waren bestimmt ein halbes Dutzend Personen oder noch mehr. Sein Vater runzelte die Stirn, als ein niederer Adliger aus dem Freundeskreis von Baron di Nadione, den Emanio nicht namentlich zuordnen konnte, vortrat und sich dem Herzog in den Weg stellte.

»Mit Verlaub, Euer Gnaden, aber die Angelegenheit kann nicht warten. Wir haben wochenlang auf Eure Rückkehr gewartet. Was gedenkt Ihr in Bezug auf die Bestie zu tun? Ihr müsst einen neuen Erben benennen – sofort! Denn dieses ... Monstrum ist nicht geeignet und sollte Euch etwas geschehen – die Götter mögen es verhindern –, bevor Ihr eine Entscheidung getroffen habt, werden wir zukünftig unter der Herrschaft einer Bestie leben müssen!« Sein bleiches Gesicht wies hektische rote Flecken vor Erregung auf, als er ängstlich in Emanios Richtung blickte. »Alle haben Angst vor ihm! Es kann sein, dass die Wachen ihn noch unter Kontrolle haben, aber irgendwann werden seine tierischen Instinkte gewinnen und dann wird es ein Blutbad im Schloss geben! Und die Magier sind machtlos! Sie finden ja noch nicht einmal einen Weg, den Fluch einer gewöhnlichen Kräuterhexe zu brechen!«

Die Anhänger des Mannes murmelten zustimmend, während Emanio ihn schockiert anstarrte. Meinte er das ernst?

Der Kastellan ging jetzt auf den Höfling zu, seine Miene war finster. »Habt Ihr den Verstand verloren? Emanio wurde lediglich verflucht, er ist keine blutrünstige Bestie! Und der Fluch wird schon bald gebrochen werden, es gibt keinen Grund für dieses Theater hier!« Brusperio ließ den Blick über die Unzufriedenen wandern.

»Aber, aber, werter Kastellan!«, mischte sich Kudonio ölig ein und hob beschwichtigend beide Hände. »Ein paar Bewohner von Ternilus haben uns lediglich ihre Ängste mitgeteilt. Sind wir es ihnen nicht schuldig, sie ernst zu nehmen? Zumal ihre Sorgen ja berechtigt sind.« Sein misstrauischer Blick streifte Emanio, während er seine Hand zum Wurfmesser an seinem Gürtel wandern ließ, dieses jedoch nicht zog. »Vielleicht ist der Fluch ja ein Zeichen und wir haben bislang versäumt, es richtig zu deuten.«

»Ein Zeichen, Kudonio?« Seine Großmutter wirkte wenig begeistert über Kudonios offene Unterstützung der Aufständischen. »Was meint Ihr damit?«

»Ich meine damit, dass die Magie der herzoglichen Linie zu schwach in Emanio ist. Wie wir alle wissen, sind die Herrschaftszauberer die stärksten Magiebegabten der Welt und gegen Flüche gefeit. Trotzdem steht Emanio in seiner Fluchgestalt vor uns! Er ist also erkennbar kein Herrschaftszauberer! Und selbst wenn der Fluch durch ein Wunder vor der Wintersonnenwende gebrochen werden sollte, können wir dann zulassen, dass Emanio den Herzogsthron besteigt? Ich sage Nein! Denn dann werden alle Schwarzmagier dieser Welt wissen, wie schwach Emanio ist, und sie werden versuchen, unser schönes Ternilus zu erobern, sobald er Eure

Nachfolge angetreten hat, Euer Gnaden!« Der Jagdmeister hatte die Stimme gehoben und war jetzt über den gesamten Schlossplatz zu hören. »Und gesetzt den Fall, dass der Fluch nicht gebrochen werden kann, eignet er sich erst recht nicht zum Herzog. Immerhin wissen wir alle, dass Tiermenschen keine vollwertigen Menschen sind, nicht wahr? Schlimm genug, dass wir täglich mit ihnen zu tun haben, sie unsere Wäsche waschen, uns unsere Mahlzeiten zubereiten, unsere Botschaften überbringen oder andere niedere Aufgaben im Schloss ausführen. Aber ihnen vertrauen und ihnen Macht über uns Menschen geben? Nein, das wäre Irrsinn! Sie dienen nicht unseren Interessen, sondern verfolgen eine eigene, für uns schädliche Weltordnung!« Er deutete anklagend auf Emanio. »Seht ihn Euch an, verehrte Leute! Am liebsten würde er die Welt zurück in die Steinzeit versetzen und uns die Haltung, die Schlachtung und das Jagen von Tieren verbieten! Sollen wir zukünftig alle frieren und hungern, weil es kein Fleisch, keine Eier, keine Milch, keine Felle und kein Leder mehr gibt?«

»Eure Beschuldigungen sind absurd! Wie kommt Ihr auf diesen Blödsinn? Nur weil Emanio persönlich kein Fleisch isst?« Brusperio wirkte fassungslos.

»Es reicht!«, verkündete Großmutter laut. »Wir werden solch einen Unsinn nicht diskutieren! Kudonio, Ihr solltet aufpassen, was Ihr sagt! Ihr habt geschworen, als herzogliches Ratsmitglied unserer Familie zu dienen und die Erbfolge zu schützen – nicht sie zu untergraben!«

Es rauschte in Emanios Kopf, als er den Jagdmeister anstarrte und knurrte. Doch der Laut ging im unzufriedenen Gemurmel der Aufrührer unter. Ihm war zwar bewusst gewesen, dass Kudonio seine Verwandlung in einen Panther unheimlich fand, aber dies ging weit darüber hinaus. Der Jagdmeister verachtete ihn schon länger, es kam nur erst jetzt zum Vorschein.

Als sein Vater das Wort ergriff, war es im Grunde zu spät. Die Saat des Zweifels an der Erbfolge war gesät und zu viele hatten während Kudonios Rede zustimmend genickt oder ihm lautstark beigepflichtet.

»Meine Mutter hat recht. So spricht kein Mitglied meines Rats. Meine Berater müssen Vertrauen in die Macht meiner Blutlinie haben. Ich werde keinen anderen Erben ernennen! Wenn Ihr Emanio nicht unterstützen könnt, dann wäre es besser, dass Ihr den Rat verlasst!«

Wärme breitete sich bei den Worten seines Vaters in Emanio aus und er konnte es kaum glauben, dass sein Vater ihm die Unterstützung offen zusagte.

Doch nun trat Akurio vor und blickte zwischen ihrem Vater und dem Jagdmeister hin und her. Er wirkte besorgt um seinen Mentor. »Du hast selbstverständlich recht, Vater. Emanio ist der rechtmäßige Erbe. Aber du kannst doch niemanden dafür bestrafen, dass er sich Sorgen um unser Herzogtum macht! Ist nicht genau das die Aufgabe eines Ratsmitglieds? Sich um das Herzogtum und seine Bewohner zu kümmern?«

Sein Vater hob die Hand. »Damit magst du recht haben, mein Sohn. Dennoch werde ich nicht noch einmal über dieses Thema diskutieren. Meine Entscheidung ist gefallen!«

»Ja, Vater.« Akurio neigte den Kopf.

Sein Vater reichte seiner Mutter den Arm. Dann setzten sie sich in Bewegung und kamen die Freitreppe herauf. Alle beeilten sich, zur Seite auszuweichen, um dem Herzogspaar ausreichend Platz zu machen. Auch Emanio drängte sich an Lerio und an seine Wachen, während seine Eltern sie passierten und dabei steif lächelten. Sie schenkten ihm keinen weiteren Blick und Emanio erkannte, wie sehr sein Anblick sie trotz ihrer öffentlichen Unterstützung schockiert haben musste. Seine Erleichterung verflog und machte Entschlossenheit Platz.

Ich sorge dafür, dass sie dies nicht bereuen! Ich werde den Fluch brechen und allen beweisen, dass ich ein guter Herzog sein werde!

Kapitel 16: Lerio

Die Versammlung auf der Freitreppe löste sich langsam auf. Die Schlossangestellten waren die Ersten, die sich wieder an die Arbeit machten. Die Magier folgten ihnen kurz darauf oder machten sich auf den Weg nach Rius. Sorgen bereiteten Lerio die misstrauischen Blicke der Adligen und Kudonios finstere Miene.

»Wir sollten Seine Durchlaucht am besten zurück in seine Gemächer bringen«, schlug er den Wachen leise vor. Ihn beunruhigte außerdem, wie abwesend Emanio auf ihn wirkte. Das offene Misstrauen der Adligen und des Jagdmeisters zu hören, musste ihn belasten.

Der Anführer der Leibwache nickte. »Ihr habt recht. Folgt mir, Eure Durchlaucht!«

Der Mann ging voran, während seine Leute um Emanio herum Aufstellung nahmen und ihn bestmöglich schützten. Dennoch konnte Lerio erst durchatmen, als sie einige Minuten später wieder in Emanios Gemächern waren. Sofort begann der Panther durch das Wohnzimmer zu marschieren, als könnte er nicht still sitzen.

Lerio wusste nicht, wie er ihm helfen konnte. »Ich bin sicher, dass Eure Eltern bald mit Euch sprechen werden. Bestimmt wollten sie nur nicht in der Öffentlichkeit den Fluch diskutieren.«

Emanio hielt einen Augenblick inne und sah ihn an. Ein leises Knurren entfuhr ihm. Der Schwanz peitschte, als er seinen unruhigen Marsch wieder aufnahm.

Doch es dauerte nicht lange, bis es an der Tür klopfte, eine Wache ihren Kopf hereinsteckte und Herzog Orsio ankündigte. Lerio spürte, wie sich ein erleichtertes Lächeln auf seinem Gesicht ausbreitete.

Rasch stand er auf und verbeugte sich tief, als Herzog Orsio mit seiner Leibwache, Emanios Wachen, dem Kastellan, Seherin Omira sowie Morio die Gemächer betraten. Rasch war der Raum voll und Lerio ging beiseite, um die Besucher zu Emanio zu lassen. Nur dass Orsios Wachen beschlossen, bei ihm zu bleiben, statt dem Herzog auf Schritt und Tritt zu folgen, und der Herzog nicht auf seinen Sohn zuging, sondern in der Mitte des Wohnzimmers stehen blieb.

Lerio sah verwirrt zu Brusperio und Morio hinüber. Die beiden Männer wirkten verstört. Was war geschehen?

»Wachen, ergreift ihn!«

Im nächsten Moment packten grobe Pranken Lerios Arme, rissen sie zurück und fesselten seine Hände auf seinem Rücken. »He! Was soll das?«

Lerio verstand es nicht. Warum tat der Herzog das? Er konnte sich sein seltsames Verhalten nicht erklären. Bereits auf der Freitreppe hatte der Herzog sich merkwürdig verhalten, als er Lerio in Emanios Gegenwart gesehen hatte.

Emanio fauchte laut und ging zornig auf sie zu. Die Leibwächter des Herzogs zuckten zusammen, doch statt Lerio loszulassen, bildeten sie eine dichte Mauer um ihn und packten noch fester zu, als hätten sie Sorge, Lerio würde andernfalls fliehen. Nur welchen Grund hätte er dafür haben sollen? Warum griffen sie ihn an?

Der Herzogssohn schien es genauso wenig zu verstehen wie er. Der Schwanz des Panthers bewegte sich aggressiv durch die Luft. Er stand kurz davor, die Soldaten seines Vaters anzugreifen, als dieser vortrat.

»Bleib zurück, Emanio!«, befahl der Herzog jetzt. Emanio wandte sich ihm zu und knurrte. Es war ein Laut des Unmuts, doch die Soldaten schienen ihn als Drohung aufzufassen, denn Messer wurden gezückt und ihre Lanzen richteten sich nun auf den Panther. Emanio fauchte empört.

»Morio! Haltet ihn zurück, wenn nötig mit Gewalt!«

Der kalte Befehl seines Vaters war der letzte Tropfen, der das Fass zum Überlaufen brachte. Emanio brüllte ohrenbetäubend und sprang ... Im nächsten Moment krachte er gegen eine dicke Eismauer, die Morio errichtet haben musste. Es knirschte laut und der Sekretär ächzte, doch die Barrikade hielt nicht nur, sondern breitete sich jetzt auch rasant aus, bis sie Emanio einschloss und auf seiner Seite des Raums festhielt.

Lerio fehlten vor Schock die Worte. Auch der Herzogssohn war außer sich und Lerio mochte sich nicht vorstellen, wie Emanio sich angesichts der Tat seines Vertrauten fühlte. Es musste ihm wie Verrat vorkommen. Rasend vor Zorn attackierte der Panther den Kerker aus Eis mit seinen Krallen, während Morio leise vor Anstrengung ächzte. Der Herzog ignorierte seinen Sohn und gab ein Handzeichen. Im nächsten Moment packte eine seiner Wachen Lerio am Kinn und presste seine Kiefer auseinander. Eine zweite trat vor und schüttete ihm den Inhalt eines kleinen Fläschchens in den Hals. Der Trank schmeckte widerlich, nach bitteren Kräutern und Magie. Lerio verschluckte sich und wehrte sich gegen die Männer. Einer von ihnen hielt ihm die Nase zu und zwang ihn auf diese Weise zu schlucken, damit er wieder Luft bekam.

»Euer Gnaden?« Brusperio trat vor. Er wirkte sichtlich unbehaglich angesichts dessen, was um ihn herum passierte. »Was tut Ihr? Wildhüter Lerio hat sich in den letzten Wochen vorbildlich um Seine Durchlaucht gekümmert. Es besteht kein Grund, ihn oder Emanio so zu behandeln.«

Herzog Orsios Miene verfinsterte sich. »Ob ein Grund besteht oder nicht, das entscheide immer noch ich!« Ein tadelnder Blick streifte den Kastellan. Dann wandte er sich wieder Lerio zu und musterte ihn abschätzend. »Ihr müsst wissen, in der Hauptstadt gibt es die besten Magier und klügsten Köpfe der magischen Zunft. Sie können alle möglichen Zauber zusammenbrauen. Vor ein paar Jahren waren Wahrheitstränke am Hof in Mode – bis Magier ein Gegenmittel erfunden haben. Dennoch habe ich auch heute stets mindestens ein Fläschchen davon und von seinem Gegenmittel bei mir. Ich musste es nie einsetzen. Bis heute.«

Der Herzog hatte ihm einen Wahrheitstrank einflößen lassen? Aber wieso?

Lerio starrte den Herzog an, aber seine Worte wollten einfach keinen Sinn ergeben.

»Ich habe mich gefragt, wer einen Grund hätte, mir und meiner Familie zu schaden, wer die Hexe zu ihrer Tat angestiftet haben könnte. Und heute Nachmittag ist es mir klar geworden. Du warst es!« Er zeigte anklagend auf Lerio.

»Was?«, riefen Morio, Brusperio und Omira gleichzeitig. Sie wirkten so fassungslos, wie Lerio sich fühlte. Auch Emanios Wachen sahen jetzt unsicher zwischen ihm und dem Herzogssohn hin und her, der für einen Moment alle Ausbruchsversuche eingestellt hatte und sie anstarrte.

»Euer Gnaden, das ist bestimmt ein Missverständnis. Gebt nichts auf irgendwelche Gerüchte oder boshafte Unterstellungen! Wir sollten einen Mann nur nach seinen Taten und nicht aufgrund von Vorurteilen bewerten. Und Lerio beschützt Seine Durchlaucht wahrlich vorbildlich.« Erneut war Brusperio vorgetreten, um ihm beizustehen.

Die Seherin nickte. »Ich sehe keine Gefahr von Lerio für Emanio ausgehen.«

Der Herzog warf ihr einen scharfen Blick zu. »Aber Ihr habt auch den Fluch nicht vorhergesehen, oder?« Erneut starrte er Lerio finster an. »Vielleicht hat er ein Mittel gefunden, mit dem er Euch täuschen konnte. Aber das werden wir gleich herausfinden. Sag mir, Lerio: Verabscheust du meine Familie?«

Er wollte *Nein* sagen, aber Bilder von Akurio, der Jagd auf hilflose Tiere machte, der ihn auslachte und seinen Tod forderte, vom Herzog, der Kudonio einstellte und seinen Eid brach, als wäre ihm das Schicksal der Lebewesen im Wildgehege egal, zogen vor seinem inneren Auge vorbei. Und er hörte zu seinem Entsetzen, wie er »Ja« sagte.

Augenblicklich wurde es totenstill im Zimmer, als könnten Morio, Brusperio, Omira und Emanios Wachen nicht glauben, was sie gehört hatten.

»Wolltest du Emanio töten?«

Lerio wimmerte, als er sich gegen die Magie des Wahrheitstranks wehrte. Er erinnerte sich daran, wie er von Torras Schwangerschaft erfahren hatte, wie zornig und entsetzt er gewesen war. »Ja.«

Eine Träne lief aus seinem unverletzten Auge, als er Emanio winseln und erneut an der Eismauer kratzen hörte. Doch bevor er seine Antwort erklären konnte, explodierte der Herzog vor Zorn. »Du gibst es also zu? Nach allem, was ich für dich und deine Familie getan habe? Ich habe euch Arbeit gegeben, eine Hütte im Wald, habe euch lebenslang in meine Dienste genommen, obwohl mein Rat und mein Hof mich für verrückt erklärten! Und so dankst es mir und meiner Familie? Mit Feindschaft und Verrat?«

»Ich kann es nicht glauben.« Morio trat vor, um ihm ins Gesicht zu sehen. »Seid Ihr sicher, dass der Trank richtig funktioniert, Euer Gnaden? Vielleicht ist der Zauber zu alt?«

Auch der Kastellan schien Zweifel zu hegen. »Lerio, arbeitest du mit der Hexe zusammen?«, wollte er wissen.

»Nein!«

»Bist du mit verantwortlich für den Fluch?«

»Nein!«

»Arbeitest du mit Kio oder dem Hauptmann zusammen oder hast du das in der Vergangenheit getan?«

»Nein!«

»Warum bei der Unterwelt fragt Ihr nach dem Hauptmann? Was hat er mit der ganzen Sache zu tun? Und wer ist Kio?« Der Herzog wirkte verwirrt. Doch dann schüttelte er den Kopf. »Unwichtig. Lerios Schuld ist bewiesen. Ich sollte ihn in den Kerker werfen lassen oder ihn fristlos entlassen.«

»Euer Gnaden, verzeiht, aber das ist sie nicht. Er hat lediglich gestanden, dass er einmal den Wunsch gehegt hat, Emanio zu töten. Wer von uns hat noch nie einen mörderischen Gedanken verspürt, wenn er wütend auf jemanden war? Gleichzeitig war er jedoch weder in die Intrigen noch in die Anschläge auf Emanio verwickelt. Er hat gestanden, dass er mit der Hexe und dem Fluch und allem anderen nichts zu tun hatte.«

»Dann habt Ihr nicht die richtigen Fragen gestellt, Kastellan! Oder aber er hat eine Möglichkeit gefunden, unter dem Einfluss des Tranks die Wahrheit zu verschleiern. Nein, wir können ihm nicht vertrauen. Ich will ihn nicht eine Sekunde länger in der Nähe meines Sohnes oder meiner Familie wissen.«

»Dann sollte er auf seinen Posten als Wildhüter zurückkehren«, schlug Brusperio vor. »Ihn zu entlassen, wenn wir ihn mit keinem Verbrechen in Verbindung bringen können, wäre nicht ratsam. Das Volk könnte uns Willkür vorwerfen.«

»Meinetwegen.« Der Herzog machte eine abfällige Handbewegung. »Schafft ihn hinaus! Er darf das Schloss nicht länger betreten.«

Seine Wachen packten Lerio erneut grob an den Oberarmen und schleiften ihn zwischen sich zur Tür. Ihm entfuhr ein Schluchzen. Hinter sich hörte er, wie die Eismauer unter den Angriffen des brüllenden Herzogssohns knirschte, der mit seinen mächtigen Krallen ganze Brocken aus der weißblauen Fläche riss. Das Knacken von Eis wurde lauter, während der Herzog erneut Morio wütend befahl, Emanio unter Kontrolle zu bringen. Lerio wollte noch etwas sagen, Emanio versichern, dass er nicht versucht hatte, ihn zu töten, doch seine Stimme versagte. Und dann waren sie auf dem Gang. Die Wände verschwammen vor seinem Blick, als die Tränen sich nicht länger aufhalten ließen.

Er glaubte, Torra mit Herrin Adella zu sehen, die ihn anstarrten, doch er konnte es nicht mit Gewissheit sagen. Viel zu schnell waren sie vorbei, aus dem Schlossgebäude heraus und am Haupttor zum Schlossgelände. Die Wachen holten Schwung und dann flog er durch die Luft. Als er mit einem schmerzerfüllten Ächzen auf dem Boden aufkam, hatten sich Herzog Orsios Wachen bereits abgewendet.

Kapitel 17: Emanio

Vier Tage später

Die Stille war ihm unheimlich. Immer wieder spitzte er die Ohren, in Erwartung Schritte, Atemgeräusche oder eine Stimme zu hören. Längst hatte er aufgehört zu zählen, wie häufig er sich umgedreht hatte, weil er gedacht hatte, eine Bewegung im Augenwinkel zu sehen. Aber dort war niemand. Lerio war fort.

Auch vier Tage später verstand er nicht, was vorgefallen war und warum Lerio diese schrecklichen Dinge gesagt hatte. Lerio hasste ihn und seine Familie? Er wollte ihn tot sehen? Warum? Hatte es mit den Jägern im Wildgehege und dem gebrochenen Versprechen zu tun?

Doch warum beschützte Lerio ihn dann seit Wochen? Emanio hatte ihm vertraut und nicht einmal den Verdacht gehabt, Lerio wollte sich nur bei ihm beliebt machen, um seine finsteren Pläne zu verfolgen. Falls das seine Absicht gewesen sein sollte, warum hatte er dann nichts getan? Er hatte dutzende, wenn nicht gar hunderte Male die Gelegenheit gehabt, ihm etwas anzutun oder ihn zu töten.

War das alles nur eine List gewesen, um Emanios Freundschaft zu erringen? Falls ja, dann hatte er damit Erfolg gehabt, auch wenn Emanio nicht erkennen konnte, worin der Vorteil in einem solchen Plan bestehen sollte. Hatte Lerio seine Freundschaft zu Emanio benutzen wollen, um Emanios Familie zu schaden?

Nein! Er glaubte es nicht. Er *kannte* Lerio, wusste, was ihm wichtig war. Vermutlich war es so, wie Brusperio gesagt hatte: Lerio war wütend wegen des Wildgeheges gewesen, hatte ihm und seiner Familie gegenüber Zorn empfunden, aber alles lange bevor sie Freunde geworden waren und sich ausgesprochen hatten.

Blätter raschelten, als er unwillkürlich mit der Pfote gegen sie stieß. Das Geräusch erschreckte ihn, seine Krallen fuhren aus und im nächsten Moment starrte Emanio bekümmert auf das neue kleine Loch im Buch.

Nachdem er sich am ersten Abend alleingelassen mit seinen Gedanken fast verrückt gemacht hatte, hatte er am nächsten Tag beschlossen, dass er Lerio aufsuchen und ihn zur Rede stellen würde. Schließlich konnte er dank der Luchswandler mit ihm reden. Doch sein Vater hatte seinen Wachen klare Anweisungen gegeben, dass es für seinen fluchbelegten Sohn keinen Weg aus den Schlossmauern heraus geben würde. Noch nicht einmal seine Gemächer durfte er noch verlassen, ohne gerufen worden zu sein, als wäre er eine wilde Bestie, die man einsperren musste. Morio hatte den Kerker aus Eis zwar wieder aufgelöst, nachdem sein Vater mitsamt seinem Gefolge gegangen war, aber als Emanio kurz darauf selbst seine Räumlichkeiten verlassen wollte, hatte sich die Tür nicht öffnen lassen. Einer der Magier seines Vaters hatte sie auf dessen Befehl so verzaubert, dass man einen speziellen Schlüssel benötigte, um sie zu öffnen. Und dieser befand sich in der Obhut des Magiers.

»Um eine erneute Panik wie bei der Ankunft Seiner Gnaden zu vermeiden«, hatte der Anführer seiner Wache ihm entschuldigend durch die Tür die neuen Befehle erklärt und Emanio hatte begriffen, dass er nichts tun konnte, um den Mann und seine Leute dazu zu bringen, gegen ihre Befehle zu verstoßen. Selbst wenn sie ihm hätten helfen wollen, konnten sie es nicht. Emanio hatte sogar eine List benutzt und einen Notfall vorgetäuscht, um zu entkommen. Vergeblich. Die Tür zu seinen Gemächern öffnete sich nur noch zu den Mahlzeiten und der Magier war so misstrauisch, dass er nicht nur den Schlüssel nicht aus der Hand gab, sondern Emanio zudem auch noch mit einem Zauber betäubte, bevor sie die Räumlichkeiten betraten. Er mochte der Erbe sein, doch er hatte nichts zu sagen. Seine Eltern hatten ihn praktisch eingesperrt und entmachtet, obwohl sie ihm zuvor noch ihre Unterstützung zugesichert hatten. Ihr Verhalten schmerzte ihn.

Also hatte Emanio jeden Gedanken an eine baldige Aussprache mit Lerio, einen Spaziergang im Schlossgarten oder gar die Fortsetzung der Suche nach der Hexe erst einmal vertagt. Erst musste er einen Weg finden, wie er den Zimmerarrest beenden konnte. Noch nicht einmal die Bibliothek konnte er aufsuchen. Doch seine Wachleute hatten Verständnis gezeigt und ihm Bücher über Magie und Flüche aus der Bibliothek gebracht, als er ihnen mit einem Maunzen und mit dem Stups gegen die Buchrücken seiner persönlichen Exemplare im Wohnzimmer deutlich gemacht hatte, was er wollte.

Er versuchte die Zeit zu überbrücken, bis er endlich Besuch von Brusperio, Morio oder seinen Eltern bekam, und mit dem Lesen seine rasenden und sich im Kreis drehenden Gedanken zu beruhigen. Er hatte etwas tun wollen, über das er noch die Kontrolle hatte, während er gezwungenermaßen abwartete.

Doch drei Tage in Einsamkeit hatten ihm deutlich gemacht, dass er keinen Besuch bekommen würde. Anscheinend hatten seine Eltern ihn ebenfalls verboten. Sie mussten auch Lerios Schwestern untersagt haben, ihn aufzusuchen, denn es war nicht Torra, die Lerios Habseligkeiten abholte, sondern ein einfacher Diener. Es war auch nicht länger Gerania, die ihm die Mahlzeiten brachte, denn es lag jedes Mal ein fremder Geruch in der Luft, wenn er wieder zu sich kam.

Emanio hatte jede List versucht, die ihm eingefallen war. Er hatte die Luft angehalten, falls sie ein Betäubungsmittel einsetzten. Dann hatte er sich mal im Schlafgemach, mal im

Bad und mal im Ankleidezimmer aufgehalten, damit sie ihn nicht augenblicklich mit einem Zauber ausschalten konnten, sobald sie die Tür öffneten. Außerdem hatte er versucht, die Tür aufzubrechen oder einen Fluchtweg zu finden. Doch das Holz hatte der Wucht seiner Attacken widerstanden und das Einzige, was er danach erlangt hatte, waren ein Brummschädel und schmerzenden Pfoten gewesen, jedoch nicht seine Freiheit. Er hatte sogar versucht, aus dem Fenster zu springen! Doch dummerweise hatte er vergessen gehabt, dass die Glasscheiben vor etlichen Jahren von einem Magier gegen Attentäter und Diebe verzaubert worden waren. Sie waren unzerbrechlich und leider konnte er die Griffe auch nicht mit seinen Pfoten bedienen und die Fenster von innen öffnen. Dafür hätte er die Geschicklichkeit von Fingern benötigt. Es hatte alles nichts gebracht. Es war frustrierend.

Als es jetzt an der Tür klopfte und sich jemand räusperte, ignorierte Emanio es. Wer auch immer es war, war nicht derjenige, den er unbedingt sehen und sprechen wollte. Denn den hatten sie aus dem Schloss werfen lassen.

»Eure Durchlaucht?«

Er erstarrte kurz, als er Morios Stimme erkannte. Erneut überkam ihn Wut, als er daran dachte, wie sein Sekretär ihn auf den Befehl seines Vaters hin angegriffen und von Lerio ferngehalten hatte. Noch nicht einmal die Tatsache, dass Morio ein gutes Wort für den Wildhüter eingelegt hatte, konnte das Gefühl des Verrats ausmerzen. Nein, er wollte Morio nicht sehen! Daher senkte er den Blick wieder auf das Buch vor ihm, das voller Kratzspuren an den Seiten war und Löcher und Risse von seinen Krallen aufwies. Sollten doch die Magier die Bücher reparieren, wenn es sie störte!

»Eure Durchlaucht?« Morio räusperte sich zaghaft. »Es tut mir leid. Ich musste so handeln, mein Herzog hatte es befohlen. Aber ich verstehe, dass Ihr immer noch zornig seid. Ihr habt allen Grund dazu. Aber bitte, folgt mir. Eure Großmutter möchte Euch gerne sehen.«

Emanio hielt inne. Hoffnung erfüllte seine Gedanken, wie von einer starken Brise hineingeweht. Sicherlich hatte seine Großmutter gehört, was vorgefallen war, und wollte ihm beistehen!

Augenblicklich sprang er auf und drehte sich zu Morio um. Sein Sekretär war jedoch bei seiner abrupten Bewegung zusammengezuckt und Emanios gute Laune verpuffte. Seit wann fürchtete sich Morio vor ihm? Dachte er wirklich, dass Emanio zornig genug war, um die Beherrschung zu verlieren und ihn wie eine wilde Bestie anzugreifen?

Es herrschte ein angespanntes und ungewohntes Schweigen zwischen ihnen, als Morio ihn mit seinen Wachen durch das Schloss führte. Überraschenderweise hielt sich seine Großmutter weder im Ratssaal, noch im Garten oder ihrem Lieblingssonnenraum auf. Stattdessen geleitete Morio sie zu einem öffentlichen Saal, den sie gewöhnlich für den Empfang von hochrangigen Gästen aus anderen Herzogtümern oder Königreichen verwendeten.

Zu seiner großen Überraschung erblickte Emanio bei seinem Eintritt nicht nur seine Großmutter. An ihrer Seite hatte seine Mutter auf einem der beiden Throne an der Rückseite des Saals Platz genommen. Bei ihrem Anblick verspürte Emanio erneut Zorn. Wusste sie, was sein Vater ihm angetan hatte? Vermutlich. Doch wie konnte sie es zulassen, dass sein Vater ihn wie einen Gefangenen behandelte?

Verwirrt wanderte Emanios Blick durch den Raum, als ihm nun die Veränderungen auffielen. An der Fensterseite, wo sonst die Stühle für die Ratsmitglieder standen, hatten sie eine kleine Empore errichtet. Obendrauf lag etwa ein Dutzend bunter Kissen. Während Akurio mit genervtem Gesichtsausdruck durch den Raum schlenderte, seine Mutter an der Dekoration nörgelte und noch Blumen neben dem Thron aufgestellt haben wollte, gab seine Großmutter den wartenden Dienern ungerührt letzte Anweisungen, wie das Büfett im Nebenraum aufgebaut werden sollte.

Was war hier los?

Dann drehte sich seine Großmutter zu ihnen um und lächelte, als sie ihn erblickte. »Emanio! Da bist du ja! Sehr schön! Komm näher, mein Junge! Wir haben dir einen bequemen Platz aufgebaut.« Sie deutete auf die Empore mit den Kissen. »Jetzt, wo du da bist, können wir mit der Brautschau beginnen.«

Die Brautschau? Fast wäre Emanio umgeknickt vor Schreck, als er sich an den Plan seiner Großmutter erinnerte, alle unverheirateten Frauen eine Woche nach der Sonnenwende ins Schloss einzuladen, damit er unter ihnen seine wahre Liebe finden konnte. Nach allem, was in den letzten Tagen vorgefallen war, hatte er komplett vergessen, dass das heute war.

Und jetzt? Er hatte eigentlich nicht die geringste Lust auf diesen Unfug und hätte viel lieber mit ihnen über Lerios Rauswurf und seine Einsperrung diskutiert. Doch im Saal befand sich nichts zum Schreiben und vermutlich ging die Brautschau in Kürze los, sodass sich seine Großmutter und seine Mutter nicht auf ein Streitgespräch mit ihm einlassen würden. Sollte er das Spiel erst mal mitspielen? Vermutlich wäre das keine schlechte Idee. Sollten sie doch denken, dass sich sein Zorn abgekühlt hatte, damit sie in ihrer Wachsamkeit nachließen. Vielleicht würden sie ihn dann auch nicht länger in seinen Gemächern einsperren. Welchen Eindruck würde das auch nach außen geben, wenn der potenzielle Bräutigam von der eigenen Familie wie ein gefährlicher Gefangener behandelt wurde? Nein, es war vermutlich nur eine Frage der Zeit, bis er seine Räumlichkeiten wieder auf eigene Faust verlassen konnte.

Großmutter Ilana verfolgte mit einem Lächeln, wie er sich nun mit seinen Wachen zum Podest begab. Morio war unbemerkt verschwunden und er fühlte sich erneut von allen Verbündeten verlassen, als er hochsprang und auf den Kissen Platz nahm.

»Hör zu, Emanio!« Seine Großmutter sah ihn ernst an. »Wir alle wissen, dass du keine Bestie bist, doch die jungen Mädchen und Frauen, die wir heute erwarten, tun das leider nicht. Sie kennen dich nicht, weder als Erbe von Ternilus, noch in deiner bedauerlichen Fluchgestalt. Um sie nicht zu verschrecken, ist es wichtig, dass du dich absolut ruhig verhältst, während sie sich vorstellen.«

Emanio nickte. Unerwartet und gegen seinen Willen verspürte er einen Anflug von Hoffnung. Vielleicht begegnete er heute seiner wahren Liebe! Selbst wenn nicht, so passierte doch zumindest etwas und er war nicht länger in seinen Räumlichkeiten eingesperrt! Eventuell konnte er sich später sogar davonstehlen und sich auf die Suche nach Lerio machen.

Er probierte eine bequeme Haltung aus und schaute dabei zufällig zu den beiden Thronen, sodass er bemerkte, wie seine Mutter die Nase rümpfte. Sie blickte seine Großmutter demonstrativ nicht an, während sie erneut die Aufmachung des Saals und die Auswahl der Speisen kritisierte und seine Großmutter sie ignorierte. Leider kannte Emanio die Anzeichen für einen Streit zwischen den beiden zur Genüge, sodass sie ihm jetzt sofort auffielen.

Na, das kann ja heiter werden!

»Ich bin nicht sicher, ob dies der richtige Weg ist, um Emanios Braut zu finden«, meinte seine Mutter, als sie das Schweigen seiner Großmutter nicht länger ertrug.

Ilana lächelte strahlend. »Zerbrech dir darüber nicht den Kopf, meine Liebe! Dutzende Gelehrte stimmen mit mir überein, dass dies die einzige Möglichkeit ist, um Emanios Fluch zu beenden. Du musst es nicht gutheißen. Aber wenn du Besseres zu tun hast – Wolltest du nicht nach Rius zum Schneider, um deine neue Garderobe anzuprobieren? –, dann kümmere ich mich gerne allein darum und stehe Emanio bei. Schließlich habe ich diese Veranstaltung auch organisiert und in den letzten Wochen meine gesamte Zeit in die Planung gesteckt. Deine Mithilfe wird daher nicht benötigt.«

»Du weißt doch, dass ich immer Zeit für meine Söhne habe, Ilana! Und was könnte wichtiger sein, als die zukünftige Braut meines Erstgeborenen kennenzulernen?«

Emanio entfuhr ein leises Winseln, als er das falsche Lächeln sah, das die beiden Frauen austauschten. Aus Erfahrung wusste er, dass es besser war, sich nicht einzumischen, wenn die beiden eine Meinungsverschiedenheit hatten. Sie waren berüchtigt dafür, sich dann gegen jeden zu verbünden, der versuchte zu schlichten. Akurio hatte die Gelegenheit genutzt, um das Weite zu suchen, wie Emanio bei seinem verzweifelten Blick durch den Saal bemerkte. Diese Möglichkeit hatte er jedoch nicht, denn Wachen standen vor den geschlossenen Fenstern und Türen. Später würden sie hoffentlich nicht mehr so aufmerksam sein.

Angespannt wartete er daher auf den ersten Gast und hoffte, dass seine Mutter und seine Großmutter dann ihren Zwist beiseiteschieben würden. Er war erleichtert, als wenig später Omira den Raum betrat und sich zu ihm gesellte.

Die alte Seherin seufzte, vielleicht weil sie die Spannungen zwischen Latia und Ilana spürte, dann neigte sie leicht den Kopf vor ihm. »Eure Durchlaucht, erlaubt Ihr, dass ich Euch Gesellschaft leiste? Seine Gnaden schlug vor, dass ich die Kandidatinnen ebenfalls begutachten sollte – nicht um Eure Wahl zu beeinflussen, sondern lediglich um mögliche Bedrohungen rechtzeitig zu erkennen.«

Nach der beißenden Kritik seines Vaters an Omiras Fähigkeiten bezweifelte er, dass sein Vater seine Anweisung so formuliert hatte. Dennoch freute er sich über ihre Gesellschaft, schließlich hatte sie zu denjenigen gehört, die Lerio in Schutz genommen hatten. Er machte ihr auf seiner Empore gerne ein wenig Platz, sodass sie sich ebenfalls auf die Kissen setzen konnte.

Das Warten zog sich und langsam wurde Emanio ungeduldig. Erleichtert blickte er auf, als Morio die Tür zum Saal öffnete. »Die erste Kandidatin!«

Adella betrat selbstbewusst den Saal, begleitet von Lerios Schwester Torra, die ein paar Schritte hinter ihr ging, und zu Emanios Überraschung auch von dem Äffchen, das von Adellas Schulter zu ihm herübersah und bedrohlich zischte. Anscheinend war es Adella nicht gelungen, den missglückten Zauber zu beenden. Hatte sie das Tier den Schaustellern abgekauft? Es schien ganz so.

Fast hätte er den Kopf geschüttelt, doch er hielt sich zurück, während Omira neben ihm murmelte: »Ich hatte ihr doch gesagt, sie soll das lassen.«

Adella ging schnurstracks auf seine Mutter und seine Großmutter zu und knickste tief vor den beiden. »Herzogin Latia, Herzoginmutter Ilana.« Auf das Nicken seiner Großmutter hin erhob sie sich. »Herzogin Latia, ich hoffe, Ihr erinnert Euch an mich. Ich bin Adella, die Tochter von Graf di Sperazione, Mitglied im Rat Eures Mannes. Mein Vater und er haben bereits vor Jahren über eine mögliche Verbindung zwischen unseren Häusern gesprochen und als zukünftige Braut von Emanio bin ich bereit, alles Nötige zu tun, um seinen Fluch zu beenden.«

Seine Mutter hob irritiert die Augenbrauen. »Als zukünftige Braut von Emanio? Ich kann mich erinnern, dass eine Verlobung mit Akurio im Raum stand, nicht jedoch mit Emanio. Selbst wenn, so wurde damals keine feste Vereinbarung getroffen, bevor mein Mann und ich nach Nadus zu meiner Familie am Königshof aufgebrochen sind.«

Die deutliche Ablehnung erleichterte Emanio, während zeitgleich Adellas Kinnlade herabfiel. Kein Ton kam ihr über die Lippen, als ihr Gesicht vor Schock die Farbe verlor. Diese Antwort hatte sie nicht erwartet und sie tat Emanio ein wenig leid, auch wenn er sich nicht vorstellen konnte, dass sie seine wahre Liebe war und er mit ihr glücklich werden konnte.

»Aber ... aber ... es ist mir vorherbestimmt, Emanios Frau zu werden und mit meiner Liebe seinen Fluch zu brechen!«

Omira schnaubte. »Welcher Möchtegern-Seher hat dir das denn eingeredet, Mädchen? Glaub mir, er war das Gold nicht wert, das du ihm bezahlt hast. Dieses Schicksal erwartet dich nämlich nicht.«

Seine Großmutter schien die Diskussion beenden zu wollen, vielleicht hatte sie auch Mitleid mit Adella, denn sie nickte kurz und sagte: »Also gut, Kind, falls das der Fall sein sollte, wird das die Zukunft entscheiden. Du wirst in den nächsten Tagen und Wochen noch genug Zeit haben, Emanios Herz zu erobern. Zunächst aber bitten wir dich, in den kleinen Empfangssaal nebenan zu gehen und dort zu warten. Wir haben dort ein Büfett mit Erfrischungen und kleinen Häppchen für die Kandidatinnen aufgebaut.«

Adellas Miene verfinsterte sich, als seine Großmutter sie nicht augenblicklich zu seiner Verlobten erklärte. Dann lächelte sie, neigte den Kopf und rauschte mit dem Äffchen auf der Schulter weiter in den Empfangsraum nebenan.

Torra folgte ihrer Herrin schweigend, warf dabei einen langen Blick zu ihm herüber, als wollte sie ihm etwas sagen, konnte das jedoch vor all den anderen im Saal nicht tun.

Das nächste Mädchen betrat kurz darauf, erneut angekündigt von Morio, den Saal. Beim Anblick der beiden Throne wäre sie fast gestolpert. Sie errötete und versuchte tapfer zu lächeln, doch man sah ihr ihre Nervosität an. Als das Mädchen, das vermutlich sechzehn oder siebzehn war, näher herankam, bemerkte Emanio, dass sie derbe, wenn auch saubere Kleidung trug und ihm vage bekannt vorkam. Er hielt sie für ein Bauernmädchen. Hatte sie womöglich mit ihrer Familie schon einmal eine Audienz bei ihm gehabt?

Als sie ihn auf seiner kleinen Empore an der Seite bemerkte, zuckte sie kurz zusammen. Doch als sie nicht vor

Furcht zu zittern begann oder davonlief, hielt Emanio das für ein gutes Zeichen.

Sie knickste unsicher vor ihm und wandte sich dann den beiden Thronen zu, als seine Großmutter fragte: »Wie heißt du, mein Kind? Und woher kommst du?«

»Olita, meine Herrin. Mein Vater, Bauer Bergo, hat ein paar Stunden südlich von hier einen kleinen Hof.« Emanio bemerkte, dass seine Mutter bei ihren Worten die Nase rümpfte, bevor er sich erinnerte. Er kannte Bergo! Kein Wunder, dass das Mädchen ihm vertraut vorgekommen war!

»Warum denkst du, dass du eine gute Ehefrau für meinen Sohn abgeben würdest? Glaubst du, dass du dann in Saus und Braus leben wirst?«, mischte sich seine Mutter ein, während seine Großmutter ihr einen scharfen Blick zuwarf.

Olita wirkte verunsichert. »Ich weiß nicht, ob ich eine gute Ehefrau für Seine Durchlaucht abgeben würde, Herrin«, antwortete sie. »Aber ich musste kommen. Vor ein paar Wochen brannte unsere Getreideernte nieder. Mein Vater kam zum Schloss und bat um Hilfe. Damals hat Seine Durchlaucht uns geholfen. Er hat uns neue Saat und seinen Erdhexer geschickt. Nur dank ihm und seiner Großzügigkeit konnten wir unsere Getreideernte und unseren Hof retten und müssen jetzt nicht Hunger leiden. Meine Familie steht für immer in seiner Schuld. Als wir von seinem Fluch und der Suche nach einer Braut, die ihn erlösen kann, erfahren haben, wusste ich, dass ich kommen muss. Ich weiß nicht, ob ich diejenige bin, die ihn retten kann, aber ich muss es versuchen.« Erneut drehte sie sich zu ihm um und knickste unbeholfen.

Emanio nickte langsam, um das Mädchen nicht zu erschrecken. Er mochte sie und war froh zu hören, dass er ihrer Familie hatte helfen können. Es war mutig von ihr, ins Schloss zu kommen und sich der Brautschau zu stellen. Falls sie seine wahre Liebe sein sollte, hätten die Götter keine schlechte Wahl getroffen.

Leider ging die Brautschau nicht so gut weiter, wie sie begonnen hatte. Nach Adella und Olita kamen ein paar Händlerstöchter, die seiner Mutter ein anerkennendes Nicken abringen konnten, als sie grazil knicksten und sich vorstellten. Doch sobald sie ihn erblickten, änderte sich alles. Die Mehrheit von ihnen überlegte es sich bei seinem Anblick anders und verließ den Saal unter hastig hervorgebrachten Entschuldigungen und Abschiedsgrüßen wieder. Zwei hingegen hatten solche Angst, dass sie hinausrannten, als hätten sie einen Schwarzmagier gesehen. Anscheinend hatten sie die Gerüchte über seinen Fluch entweder nicht geglaubt oder nicht gehört. Ein Mädchen fiel bei seinem Anblick sogar vor Schreck in Ohnmacht. Nach einer Stunde waren Adella und Olita noch immer die einzigen Kandidatinnen und langsam sank Emanios Zuversicht.

Als die nächste junge Frau den Saal betrat, spürte Emanio jedoch sofort, dass sie anders war als die vorherigen. Selbstbewusst kam sie langsam auf sie zu. Sie war schlank, attraktiv, besaß lange braune Locken und eine Stupsnase. Ihre Kleidung entsprach zwar nicht der neuesten Mode, war jedoch aus teurem Stoff und gepflegt, als käme sie aus gutem Haus. Sie musterte Emanio einen langen Moment und wirkte ernst, als sie kurz vor ihm den Kopf neigte, bevor sie sich seiner Großmutter und seiner Mutter zuwandte und knickste.

»Herzogin. Herzoginmutter.«

»Herzlich willkommen«, meinte seine Mutter, der diese Kandidatin sichtlich gefiel, denn sie lächelte erfreut.

»Wie ist Euer Name und woher stammt Ihr?«, wollte seine Großmutter wissen.

»Mein Name ist Porelle und ich bin eine wandernde Heilerin. Mein Wunsch ist es, den Menschen mit meiner Magie zu helfen und das Richtige zu tun. Leider ist dies nicht so einfach.« Sie musterte Emanio erneut. »Ich habe von Eurem Fluch gehört, aber auch von Euch selbst. Manches Gute, aber auch manches Schlechte. Es wäre ein Fehler, vorschnell zu urteilen – ein Fehler, vor dem ich leider auch nicht gefeit bin. Aus diesem Grund bin ich hergekommen, um mir selbst ein Bild zu machen und zu entscheiden, ob und wie ich möglicherweise helfen kann.«

Es war eine ehrliche Antwort und erklärte, warum sie nicht überschwänglich angesichts der möglichen Heirat mit einem wohlhabenden, wenn auch verfluchten Herzogssohn wirkte. Emanio nickte der Heilerin zu. Neben Olita hatte Porelle bislang den besten Eindruck auf ihn gemacht – gut, das war auch nicht schwer, wenn alle übrigen vor ihm geflohen waren.

Anschließend bat seine Großmutter Porelle höflich, im Nebensaal zu verweilen und sich von ihrer Reise zu erholen, während sie darauf warteten, dass Morio die nächste Anwärterin hereinließ.

Doch die Frau, die nun den Saal betrat, wirkte nicht so, als hätte sie sich für eine Brautschau vorbereitet. Sie war vermutlich in Emanios Alter, wirkte aber deutlich älter. Ihre Kleidung war geflickt und verdreckt. Ihr Auftreten machte deutlich, dass es sie nicht kümmerte, was sie von ihr hielten. Ihr Blick wanderte suchend durch den Saal, während sie auf sie zumarschierte. Sie ignorierte seine Großmutter und seine Mutter völlig und kam direkt auf ihn zu. Furcht schien sie keine zu haben. Emanio spürte, wie sich Omira und die Wachen neben ihm angesichts ihres forschen Verhaltens anspannten.

Als eine seiner Wachen die Hand hob, blieb sie in einigen Schritten Entfernung stehen … und spuckte ihm vor die Füße. Sie lächelte, als die Leibwächter ihre Waffen zückten.

»Die Gerüchte sind also wahr! Ha! So tief sind die Mächtigen gefallen! Ich musste es mit eigenen Augen sehen! Erinnert Ihr Euch an mich, Eure Durchlaucht? Es ist zwei Jahre her, dass wir uns auf einem Ball in diesem Schloss begegnet sind. Mein Name tut nichts zur Sache, meine Familie hat mich verstoßen, als Ihr mich in jener Nacht verführt und geschwängert habt. Trotz dieser Ereignisse hielt ich Euch noch für einen Mann von Ehre. Ich kam her, weil ich auf Eure Unterstützung und Unterhalt für mein Kind hoffte, doch ich wurde abgewiesen, als wäre ich eine Wahnsinnige oder eine Bettlerin!«

Ihre Augen blitzten hasserfüllt, während er zurückzuckte. Er erinnerte sich nicht an sie, weder dass er mit ihr geschlafen, noch dass er mit ihr während einer Audienz gesprochen hätte. Konnte es wahr sein, dass er sie verführt hatte? Oder lief jemand in seinem Herzogtum herum, der einen Illusionszauber einsetzte, um so auszusehen wie er? Und was war mit ihrer zweiten Behauptung? Hatte womöglich jemand anders sie nicht zu ihm vorgelassen, obwohl jeder ihrer Untertanen ein Anrecht auf eine Audienz hatte? Er erinnerte sich an jeden, der bei ihm vorstellig geworden war. Sie war nicht darunter gewesen. Falls ihr jemand das Recht auf eine Audienz verweigert hatte, dann war ihr doppelt unrecht getan worden.

Plötzlich verzog die Frau angewidert das Gesicht. »Ihr habt mich alles gekostet. Meine Familie, mein Ansehen, meinen Stolz. Ich musste niedere Arbeiten leisten, während ich schwanger war und mein Neugeborenes versorgte. Bis vor Kurzem. Da starb mein Sohn an plötzlichem Kindstod und ich hatte gar nichts mehr. Ich begann zu den Göttern zu beten und um Rache zu flehen. Und seht, sie haben meine Gebete erhört! Es gibt doch noch Gerechtigkeit! Ich bete, dass Ihr für immer in dieser Gestalt feststecken werdet, denn nichts anderes habt Ihr verdient, Ihr Frauenschänder und Kindsmörder!«

Sie wollte sich auf ihn stürzen, doch sie kam nicht weit, bevor die Wachen sie packten. Dann spuckte sie ihm erneut vor die Füße und lachte hysterisch, als die Soldaten sie aus dem Saal zerrten.

»Lasst sie des Schlosses verweisen! Dieser Irren ist es unter Todesstrafe verboten, sich Emanio oder unserer Familie zu nähern!«, befahl seine Mutter, die sichtlich unter Schock stand.

»Hat die arme Frau denn nicht genug durchgemacht, Latia?« Seine Großmutter nickte den Soldaten zu. »Sie soll das Schloss verlassen und nicht zurückkommen.«

Emanio starrte der armen Frau hinterher, während seine Großmutter und seine Mutter sich schon wieder leise stritten. Plötzlich schien ihm die Brautschau keine gute Idee mehr zu sein, nicht einmal als Tarnung für seine anderen Pläne. Hatte er es überhaupt verdient, seine wahre Liebe zu finden? Und was machte es für einen Unterschied, ob er sich nur nicht mehr an seine schrecklichen Taten erinnerte oder ob er den wahren Übeltäter aufgrund seiner Ahnungslosigkeit so lange hatte gewähren lassen? Vor zwei Jahren hatte sie gesagt! Dieser Frauenschänder trieb schon viel länger sein Unwesen, als er geahnt hatte. Er musste ihn endlich aufhalten – und wenn es er selbst war. Das schuldete er diesen Frauen.

Doch wie sollte er den Mann finden oder herausfinden, ob er der Übeltäter war? Und wie konnte er hoffen, die Folgen der Taten auch nur im Ansatz wiedergutzumachen?

Als ihnen kurz darauf das Mittagsessen gebracht wurde, war ihm der Appetit vergangen. Auch an den folgenden Vorstellungen heiratswilliger Frauen hatte er kein Interesse mehr. Im Nachhinein konnte er sich an keine Einzige von ihnen erinnern.

Erst als minutenlang keine neue Kandidatin von Morio angekündigt worden war, schien klar zu sein, dass sie keine weiteren Gäste an diesem Tag erwarten würden, und seine Großmutter und seine Mutter erhoben sich. Sie waren schon wieder am Streiten – oder immer noch –, als sie den Saal verließen, ohne ihm einen weiteren Blick zu schenken.

Emanio schaute zur Seite, doch auch Omira war bereits gegangen, denn ihr Platz neben ihm war leer.

Sein Blick fiel auf eine geöffnete Terrassentür hinter ihm, hinaus in den Garten und auf eine kleine Gestalt mit spitzen Ohren, die ihn anstarrte.

Das Luchsmännchen!

Kapitel 18: Lerio

Vier Tage zuvor

Für einen langen Moment blieb er liegen und schluchzte. Warum hasste der Herzog ihn? Lerio hatte ihm nichts getan! Umgekehrt wurde ein Schuh daraus.

Was muss Emanio jetzt von mir denken?

Voller Kummer erinnerte er sich an die geschockte Körperhaltung des Panthers. Wie Emanio ihn hinter der Mauer aus Eis angestarrt und vor Entsetzen sogar in seinem Versuch innegehalten hatte, sich zu befreien. Warum hatte Lerio sich nicht gewehrt, als sie ihn gezwungen hatten, diese schrecklichen Dinge zu sagen? Warum hatte er nicht schlagfertig ergänzen können, dass er nicht länger den Wunsch verspürte, Emanio zu schaden? Dass er versprochen hatte, ihm zu helfen?

Doch stattdessen hatte er keinen Ton über die Lippen gebracht, noch nicht einmal, als sie ihn aus dem Schloss geworfen hatten, als wäre er lediglich ein Stück Unrat, das auf den Misthaufen gehörte.

Er hätte Emanio nur zu gerne erzählt, welchen Grund er gehabt hatte, ihn zu hassen. Doch er hatte Torra geschworen, niemandem von ihrer Schwangerschaft zu erzählen, und dieses Versprechen konnte er nicht brechen. Er durfte ihr Geheimnis nicht verraten, um sich selbst zu retten. Denn es war ja seine eigene Schuld. Er hatte Hass auf Emanio empfunden und ihm schaden wollen. Das konnte er nicht leugnen. Seine Mutter hatte recht gehabt, dass alles Schlechte, was man dachte oder tat, irgendwann auf einen zurückfiel.

Und dies war jetzt der Zeitpunkt, an dem er für seine Sünden büßen musste.

Lerio hatte nicht bemerkt, wann er aufgestanden war und sich wie im Fieberwahn auf den Weg nach Hause gemacht hatte. Erst als er über eine Baumwurzel am Boden stolperte, begriff er, dass er nicht länger außerhalb des Eingangs zum Schlossgelände im Dreck lag, sondern fast zu Hause angekommen war.

Bei den Göttern! Was soll ich Mutter und meinen Schwestern nur sagen?

Erneut erfüllte ihn tiefe Scham und ein Schluchzen entrang sich seiner Brust. Ihm graute vor der Enttäuschung, die sie seinetwegen empfinden würden, sobald sie von seinem Rauswurf erfuhren. Die Füße schienen ihm schwer wie Blei zu sein, als er einen nach dem anderen langsam in Richtung Hütte setzte.

Bei den Göttern, die Hütte! Was ist, wenn der Herzog meiner Familie meinetwegen das Zuhause wegnimmt? Der Mann hätte mich immerhin fast in den Kerker geworfen!

Ihm wurde schlecht bei dem Gedanken, dass sie fast alles verloren hätten. Wenn Brusperio sich nicht eingemischt hätte, würde er jetzt in einer nassen, kalten Zelle vor sich hinvegetieren. Und die Gefahr war noch nicht gebannt, der Herzog konnte seine Meinung noch ändern und eine andere Strafe für ihn festlegen.

Lerio schluckte, während er die letzten Minuten bis zu seinem Zuhause am Rand der Übelkeit zurücklegte. Seine Glieder zitterten, als er auf die Tür zuging und die Hand nach der Klinke ausstreckte. Zum Glück sah ihn seine Familie so nicht. Sie würde erst am Abend von der Arbeit im Schloss zurückkehren und er hatte noch ein paar Stunden Zeit, um sich zu beruhigen und sich zu überlegen, wie er seiner Mutter und seinen Schwestern die Neuigkeit schonend beibrachte.

Er öffnete die Tür und stand dann unvermittelt vor seiner Mutter, die ihn überrascht ansah.

»Lerio!« Sie lächelte. »Machst du mit Seiner Durchlaucht einen Spaziergang durch den Wald und hast beschlossen, zu Hause vorbeizuschauen? Du hast Glück, dass heute mein freier Tag ist.«

Ihr Lächeln verschwand, als sie bemerkte, wie verstört er aussah. Auch hatte er keinen Ton gesagt und sein Gesicht weigerte sich hartnäckig, ein Lächeln zu bilden.

»Junge, was ist geschehen?« Sie musterte ihn von Kopf bis Fuß. »Und wie siehst du aus?«

Er öffnete den Mund, doch nur ein Wimmern kam über seine Lippen. Augenblicklich legte seine Mutter einen Arm um seine Schultern und führte ihn in die Küche. Nur am Rande bekam er mit, dass sie ihn fragte, ob er Schmerzen hatte und verletzt sei. Plötzlich war ihm kalt und er zitterte, während sie ihn auf einen Stuhl setzte und mit etwas herumhantierte. Irgendwann drückte sie ihm einen heißen Becher Tee in die Hand und er nahm gehorsam einen Schluck.

Dann wartete sie geduldig, während sie ihm immer wieder über den Kopf strich und ihn weinen ließ.

»Was ist passiert?«, fragte sie nach einer langen Zeit des Schweigens, als sein Schluchzen endlich verstummt war.

Beschämt ließ er den Kopf hängen und starrte zu Boden. »Ich bin nicht länger für Emanio verantwortlich. Der Herzog hat mich aus dem Schloss geworfen«, flüsterte er.

»Wie? Herzog Orsio ist zurück aus Nadus?« Seine Mutter klang überrascht, bevor sie begriff, was er danach gesagt hatte. »Und was soll das heißen: *Er hat dich aus dem Schloss geworfen?* Wie kann er es wagen?«

Lerio zuckte zusammen, als sie sich vor Empörung aufrichtete und bereit war, seinetwegen wütend zum Herzog zu marschieren und ihn zur Rede zu stellen. Die Situation ähnelte so sehr seiner Gemütsverfassung, als er von Torras

Schwangerschaft erfahren hatte, dass er unwillkürlich aufsah.

»Nicht!«, flehte er.

Dann begann er stockend zu erzählen, was geschehen war. Von seinem anfänglichen Hass auf Emanio und der unabsichtlichen Rettung des Herzogssohns, als dieser in seiner Fluchgestalt zurückgekehrt war, von Kudonios Anweisung, zum Schloss zu gehen, und Brusperios und Morios Befehl, sich um Emanio zu kümmern. Wie Brusperio erkannt hatte, dass er ein Gestaltwandler war, aber trotzdem nichts gesagt hatte. Alles strömte aus ihm heraus. Wie er Emanio in seiner neuen Position zum ersten Mal begegnet war und ihm unwillkürlich geholfen hatte. Seine Schuldgefühle, als der Panther von ihm unbemerkt unter Entzugserscheinungen gelitten hatte. Emanios unerwartetes Verhalten, als er seine Augenklappe und seine schrecklichen Narben gesehen hatte. Die langen Tage gefangen im Schloss, die überraschenden Enthüllungen über die Intrigen gegen Emanio. Das erneute Attentat auf den Herzogssohn und die tote Krähe, als er sich Emanio erstmals in seiner Luchsgestalt gezeigt hatte. Und wie Emanio dann am nächsten Tag trotz der Gefahr für sein eigenes Leben nach ihm gesucht hatte, nur weil er trotz Lerios Anwesenheit einsam gewesen war und sich mit jemandem hatte unterhalten wollen. Wie er sich anschließend bemüht hatte, offener gegenüber Emanio zu sein und mehr mit ihm zu reden. Wie er ihm von seiner Arbeit als Wildhüter unter Kudonio erzählt hatte und Emanio doch seine größten Geheimnisse stets verschwiegen hatte, weil er ihm noch nicht vollständig vertraute. Auch von dem Überfall auf Gerania und wie Emanio sie gerettet hatte, berichtete er ihr, während die Hand seiner Mutter auf seiner unwillkürlich fester zupackte. Doch sie unterbrach ihn nicht, als er weitererzählte, wie der Herzog und die Herzogin diesen Mittag zurückgekehrt waren, wie sich Herzog Orsio bei seinem Anblick verhalten hatte und dann die Auseinandersetzung kurze Zeit später, als seine dunkelsten Geheimnisse und Gefühle aufgrund des schrecklichen Zaubertranks ans Licht gekommen waren und der Herzog ihn aus dem Schloss geworfen hatte.

Lerio verstummte erschöpft.

»Du hast nichts falsch gemacht«, sagte Madira und Lerio hob überrascht den Kopf, als er sie und Gerania neben sich stehen sah. Er hatte nicht bemerkt, dass seine jüngeren Schwestern während seiner Schilderung nach Hause gekommen waren und zugehört hatten.

Gerania, der man die Schrecken des Vormittags, als der Hüne sie überfallen hatte, nicht mehr ansah, nickte. »Du würdest niemals jemandem schaden, das wissen wir, Lerio. Der Herzog kennt dich nicht. Aber Emanio kennt dich, du musst nur mit ihm reden und ihm erklären, was vorgefallen ist.«

Es klang so einfach, aber Lerio wusste, dass es das nicht war.

»Sie haben recht.« Seine Mutter musterte ihn ernst, bevor sie ihm zunickte. »Du hast ein Versprechen gegeben und wirst es halten, du kannst gar nicht anders. So haben dein Vater und ich dich erzogen. Und du bist zu dickköpfig, um aufzugeben, sonst hättest du dich schon vor langer Zeit von Kudonio vertreiben lassen. Nein, du wirst morgen zurück zum Schloss gehen und versuchen, mit Emanio zu reden. Und falls sie dich nicht zu ihm vorlassen, wirst du auf jede andere mögliche Art versuchen zu helfen. Du sagtest, dass sie die Hexe und den Mörder von Kio, der hinter der Vergiftung steckt, noch nicht gefunden haben? Vielleicht kannst du die beiden aufspüren und den Mörder aufhalten?«

Lerio starrte sie an. Seine Mutter hatte recht. Er würde sich von Herzog Orsios Anordnung nicht davon abbringen lassen.

»Mutter hat recht, Lerio«, meinte auch Gerania. »Du bist nicht schuldig, also musst du ihnen und Emanio das beweisen.«

»Genau! Schließlich seid ihr Freunde. Du musst dich mit ihm aussprechen und deinen Namen reinwaschen. Wir helfen dir dabei!« Madira wirkte entschlossen und ungewöhnlich ernst.

»Danke.«

Als er am nächsten Morgen erwachte, verspürte Lerio neuen Mut. Er half seiner Mutter beim Frühstück, während Gerania und Madira draußen in ihrer Luchsgestalt spielten. Torra war am vorherigen Abend nicht von ihrem Dienst bei Herrin Adella zurückgekehrt. Lerio versuchte die Sorge um sie zu verdrängen, während er den Tisch deckte und seine jüngeren Schwestern hereinrief.

Von der Mahlzeit bekam er nicht viel mit, während er seinen Gedanken nachhing. Am Ende entschloss er sich, zusammen mit Madira und Gerania zum Schloss zu gehen, und verabschiedete sich von seiner Mutter, die noch ein wenig Hausarbeit erledigen wollte, bevor sie ebenfalls aufbrach.

Sie machten sich zu dritt auf den Weg, doch als sie sich dem Haupttor näherten, bat er Gerania und Madira, ein Stück hinter ihm im Schutz der Bäume zurückzubleiben. Er wollte nicht, dass die Wachen bemerkten, dass sie zusammengehörten, falls die Begegnung mit ihnen nicht gut lief.

Lerio musste tief durchatmen und bemühte sich, nicht zu zittern, als er sich den Soldaten am Tor näherte. »Stehengeblieben!«

»Ich bin Lerio …«

»Wir wissen, wer du bist«, unterbrach ihn eine Frau in Uniform. »Was willst du hier? Dir wurde verboten, ins Schloss zurückzukehren!«

»Ich weiß.« Lerio schluckte, während seine Gedanken rasten. »Bitte! Es ist alles ein Missverständnis! Ich muss zu Emanio und mit ihm reden …«

»Du denkst, wir würden dich nach allem, was geschehen ist, zu ihm lassen?« Eine der männlichen Wachen schnaubte. »Wir beschützen Seine Durchlaucht!«

Was konnte er sagen, um sie zu überzeugen?

»Kann ich dann mit Brusperio oder Morio sprechen? Ich weiß, dass sie sich für mich verbürgen werden.«

Die Wachen hoben drohend ihre Waffen. »Kein Zutritt zum Schlossgelände!«, wiederholte die erste Soldatin unerbittlich. »Befehl ist Befehl, keine Ausnahmen! Und nun verschwinde, bevor wir dich einsperren.«

Es hatte keinen Zweck. Geknickt drehte sich Lerio um und kehrte zum Waldrand zurück, wo Madira und Gerania auf ihn warteten. »Und?«

Er schüttelte den Kopf. »Sie lassen mich nicht mehr ins Schloss.«

»Ich kann versuchen, Emanio eine Nachricht von dir zu geben, wenn ich ihm das Essen bringe … Ich meine, falls sie mich ihm heute wieder die Mahlzeiten bringen lassen.« Gerania wirkte unsicher.

Lerio lächelte leicht. »Bitte sag ihm, dass ich nicht versucht habe, ihn zu töten. Ich bin auf seiner Seite und werde mein Versprechen halten, ihn zu beschützen. Auch wenn ich schreckliche Dinge gesagt habe, die ich jetzt nicht mehr meine.«

Die beiden nickten. Sie umarmten ihn rasch und machten sich anschließend auf den Weg, während er ihnen besorgt hinterhersah. Doch anscheinend galt das Verbot nur für ihn, denn die Wachen ließen seine Schwestern ungehindert passieren.

Und jetzt? Ratlos drehte er sich um.

Schließlich führten ihn seine Füße wie von selbst auf die große Hütte am Eingang zum Wildgehege zu. Brusperio hatte gesagt, dass er zu seiner gewohnten Arbeit als Wildhüter zurückkehren solle, und solange er nicht wusste, was er als nächsten Schritt unternehmen sollte, würde er seine gewohnten Aufgaben erledigen. Auch wenn es sich plötzlich falsch anfühlte, etwas anderes zu tun, als Emanio zur Seite zu stehen.

Doch bevor er das Hauptquartier der Wildhüter betreten konnte, kam Kudonio herausgestürmt, das Gesicht rot vor Wut. »Wie kannst du es wagen, dich hier blicken zu lassen?«, brüllte er.

Lerio blieb augenblicklich stehen, während der Jagdmeister schäumte. »Denkst du, ich hätte nicht gehört, was passiert ist, Missgeburt? Endlich hat der Herzog erkannt, welch großen Fehler er gemacht hat, als er es Tiermenschen wie dir erlaubt hat, auf seinem Besitz zu wohnen und im Schloss zu arbeiten! Du bist ein Verräter, ein Nichtsnutz und Möchtegern-Mörder! Bestimmt warst du zu feige, um wie geplant deine Waffe zu ziehen, nicht wahr? Bei deiner Angst vor Blut! Du schaffst es ja noch nicht einmal, einen Hasen oder ein Eichhörnchen zu töten oder ihm das Fell abzuziehen! Erbärmlich!«

Angelockt von Kudonios Geschrei begannen sich auch die anderen Jäger und Wildhüter vor der Hütte zu versammeln. Viele von ihnen feixten, während Lerios Wangen vor Scham brannten.

»Nein, Tiermenschen sind zu nichts nutze! Man kann ihnen nicht trauen. Das sieht man ja an dir. Wie kommst du auf die Idee zurückzukommen? Habe ich dir beim letzten Mal nicht klipp und klar gesagt, dass ich dich hier nie wieder sehen will? Denkst du, daran hätte sich irgendwas geändert? Besonders nachdem du Seine Durchlaucht töten wolltest? Verschwinde, bevor ich meine Großzügigkeit bedauere! Wenn ich dich das nächste Mal entdecke, werde ich dich jagen und töten wie eine räudige Bestie!«

Lerio wusste, dass Kudonio keine leeren Drohungen aussprach. Der Jagdmeister würde ihn ohne zu zögern ermorden und keiner seiner Kollegen würde versuchen, Kudonio aufzuhalten, oder ihn beim Herzog verpfeifen. Mit einem letzten Blick in deren schadenfrohe und verächtliche Grimassen drehte sich Lerio um und ging.

Er hatte schon mehrere hundert Schritte zurückgelegt, als er begriff, was dies bedeutete. Ab sofort hatte er keine Anstellung mehr. Er würde nicht länger seine Familie unterstützen können. Und wenn Torra in ein paar Wochen oder Monaten, wenn ihre Schwangerschaft nicht mehr zu übersehen war, ebenfalls ihre Position als Zofe bei Herrin Adella verlieren würde, hätte seine Familie bald nicht mehr genug Geld, um sie beide und seine noch ungeborene Nichte oder seinen Neffen zu ernähren. Er brauchte dringend eine neue Arbeit, die genügend für sie drei einbrachte, und Gestaltwandler wurden schlecht bezahlt.

Falls sie mich überhaupt einstellen, wenn sich herumspricht, warum sie mich aus dem Schloss geworfen haben.

Zukunftsängste plagten ihn und er musste sich zwingen, an etwas anderes zu denken, denn dies war kein Problem, das er in naher Zukunft lösen konnte. Zunächst einmal musste er sein Versprechen einhalten. Und als er eine lange Zeit ziellos durch den Wald gelaufen war, wusste er auch, wie er das anstellen konnte.

Er rannte zum Haupttor zurück, doch statt auf das Schloss zuzugehen, wandte er sich in die andere Richtung und lief den Weg den Hügel nach Rius hinab. Außerhalb der Sichtweite der Schlosswachen blieb er an der ersten Weggabelung stehen und wartete.

Die meisten Männer und Frauen, die zwischen der Stadt und dem Schloss unterwegs waren, waren Diener, die Besorgungen erledigten oder Botschaften überbrachten. Hin und wieder ritt auch ein Magier an ihm vorbei oder eine reich verzierte Kutsche passierte ihn. Niemand schenkte ihm Beachtung und als er sie endlich sah, war es bereits Mittag und sein Magen knurrte. Nach all den reichlichen Mahlzeiten in Emanios Diensten war er es nicht mehr gewohnt, bis zum Abend warten zu müssen, bevor er erneut etwas zu essen bekam.

Das Mädchen stockte kurz, als sie ihn bemerkte. Dann schenkte sie ihm ein höfliches Lächeln und wollte an ihm vorbeigehen.

»Elaria?«

Lerio trat vor und das Mädchen sah ihn überrascht an, als er sie mit ihrem Namen ansprach.

»Vielleicht erinnerst du dich an mich? Mein Name ist Lerio, ich bin Madiras und Geranias älterer Bruder, wir sind uns bereits einmal bei eurem Gang zum Markt begegnet.«

Auch jetzt trug das Dienstmädchen aus der Küche einen großen Korb mit Einkäufen.

»Aber natürlich. Geranias Bruder, ich erinnere mich.« Sie nickte ihm lächelnd zu, wirkte jedoch verwirrt, deshalb beeilte sich Lerio, ihr zu erklären, warum er sie abgefangen hatte.

»Darf ich dir vielleicht ein paar Fragen stellen? Gerania oder Madira haben dir bestimmt erzählt, dass ich in den letzten Wochen Seine Durchlaucht beschützt habe. Gestern hat mich Seine Gnaden jedoch entlassen, obwohl ich Emanio nie etwas getan hätte. Nun kann ich nicht mehr ins Schloss, doch ich kann versuchen, ihm auf andere Weise zu helfen. Und deshalb wollte ich mit dir reden. Was kannst du mir über Kio erzählen?«

Sie sah zu Boden, während sie auf ihrer Unterlippe kaute und überlegte. Dann schien sie eine Entscheidung getroffen zu haben. »Einverstanden, ich werde mit dir reden. Aber nur, weil ich Gerania und Madira mag und weiß, wie es ist, verdächtigt zu werden. Zu Anfang hat mir niemand geglaubt, als ich erzählt habe, dass ich von Kios Taten nichts wusste. Dabei waren wir beide seit Jahren getrennt. Bei den

Göttern, ich hatte mir sogar eine Anstellung im Schloss gesucht, um ihm nicht mehr täglich in der Stadt über den Weg zu laufen! Ich hätte wissen müssen, dass er mir folgen würde. Er wollte nicht wahrhaben, dass es endgültig aus und vorbei war. Ich war entsetzt, als er eines Tages in der Küche auftauchte und dort zu arbeiten begann.«

Lerio dachte nach. »Er hat nur deinetwegen angefangen im Schloss zu arbeiten? Das heißt, er kannte Emanio vorher nicht und hatte auch keinen Kontakt zu jemandem im Schloss?«

Elaria verneinte. »Er hat eine Lehre bei einem Tischler in Rius aufgegeben, um mir zu folgen. Der Tischler hat keinen Kontakt zu hohen Herrschaften oder Magiern.«

Also hatte Kio seinen Auftraggeber erst im Schloss kennengelernt. Doch welchen Grund sollte er gehabt haben, Emanio zu verraten?

»Hatte Kio Geldprobleme? Hat er dir teure Geschenke gemacht, die er sich normalerweise nicht hätte leisten können?«

Elaria schnaubte. »Nein, Kio wäre nicht einmal auf die Idee gekommen, mir Geschenke zu machen. Das Einzige, mit dem er nicht geizig war, war seine Aufmerksamkeit. Er ist mir gefolgt, wenn er hätte arbeiten sollen, und er hat andere Jungen und Mädchen aus der Küche ausgefragt. Bei den Göttern, ich weiß nicht mehr, was ich je an ihm gefunden habe! Ständig war er schlecht gelaunt, neidisch auf alle anderen und unzufrieden mit seinem Leben. Deshalb hatte ich mich damals auch von ihm getrennt. Ich ertrug seine übellaunigen Bemerkungen nicht mehr und bin ihm, so gut ich konnte, aus dem Weg gegangen.«

»Dann weißt du nicht, warum er einen Grund gehabt haben könnte, mit jemandem zusammenzuarbeiten, um Seiner Durchlaucht Rauschmittel unterzumischen oder ihn zu vergiften?«

Lerio rieb sich die schmerzenden Schläfen. Vielleicht hatte er sich die Angelegenheit zu einfach vorgestellt. Er war kein Soldat oder Magier, er war nicht gebildet und wusste nicht, wie man Ermittlungen anstellte. Bereits jetzt hatte er sich in eine Sackgasse begeben und wusste nicht mehr weiter.

Zu seiner größten Überraschung zuckte Elaria jedoch zusammen und wirkte schuldbewusst. »Elaria?«

»Wahrscheinlich ist es meine Schuld. Ich mochte den jungen Herrn und war vermutlich zu offensichtlich in meiner Zuneigung, auch wenn Seine Durchlaucht nie etwas gesagt und mir nie Hoffnungen gemacht hat. Aber ich habe mich damals dafür eingesetzt, dass der Dienst für Emanio mir zugeteilt wird, und Kio hat gewusst, dass ich ihn mochte. Denn er hat anschließend versucht, mir meine Aufträge streitigzumachen, und hat so viele Dienstbotengänge für Emanio übernommen, wie er nur konnte. Er wollte mich von Seiner Durchlaucht fernhalten.«

»Kio war eifersüchtig«, sprach Lerio es laut aus.

»Ja, sehr. Er war von mir besessen, aber ich hätte nie gedacht, dass er Emanio schaden würde.«

»Also hat er Kräuter gesucht und ein Gift zusammengestellt ...«

»Nein.« Elaria schüttelte entschieden den Kopf. »Es ist ausgeschlossen, dass er es selbst hergestellt hat. Kio hat in den ersten Wochen seines Diensts so viele Gewürze und Zutaten verwechselt, dass er nur noch in der Küche putzen, Hilfsarbeiten erledigen oder bei verschiedenen Gelegenheiten bedienen durfte. Es ist undenkbar, dass er wusste, wie er es herstellen kann – geschweige denn, dass es in der Küche niemandem aufgefallen wäre.«

»Also muss er die berauschenden Substanzen und das Gift gekauft haben.«

»Möglich«, erwiderte Elaria, doch sie wirkte nicht überzeugt. »Doch woher soll er das Geld dafür gehabt haben?«

»Hatte er Freunde, die es ihm hätten leihen können? Gab es jemanden, der ihn in seiner Abneigung gegen Emanio bestärkt oder häufig mit ihm gesprochen hat?«

»Kio hatte keine Freunde. Niemand mochte ihn.«

Lerio dachte nach, während Elaria mehrmals in Richtung Schloss blickte. Sie wurde langsam unruhig und Lerio wusste, dass er sie nicht viel länger aufhalten durfte, damit sie keinen Ärger bekam.

»Ich kann in der Küche herumfragen, ob er sich vielleicht von jemandem Geld geliehen hat, und es dann deinen Schwestern sagen«, bot sie überraschend an. »Aber ich vermute, die Antwort lautet *Nein.*«

»Das wäre großartig. Danke für deine Hilfe!«

Sie schenkte ihm ein letztes Lächeln und machte sich dann mit ihren Einkäufen wieder auf den Weg.

Was jetzt? Viel hatte er ja nicht erfahren, außer dass Kio eifersüchtig auf Emanio gewesen war. Das hätte er sich aus den Erzählungen seiner Schwestern denken können. Doch was hatte Kio dazu gebracht, Emanio Suchtmittel zu geben und ihn zu vergiften? War er selbst auf die Idee gekommen oder hatte jemand seinen Hass erkannt? Wer hatte das Gift besorgt? War es Kio gewesen oder sein Auftraggeber? Und wie konnte er es herausfinden, wenn er noch nicht einmal wusste, womit Emanio vergiftet und wo das Mittel gekauft worden war?

Lerio stieß einen schweren Seufzer aus, als er begriff, dass er jede Kräuterhexe und jeden Apotheker in ganz Rius abklappern und befragen musste. Bestimmt waren der Hauptmann und seine Leute schon vor ihm auf dieselbe Idee gekommen. Würde er überhaupt Antworten erhalten, wenn er noch nicht einmal in den Diensten der Herzogsfamilie stand?

Unsicher verharrte er einen Moment und starrte den Hügel in Richtung Stadt hinab, bevor er sich auf den Weg machte.

Am dritten Tag gab er frustriert auf. Er hatte jeden Magier, jede Hexe und jeden Apotheker in der gesamten Stadt befragt. Niemand von ihnen konnte sich an einen jungen Mann erinnern, auf den Kios Beschreibung passte. Und sobald Lerio angefangen hatte, sie nach Tinkturen, Pulvern oder Zaubertränken zu fragen, mit denen man Menschen vergiften konnte, waren sie misstrauisch geworden und wollten ihm noch nicht einmal verraten, ob sich in letzter Zeit jemand nach einem solchen Mittel erkundigt hatte. Vermutlich hatte er Glück gehabt, dass die Rechtschaffeneren unter ihnen ihm nicht die Stadtwache auf den Hals gehetzt hatten.

Nein, das Einzige, was er in den letzten drei Tagen, in denen er sich die Füße platt gelaufen und den Mund fusselig geredet hatte, erreicht hatte, war Kio als Käufer auszuschließen. Wer auch immer im Hintergrund die Fäden zog, er oder sie hatte auch das Mittel gekauft, das Kio Emanio unter das Essen gemischt hatte. Vermutlich hätte er sich die Mühe sparen können. Woher hätte Kio auch das Geld haben sollen? Madira und Gerania hatten ihm berichtet, dass niemand aus der Küche dem toten Diener Geld geliehen hatte. Rauschmittel oder Gifte kosteten bestimmt ein kleines Vermögen, falls sie illegal waren und der Verkäufer zudem auch noch bestochen werden musste.

Also war Emanios Feind jemand, der Geld hatte. Vermutlich ein Adliger, ein Magier oder ein höherer Schlossangestellter. Jemand, der ohne größere Schwierigkeiten in Emanios Nähe gelangen konnte, nun, da Lerio nicht mehr rund um die Uhr über ihn wachte. Er schluckte.

Unwillkürlich wandte sich Lerio in Richtung Schloss, während seine Sorgen wuchsen. Er musste zurück zu Emanio und ihn warnen. Doch wie?

Den ganzen Weg durch Rius und den Hügel hinauf grübelte er, doch ihm fiel nichts ein. Wie sollte er sich an den Wachen am Tor vorbeischleichen? Sie erkannten ihn doch mit einem Blick! Einen teuren Illusionszauber oder eine Verkleidung konnte er sich nicht leisten.

Er war der Lösung noch keinen Schritt nähergekommen, als das Haupttor des Schlosses in Sichtweite geriet und er besorgt stehenblieb. Nach einer Weile begann er unruhig auf und ab zu gehen, obwohl er wusste, dass er sich mit seinem Herumlungern verdächtig machte. Wahrscheinlich hatten sie ihn nur noch nicht befragt, weil ungewöhnlich viele Mädchen und Frauen in guten Kleidern auf dem Weg ins Schloss waren und von ihnen kontrolliert werden mussten. Er hatte bereits ein Dutzend von ihnen gesehen, bevor er erkannt hatte, dass dies die heiratswilligen Frauen sein mussten, die Emanios Großmutter für die Brautschau ins Schloss eingeladen hatte.

Als er einen Ruf hörte, zuckte er zusammen.

»Lerio!«

Madira kam ihm mit einem Korb in der Hand aus Richtung Rius entgegen und winkte. Hatten die Köche sie an diesem Nachmittag auf eine Besorgung geschickt und nicht eins der älteren und kräftigeren Mädchen? Und dazu noch allein? Das Ganze gefiel ihm nicht, besonders nachdem Gerania vor ein paar Tagen beinahe das Opfer eines Lustmolchs geworden wäre.

»Was machst du hier? Hast du etwas herausgefunden?« Sie sah ihn gespannt an und wirkte enttäuscht, als er verneinte.

»Ich wollte zu Emanio. Inzwischen bin ich mir sicher, dass derjenige, der ihn tot sehen will, ihm näher ist, als wir alle denken. Ich muss ihm unbedingt erzählen, dass es in seiner Nähe einen Verräter gibt.«

Sie packte Lerio am Arm. »Dann musst du. Jetzt.«

»Wie? Wenn die Wachen mich im Schloss erwischen, werfen sie mich, wenn ich Glück habe, nur hinaus. Höchstwahrscheinlich jedoch lande ich im Kerker!« Lerio fuhr sich verzweifelt durch die Haare.

»Sie erkennen dich, ja. Aber was tun sie, wenn sie nur einen Luchs sehen, der herumstreunt? Wie viele von ihnen wissen denn, dass du ein Luchswandler bist? Kudonio und die anderen Jäger, Brusperio, der Herzog und sonst niemand, oder? Du kannst es schaffen.«

Er starrte Madira an. »Das wäre eine Möglichkeit«, gab er zu. »Doch wie komme ich an den Wachen vorbei? Schließlich kannst du mich nicht in deinem Einkaufskorb ins Schloss tragen, dafür bin ich zu schwer und zu groß. Das bleibt ein Problem.«

»Versteck dich auf einem Karren! Es bringen doch jeden Tag Bauern und Händler Waren ins Schloss. Du verwandelst dich, wartest dort drüben bei den Bäumen und sobald einer vorbeikommt, halte ich ihn auf und bitte ihn, mich den Rest des Weges zum Schloss mitzunehmen. In der Zwischenzeit schleichst du dich heran und springst auf den Wagen.«

Madiras Vorschlag hatte etwas für sich, daher nickte Lerio. Kurz darauf war er hinter der nächsten Baumgruppe verschwunden. Außer Sicht entledigte er sich rasch seiner Kleidung, versteckte sie in einem Busch und verwandelte sich. Dann warteten sie.

Nach ein paar Minuten näherte sich ein Mann mit einem Ochsengespann und einer Ladung Heu dem Schloss. Seine Schwester winkte ihm und der Bauer hielt tatsächlich an. Lerio vergewisserte sich, dass der Mann nicht in seine Richtung schaute und der Wind günstig stand, damit er die Zugtiere nicht erschreckte. Dann huschte er in seiner Luchsgestalt von hinten auf den Wagen zu. Gerade noch rechtzeitig, denn seine Schwester hatte den Lieferanten soeben überredet, sie für die letzte Strecke mitfahren zu lassen.

»Das ist sehr nett von Euch. Es ist zwar nicht mehr weit, aber der Korb ist auf Dauer doch schwerer, als ich dachte.« Madira lächelte den Bauern strahlend an, der ihren Korb auf den Kutschbock hievte, während sie Lerio einen kurzen Blick zuwarf. Rasch sprang er auf die Ladefläche. Die Halme kitzelten ihm in der Nase und den Ohren, während er sich im Heu versteckte.

Dann verharrte er bewegungslos, während sie den Hügel hinauffuhren. Stets fröhlich gelaunt hatte seine Schwester den Bauern rasch in ein Gespräch verwickelt. Kurz darauf erreichte der Wagen das Tor. Der Bauer musste den Soldaten seinen Namen nennen, doch er wurde mit seiner Fracht bereits erwartet, denn nach kurzem Gespräch setzte sich das Gespann wieder in Bewegung.

Als der Bauer das nächste Mal hielt, um Madira absteigen zu lassen, wühlte sich Lerio rasch aus dem Heu, sprang vom Wagen und sah sich nach einem Versteck um. Er huschte ins nächste Gebüsch, während er überlegte, wie er jetzt zu Emanio kommen sollte. Über den Haupteingang konnte er nicht ins Gebäude, aber vielleicht über den Garten und eine offene Terrassentür?

Er machte sich auf den Weg und hatte wenig später den ihm inzwischen bekannten Park mit dem Heckenlabyrinth erreicht. Lerio näherte sich der lang gezogenen Terrasse, auf der bei schönem Wetter immer eine Handvoll Adliger saß. Er wollte sich nach einer Möglichkeit umschauen, ungesehen ins Schloss zu kommen, als er eine offene Tür entdeckte. Zu seinem Glück befand sich unmittelbar davor niemand und so huschte er auf den Eingang zu. Er hatte sich kaum in Bewegung gesetzt, als jemand Großes und Schwarzes in der Öffnung auftauchte und ihn direkt ansah.

Emanio!

Kapitel 19: Emanio

Freude erfüllte ihn, während er das Luchsmännchen anstarrte, als wäre es ein göttliches Wunder. Er konnte nicht fassen, dass er es hier und jetzt wiedersah.

Mit einem schnellen Blick zu seinen Wachen, die sich leise miteinander unterhielten, huschte Emanio auf die Terrasse.

»Kleines Kätzchen!«

Der Luchs knurrte leise, als Emanio den Kosenamen benutzte, den er hasste. Sein Schwanz peitschte gereizt.

»Was machst du hier?«

»Ich wollte dich warnen«, erwiderte das Luchsmännchen und sah ihn an. Der kleine Kater setzte sich. »Kio hat anscheinend mit jemandem aus dem Schloss zusammengearbeitet. Du solltest also auf der Hut sein und am besten niemandem vertrauen.«

»Woher weißt du das?«

Emanio hatte mit allem gerechnet, nicht aber damit, dass das Luchsmännchen wusste, wer Kio war und was er getan hatte.

»Ich habe Ermittlungen angestellt. Ich war bei jeder Kräuterhexe und jedem Apotheker in Rius und habe gefragt, ob Kio dort war. Niemand hat ihn gesehen. Von Elaria weiß ich, dass er sich nicht mit Giften auskannte. Er konnte es nicht selbst zusammenstellen. Also muss er es von seinem Auftraggeber bekommen haben.«

»Moment mal! Du kannst mit Menschen sprechen?«

Emanios Herz klopfte vor Aufregung ein wenig schneller. Sollte das heißen, dass er …

»Ja, ich bin ein Gestaltwandler. Natürlich kann ich mit Menschen sprechen, wenn ich in meiner anderen Gestalt stecke!«, erwiderte das Luchsmännchen unwirsch, als störten ihn die Fragen zu seiner eigenen Person.

»Warum hast du das nicht gleich gesagt? Kennst du Lerio und seine Familie? Als ich dort war, bin ich einer Luchswandlerin begegnet. Seid ihr vielleicht verwandt?«

Der Luchs schwieg einen langen Moment. »Ist das wichtig? Ja, wir sind verwandt. Aber viel wichtiger ist doch, dass du Stumpfkralle vorsichtiger bist! Dein Feind ist viel näher, als du denkst!«

Damit verriet er Emanio nicht viel Neues. Aber er wollte sich nicht länger über dieses Thema unterhalten und spekulieren, wer es womöglich auf ihn abgesehen hatte. Etwas anderes interessierte ihn in diesem Moment viel mehr.

»Wie ist es, ein Luchswandler zu sein?«

Er war in der Zaubererakademie bereits Gestaltwandlern begegnet, aber da sie ihre Magie niemandem beibringen konnten, hatten seine Lehrer ihm andere Magiebegabte vorgestellt und er hatte nie mit einem Gestaltwandler sprechen können.

Der Kater überlegte kurz und maunzte resigniert, als Emanio ihn weiterhin anstarrte.

»Also schön. Es hat gute und schlechte Seiten. Leider mögen normale Menschen uns nicht. Wir bekommen viel Hass und Furcht zu spüren, haben Schwierigkeiten, eine Anstellung und ein Zuhause zu finden. Aber wenn ich in meiner jetzigen Gestalt bin, ist es die absolute Freiheit. Ich kann springen, klettern, laufen, die Natur mit all meinen Sinnen genießen, mich mit anderen Tieren unterhalten und für eine Zeit lang alle menschlichen Sorgen vergessen. Du solltest es auch einmal ausprobieren.«

»Wie? Meinst du herumtoben oder auf einen Baum klettern?«

Er dachte an das Luchsmädchen, das mit ihm hatte spielen wollen.

»Ja, genau. Ich habe gesehen, wie du dich bewegst. So verhält sich keine normale Wildkatze. Für dich ist diese Gestalt eine Kerkerzelle. Sei doch mal ein Panther und genieß es!«

»Aber wie geht das? Kannst du es mir beibringen?«

Die Ohren des Luchses zuckten, als hätte er etwas gehört. Im nächsten Moment waren sie von einer Barrikade aus Eis, die sich plötzlich im Durchgang gebildet hatte, getrennt. Emanio wirbelte herum und knurrte, als er Morio erblickte, der ihn erneut mit seiner Magie gefangen gesetzt hatte und nun auf ihn zukam.

»Triff mich morgen dort, wo die Krähe starb, dann zeige ich es dir«, rief der Luchs ihm durch die Mauer hindurch zu. Im nächsten Moment war er aufgesprungen, losgerannt und in einen Busch gehechtet. Emanio starrte ihm verdutzt hinterher und wünschte sich, er hätte ihm folgen können. Besonders als hinter ihm Morios Stimme ertönte.

»Ich bedaure, Eure Durchlaucht, aber ich habe von Seiner Gnaden den Befehl erhalten, dass ich verhindern soll, dass Ihr das Schloss verlasst, es sei denn, Ihr seid in Gesellschaft von Ihren Gnaden oder Ihrer Durchlaucht und Euren Wachen. Es ist nicht sicher, wenn Ihr Euch außer Sichtweite begebt. Eure Großmutter wünscht, dass Ihr hereinkommt und Euch zu ihr und Euren Gästen begebt.«

Emanio fauchte Morio gereizt an, der bedauernd wirkte. Er sah sich ein letztes Mal nach dem Luchsmännchen um, konnte es jedoch nicht mehr entdecken. War der Gestaltwandler weggelaufen, weil er nicht wollte, dass Morio ihn bemerkte?

Kurz hatte er Sorge, dass der Luchswandler etwas zu verbergen hatte, dass es möglicherweise nicht sicher war, das Schloss zu verlassen und sich mit ihm zu treffen. Doch dann erinnerte er sich, wie er dem Luchs das erste Mal begegnet war und welche Sorgen er sich um Emanios Sicherheit gemacht hatte. Er hatte ihn mitsamt dem Beweismittel unverzüglich zu Morio und Brusperio gebracht. Nein, wenn er ihm etwas hätte antun wollen, dann hätte er ihn für den Bogenschützen in die Falle gelockt.

Plötzlich klopfte sein Herz bei dem Gedanken, den Luchs am nächsten Tag wiederzusehen und sich mit ihm zu unterhalten, vor Vorfreude schneller. Er konnte es kaum noch erwarten. Jetzt musste er nur noch eine Möglichkeit finden, wie er sich aus dem Schloss schleichen konnte.

Also gab er ganz bewusst seine aggressive Körperhaltung auf, stellte das Fauchen ein und die Ohren freundlich auf. Dann maunzte er einmal, als täte es ihm leid. Er hatte Morio noch nie angelogen und normalerweise hätte die Täuschung auch nicht funktioniert, da sein Sekretär ihn so gut kannte. Doch Emanios Körpersprache als Panther war Morio noch nicht vertraut und so fiel er darauf herein.

Morio schien ein schlechtes Gewissen zu bekommen. »Es tut mir wirklich leid, Eure Durchlaucht. Ich verstehe, dass Ihr Euch eingesperrt fühlt. Brusperio und ich werden noch einmal bei Eurem Vater vorstellig werden. Ich bin zuversichtlich, dass der Zimmerarrest aufgehoben wird, wenn er sich wieder beruhigt hat.«

Emanio nickte scheinbar gefügig, während er innerlich frohlockte. Der erste Schritt seines Plans hatte geklappt, der zweite musste jedoch warten, denn zunächst einmal musste er sich zu seiner Großmutter und den Frauen begeben, die extra gekommen waren, um ihn kennenzulernen. Die Aussicht erschien ihm jetzt weniger aufregend als noch am Morgen.

Emanio folgte Morio und seinen Wachen in den kleinen Nebenraum, wo seine Großmutter mit den Frauen auf ihn wartete. »Sehr schön, da bist du ja, Emanio!«

Sie klatschte begeistert in die Hände, während die Kandidatinnen weniger überschwänglich aussahen. Insgesamt waren es mit Adella, Bergos Tochter Olita und Heilerin Porelle elf Mädchen, die ihn jetzt neugierig, furchtsam oder besorgt musterten.

»Während die Dienstboten das Abendessen auf der Terrasse aufbauen – es ist so schönes Wetter heute, nicht wahr? –, dachte ich, könnten wir die Zeit nutzen, damit ihr euch ein wenig besser kennenlernt. Emanio, warum zeigst du den jungen Damen nicht den Garten? Dann können sie dir von sich erzählen und du erfährst ein wenig mehr über sie. Was hältst du davon?«

Seine Großmutter erwartete eindeutig seine Zustimmung, also nickte er, während er ihr und den Frauen zurück nach draußen folgte. Dort holte er erst einmal tief Luft und genoss den Duft der Freiheit. Dass seine Großmutter gemeint hatte, dass er jeder der Anwärterinnen den Schlossgarten einzeln zeigen sollte, wurde ihm und den Mädchen erst klar, als sie fragte: »Und? Wer möchte die Erste sein?«

Wenig überraschend wurden einige von ihnen jetzt blass. Nur Adella trat augenblicklich vor und musterte die anderen Kandidatinnen verächtlich. »Also ich habe keine Angst vor meinem zukünftigen Verlobten!«, verkündete sie laut. »Lass uns gehen, Emanio!«

Sie setzte sich in Bewegung und begann sofort loszuplappern. Leider über Mode und was sie von der Kleidung seiner Mutter hielt, ein Thema, das ihn nicht sonderlich interessierte, auch wenn er höflich lauschte.

Als einige Zeit später seine Großmutter mit einer der anderen Damen auf sie zukam, um sie abzufangen, war Adella wenig begeistert zu hören, dass ihre Zeit an diesem Tag herum war. Sie klappte verärgert ihren Fächer mit einem lauten Klacken zusammen und rauschte ohne einen weiteren Blick zu seiner Großmutter und ihrer Rivalin in Richtung Terrasse davon.

Das nächste Mädchen war die Tochter eines Barons aus dem benachbarten Herzogtum. Beria hatte sich am Nachmittag vorgestellt und Emanio war froh, dass seine Großmutter sie noch einmal namentlich ansprach, denn von der Begegnung war ihm nichts im Gedächtnis geblieben.

»Ihr habt ein sehr schönes Schloss, Eure Durchlaucht«, sagte sie nervös und sah seiner Großmutter hinterher, die sich wieder auf den Weg zu den anderen Gästen gemacht hatte. »Es würde mich sehr freuen, wenn Ihr mir den Garten zeigen könntet. Ich liebe Gärten, Ihr auch? Besonders Rosen- und andere Blumengärten haben es mir angetan. Sie eignen sich so wunderbar zum Zeichnen! Zeichnet Ihr?«

Sie warf einen Blick zu ihm herüber, während sie gemeinsam auf die Beete mit den Rosen zugingen, nahm dann seine Gestalt wahr, die sich so gar nicht für ihre Lieblingsbeschäftigung eignete, und lief rot an. Augenblicklich sah sie wieder weg und bemerkte so nicht, dass er verneinte.

Die nächsten Minuten waren unangenehm. Beria begann vor lauter Verlegenheit zu plappern und stellte ihm immer wieder Fragen, bevor sie sich erinnerte, dass er ihr nicht laut antworten konnte. Sein Nicken oder Kopfschütteln schien sie nicht wahrzunehmen, für eine schriftliche Antwort ließ sie ihm keine Zeit, bevor sie das nächste Thema anschnitt. Bald ebbte das Gespräch ab, weil er nicht richtig mit ihr reden konnte.

Als seine Großmutter mit der nächsten Frau auftauchte, war Emanio nicht der Einzige, der erleichtert war, dass ihre gemeinsame Zeit vorüber war. Leider war Razia nicht besser als Beria. Auch sie ergriff sofort das Wort. Zum Glück erwartete sie keine Antwort von ihm, denn Razia sprach ausschließlich im Monolog und ging davon aus, dass er ihrer Meinung widerspruchslos zustimmte. Unwillkürlich fragte er sich, ob das Luchsmännchen sich immer noch versteckt im Garten aufhielt und was es über die Frauen dachte. In Gedanken beschäftigte sich Emanio mit dem kleinen Kater, was auch den Vorteil hatte, dass die Zeit mit der Tuchhändlerstochter schneller vorbeiging.

Zum Glück gönnte man Emanio nach der vierten Kandidatin, die gar nichts sagte, erst einmal eine kleine Verschnaufpause. Inzwischen war das Abendessen auf der Terrasse angerichtet worden und die Frauen saßen größtenteils bereits am Tisch. Seine Großmutter lächelte, als er mit dem Mädchen an seiner Seite die Terrasse betrat, und schien nicht zu bemerken, dass es sofort zu einem freien Platz huschte.

»Hier, Emanio, ich habe dir einen Teller vorbereitet.« Adella strahlte, als sie ihm entgegenkam und das Essen kurz vor seinen Füßen auf dem Boden abstellte. Emanio wusste nicht, ob sie vergessen hatte, dass er kein Fleisch aß, oder ob sie die anderen Mädchen nur hatte übertrumpfen wollen und ihm deshalb ihren eigenen Teller gereicht hatte. Das Ergebnis war dasselbe. Kartoffeln, Gemüse, alles getränkt in Soße und daneben zwei ungenießbare Stücke Fleisch.

»Was machst du da, Adella? Heb deinen Teller wieder auf, Mädchen! Emanio isst doch nicht am Boden, sondern sitzt selbstverständlich mit bei uns am Tisch!«

Die Geduld seiner Großmutter mit Adella hatte sich merklich erschöpft, denn sie kniff die Lippen zusammen, während sie das Mädchen gereizt musterte. Emanio hingegen schenkte sie ein Lächeln und deutete auf den Platz neben ihr am Kopf der langen Tafel.

Dankbar lief er zu ihr herüber und das Gefühl verstärkte sich noch, als er erkannte, dass sie die zusammengebaute Empore für ihn nach draußen getragen und ihm bereits einen großen Teller mit einer Auswahl seiner Lieblingsspeisen zusammengestellt hatten.

Gut gelaunt sprang er auf seinen Platz, ignorierte das Zusammenzucken der Frauen an seinem Ende des Tisches, als sein Magen knurrte, und begann mit dem Abendessen, während seine Großmutter versuchte, ein Gespräch mit den Kandidatinnen in Gang zu bringen.

Nach dem Essen durfte Emanio wieder Runden durch den Schlossgarten drehen und zum Glück war die nächste Anwärterin Olita. Bergos Tochter plapperte nicht wie einige der anderen Kandidatinnen, sie verstummte zum Glück aber auch nicht in seiner Nähe. Stattdessen begann sie von ihrer Familie, ihrem Hof und dem Dorf zu erzählen, in dem sie lebten. Jedes Mal, wenn Emanio sie mit einem Nicken zum Weiterreden aufforderte, legte sie die Zurückhaltung vor ihm – sei es aufgrund seiner Fluchgestalt oder seines Standes – ein wenig mehr ab. Am Ende lachte sie, als sie ihm vom Schabernack ihrer jüngsten Brüder erzählte.

»Emanio? Olita?«

Das Bauernmädchen und er sahen sich überrascht zu seiner Großmutter um, die mit der nächsten Kandidatin hinter ihnen stand.

»Oh, ist die Zeit schon rum?« Olita schenkte ihm ein bedauerndes Lächeln und knickste wie am Vormittag wenig grazil, was ihn jedoch nicht im Geringsten störte. »Vielen Dank für die Führung durch den Garten, Eure Durchlaucht.«

Emanio neigte den Kopf und bedauerte, dass ihre Zeit vorbei war. Er mochte Olita.

Leider steigerte sich sein Bedauern, da sich die nächsten Kandidatinnen als weniger angenehme Gesprächspartnerinnen erwiesen. Zum Glück war Porelle die letzte Frau, mit der er einen Rundgang durch den Garten machen musste, und alle anderen Kandidatinnen bis auf Adella hatten sich bereits auf ihre Zimmer zurückgezogen, um sich von der Reise zu erholen.

»Wollen wir, Eure Durchlaucht?«, fragte die Heilerin höflich.

Da die anderen Frauen die Blumenbeete am liebsten gemocht hatten, führte er sie als Erstes dorthin. Doch zu seiner Überraschung hatte sie weniger Augen für die Pflanzen als für ihn und als er in der Nähe eines Beetes nieste, blieb sie stehen.

»Die Gerüche reizen Eure Nase, nicht wahr?«, fragte sie überraschend. »Ich hätte eine Idee: Warum zeigt Ihr mir nicht, was Ihr denkt, was ich gerne sehen möchte, sondern was Eure Lieblingsorte im Garten sind? Da Ihr mir ja leider nicht mit Worten antworten könnt, erfahre ich auf diese Weise auch etwas über Euch.«

Verdutzt starrte er sie an. Der Vorschlag war so unerwartet wie genial, dass es ihm für einen Moment die Sprache verschlug. Dann jedoch nickte er begeistert.

Als Erstes zeigte er ihr die kleine Gartenlaube in der Mitte der Rasenfläche, in der es sich so wunderbar sitzen ließ und in der er als Heranwachsender an schönen Tagen gelesen hatte, wenn ihm neben seinen Pflichten dafür Zeit geblieben war.

»Was liebt Ihr an diesem Ort?«, wollte sie wissen. »Habt Ihr die Leute beobachtet, die vorbeilaufen?«

Er schüttelte den Kopf.

»Ah, dann habt Ihr hier ein Mädchen hergebracht, das Euch gefallen hat?« Er stolperte überrascht, bevor er erneut verneinte und sie nachdenklich wurde.

»Nein, Ihr habt diesen Ort nicht geteilt, nicht wahr? Das war Euer Rückzugsort inmitten von Menschen, wo Ihr zeichnen ... studieren ... lesen ... ja, lesen konntet.«

Sie hatte seine Gestik genau beobachtet und bemerkte sofort, als er bei »lesen« nickte. Er musste noch nicht einmal seine Antworten in den Staub schreiben.

»Was lest Ihr gerne? Liebesromane? Historische Romane? Fantastische Abenteuer mit Helden und Schurken?«

Dieses Mal schwieg sie einen Moment, als er nickte. »Das hätte ich nicht vermutet. In Euch steckt ein Träumer, nicht wahr?«

Verdutzt hielt er inne. So hatte er sich nie gesehen. Er gönnte sich nicht den Luxus, von anderen Dingen zu träumen, wenn sein Leben durch seine Verpflichtungen vorherbestimmt war. Aber vielleicht hatte sie recht, dass ihn genau deshalb die Geschichten von fremden Orten und Abenteuern gereizt hatten.

Emanio führte sie weiter durch den Garten und zum Heckenlabyrinth, in dem Akurio und er als Kinder Verstecken gespielt hatten. Er war jedoch so durcheinander, dass er mit der Vorderpfote umknickte und mit der Stirn gegen eine der Holzbänke neben dem Pfad prallte. Er winselte leise, als er sich aufrichtete.

»Habt Ihr Schmerzen?« Porelle drehte sich besorgt zu ihm um und trat einen Schritt auf ihn zu, bevor sie innehielt. »Erlaubt Ihr, dass ich Eure Verletzung untersuche und heile?«

Sie wartete, bis er genickt hatte, bevor sie ihm eine Hand auf den Kopf legte. Es war ein merkwürdiges Gefühl, sie so dicht neben sich zu spüren, dass er nicht anders konnte, als bewusst ihren Duft wahrzunehmen, ihr in die Augen zu sehen und ihre Magie zu fühlen, die jetzt seinen gesamten Körper umhüllte, bevor sie die Prellung an der Stirn heilte.

Verwirrt hielt er still. Sie kam ihm vertraut vor, als würde er sie schon lange kennen. Instinktiv wusste er, dass er ihr vertrauen konnte, dass sie ihm mit ihrer Magie helfen wollte. Ihr Zauber schlüpfte unter seinen Schilden hindurch, als seien sie gar nicht da, als seien sie nicht dazu gemacht, Porelle aufzuhalten. Warum kam sie ihm so bekannt vor? Hatten die Götter sie möglicherweise als seine wahre Liebe vorgesehen?

Er maunzte fragend, doch bevor sie antworten konnte, ertönte Adellas scharfe Stimme. »Was macht Ihr da mit ihm?«

Adellas Augen blitzten empört, als sie die letzten Schritte zurücklegte, die sie noch trennten. Ihm war gar nicht aufgefallen, dass sie Porelle und ihm gefolgt war.

»Wieso fragt Ihr?«

»Nehmt die Hände von ihm! Emanio und ich gehören zusammen, das weiß hier jeder. Aber Ihr werft Euch ihm an den Hals und seht aus, als seid Ihr kurz davor, ihn zu küssen! Euch kümmert es nicht mal, dass er aktuell eine Bestie ist! Seid Ihr schamlos oder pervers?«

Wie bitte? Porelle hatte doch nicht versucht, ihn zu küssen!

Porelle schien genauso überrascht über den verbalen Angriff zu sein wie er. Dann jedoch kniff sie die Augen zusammen und ihre Magie fühlte sich nicht mehr ganz so wohlwollend an, als sie ihren Blick auf Adella richtete.

»Seid Ihr sicher, dass Ihr zusammengehört und dass Emanio das genauso sieht wie Ihr? Denn Ihr klingt nicht, als würdet Ihr ihn lieben und wäret eifersüchtig. Nein, Ihr hört Euch eher besitzergreifend an.« Sie wirkte, als sei sie von Adella enttäuscht. »Ich schlage vor, Ihr zieht Euch in Eure Gemächer zurück und lasst Emanio und mich unser Gespräch beenden. Schließlich wart Ihr heute schon an der Reihe und sicherlich seid Ihr kein verzogenes kleines Mädchen, das anderen nicht ihr Spielzeug gönnt. Oder doch?«

Die Heilerin hob spöttisch die Augenbrauen und lächelte, als Adella empört nach Luft schnappte und dann beleidigt davonging. »Unerhört!«

Es war erstaunlich, wie einfach es ihr gelungen war, Adella in ihre Schranken zu weisen. Emanio war beeindruckt. Porelle war nicht nur aufmerksam und höflich, sondern auch willensstark. Genau diese Fähigkeiten brauchte eine gute Herzogin.

Er mochte sie mit jeder Begegnung mehr. Und als seine Wachen ihn kurz darauf, nachdem er sich von Porelle für den Abend verabschiedet hatte, zurück in seine Gemächer geleiteten, hoffte er, dass sie seine wahre Liebe war und es ihr gelingen mochte, Gefühle in ihm zu wecken.

Kapitel 20: Lerio

»Wo ist das Vieh?«

»Schnappt es Euch!«

Lerio hechelte leise, als er sich klein machte und in einen Mauervorsprung quetschte. Durch die Belüftungsöffnung zum Keller neben ihm entwich kühle Luft und mit ihr der Geruch nach frisch geschlachteten Tieren und er musste sich zusammenreißen, um sich nicht zu übergeben.

Es vergingen ein paar Minuten, bis die Wachen die Suche nach ihm in einem anderen Abschnitt des Schlossgeländes fortsetzten. Er hatte Glück, dass das Areal durch die zahlreichen ineinander übergehenden Gebäude mit den vielen Türen, Torbögen, Treppen und Tunneln so verschachtelt und unübersichtlich war, dass er die Soldaten gut abhängen konnte. Leider war es ihm nicht gelungen, an Emanios Seite zu bleiben, auch wenn er gerade noch hatte verhindern können, dass Morio ihn entdeckte. Falls Brusperio, Kudonio oder der Herzog Lerios Geheimnis, dass er ein Luchswandler war, aufgedeckt hatte, hätte der Sekretär ihn augenblicklich erkannt und sie hätten ihn vermutlich in den Kerker geworfen. Vermutlich war die Vorstellung naiv gewesen, dass er als Luchs bei Emanio bleiben, in seinen Gemächern wohnen und ihn überallhin begleiten könnte. Selbst wenn sie ihn nicht als Gestaltwandler Lerio erkannt hätten, warum hätten sie einer fremden Raubkatze gestatten sollen, ihrem Herzogssohn Gesellschaft zu leisten?

Nein, er war dumm gewesen. Auch das Schlossgelände wieder zu verlassen, hatte er es sich einfacher vorgestellt. Er war noch nicht einmal in die Nähe des Haupttores gekommen, bevor die ersten Menschen seinen Luchs bemerkt und die Wache auf ihn gehetzt hatten.

Und wenn er das Ausweichtor benutzte? Dort würden weniger Menschen unterwegs sein, auch wenn die Wahrscheinlichkeit, dass ihn jemand sah, nicht geringer war. Aber wenn er schnell genug war, dann konnte er zwischen den Beinen der Wachen und Passanten hindurchrennen und so das Schlossgelände verlassen.

Lerio machte sich auf den Weg. Sein Plan funktionierte gut, bis er vorsichtig um die letzte Ecke spähte und Kudonio und seine früheren Kollegen erblickte, die in diesem Moment ihre Jagdbeute durch das Nebentor ins Schloss schleppten. Mist!

Lerios Herz klopfte viel zu schnell, als Furcht in ihm emporstieg. Er hatte vergessen, dass die Jäger das Nebentor benutzen mussten, um die Schlossbesucher nicht zu stören. Normalerweise brauchten sie ein paar Stunden, um die erlegten Tiere zum Schloss zu bringen und sie im Schlachthaus unmittelbar neben dem Ausweichtor zu zerlegen. Wie lange würde er warten müssen, bis sie weg waren?

Seine Beklommenheit wuchs, als seine empfindliche Nase jetzt auch den Geruch der Soldaten wahrnahm, die ihn gejagt hatten. Sobald Kudonio erfuhr, dass sich ein Luchs auf dem Schlossgelände befand, würde er alles stehen und liegen lassen und nicht eher ruhen, bevor er Lerio getötet hatte.

Seine Sorge wurde zu Panik, als er blindlings losrannte. Er musste so schnell wie möglich weg von hier.

Gefahr! Blut! Tod! Flucht!

Rinde war unter seinen Tatzen zu spüren, als er auf einen großen Baum hechtete und über schmale Äste sprintete, die sich unter seinem Gewicht bogen, bevor er zum nächsten Baum sprang. Er wusste, dass er sterben würde, falls seine Pfoten den Boden berührten, bevor er die gewaltige Schlossmauer überwunden hatte. Normalerweise hätte er noch nicht einmal im Traum daran gedacht, aber der Instinkt trieb ihn weiter, auf die große Eiche zu, die ein Stückchen dichter an der Mauer stand als alle anderen Bäume. Er erreichte sie und kletterte in Windeseile den Stamm hoch. Höher, immer höher, damit die Jäger ihn von unten nicht mehr sahen und ihre Pfeile keine Möglichkeit hatten, ihn zu erreichen.

Dann lief er auf einem schmalen Ast auf die Mauer zu. Instinktiv sprang er. Todesangst erfasste ihn, als er durch die Luft flog und die Mauer auf sich zurasen sah. Sein Herz setzte einen Schlag aus, als seine Vorderpfoten gerade so die Mauerkrone erreichten und er abzustürzen drohte. Er strampelte mit den Hinterpfoten, seine Krallen kratzten über den Stein. Rissen Moospolster aus den Fugen.

Dann war er mit allen vier Pfoten oben und sprang erneut. Als er auf der anderen Mauerseite landete, knickte er um, doch der Schmerz konnte das Gefühl des Triumphs nicht trüben, als er in Richtung Wald weiterrannte.

Ich bin frei!

Unruhig starrte er am nächsten Morgen aus dem Fenster und verfolgte mit wachsender Ungeduld, wie die Sonne aufging.

»Du wirst doch vorsichtig sein, oder?«

Lerio drehte sich zu Torra um. Seit seine Schwester hatte mitansehen müssen, wie die Männer des Herzogs ihn aus dem Schloss geschleift hatten, war sie in ständiger Angst um ihn.

»Du weißt, dass Herzog Orsio nicht zögern wird, dich einzusperren oder aus Ternilus zu verbannen, wenn er erfährt, dass du dich mit Emanio triffst. Aber mehr Sorgen macht mir Kudonio. Du hast nicht erlebt, wie er gestern tobend durchs Schloss marschiert ist und alles persönlich abgesucht hat, nachdem er gehört hatte, dass die Wachen eine kleine Wildkatze verfolgt haben. Du hast Glück, dass sie dich nicht als Luchs erkannt haben, denn ansonsten hätte der Jagdmeister deinen Tod gefordert. Ich weiß, dass du Emanio beschützen willst, aber du kannst nicht solche Risiken eingehen. Was ist, wenn dich jemand erkennt? Ich habe Angst um dich!«

Lerios schlechtes Gewissen kehrte zurück und er musste Torras Blick ausweichen. »Ich werde vorsichtig sein, versprochen! Wir treffen uns im Wald, ich werde also nicht einmal in die Nähe des Schlosses kommen.«

Nur in die Nähe des Wildgeheges, aber das verriet er ihr besser nicht.

»Und wenn er nicht allein ist? Was ist, wenn die Wachen ihn begleiten oder – die Götter mögen es verhindern – Adella? Du hast sie gestern nicht erlebt, Lerio. Seit die Brautschau begonnen hat und die anderen Anwärterinnen im Schloss sind, lässt sie Emanio kaum noch aus den Augen. Sie ist eifersüchtig auf jeden.«

Er versuchte Torra zu beruhigen. Aber er war so angespannt, dass er es nicht mehr länger in der Hütte bei seiner Familie aushielt. Wenige Minuten nach Sonnenaufgang verwandelte er sich und machte sich auf den Weg zum vereinbarten Treffpunkt.

Was habe ich mir gestern dabei gedacht, ausgerechnet diesen Ort vorzuschlagen?

Voller Sorge näherte er sich der kleinen Lichtung, auf der der Attentäter die Krähe getötet hatte. Zu seiner größten Überraschung war Emanio bereits dort. Er musste noch vor Sonnenaufgang das Schloss verlassen haben und hatte nur zwei Soldaten von der Nachtwache dabei, die gähnten und übermüdet wirkten.

Diese hohle Stumpfkralle!

Von plötzlicher Wut erfüllt rannte er auf Emanio zu und fauchte.

»Kleines Kätzchen!«, rief der Herzogssohn voller Freude und starrte ihn an, als wüsste er nicht, was er schon wieder angestellt hatte.

»Warum bist du nur mit zwei Wachen unterwegs? Und dazu noch mit zwei so unachtsamen? Willst du ermordet werden?«

Die beiden Männer bemerkten erst jetzt, dass Emanio nicht länger allein war, beruhigten sich aber augenblicklich, als sie erkannten, dass er ein Luchs war. Auf die Idee, dass er ein Gestaltwandler und ein Feind sein könnte, kamen sie eindeutig nicht.

»Komm mit!«, befahl Lerio unwirsch und setzte sich in Bewegung, um Emanio vom Wildgehege, das nur wenige hundert Luchssprünge entfernt war, wegzuführen. Emanio folgte ihm augenblicklich, die Wachen im Schlepptau, und Lerio versuchte sich wie ein normaler Luchs zu verhalten, damit die Männer ihn nicht verdächtigten.

Als sie einige Minuten später eine kleine Lichtung in der Nähe von seinem Zuhause erreichten, hielt Lerio inne. Inzwischen hatte sich sein Zorn abgekühlt und sein schlechtes Gewissen war zurückgekehrt, weil er Emanio immer noch nicht verraten hatte, wer er war.

Er hatte es ihm sagen wollen, als der Herzogssohn ihn bei ihrem Wiedersehen am Vortag nach seiner Beziehung zu seiner Familie gefragt hatte, doch aus irgendeinem Grund hatte er die Worte nicht über die Lippen bringen können. Plötzlich hatte er sich wieder erinnert, wie schockiert Emanio während seiner Befragung ausgesehen hatte. Zweifel hatten sich in ihm ausgebreitet. Was war, wenn er zwar Emanio sehen wollte, aber Emanio nicht mehr bereit war, ihn zu treffen, wenn er ihm enthüllte, dass er Lerio war? Was, wenn Emanio seinen Aussagen unter dem Einfluss eines Wahrheitstranks mehr vertraute als den zweieinhalb Wochen, die sie zusammen verbracht hatten? Welchen Grund sollte Emanio auch haben, ihm zu vertrauen? Schließlich hatte Lerio ihm die ganze Zeit die wichtigsten Wahrheiten vorenthalten. Nämlich, dass Torra Emanios Kind erwartete und Lerio ihn völlig unbeabsichtigt gerettet hatte, weil er voller Hass zum Schloss gekommen war, um Emanio für seine Taten büßen zu lassen.

Und was, wenn er Emanio jetzt die Wahrheit sagte? Er hätte dann erst recht keinen Grund mehr, ihm zu vertrauen. Nein, besser, wenn Emanio den Luchs und Lerio für zwei völlig verschiedene Personen hielt.

Er verdrängte das schlechte Gewissen und seine Zweifel rigoros und wandte sich dann zu Emanio um, der während des gesamten Weges still geblieben war und ihn jetzt besorgt musterte.

»Geht es dir gut? Ich habe gesehen, dass du humpelst.«

»Ich hatte gestern leider Schwierigkeiten, das Schlossgelände zu verlassen, und bin umgeknickt, als ich in meiner Luchsgestalt vor den Wachen geflohen bin.«

»Warum hast du dich nicht zurückverwandelt?«

Wieder stellte Emanio ihm eine Frage, die er nicht oder nur ausweichend beantworten konnte. Der Herzogssohn wusste nicht, dass es für ihn in seiner menschlichen Gestalt noch gefährlicher im Schloss war.

»Dummerweise verwandelt sich unsere Kleidung nicht mit uns und ich wäre nackt gewesen«, erwiderte er daher und versuchte das Gespräch dann in eine andere Richtung zu lenken. »Hast du schon einmal eine Katze beobachtet? Es muss keine Wildkatze gewesen sein. Was tut sie den ganzen Tag?«

»Äh. Jagen, fressen, schlafen?«

»Sehr gut. Und was noch?«

Emanio wirkte ratlos und Lerio hätte fast den Kopf geschüttelt. Götter, Emanio war völlig ahnungslos, was Katzen betraf.

»Fangen wir doch mit etwas Einfachem an. In der Sonne dösen.« Lerio wählte einen schönen Flecken auf der Lichtung aus und legte sich dann bequem hin. »Schließ die Augen! Spürst du die Sonne? Wie sie dein Fell wärmt und dir

Energie gibt? Ich fühle mich nach einem Nickerchen in der Sonne immer erholt.«

Der Panther hatte sich auf den Bauch gelegt und verhielt sich regungslos, während Lerio ihn beobachtete und ihm Anweisungen gab.

»Ich spüre sie«, sagte Emanio schließlich, doch es hatte länger gedauert, als Lerio gedacht hätte.

»Versuch, mehr im Einklang mit deinem Körper zu sein! Nutz deine Sinne! Was spürst du unter deinen Pfoten? Erde, Gras, Zweige? Was riechst du abgesehen von den beiden Wachen in unserer Nähe? Welche Tiere befinden sich mit uns auf dieser Lichtung und welche in den Bäumen hinter uns? Verlass dich nicht nur auf deine Augen und deine Ohren! Du bist kein normaler Mensch mehr, deine Sinne sind so viel mehr als diese zwei. Nutze sie! Entdecke deinen Instinkt! Was spürst du?«

Emanio schwieg einen Moment. Seine Schnurrhaare zuckten, als er seine Nase einsetzte, und seine Ohren waren aufgestellt, als er aufmerksam lauschte.

»Vögel überall um uns herum. Ein paar von ihnen zwitschern. Wenn ich mich ein wenig anstrenge, kann ich unterschiedliche Melodien hören und einordnen, aus welcher Richtung sie kommen.«

»Gut!«, murmelte Lerio zufrieden. »Was noch?«

»Käfer zwischen meinen Vorderpfoten. Sie krabbeln aus einem Erdloch, das ich halb mit meiner linken Vorderpfote verdecke. Auf meinem Rücken haben sich Fliegen niedergelassen. Jetzt wo ich sie bemerkt habe, empfinde ich sie als sehr lästig und möchte sie am liebsten mit einem Schwanzschlag vertreiben.« Dann tat Emanio genau das und Lerio musste schmunzeln. So ein verwöhntes kleines Kätzchen!

»Und ich rieche dich«, fuhr Emanio fort. »Es ist seltsam. Ich habe nie zuvor bewusst auf Gerüche geachtet, aber ich habe das Gefühl, als wäre mir deiner vertraut.«

Lerios Herz begann ein wenig schneller zu schlagen, als er sich für seine eigene Dummheit schalt. Warum hatte er nicht daran gedacht, dass Emanio ihn auf diese Weise erkennen könnte?

»Du erinnerst dich an meinen Geruch, weil wir uns bereits zweimal begegnet sind. Das ist ganz normal. Falls wir jetzt einen anderen Luchs treffen würden, könntest du die Unterschiede zwischen uns bemerken. Und wenn du geübter bist, solltest du nicht nur feststellen können, welche Tierarten in der Nähe sind – jede hat ihren eigenen markanten Grundgeruch –, sondern anhand der persönlichen Eigenheiten auch erkennen können, ob du ihnen bereits begegnet bist. Bei Tieren und Gestaltwandlern ist das Geruchsgedächtnis viel stärker ausgeprägt als bei Menschen.«

»Huh.« Emanio kräuselte die Nase. »Aber müsste ich nicht auch feststellen können, ob Tiere verwandt miteinander sind? Ich habe das Gefühl, dass der Geruch der jungen Luchswandlerin und deiner sich sehr ähneln, als wäre sie deine Schwester oder Base.«

Wieder entwickelte sich ihr Gespräch in eine gefährliche Richtung. »Das ist richtig, sie ist meine Schwester«, gab er zu, froh, dass Emanio nicht wusste, dass es sich um Gerania gehandelt und Madira sich unbemerkt von ihm zurückverwandelt hatte. Sonst hätte Emanio jetzt gewusst, dass er Lerio war.

Beunruhigt sprang er auf. »Nächste Übung!«, rief er gespielt fröhlich. »Wir spielen Fangen und nutzen dabei unsere Kletterfähigkeiten. Komm! Los geht's!«

Er sprang zu Emanio herüber und versetzte dem Panther aus einem ihm unerklärlichen Impuls einen leichten Schlag mit der Pfote auf die empfindliche Nase. »Du bist dran! Fang mich!«

Lerio war losgerannt, bevor er begriffen hatte, was er eben getan hatte. Verlegenheit überkam ihn, als er sich erinnerte, warum sie sich getroffen hatten. Er wollte Emanio beschützen und ihm beibringen, wie er seine Fähigkeiten als Panther einsetzen konnte, um Gefahren frühzeitig zu erkennen. Und nicht albern mit ihm über die Wiese tollen, als wäre er ein heranwachsendes Kätzchen, das an nichts anderes denken konnte, als zu spielen.

Trotz des ernsten Gedankens musste er kichern, als Emanio jetzt empört fauchte und sich schockiert nach ihm umsah. Genauso hatte der Panther sich auch verhalten, als Gerania und er ihn mit Erdbeeren beworfen hatten. Der Herzogssohn zögerte und wirkte unsicher, ob er seine Würde aufgeben sollte, um ein kindisches Spiel zu spielen. Nur dass es am Ende lebensnotwendig war und Lerio ihm das klarmachen musste.

Er trat mit der Hinterpfote aus und schleuderte Gras und ein paar Wildblumen in Emanios Richtung. Dann kicherte er erneut, während er davonjagte, am Rand der Lichtung stehenblieb und zurücksah. »Fang mich!«

Endlich setzte sich der Panther in Bewegung und jagte ihm hinterher. Nach ein paar Minuten schien Emanio erkannt zu haben, dass er als Panther auf gerader Strecke viel schneller war als Lerio mit seinen kürzeren Luchsbeinen, und holte auf. Emanio schnaufte nicht länger unzufrieden, sondern knurrte siegesgewiss.

Doch so schnell gab sich Lerio nicht geschlagen. Er wusste, wie man Haken schlug, um gefährlichen Jägern auszuweichen. Als er abrupt die Richtung wechselte, war Emanio völlig überrumpelt und schlitterte ein paar Meter auf dem von Morgentau bedeckten Gras weiter, bevor er sich fing und sich umdrehte. Sein Gesichtsausdruck war so komisch, dass Lerio erneut kicherte und beschloss, ihn noch ein wenig zu ärgern.

»Nicht schlecht! Du könntest vielleicht ein humpelndes Reh fangen, aber nicht mich!«, spottete er.

Emanio fauchte, während er Lerio nachsetzte. Sie jagten über die Lichtung, während die beiden Wachen ungläubig den Kopf schüttelten. Zu Anfang hatten sie zu den Waffen gegriffen, überzeugt, dass die beiden Raubkatzen etwas Gefährliches gehört hatten, dann jedoch hatten sie begriffen, dass sie spielten. Jetzt schmunzelten sie, während sie ihren zukünftigen Herzog dabei beobachteten, wie er wie ein Kätzchen durch den Wald tobte.

Nach ein paar Minuten wurde Emanio besser und setzte all seine Sinne ein. Als es Lerio nicht mehr gelang, den Panther mit einem erneuten Richtungswechsel abzuschütteln, wusste er, dass er etwas anderes versuchen musste. Er kletterte blitzschnell eine Tanne hoch.

Emanio hielt unter dem Baum an und starrte ihm hinterher. »Das ist gemein, ich kann dir dort rauf nicht folgen!«

Lerio schnaubte. »Bist du ein Panther oder ein Mensch? Wozu hast du Krallen? Benutz sie und klettere!«

Lerio nahm Anlauf, rannte über einen Ast und sprang zum nächsten Baum. »Achte nicht nur darauf, was am Boden passiert, sondern auch in der Luft! Deine Feinde können überall sein. Du musst lernen, deine Umgebung in alle Richtungen zu beobachten und die besten Positionen für dich zu nutzen!«

Emanio sah skeptisch zu ihm nach oben. Das Klettern fiel ihm leider nicht so leicht wie das Jagen. Er brauchte etliche Anläufe, um seine Krallen bewusst auszufahren, wenn er sie brauchte, und um sich mit ihnen am Baumstamm festzuhalten, bis er einen sicheren Ast erreicht hatte.

Als Lerio bemerkte, wie sehr Emanio die Übung frustrierte, meinte er: »Lass uns das Lauern und Anpirschen üben!«

Die neue Übung hob Emanios Stimmung. Als Lerio ihm erklärt hatte, dass sie nur spielten und nicht ernsthaft etwas jagen würden, da er nie ein vernunftbegabtes Tier essen würde, war Emanio bereit, es zu versuchen.

Lerio musste ein Kichern unterdrücken, als sich Emanio ganz klein machte und mit gespitzten Ohren und aufmerksamem Blick auf ein Erdloch starrte. Der Schwanz des Panthers peitschte aufgeregt, ein klares Zeichen für jedes Tier in der unmittelbaren Umgebung, dass eine Raubkatze auf der Jagd war. Natürlich ließ sich jetzt niemand blicken, zumal sich Emanio mit seiner Größe auch nicht im Gras oder Unterholz verstecken konnte.

Bevor er darüber nachdenken konnte, hatte sich Lerio umgedreht und war mit einem großen Sprung auf Emanios Kopf gelandet. Er biss leicht ins Ohr des Panthers, bevor er davonhetzte.

»He!«

Lerio machte sich vor Verlegenheit ein wenig kleiner. Wieso war er auf die Idee gekommen, an Emanio zu knabbern? Das machten normalerweise kleine Katzen, wenn sie mit ihren Geschwistern oder Eltern spielten. Er hätte nicht den Wunsch dazu verspüren dürfen, Emanio war kein Mitglied seiner Familie. Doch das Schlimmste war, dass seine Instinkte ihm zuriefen, es noch mal zu tun.

»Was hast du? Das ist normales Katzenverhalten! Raubkatzen spielen mit ihrer Beute!«, behauptete er dreist und war froh, dass Emanio die Zeichen für eine Lüge oder Verunsicherung noch nicht deuten konnte.

Emanio schnaubte. »Du hältst mich für leichtgläubig, oder? Dieses Verhalten habe ich bei ganz jungen Katzen beobachtet, die noch von ihrer Mutter gesäugt werden. Dann lag ich mit meiner Bezeichnung kleines Kätzchen doch nicht verkehrt.«

Wie bitte?

Lerio fauchte und sein Schwanz peitschte wütend durch die Luft. »Und so sieht übrigens eine gereizte Katze aus, die gleich ihre Geduld verliert!«

Emanio lachte. »Als ob ich vor einem kleinen Kätzchen Angst hätte, das nur faucht, aber seinen Drohungen nie Taten folgen lässt!«

Na warte!

Bevor er wusste, was er tat, hatte er sich bereits auf den frechen Panther gestürzt. Er hieb mit den Krallen nach ihm, kam jedoch noch nicht mal in die Nähe der verletzlichen Stellen. Als Emanio erschrocken zusammenzuckte und sich sein Schwanz durch die Luft bewegte, biss Lerio erneut zu und packte ihn.

Doch dieses Mal war Lerio nicht schnell genug. Er hatte losgelassen und zwei Schritte gemacht, als der Panther schon herumgewirbelt war und sich auf ihn gestürzt hatte. Die Luft wurde ihm aus den Lungen gepresst, als die viel größere Raubkatze ihn halb unter sich begrub und ihm die Zähne in den Nacken presste. Warmer Atem strich über seinen Hals und Lerio erstarrte.

»Hab dich!«

Für einen langen Augenblick bewegte sich keiner von ihnen und ein seltsames Gefühl breitete sich in Lerio aus. Es war nicht Angst. Er hatte keine Sorge, dass Emanio zubeißen würde, dennoch fühlte er sich plötzlich verletzlich und verwirrt. Es war, als wäre die Welt auf sie beide geschrumpft. Er konnte nichts anderes mehr wahrnehmen als den Panther über ihm.

Dann richtete sich Emanio auf und trat ein paar Schritte zurück.

»Entschuldigung«, murmelte er und wirkte verlegen. »Ich weiß nicht, was über mich gekommen ist. Es ist, als hätte ich für einen Moment vergessen, dass ich ein Mensch und keine Raubkatze bin. Ich wollte dich nicht verletzen oder dir Angst einjagen, kleines Kätzchen.«

Er knurrte gereizt, als er sich bei dem verhassten Kosenamen ertappte. »Es tut mir leid, ich habe es erneut gesagt. Aber ich weiß nicht, wie ich dich anders nennen soll. Wenn ich deinen Namen wüsste, würde ich ihn verwenden.«

Lerio sah den Panther nicht an, während er sich langsam aufrichtete. Noch immer fühlte er sich äußerst merkwürdig. Dass Emanio ausgerechnet jetzt nach seinem Namen fragte, stürzte ihn erneut in Selbstzweifel. Er zögerte. Scham breitete sich in ihm aus, als er sich vorstellte, wie sehr Emanio ihn hassen würde, wenn er erfuhr, wie Lerio ihn getäuscht hatte. Er schuldete ihm die Wahrheit, das wusste er, doch er konnte sich nicht überwinden, sie auszusprechen. Dann wäre dies das letzte Mal, dass er Emanio sah, seinen ersten und einzigen Freund, und er wollte ihn nicht verlieren.

»Du kannst mich weiterhin so nennen, wenn du willst«, sagte Lerio schließlich leise. Noch immer konnte er Emanio nicht ins Gesicht sehen. »Das ist besser, als wenn ich dir meinen Namen verrate. Du würdest nichts mit mir zu tun haben wollen, wenn du wüsstest, wer ich bin.«

Er spürte, dass der Panther ihn verwirrt anstarrte. »Das stimmt nicht! Wir sind Freunde!«

Die Worte waren ihm so vertraut, dass Lerio nicht anders konnte, als ein verbittertes Lachen auszustoßen. »Weißt du, wie häufig ich das als Kind gehört habe, wenn meine Familie versucht hat, sich in einem neuen Dorf anzusiedeln? Meine Geschwister waren noch nicht geboren, es war ein einsames Leben, immer so unterwegs und ohne andere Kinder zum Spielen. Doch jedes Mal, wenn ich unser Familiengeheimnis verraten habe, hat sich das Verhalten der Menschen um uns herum verändert. Zunächst fanden die Mädchen und Jungen es noch aufregend, dass ich ein Gestaltwandler bin, und haben mich gedrängt, es ihnen vorzuführen. Doch sobald sie ihren Eltern oder älteren Geschwistern erzählt haben, dass sie einen sprechenden Luchsjungen getroffen haben, fingen die Probleme an. Die Leute haben uns als Tiermenschen beschimpft, vor uns ausgespuckt, wenn wir auf der Straße an ihnen vorbeigingen, unsere Hütte mit Steinen beworfen, uns bestohlen und alles getan, um uns das Leben schwer zu machen. Ich durfte nicht mehr mit den Kindern spielen, die noch am Vortag behauptet hatten, meine Freunde zu sein. Mehr als einer von ihnen hat mich anschließend ebenfalls bespuckt und verhöhnt. Nein, es ist besser, wenn die Menschen unser Geheimnis nicht erfahren.«

Lerio verstummte, überzeugt, dass Emanio dennoch auf eine Antwort bestehen würde, doch stattdessen spürte er wenige Augenblicke später, wie Emanio ihn vorsichtig anstupste.

»Es tut mir leid, dass die Menschen euch so schlecht behandelt haben. Gab es denn niemanden, der euch beigestanden hätte? Was ist mit den Wachen und Dorfältesten? Oder den Herzogen, denen das Gebiet unterstand?«

Lerio schnaubte angesichts so viel Naivität. »Warum hätten sie uns helfen sollen? Wir gelten als Tiermenschen, als Menschen zweiter Klasse! Von den Personen mit Magie stehen wir auf der untersten Stufe. Niemand würde einen Magier oder eine Hexe angreifen, die sie fürchten. Doch einen Gestaltwandler? Unsere einzige Magie ist es, dass wir eine andere Gestalt annehmen können. Wir können uns nicht mit Zaubern wehren und wenn sich Menschen zusammenrotten, dann sind wir ihnen unterlegen. Das wissen sie und darum haben sie keine Angst, uns anzugreifen. Schließlich gelten wir überall als falsch, verschlagen und als Lügner, weil wir unsere Identität verbergen, oder als Spione, Diebe oder Tiere, die sich nicht beherrschen können. Nein, ein Gestaltwandler, der offen zugibt, wer er ist, hat nichts Gutes zu erwarten, sondern verliert stattdessen seine Arbeit und sein Zuhause. Im schlimmsten Fall sogar sein Leben.«

Zum ersten Mal, seit er seinen Monolog begonnen hatte, sah er Emanio wieder an. »Ich mag dich und werde dir helfen, aber frage mich bitte nicht mehr nach meinem Namen, denn den kann und werde ich dir nicht nennen.«

Emanio nickte langsam, akzeptierte es. »Es tut mir leid, dass mir vorher nicht klar war, wie schwer euer Leben ist. Wenn der Fluch aufgehoben ist und ich wieder meine menschliche Gestalt habe, werde ich die Lebensbedingungen für euch Gestaltwandler in Ternilus verbessern und eine Petition an den König richten, damit er Gesetze zu eurem Schutz erlässt. Irgendwann musst du keine Angst mehr haben, mir deinen Namen zu offenbaren, kleines Kätzchen.«

Lerio ließ den angehaltenen Atem entweichen, während er ihn ungläubig anschaute. Es war ein leeres Versprechen. Oh, er glaubte, dass Emanio es in diesem Moment ernst meinte. Aber irgendwann, wenn er wieder ein normaler Mensch war, würde er anfangen zu vergessen, wie es war, in einer tierischen Gestalt festzustecken. Er würde sich nicht länger mit Gestaltwandlern verbunden fühlen, sondern in die Reihen der Adligen, Magier und Hexen zurückkehren, in die er gehörte. Es wäre leicht, die Zeit und Empfindungen zu verdrängen, als er verflucht gewesen war. Und während er seinen Standesgenossen half, würde er weniger auf die einfache Bevölkerung achten, bis sein Versprechen in ferne Erinnerung geraten war und er auch Lerio eines Tages vergessen hatte. Nein, es wäre ein Fehler, sich darauf zu verlassen, dass Emanio seine Worte ernst meinte und sich an sie halten würde.

Emanio schien zu ahnen, was ihm durch den Kopf ging, denn er knurrte unglücklich. »Vertrau mir!«

Als Lerio den Kopf hob, um ihn anzusehen, streckte Emanio überraschend die Zunge raus. Er leckte ihm einmal übers Gesicht, zuckte dann scheinbar über sich selbst erschrocken zusammen und rannte los, während Lerio ihm völlig durcheinander hinterhersah.

Kapitel 21: Emanio

Er hatte in der letzten Nacht kaum geschlafen, weil er das Treffen mit dem Luchswandler nicht hatte erwarten können. Jedes Mal, wenn er aufgewacht war, hatte er an den Fuß seines Bettes geblickt, vor dem vor ein paar Tagen noch Lerios Lager gewesen war. Er vermisste den Wildhüter mehr, als er zugeben mochte.

Der Luchs erinnerte ihn ein wenig an ihn, auch wenn Lerio stets höflich gewesen war und ihn nie angefaucht oder geduzt hätte, so wie es der kleine Kater tat. Doch sowohl der Gestaltwandler als auch Lerio waren ehrlich. Sie verstellten sich nicht oder versteckten ihre wahren Gedanken oder Gefühle hinter höflichen Mienen oder schmeichelnden Worten. Wenn der Gestaltwandler verärgert war, dann konnte Emanio das anhand seines Fauchens oder einer aggressiven Schwanzbewegung erkennen. Keiner der beiden hatte Angst vor ihm, nur weil er verflucht, in der Gestalt eines Panthers gefangen oder der Erbe eines mächtigen Herzogs mit vielen Feinden war. Und beide hatten nicht gezögert, ihm selbstlos zu helfen, auch wenn sie das ebenfalls in Gefahr brachte.

Emanio blieb stehen und sah zu dem Gestaltwandler zurück, der genauso verwirrt wirkte, wie er sich fühlte. Warum hatte er das eben nur getan? Warum hatte er dem Luchs nur durchs Gesicht geleckt? Hatte er das kleine Kätzchen trösten wollen, nachdem er ihm von seiner traurigen und einsamen Kindheit erzählt hatte? Vor seinem Fluch wäre er noch nicht einmal auf die Idee gekommen, ihm länger als für ein paar Sekunden hilflos die Schulter zu tätscheln, während er versucht hätte, sich seinen Ekel vor der Berührung nicht anmerken zu lassen. Und jetzt fuhr er einem Gestaltwandler, dessen Namen er noch nicht einmal kannte, mit der Zunge durchs Gesicht?

Emanio lauschte in sich hinein, aber merkwürdigerweise empfand er noch immer keine Abscheu, sondern lediglich Verwirrung, während ein anderer Teil von ihm, der seit Tagen immer mehr Raum einzunehmen schien, sein Verhalten völlig normal fand. War er dabei, sich vollständig in einen Panther zu verwandeln und sein früheres menschliches Ich zu vergessen? Und falls ja, wäre das so schlimm?

An diesem Morgen hatte er sich, als er mit dem Luchs gespielt und mit ihm gejagt hatte, zum ersten Mal seit Jahren wohl in seiner eigenen Haut gefühlt. Es kümmerte ihn noch nicht einmal, dass es die falsche war. Die Gestalt des Panthers empfand er nicht länger als fremd, sondern als seine eigene, als wäre es ihm bestimmt, ein Gestaltwandler zu sein. Zufriedenheit erfüllte ihn, als der Luchs seine Verwirrung abschüttelte und auf ihn zukam. Ein Brummen breitete sich in seiner Brust aus und überrascht erkannte Emanio, dass er angefangen hatte zu schnurren.

»Ist alles in Ordnung mit dir?«

Emanio nickte, während er sich ein sonniges Plätzchen suchte, sich hinlegte und die Augen schloss. Er maunzte fragend, bis sich der andere Kater ebenfalls ins Gras legte und mit einem nachsichtigen Schnauben die Augen schloss. Es fühlte sich richtig an und plötzlich hatte Emanio keine Lust, in ein paar Stunden ins Schloss zurückzukehren und sich die fällige Standpauke anzuhören. Seine Täuschung hatte funktioniert, denn der Magier hatte ihn nicht erneut über Nacht in seinen Räumlichkeiten eingeschlossen. Als er an diesem Morgen die Klinke heruntergedrückt hatte, hatte sich die Tür problemlos öffnen lassen. Er bereute es nicht, dass er die beiden Wachen zur Seite gedrängt hatte, um seine Gemächer zu verlassen, und sie anschließend gezwungen hatte, ihn zu begleiten. Mit der Tagesschicht hätte sein Plan nicht funktioniert, dann wären sie zu viert gewesen, hätten ihm den Weg abschneiden oder Verstärkung holen können. Aber er hatte unbedingt den Luchswandler treffen wollen, sodass er absichtlich vor dem Wachwechsel und bereits bei Tagesanbruch aufgebrochen war.

Nun spürte er, wie sich sein Herzschlag beruhigte, als sein neuer Freund neben ihm lag. Die beiden Wachen waren einige Schritte entfernt und unterhielten sich sorglos. Es war alles gut und die Gefahr weit weg.

Er wurde sich seiner Umgebung und seiner Sinne bewusst. Gerüche, Tiergeräusche, Sonnenstrahlen, Wind und ein Gefühl von Frieden strömten auf ihn ein. Immer tiefer sank er in eine Art Dämmerzustand, während er sich auf die neuen Empfindungen einließ. Ohne den Luchs hätte er vermutlich nie gelernt, sie zu akzeptieren, und erkannt, wozu er fähig war. Immer größer wurde der Radius, den er erfassen konnte, und plötzlich zuckte er zusammen.

Da war etwas! Gefahr!

Der Geruch von Angst lag jetzt in der Luft und er sprang augenblicklich auf. Seine Nase zuckte, als er sich bemühte, die Ursache auszumachen.

»Emanio?«

Er ignorierte die Frage des Luchses und machte sich, von einem Gefühl der Dringlichkeit erfasst, auf den Weg. Er begann, so schnell er konnte, auf die Quelle zuzulaufen und spürte, dass der Gestaltwandler dicht hinter ihm war. Die Wachen brüllten irgendwo hinter ihnen, dass sie stehen bleiben und auf sie warten sollten, aber das konnte er nicht. Der Geruch von Angst und Verzweiflung wurde stärker und bald darauf hörte er ein leises Wimmern.

»Was ist das? Hast du das Geräusch von der Lichtung aus gehört?«

Staunen lag in der Stimme des kleineren Katers und Emanio begriff, dass der Luchs das Kind erst jetzt entdeckt hatte.

Doch er hatte keine Zeit, um sich über seine eigenen wachsenden Fähigkeiten zu wundern, sondern rannte weiter.

Bald hatten sie einen Waldweg erreicht. Wagenspuren hatten eine Fahrbahn geformt, die sich vom Rest der Umgebung deutlich abhob. Er sah sich aufmerksam um, lauschte und schnüffelte – endlich hatte er die Quelle der Furcht entdeckt.

Erleichterung überkam ihn, als er erkannte, dass sich das Kleinkind, das auf dem Weg saß und leise schluchzte, nicht in unmittelbarer Gefahr befand. Es konnte nicht älter als zwei Jahre sein und Emanio merkte jetzt, dass es ein kleiner Junge war.

»Wieso ist das Kind allein mitten im Wald? Wo sind seine Eltern?«

Der Luchs wirkte verstört. Sie sahen sich um und suchten mit ihren Sinnen die unmittelbare Umgebung ab, doch sie konnten keine anderen Menschen entdecken.

»Vielleicht hat er auf einem Wagen geschlafen und die Eltern haben es nicht bemerkt, als er heruntergefallen ist?«

Der Luchs nickte langsam. Er wirkte ratlos, als er ein paar Schritte näher auf das Kleinkind zuging, darauf bedacht, es nicht zu erschrecken.

»Was machen wir jetzt?«

»Wir müssen den Eltern folgen und ihn zurückbringen.«

Emanio mochte sich nicht ausmalen, welche Ängste die Eltern ausstehen mussten, sobald sie erkannten, dass ihr Kind fehlte. Mitleid überkam ihn, als er sich ebenfalls dem Kind näherte.

»Nicht weinen«, sagte er leise, um ihm keine Angst zu machen. Er horchte in sich hinein, versuchte sich zu erinnern, wie er das Brummen erzeugt hatte, und war stolz, als kurz darauf ein Schnurren ertönte.

Der kleine Junge sah auf und wirkte überrascht, einen Luchs und einen Panther langsam auf sich zukommen zu sehen. Die Tränen liefen ihm immer noch über die Wangen, daher bewegte sich Emanio ganz vorsichtig und schnurrend auf ihn zu, um ihm nicht noch mehr Angst zu machen. Als er herangekommen war, senkte er den Kopf und stupste das Kind ganz zart an, damit es nicht umfiel.

Er war überrascht, als sich kleine Arme und Hände um seinen Hals schlangen und ein Lachen ertönte. »Kätzchen! Liebes Schmusekätzchen!«

Hinter ihm hörte er den Luchs einen leisen Seufzer der Erleichterung ausstoßen. Emanio gab seinem Instinkt nach und leckte dem Kind behutsam über das Gesicht. Er schmeckte die salzigen Tränen, doch der Junge lachte glucksend, als ihn jetzt Emanios Schnurrhaare kitzelten.

»Wie bekommen wir ihn zu seinen Eltern? Er ist zu klein, um längere Strecken zu laufen.« Der Luchs wirkte ratlos.

»Kannst du ihn auf meinen Rücken setzen? Dann kann ich ihn tragen. Er ist ja nicht schwer.«

Der Luchs zögerte ungewöhnlich lange. »Ich habe Angst, ihn mit meinen Zähnen zu verletzen«, gestand er. »Und du bist zu groß, ich kann ihn nicht auf deinen Rücken setzen.«

Also legte sich Emanio flach auf den Boden und wartete geduldig ab, während der Gestaltwandler vorsichtig um das Kind herumging, bis er eine Möglichkeit gefunden hatte, ihn hochzuheben, ohne ihn zu verletzen. Der kleinere Kater schnaufte vor Anstrengung, als er mit dem Kind im Maul die wenigen Schritte bis zu Emanio zurücklegte. Zum Glück schien der Junge keinerlei Angst zu empfinden, während der Luchs ihn am Kragen gepackt hielt und sich bemühte, mit seinen Zähnen nicht die Kleidung zu zerreißen.

Endlich war der Luchswandler auf seinen Rücken geklettert und setzte das Kleinkind behutsam ab.

»Schön festhalten!«, murmelte er, als er herabsprang, während das Kind weiter lachte und furchtlos Emanios Fell streichelte.

Doch als Emanio sich langsam aufrichtete, begriff er, dass das Kind sie nicht verstand. Statt in sein Fell zu greifen, quietschte der Junge bloß und wäre fast wieder von seinem Rücken gerutscht.

»Vorsicht!«, rief der Luchs erschrocken. Seine Krallen bohrten sich in Emanios Fell und er zischte vor Schmerz, als der kleine Kater geistesgegenwärtig wieder hinaufsprang und das Kind am Kragen packte.

»Entschuldigung«, murmelte der Gestaltwandler leise, als Emanio endlich sicher mit dem Kind und dem Luchs auf dem Rücken stand. Er hatte seine Krallen wieder eingefahren und verströmte einen Geruch, der Emanio an Scham erinnerte.

»Nicht deine Schuld.«

»Kannst du uns beide tragen?«

Emanio nickte langsam. »Pass auf, dass der Junge nicht rutscht, dann wird es schon klappen.«

Er schnüffelte, um herauszufinden, in welche Richtung die Eltern gefahren waren, und ging los. Behutsam setzte er eine Pfote vor die andere, damit das Kleinkind nicht herunterfiel und der Luchs sich nicht erneut mit den Krallen festhalten musste.

Sie mussten einen seltsamen Anblick bieten und Emanio wunderte es kein bisschen, als das Paar, das ihnen ein paar Minuten später laut rufend entgegenlief, zunächst einmal ungläubig stehen blieb, als es sie bemerkte. Ein Geruch von Furcht ging von den Eltern aus, der jedoch abrupt abbrach, als sie ihren Sohn auf Emanios Rücken lachen und den Luchs schnurren hörten.

Emanio blieb stehen und begann ebenfalls laut zu schnurren, um den Eltern zu zeigen, dass sie keine Angst haben mussten. Vorsichtig kamen die beiden näher. Sie stockten kurz, als der Luchs von Emanios Rücken sprang, doch dann streckten sie erleichtert die Arme nach ihrem Kind aus und weinten.

»Den Göttern sei Dank, dir ist nichts passiert!«

Erleichtert setzte Emanio sich, als die Frau das Kind von seinem Rücken genommen hatte und es glücklich küsste. Der Mann jedoch wandte sich ihm zu.

»Eure Durchlaucht?«

Emanio nickte und der Mann verneigte sich.

»Habt vielen Dank, dass Ihr unseren Sohn gefunden und zu uns zurückgebracht habt! Wir stehen für immer in Eurer Schuld. Danke!«

Emanio neigte leicht den Kopf. Die beiden Bauern waren überglücklich und bedankten sich überschwänglich, bevor sie sich mit ihrem Sohn wieder auf den Weg machten.

»Wir sollten zurückgehen«, meinte der Gestaltwandler, als die Menschen außer Sicht verschwanden. »Die beiden Soldaten machen sich bestimmt Sorgen, wo wir abgeblieben sind, und vermutlich sucht schon die gesamte Schlosswache nach dir.«

Emanio zuckte schuldbewusst zusammen, als er sich an seine Pflichten erinnerte. Die Stunden, die er mit dem Luchs verbracht hatte, waren die glücklichsten seit seiner Verwandlung gewesen. Ihm war es gelungen, alle Sorgen und Gedanken an den Fluch, den Attentäter und die Hexe zu vergessen. Doch seine Feinde verschwanden nicht, nur weil er nicht an sie dachte.

Ich bin dumm gewesen. Leichtsinnig.

In Gedanken mit sich selbst schimpfend machte er sich mit dem Luchs auf den Rückweg. Inzwischen stand die Sonne hoch am Himmel, die Frühstückszeit im Schloss war verstrichen und der Hauptmann und die Tageschicht mussten längst seine Eltern, den Rat und die übrigen Wachen verständigt haben, dass er nicht länger im Schloss weilte. Die Leichtigkeit der letzten Stunden fühlte sich jetzt wie ein Traum an, als die beiden Soldaten von der Nachtschicht ihnen entgegengerannt kamen und besorgt mit ihm schimpften.

»Sehen wir uns morgen?«, fragte Emanio leise. »Hier auf der Lichtung, wo wir geübt haben?«

Der Gestaltwandler wirkte verunsichert, während er zwischen Emanio und den beiden angespannten Wachen hin und her sah. Aber er nickte.

»Ich werde da sein«, versprach Emanio leise und warf dann einen weiteren Blick auf seine beiden Leibwächter. »Vermutlich jedoch später als heute und mit mehr Wachen an meiner Seite.«

Sein neuer Freund stieß ein belustigtes Schnauben aus. »Dann bis morgen«, meinte er und lief los.

Emanio starrte ihm hinterher, bis er außer Sicht war. Dann setzte er sich in Richtung Schloss in Bewegung, wo seine leeren Gemächer auf ihn warteten, die ihn trotz aller Annehmlichkeiten an einen Kerker erinnerten. Irgendwie fühlte sich der Ort ohne Lerio nicht länger wie ein Zuhause an. Und plötzlich kam ihm ein Gedanke.

Ob der Luchswandler und er am nächsten Tag vielleicht Lerio besuchen und mit ihm reden konnten?

Kapitel 22: Lerio

Lerio rannte zurück zur Lichtung, wo er den Morgen mit Emanio verbracht hatte, und plötzlich ertrug er es nicht länger, ein Luchs zu sein.

Alles fühlte sich falsch an, wie eine einzige große Lüge, als wäre Lerio ein Betrüger, wenn er in die Haut des makellosen Luchses schlüpfte. Der perfekte Freund ... und doch war alles lediglich eine Illusion. Er war der Hässliche und würde es immer bleiben.

Nachdem er sich zurückverwandelt hatte, sank er zu Boden. Er schlang die Arme um seine nackten Beine, presste sie an seine Brust und machte sich klein. Er schluchzte. Scham und Schuldgefühle breiteten sich in ihm aus.

Bei den Göttern, warum war er bloß solch ein Feigling? Warum hatte er Emanio nicht die Wahrheit sagen können? Er wollte es und gleichzeitig hatte er Angst, dass Emanio doch wie alle anderen Menschen war. Menschen, die jedoch nie auf die Idee gekommen wären, ihn zu trösten, falls er ihnen von seiner Kindheit als Gestaltwandler erzählt hätte. Die nie versprochen hätten, nicht nur ihm, sondern allen Gestaltwandlern zu helfen, ohne im Gegenzug auch nur einen winzigen Gefallen zu verlangen.

Und was tat er? Er misstraute Emanio immer noch. Was stimmte mit ihm nicht?

Wieder überkam ihn beim Gedanken an den Panther dieses seltsame Gefühl und er begriff jetzt, dass er sich in seiner Gegenwart sicher gefühlt hatte. Beschützt. Instinktiv hatte er gewusst, dass Emanio ihn nicht verletzen würde, genauso wie es der kleine Junge getan hatte, den sie zu seinen Eltern zurückgebracht hatten.

Götter, der kleine Junge!

Fast wäre er in jenem Moment damit herausgeplatzt, dass Emanio Vater wurde, dass Torra sein Kind erwartete. Er fühlte sich innerlich zerrissen, weil er seiner Schwester ein Versprechen gegeben hatte, das er nicht länger halten wollte. Emanio war trotz seiner furchteinflößenden Gestalt so vorsichtig im Umgang mit dem Kleinkind gewesen, dass Lerio wusste, dass der Herzogssohn ein guter Vater werden würde. Ganz gleich, wie er Torra behandelt hatte.

Nur dass Emanio niemals die Möglichkeit dazu bekommen würde, weil seine Schwester beschlossen hatte, ihm die Wahrheit – und mit ihr auch seinen Sohn oder seine Tochter – vorzuenthalten. Es war nicht richtig und der Gedanke an das Unrecht, das sie planten, verursachte ihm Übelkeit. Er musste seine Schwester überreden, Emanio die Wahrheit zu sagen oder ihn von seinem Eid entbinden! Dann könnte er Emanio auch alles andere sagen. Er könnte ihm verraten, wer er war und warum er so schreckliche Dinge unter dem Einfluss des Zaubertranks gesagt hatte.

Lerio erschauderte. Er wollte nicht länger lügen und ein Außenseiter sein, nur weil er ein Gestaltwandler und hässlich war. Er wollte Emanio vertrauen. Ein Teil von ihm schien es bereits zu tun, sonst hätte sich er heute nicht so verhalten. Seine Luchsinstinkte schrien ihm zu, dass Emanio vertrauenswürdig, dass er Familie war. Sonst hätte er den Panther nicht spielerisch gebissen, sich nicht von ihm das Fell lecken lassen oder zugelassen, dass er halb auf ihm lag, ohne wie ein Tier in Gefangenschaft in Panik auszubrechen.

»Ich habe einen schrecklichen Fehler gemacht.«

Es wäre so leicht gewesen, Emanio seinen Namen zu nennen, als er gefragt hatte. Stattdessen hatte er den Herzogssohn dazu gebracht, Abstand zu halten und sich damit zufrieden zu geben, dass Lerio ihm niemals die Wahrheit sagen würde.

Er schloss das Auge, während er Madiras Tadel wieder hörte. Freunde sollten sich vertrauen und keine Geheimnisse voreinander haben!

Sie hatte ja recht. Er war ein schlechter Freund.

Nach einer Weile wischte er sich die Tränen weg und öffnete das Auge. Er stöhnte leise, als er begriff, dass er nackt auf einer Lichtung im Wald saß und dass Emanio mit seinen Wachen auf dem Rückweg zum Schloss jederzeit hätte vorbeikommen und ihn so sehen können.

Ich bin ein Idiot!

Rasch nahm er seine Luchsgestalt an und wollte sich auf den Heimweg machen, als er in der Nähe einen menschlichen Geruch wahrnahm. Er erstarrte und spitzte die Ohren.

Gras raschelte. Jemand bewegte sich durch den Wald!

Nach dem ersten Schreckmoment überkam ihn Misstrauen. Was hatte derjenige hier zu suchen? Handelte es sich um einen Jäger, der sein Unwesen außerhalb des Wildgeheges trieb? Oder war jemand ganz gezielt auf der Suche nach Emanio und seinen Leibwächtern? Was wenn es der Attentäter war und Lerio endlich herausfinden konnte, um wen es sich handelte? Er musste nachschauen und den Übeltäter zur Strecke bringen, das schuldete er Emanio!

Lautlos schlich er sich näher heran. Kurz bevor der Mensch ihn erreicht hatte, hechtete Lerio den nächstgelegenen Baum nach oben. Dort verharrte er regungslos.

Schritte ertönten, viel zu laut in seinen Luchsohren. Der Mensch war allein unterwegs und das verwunderte Lerio. Er schnüffelte erneut. Der Geruch kam ihm bekannt vor, auch wenn er von Magie überlagert wurde. Als jedoch kurz darauf Hauptmann Costario auf die Lichtung trat, in der ausgestreckten Hand etwas, das Lerio nicht richtig erkennen konnte, hielt er den Atem an.

Ich dachte, der Hauptmann beherrscht keine Magie?

Der beklemmende Duft nach Magie ließ abrupt nach und Costario fluchte, als etwas Glänzendes zu Boden fiel. Er blieb auf der Lichtung stehen und suchte im Gras, bis er eine kleine metallische Pfeilspitze aufhob.

Lerios Verwirrung wuchs, als er bemerkte, dass der Hauptmann auf seinem Rücken einen Köcher mit Pfeilen und einen Bogen trug. War Costario auf der Jagd und nicht auf der Suche nach Emanio? Oder war er womöglich auf der Jagd nach Emanio? Wieder kam Lerio die tote Krähe in den Sinn. Der Pfeil in ihrer Brust hatte denen des Hauptmanns ähnlichgesehen. Doch hätte Costario dann nicht die Waffen in der Hand halten müssen? Er verhielt sich nicht wie jemand, der auf der Jagd war. Wollte er sich womöglich heimlich mit jemandem treffen und die Ausrüstung war nur ein Vorwand? Und falls ja, mit wem? Freund oder Feind?

Misstrauen erfasste ihn, als Costario sich nach allen Seiten hin umschaute und lauschte. Auf die Idee, nach oben in Lerios Baum zu schauen, kam er zum Glück nicht. Dennoch war das Ganze verdächtig.

Nun nahm der Hauptmann einen kleinen Beutel aus der Tasche und öffnete ihn. Der Geruch nach Magie verstärkte sich, als der Mann mit einer Hand hineingriff und ein verzaubertes Pulver über der Pfeilspitze verteilte. Es knisterte in der Luft und dann begann das Metallstück über Costarios Handfläche in der Luft zu schweben und sich zu drehen. Nach wenigen Augenblicken hatte es sich für eine Richtung entschieden und setzte sich in Bewegung. Costario beeilte sich, dem Zauber zu folgen.

Lerio zögerte keine Sekunde, kletterte den Baum hinunter und war zwei Atemzüge später auf Costarios Spur. Wenn er Costario überführen wollte, dann brauchte er einen Beweis, dass der Hauptmann ein Verräter war.

Er huschte lautlos zwischen den Bäumen hindurch, während der Hauptmann ein Stück vor ihm weiter dem verzauberten Pfeil folgte, als wüsste er nicht, wohin er musste. Das Ganze war mehr als merkwürdig.

Ein paar Minuten später ging Costario direkt auf die Jagdgesellschaft zu, die aus Jagdmeister Kudonio, Akurio, einem halben Dutzend Adliger und einem Dutzend Jagdgehilfen mit Hunden und Falken bestand.

Lerio hielt einen Moment verunsichert inne. Sollte er dem Hauptmann weiter folgen, um zu hören, was er mit den Männern besprach? Oder war es zu gefährlich?

Costario näherte sich Kudonio und Akurio und begann mit ihnen zu reden. Die verzauberte Pfeilspitze hatte er verschwinden lassen, als Lerio abgelenkt gewesen war, denn jetzt deutete er in Richtung Schloss. Der Jagdmeister und der Herzogssohn erwiderten etwas, das dem Hauptmann nicht gefiel, denn seine Stimme wurde lauter, jedoch noch nicht laut genug, dass Lerio ihn hätte verstehen können.

Es half nichts, er musste näher heran!

Lautlos kletterte Lerio an der rauen Rinde einer Eiche empor, sprang zum nächsten Baum und von dort wieder zum nächsten. Als er auf die Hälfte der Strecke herangekommen war, verstummte das Gespräch vor ihm jedoch leider genau in dem Moment, als der Ast, auf den er gesprungen war, ein Knacken von sich gab.

Blitzschnell war Costario herumgewirbelt, hatte einen Pfeil aus dem Köcher gezogen und den Bogen angelegt. Lerio starrte auf eine gefährlich scharfe Pfeilspitze, die in der Sonne glänzte, und hatte nur noch Zeit für einen einzigen Gedanken.

Oh, Mist!

Dann schoss der Hauptmann und Lerio rannte um sein Leben.

Kapitel 23: Emanio

Die beiden Wachen schwiegen erschöpft, als sie sich dem Schloss näherten. Emanio hatte ein schlechtes Gewissen, da die Männer inzwischen sehr müde wirkten. Der Wachwechsel wäre bereits vor drei oder vier Stunden gewesen und dank seinem Eigensinn mussten sie immer noch warten, bevor sie etwas essen und trinken oder schlafen gehen konnten.

Daher war er jetzt – auch dank der Übungen mit dem Luchs – wachsamer, während er sich mit den beiden Männern dem Waldrand näherte. Er konnte sich nicht darauf verlassen, dass die Soldaten so aufmerksam waren wie sonst.

Die hohe Mauer, die das gesamte Schlossgelände umgab, war bereits zu sehen und bald würden sie die Wege zum Haupttor erreichen, auf denen mehr los war als auf den Waldpfaden. Heute sogar noch mehr als sonst.

Emanio blieb verblüfft stehen, als er die vielen Menschen vor sich spürte und das Klacken von Rädern auf den ausgetretenen und gelegentlich steinigen Straßen hörte.

Was war hier los? Warum waren so viele Wagen zum Schloss unterwegs?

Dann sah er sie endlich auch und der Anblick ergab noch weniger Sinn. Kutsche um Kutsche, eine prächtiger als die nächste, hielt auf den Gipfel des Hügels zu. Sie standen vor dem Haupttor bereits Schlange und warteten darauf, kontrolliert und aufs Gelände gelassen zu werden.

Völlig überfordert wirkende Soldaten machten den Fußgängern, Bauern und Händlern, die sich mit ihren Karren nähern wollten, bereits Zeichen, sich um die Schlossmauer herum zum Nebentor auf der anderen Seite des Hügels zu begeben. Lediglich eine Handvoll bunter Wohnwagen von herumreisenden Schaustellern durfte zusammen mit den Adligen in ihren vornehmen Karossen das Haupttor nutzen.

»Was ist denn hier los? Wusstest du davon?«

Emanios Leibwächter wirkten genauso verwirrt über den Anblick wie er.

»Und was jetzt? Nehmen wir das Haupt- oder das Nebentor?«, wollte der Zweite wissen.

»Willst du Seine Durchlaucht durch das Nebentor bringen, als wäre er ein Dienstbote oder Lieferant?« Sein Kollege schnaubte. »Wir nehmen das Haupttor. Wäre ja noch schöner!«

Sie näherten sich vorsichtig dem Durchgang in der hohen Mauer und wichen dabei den Wagen, Karren und Fußgängern aus, die ihnen entgegenkamen. Emanio bemühte sich, Abstand zu halten, um die Ochsen und Pferde nicht scheu zu machen, doch er wusste nicht, wie ihm das gelingen sollte, sobald sie beim Tor waren, wo die Kutschen dicht gedrängt standen. Bereits jetzt bemerkten die ersten Tiere ihn und wurden unruhig.

»Wartet!«, brüllte ihnen eine Wache vom Tor entgegen.

Es vergingen ein paar Minuten, bis sie die unmittelbar vor dem Tor stehenden Kutschen abgefertigt hatten. Die nächsten mussten zurückbleiben, während die Soldaten ihn aufs Schlossgelände geleiteten.

Unmittelbar hinter dem Tor wäre Emanio fast erneut stehengeblieben. Auf der großen freien Fläche vor dem Haupteingang standen bereits ein Dutzend bunter Wohnwagen und die Schausteller hatten begonnen, eine Bühne zu errichten. Unmittelbar vor der großen Freitreppe jedoch hielten die prunkvollen Kutschen im Minutentakt und ihre Insassen wurden von seinen Eltern begrüßt, die strahlten und jeden Besucher persönlich zu kennen schienen.

»Herzlich willkommen in unserem bescheidenen Zweitheim in Ternilus!«, rief seine Mutter, während sie eine Adlige mit einem Wangenküsschen begrüßte. Die ältere Dame sah sich um und rümpfte die Nase.

»Ich weiß, es ist nichts Besonderes«, beeilte sich seine Mutter zu sagen. »Das Schloss ist klein und müsste dringend erweitert und modernisiert werden. Aber in den sechs Jahren unserer Abwesenheit ist leider einiges liegengeblieben. Sobald die Baumeister aus Nadus ankommen, werden die Renovierungsarbeiten beginnen und ich hoffe, dass bis zur Abreise das Schloss endlich vorzeigbar sein wird.«

Sie lachte perlend und Emanio entwich ein Knurren. Endlich vorzeigbar? Wie bitte sprach sie über ihr Zuhause? Seine Mutter tat so, als hätten der Rat und er in den letzten Jahren nichts getan und die Gebäude herunterkommen lassen! Dabei hatten sie das Schloss selbstverständlich instandgehalten, es war gepflegt und alle Abläufe klappten reibungslos.

Verärgert ging er auf seine Mutter zu, an deren Seite jetzt auch sein Vater trat, nachdem er einige der wartenden Dienstboten gebeten hatte, seine vorherigen Gesprächspartner zu ihren Gemächern zu geleiten.

»Herzlich willkommen!«, rief sein Vater. Er schüttelte Hände und verteilte Handküsse. »Wir freuen uns sehr, dass Ihr Zeit für einen kleinen Sommerausflug aufs Land hattet. Eine schöne Abwechslung zur unerträglichen Hitze in Nadus, nicht wahr? Auch wenn wir planen, zu Beginn der Saison wieder in der Hauptstadt zu sein.«

Emanios Irritation wuchs, als sein Vater lachte. Was sollte das heißen? Seine Eltern blieben nur bis zum Ende des Sommers und reisten dann wieder ab? Aber was war mit dem Herzogtum? Mit ihren Untertanen? Seinem Fluch? Dachten sie ernsthaft, dass dieser in ein, zwei Monaten gebrochen werden konnte? Doch was, wenn nicht? Was, wenn er auf Dauer ein Panther blieb? Wer sollte dann das Herzogtum regieren? Brusperio? Oder planten sie ernsthaft, die Aufgabe Akurio zu übertragen, der lieber draußen im Wald bei der Jagd war als still zu sitzen und kein Interesse an den Regierungsgeschäften hatte?

Emanio verstand seine Eltern nicht mehr. Warum verhielten sie sich, als wären sie lieber in der Hauptstadt als zuhause? Waren sie deswegen nicht mehr aus Nadus zurückgekehrt? Nicht weil sie ihm vertrauten, sondern weil es ihnen am königlichen Hof seines Großonkels besser gefiel?

Er knurrte zornig und endlich bemerkten seine Eltern und ihre Gäste ihn. Sein Vater hörte auf zu lachen, als sich die Besucher aus Nadus zu Emanio umdrehten und bei seinem Anblick zusammenzuckten. Emanio spürte, wie sie ihn abschätzend anstarrten, als könnten sie so herausfinden, ob er ein Gestaltwandler oder eine echte Raubkatze war. Einige von ihnen wirkten besorgt und der ein oder andere machte vorsichtshalber einen Schritt zurück, trotz der Wachen an Emanios Seite.

»Keine Angst, verehrte Gäste, es besteht kein Grund zur Panik. Diese Bestie ist zahm!«, tönte sein Vater laut und winkte Emanio mit seinen Wachen näher heran. »Bei diesem Panther handelt es sich keineswegs um ein dummes Tier, sondern um einen Gestaltwandler. Völlig harmlos. Komm her, mein Junge!«

Einer der hochwohlgeborenen Herren wich trotz der Versicherung misstrauisch einige Schritte zurück.

»Seid Ihr sicher, Herzog Orsio? Ich meine, wir alle kennen die Geschichten von Gestaltwandlern, die als Tier die Beherrschung verloren haben. Was ist, wenn die Instinkte des Panthers mit ihm durchgehen und er uns angreift?«

Sein Vater lachte falsch und winkte Emanio erneut heran, als dachte er ernsthaft, dass Emanio ihm einfach so gehorchen würde nach allem, was er getan und wie geringschätzig er über das Herzogtum gesprochen hatte. »Seht Ihr? Ein großer Schmusekater, nichts weiter!«

Doch Emanio dachte nicht daran, sich vor den Höflingen aus der Hauptstadt wie eine dumme Bestie behandeln zu lassen. Er hatte seine Würde, verdammt!

Also drängte er sich mit einem Fauchen zwischen seinen Eltern hindurch, die Treppe hinauf. Er wich ihren Händen aus, die ihn streicheln wollten, als wäre er ein braves Schoßtier oder ein lenkbares Kleinkind. Unwillkürlich bleckte er die Zähne und verspürte noch nicht einmal ein schlechtes Gewissen, als seine Eltern ihre Hände rasch zurückgezogen und den Vorfall mit einem Scherz zu überspielen versuchten.

Ich habe genug! Bei diesem Theater spiele ich nicht mit!

Er rannte die Stufen zum Haupteingang hinauf, während die Soldaten ihm dicht auf den Fersen waren. Erst als er oben angekommen war, wurde ihm bekümmert klar, dass seine Eltern ihn nicht bei seinem Namen genannt oder ihn den Gästen gegenüber als ihren Sohn vorgestellt hatten. Schämten sie sich dafür, einen verfluchten Sohn zu haben, so wie sie sich anscheinend für alles andere in Ternilus schämten? Zwar hatte sein Vater ihn »mein Junge« genannt, doch das war im Grunde eine Herabstufung und weitere Demütigung. Schließlich war er schon seit Jahren kein Kind mehr.

Er fühlte sich wütend und elend. Daher war er froh, als seine Großmutter vor die Tür trat und sich ihr Antlitz bei seinem Anblick aufhellte. Wenigstens ein Familienmitglied, das sich freute, ihn zu sehen.

»Emanio! Da bist du ja! Schön, ich habe dich schon gesucht. Komm, es wird Zeit.«

Sie winkte ihn zu sich. Er wollte eben das Hauptgebäude betreten, als es unten erneut laut wurde. Unwillkürlich drehte er sich um und sah Akurio, Kudonio, einige junge Höflinge wie Baron di Nadione und seine Freunde sowie die Gehilfen des Jagdmeisters in Begleitung von Hauptmann Costario herannahen.

»Und hier kommt unser Sohn Akurio!«, verkündete sein Vater laut und Emanio empfand angesichts des hörbaren Stolzes in seiner Stimme einen Stich.

Im gleichen Moment drängte sich Adella mit glänzenden Augen an seiner Gruppe vorbei und eilte die Freitreppe hinunter, das aufgeregt schnatternde Äffchen auf ihrer Schulter. Prompt wurde sie unten von einer Schar Gäste umringt, die alle entzückt von ihrem zahmen Schoßtier waren. Adella lachte perlend, während Emanio das Schloss betrat.

Er bemerkte erst, dass Lerios Schwester ihrer Herrin nicht gefolgt war, als Torra vor ihm stand und einen Knicks machte.

»Eure Durchlaucht.«

Er nickte ihr zu und sie nutzte seine Erlaubnis, um sich ihm anzuschließen.

»Bitte verzeiht«, sagte sie so leise, dass selbst die Wachen Schwierigkeiten haben mussten, sie zu verstehen. »Ich wollte schon seit Tagen mit Euch sprechen, hatte jedoch nicht die Gelegenheit dazu. Andere haben verhindert, dass Gerania und ich zu Euch vorgelassen werden. Sie vertrauen uns nicht, weil wir Lerios Schwestern sind. Dabei geht von unserem Bruder keine Gefahr aus! Bitte glaubt mir, er wollte Euch nie etwas antun! Er hatte lediglich viel Schlechtes über Euch gehört und ich fürchte, einiges davon ist auch meine Schuld. Das tut mir schrecklich leid, ich habe mich in Euch getäuscht. Ich weiß, dass Lerio seine Meinung über Euch ebenfalls geändert hat, als er Euch kennengelernt hat. Er ist total unglücklich, dass Ihr ihm jetzt nicht mehr vertraut. Er wäre selbst gekommen, um Euch das zu sagen, aber er wurde von Eurem Vater aus dem Schloss verbannt.«

Erleichterung durchströmte ihn, als er das hörte. Wie gerne hätte er jetzt mit Lerio gesprochen oder Torra gefragt, wie es ihm ging, doch das konnte er nicht. Und die Gelegenheit, weiter mit Torra zu plaudern, war verstrichen, als sie im nächsten Moment den Empfangssaal erreichten, in dem sie gestern die Frauen zur Brautschau begrüßt hatten.

Moment mal! Stand ihm heute dasselbe noch einmal bevor?

Torra knickste, während die Wachen ihn in den Raum geleiteten und die Tür vor ihrer Nase schlossen. Drinnen wartete seine Großmutter bereits mit den Kandidatinnen und Emanio bemerkte, dass es mehr als gestern waren. Er zählte neunzehn, bevor er sich erinnerte, dass Adella fehlte, weil sie draußen die Adligen aus der Hauptstadt begrüßte. Es waren also insgesamt zwanzig Anwärterinnen und damit neun neue Damen anwesend.

Seine Großmutter stellte die Neuankömmlinge eine nach der anderen vor. Die Frauen knicksten formvollendet – kein Wunder, denn es handelte sich um Töchter aus Adelsfamilien oder großen Handelshäusern, die alle wussten, wie man sich am Hof präsentierte. Die Mädchen warfen ihm kokette Blicke zu, kicherten untereinander und wedelten mit ihren Fächern, während sie dahinter leise tuschelten und Gerüchte über ihn und seine angeblichen Affären austauschten. Sie ahnten nicht, dass er sie dank seines verbesserten Gehörs als Panther bestens verstehen konnte. Erneut fühlte er sich äußerst unwohl.

Das Gefühl verflog leider auch nicht beim Mittagessen. Erneut saß er am Kopfende auf seiner Empore, rechts neben ihm Bergos Tochter Olita und zu seiner Linken die Heilerin Porelle.

Sie hatten bereits angefangen zu essen, als Adella mit ausgreifenden Schritten in den Raum marschiert kam. Sie nickte einigen Damen zu, bevor ihr Blick auf ihn fiel und sich verengte, als sie seine Sitznachbarinnen bemerkte. Der nächste freie Stuhl war am anderen Ende des Tisches und das gefiel ihr sichtlich nicht.

Es war doch ihre eigene Schuld, wenn sie zu spät kam!

Doch Adella schien das anders zu sehen, denn die ganze Zeit während des Essens tuschelte sie mit ihren Sitznachbarinnen und mehr als eine Adlige warf im Laufe der anderthalb Stunden, die das Essen dauerte, entsetzte Blicke an sein Ende des Tisches. Unterdessen taten Porelle und Olita so, als hätten sie nicht mitbekommen, dass Adella tratschte und Gerüchte über sie verbreitete.

»Ignorier sie!«, hatte Porelle kurz nach Adellas Ankunft zu Olita gesagt und dann begonnen, das Bauernmädchen interessiert über ihre Herkunft und den Grund für ihre Teilnahme bei der Brautschau auszufragen. Als Olita ihr von der Audienz ihres Vaters bei ihm und seiner Hilfe für ihre Familie erzählte, warf die Heilerin ihm einen abschätzenden Blick zu, den er nicht deuten konnte.

Emanio war es unangenehm, so im Mittelpunkt zu stehen. Er versuchte, auch den Gesprächen der anderen Kandidatinnen zuzuhören, doch je angestrengter er lauschte, desto schwieriger wurde es. Das Geschnatter der adligen Mädchen war durchsetzt von schrillem Gekicher, das ihm in den Ohren wehtat. Doch am schlimmsten empfand Emanio das laute Quieken des Äffchens, das wild durch den Saal lief – von Adella nicht zur Räson gerufen, die nicht bemerkte, wie sich ihr Schoßtier aufführte.

Nach wenigen Minuten pochte sein Kopf schmerzhaft und er war froh, als das Mahl eine gefühlte Ewigkeit später endlich vorbei war. Seine Großmutter hatte für den Nachmittag eine Führung durch das Schloss geplant, für die er nicht benötigt wurde, da er eh nichts zu den Erläuterungen beisteuern konnte. Daher zog er sich anschließend in seine Gemächer zurück, um ein wenig zu dösen. Als er sich vor dem großen Fenster im Wohnzimmer zusammenrollte und die Sonne auf seinem Fell spürte, musste er an seinen neuen Freund und die Lichtung im Wald denken. Schnell war er eingeschlafen.

»Eure Durchlaucht? Eure Durchlaucht!«

Emanio knurrte unwillig, als sich eine kühle Hand auf seine Schulter legte und sie leicht rüttelte. Langsam öffnete er die Augen und sah Morio neben sich stehen.

»Ihr müsst aufwachen. Eure Großmutter und Eure Gäste erwarten Euch zum Abendessen.«

Schon wieder ein Essen? Ihm kam es vor, als hätte er eben erst das Mittagessen beendet und sich hingelegt, doch ein Blick nach draußen zeigte ihm, dass die Sonne nun deutlich tiefer stand als zuvor. Anscheinend hatte er länger geschlafen als gedacht.

Er erhob sich und folgte Morio zurück in den kleinen Saal, wo bereits seine Großmutter und ein Teil der Frauen auf ihn warteten. Während er sich setzte, sah er sich um. Erleichtert bemerkte er, dass Adella ihren Affen dieses Mal nicht mitgebracht hatte. Zum Glück, denn heute hatte sie sich bereits vor seiner Ankunft den Platz zu seiner Rechten gesichert und damit Olita vertrieben, die jetzt neben Porelle zu seiner Linken saß.

Seine Großmutter runzelte die Stirn, als sie bemerkte, wie viele Kandidatinnen noch fehlten.

»Habt Ihr unseren Gästen Bescheid gegeben, wann das Essen beginnt?«, erkundigte sie sich bei Morio.

»Selbstverständlich, Eure Durchlaucht«, erwiderte sein Sekretär mit leichter Entrüstung in der Stimme. »Ich habe am Ende des Schlossrundgangs mit jeder jungen Dame über den Plan für den heutigen Abend gesprochen. Ich kann es mir nicht erklären, wo sie bleiben.«

»Lasst sie holen!«

Morio eilte auf den Befehl seiner Großmutter hin aus dem Saal. Verwirrt ließ Emanio den Blick über die anwesenden Gäste schweifen. Neben Adella, Porelle, Olita, der Adligen Beria und Stoffhändlertochter Razia entdeckte er nur wenige bekannte Gesichter. Bei den anderen handelte es sich um die adligen Neuankömmlinge, doch selbst von ihnen fehlten welche.

Wo waren die anderen? Dass eine von ihnen sich im Schloss verirrte und zu spät kam, konnte er ja noch verstehen. Aber acht?

Ein paar Minuten später brachten Diener den ersten Gang. Morio war noch nicht zurückgekehrt, daher machte seine Großmutter gute Miene zur peinlichen Situation und lächelte breit.

»Bitte, fangt an, bevor die Suppe kalt wird! Ich bin sicher, die anderen werden gleich da sein.«

Die Diener füllten die Teller und sie begannen zu essen.

»Verzeiht, Herzoginmutter Ilana!« Drei Diener und Morio hatten den Saal betreten und näherten sich ihnen jetzt.

»Sprecht!«

Morio verbeugte sich vor seiner Großmutter. Als er sich aufgerichtet hatte, fiel Emanios Blick in sein ratloses Gesicht. »Ich bedaure, Euch informieren zu müssen, dass unsere fehlenden Gäste ihre Zimmer geräumt und das Schloss verlassen haben. Die Wachen am Tor bestätigen ihre Abreise.«

»Wie bitte?«

Emanios Blick wanderte vom irritierten Gesicht seiner Großmutter weiter über die verdutzten Mienen der wispernden Mädchen. Lediglich Adella wirkte nicht überrascht und Emanio kam ein Verdacht. Sie hatte bereits beim Mittagessen einige Bemühungen unternommen, die anderen Kandidatinnen zu schockieren. Versuchte sie, ihre Konkurrentinnen zu vertreiben? War ihr egal, was das für ihn bedeutete? Dass sie ihm damit die Möglichkeit nahm, seine wahre Liebe zu finden und selbst zu entscheiden, wer am besten zu ihm passte?

Zornig tunkte er seine rechte Vorderpfote in die dickflüssige Gemüsesuppe und fuhr anschließend mit ihr über das weiße Tischtuch. Er würde nicht schweigen, während Adella die anderen Mädchen vertrieb!

»Was macht Ihr da?«, fragte Olita verwundert. Das Bauernmädchen starrte als Erste zu ihm herüber, doch sie konnte nicht oder nur schlecht lesen, denn ihr Gesichtsausdruck änderte sich nicht.

Adella und Porelle drehten sich zu ihm um und Adella schnappte nach Luft, als sie erkannte, was er notiert hatte.

»*Adella vergrault die anderen Mädchen*«, las Porelle laut vor und musterte die Grafentochter dann eindringlich. »Stimmt das?«

Stille kehrte im Saal ein, als die anderen mitbekamen, was sich an ihrem Ende der langen Tafel abspielte.

»Adella?«

Die Stimme von Emanios Großmutters klang ungewohnt scharf. Adella warf ihre langen Haare zurück und hielt den Kopf hoch erhoben, während sie Porelle wütend ansah. »Ich habe nichts getan. Fragt doch Porelle, was sie treibt! Denkt Ihr, ich merke nicht, wie Ihr die ganze Zeit versucht, Emanio zu beeinflussen und ihn für Euch einzunehmen? Und jetzt behauptet Ihr, ich würde mich falsch verhalten und mit unlauteren Mitteln um Emanios Gunst buhlen? Das habe ich nicht nötig!« Sie wandte sich Emanio zu und starrte ihn an. »Sie ist es doch, die ständig schlecht über mich redet! Porelle ist eine Lügnerin!«

Emanio wusste nicht mehr, was er glauben sollte. Adella wirkte ehrlich empört und verletzt, während sie ihm in die Augen sah. Hätte sie nicht seinem Blick ausweichen müssen, wenn sie log?

Als er ein leises Räuspern hörte, wandte er sich Olita zu. Bergos Tochter fühlte sich sichtlich unangenehm, als sie sich in den Streit zwischen einer Grafentochter und einer Heilerin einmischte, die über ihr standen. Emanio hätte ihr gerne die Angst genommen und ihr versichert, dass sie das Recht hatte zu sprechen und dass er jeden – ganz gleich welchen Ranges – anhörte.

»Eure Durchlaucht, ich glaube nicht, dass die anderen wegen Adella abgereist sind«, sagte sie unerwartet.

»Was meint Ihr damit, Mädchen?« Seine Großmutter war unbemerkt herangetreten und stand jetzt neben seiner Empore.

»Ist Euch aufgefallen, wer genau fehlt? Ich denke, es ist kein Zufall, dass vor allem die Niedriggeborenen unter uns das Schloss verlassen haben.« Olita zögerte, bevor sie erneut Emanio und seine Großmutter ansah. »Ihr müsst wissen, nach dem Rundgang haben uns zwei Diener abgefangen, bevor wir in unsere Zimmer zurückkehren konnten. Aber nur uns Mädchen und Frauen von geringerem Stand. Sie führten uns zu Herzogin Latia, die mit jeder von uns einzeln reden wollte. Als ich mit ihr sprach, wollte sie wissen, was mich befähigt, die zukünftige Herzogin zu werden. Die meisten meiner Antworten schienen ihr nicht zu gefallen. Und als sie erfuhr, dass ich nur schlecht lesen und schreiben kann, hat sie mich angewidert angesehen, als sei die fehlende Ausbildung für Herrschaftsaufgaben meine Schuld. Ich fühlte mich nicht gut, als ich Ihre Gnaden verließ, und ich weiß, den anderen erging es nicht besser. Das Mädchen vor mir ist sogar weinend aus dem Gespräch mit der Herzogin gelaufen.«

»Was hat sie getan?«

Emanio hatte seine Großmutter noch nie so laut erlebt. Voller Wut und mit rotem Gesicht, dass ihm angst und bange um ihre Gesundheit wurde, wirbelte sie zu Morio und den Dienstboten herum. »Schafft Latia sofort her und lasst keine Ausrede gelten!«

Während sie auf ihre Rückkehr warteten und seine Großmutter zornig auf und ab lief, begann sich Übelkeit in Emanios Körper auszubreiten. Konnte es wahr sein? Versuchte seine Mutter, die Frauen einzuschüchtern, die nicht ihren

Vorstellungen von einer geeigneten Schwiegertochter entsprachen? Oder hatte Olita etwas falsch verstanden?

Nein! Er glaubte nicht, dass das Mädchen log oder übertrieb. Er hatte ihren Vater Bergo und sie als bescheidene grundehrliche Menschen kennengelernt. Falschheit und Heimtücke waren der Bauerntochter völlig fremd.

Was das Verhalten seiner Mutter für Emanio unerklärlich machte. So groß, wie der Wunsch seiner Eltern war, Ternilus zum Ende des Sommers zu verlassen und in die Hauptstadt zurückzukehren, hätte er gedacht, dass sie alles tun würde, damit er seine wahre Liebe so schnell wie möglich fand, und nicht, dass sie seiner Suche Steine in den Weg legen würde!

Als seine Mutter ein paar Minuten später in Begleitung von Morio und Emanios Leibwächtern den Saal betrat, spürte er, wie sich sein Magen vor Anspannung verkrampfte. Doch seine Mutter sah lediglich seine Großmutter an und stemmte die Hände erbost in die Seite.

»Wie kannst du es wagen, mich herbeizuzitieren wie eine Dienstbotin? Du weißt genau, dass Orsio und ich Gäste haben! Mich so vor unseren Freunden zu demütigen! Es ist unerhört! Das Ganze wird noch ein Nachspiel haben, das versichere ich dir, Ilana!«

Seine Großmutter wirkte von den Drohungen wenig beeindruckt.

»Ja, nämlich für dich!«, konterte sie scharf. »Du weißt ganz genau, warum ich dich habe rufen lassen! Wie kannst du es wagen, dich in die Brautschau einzumischen und Kandidatinnen zu verjagen?«

Verächtlich starrte seine Mutter sie an. »Das ist lächerlich! Ich habe niemanden verjagt! Ich habe lediglich mit ein paar der Anwärterinnen um Emanios Gunst gesprochen, um sie besser kennenzulernen. Wenn sie daraufhin geflohen sind, ist das nicht meine Schuld. Die Mädchen taugten nichts. Wie wollen sie Emanios Braut und die zukünftige

Herzogin werden, wenn sie bereits in Tränen ausbrechen, sobald man ihnen unangenehme Fragen stellt? Nein, es ist besser, wenn wir bereits zu Anfang die Spreu vom Weizen trennen. So müssen wir nicht ungeeignete Kandidatinnen wochenlang durchfüttern.«

Emanio zuckte ein wenig zurück, als er hörte, wie seine Mutter über die Mädchen sprach und dabei das Gastrecht mit den Füßen trat, während sie sich gleichzeitig überschlagen hatte, um es ihren adligen Freunden aus Nadus so angenehm wie möglich zu machen. Bei den Göttern! Sie hatte sogar Schausteller und Baumeister aus der Hauptstadt ins Schloss bestellt!

»Du hattest kein Recht, die Mädchen zu befragen und dich in die Brautschau einzumischen, die ich organisiert habe! Es obliegt nicht dir zu entscheiden, wer als Braut für Emanio geeignet ist, Latia!«

»Ach ja? Aber dir?«

Seine Mutter und seine Großmutter standen sich unerbittlich gegenüber, während die verbliebenen Anwärterinnen peinlich berührt oder schadenfroh zwischen den beiden hin und her sahen. Emanio schämte sich in Grund und Boden für seine Familie und hätte noch nicht einmal gewusst, was er sagen sollte, hätte er sprechen können. Er fauchte.

»Schluss jetzt! Alle beide!«, mischte sich unerwartet eine dritte Stimme ein und Emanio erkannte überrascht, dass Porelle aufgestanden war.

»Was Ihr zu vergessen scheint, ist, dass es Emanios Brautschau ist. Nicht Eure und erst recht nicht Eure.« Die Heilerin ließ ihren Blick von seiner Großmutter zu seiner Mutter schweifen. Sie wirkte selbstbewusst, als scherte es sie nicht im Geringsten, dass sie mit ihrem Eingreifen eine Herzogin und die Mutter eines Herzogs gegen sich aufbrachte. »Keiner hat ein Mitspracherecht. Die Entscheidung liegt allein bei Emanio und der Person, der es gelingt, sein Herz zu erobern.«

Porelle warf auch Adella einen tadelnden Blick zu, die empört zu sein schien, dass die Heilerin sie in ihre scharfen Worte miteinschloss.

»Wie könnt …«

Seine Großmutter schnitt seiner Mutter achtlos das Wort ab. »Ihr habt recht, es ist selbstverständlich Emanios Entscheidung.« Erst dann wandte sie sich Emanios Mutter zu. »Wolltest du nicht zu deinen Gästen zurückkehren, Latia? Du weißt doch, wie unhöflich es ist, sie länger als nötig warten zu lassen.«

Seine Mutter ignorierte Ilanas falsches Lächeln, drehte sich auf dem Absatz um und stürmte in beleidigtem Schweigen aus dem Saal, während Emanios Anspannung abrupt nachließ.

»Lasst uns essen«, meinte seine Großmutter nach ein paar Augenblicken und alle nahmen wieder ihre Plätze ein.

Inzwischen war die Suppe kalt, doch ihre Gäste ignorierten es, während Emanio auf seinen Teller starrte und sich nicht überwinden konnte zu essen. Der ganze Vorfall hatte ihn mehr erschüttert, als er zugeben wollte. Er bemühte sich, sich nichts anmerken zu lassen, als die Übelkeit sich mit der Erkenntnis weiter in seinem Körper ausbreitete. Anscheinend konnte er sich nicht einmal darauf verlassen, dass seine Familie alles tun würde, um ihm zu helfen. Stattdessen verfolgte jeder von ihnen seine eigenen Ziele. Weder seine Großmutter, geschweige denn seine Mutter hatten darüber nachgedacht, was es für ihn bedeuten könnte, falls seine wahre Liebe unter den Frauen war, die das Schloss verlassen hatten. Seine Mutter hatte sie zwar vertrieben, aber seine Großmutter hatte ihnen auch niemanden hinterhergeschickt, um sie zurückzuholen. Plötzlich fühlte sich Emanio sehr allein.

Unwillkürlich wanderte sein Blick zu der Heilerin, die sich unerwartet für ihn eingesetzt hatte. Er war ihr dankbar, dass sie ihm beigestanden und sich dafür den Unmut seiner Mutter und seiner Großmutter zugezogen hatte.

»Denkt Ihr nicht, Ihr solltet Euch bei mir entschuldigen?«, fragte Adella spitz und sah Porelle an. »Schließlich habt Ihr gelogen, als Ihr behauptet habt, ich wäre schuld am Verschwinden der anderen Anwärterinnen.« Adella wandte sich ihm zu und lächelte. »Ich weiß, dass es nur an ihren Lügen lag, dass du an mir gezweifelt hast, Emanio.«

Porelle schwieg. Adella begann von ihrem Ausflug nach Rius am Nachmittag zu erzählen. Da sie im Schloss wohnte, wie sie mit einem Seitenblick zu Porelle betonte, hatte sie beim Rundgang nicht mitgemacht, sondern war stattdessen zu ihrem Lieblingsschneider gefahren.

»Schließlich kann ich bei all den hochgeborenen Damen und Herren aus Nadus nicht wie eine zurückgebliebene Landpomeranze aussehen, nicht wahr? Jede Frau von Stand, die etwas auf sich hält, sollte stets angemessen gekleidet sein und Wert auf ihr Äußeres legen. Und nachdem ich gesehen habe, mit welchen gewagten Accessoires die Gäste aus der Hauptstadt angereist sind, musste ich meinem Schneider noch ein paar letzte Änderungswünsche an meinen neuen Kleidern mitteilen und neue Hüte, Bänder, Spitze und passende Haarspangen und Broschen auswählen. Zum Glück bietet Herio die beste Auswahl in ganz Rius, wie jeder weiß. Selbst Graf Zorak war bei ihm, um sich mit dem Nötigsten auszustatten.«

Graf Zorak? Der Nordmann?

Emanio starrte sie an, doch Adellas Worte ergaben keinen Sinn. Graf Zorak war in adliger Gesellschaft noch nie ohne seine heiß geliebten Felle gesehen worden. Und ausgerechnet er sollte sich bei Schneider Herio nach Hüten, Bändern, Spitze und feinem Schmuck umgesehen haben?

Ungläubig schüttelte er den Kopf, während er versuchte, sich den Nordmann mit bunten Bändern in den langen Haaren und im wild wuchernden Bart vorzustellen. Es war eine absurde Vorstellung, doch ihm gelang es nicht, das Bild zu vertreiben, ganz gleich, wie sehr er sich auch bemühte. Im Gegenteil, das Bild wurde deutlicher und ein Knistern lag in der Luft wie bei einem drohenden Gewitter. Oder als hätte jemand einen Zauber gewirkt. Doch welch einen Zweck sollte es haben, dass er sich den Grafen in solch lächerlicher Aufmachung vorstellte?

Plötzlich ertönte irgendwo im Schloss ein lauter Schrei und der Geruch nach Angst breitete sich wie eine Flutwelle um sie herum aus. Emanio sprang auf und rannte zur Tür. Vage war ihm bewusst, dass seine Wachen, seine Großmutter und Porelle ihm folgten, als er an einem geistesgegenwärtigen Diener, der die Tür aufriss, vorbei auf den breiten Korridor und in Richtung der Quelle der Panik rannte.

Schreiende Männer und Frauen kamen ihm entgegen, erblickten ihn und flüchteten dann in andere Gänge oder offenstehende Räume. Manch einer von ihnen stürzte, während andere über sie kletterten, um sich in Sicherheit zu bringen.

Bei der Dunkelheit! Was war hier los?

Sekunden später hatten sie den Ursprung der Panikwelle entdeckt. Emanio blieb abrupt stehen und starrte. Vor ihm im breiten Hauptkorridor stand ein verwirrt aussehender schwarzer Panther mit Streifen in den unterschiedlichsten Farben, die sich gleichmäßig durch sein Fell zogen, als hätte sich jemand große Mühe gegeben, das Tier anzumalen. Zuerst hielt Emanio den Anblick für ein Trugbild, einen dummen Streich oder schiefgegangenen Zauber. Doch dann roch er den anderen und er bezweifelte, dass es einem Magier mit einem menschlichen Geruchssinn gelingen würde, einen Panther so echt wirken zu lassen, dass die Illusion all seine Sinne täuschen konnte.

Wo kam der zweite Panther her?

Emanio war dermaßen verwirrt, dass er nicht länger wusste, was er denken sollte. Der anderen Bestie schien es nicht anders zu ergehen. Auch sie wirkte verblüfft und sah an sich herab, als wäre ihr der Anblick nicht vertraut. War dies ein Gestaltwandler, der von seiner Verwandlung überrascht worden war?

Rufe ertönten aus dem Gang hinter ihm und aus der Richtung des großen Empfangssaals vor ihnen. Emanio schluckte, als er begriff, dass sich dort seine Eltern mit ihren Gästen befinden mussten. Kurze Zeit später kam ihnen sein Vater mit seinen Wachen, einigen Besuchern aus Nadus und einer Schar Magier entgegen. Sie alle wirkten, als würden sie sich einer Armee aus Schwarzmagiern stellen wollen und nicht einem einzigen überrumpelten Gestaltwandler. Der Anblick war so lächerlich, dass er nicht anders konnte, als in Gelächter auszubrechen.

Und in diesem Moment stand statt des gestreiften Panthers Graf Zorak vor ihnen. Wie immer in seiner vertrauten Fellweste, doch heute erstmals mit geflochtenen Zöpfen und Bändern in den langen Haaren. Emanio wälzte sich lachend auf dem Boden, was die Umstehenden noch mehr verwirrte als die unerwartete Rückverwandlung einer gefährlichen Bestie in einen normalen, wenn auch sehr unmodischen Mann.

»Haha!«

Graf Zorak brach in dröhnendes Gelächter aus, als er die perplexen Mienen der Männer und Frauen um sich herum sah. »War das ein Spaß! Wer auch immer die Idee zu diesem Streich hatte – meldet Euch! Ich gebe einen aus«, versprach er anschließend, nachdem er sich ein wenig beruhigt hatte.

Auch Emanios Gelächter ebbte ab. Inzwischen tat ihm der Bauch weh vor lauter Lachen. Er erhob sich langsam.

»Glaubt Ihr mir jetzt?«, rief jemand laut. Ein herausgeputzter Baron di Nadione drängte sich durch die Menge der Schaulustigen, die sich in den letzten Minuten auf dem Gang vor dem großen Bankettsaal versammelt hatten, hindurch nach vorn. Der Baron deutete auf den Grafen. »Ihr habt es doch mit eigenen Augen gesehen und könnt nicht mehr behaupten, ich sei betrunken gewesen und hätte es mir nur eingebildet! Graf Zorak hat sich ebenfalls verwandelt und das bedeutet, der Bestienfluch breitet sich aus! Es könnte jeden von Euch als Nächstes treffen!«

Bitte was? Der Fluch sollte sich ausbreiten?

Besorgtes Gemurmel kam unter den Adligen auf, die anders als Emanio nicht wussten, wie absurd die Behauptung eines sich ausbreitenden Fluchs war. Doch der Baron setzte noch eins drauf. »Bis zur Wintersonnenwende werden wir alle Bestien sein und dann werden wir uns nicht mehr nach ein paar Minuten zurückverwandeln können!«

Porelle trat neben Emanio. »Aus Euch spricht die Angst, doch sie ist unnötig. Ihr habt nichts zu befürchten!«

Der Baron schnaubte und musterte sie mitleidig. »Einfältige Närrin! Ihr habt es doch selbst gesehen! Oder seid Ihr blind?«

Die Heilerin antwortete nicht auf seine Beleidigung, sondern sah ihn lediglich ruhig an. »Flüche breiten sich nicht aus. Das können sie nicht. Das weiß jeder, der sich ein wenig mit Magie auskennt.«

»Als ob Ihr jetzt eine Fluchgelehrte wärt! Ihr seid lediglich eine armselige kleine Heilerin mit Größenwahn und zahlreichen abstrusen Geschichten und Lügen!«, meinte Adella mit schneidender Stimme.

»Schluss jetzt!«, rief sein Vater, der sich ruhig verhalten hatte, während der Baron und Adella mit Porelle gestritten hatten. »Ich weiß nicht, was hier geschehen ist, aber wir sollten es nicht mit Spekulationen und Mutmaßungen noch schlimmer machen. Wo sind die Magier?«

Brusperio trat zusammen mit Morio, Peronio und Omira sowie dem Rest des Rats an seine Seite. Auch Emanios Großmutter gesellte sich zu ihnen, um leise mit den anderen zu wispern.

»Herzog Orsio!«

Ein dicker Adliger, der Emanio unbekannt und vermutlich einer der Gäste aus der Hauptstadt war, trat vor und warf sich vor seinem Vater, dem Rat und den restlichen Zuschauern in Positur. »Ihr habt uns Unterhaltung und ein paar beschauliche Wochen auf dem Land versprochen und jetzt das! Ein Fluch? Die Leute behaupten, dieses Biest dort ...« Er zeigte auf Emanio. »... wäre gar kein Gestaltwandler, sondern Euer Sohn und Erbe, der aufgrund seiner Untaten verflucht wurde. Und nun breitet sich dieser Zauber in Eurem Herzogtum aus und bringt uns alle in Gefahr! Es wäre besser, wenn wir alle sofort nach Nadus zurückkehren würden. Niemand von uns möchte abwarten, bis das finstere Unheil auch ihn infiziert hat.«

Zustimmendes Gemurmel kam unter den Gästen aus Nadus auf, während sich die Bewohner des Schlosses, die diese Möglichkeit nicht hatten, besorgt ansahen. Sein Vater wirkte angesichts ihres Verhaltens mehr als beunruhigt. Er versuchte, zuversichtlich zu lächeln, doch es wurde mehr eine Grimasse. »Ihr habt keinen Grund zur Sorge«, versprach er. »Die besten Magier des Königreichs arbeiten bereits daran, eine Lösung zu finden. Wir werden Emanios Fluch bald brechen und dann wird dieser Spuk ein Ende haben. Ich verspreche es.«

Doch die Adligen aus der Hauptstadt glaubten ihm sichtlich nicht. Grüppchenweise machten sie sich auf den Weg in ihre Gästequartiere, um zu packen.

Emanio verdankte es nur seinem verbesserten Gehör, dass er es verstand, als sein Vater dem Rat zuwisperte: »Wir müssen dringend eine Lösung finden! So kann es nicht weitergehen. Ich werde alles tun, um mein Herzogtum zu retten.«

Er warf Emanio einen düsteren Blick zu und Emanios Herz stockte, als er begriff, dass sein Vater auch ihn opfern würde, um Ternilus zu retten. Nachdem er ihn tagelang eingesperrt hatte, hätte das Emanio nicht mehr überraschen dürfen.

Hauptmann Costario sah jetzt ebenfalls zu ihm herüber und seine Miene war noch unfreundlicher. »Emanio kann ja seine Magie als Herrschaftszauberer einsetzen, um einer der jungen Frauen zu befehlen, sich in ihn zu verlieben. Problem gelöst, Fluch gebrochen! Sollte ihm nicht schwerfallen, so macht er es sonst ja auch.«

Die Hälfte der Ratsmitglieder holte schockiert Luft und starrte den Hauptmann entsetzt an. Der Rest jedoch wirkte nachdenklich, als würden sie diesen Weg tatsächlich in Betracht ziehen. Emanio wich unwillkürlich zutiefst angewidert einen Schritt zurück. Er war keine Bestie, die Frauen zwang, ihm zu Willen zu sein!

»Wie könnt Ihr so etwas auch nur vorschlagen, Hauptmann?« Omira starrte Costario an und sah grün im Gesicht aus.

»Ihr solltet Euch schämen! Über solche Dinge scherzt man nicht!«, zischte auch Brusperio und trat mit geballten Fäusten auf den Hauptmann zu.

»Ihr versteht nicht, wie die Magie eines Herrschaftszauberers funktioniert, oder der Groll überschattet Euer Urteilsvermögen und Euren Anstand. Anders kann ich mir Eure Bemerkung nicht erklären, Hauptmann.« Auch Peronio wirkte schockiert und warf einen mitleidigen Blick quer durch den Gang auf Emanio, als wüsste er, dass Emanio keine Probleme hatte, die hitzige, wenn auch leise geführte Unterhaltung zu verfolgen.

Brusperio nickte zustimmend. »Nur der rechtmäßige Herrscher eines Herzogtums oder Königreichs hat die Macht, seinen Untertanen zu befehlen und mithilfe seiner Magie seinen Willen durchzusetzen. Emanio ist der Erbe, er besitzt diese Magie noch nicht, solange Seine Gnaden der Herrscher von Ternilus ist.«

Unterdessen war Emanios Vater bleich geworden. Er öffnete den Mund, um etwas zu sagen, doch in diesem Moment verließ Porelle Emanios Seite und trat auf die Gruppe zu. »Der Fluch lässt sich nicht mit Gewalt brechen oder mithilfe einer List täuschen. Man kann niemanden zwingen, die wahre Liebe zu sein. Allein die Vorstellung ist absurd! Und dass Ihr diesen Vorschlag gemacht habt, Hauptmann, lässt mich doch stark an Eurem Charakter zweifeln. Oder hättet Ihr den Vorschlag auch gemacht, wenn Eure Tochter das Opfer wäre?« Costario lief rot an. Zum ersten Mal wirkte er beschämt.

Porelle fuhr ein wenig leiser als zuvor fort: »Nein, der Fluch lässt sich nicht bezwingen. Emanio kann ihn nur beenden, indem er die Bedingungen erfüllt und seine wahre Liebe findet.«

Schweigen breitete sich im Korridor aus, in dem sich jetzt nur noch Emanios Vater, der Rat, Morio, Adella, Porelle und einige Wachen befanden. Alle wirkten gleichermaßen ratlos.

»Aber was können wir dann tun? Wir suchen doch bereits nach Emanios wahrer Liebe! Gleichzeitig können wir aber auch nicht zulassen, dass sich der Fluch ausbreitet wie ...« Seiner Großmutter fehlten die Worte und sie wirkte alt und müde auf ihn.

»... wie die moralische Verderbnis im Königreich?«, vervollständigte Morio ihren Satz und die Lippen seines Sekretärs kräuselten sich verächtlich. Vermutlich dachte er bei seinen Worten an die Adligen aus Nadus.

»Das ist es!«, rief Graf di Sperazione laut und funkelte Emanio an. »Emanio ist von Grund auf verdorben. Deshalb wurde er verflucht! Nur deshalb breitet sich der Fluch jetzt auch im Herzogtum aus! Er befleckt ganz Ternilus mit der Dunkelheit seiner Seele, weil er als Erbe mit dem Herzogtum verbunden ist! Wir sollten diese Verbindung trennen, um Ternilus zu retten.« Er machte Adella unterdessen Zeichen, an seine Seite zu eilen. »Ich bereue es, jemals eine Verlobung zwischen meiner Tochter und Emanio in Betracht gezogen zu haben, und danke den Göttern, dass dieses Bündnis nie zustande kam.«

Adella starrte ihren Vater an, sichtlich überrascht, diese Worte aus seinem Mund zu hören. Dann jedoch wirkte sie nachdenklich, als sie zu Emanio herübersah. Sie widersprach dem Grafen nicht und protestierte auch nicht, als Porelle zu Emanio zurückkehrte und sich deutlich erkennbar für alle auf seine Seite stellte. Adella machte einen ungewöhnlich verunsicherten Eindruck.

»Ich glaube nicht an die angebliche Dunkelheit von Emanios Seele«, mischte sich Morio ein. »Aber die Zweifel an der Reinheit des Charakters von Seiner Durchlaucht lassen sich leicht ausräumen. Ich schlage vor, dass Emanio eine Pilgerreise zu den drei Tempeln unternimmt und sich dort einer rituellen Reinigung durch die Priester unterzieht.«

Bitte was? Eine Pilgerreise, als wäre er ein Büßer?

Emanio starrte Morio ungläubig an. Solch ein Unterfangen wurde nur von Gläubigen unternommen und war mehr ein Stoff aus Heldensagen denn eine selbst erlebte Anekdote, die sich Adlige auf einer Abendveranstaltung erzählten. Er kannte niemanden, der auf einer Reise zu den drei Tempeln unterwegs gewesen wäre.

»Eine exzellente Idee, Morio!«, rief seine Großmutter aus, die Feuer und Flamme für den Vorschlag war. »Je eher wir sie in die Tat umsetzen, desto besser. Gleich morgen früh macht sich Emanio auf den Weg!«

Der Rest des Rats murmelte zustimmend, nur Emanio hatte Zweifel, dass sich das sogenannte Ausbreiten des Fluchs so verhindern ließ. Denn ein Gedanke hatte sich hartnäckig in seinem Kopf festgesetzt. Sowohl Baron di Nadione als auch Graf Zorak hatten sich verwandelt, nachdem Emanio intensiv an sie gedacht hatte. Und gleichzeitig hatte die Luft wie vor Magie geknistert. Hatte er womöglich unbewusst einen Teil des Fluchs auf die beiden übertragen? War es womöglich allein seine Schuld, dass sich die beiden Höflinge in eine Bestie verwandelt hatten?

Kapitel 24: Lerio

Ein paar Stunden zuvor

Er sprang vom Ast und fühlte den ersten Pfeil knapp über sich hinwegzischen. Hinter sich hörte er Kudonio fluchen und die Hunde bellen, dann landete er auf dem Boden. Zutiefst erleichtert, dass er nicht erneut umgeknickt war wie beim Sprung von der Schlossmauer, rannte Lerio augenblicklich los, als ginge es um sein Leben. Denn das tat es.

»Legt an! Tötet dieses Vieh!«, brüllte Kudonio voller Zorn, doch er schaute nicht zum Jagdmeister zurück, der ihn in seiner Luchsgestalt erkannt haben musste. Sonst wäre Kudonio beim Anblick einer kleinen Wildkatze nicht so ausgerastet. Erneut hörte Lerio Pfeile durch die Luft zischen, während er Haken schlug und im letzten Moment hinter Bäume sprang, in welche die tödlichen Spitzen einschlugen. Lerio versuchte, nicht daran zu denken, wie dumm es von ihm gewesen war, Costario zu folgen. Und wofür? Er würde sterben, ohne einen Beweis für den Verrat des Hauptmanns gefunden zu haben.

Weniger denken, mehr laufen!

Die Angst ließ ihn schneller rennen, denn er hörte die Hunde hecheln, während sie aufholten. Auch die Jäger polterten laut durch das hohe Gras und das Unterholz, gefolgt von einem fluchenden Costario, der ihnen zuschrie: »Bleibt verdammt noch mal stehen! Das ist doch nur ein Luchs! Habt Ihr denn alle vergessen, was wir besprochen haben?«

Das hätte er auch gerne gewusst und kurz ärgerte sich Lerio, dass er sie nicht hatte belauschen können. Was bezweckte Costario?

Der Hauptmann ahnte nicht, wer er war oder dass in der Gestalt des scheinbar harmlosen Luchses ein Gestaltwandler steckte, der ihn verfolgt hatte, um ihn zu überführen, sonst hätte er sich nicht für ihn eingesetzt. Doch Kudonio wusste genau, wer er war, und wollte ihn tot sehen. Er würde sich nicht von der Jagd abbringen lassen, nicht dieses Mal.

Verzweiflung erfasste Lerio, als er begriff, dass er seine Mutter und seine Schwestern nicht wiedersehen würde. Vermutlich würden sie am Abend auf ihn warten und sich ängstlich fragen, was mit ihm geschehen war. Torra würde es ahnen und als Erste anfangen um ihn zu trauern, auch wenn seine Familie keine Sicherheit über sein Schicksal erhalten würde. Lerio konnte sich nicht vorstellen, dass Kudonio oder einer seiner Jäger seine Leiche zurückbringen würde. Selbst wenn die Gefahr, dass ihn jemand wegen des Mordes an einem Gestaltwandler anklagte, äußerst gering war. Vermutlich würden sie ihn einfach dort liegen lassen, wo er fiel, oder ihn in einem Loch im Wald verscharren, wo ihn niemand jemals fand.

Auch Emanio würde am nächsten Tag vergeblich auf der Lichtung auf ihn warten und sich fragen, wo er abgeblieben war. Lerio konnte nur hoffen, dass der Herzogssohn die Übungen der letzten Stunden nicht vergaß und fortan wachsamer war, denn Lerio würde ihn nicht länger beschützen können.

Ein Wimmern entrang sich seiner Kehle, während er weiterhetzte. Nein, er durfte nicht aufgeben! Er durfte seine Familie und Emanio nicht im Stich lassen! Er hatte ein Versprechen gegeben!

Hinter sich hörte er das Keuchen der Hunde. Er glaubte, ihren Atem schon in seinem Nacken zu spüren, und dachte nicht lange nach, bevor er den nächsten Baum hochhetzte. Hier rauf würden ihm die Hunde nicht folgen können.

Doch er war noch längst nicht in Sicherheit. Erneut hörte er das Zischen eines Pfeils, als einer seiner Verfolger auf ihn schoss. Auch die Falken über ihm kamen ihm im nächsten Moment viel zu nah. Beinahe wäre Lerio vom Baum gefallen, als er ihrem Sturzflug mit einem wagemutigen Sprung auswich.

Und dann hörte er einen grellen Pfiff.

Verwirrt hätte er beinahe innegehalten, als die Hunde winselten und die Jagdvögel abrupt kehrtmachten. Er riskierte beim Rennen einen flüchtigen Blick über die Schulter und sah, wie die Falken zu Kudonio und den Jagdgehilfen zurückflogen, die sich jetzt alle um den Hauptmann versammelt hatten. Er konnte nicht hören, was Costario sagte, doch der Mann deutete immer wieder in Richtung Schloss und wirkte verärgert. Hatte er die Jagd abgebrochen?

Lerio drehte sich erneut zu seinen Verfolgern um und konnte es nicht fassen, als auch die Hunde kehrtmachten und zur Jagdgesellschaft zurückkehrten, die sich anschließend geschlossen auf den Weg machte. Niemand beachtete ihn mehr. Keiner war zurückgeblieben, um ihn erst in Sicherheit zu wiegen und ihm dann eine Falle zu stellen. Lerio hielt an und presste sich dicht an den Stamm, während er ihren Abzug ungläubig verfolgte. Fast hätte er gelacht.

Unglaublich! Da hat mir Costario doch tatsächlich das Leben gerettet!

Als er sich sicher war, dass die Jäger und der Hauptmann verschwunden waren, gestattete er es sich, laut zu keuchen und zitternd auf dem Ast liegen zu bleiben. Das war viel zu knapp gewesen und erst jetzt, wo die Gefahr vorbei war, begann er sie richtig zu begreifen. Seine Beine waren so schwach, dass er sich nicht traute, sich auch nur eine Pfote breit zu bewegen, aus Angst, dass seine Muskeln kraftlos unter ihm nachgeben könnten und er abstürzen würde.

Erst eine ganze Weile später rappelte er sich auf und machte sich auf den Rückweg nach Hause, dankbar, dass er an diesem Abend wieder die Gelegenheit haben würde, seine Schwestern in die Arme zu schließen.

Am nächsten Morgen war von der Dankbarkeit nicht mehr viel übrig geblieben. Stattdessen schwieg er gereizt beim Frühstückstisch, während Torra seinem Blick auswich. Seine Schwester war am Abend vorher überraschend früh von ihrem Dienst im Schloss zurückgekehrt. Ihre Herrin hatte an einem Abendessen mit Emanio teilgenommen und Torra bereits vorher nach Hause geschickt. Es hatte nicht lange gedauert, bis Torra und er angefangen hatten sich zu streiten. Torra weigerte sich hartnäckig, es auch nur in Erwägung zu ziehen, Emanio die Wahrheit zu sagen und ihn am Leben seines zukünftigen Kindes teilhaben zu lassen. Und seitdem hatten sie nicht miteinander gesprochen.

Nun schien es seiner Schwester leid zu tun, doch nicht genug, um ihre Meinung zu ändern. »Ich kann es ihm nicht sagen«, meinte sie irgendwann leise, während seine Mutter, Gerania und Madira sich höflich raushielten.

»Dann sage ich es ihm. Du musst ihm nicht sagen, dass du sein Kind erwartest, wenn du Angst davor hast. Ich kann das für dich tun. Aber er sollte es erfahren.«

»Nein, Lerio, du verstehst es nicht.« Torra schüttelte den Kopf. »Wenn Emanio es erfährt, dann dauert es nicht lange, bis auch Adella Wind davon bekommt. Warum glaubst du, war ich gestern Abend so früh zu Hause? Sie hat herausgefunden, dass ich gestern Vormittag Emanio bei seiner Rückkehr ins Schloss abgepasst habe. Aber ich konnte ihr nicht verraten, dass ich für dich ein gutes Wort eingelegt habe, und so hatte ich keinen guten Grund für mein Verhalten und sie hat Verdacht geschöpft. Seitdem nimmt sie mich nicht mehr mit zu den Veranstaltungen der Brautschau. Sie hat Angst, ich könnte ihr Emanio streitig machen wollen.

Nicht dass sie mich als ernsthafte Bedrohung sieht. Aber das würde sich ändern, wenn sie erfährt, dass ich Emanios Kind erwarte. Nein, das werde ich nicht riskieren.«

Lerio unterdrückte ein frustriertes Knurren. Er verstand nicht, warum sich seine Schwester so viele Gedanken wegen Adella machte. Von der Grafentochter hatte er keine gute Meinung, seitdem sie versucht hatte, Emanio mit einem Zaubertrank zu besprühen. Warum wollte Torra auf sie Rücksicht nehmen? Sie konnte doch keine Angst vor ihr haben, oder? Adella war eine typische verzogene Adlige, die Trotzanfälle bekam, wenn sie ihren Willen nicht durchsetzen konnte, aber einknickte, wenn man standhaft blieb. Torra hatte keinen Grund, sie zu fürchten.

Nun warf er seiner Schwester einen Blick zu, doch Torras Gesichtsausdruck machte deutlich, dass sie ihre Entscheidung nicht ändern würde, egal was Lerio sagte. Also schwieg er.

Den Rest der Mahlzeit versuchten Madira und Gerania das eisige Schweigen zwischen ihnen zu überbrücken. Er war erleichtert, als er aufstehen und den Tisch abräumen konnte.

Rasch schlüpfte er in seine Luchsgestalt und machte sich auf den Weg zum Treffpunkt. Zwar rechnete er nicht damit, dass Emanio so früh war wie am vergangenen Tag, doch er hielt es auch nicht länger in der Hütte aus, ohne erneut einen Streit mit Torra anzufangen.

Also wartete er auf der Lichtung und döste. Hin und wieder warf er einen Blick zur Sonne, um abzuschätzen, wie viel Zeit vergangen war. Als die Frühstückszeit verstrichen war, klopfte sein Herz vor Vorfreude ein wenig schneller. Nun konnte es nicht mehr lange dauern, bis Emanio auftauchte.

Er lauschte und versuchte die Schritte der Wachen zu hören, die Emanio begleiteten, doch noch war es still im Wald. Lediglich Vögel waren zu hören und in der Ferne erklang das Grunzen eines Wildschweins.

Als er schnelle Schritte und einen keuchenden Atem hörte, der auf ihn zuhielt, dachte er zuerst, dass der Herzogssohn sich von seinen Wachen abgesetzt hatte und allein auf dem Weg zu ihrem Treffpunkt war. Doch rasch erkannte er, dass die Schritte zu leicht für einen Panther waren.

Und dann wechselte die Windrichtung und Lerio sprang vor Überraschung auf, nur wenige Momente, bevor Gerania in ihrer Luchsgestalt auf die Lichtung rannte.

»Lerio!«, schrie sie.

»Was ist geschehen?«

Angst überlagerte die Überraschung, sie zu sehen. Gerania hätte im Schloss sein und arbeiten müssen. Sie hätte sich nicht hektisch auf die Suche nach ihm gemacht, wenn nicht etwas Schreckliches passiert wäre.

»Sie sind weg! Schnell! Du musst ihnen folgen!«

Verwirrt starrte er sie an. Wer war weg? Madira und Torra? Hatte Kudonio seine Familie in der Gewalt?

Furcht, wie er sie noch nie gekannt hatte, erfasste ihn, als er auf sie zurannte. »Wer ist weg? Und wo sind sie?«

»Torra ...« Es rauschte in seinen Ohren und er verstand einen Moment lang nicht, was Gerania sagt. »... kurz Bescheid gegeben, dass sie packen muss, weil ihre Herrin mit einigen der anderen Anwärterinnen Emanio auf seiner Büßerreise begleiten wird. Ich bin sofort losgerannt, als ich mich davonschleichen konnte, weil sie nach dem Frühstück direkt aufbrechen wollten.«

»Ich verstehe nicht ganz. Welche Büßerreise?«

Dann berichtete Gerania außer Atem von den Gerüchten, die seit dem Vorabend durch das Schloss geisterten. Dass sich der Fluch ausbreitete und bereits zwei andere Adlige erfasst hatte. Dass der Rat beschlossen hatte, Emanio auf eine Pilgerreise zu den drei Tempeln zu schicken, damit er für die Vergebung seiner Sünden beten konnte und sich der Bestienfluch so hoffentlich nicht weiter auf die anderen Bewohner des Herzogtums ausbreitete.

»Du musst ihnen folgen, Lerio!«, flehte Gerania ihn an. »Emanio ist in Gefahr. Sie haben nur wenige Wachen mitgenommen, ein paar der Heiratskandidatinnen und ein paar Adlige. Hauptmann Costario führt die Pilgerreise an und wir wissen immer noch nicht, ob er bei der Intrige mitmischt oder möglicherweise gar der Drahtzieher ist. Als Hauptmann wäre es ihm ein Leichtes, Gifte und Suchtmittel zu beschlagnahmen. Er könnte unterwegs auch jederzeit einen Unfall arrangieren, ohne dass man ihn verdächtigen würde. Du musst Emanio folgen und ihn beschützen, doch niemand darf dich sehen. Jagdmeister Kudonio und Akurio begleiten die Reisegruppe, um für Proviant und zusätzlichen Schutz zu sorgen, und die beiden hassen Gestaltwandler und besonders dich. Sei bitte vorsichtig! Sie dürfen nicht bemerken, dass du in ihrer Nähe bist.«

Lerio nickte, während seine Gedanken rasten. Das würde bedeuten, dass er den gesamten Weg in seiner Luchsgestalt zurücklegen und ständig aufpassen musste, dass er zwar Abstand hielt, aber nicht zu weit weg war, um im Ernstfall eingreifen zu können. Nicht einfach. Doch darüber dachte er nicht länger nach. Emanio war in Gefahr!

Er rannte los.

Kapitel 25: Emanio

Dienstboten weckten ihn, als das erste Licht des neuen Tages in seine Gemächer fiel, und begannen zu packen, noch bevor er aufgestanden war. Emanio wusste zwar nicht, wozu er Kleidung benötigen sollte, wenn er auf absehbare Zeit in der Gestalt eines Panthers feststeckte, aber vermutlich dachte er zu pessimistisch und es war besser, auf alles vorbereitet zu sein.

Dennoch konnte er nicht verhindern, dass sich erneut düstere Gedanken in ihm ausbreiteten. Er glaubte nicht, dass die Pilgerreise etwas an seiner Situation ändern würde, und hätte lieber mit dem Luchswandler zusammen Lerio aufgesucht. Stattdessen hatten die Reisepläne und die Gerüchte, dass sich der Fluch ausbreitete, nur dazu geführt, dass am vergangenen Abend noch die nächsten Kandidatinnen abgereist waren. Sie hatten es vorgezogen, während der Nacht auf der Straße unterwegs zu sein, statt auch nur noch eine weitere Stunde unter einem Dach mit ihm zu verbringen.

Als es kurz darauf klopfte, bemerkte er, dass die Diener bereits die Reisetruhen fertig gepackt und heruntergebracht haben mussten, denn nun kehrten sie mit seinem Frühstück zurück. Emanio wunderte sich nur kurz, wozu er drei Tabletts brauchte – so groß war sein Hunger auch wieder nicht –, als auch schon seine beiden Gäste an die Tür klopften. Morio und Brusperio betraten ungewöhnlich grimmig das Wohnzimmer und verbeugten sich vor ihm.

»Eure Durchlaucht.«

Emanio nickte ihnen zu und setzte sich dann zu ihnen an den Tisch. Der Kastellan nahm ein paar Happen zu sich, bevor er Emanio warnend ansah. »Bitte seid auf dieser Reise vorsichtig, Emanio! Wir wissen nicht, wer hinter den Anschlägen auf Euch steckt. Auch die Hexe ist noch auf freiem Fuß. Wir können also nicht ausschließen, dass sich Euer Feind in der Reisegruppe befindet. Euch begleiten einige Mitglieder des Hofs, die keinen Grund haben, sich Euch anzuschließen. Es sei denn, jemand hätte doch einen, von dem wir nichts ahnen.«

Erneut nickte Emanio, um Brusperio zu bedeuten, dass er verstanden hatte. Auch er hatte kein gutes Gefühl bei dieser Reise, doch er verstand, warum seine Eltern und der Rat dachten, dass sie notwendig sei. Sie mussten eine Panik in der Bevölkerung vermeiden und ihren guten Willen zeigen.

»Wir können leider nicht mitkommen.« Morio sah bedauernd aus. »Wir müssen uns um das Herzogtum kümmern, doch wir haben Omira und Peronio überredet, Euch zu begleiten und Euch zu beschützen. Die beiden wissen jedoch nicht, dass wir Hauptmann Costario verdächtigen. Ihr müsst also vorsichtig sein.«

Begleitet von ihren Warnungen und gut gemeinten Ratschlägen machte sich Emanio eine Stunde später auf den Weg nach unten. Sie verließen das Hauptgebäude über die Freitreppe und näherten sich dem großen Platz davor, der jetzt wieder frei war. Die Schausteller hatten ihre Bühne abgebaut und sich anscheinend ebenfalls bereits wieder auf den Weg gemacht.

Draußen warteten schon die Pferdekutschen auf sie. Doch die Tiere begannen unruhig zu tänzeln, als er sich seinen Mitreisenden nähern wollte.

Emanio blieb stehen und unterdrückte ein Seufzen, als er begriff, dass er nicht in einer der Kutschen mitfahren konnte, ohne dass die Pferde durchgingen. Er würde dem Rest der Gruppe mit etwas Abstand folgen müssen, damit es nicht zu einem Unfall kam und Verletzte gab. Diese Reise wurde besser und besser.

Er drehte sich zum Haupteingang um, als sich ihnen jemand näherte, und sah seine Eltern und Akurio auf sich zukommen, um sich von ihm zu verabschieden.

Doch sein Bruder überraschte ihn. Er drehte sich zu ihren Eltern um und neigte den Kopf. »Mutter. Vater. Habt keine Sorgen, ich werde mich um alles kümmern.« Dann sah er Emanio an und nickte ihm zu, bevor er sich an den Rest der Gruppe wandte. »Habt keine Angst, werte Leute! Ich werde Emanio auf seiner Pilgerreise begleiten, als Vertreter meiner Eltern. Meine Familie wird nicht zulassen, dass sich der Fluch weiter ausbreitet. Wir werden alles tun, um ihn zu brechen und Emanio seine wahre Gestalt wiederzugeben.«

Akurio lächelte zuversichtlich und sah jeden Einzelnen kurz an. Als sein Blick Emanios streifte, wurde sein Lächeln noch ein wenig breiter, und Emanio spürte, wie ihn eine Welle der Zuneigung zu seinem Bruder überwältigte. Er hätte nicht gedacht, dass sich Akurio seiner Pilgerreise anschließen würde. Plötzlich fühlte er sich weniger allein.

Seine Eltern gingen einige Schritte auf seinen Bruder zu, um vor der Abfahrt noch einmal mit Akurio zu sprechen. Bevor sich Emanio zu ihnen gesellen konnte, war jedoch seine Großmutter an seine Seite getreten.

»Emanio, mein Junge.« Ihre Stimme klang besorgt, als sie ihn gründlich musterte. »Bitte sei wachsam auf der Reise und arbeite weiter daran, die Kandidatinnen besser kennenzulernen, in Ordnung? Ich bin froh, dass dein Bruder und die Wachen dich begleiten und so ein starkes Bild nach außen abgeben. Hoffentlich können wir so den Bürgern die Angst vor der Ausbreitung des Fluchs nehmen. Doch die Mehrheit des Rats und ich bezweifeln, dass die Reise mehr als das bewirken wird.«

Emanio starrte sie überrascht an. Am Vorabend war sie noch die eifrigste Verfechterin der Büßerreise gewesen. Und jetzt das?

Seine Großmutter seufzte, bevor sie fortfuhr. »Leider haben die gestrigen Ereignisse die meisten Anwärterinnen verschreckt. Du hast ja mitbekommen, dass die ersten adligen Damen noch am Abend das Schloss verlassen haben. Ich wollte herausfinden, ob die übrigen dich vielleicht auf der Reise begleiten – schließlich dürfen wir nicht vergessen, dass das Wichtigste noch immer ist, dass du deine wahre Liebe findest und den Fluch brichst. Leider haben sich jedoch nur drei von ihnen dazu bereit erklärt.«

Nur drei von ihnen?

Emanio zuckte zusammen. Das war schlimmer, als er erwartet hatte. Als seine Großmutter auf eine Kutsche deutete, drehte er sich voller Sorge um. Als Erstes fiel sein Blick auf Adella, was ihn doch verwunderte. Er hatte nach dem Vorabend gedacht, dass sie sich dem Willen ihres Vaters beugen und ihren Versuch, seine Frau zu werden, aufgeben würde. Doch sie hatte ihre Meinung über Nacht noch einmal geändert – nicht, dass er sie als seine Braut in Betracht ziehen würde. Aber das schien Adella nicht zu begreifen.

Voller Sorge versuchte er die anderen Kandidatinnen im Trubel zu erspähen. Diener liefen über den Platz, reichten Getränke und andere Erfrischungen. Andere beluden die Kutschen mit Truhen und Proviant. Soldaten eilten hin und her, während Costario ihnen Befehle gab und den Sitz seines Sattels prüfte. Dann erspähte Emanio endlich ein anderes bekanntes Mädchengesicht und spürte, wie ihn Erleichterung überkam.

Porelle unterhielt sich angeregt mit Olita und Lerios Schwester Torra, während die drei auf die Kutsche zugingen, in die Adella bereits eingestiegen war. Torra trug Adellas Äffchen in den Armen und hatte sichtlich Mühe, das eigensinnige Tier festzuhalten. Erst als Porelle sein Köpfchen berührte und anscheinend dabei ihre Magie wirkte, beruhigte sich der Affe.

Porelle, Olita und Adella – zumindest zwei der verbliebenen Kandidatinnen mochte er und konnte sie sich als seine Braut vorstellen. Es hätte schlimmer kommen können.

Seine Großmutter teilte seine Meinung jedoch nicht. »Ich weiß, vermutlich sind es nicht deine Favoritinnen, aber gib ihnen dennoch eine Chance und halte auch unterwegs die Augen offen. Versprich es mir!« Er nickte. »Deine wahre Liebe kann dir auch unterwegs noch begegnen. Ich wünsche dir auf jeden Fall eine sichere und erfolgreiche Reise, mein Junge!«

Dann umarmte sie ihn zu seiner großen Überraschung, während ein paar der Anwesenden, die sie beobachtet hatten, schockiert keuchten, weil sie seinen Reißzähnen so nahekam. Fast hätte er seiner Großmutter übers Gesicht geleckt, nur um die Angsthasen noch weiter zu schockieren. Seine Großmutter hätte das bestimmt nicht lustig gefunden.

Der Luchs! Ich muss ihm unbedingt noch Bescheid sagen!

Emanio unterdrückte ein Stöhnen, als er begriff, dass die Gruppe fast bereit für die Abreise war. Er hatte gehofft, dass er sich vorher noch mit dem Gestaltwandler treffen und mit ihm reden könnte, aber nun sah es so aus, als blieb ihm dafür keine Zeit mehr. Und was jetzt? Bestimmt wartete das kleine Kätzchen bereits auf der Lichtung auf ihn. Vielleicht schaffte er es ja doch noch, wenn er sich beeilte?

Doch in diesem Moment rief Costario: »Alle Mann aufsitzen!« Der Hauptmann und seine Leute schwangen sich in den Sattel. Peronio und Omira, die sich noch leise mit Morio und Brusperio unterhalten hatten, verabschiedeten sich und stiegen ebenfalls in ihr Gefährt, während seine Eltern Akurio umarmten und dann zurücktraten, als Kudonio Akurios Pferd brachte.

Anspannung erfasste ihn, als er begriff, dass es zu spät war. Er hatte keine Zeit mehr. Aber er konnte den armen

Luchswandler doch auch nicht den ganzen Tag dort auf ihn warten lassen!

Verzweifelt kratzte er hastig mit der Kralle eine Botschaft in ein Stück blanke Erde. »Bitte sagt dem Luchs Bescheid, dass ich wegmusste.«

Seine Großmutter sah ihn verwirrt an, las die Nachricht und wirkte noch perplexer. *Verdammt!*

Er miaute kläglich und hoffte, dass sie das Geschriebene nicht ignorieren, sondern Morio, Brusperio und die Wachen um Rat fragen würde. Denn er hatte keine Zeit mehr, noch eine Erklärung zu ergänzen. Die vier Fuhrwerke mit den Mitgliedern des Hofs, den Anwärterinnen sowie der Seherin und dem Erdhexer hatten sich bereits in Bewegung gesetzt und näherten sich dem Tor. Jetzt ließen auch Akurio, Kudonio und die restlichen Reiter ihre Pferde in den Trab fallen. Nur eine Handvoll Wachen, die den Abschluss der Gruppe bildeten, waren noch nicht losgeritten.

»Alles Gute, Emanio!«, sagte seine Großmutter zum Abschied und lächelte, während seine Eltern an ihre Seite traten.

»Du musst los, Junge!«, meinte sein Vater. »Versuch alles dranzusetzen, um den Fluch zu brechen. Unser Herzogtum zählt auf dich!«

»Eure Durchlaucht?«

Die Nachhut hatte sich zu ihm umgedreht. Hastig nickte Emanio seiner Familie zu und folgte dann den Reitern in Richtung Haupttor, während sich sein Magen vor Unwohlsein verkrampfte.

Den ganzen Vormittag folgte er seiner Reisegruppe in mehreren hundert Schritt Entfernung. Erst jetzt begriff er, dass er keine Ahnung hatte, zu welchem der drei Tempel sie unterwegs waren. Obwohl es seine Pilgerreise sein sollte, hatte sich keiner von ihnen die Mühe gemacht, ihn in die Planungen mit einzubeziehen. Das ärgerte ihn und er nahm sich vor, bei der ersten Rast Peronio und Omira zu fragen.

Momentan jedoch war er gezwungen, ihnen hinterherzurennen und gleichzeitig auf seine Umgebung zu achten. Denn der größte Teil seines sogenannten Begleitschutzes war aufgrund der Furcht der Pferde viel zu weit entfernt, um ihn im Fall einer Gefahr verteidigen zu können. Selbst die Nachhut hielt sich mehrere hundert Schritte hinter ihm und würde im Ernstfall wertvolle Momente brauchen, um zu ihm aufzuschließen. Er konnte nur hoffen, dass sie auf ihrem Weg keinem Jäger begegneten, der ihn für eine wilde Bestie hielt und ihn erschoss, bevor seine Wachen eingreifen konnten.

Seine Anspannung sank ein wenig, als sie den dichten Wald verließen und er die folgenden Felder und Wiesen weit überblicken konnte. Was unsinnig war, denn der Luchs hatte ihm beigebracht, sich nicht nur auf seine Augen zu verlassen. Er konnte auf den Feldwegen Gefahren genauso gut erspüren und erschnüffeln wie im Wald.

Sie erklommen nun langsam einen Hügel und näherten sich den Bergen im Süden von Ternilus. Doch erst als sie bereits ein ganzes Stück zurückgelegt hatten, begriff er, was das bedeutete. Sie waren auf dem Weg ins Herzogtum Calirus, wo sich der Tempel der Reinheit befand. Anscheinend war dies ihr erstes Ziel.

Plötzlich empfand er einen großen Widerwillen, die Reise fortzusetzen und ein anderes Herzogtum zu besuchen. Er verstand es nicht. War das vorzeitiges Heimweh? Er hatte sich bereits als Kind ein paar Mal außerhalb von Ternilus aufgehalten und auch wenn er sich stets nach einer Weile nach seiner Heimat gesehnt hatte, war das Gefühl nie so stark gewesen wie jetzt und er hatte es auch noch nie empfunden, bevor er das Herzogtum verlassen hatte.

Emanio starrte den Reitern der Gruppe um Akurio hinterher, deren Abstand zu ihm sich jetzt vergrößerte, und er bemerkte, dass er unwillkürlich stehen geblieben war. Kopfschüttelnd versuchte er das Heimweh zu verdrängen. Die Pilgerreise gefiel ihm immer noch nicht, aber sie war das Beste für Ternilus. Wenn er seinen Untertanen die Angst nehmen konnte, dann würde er die weite Reise klaglos auf sich nehmen. Er würde ihnen beweisen, dass er ein guter zukünftiger Herrscher war und nicht die Bestie, die sie größtenteils noch immer in ihm sahen.

Emanio biss die Zähne zusammen, verpasste sich mit seinem langen Schwanz einen Schlag und setzte sich wieder in Bewegung. Für Ternilus!

Das Selbstanfeuern wirkte für eine Weile, doch mit der Zeit verdüsterte sich seine Stimmung. Seine Begleiter waren so weit vor und hinter ihm, dass es sich anfühlte, als wäre er allein unterwegs. Niemand unterhielt sich mit ihm und er konnte auch den Gesprächen der anderen nicht lauschen. Inzwischen war aufgrund der Eintönigkeit Langeweile bei ihm eingekehrt und er musste sich erinnern, dass dies lediglich der erste Tag ihrer Pilgerreise war und er positiv denken musste, wenn ihm der Weg nicht unendlich erscheinen sollte.

Also konzentrierte er sich auf seine Umgebung und versuchte die Landschaft in sich aufzunehmen. Sie befanden sich noch in Ternilus und alles, was er um sich herum sah, oblag seiner Verantwortung. Jede Pflanze, jedes Tier und jeder Mensch gehörte zum Herzogtum und war mit ihm verbunden. Jedes Mal, wenn er für einen Moment die Augen schloss, konnte er die Verbindung spüren. Sie beruhigte ihn, ließ ihn seinen Frust und seine Anspannung vergessen.

Er fühlte sich besser, als er den Hügel weiter hinaufstieg. Um sich die Zeit zu vertreiben, begann er sich wieder auf seine Sinne zu konzentrieren. Er versuchte, Tiere anhand ihres Geruchs zu identifizieren, bevor er ihre Rufe wahrnahm oder sie sah. Manchmal gelang es ihm ganz gut und dann wünschte er sich, er hätte dem Luchs von seinen Erfolgen erzählen können.

Er hoffte, dass seine Großmutter herausgefunden hatte, was er mit seiner Botschaft gemeint hatte. Hatte sie einen Boten in den Wald geschickt? Und was hatte dieser von der Aufgabe gehalten, dass er seine Nachricht einem Luchs ausrichten sollte? Emanio kicherte innerlich kurz bei der Vorstellung, bevor er laut seufzte. Er wäre lieber auf der Lichtung oder bei Lerio gewesen statt hier, er vermisste das freche kleine Kätzchen fast so sehr wie die Gegenwart des Wildhüters.

Wieder überkam ihn ein ungutes Gefühl, doch dieses Mal kribbelte sein Nacken, als würde jemand hinter ihm stehen und ihn beobachten. Er wirbelte herum, doch dort war niemand. Hatte er es sich nur eingebildet?

Emanio spitzte die Ohren und schärfte seine Sinne. Er spürte Tiere um sich herum in den Weiden und Wäldern, jedoch keine Menschen. Niemanden außer der Nachhut, der sie verfolgte. Er musste es sich eingebildet haben.

Als er um die nächste Biegung des Hügelpfads ging, erwartete ihn eine Überraschung. Die Gruppe vor ihm hatte angehalten und bereits angefangen, Feuerholz zu sammeln und erste Vorkehrungen fürs Mittagessen zu treffen, während sich die Insassen der Kutschen plaudernd die Beine vertraten. Doch niemand schien ihn vermisst zu haben oder sich zu fragen, wo er abgeblieben war, obwohl er den Abstand auf dem unübersichtlichen Pfad in der letzten Stunde ungewollt auf mehr als zehn Minuten hatte anwachsen lassen, wenn die anderen das Lager bereits so weit vorbereitet hatten. Gehörte er denn nicht auch zur Reisegruppe? Und waren sie nicht seinetwegen überhaupt auf dem Weg nach Calirus? Der Gedanke versetzte ihm einen schmerzhaften Stich. Doch in diesem Moment löste sich eine Gestalt von den anderen und kam ihm entgegen. Emanio erkannte, dass es Porelle war. Auf dem Gesicht der Heilerin breitete sich bei seinem Anblick ein erleichtertes Lächeln aus.

»Da seid Ihr ja! Ich hatte mir schon Sorgen um Euch gemacht, Eure Durchlaucht!«

Dankbarkeit überkam ihn. Porelle leistete ihm Gesellschaft, während er auf die Nachhut wartete, die wenige Minuten später hinter der Biegung auftauchte. Inzwischen hatten die anderen ein Feuer entfacht und einen Kessel darüber aufgehängt. Emanio begann der Magen zu knurren, doch er wusste, dass es bis zum Mittagessen noch ein wenig dauern würde. Als die Wachen an ihnen vorbeiritten, hielt er vorsichtshalber ein wenig Abstand, um die Pferde nicht scheu zu machen.

Anschließend starrte er sehnsüchtig zu den anderen hinüber, doch er wusste, dass es besser war, wenn er weiterhin Abstand zum Lager hielt. Zum Glück war Porelle so nett, ihm die Zeit zu vertreiben, denn sie erzählte ihm von ihren Reiseeindrücken und wollte von ihm wissen, wo er schon überall gewesen war. Er versuchte ihre Fragen so gut es ging mit Nicken und Kopfschütteln zu beantworten und erneut erwies sich die Heilerin wieder sehr feinfühlig beim Erraten seiner Aussagen. Die Zeit verging dabei sehr schnell.

Als das Mittagessen fertig war, kamen auch Adella und Olita auf ihn zu. Beide hatten Schalen in der Hand. Adella mit etwas zu essen und Bergos Tochter mit Wasser. Olita sah ungewohnt gereizt aus und Emanio kam der Verdacht, dass die Idee, ihn mit einer Mahlzeit zu versorgen, ursprünglich von ihr gekommen war und Adella nun versuchte, sie zu nutzen, um sich selbst besser darzustellen. Natürlich. Es machte auch viel mehr Sinn, dass Olita daran gedacht hatte, dass er hungrig und durstig sein musste, als dass es Adellas Vorschlag gewesen war. Er seufzte.

Als er mit dem Essen fertig war, näherten sich ihnen Omira und Peronio mit großen Schritten. Die Seherin und der Erdhexer wirkten beunruhigt und weckten mit ihrem

Verhalten anscheinend auch Sorge bei Hauptmann Costario, der sich zusammen mit einer Handvoll Wachen ebenfalls auf den Weg zu ihnen machte.

Was ist los?, schrieb Emanio in die Erde.

»Wir haben uns den Weg vor uns etwas genauer angesehen«, erklärte Peronio. »Der Pfad ist schmal und tückisch. Er gefällt mir nicht. Ich habe ihn mit meiner Magie untersucht und Spuren von früheren Erdrutschen entdeckt. Hinzu kommt, dass es in den letzten Wochen trocken war und weitere Abgänge passieren können, wenn wir nicht vorsichtig sind. Wir alle sollten uns so dicht wie möglich am Berg halten.«

»Ist es wirklich so gefährlich?«, wollte der Hauptmann wissen. »Hunderte Reisende benutzen diesen Weg jeden Tag. Wenn etwas passiert wäre, hätten wir es gehört.«

Omira schüttelte den Kopf. »Geht nicht davon aus, dass es ungefährlich ist, nur weil bislang nichts passiert ist, Hauptmann! Ich teile Peronios Meinung. Wir dürfen nicht leichtsinnig sein. Ich spüre Gefahr vor uns.«

»Meint Ihr einen Überfall?«, fragte Costario scharf.

Die Seherin wirkte für einen Moment in sich gekehrt, als sie mithilfe ihrer Magie versuchte, in die Zukunft zu sehen. »Das kann ich leider nicht sagen. Die Gefahr ist noch zu undeutlich. Ich kann nur zur Vorsicht raten.«

Costario musterte sie einen Moment lang abschätzend, bevor er nickte. »Ich warne die anderen. Vor beiden möglichen Gefahren«, sagte er, bevor Emanio denselben Vorschlag aufschreiben konnte.

»Vor welchen Gefahren?«, wollte Akurio wissen. Sein Bruder und Jagdmeister Kudonio hatten sich ihnen genähert und sahen jetzt den Hauptmann an, der Peronios und Omiras Warnungen wiederholte.

Akurio nickte grimmig, bevor er sich mit einem Lächeln an die jungen Frauen wandte. »Habt keine Angst, meine Damen. Räuber werden es schwer haben, gegen uns zu bestehen. Ich bin ein hervorragender Schütze. Kudonio und ich werden Euch beschützen.«

Er lächelte charmant, als er sich vor Porelle verbeugte. Die Heilerin schien ihm zu gefallen und Emanio hatte den Verdacht, dass sein Bruder sie beeindrucken wollte. Wusste er nicht, warum Porelle, Olita und Adella sie auf der Reise begleiteten?

Emanio knurrte genervt, als er wartete, bis die anderen das Lager abgebaut und sich in Bewegung gesetzt hatten. Dann folgte er ihnen.

Wie Peronio gesagt hatte, wurde der Hügelpfad nach ihrem Rastplatz schmaler und steiler. Sie hatten den Schutz der Bäume hinter sich gelassen und vor ihnen war alles grau und braun. Zu ihrer Linken erhob sich der Berg in die Höhe, zu ihrer Rechten klaffte hingegen bereits nach wenigen Schritten der Abgrund und es ging steil hinab. Die Reiter und die Wagenlenker hielten sich in der Mitte des Weges und Emanio hoffte, dass ihnen kein anderes Gespann entgegenkam. An einigen Stellen war es so eng, dass zwei Kutschen Gefahr liefen, einander zu touchieren, wenn sie aneinander vorbeifuhren.

Emanio spürte die Anspannung in seinen Gliedern, während er genau darauf achtete, durchgängig denselben Abstand zu den anderen einzuhalten. Was jedoch schwieriger wurde, je höher sie kamen. Der Bergpfad wurde immer gewundener und mehr als einmal verschwanden die anderen hinter einer Biegung außer Sicht, obwohl sie nur ein paar hundert Schritte vor ihm waren. Daher musste er sich auf sein Gehör und seinen Geruchssinn verlassen, während er die Umgebung beobachtete.

Als das panische Wiehern eines Pferdes vor ihm ertönte, war er bereits losgerannt, bevor er die Furcht des Reiters spürte. Emanio schoss um die Wegbiegung und das Herz wollte ihm beim Anblick vor ihm stehen bleiben.

Ein Pferd musste sich erschrocken haben, als aus einem unterirdischen Loch unerwartet eine Gruppe Murmeltiere aufgetaucht war. Es musste gescheut haben und zur Seite gesprungen sein, denn es befand sich erschreckend nahe am Abgrund und stieg auf den Hinterbeinen in die Höhe, als die Murmeltiere ängstlich in ihre Höhlen zurückhuschten. Derweil drohte der Reiter aus dem Sattel zu rutschen.

Und dann brach ein Teil des Pfades unter ihrem Gewicht weg.

Emanio sah den Soldaten bereits über den Abhang stürzen, bevor das Pferd ihn wirklich abwarf und voller Todesangst versuchte, sich in Sicherheit zu bringen. Er rannte, so schnell er konnte.

Und dann flog er durch die Luft, auf den Mann zu, der in diesem Moment in den Abgrund fiel. Emanios Herz raste voller Schreck, als er begriff, was er soeben getan hatte.

Dann jedoch war der Mann unmittelbar vor ihm und Emanio packte instinktiv zu und erwischte den Mann mit den Zähnen am Kragen. Durch seinen Schwung kamen sie auf dem abschüssigen Berghang auf.

Furcht erfüllte ihn, als er die staubtrockene Erde und das lockere Geröll unter seinen Pfoten spürte, das augenblicklich nachgab, während er sich bemühte, mit den Krallen Halt zu finden. Das Gewicht des Mannes drohte ihn nach unten zu zerren, und er rutschte seitwärts in die Tiefe. Emanio schlug seine Krallen in den Boden und zog sich hoch, dem rettenden Pfad entgegen, während der Reiter panisch zappelte und ihn aus dem Gleichgewicht brachte. Erneut verlor er den Halt und schlitterte auf den Abgrund zu.

Wir werden sterben!

Dann breitete sich vertraute Magie um ihn herum aus.

Peronio!

Der Erdhexer musste erkannt haben, was geschehen war, denn nun verstärkten seine Zauber den Untergrund unter Emanios Pfoten. Ein kleines Stück vor ihm wuchs in rasender Schnelle eine Terrasse aus fester, feuchter Erde und Emanio nahm noch mal alle Kraft zusammen. *Das schaff ich!*

Mit ein paar großen Sprüngen rettete er sich und den Mann in seinem Maul auf die sichere Plattform, bevor der Kragen unter der Kraft seiner Zähne nachgab und riss.

Der Soldat wimmerte, als er auf der Terrasse auf alle Viere fiel. Doch sie waren noch nicht in Sicherheit.

Weiter! Wir müssen weiter, bevor Peronio die Kräfte verlassen!

Also stupste er den Mann an und schob ihn nachdrücklich auf den Hang zu, bis der Soldat anfing nach oben zu klettern. Emanio folgte ihm unverzüglich. Erst als sie wieder auf dem Weg waren, gestattete er es sich, tief durchzuatmen. Ungläubig sah er, dass seine Glieder jetzt, da die Gefahr vorüber war, anfingen zu zittern.

Er hob den Kopf, als er Hufschlag hörte. Hauptmann Costario ritt von der Spitze des Zuges auf sie zu. Er führte das Pferd des gestürzten Mannes am Zügel, das zum Glück nicht ebenfalls vom Pfad gerutscht, sondern lediglich durchgegangen war.

»Bleibt zurück, Durchlaucht!«, rief Costario. Vorsichtshalber wich Emanio ein paar Schritte zurück, um nicht einen weiteren Unfall zu verursachen.

Derweil verneigte sich der Soldat vor ihm. »Habt vielen Dank, Eure Durchlaucht! Ihr habt mir das Leben gerettet.«

Emanio nickte ihm kurz zu, bevor der Mann Costario entgegenging und dem Hauptmann die Zügel seines Reittieres aus der Hand nahm, um wieder aufzusitzen.

»Was ist geschehen?«

»Mein Pferd hat sich vor ein paar Tieren erschreckt, ist durchgegangen und hat mich abgeworfen. Ich wäre in den Abgrund gestürzt und gestorben, hätte Seine Durchlaucht mich nicht gerettet. Er ist mir hinterhergesprungen und hat mich zu einem Felsvorsprung geschleppt, von wo aus ich mich in Sicherheit bringen konnte. Er ist ein Held!«

Bewunderung lag in der Stimme des Soldaten und Wärme breitete sich in Emanio aus. Er war froh, dass er den Mann hatte retten können, aber er war gewiss kein Held. Vermutlich hätte er so etwas Wahnwitziges nie getan, wenn er auch nur einen Moment darüber nachgedacht hätte, bevor er gesprungen war.

Erneut erschauderte er, als er sich vorstellte, was hätte passieren können. Unwillkürlich sah er nach rechts, in den Abgrund, wo es viele hunderte Meter in die Tiefe ging. Wenn Peronio ihnen nicht geholfen hätte, würden der Soldat und er jetzt mit zerschmetterten Knochen dort unten liegen.

Er schüttelte sich voller Unbehagen, als er den Blick rasch weiterwandern ließ. Dann jedoch stockte er, als er glaubte, ein Stück weiter unten etwas gesehen zu haben.

Ist das ein Luchs? Oder spielen mir meine Augen schon Streiche?

Er schaute erneut hin, doch es war nichts zu erkennen. Enttäuschung erfüllte ihn, als er begriff, dass er sich geirrt hatte. Warum hätte er auch einen Luchs sehen sollen? Und falls es doch einer gewesen war, so gewiss nicht sein Freund. Warum sollte der Gestaltwandler ihm auf seiner verrückten Reise folgen? Nein, das war lediglich eine Wunschvorstellung gewesen.

Er seufzte, als er sich wieder in Bewegung setzte und seiner Gruppe in ausreichendem Abstand folgte. Dies würde eine sehr lange und einsame Reise werden.

Kapitel 26: Lerio

Lerio setzte schwerfällig eine Pfote vor die andere und hoffte sehnsüchtig, dass Emanio und die anderen bald eine Rast einlegen oder ein Lager für die Nacht aufschlagen würden. Er war so müde!

Erst hatte er rennen müssen, um zum Schloss zu gelangen und um der Spur des Panthers zu folgen, bevor es schwieriger werden würde, ihn unter all den anderen Gerüchen der Tiere und Menschen auf den Straßen und im Wald herauszuschnuppern. Ihm war es erst gelungen, Emanio und die Nachhut zu erspähen, als die Gruppe den Wald bereits eine Weile hinter sich gelassen hatte.

Lerio hatte sich anfangs bemüht, zu Emanio aufzuschließen, doch er hatte sein hohes Tempo der vorherigen Stunde nicht aufrechterhalten können. Immer wieder hatte er stehen bleiben und Luft holen müssen. Er wünschte sich, dem Herzogssohn Gesellschaft leisten und neben ihm gehen zu können, doch dann hätten ihn nicht nur die Soldaten, sondern auch die anderen Reisenden auf der Straße gesehen. Lerio hielt sich stattdessen im hohen Gras und verbarg sich hinter Bäumen, während er dem Herzogssohn folgte und ausreichend Abstand zum Weg und zur Nachhut hielt. Kurz überkam ihn Unwohlsein, als er drei Bogenschützen in derber Lederkleidung bemerkte, die jetzt parallel zu ihm auf der Straße auf ihren Pferden unterwegs waren, und begriff, dass er sie schon in der Nähe des Schlosses gesehen und gerochen hatte, dass sie in dieselbe Richtung unterwegs waren wie er. Waren das etwa Jäger? Verfolgten sie ihn? Er kannte die Männer nicht, aber das musste nichts bedeuten. Das hieß nur, dass sie nicht in den Diensten des Herzogs standen.

Lerio beobachtete sie eine Weile misstrauisch aus der Ferne, doch die möglichen Jäger machten keinerlei Anstalten zu ihren Waffen zu greifen, hielten nicht nach ihm oder anderer Beute Ausschau und ritten auch so weit hinter Emanio und den Soldaten, dass sie keine Gefahr darstellten. Lerio beschloss, sie im Auge zu behalten, denn das Unbehagen blieb und so beeilte er sich, ein Stück näher zur Nachhut, und damit auch zu Emanio, aufzuschließen. In der Nähe des Panthers fühlte er sich sicherer. Dennoch spürte er auch anschließend die ganze Zeit die bedrohliche Gegenwart unsichtbarer Jäger in seinem Rücken.

Mittags hatte er schrecklichen Durst und Hunger. Er war froh, als er eine vergessene Schüssel mit Futter am Wegesrand fand, dort wo die Gruppe um Emanio Rast gemacht hatte. Zum Glück befand sich auch ein kleiner Bach in der Nähe und er trank rasch, bevor er sich wieder auf den Weg machte. Zeit für eine längere Pause hatte er nicht, dafür war sein Abstand zu den anderen zu groß.

Mit neuer Entschlossenheit setzte er sich in Bewegung und rannte den Bergpfad hoch. Ihm gefiel es nicht, dass er jetzt auf dem Weg laufen musste. Er fühlte sich schutzlos und hielt sich dicht im Schatten des Berges, um nicht noch mehr aufzufallen.

Als ein Pferd panisch wieherte, rannte er unwillkürlich schneller, um zu sehen, was passiert war. Ein paar Biegungen vor und über ihm hatte einer der Reiter Probleme mit seinem Pferd und entsetzt erkannte Lerio, dass der Mann und sein Reittier vom Bergpfad zu stürzen drohten.

Als ein schwarzer Schatten durch die Luft schoss und dem Mann hinterhersprang, entfuhr ihm ein Schrei. Das Herz blieb ihm für einen Moment stehen, bevor es umso schneller schlug und ihm aus der Brust zu springen schien. Ihm war übel vor Entsetzen, als er mit ansehen musste, wie Emanio auf dem abschüssigen, losen Untergrund keinen Halt fand, während er sich verzweifelt bemühte, den Mann festzuhalten, der ihm wie ein unhandlicher Sack Mehl vor dem Maul hing.

Emanio darf nicht sterben!

Lerio rannte, so schnell er konnte, auch wenn er wusste, dass er viel zu weit entfernt war, um Emanio zu helfen. Aber er musste es zumindest versuchen.

Als sich der Panther und sein Schützling ein paar Augenblicke später auf einen Felsvorsprung retteten, war Lerios Erleichterung so groß, dass er stolperte und kraftlos auf dem Weg liegen blieb. Seine Beine zitterten, als er begriff, wie kurz er davor gewesen war, seinen einzigen Freund zu verlieren, und wie wichtig ihm Emanio in den letzten Wochen geworden war. Er konnte sich ein Leben ohne Emanio darin nicht mehr vorstellen.

Fast hätte er gelacht, als er erkannte, wie wahr das war. Was hatte er nicht schon alles Verrücktes getan, um Emanio zu helfen? Nicht nur, dass er sich mehrfach in Lebensgefahr gebracht hatte, um den Herzogssohn in seiner Luchsgestalt zu treffen, jetzt begab er sich auch noch ohne Nahrungsmittel, ohne Kleidung und ohne Geld auf eine Reise mit unbekanntem Ziel, weil er Emanio nicht allein fortgehen lassen konnte und ihn beschützen musste. Nur dass ihm das auf diese Entfernung fast unmöglich war!

Frustriert rappelte sich Lerio auf und machte sich erneut auf den Weg. Der Reisezug vor ihm hatte sich nach dem Zwischenfall wieder in Bewegung gesetzt. Er rannte ein wenig schneller, um weiter zu Emanio und zur Nachhut aufzuschließen. Einmal dachte er, der Panther hätte ihn gesehen, doch Emanio verhielt sich nicht so, als wüsste er, dass Lerio ihm folgte. Er wartete nicht auf ihn oder sah sich erneut um. Stattdessen blickte der Panther geradeaus und bemühte sich, den Anschluss zu seiner Reisegruppe zu halten.

Es war Abend am gefühlt längsten Tag in Lerios Leben, als Emanios Gruppe in einem Bergdorf endlich Rast machte. Erleichtert hielt Lerio für einen langen Moment inne und holte keuchend Luft, bevor er wieder mühsam die Pfoten hob und weiterstolperte. Er war so kaputt, dass er sich am liebsten an Ort und Stelle hingelegt und bis zum nächsten Morgen durchgeschlafen hätte.

Doch das konnte er nicht. Stattdessen folgte er Emanio, der sich abseits seiner Begleiter hielt und das Bergdorf gar nicht erst betreten hatte. Vermutlich wollte er die Bewohner nicht ängstigen und blieb deshalb außer Sicht. Etwas, das Lerio ebenfalls tun sollte.

Erschöpft schlich er sich weiter heran und überlegte, ob er sich Emanio bemerkbar machen sollte. Dann jedoch lösten sich einige Personen aus seiner Reisegruppe und kamen auf den Panther zu. Wenn es nur Torra gewesen wäre, hätte Lerio nicht gezögert. Doch er sah, dass sich unter den Leuten auch Hauptmann Costario, Akurio, Adella und zwei der Ratsmitglieder befanden. Besser, wenn sie nicht erfuhren, dass er ihnen folgte. Er würde Emanio später aufsuchen, wenn er allein war.

Daher schnupperte Lerio jetzt, in der Hoffnung, etwas Nahrung und Wasser zu finden. Ein paar Minuten später entdeckte er einen kleinen See und machte sich erleichtert auf den Weg dorthin. Er trank, bis er nicht mehr konnte, und sah sich dann nach etwas Essbarem um.

Er hatte sich gerade den Bauch mit Blaubeeren vollgeschlagen, als er in der Nähe etwas spürte. Vögel stiegen in die Luft, als hätte sie etwas aufgeschreckt, und Lerio konnte den Geruch von Furcht in der Luft wahrnehmen. Menschen!

Ganz still stand er da und witterte, versuchte alle Sinneseindrücke, die auf ihn einströmten, auszuwerten. Erde. Feuchte Blätter. Das Wasser des Bergsees in seiner Nähe. Schweiß. Sein Kopf zuckte hoch, als das säuerliche Aroma seine empfindliche Nase reizte. In seiner Nähe befanden sich

Menschen und sie waren aufgeregt. Lerio duckte sich und schlich lautlos vorwärts. Der Geruch wurde intensiver und er glaubte nun, Stimmen zu hören. Jetzt konnte er wahrnehmen, dass den Menschen vor ihm auch der Geruch von Leder und Pferden anhaftete. Flach lag er im Gras, reglos und unsichtbar für die Menschen, die sich weiter unterhielten. Lerio stellte die Ohren auf, richtete sie nach vorne. Zwischen den Blättern hindurch sah er Stiefel, es waren mehrere Männer, die sich dort versammelt hatten. Vier? Fünf?

»... die einzige Gelegenheit«, sagte einer der Männer. »Wir haben die Stelle schon ausgespäht. Es wird alles so laufen, wie Ihr es wolltet.«

Lerio sog die Luft ein. Was ging hier vor sich? Ein Schauer lief ihm über den Rücken, als sein Fell sich aufstellte. Die Gefahr fühlte er bis in die Haarspitzen. Diese Männer planten etwas, das sie nervös machte. Einen Angriff? Auf Emanio?

Er robbte ein Stück weiter vor, versuchte zu erkennen, wer dort stand, aber er sah jetzt nur mehr von der Kleidung, keine Gesichter, und der starke Geruch nach Schweiß und Pferd überdeckte die Duftspur der Männer, die, wie Lerio jetzt feststellte, in bessere Stoffe gekleidet waren. Gehörten sie zu Emanios Gefolge? Lerios Herz schlug nun so heftig, dass er kaum noch Luft bekam. Und er war müde, so müde. Konnte er es schaffen, nach vorne zu preschen und einen Blick auf die Männer zu werfen?

Ja.

Sein Herz war mutiger und schneller als sein Verstand, denn bevor er sich von der Dummheit abhalten konnte, war er hinter dem Busch hervorgesprungen und hielt direkt auf die Gruppe zu. Natürlich dauerte es nicht lange, bis ihn einer der Männer entdeckte, herumwirbelte und ein Wurfmesser zog.

Lerio blieb abrupt stehen, warf einen letzten verzweifelten Blick auf die beiden Mitglieder von Emanios Reisegruppe, die er *immer noch nicht* erkennen konnte, da ihn die Sonne blendete, bevor er sich umdrehte und zurück in den Schutz der Büsche und Bäume hetzte. Er rannte, als wäre ein Schwarzmagier hinter ihm her.

Als seine Todesangst endlich nachließ und er begriffen hatte, dass ihm niemand gefolgt war, verkroch er sich in den nächsten Busch und brach erschöpft zusammen. Er war eingeschlafen, ehe er sich wieder aufrappeln und auf den Weg zu Emanio machen konnte.

Vögel zwitscherten und er hörte die sorglosen Rufe von anderen Luchsen. Lerio stöhnte, als Gerania und Madira ihn mit ihren Albernheiten aus dem Schlaf rissen. Er war sooo müde.

Vermutlich dauerte es deshalb auch so lange, bis er begriff, dass die Geräusche zwar vage vertraut klangen, aber es nicht waren. Er war nicht zuhause und es waren auch nicht seine Schwestern, die er hörte, denn die waren noch immer in ihrer Hütte, während er ...Lerio fuhr hoch, als er plötzlich hellwach war und sich erinnerte. Die Jäger! Emanio schwebte in Gefahr!

Er fluchte, als er sah, wie hoch die Sonne bereits stand. Hoffentlich waren Emanio und seine Begleiter noch nicht aufgebrochen! Und was war mit den Bogenschützen? Hatten sie Emanio schon eine Falle gestellt?

Lerio betete, dass er nicht zu spät war, als er zum Rastplatz des Panthers hetzte. Der Weg kam ihm endlos vor, obwohl nicht mehr als ein paar Minuten vergangen waren, als er durch den Wald auf das Dorf zu rannte.

Er erreichte Emanios Lager vom vergangenen Abend und streckte seine Sinne aus. Der Geruch des Panthers war schwach, als sei er schon vor einer Weile aufgebrochen. Er war zu spät!

Seine Verzweiflung wuchs, als er weiterhetzte und der Spur folgte. Unwillkürlich schnupperte er, ob er Blut riechen konnte, und war erleichtert, als er keins bemerkte. Noch blieb ihm Zeit, Emanio zu retten.

Wie der Herzogssohn umging er das Dorf in einem Bogen, während er weiter Ausschau nach Emanio und den Attentätern hielt. Inzwischen keuchte Lerio, als er gefühlt durch den Wald flog. Emanios Spur wurde kräftiger, Lerio holte auf. Doch würde es reichen?

Er versuchte, den Weg abzukürzen, indem er auf Bäume kletterte, von Ast zu Ast sprang, um nicht eine Fuhrt oder eine Brücke suchen zu müssen. Bald sah er Emanio endlich ein Stück vor sich auf der Straße.

Lerio holte tief Luft, um noch einmal Kraft für einen letzten schnellen Lauf zu sammeln, als er den Geruch bemerkte.

Die Bogenschützen! Sie sind ganz in der Nähe!

Sein Blick huschte zum Waldrand und erspähte einen der drei Männer, die sich ein Stück vor dem Herzogssohn zwischen den Bäumen verborgen hatten. Mindestens einer von ihnen hatte einen Pfeil angelegt und zielte.

Lerio erinnerte sich nicht, wie er die letzten Schritte zurückgelegt hatte. Plötzlich war Emanio vor ihm, als er auch schon die Pfeile durch die Luft sirren hörte.

Er öffnete den Mund, um Emanio zu warnen, doch er wusste, dass seine Worte zu spät kommen würden. Er sprang.

In diesem Moment schien Emanio zu spüren, dass er hinter ihm war. Er drehte sich noch leicht zu ihm um, als Lerio ihn bereits rammte und zu Boden stieß.

Und dann erreichten die Pfeile der Attentäter ihr Ziel. Lerio spürte noch ihren Einschlag und hörte den Panther brüllen, bevor es schwarz um ihn herum wurde.

Kapitel 27: Emanio

Emanios Schwanz peitschte nervös und er wusste nicht warum. Erneut war er mit einem unguten Gefühl aufgewacht und hatte sich beobachtet gefühlt. Und wieder war niemand in der Nähe gewesen. Hatte sich womöglich jemand mit Magie getarnt, sodass er ihn nicht wahrnehmen konnte?

Der Eindruck von drohender Gefahr war auch nach dem Frühstück nicht verschwunden, als sie sich wieder in Bewegung gesetzt hatten. Damit die Dorfbewohner weiterhin nichts von ihm erfuhren und keine Angst vor ihm bekamen, hatte er freiwillig einen großen Bogen um die kleine Ansiedlung gemacht. Er hielt jedoch weniger Abstand zu den anderen als noch am ersten Tag und suchte instinktiv die Nähe zur Gruppe vor ihm.

Da er weniger Abstand hielt, bemerkte Emanio auch sofort, als Unruhe an der Spitze des Trosses aufkam. Die erste Kutsche hielt plötzlich ohne einen ersichtlichen Grund an, dann sprang Omira heraus und rannte zusammen mit Peronio in seine Richtung, während die Wachen wissen wollten, was los war, und Costario seine Leute anwies, die Verteidigung zu verstärken.

Emanios Nacken prickelte, als er spürte, dass sich ihm jemand von hinten mit hoher Geschwindigkeit näherte. Er begann sich in dem Moment umzudrehen, als jemand unmittelbar hinter ihm warnend brüllte.

Emanios Blick fiel auf die vertraute Gestalt seines Luchsfreundes und dessen panisches Gesicht. Der Gestaltwandler sprang und rammte ihn in die Seite. Vermutlich hätte das angesichts ihres Größen- und Gewichtsunterschieds kaum etwas ausgemacht, doch durch die Drehbewegung stand Emanio in diesem Moment nicht auf sicheren Beinen. Er stürzte auf die Seite und hörte im selben Moment ein seltsames Zischen.

Zuerst dachte er, dass er selbst oder der Luchs den Laut ausgestoßen hätte, doch dann zuckte der kleine Kater auf ihm zusammen und wimmerte und Emanio sah drei Pfeile aus seinem Körper ragen.

Die Zeit begann sich zu verlangsamen, als er den Anblick schockiert in sich aufnahm, scharf einatmete und seine Sinne weit ausstreckte. Er erschnupperte drei Bogenschützen ein Stück weiter im Wald und hörte, wie sie erneut in ihre Köcher griffen und wieder auf sie beide anlegten. Sie würden seinen Freund ein weiteres Mal treffen, falls es ihnen gelang, ihre Pfeile abzuschießen. Doch das würde er nicht zulassen!

Wut und Entschlossenheit loderten ihn ihm, als er seinen Kopf den Jägern zuwandte und brüllte: »NEIN!«

Sein Schrei hallte als gewaltiges, raubtierhaftes Brüllen durch den Wald und er spürte, wie sich alle Tiere und Menschen in der unmittelbaren Gegend zusammenkauerten und vor seinem Zorn ganz klein machten.

Dann spürte Emanio vertraute Magie, als Peronio herannahte, und in Sekundenschnelle wuchs ein schützender Halbkreis aus Erde zwischen Emanio mit dem Luchs und den Jägern aus dem Boden und versperrte ihnen so die Schussbahn.

Emanio hörte das Klappern von eisenbeschlagenen Hufen, als im nächsten Moment Costario auf seinem Pferd um die Mauern herum an ihm vorbei und auf die Jäger zupreschte. Ihm folgte ein halbes Dutzend seiner Soldaten, während drei weitere zusammen mit Peronio und Omira auf ihn und den Luchs zuhielten.

Der Erdhexer erreichte sie als Erstes und holte zischend Luft, als er den regungslosen, von Pfeilen gespickten Luchskörper auf Emanio liegen sah. Emanio rührte sich nicht, aus Angst, die Verletzungen seines Freundes durch eine unachtsame Bewegung nur noch schlimmer zu machen.

Wie kam er hierher? War er ihnen vom Schloss gefolgt? Hatte seine Großmutter seine Botschaft doch noch verstanden und den Luchs über seine Abreise informieren lassen? War es doch keine Täuschung gewesen, als er am Vortag einen Luchs zu sehen geglaubt hatte?

Die Angst um seinen Freund wuchs, als Peronio den kleinen Körper vorsichtig von Emanios Seite hob und ihn neben ihm behutsam auf den Boden legte. Emanio rappelte sich auf und sah entsetzt, wie schwach sich die Brust des Luchses hob und senkte. Sein kleiner Freund lag im Sterben.

»Holt Porelle!«, rief der Erdhexer den anderen entgegen.

Doch das war nicht nötig, denn hinter den beiden Soldaten und Omira eilte die Heilerin mit besorgtem Gesicht heran, gefolgt von Olita und Torra. Emanio hörte Kampfgeräusche hinter sich und warf einen raschen Blick in die Richtung, konnte aufgrund des Schutzwalls aber nichts erkennen. Dann war Porelle heran und kniete augenblicklich neben dem Luchs nieder.

»Seid Ihr verletzt, Eure Durchlaucht?«, wollte sie von ihm wissen, während ihre Magie bereits über den kleinen Kater fuhr.

Er schüttelte den Kopf und spürte, wie die Anspannung von Peronio und den anderen nachließ.

»O nein! Bitte nicht!«

Torra hatte den Luchs entdeckt. Sie wurde leichenblass, taumelte und wäre gestürzt, hätte Olita sie nicht geistesgegenwärtig am Arm festgehalten. Die beiden Mädchen kamen schockiert näher, während Porelle sich auf die Heilung des Luchswandlers konzentrierte und sich Emanio bewusstwurde, dass Torra und ihre Familie ihn vermutlich gut kannten.

»Wir haben sie!«, rief Costario in diesem Moment und Peronio senkte die Mauern aus Erde um sie herum ein wenig, um besser sehen zu können, was passierte.

Je zwei Soldaten führten einen unbekannten Mann in der derben Lederkleidung von Jägern zwischen sich, während sie mit ihren unbewaffneten Gefangenen auf sie zukamen. Dennoch gingen die Wachen bei Emanio kein Risiko ein und hielten weiterhin die Stellung um ihn herum.

Dann hörte Emanio erneut das Surren von Pfeilen. Die Luft wurde ihm aus den Lungen gepresst, als seine Leibwächter ihn augenblicklich zu Boden drückten und ihn mit ihren Körpern schützten.

Der Hauptmann und die Soldaten brüllten. Emanio sah die Gefangenen mit Pfeilen in ihren Rücken oder in der Kehle am Boden liegen, während Costarios Leute zur Seite rannten, um sich in Sicherheit zu bringen. Dann errichtete Peronio erneut hohe Mauern aus fester Erde rund um ihn und die anderen herum und versperrte ihm die Sicht.

Was ist hier los? Wer hat geschossen?

»Da sind noch welche im Wald! Findet heraus, woher die Pfeile gekommen sind, und schnappt sie!«, rief Costario.

Emanio verstand nicht, was passierte, und im nächsten Moment kümmerte es ihn auch nicht mehr, denn der Luchs wimmerte, als Porelle die Pfeile aus seinem Körper zog und gleichzeitig weiter seine Verletzungen heilte.

»Wird er wieder gesund?« Torra zitterte, während sie neben der Heilerin und dem Luchs kniete. Es erschien Emanio, als wollte sie die Hand ausstrecken, um ihn zu berühren, hielt dann jedoch inne, um die Heilung nicht zu stören.

Emanio starrte seinen kleinen Freund besorgt an, der immer noch bewusstlos war, während Porelle eine Wunde nach der anderen schloss. Die Heilerin ließ sich vom Chaos um sie herum nicht ablenken. Ihre Magie war stark und ging in gleichmäßigen Wellen aus. Emanio hatte schon viele Heilungen gesehen und erlebt, daher wusste er, dass Porelle zu den Besten ihrer Zunft gehören musste. Warum war Porelle lediglich eine wandernde Heilerin? Die Herzöge und Könige mussten sich doch um so eine begabte Heilerin reißen!

Als sie fertig zu sein schien, änderte sich die Magie, die sie ausstrahlte. »Verwandle dich!«, murmelte sie.

Emanio hatte nicht gewusst, dass es möglich war, aber ihr Zauber löste die Rückverwandlung des Gestaltwandlers aus. Im nächsten Moment lag Lerio nackt, bewusstlos, aber ohne sichtbare Verletzung – abgesehen von den alten Narben im Gesicht – vor ihnen und Emanio konnte nicht anders, als ihn fassungslos anzustarren.

Der Luchs ist Lerio?

Er konnte es nicht begreifen und fühlte sich wie vor den Kopf geschlagen. Ungläubig ließ er seinen Freund nicht aus den Augen, während um ihn herum alle – abgesehen von Torra, Peronio und der Heilerin – überraschte Rufe ausstießen. Die Enthüllung, dass Lerio ein Gestaltwandler war und ihm das Leben gerettet hatte, während Emanios Vater ihn als Verräter und Feind von Emanio aus dem Schloss verbannt hatte, schien sie alle zu erschüttern.

Doch langsam begann Emanio zu verstehen. Jetzt wusste er, warum Torra solche Angst um den verletzten Luchs gehabt hatte. Jetzt wusste er auch, was Gerania und der Rest der Familie mit den Luchswandlern zu tun hatten. Denn sie selbst waren die Gestaltwandler.

Wieder erinnerte er sich, wie der Luchs versucht hatte, ihm zu helfen, und wie er sich gleichzeitig gescheut hatte, ihm seinen Namen zu verraten. Lerio hatte Angst gehabt, wie Emanio sich verhalten würde, wenn er sein Geheimnis erfuhr. Hatte Lerio gedacht, dass er den Worten, die Emanios Vater ihm mittels eines Zaubertranks entlockt hatte, mehr Glauben schenken würde als seinen Taten? Hatte Lerio befürchtet, dass auch Emanio sich angewidert von ihm abwenden würde, sobald er Lerios Geheimnis erfuhr?

Doch trotz seiner Befürchtungen hatte Lerio nie gezögert, ihm beizustehen. Er hatte nicht einen Moment innegehalten, als die Männer auf Emanio gezielt hatten, sondern hatte sich vor ihn geworfen, um ihm das Leben zu retten.

»Holt dem armen Mann doch was zum Anziehen!«, sagte Peronio brummend, als alle weiter den Bewusstlosen anstarrten, der sich nicht wehren konnte. Einer der Soldaten setzte sich daraufhin in Bewegung, Peronio öffnete eine Lücke im kreisförmigen Schutzwall und das brach den Bann, unter dem sie gestanden hatten.

Omira schüttelte den Kopf. »Das habe ich nicht kommen gesehen.«

Peronio nickte. »Herzog Orsio und wir haben uns in dem Luchswandler getäuscht. Er wäre gestorben, um Seine Durchlaucht zu retten. Lerio ist kein Verräter.«

Sein Vater und der Rat hatten gewusst, dass Lerio ein Gestaltwandler war? Und sie hatten ihm nichts gesagt?

Emanio starrte den Erdhexer einen Moment lang fassungslos an. Unterdessen fuhr Torra ihrem Bruder mit einer Hand vorsichtig über den Kopf und schluchzte voller Erleichterung, während Olita sich verlegen abwandte.

Ein paar Minuten später kam der Soldat mit Kleidung zurück. Sie schien aus Emanios Gepäck zu stammen, wie er mit einem Schmunzeln feststellte, nachdem Torra ihren Bruder mithilfe des Soldaten angekleidet hatte, denn sie war dem schmächtigen Lerio viel zu groß.

»Er wird es hassen, wenn er erfährt, wie viele Leute ihn ohne seine Lederklappe gesehen haben«, murmelte Torra, während sie weiter ihren Bruder ansah. »Müsste er nicht langsam aufwachen?«, wollte sie dann von Porelle wissen.

»Dass er noch nicht wieder bei Bewusstsein ist, ist völlig normal. Er muss den Schock erst einmal verarbeiten. Aber keine Sorge, ihm geht es gut.« Die Heilerin lächelte beruhigend.

Und dann warteten sie. Auf was, wusste Emanio nicht genau. Irgendwann kehrte Hauptmann Costario zurück und wurde von Emanios Leibwächtern darüber aufgeklärt, was geschehen war. Doch er äußerte sich nicht zu Lerios Verwandlung, die anscheinend für ihn ebenfalls nicht überraschend war, sondern befahl seinen Männern nur, weiterhin die Stellung zu halten. Anscheinend hatten sie die fehlenden Schützen noch nicht gefunden.

Etwas später kehrten zwei der Soldaten mit einem unbekannten Mann in ihrer Mitte aus Richtung des Dorfes zurück. War das der Schütze?

Costario ging den dreien entgegen und ließ den Fremden mithilfe von Peronios Erdmagie abschirmen.

»Hauptmann, wir haben im Dorf einen möglichen Zeugen gefunden«, erklärte einer der Soldaten, während der Mann die plötzlich aufgetauchten Schutzmauern aus Erde bestaunte.

»Ist das wahr?«, wollte Costario wissen. Er ließ eine andere Wache die Jacken wegnehmen, mit denen sie die Gesichter der toten Bogenschützen bedeckt hatten. »Kennt Ihr diese Männer?«

Der Dorfbewohner schluckte, als er die Toten ansah. »Nicht gut, Herr. Aber ich erinnere mich an sie. Die drei sind Derks, Grabio und Numo, ich hatte ihnen gestern Abend einen Schlafplatz in meinen Stall vermietet. Ich habe zufällig mit angehört, wie die drei sich mit einem weiteren Mann darüber unterhalten haben, dass sie Jagd auf eine gefährliche Wildkatze in der Nähe des Dorfes machen wollten. Ich wusste nicht, dass die Raubkatze in Wahrheit Herzogssohn Emanio ist! Das schwöre ich!«

Der Mann klang ängstlich, während er nervöse Blicke in die Runde warf und jedes Mal sichtlich schluckte, sobald sein Blick auf die Toten fiel.

»Keine Sorge, guter Mann, ich glaube Euch.« Costario legte dem Dorfbewohner beruhigend eine Hand auf die Schulter. »Niemand beschuldigt Euch der Beihilfe oder der Verschwörung. Wir versuchen die Schützen zu finden, die Derks, Grabio und Numo getötet und Jagd auf Seine Durchlaucht gemacht haben. Doch dafür benötigen wir Eure Hilfe. Könnt Ihr mir den Mann beschreiben, der mit den dreien gesprochen hat?«

Der Zeuge war bleich geworden. »Das muss ich nicht«, flüsterte er. »Denn er steht dort hinten.«

Dann deutete er auf Jagdmeister Kudonio. Augenblicklich herrschte eine so überwältigende Stille, als sich der Schock ausbreitete, dass Emanio glaubte, das Entsetzen des Hauptmanns und der anderen förmlich auf der Zunge zu schmecken.

»Lasst Euch nichts anmerken«, sagte Costario leise und machte gleichzeitig zweien seiner Männer ein Zeichen. »Ihr beiden schleicht Euch unauffällig an den Jagdmeister heran und überwältigt ihn. Lasst nicht zu, dass er noch jemanden verletzt, tötet oder entkommt.«

Die Soldaten nickten grimmig, während Costario sich weiter leise mit dem Zeugen unterhielt, um Kudonio nicht zu verraten, dass sie ihn entlarvt hatten.

In Emanios Kopf rauschte es. Dass es kein Missverständnis gewesen war, sondern dass Kudonio anscheinend seinen Tod wollte und Attentäter angeheuert hatte, um ihn zu beseitigen, kam für ihn völlig überraschend. Er hatte den Jagdmeister noch nicht einmal im Verdacht gehabt, obwohl der Mann ihn mit einer Lanze bedroht hatte, als er ihn zum ersten Mal in seiner Bestiengestalt gesehen hatte. Noch nicht einmal, als sich Kudonio offen für seine Enterbung ausgesprochen hatte, weil er angeblich das Herzogtum nicht regieren konnte, hatte er ihn verdächtigt, ihn ermorden zu wollen. Stattdessen hatte er es auf Kudonios Abneigung gegen Gestaltwandler geschoben. Götter, war er naiv gewesen!

Plötzlich kam Tumult auf. Peronio hatte erneut einen kleinen Spalt im Erdwall geschaffen, durch den sie sehen konnten, dass die beiden Soldaten den Jagdmeister überwältigt und zu Boden geworfen hatten. Jetzt entwaffneten sie Kudonio mit zielgerichteten Bewegungen, während Akurio auf die Gruppe zurannte.

»Was geht hier vor? Warum greift Ihr den Jagdmeister an?«

Costario machte den Wachen ein Zeichen, Kudonio näher heranzubringen. »Bitte bleibt zurück, Eure Durchlaucht! Es ist zu Eurer eigenen Sicherheit!«

Sein Bruder wirkte verstört und war so verdutzt, dass er ohne Protest stehen blieb, während der Hauptmann auf seinen Mentor zuging.

»Wir haben einen Zeugen, der mit angehört hat, wie Ihr gestern mit den drei Bogenschützen darüber gesprochen habt, Emanio zu töten. Und dann habt Ihr die Männer ermordet, bevor sie Euch verraten können. Oder leugnet Ihr es?«

Kudonio schnaubte, während sein Blick zu Emanio wanderte, den er durch den Spalt in der Erdmauer sehen konnte.

»Ich will wissen, warum Ihr es getan habt!«

Jetzt starrte der Jagdmeister Costario überrascht an.

»Warum?«, wiederholte er. »Ist das nicht offensichtlich? Ich habe es zum Schutz von Ternilus vor dieser Bestie getan!« Er deutete anklagend auf Emanio. »Anders als Ihr und der Rest des Rats bin ich nicht mit Schwäche, Mitleid oder Unentschlossenheit geschlagen! Ich handle, wenn das Herzogtum in Gefahr ist! Wir dürfen Ternilus nicht in die Hände eines Tiermenschen fallen lassen! Wenn der Herzog keine Vernunft annimmt und die Bestie enterbt, dann bleibt mir keine andere Wahl. Dann muss ich nachhelfen. Es ist ja nicht so, als wäre Emanio als Mensch besser gewesen! Er war schon immer schwach, ein Bücherwurm und Modegeck ohne Durchsetzungsvermögen. Und dieser Mann soll einmal über uns alle herrschen? Nein, nicht mit mir! Ich habe schon lange von Emanios Tod geträumt. Daher habe ich auch Kio geholfen und ihm das Gift beschafft.«

Emanio hörte, wie die anderen um ihn herum entsetzt über die neue Enthüllung nach Luft schnappten, während er unter der Wucht des Hasses in Kudonios Blick zurücktaumelte und sich Schmerz in ihm ausbreitete. Er konnte nicht fassen, dass er nie bemerkt hatte, wie der Jagdmeister über ihn dachte. Kudonio war es, der Kio geholfen hatte, ihn zu vergiften?

»Ihr gebt es also zu?« Selbst Costario schien von Kudonios Worten geschockt zu sein.

»Warum sollte ich es nicht zugeben?«, fragte der Jagdmeister. »Ich habe das Richtige getan, das ist kein Verbrechen.«

Der Hauptmann wandte sich von dem grinsenden Mann ab und drehte sich zu Emanio um. »Was soll mit ihm geschehen, Eure Durchlaucht? Sollen wir ihn hier und jetzt töten?«

Emanio schüttelte den Kopf. Selbst wenn Kudonio für seine Verbrechen am Ende die Todesstrafe bekommen würde, so hatte er doch einen ordentlichen Prozess verdient. Er schrieb seinen Befehl in die Erde.

»In Ordnung, dann werden wir ihn ins Schloss zurückbringen und ihn vor Gericht stellen«, verkündete Costario laut, nachdem er Emanios Wünsche gelesen hatte.

»Typisch!«, zischte Kudonio. »Zu schwach, um zu tun, was nötig ist.«

Während die Wachen an seiner Seite noch geschockt wirkten, riss er seine Arme aus ihrer Umklammerung, fasste dem linken Soldaten blitzschnell an den Gürtel, hatte sein Messer geraubt und es über seine eigene Kehle gezogen, bevor einer von ihnen auch nur versuchen konnte, ihn aufzuhalten. Das Blut schoss aus seinem Hals und ließ die Umstehenden schreien. Porelle stürzte in Richtung des Jagdmeisters, aber Emanio wusste bereits, dass sie zu spät kommen würde. Der Mann brach tot zusammen, bevor die Heilerin ihn erreicht hatte, und Akurio schrie: »Nein!«

Fassungslosigkeit herrschte und plötzlich fühlte sich Emanio unendlich müde. Zwischen Erleichterung, dass es vorbei war und sein Möchtegernmörder ihm nichts mehr antun konnte, sowie Mitleid für seinen Bruder, der schluchzte, weil für ihn eine Welt zusammengebrochen war, starrte er auf den Toten.

Kapitel 28: Lerio

Er seufzte wohlig, als er sich noch einmal umdrehte und enger in die warmen Kissen schmiegte. Vögel zwitscherten und Lerio wusste, dass er aufstehen musste, da es Morgen war. Bereits jetzt fielen die ersten Sonnenstrahlen auf seine Haut und seine innere Uhr rief ihm zu, dass er spät dran war. Doch an diesem Tag störte ihn das nicht. Das Gefühl der Dringlichkeit fehlte, als wüsste er, dass er einen freien Tag hatte.

Das Polster unter ihm regte sich ein wenig und brummte, was er für ein merkwürdiges Verhalten für ein Kissen hielt. Der Gedanke verdrängte die Erinnerungen an sein Treffen mit Emanio auf der Lichtung, als sie gespielt und in der Sonne gedöst hatten, und Verwirrung mischte sich in sein Wohlbefinden.

Nun bemerkte er auch, dass das Polster nicht nur Geräusche machte und sich bewegte, sondern zudem auch noch ungewöhnlich warm war, als hätte es zu lange in der Sonne oder vor dem Feuer gelegen. Darüber hinaus strichen seine Finger jetzt über dichte, glatte Haare und er stockte verdutzt. Etwas stimmte hier nicht!

Als er blinzelnd das Auge öffnete, fiel sein Blick als Erstes auf etwas Großes und Schwarzes und er erkannte, dass er nicht auf einem Kissen lag, sondern seine Arme um den Hals des Panthers geschlungen hatte, der halb unter ihm lag ... und schnurrte?

»Emanio?«, flüsterte er und blinzelte erneut, doch das Traumbild änderte sich nicht. War er wach? Was war geschehen? Und warum hatte er neben Emanio geschlafen?

Und Götter ... warum war er in seiner menschlichen Gestalt?

Plötzlich hellwach setzte sich Lerio auf und sein Herz raste, als er begriff, dass er als Luchs eingeschlafen sein und sich in der Nacht zurückverwandelt haben musste. Schnell, er musste verschwinden und wieder zum Luchs werden, bevor Emanio wach wurde!

Doch bevor er aufstehen konnte, bewegte der Panther eine Pfote und eine schwere Tatze landete auf seiner Brust. Lerio fiel auf den Rücken und ächzte leise, während der Panther zufrieden brummte, weil er seine Beute festgesetzt hatte.

Lerio drehte den Kopf und hoffte insgeheim, dass es ihm gelingen würde, sich unter der Pfote hervorzuwinden, bevor der Herzogssohn die Augen öffnete und erkannte, wer neben ihm lag. Doch als sein Blick ins Gesicht des Panthers fiel, starrte ihn Emanio bereits an und das zufriedene Schnurren wurde lauter.

Lerio schluckte, während ein Hauch von Furcht seine Hände zittern ließ. »Ihr seid nicht wütend auf mich?«

Emanio schüttelte den Kopf.

»Aber ... aber ... ich habe Euch belogen! Ich habe Euch nicht gesagt, dass ich ein Gestaltwandler bin oder dass ich an jenem Tag nicht beabsichtigt hatte, Euch zu retten, sondern vorhatte, Euch für Eure Taten zur Rede zu stellen! Ich dachte, Ihr seid eine menschliche Bestie! Ich habe Euch gehasst! Euch und Eure ganze Familie, für das, was Ihr mit dem Wildgehege gemacht habt!«

Lerio spürte seine Wangen brennen, als er begriff, dass er einen Herzogssohn angeschrien hatte. Galt das schon als Angriff oder Aufstand? Würden sie ihn dafür in den Kerker stecken?

»O Götter!«

Er schlug sich die Hände vors Gesicht, so wie es seine Schwestern früher immer getan hatten. Als würden seine Probleme ihn nicht sehen, nur weil er sich vor ihnen versteckte. Es war kindisch.

Nun lachte Emanio leise, was Lerio dazu bewegte, die Hände herunterzunehmen und ihn wütend anzufunkeln. Daraufhin drehte sich der Panther nur um, nicht im Geringsten besorgt. Er neigte den Kopf und fuhr Lerio mit seiner langen Zunge übers Gesicht. Wieder kam ihm der Moment in den Sinn, als Emanio das bei seinem Luchs getan hatte, und erneut fühlte sich Lerio merkwürdig. Es störte ihn seltsamerweise nicht im Geringsten. Im Gegenteil. Seine Sorge, dass Emanio ihm seine Geheimnisse übel nehmen könnte oder ihn anders behandeln würde, nun da er wusste, dass Lerio ein Luchswandler war, lösten sich in Luft auf. Lerio spürte, dass die Anspannung aus seinen Gliedern wich.

Moment mal! Warum lag er in einem Bett? Und was, um Himmels willen, trug er hier?

Lerio blinzelte verwirrt, als er an die Decke starrte und das Strohdach bemerkte. Er befand sich weder zu Hause noch im Schloss, geschweige denn an einem anderen Ort, der ihm vertraut war. Plötzlich erinnerte er sich, wie Gerania ihm von Emanios Büßerreise erzählt hatte und wie er seinem Freund gefolgt war, um ihn zu beschützen und …

Dann wurde es schwarz. An den Rest konnte er sich nicht erinnern und das war merkwürdig. Was war geschehen, dass Emanio jetzt sein Geheimnis kannte und sie sich das Bett in einer Gaststätte teilten?

Erneut versuchte er sich aufzusetzen und dieses Mal ließ Emanio ihn gewähren, auch wenn sein Schnurren leiser wurde und dann ganz aufhörte, während Lerio an sich herabsah und seine Kleidung musterte. Sie war aus so feinem Stoff, dass Lerio sie fast nicht auf seiner Haut spürte. Das Material und der Schnitt waren etwas, was nur vermögende

Leute trugen. Jemand musste ihm seine Kleidung geliehen haben, als er sich zurück in einen Menschen verwandelt hatte. Schließlich hatte er ja keine eigene dabeigehabt.

Das ergab Sinn. Der Rest jedoch nicht.

»Wo sind wir hier?«, fragte er laut.

In diesem Moment klopfte es an der Tür und Lerio zuckte zusammen. Bevor er etwas sagen konnte, öffnete sie sich bereits und eine Frau steckte den Kopf zu ihnen herein. Sie lächelte, als ihr Blick auf ihn fiel.

»Guten Morgen! Ihr seid wach, sehr gut! Wie geht es Euch?«

Die Frau betrat das Zimmer und schloss die Tür hinter sich, während sie näherkam. Weder Emanio noch sie schienen die Situation seltsam zu finden.

»Gut«, erwiderte er.

»Das freut mich. Ich bin Porelle, eine wandernde Heilerin. Ich gehöre zu Emanios Reisegruppe. Wir haben uns Sorgen gemacht, als Ihr nicht aufgewacht seid. An was könnt Ihr Euch von gestern noch erinnern?«

Das klang, als sei etwas vorgefallen, und wieder versuchte sich Lerio zu erinnern. Er war Emanio gefolgt, sie hatten in einem Bergdorf Rast gemacht und dann ...

»Die Attentäter!«

Panik erfasste ihn, als er sich an das Mordkomplett gegen Emanio erinnerte. Unwillkürlich schnellte sein Blick zum nächsten Fenster, das angesichts der sommerlichen Hitze weit geöffnet war und Meuchelmördern beste Gelegenheiten bot ...

»Keine Sorge! Die Mörder können Emanio und Euch nichts mehr tun. Der Anschlag ist gescheitert – dank Euch – und die Übeltäter sind tot. Erinnert Ihr Euch, wie Ihr Euch vor Emanio geworfen und ihn gerettet habt? Ihr wurdet von drei Pfeilen getroffen und hattet Glück, dass Ihr nicht gestorben seid. Ich konnte Euch heilen. Seitdem wart Ihr bewusstlos.«

»Habe ich mich deswegen zurückverwandelt?«

Es war komisch, aber er konnte sich nicht an die Verletzung erinnern. Das Letzte, das ihm klar vor Augen stand, war seine Flucht vor den Attentätern und wie er danach erschöpft eingeschlafen war. Der gestrige Tag jedoch schien komplett aus seinem Gedächtnis verschwunden zu sein.

Porelle nickte. Dann zögerte sie. »Ich würde Euch gerne untersuchen, um sicherzugehen, dass die Verletzungen gut verheilt sind. Könntet Ihr Euch in einen Luchs verwandeln?«

Erst jetzt wurde Lerio richtig bewusst, dass er als Mensch vor ihr saß und nicht seine eigene Kleidung trug. Das bedeutete: keine Augenklappe! Augenblicklich schlug er die Hand vor seine vernarbte Gesichtshälfte und wandte den Kopf ab.

»Könntet Ihr Euch bitte umdrehen?«, bat er leise.

Ihm war es äußerst unangenehm, auch wenn die Heilerin ihn nicht angewidert angestarrt hatte. Aber er hasste es, Fremden sein Gesicht zu zeigen. Vor Emanio war es so normal geworden, dass er manchmal nicht mehr wusste, ob er seine Lederklappe trug oder nicht, und sich jedes Mal ins Gesicht fasste, wenn es an der Tür zu Emanios Gemächern klopfte. Doch Porelle kannte er nicht. Auch wenn sie ihn geheilt und ihm das Leben gerettet hatte, vertraute er ihr nicht.

»Natürlich.«

Porelle drehte sich um und Lerio stand auf. Sofort rutschte ihm die Hose runter und er starrte perplex zu Boden. Seine Wangen erhitzten sich vor Verlegenheit, als er erneut daran erinnert wurde, dass er nicht sein eigenes Gewand anhatte. In den viel zu großen Sachen wirkte er wie ein heranwachsender Junge, der die Kleidung seines Vaters trug. Dass er sich jetzt unfreiwillig vor Emanio entblößt hatte, machte die Sache nicht besser, auch wenn der Panther nicht lachte, sondern ihn nur ansah. Peinlich berührt drehte sich Lerio zur Seite, während er sich des Hemdes entledigte. Dann schlüpfte er rasch in die Gestalt seines Luchses und maunzte.

Die Heilerin drehte sich zu ihm um, kam näher und begann mit ihrer Untersuchung. Lerio musste sich zwingen still zu sitzen, während ihre Magie ihn erfasste. Sie fühlte sich fremd an und das gefiel ihm nicht. Instinktiv suchte er anschließend Emanios Nähe und bewegte sich rückwärts, bis er den Panther hinter sich spürte.

»Es ist alles bestens verheilt«, erklärte Porelle sichtlich zufrieden. »Ich gebe Eurer Schwester Bescheid. Sie wird erleichtert sein. Anschließend werde ich Euch beiden etwas zu trinken und zu essen bringen. Bis gleich!«

Als die Tür hinter der Heilerin zufiel, seufzte Lerio.

»Wie geht es dir?« Emanio berührte ihn besorgt an der Schulter. »Du hast uns einen großen Schrecken eingejagt, besonders Torra und mir. Ich kann es immer noch nicht fassen, dass du der Luchs bist und ich noch nicht einmal auf die Idee gekommen bin.«

»Vermutlich, weil ich als Luchs zwei gesunde Augen und keine Narben habe, oder?« Viele Menschen wussten nicht, dass die beiden Körper eines Gestaltwandlers nichts gemein hatten. Die Narben und Verletzungen des einen Körpers zeigten sich nicht in der anderen Gestalt.

Doch als Lerio Emanio ansah, schüttelte der den Kopf. »Nein. Es war eher, wie du auf der Lichtung gesagt hast. Ich war es nicht gewohnt, jemanden mit all meinen Sinnen zu erfassen. Jetzt wo ich meinen Geruchssinn einsetze, ist es so offensichtlich. Ich war so ... geruchsblind.«

Lerio schmunzelte, bevor das Unbehagen zurückkehrte. »Du bist wirklich nicht wütend auf mich, weil ich dir nicht gesagt habe, wer ich bin?«

»Nein, Lerio.« Der Panther war ungewöhnlich ernst. »Ich wünschte, dass du mir vertraut hättest, dass du dich sicher genug gefühlt hättest, es mir zu sagen. Aber ich kann verstehen, warum du es nicht getan hast, warum du dein Geheimnis für dich behalten hast.«

»Du musstest doch denken, dass ich dich die ganze Zeit getäuscht habe, nach all den schrecklichen Dingen, die ich unter dem Einfluss des Wahrheitstranks von mir gegeben habe! Ich hatte nie vor, dich anzugreifen oder dich zu töten.«

Emanio stupste ihn vorsichtig mit der Nase an, sich wohl des Größenunterschieds von seinem Panther zu Lerios Luchs nur zu bewusst. »Das habe ich selbst, bevor deine Schwester mich aufgesucht hat, nicht geglaubt. Wenn du ein Verräter gewesen wärst, hättest du unzählige Gelegenheiten gehabt, mir zu schaden. Doch du hast es nicht getan. Und als Torra dann am Tag vor unserer Abreise mit mir gesprochen und sich entschuldigt hat, weil dein schlechtes Bild von mir ihre Schuld gewesen sei, war ich so erleichtert. Ich hatte vor, den Luchs zu bitten, mich zu begleiten, wenn ich dich besuche. Ich dachte, er könnte zwischen uns übersetzen. Ich hatte ja keine Ahnung.« Er lachte und auch Lerio musste schmunzeln. Wenn Emanio das getan hätte, wäre sein Geheimnis auf jeden Fall aufgeflogen.

Dennoch war er froh, es zu hören. Anscheinend war er nicht der Einzige, der den anderen vermisst hatte.

»Ich bin froh, dass wir Freunde geworden sind«, sagte er leise.

»Ich auch.« Emanio nickte. »Und ich bin froh und dankbar, dass du mir gefolgt bist. Du hast mir das Leben gerettet. Das werde ich nie vergessen.« Seine Miene verdüsterte sich. »Genauso wie du beinahe gestorben wärst und alles nur, weil ich zu blind war, um zu erkennen, dass Kudonio mich hasst.«

Lerio zuckte zusammen. »Kudonio?«

»Ja, er hatte die Attentäter beauftragt und anschließend ermordet, damit sie ihn nicht als ihren Auftraggeber identifizieren können. Nur dass seine Schuld trotzdem herauskam.

Er hat gestanden und anschließend Selbstmord begangen. Kudonio war auch derjenige, der mit Kio zusammengearbeitet hat. Aber jetzt ist es vorbei.«

Lerio nickte langsam, von plötzlichem Unbehagen erfüllt. Doch bevor er dem Gefühl auf den Grund gehen konnte, wurde die Tür aufgerissen und Torra stürmte ins Zimmer. Sie war am Bett und hatte die Arme um ihn geschlungen, bevor er protestieren konnte. Als sie im nächsten Moment in Tränen ausbrach, bekam er ein schlechtes Gewissen.

»Oh, Lerio!« Sie wischte sich die Tropfen aus dem Gesicht. »Ich dachte, wir hätten dich verloren!«

Er wollte ihr antworten, doch dazu hätte er sich zurück in einen Menschen verwandeln müssen. Das jedoch wollte er nicht, denn in diesem Augenblick kehrte Heilerin Porelle zurück und in ihrer Begleitung befand sich Hauptmann Costario.

Porelle stellte ein Tablett mit Frühstück für Emanio und ihn neben dem Bett ab und lächelte, während der Hauptmann ihm respektvoll zunickte. »Wildhüter Lerio. Wir alle stehen in Eurer Schuld.«

Lerio wusste nicht, wie er sich verhalten sollte. Brusperio, Morio und er hatten den Mann so lange verdächtigt, hinter den Anschlägen auf Emanio zu stecken. Doch Costario schien das ernst zu meinen und roch nicht nach einer Lüge. Hatten sie ihn womöglich zu Unrecht beschuldigt, ein Verräter zu sein?

Der Hauptmann wandte sich Emanio zu. »Heilerin Porelle, Peronio, Omira und ich haben uns gestern Abend noch ausgiebig beraten. Wir sind uns alle einig, dass wir nicht weiterreisen können, ohne für besseren Schutz für Euch zu sorgen. Zum Glück hatte Heilerin Porelle eine Idee, wie wir Euch doch in einer Kutsche mitnehmen können. Es gibt ein Mittel, das sich relativ einfach herstellen lässt, mit dem man den Raubkatzengeruch überdecken kann, sodass die Pferde nicht scheuen. Dies werden wir versuchen.«

Bei seinen Worten war Porelle aus dem Zimmer gegangen und kehrte nun mit einer Schale zurück. Lerios Blick fiel auf eine intensivriechende grüne Paste. Die Heilerin nahm ein wenig davon und strich es Emanio ins Fell. Anscheinend war das Mittel verzaubert, denn sobald es mit Emanios Haut in Berührung kam, veränderte sich dessen Geruch. Plötzlich roch der Herzogssohn nicht mehr nach Panther, sondern ganz schwach nach Wald. Es war mehr als nur ein wenig irritierend, als Lerio den vertrauten Geruch, den er mit Emanio, Sicherheit, Freundschaft und Familie verband, nicht mehr wahrnehmen konnte. Auch wenn er die Vorteile sah.

Deshalb ging er auf Porelle zu, starrte auf die Schüssel und miaute. »Oh! Ihr möchtet auch davon? Wollt Ihr Euch denn nicht wieder in einen Menschen verwandeln?«

Unwillkürlich blickte Lerio zu den zu großen Kleidungsstücken am Boden hinab. Er dachte an die fehlende Augenklappe, wie ihn die anderen Mitglieder der Gruppe anschauen würden, und schüttelte den Kopf.

»Lerio zieht die Luchsgestalt vor«, erklärte Torra. »Die Menschen neigen dazu, ihn anzustarren, wenn er sein Gesicht nicht bedecken kann.«

Costario und Porelle sahen ihn an und blickten dann ebenfalls auf den Kleiderhaufen am Boden. Der Hauptmann nickte langsam. »Wir werden Euch in der nächsten größeren Stadt eine Augenklappe besorgen. Und passende Kleidung, damit Ihr zwischendrin auch mal menschliche Gestalt annehmen könnt. Die von Seiner Durchlaucht ist ja ein Stück zu groß.«

Er hatte Emanios Kleidung getragen? Lerio starrte den Herzogssohn an, während ihm wärmer wurde. Die Vorstellung, Emanios Sachen zu tragen, kam ihm gar nicht mal so verkehrt vor. Nur dass die Stücke nicht nach ihm gerochen und ihm so nicht das Gefühl von Sicherheit und Zuhause gegeben hatten.

Porelle griff mit den Fingern erneut in die Schüssel und verteilte das Zaubermittel auch in seinem Fell. Seine Nase zuckte, als sein Geruch sich ebenfalls veränderte, und Unbehagen erfüllte ihn.

Als der Hauptmann, die Heilerin und Torra zum Frühstück gegangen waren und sie allein gelassen hatten, rückte er daher an den Panther heran. Erst als sie nebeneinander vor den Schüsseln saßen und Emanio ihm mit der Nase eine zuschob, während er dabei zufrieden schnurrte, verflog Lerios ungutes Gefühl. Genau in diesem Moment war die Welt in Ordnung.

Kapitel 29: Emanio

Emanio spürte den Moment, als sie Ternilus verließen und die Grenze nach Calirus überquerten. Plötzlich fühlte sich alles fremd und weniger lebendig an. Die Landschaft um ihn herum büßte einen Teil ihrer Farben ein, die Gerüche waren nicht mehr so intensiv und die Geräusche weniger angenehm für seine Ohren. Sein Heimweh wurde abrupt stärker und er musste sich erinnern, dass seine Abwesenheit nicht für lange war, um das Gefühl der Falschheit ein wenig abzuschwächen. Wie ertrug es bloß sein Vater, der als Herzog eine noch stärkere Verbindung zu Ternilus hatte und sechs Jahre lang nicht nach Hause zurückgekehrt war?

Wieder war er froh, dass Lerio bei ihm war. Der Luchswandler bemerkte augenblicklich, dass es ihm nicht gut ging, und stupste ihn an, während er schnurrte und ihn dann mit einer Frage ablenkte.

»Bist du aufgeregt wegen der Reise?«

»Nein, nicht aufgeregt.« Emanio seufzte, während er einen raschen Blick zu Peronio und Omira auf der gegenüberliegenden Sitzbank warf. Die beiden Ratsmitglieder, mit denen sie sich die Kutsche teilten, da in den anderen kein Platz mehr war, schauten ständig zu ihnen herüber, sobald Lerio und er anfingen sich zu unterhalten. Die Seherin lächelte hin und wieder amüsiert und wäre sich Emanio nicht sicher gewesen, dass sie nur Maunzgeräusche hören konnten, hätte er nicht so offen über manche Themen geredet.

»Ich glaube, es war meine Schuld, dass sich Baron di Nadione und Graf Zorak ebenfalls in eine Bestie verwandelt haben«, gestand er und Lerio miaute überrascht. »Ich hatte kurz vorher jeweils intensiv an sie gedacht und die Luft hat wie vor Magie geknistert. Keine Ahnung, was dann passiert ist, aber der Fluch scheint auf sie übertragen worden zu sein, ohne dass ich das beabsichtigt hätte.«

»Bist du dir sicher?«

Emanio nickte. »Sie haben sich zurückverwandelt, als ich aufgehört habe, an sie zu denken. Das kann kein Zufall gewesen sein. Daher glaube ich, dass die Pilgerreise nichts bringen wird. Es gibt keinen sich ausbreitenden Fluch, Porelle und die anderen haben recht. Daher ist dieses ganze Unterfangen reine Zeitverschwendung.« Dann seufzte er schwer und Lerio stupste ihn mit dem Kopf an, um ihn zu trösten.

Eine Weile später begannen sie sich erneut zu unterhalten. Es war so eine Wohltat, jemanden zu haben, mit dem er sich austauschen konnte! Emanio konnte sich kaum noch vorstellen, wie er die endlosen Stunden des ersten Tages hinter sich gebracht hatte, als er allein gewesen war.

Sie sprachen über alles Mögliche. Jetzt, da Lerio keine Geheimnisse mehr vor ihm bewahren musste, schien es, als gäbe es kein Thema mehr, das verboten gewesen wäre. Und so wagte es Emanio am späten Nachmittag ihres ersten gemeinsamen Tages auch, Lerio die eine Frage zu stellen, die ihn brennend interessierte. Auch wenn er ahnte, dass die Antwort ihm nicht gefallen würde.

»Was ist mit deinem Vater geschehen?« Er wusste, dass Lerio drei Schwestern hatte und dass sie genau wie die Mutter im Schloss arbeiteten. Doch seinen Vater hatte Lerio nur ganz selten erwähnt und stets in Verbindung mit der Vergangenheit.

»Er ist vor etwa sechs Jahren gestorben«, erwiderte Lerio wie befürchtet, und Emanio spürte die Traurigkeit des Luchses. »Er fehlt mir sehr. Weißt du, vor meinem Unfall …« Emanio wusste, dass Lerio den Vorfall meinte, der ihn ein

Auge gekostet und ihn mit den Narben in seinem Gesicht zurückgelassen hatte. »... sind wir ständig umhergezogen. Wir waren nie lange irgendwo willkommen und meine Eltern hatten Schwierigkeiten, eine feste Arbeit zu finden, die uns alle ernährte – das ist auch der Grund, warum meine Schwestern und ich in vier unterschiedlichen Königreichen geboren wurden. Aber trotz all der schlechten Zeiten, die wir durchlebt haben und in denen es nicht genug zu essen gab, hat er sich nie beklagt. Er war nie schlecht gelaunt und hatte stets Verständnis, selbst für diejenigen, die uns mit Steinen verjagt haben oder die Meute zusammenriefen, um uns zu vertreiben. Hass war ihm fremd. Ich wollte immer so sein wie er. Als ich ein wenig größer war, habe ich auch auf Mahlzeiten verzichtet, damit Torra sich nie vor Hunger in den Schlaf weinen musste, so wie er und Mutter es taten, wenn die Zeiten hart waren.«

Lerio stockte und Emanio empfand Mitgefühl, als er sich das Leben der Familie vorstellte. In einem der Abenteuerromane, die er so gerne las, hatte sich das ständige Umherreisen spannend und erstrebenswert angehört, doch durch Lerios Schilderungen begriff er, dass es das genaue Gegenteil war. Das Gefühl, nirgends dazuzugehören, klang aus jeder von Lerios Kindheitsgeschichten und das Herz brach Emanio, als er sich ausmalte, wie es sein musste, nirgendwo willkommen zu sein und keine Heimat zu haben. Seine eigene Bindung zu Ternilus als Herrschaftszauberer und zukünftiger Herzog war so stark, dass jede Stunde Fahrt, die sie sich von seinem Zuhause entfernten, fast körperlich wehtat. Wie sehr musste es schmerzen, wenn man nie eine Heimat gehabt hatte?

»Der Unfall hat unser Leben verändert«, fuhr Lerio nach einer Weile fort, in der sie einträchtig geschwiegen hatten. »Meine Eltern mussten mich lange pflegen. Ich lag im Fieber und konnte nicht reisen, also suchten sie nach einem Unterschlupf und Arbeit. Sie waren froh, als Herzog Orsio ihnen eine Anstellung gab, Vater als Wildhüter und Mutter in der Wäscherei des Schlosses. Nachdem meine Entzündungen abgeheilt waren und ich genesen war, erlebten wir die beste Zeit. Gerania und Madira wurden geboren. Unsere Eltern arbeiteten, während ich mich um meine Schwestern kümmerte. Endlich hatten wir zum ersten Mal genügend zu essen und ein Zuhause. Torra wurde fröhlicher und die Jüngeren haben nie Entbehrungen erlebt.«

Es war hart zu hören, wie alltäglich der Hunger für Lerio und seine Familie gewesen sein musste. Unwillkürlich fragte er sich, was seine eigene Familie und der Rat alles gegen den Nahrungsmangel der Ärmsten im Herzogtum taten, abgesehen von den Essensspenden an Bedürftige in Rius und die Unterstützung von Leuten wie Bauer Bergo, die zum Schloss kamen und um Hilfe baten. Doch wie viele Untertanen oder Heimatlose trauten sich nicht, das Schloss aufzusuchen? Von wie vielen ähnlichen Schicksalen hatten sie noch nie etwas gehört? Und wie viele Leute wollten zur Audienz kommen, konnten es jedoch nicht, weil die Reise zu lang und zu beschwerlich war? Das war etwas, das er nach seiner Rückkehr untersuchen lassen und hoffentlich verbessern würde. Er wollte nicht, dass irgendwer in Ternilus Hunger leiden musste.

»Ich war fünfzehn, als ich ebenfalls zum Wildhüter wurde.« Lerios Stimme riss ihn aus seinen Gedanken und er zuckte leicht zusammen, was sein Freund jedoch nicht zu bemerken schien, selbst in Erinnerungen versunken. »Von meinem Vater habe ich alles über den Wald und seine Bewohner gelernt. Er war es auch, der sich für die Einrichtung des magisch abgeschirmten Wildgeheges einsetzte, um die Bewohner der Wälder vor Wilderern zu schützen, die in den Jahren dreister geworden waren. Und dann … eines Tages – ich war achtzehn – habe ich ihn gefunden, als ich mit einem Kollegen in einem Jagdgebiet auf Streife war. Sein toter

Luchskörper lag von Pfeilen durchbohrt auf dem Waldboden.«

Emanio schluckte und rückte näher an Lerio heran, dessen Stimme mit jedem Satz ein wenig leiser geworden war, bis der letzte Satz kaum noch zu verstehen war.

»Angeblich hatte sich Vater dort aufgehalten, obwohl er niemandem davon erzählt hatte und gewöhnlich immer Bescheid gab, wo er unterwegs war. Sein Tod wurde untersucht, doch das Ergebnis lautete, dass es ein tragischer Unfall gewesen war, dass jemand ihn für einen gewöhnlichen Luchs gehalten haben musste. Das habe ich nie geglaubt. Denn mein Vater hat sich nur in unmittelbarer Nähe unserer Hütte oder im Wildgehege verwandelt, doch die Leiche seines Luchses lag in einem Gebiet, wo er nie allein auf Streife gewesen wäre, geschweige denn in seiner anderen Gestalt. Nein, ich bin mir sicher, dass er im Wildgehege getötet und sein Körper anschließend bewegt wurde, um das doppelte Verbrechen zu vertuschen, denn die Jagd im Schutzgebiet war streng verboten. Aber es war erst eine ganze Weile später, dass ich Kudonio verdächtigt habe, der zu dieser Zeit bei uns angefangen hatte. Als er dann zum Jagdmeister und zum Ratsmitglied aufstieg, nach der Abreise deiner Eltern mit der Jagd im Wildgehege begann und seine Abscheu vor Gestaltwandlern offenbarte, wusste ich, dass er es gewesen sein musste. Aber ich habe nie einen Beweis gefunden, es gab keine Zeugen. Und bald darauf sorgte Kudonio dann auch dafür, dass mir niemand geglaubt hätte, hätte ich welche gefunden. Immer mehr begann er die anderen Wildhüter und Jäger gegen mich aufzuhetzen.«

Emanio fühlte sich schuldig. »Es tut mir leid. Wenn ich Kudonio nur genauer beobachtet und seinen Hass auf Gestaltwandler früher erkannt hätte, dann würde dein Vater vielleicht heute noch leben.«

Doch Lerio schüttelte nicht Kopf. »Es ist nicht deine Schuld. Es war dein Vater, der den Tod meines Vaters als

Unfall abgestempelt hat. Er war es auch, der Kudonio eingestellt, zum Jagdmeister und Ratsmitglied ernannt und ihm anschließend das Wildgehege übertragen hat, bevor er sich auf die Reise nach Nadus begeben hat. Ein Jagdmeister verantwortlich für ein Schutzgebiet für Tiere? Ich frage mich bis heute, was er sich dabei gedacht hat. Er musste doch wissen, welche Folgen dies haben würde!«

Emanio schwieg, während er Lerio insgeheim zustimmte. Für ihn war das Ganze auch unerklärlich.

Am zweiten Tag ihrer gemeinsamen Reise hatte sich Emanio so sehr an Lerios Gegenwart und seinen neuen Geruch gewöhnt, dass er unruhig wurde, als Lerio abends in menschlicher Gestalt mit seiner Schwester und Peronio in die kleine Stadt ging, an deren Rand sie Rast für die Nacht gemacht hatten. Er war unentwegt auf und ab gelaufen, zunächst überzeugt davon, dass er sich nach der langen Zeit in der beengten Kutsche nur die Beine vertreten musste.

Doch als die Gruppe zwei Stunden später mit passender Kleidung und einer Augenklappe für Lerio zurückgekehrt war und Emanio förmlich gespürt hatte, wie die Anspannung bei ihrem Anblick aus seinen Gliedern wich, hatte er sich die Wahrheit eingestanden. Er hatte Lerio vermisst, seine Gegenwart, ihre Gespräche, die Geschichten, die kleinen Neckereien, wann immer Lerio vergaß, dass er ein Herzogssohn war. Nun erkannte er auch, dass die frechen Bemerkungen des Luchses eine Seite von Lerio waren, die ihm sein Freund zuvor aus Angst vor den Folgen nicht hatte zeigen wollen. Doch Emanio wollte lieber eine Stumpfkralle genannt, geneckt oder kritisiert werden, als sich die falschen Schmeicheleien der Höflinge anzuhören, die mutiger geworden waren und bei jeder Mahlzeit seine Nähe suchten, um ihn ihrer Unterstützung zu versichern.

Auch an diesem Abend nahmen sie ihn in Beschlag, während Lerio bei seiner Schwester, Olita und Porelle saß, sich mit ihnen unterhielt und lachte. Jedes Mal, wenn Torra einen Wunsch hatte, war Lerio aufgesprungen und hatte sich in Bewegung gesetzt, bevor sie ihren Satz beendet hatte.

Er beneidete die beiden und ihre jüngeren Schwestern um den engen Familienzusammenhalt. Sein eigener Vater hatte stets viele Verpflichtungen gehabt und gefühlt nur gearbeitet. Akurio und er hatten ihn nur zu manchen Mahlzeiten gesehen. Ihre Mutter sogar noch weniger, denn sie hatte schon immer den Herbst und den Winter in der Hauptstadt bei ihren Verwandten am königlichen Hof verbracht. Lediglich seine Großmutter hatte stets Zeit für seinen Bruder und ihn, für ihre Sorgen und Nöte gehabt. Sie war auch diejenige gewesen, die ihnen jeden Abend vorgelesen hatte, als sie noch klein gewesen waren. Doch die abendlichen Vorlesestunden hatten nachgelassen und irgendwann ganz aufgehört, je älter er geworden war und je mehr Zeit er für seine Lektionen und die Vorbereitungen auf sein zukünftiges Leben als Herzog aufgewendet hatte. Auch mit Akurio hatte er immer weniger Zeit verbracht und so war sein Bruder ihm fremder als Lerio.

Er seufzte, als er über die Schultern der plappernden Höflinge hinweg zur anderen Seite des kleinen Gasthofs sah, wo sein Bruder schweigend aus dem Fenster starrte. Seit dem Tod und der Enthüllung von Kudonios Verrat hatte Akurio kaum gesprochen. Das Ganze schien ihm nahezugehen, doch Emanio wusste nicht, was er tun konnte, um ihm zu helfen. Er konnte nicht mit Akurio persönlich sprechen und selbst wenn, er hätte nicht gewusst, was er ihm hätte sagen oder in den Staub ritzen sollen.

Am dritten Tag unterhielten sich Lerio und er über Romane. Dafür, dass der Wildhüter nie gelernt hatte zu lesen, war er äußerst begierig zu hören, welche Geschichten Emanio als Kind gelesen hatte, was er aus den Büchern erfahren hatte, die er in ihrer gemeinsamen Zeit in der Bibliothek verschlungen hatte, und auf wie viele gelesene Exemplare Emanio im Laufe seines Lebens gekommen war.

»Ich weiß nicht, wie viele es waren. Als Junge bin ich immer in die Bibliothek geflüchtet, wenn mir meine Verpflichtungen zu viel wurden. Meine Lehrer dachten stets, ich würde lernen, doch stattdessen steckte ich mit dem Kopf in fantastischen Abenteuergeschichten und habe Helden auf ferne Reisen oder bei ihren Kämpfen gegen Schwarzmagier begleitet.« Er warf einen schuldbewussten Blick zu Lerio hinüber, der sich erneut in seiner Luchsgestalt auf dem Sitz neben ihm kleingemacht hatte. Sein Panther nahm so viel Platz ein, dass Lerio kaum welcher auf ihrer blieb und er häufig unbeabsichtigt von Emanio an die Wand gedrückt wurde, wenn er sich bewegte.

»Du kannst dich gerne auf meinen Rücken legen, wenn es dort für dich bequemer ist«, bot Emanio erneut an.

»Aber dann kann ich dir nicht ins Gesicht sehen, wenn wir uns unterhalten.«

Also blieb alles, wie es war.

»Ich wünschte, ich hätte als Kind lesen gelernt«, sagte Lerio irgendwann, nachdem Emanio gewiss eine Stunde damit zugebracht hatte, ihm die Ereignisse seines Lieblingsbuches nachzuerzählen. »Dann hätte ich mich nicht so einsam gefühlt, bevor Torra geboren wurde. Aber meine Eltern haben es nie gelernt und einem Gestaltwandler bringt man es auch nicht bei.«

»Ich kann es dich lehren, wenn du möchtest.« Emanio fand es nicht richtig, diese Fähigkeiten jemandem vorzuenthalten, erst recht nicht aus dem nichtigen Grund, dass derjenige ein Gestaltwandler war. »Du musst dich während unserer Tage in der Bibliothek schrecklich gelangweilt haben. Das tut mir leid. Dabei wirst du es bestimmt schnell lernen, wenn es dir jemand beibringt.« Und das wollte Emanio sehr gerne.

Am vierten Tag sprach Emanio über sein Leben als Herzogssohn, als sie sich Tirellio, der Hauptstadt des Herzogtums Calirus, näherten.

»Weißt du, trotz all der Geschichten wollte ich nie ein Abenteurer, sondern stets nur ein guter Herzog sein. Darauf habe ich all die Jahre hingearbeitet. Doch erst der Fluch hat mir gezeigt, dass ich noch weit davon entfernt bin. Sonst gäbe es nicht so viele Untertanen, die mich hassen, und ich wäre nicht auf all die Lügen und Schmeicheleien der Höflinge hereingefallen, die sich als meine Freunde ausgaben. Es war ein schmerzhafter Schock, als ich erkannt habe, wie dumm ich all die Jahre gewesen war.«

»Du hast ihnen vertraut und wurdest von ihnen bewusst getäuscht und ausgenutzt, das ist nicht dumm«, widersprach Lerio. »Du konntest nicht ahnen, wie Kudonio und Kio wirklich waren.«

Draußen ertönten Rufe. »Halt! Wohin des Weges?«

Peronio und Omira, steckten die Köpfe aus den geöffneten Fenstern. »Das scheinen Soldaten von Herzogin Uria zu sein«, meinte der Erdhexer. »Bestimmt wundern sie sich, warum wir mit so vielen Kutschen und Wachen in ihrem Herzogtum unterwegs sind.«

Die fremden Männer und Frauen gaben ihnen den Befehl, alle auszusteigen. Emanio und Lerio blieben hinter Omira, Peronio und ihren Wachen zurück, während Akurio vortrat. »Ich bin Akurio, Sohn von Herzog Orsio. Wir begleiten meinen Bruder Emanio auf seiner Büßerreise zum Tempel der Reinheit, in der Hoffnung, so den Fluch aufzuhalten, der über ihn und unser Herzogtum gelegt wurde.«

Er deutete in ihre Richtung und die Soldaten bekamen einen Schreck, als sie den Panther in ihrer Mitte bemerkten. Lediglich der Anführer des Trupps wirkte nicht schockiert. »Die Neuigkeit vom Bestienfluch hat sich bereits bis zur Herzogin herumgesprochen. Bitte begleitet uns zum Schloss.

Ihr seid während des Besuchs des Tempels selbstverständlich die Gäste von Herzogin Uria.«

Emanio neigte dankbar den Kopf, während Akurio das Angebot in seinem Namen annahm. Anschließend befahl Costario ihnen, in ihre Kutschen zu steigen, und ließ seine Leute aufsteigen. Dann folgten sie den Wachen der Herzogin.

Etwa eine halbe Stunde später erreichten sie das Schloss. Ein paar der Soldaten mussten vorangeritten sein, denn beim Blick aus dem Fenster fiel Emanios Blick sofort auf eine Frau mit starker Ausstrahlung, welche im Zentrum allen Lebens um sie herum zu stehen schien und auf sie wartete. Er erkannte, dass sie eine Herrschaftszauberin und damit die Herzogin von Calirus sein musste.

Herzogin Uria bemerkte seinen Blick. Für einen kurzen Moment wirkte sie überrascht, dann jedoch schenkte sie ihm trotz seiner furchterregenden Gestalt ein Lächeln und ließ ihn nicht aus den Augen, während die Kutschen hielten und Dienstboten heraneilten, um die Türen zu öffnen. Peronio und Omira, die stets zuerst ausgestiegen waren, damit Emanio sich hinter ihnen verbergen konnte, ließen ihm jetzt den Vortritt. Gebannte Stille lag über dem Schlossvorplatz, als er aus der Kutsche heraussprang.

Dann jedoch kam Herzogin Uria auf ihn zu und Emanio konnte förmlich spüren, wie die Welt um sie herum den Atem anhielt.

»Herzlich willkommen in Tirellio, Emanio! Ich weiß nicht, ob Ihr Euch an meinen Besuch in Eurem Herzogtum erinnert. Das ist gewiss zwanzig Jahre her und Ihr wart damals noch ein kleiner Junge. Es hat mir sehr leidgetan, als ich von Eurem Fluch erfahren habe. Und nun der erneute Schicksalsschlag. Erlaubt mir, Euch mein herzliches Bedauern zum Verlust Eures Vaters auszusprechen, Euer Gnaden!«

Nein! Das kann nicht sein, nicht mein Vater!

Emanio spürte, wie die Pfoten unvermittelt unter ihm nachgaben. Plötzlich lag er lang gestreckt auf dem Boden. Sein erbärmliches Miauen musste über den gesamten Platz zu hören sein, so laut war seine Trauer. Alle aus seiner Gruppe schienen ebenfalls unter Schock zu stehen, nur Lerio eilte an seine Seite, um ihm Trost zu spenden.

Omira war die Erste, die die Stille durchbrach. »Verzeiht, aber Ihr müsst Euch irren, Euer Gnaden! Als wir aufbrachen, war Herzog Orsio noch quicklebendig und ich habe seitdem keine Gefahr für ihn vorhergesehen. Wenn Herzog Orsio gestorben wäre, dann wüsste ich das.«

Die Herzogin sah ungläubig zwischen ihm und der Seherin hin und her. »Aber wenn Herzog Orsio lebt, wie kann Emanio dann die Herrschaftsmagie von Ternilus besitzen?«

Bitte was? Er besaß die Herrschaftsmagie von Ternilus? Das war völlig unmöglich!

»Ihr müsst wissen, dass wir Herrschaftszauberer einander erkennen. Ihr wusstet sofort, wer ich bin, oder, Emanio?« Er fühlte sich zu kraftlos zum Nicken, auch wenn er sich langsam auf die Beine kämpfte.

»Wenn unsere Herrschaftsmagie erwacht, sind wir mit dem Land und unseren Untertanen magisch verbunden. Viele glauben, dass die Herrschaftsmagie lediglich bedeutet, dass wir unser Territorium mit Schilden beschützen können. Dass Herrscher lebendige Schutzschilde für ihre Untertanen sind, weil in Geschichtsbüchern nur von unserer Verteidigung gegen Schwarzmagier zu lesen ist. Doch das Band zwischen einem Herrschaftszauberer, seinem Land und seinen Untertanen geht noch viel weiter. Wir können den Menschen nicht nur magische Befehle geben. Nein, wir spüren das Land, jede Bedrohung und jede Katastrophe. Auf diese Weise können wir unser Herzogtum oder unser Königreich verteidigen, denn wir spüren die Lebewesen, deren Wohl uns unterstellt ist. Seien es die Menschen oder die Tiere. Deshalb werden wir auch ausnahmslos zu Vegetariern, sobald die Macht zu uns überwechselt – wir ertragen den Gedanken nicht, ein Lebewesen zu töten oder zu essen, das wir schützen.«

Emanio spürte, wie er erneut zu schwanken begann. Aber er war bereits seit sechs Jahren Vegetarier! Sollte das bedeuten, dass er seitdem der Herrscher über Ternilus war, ohne es bemerkt zu haben?

Geschockt schwieg er, während die Herzogin weitersprach. »Dieses Band prägt einen Menschen, daher können mächtige Magier oder andere Herrschaftszauberer erkennen, wenn sie einen Herzog oder einen König vor sich haben. Und Emanio ist eindeutig ein Herrschaftszauberer mit einer Verbindung zu seinem Herzogtum. Nur verstehe ich nicht, wie das möglich sein kann, wenn sein Vater noch lebt.«

Peronio räusperte sich. Emanio drehte sich zu ihm um, als der Erdhexer vortrat.

»Wenn Ihr erlaubt, Euer Gnaden?« Er verneigte sich zuerst vor Emanio, der verdutzt begriff, dass Peronio ihn gemeint hatte und nicht Herzogin Uria. Dann verneigte sich Peronio vor der Herrschaftszauberin. »Mein Name ist Peronio. Ich bin Erdhexer und Mitglied im Rat von Ternilus. Meine Vermutung ist, dass es daran liegt, dass Emanio seit sechs Jahren der amtierende Herzog ist. Er erfüllt alle Aufgaben, die ein Herrscher erfüllen muss. Emanio wacht über das Land und seine Bewohner. Er regiert ohne die Unterstützung seines Vaters, der am königlichen Hofe weilt und unsere Belange schlicht jahrelang ignoriert hat. Herzog Orsio muss wissen, dass Emanio der wahre Herrscher ist, auch wenn er das nicht zugeben oder die Macht offiziell abtreten will.«

»Das ist Verrat an meinem Vater, Peronio! Hütet Eure Zunge, bevor ich sie Euch herausschneiden lasse! Hauptmann, ich verlange, dass Ihr den Erdhexer verhaftet und in Ketten legen lasst!« Akurios scharfe Stimme hallte über den Platz. Sein Bruder war mit blitzenden Augen vorgetreten.

»Seid still!«, fuhr ihn Herzogin Uria an, während Emanio laut fauchte und Costario sich nicht rührte. »Es ist kein Verrat, wenn es die Wahrheit ist. Könnt Ihr die Verbindung Eures Bruders zu Ternilus denn nicht spüren? Nein, die Erklärung des Erdhexers ergibt Sinn, auch wenn ich nicht verstehe, warum der König Emanio noch nicht offiziell zum Herzog ernannt hat.«

»Herzogin Latia, Euer Gnaden«, erinnerte sie Omira.

Die Herzogin nickte grimmig. »Natürlich. Seine Nichte hat ihn um den kleinen Finger gewickelt. Mit Sicherheit findet sie es prestigeträchtiger, die Frau eines Herzogs zu sein als dessen Mutter.«

Emanio versuchte zu begreifen, was er hörte. Seine Eltern hatten Bescheid gewusst? Warum hatten sie dann nichts gesagt? Waren sie deshalb nicht aus Nadus zurückgekehrt? Hatte sein Vater gespürt, dass das Band zu Ternilus auf ihn übergegangen war? Doch warum hätte er Emanio und allen anderen das verheimlichen sollen?

Er fühlte sich verraten und nur Lerios Berührung, seine treue Präsenz an Emanios Seite, spendete ihm etwas Trost. Aber zumindest verstand er jetzt, warum sein Vater den Forderungen der Aufrührer nach seiner Enterbung nicht stattgegeben hatte. Er konnte es schlicht nicht, da Emanio bereits der rechtmäßige Herrscher war. Darum waren auch seine Befehle und Versuche, die Ruhe bei seiner Ankunft wiederherzustellen, ohne Wirkung verhallt. Er konnte ihren Untertanen nichts mehr befehlen.

»Liegt es eventuell daran, dass Emanio unser rechtmäßiger Herrscher ist, dass sich sein Fluch auch auf das Herzogtum ausbreitet?«, wollte Costario wissen.

Herzogin Uria wirkte einen Moment lang verwirrt. Dann lachte sie hell. »Die Vorstellung ist absurd! Das kann ich mir nicht vorstellen.« Dann jedoch wurde sie nachdenklich. »Aber ich bin keine Fluchgelehrte. Ich werde meinen Magier rufen lassen. Er kann die Frage beantworten, wenn wir vom

Tempel der Reinheit zurückkehren. Ihr alle seid selbstverständlich für die Dauer Eures Aufenthalts meine Gäste.«

Kapitel 30: Lerio

Lerio fragte sich, wie sich Emanio bei all den Enthüllungen der letzten Tage fühlte. Selbst er war erschüttert, von Emanios Herrschaftsmagie und der Täuschung durch dessen Eltern zu hören. Wie musste es da erst Emanio gehen?

Der Panther war ungewöhnlich schweigsam. Als Hauptmann Costario fragte: »Erlaubnis erteilt, aufzusitzen und die Reise zum Tempel der Reinheit fortzusetzen, Euer Gnaden?«, nickte er lediglich kurz.

Die Adligen, unter ihnen auch Adella, umschwärmten Emanio aufgeregt und ehrerbietig. Sie mussten von den Soldaten zurückgedrängt werden, damit Emanio und er zu ihrer Kutsche zurückkehren konnten. Auch Peronio und Omira wirkten respektvoller als sonst. Sie verbeugten sich, bevor Emanio einstieg, und endlich regte sich der Panther. Er seufzte schwer.

»Wie geht es dir?«, wollte Lerio besorgt wissen, als sie auf ihren gewohnten Plätzen saßen und das Fuhrwerk sich in Bewegung gesetzt hatte. Instinktiv drängte er sich an Emanio, um ihm zu zeigen, dass er nicht allein war. Er hatte das Gefühl, dass Emanio jetzt dringend Trost benötigte.

»Verwirrt, enttäuscht, traurig, erschöpft, wütend und noch ein halbes Dutzend anderer Dinge, die ich jetzt nicht benennen kann.« Emanio ließ den Kopf auf die Bank sinken. »Doch vor allem verstehe ich es nicht. Hätten meine Eltern nicht etwas sagen müssen? Und warum habe ich es nicht bemerkt? Liegt es daran, dass die Macht sonst erst beim Tod des früheren Herrschers auf seinen Nachfolger wechselt?

Bin ich deswegen nicht auf die Idee gekommen und habe die Anzeichen ignoriert? Oder war es ein schleichender Prozess? Ich fühle mich so dumm, Lerio! Ich bin enttäuscht von mir selbst. Jahrelang dachte ich, dass ich das Beste für Ternilus tun würde, doch wie kann ich das, wenn ich einen wesentlichen Aspekt meiner Verpflichtungen nicht erfülle, weil ich nicht weiß, dass es meine und nicht mehr die meines Vaters sind?«

Dieses Mal wusste Lerio nicht, was er antworten sollte. Er hatte sich nie über die Aufgaben eines Herzogs Gedanken gemacht oder was es bedeutete, für so viele Menschen und Tiere verantwortlich zu sein. Wie sehr es jedoch Emanio beschäftigte und belastete, sah er nun.

»Du kannst nur dein Bestes tun, Emanio. Mehr kann niemand von dir verlangen. Dann wirst du eben jetzt anfangen, diese Verpflichtungen zu übernehmen. Wie sollst du Aufgaben erfüllen, von denen du nichts weißt? Deinen Vater trifft die Schuld, nicht dich. Deine Eltern hätten dir die Wahrheit sagen müssen.«

Als sie eine Stunde später beim Tempel der Reinheit ankamen, einem großen Gebäude aus weißem Stein, neigte sich der Nachmittag bereits dem Ende zu und Emanio ging es etwas besser. Er wirkte nicht mehr so niedergedrückt wie bei ihrer Abfahrt vom Schloss und blickte nun neugierig nach draußen auf die Priester, die Gläubigen und die Pilger, die über den Tempelvorplatz liefen.

»Herzlich willkommen im Namen unserer Göttin!«

Ein älterer Priester mit weißen Haaren und weißer Kutte kam ihnen mit einem Lächeln entgegen.

»Vielen Dank, werter Oberpriester!«

Herzogin Uria trat vor und verbeugte sich leicht vor dem Mann, welcher der höchste Diener von Göttin Ajane in diesem Königreich war.

»Erlaubt mir, Euch Herzog Emanio aus Ternilus und seine Begleiter zu präsentieren. Der Herzog befindet sich auf einer Pilgerreise zu den drei Tempeln und möchte sich dem Reinigungsritual unterziehen.«

Sie deutete auf Emanio an Lerios Seite und erneut zuckte der Oberpriester noch nicht einmal mit der Wimper. Stattdessen verneigte er sich leicht vor dem Panther. »Meine Herrin hat Euch bereits angekündigt, Euer Gnaden. Bitte folgt mir!«

Sie begleiteten den Priester in den Tempel. Alles wirkte sauber und roch frisch. Auch drinnen war alles komplett in Weiß gehalten. Da Lerio und seine Familie nicht religiös waren, wusste er den Grund dafür jedoch nicht. »Muss das nicht ein schrecklicher Aufwand sein, das alles sauberzuhalten?«, murmelte er.

»Oh, das ist wahr, mein Kind«, erwiderte der Oberpriester und Lerio zuckte zusammen. Hatte der Mann ihn verstanden, obwohl er in seiner Luchsgestalt war? »Doch wie unsere Herrin so voller Weisheit erkannt hat, ist Weiß die beste Farbe, um jede Art von Unreinheit, Schmutz oder Makel zu offenbaren. Daher ist es unsere Bestrebung, jederzeit und überall dafür zu sorgen, dass die Menschen, ihre Herzen und Seelen, genauso rein und strahlend weiß werden mögen wie dieser Tempel.«

Die Reisegruppe, die Lerios Frage nicht verstanden hatte, musterte den Priester verwirrt.

»Herr? Geht es Euch gut?« Olita war ungeachtet seines Ranges an die Seite des Oberpriesters geeilt, um ihm bei Bedarf sofort beistehen zu können.

Der alte Mann lächelte sie gütig an. »Habt Dank, mein Kind, alles ist bestens. Ich habe mich lediglich mit Lerio unterhalten und versucht, Licht ins Dunkel zu bringen.«

»Ihr versteht ihn?« Omira war äußerst überrascht und blieb stehen.

»Meine Herrin hat mir die Gabe geschenkt, all ihre Kinder auf dieser Welt, die ihrer Gnade bedürfen, zu verstehen, damit ich ihnen helfen kann.«

Sie erreichten jetzt einen Saal, in dessen Mitte sich ein großes Becken von etwa einem Dutzend Schritt Breite und bestimmt hundert Schritt Länge befand. Das Becken schien mit Wasser gefüllt zu sein und einem durchschnittlich großen Erwachsenen bis zum Knie zu gehen, denn Lerio konnte einen Mann sehen, der mit langsamen Schritten von einem Ende des Beckens zum anderen watete. Nur dass das Wasser in hellem, weißem Licht leuchtete und dunkle Schwaden wie dichter Nebel von dem Büßer ausgingen. Was passierte hier?

»Dies sind die heiligen Tränen von Ajane«, erklärte der Oberpriester leise. »Es wird erzählt, dass sie eines Tages vor vielen, vielen Jahrhunderten bekümmert über ihre menschlichen Kinder war und ihre Tränen vom Himmel in dieses Becken fielen. Als ein gepeinigter Jugendlicher eines Tages stolperte, hineinfiel und daraufhin seine Gedanken und seine Seele von Neid, Eifersucht, Wollust und jedem anderen finsteren Gefühl gereinigt wurden und er fortan ein glücklicheres, frommes Leben führte, erkannten die Menschen die Macht von Ajanes Gnade. Sie begannen hierherzupilgern und den Tempel um uns herum zu errichten, um das Becken vor den Unbillen des Wetters und anderen Verunreinigungen zu schützen. Seitdem reisen jedes Jahr unzählige Pilger und Sünder von überall hierher, um sich dank der Unterstützung unserer Herrin von ihrer Last zu befreien. Wenn der Büßer seine Taten und Gedanken ehrlich bereut, entweicht die Finsternis seinem Körper in dunklen Schwaden. Ist er jedoch nur hergekommen, um die Göttin und andere zu täuschen, dann beginnen die Tränen Blasen zu werfen und der Büßer kann den Pfad der Reinigung nicht beenden. Nur wer einmal durch das komplette Becken gegangen ist, gilt als von allen Sünden befreit und steht in der Gunst unserer Herrin.«

Der Pilger, den sie beobachtet hatten, verließ nun das Becken auf der anderen Seite. Er wirkte glücklich und strahlte, wie von einem immensen Gewicht befreit. Der Oberpriester machte eine einladende Geste in Emanios Richtung.

»Euer Gnaden. Nehmt Euch einen Moment und beginnt den Pfad der Reinigung in Ajanes Augen, sobald Ihr bereit seid. Möge Eure Reue ehrlich sein und Gnade vor Ajane finden.«

Emanio holte tief Luft, bevor er Lerio ansah. Lerio stupste den Panther leicht mit dem Kopf an und versuchte ihm seinen Beistand ohne Worte auszudrücken, jetzt, da er wusste, dass der Oberpriester jede ihrer Äußerungen verstehen konnte. Mit einem leisen Miauen erwiderte Emanio die Geste, dann wandte er sich ab und ging langsam auf das Becken zu. Vor den Stufen, die hinab ins Wasser führten, hielt er kurz inne und schloss die Augen. Einen Moment später öffnete er sie wieder und begann das Reinigungsritual.

Lerio sah Emanio kaum merklich erschaudern, als seine Pfote zum ersten Mal mit den göttlichen Tränen in Berührung kam. Doch das Wasser blieb ruhig, sodass Emanio mutig weiter hinunterging, bis er mit allen vier Beinen im Wasser stand. Ein leichter und dünner grauer Dunst stieg von seinem Körper aus in die Luft.

Während Emanio seinen Weg fortsetzte, ließ Lerio ihn nicht aus den Augen. Die Worte des Priesters spukten noch durch seinen Kopf. Doch Emanio schien keine Mühe zu haben, das Becken zu durchqueren. Das Wasser warf keinerlei Blasen auf. Das Einzige, was passierte, war, dass bei jedem Schritt ein kleiner Schwall hellgrauer Dunst aus Emanios Körper austrat.

Als Emanio auf der anderen Seite das Becken verließ, wartete Lerio nicht auf die Erlaubnis des Oberpriesters, sondern eilte ihm entgegen. »Wie fühlst du dich?«

Emanio begann leise zu schnurren. »Ich fühle mich großartig! So rein, wie ich mich in meinem ganzen Leben noch nicht gefühlt habe. Ich empfinde zum allerersten Mal nichts als Frieden.«

»Hat es nicht funktioniert?«

Die laute Stimme des Hauptmanns durchbrach die Stille und augenblicklich sahen sich alle Priester und der Oberpriester empört zu ihm um.

»Was meint Ihr, guter Mann?«, fragte der Oberpriester mit leichter Schärfe in seinen Worten.

Der Hauptmann bemerkte sie jedoch nicht. Er deutete von Emanio zum Becken und wirkte verwirrt. »Es ist kaum etwas passiert, als Emanio sich der Zeremonie unterzogen hat. Bei dem Pilger vor ihm sind dicke, dunkle Schaden aus seinem Körper aufgestiegen. Funktioniert das Ritual bei dem Herzog nicht, weil er zurzeit ein Panther ist?«

Der Oberpriester kam mit dem Rest der Gruppe auf Emanio und ihn zu und legte dem Panther furchtlos eine Hand auf die Stirn.

»Nein, es hat funktioniert. Emanio hat die Gnade unserer Herrin empfangen und wurde von allen Sünden gereinigt. Manche Personen haben weniger Schuld auf sich geladen als andere, dann ist der Dunst nicht so dunkel und nicht so dicht wie eben bei dem Pilger davor.«

Akurio trat vor und runzelte die Stirn. »Was der Hauptmann damit sagen will, ist, dass wir das nicht glauben können. Mein Bruder wurde aufgrund seiner zahlreichen Sünden verflucht und in eine Bestie verwandelt. Es kann also nicht so wenig Dunkelheit in ihm stecken. Vielleicht wäre es besser, wenn Emanio das Ritual noch einmal wiederholt?«

Der Oberpriester und seine Kollegen wirkten empört, doch bevor sie etwas sagen konnten, stieß Emanio einen lauten Seufzer aus. Er warf seinem Bruder und Costario einen vielsagenden Blick zu. Lerio wollte ihn fragen, was er vorhatte, doch in diesem Moment rannte Emanio bereits um das Becken herum und begann das Reinigungsritual erneut.

Dieses Mal stieg keinerlei Nebel von seinem Körper auf, doch das weiße Leuchten des Wassers verstärkte sich, bis es Lerio blendete und er den Eindruck hatte, als wäre Emanios Fell nicht länger schwarz, sondern weiß. Erst als Emanio die Stufen an ihrem Ende des Beckens erklomm und die Tränen der Göttin von seinen Gliedern fielen, nahm sein Körper wieder seine gewohnte Farbe an.

»Glaubt Ihr es jetzt? Die Göttin hat ihn gesegnet«, sagte der Oberpriester.

Hauptmann Costario schüttelte den Kopf. Er war sichtlich verstört. »Aber Ihr sagtet, dass das Ritual den Pilger von den Sünden der Wollust befreit. Wie kann das sein? Emanio hat unzählige junge Frauen und Mädchen gegen ihren Willen verführt, darunter meine eigene Tochter. Der Dunst hätte dicht und schwarz sein müssen angesichts all der Sünden, die er mit seinen Untaten auf sich geladen hat!«

Herzogin Uria, die die Zeremonie bislang schweigend verfolgt hatte, mischte sich jetzt ein. »Das ist Unsinn, Hauptmann! Habt Ihr nicht zugehört, als ich sagte, dass Emanio der rechtmäßige Herrscher ist? Er kann sich nicht gegen seine eigenen Untertanen wenden, geschweige denn, ihnen Gewalt antun! Und selbst wenn er seine eigenen Instinkte, allzeit alle Menschen in Ternilus zu beschützen, überwinden und seine Eide brechen könnte, würde sich seine Magie gegen ihn wenden und er nicht länger der Herzog sein!«

Kopfschüttelnd öffnete der Hauptmann den Mund und wollte etwas entgegnen, als sich in diesem Moment eine der Wachen räusperte. »Hauptmann? Vielleicht hat die Herzogin recht. Mir kam es merkwürdig vor, als das junge Mädchen behauptet hat, sein Opfer geworden zu sein, nachdem wir die ganze Nacht nach ihm gesucht hatten. Zu dem Moment musste Seine Gnaden entweder in Gefangenschaft oder bereits verwandelt gewesen sein. Er konnte die Tat nicht begangen haben. Entweder das Mädchen hat gelogen oder jemand anders hat sich für Emanio ausgegeben. Was, wenn das nicht das erste Mal gewesen ist?«

Lerio schnappte nach Luft. An seiner Seite miaute Emanio leise, doch er konnte sich nicht zu ihm umsehen. Stattdessen starrte er den Soldaten und den Hauptmann an, der wirkte, als hätte ihn der Schlag getroffen. Er war blass geworden und zitterte.

»Bei den Göttern! Ihr könntet recht haben! Ich habe den Rat und den Rest des Schlosses erst am Morgen nach Emanios Verschwinden unterrichtet und habe ihn in der Zwischenzeit nur mit einer kleinen Handvoll von meinen eigenen Leuten gesucht. Der wahre Verbrecher wusste also nichts davon und hat sich als Emanio ausgegeben, ohne zu ahnen, dass er ihm dieses Mal die Schuld nicht zuschieben konnte. Das ergibt mehr Sinn, als dass das Mädchen gelogen hätte.«

Er wandte sich an den Oberpriester. »Heißt das, dass Emanio meine Tochter gar nicht verführt hat? Habe ich ihn die ganze Zeit fälschlicherweise für den Übeltäter gehalten?«

Der alte Mann sah betrübt aus, während er den Blick über ihre Gruppe wandern ließ und dann auf dem Hauptmann zu ruhen kam. »Genauso ist es. Ich weiß nicht, wer der Sünder ist, doch ich kann Euch versichern, dass sich Emanio in den letzten zwölf Monaten keiner lüsternen Tat schuldig gemacht hat. Er hat niemandem Gewalt angetan.«

Lerios Kopf schnellte herum, sein Blick huschte zu seiner Schwester, die leichenblass geworden war. Während sich Hauptmann Costario wortreich bei Emanio für sein Verhalten, sein Misstrauen und seine schwankende Loyalität ihm gegenüber in den letzten Wochen entschuldigte und beteuerte, dass er zukünftig alles daransetzen würde, um den wahren Frauenschänder zu finden und Emanios guten Ruf wiederherzustellen, konnten Lerio und Torra nicht aufhören einander anzustarren. Er wusste, dass ihnen beiden in diesem Moment nur ein Gedanke unaufhörlich durch den Kopf ging.

Wenn Emanio im letzten Jahr mit niemandem geschlafen hat, wer ist dann der Vater von Torras ungeborenem Kind?

Kapitel 31: Emanio

Als der Oberpriester die erlösenden Worte sprach, fühlte Emanio, wie eine große Last von seinen Schultern fiel. Das letzte bisschen Schuld, welches auch die Reinigungszeremonie und die für ihn spürbare Gnade der Göttin nicht hatten vertreiben können, löste sich jetzt in Luft auf.

Ich habe den Frauen kein Unrecht getan! Ich habe mich nicht an meinen eigenen Untertanen vergangen! Ein anderer ist der Übeltäter!

Er hatte in den letzten Wochen an sich selbst gezweifelt, so stark hatten die Überzeugungen der anderen, dass er der Schuldige war, ihn niedergedrückt. Sie alle waren sich so sicher gewesen, dass er es gewesen war. Dennoch hatte ihn vor Costario niemand zur Rede gestellt und Rechenschaft von ihm gefordert. Alle anderen waren eifrig bemüht gewesen, vor ihm den schönen Schein aufrechtzuerhalten, während sie hinter seinem Rücken über ihn getratscht und ihn verdammt hatten.

Der Hauptmann war der Einzige gewesen, der das Unrecht nicht hatte ruhenlassen wollen, nur weil Emanio der Erbe war.

Als sich Costario jetzt ehrlich erschüttert bei ihm für sein Misstrauen, seine Worte und seine fehlende Unterstützung in den letzten Wochen entschuldigte, war Emanio daher gerne bereit, ihm zu vergeben. Sie alle – bis auf Morio, Brusperio und seine Großmutter – hatten ihn verdächtigt und für schuldig gehalten, irregeführt vom wahren Verbrecher. Es war nicht ihre Schuld, dass sie getäuscht worden und auf diese Weise ebenfalls zu Opfern geworden waren.

Nun erkannte Emanio auch, dass Lerio recht gehabt hatte. Er war für die Taten anderer nicht verantwortlich, nur für seine eigenen, und er konnte lediglich sein Bestes tun, um die Verbrechen aufzuklären und seine Untertanen zu schützen.

Dankbar und erleichtert nickte er dem Oberpriester zu. Er fühlte sich so leicht wie seit frühster Kindheit nicht mehr. Es war richtig gewesen, die Pilgerreise anzutreten und das Ritual zu vollziehen. Nicht nur, dass es ihm gutgetan hatte, es hatte auch seine Unschuld bewiesen.

Emanio wollte sich Lerio zuwenden und sich für seinen Beistand bedanken, doch der Luchs hatte sich unbemerkt zu seiner Schwester begeben, die jetzt auf dem Boden kniete und weinte. Was war geschehen?

Rasch eilte er zu den Geschwistern hinüber. »Was ist mit Torra?«

Das Mädchen sah auf und begann bei seinem Anblick nur noch heftiger zu schluchzen. Lerio leckte ihr übers Gesicht und miaute leise, bis sie sich beruhigt hatte.

»Es tut mir so schrecklich leid, Euer Gnaden«, flüsterte sie. »Ich habe Euch unrecht getan und Ihr wisst es noch nicht einmal.«

Lerios Schwester holte ein Taschentuch hervor und schnäuzte sich. »Es ist meine Schuld, dass Lerio so ein schlechtes Bild von Euch hatte. Ihr müsst wissen, dass ich mich Ende April heimlich auf den Maskenball im Schloss geschlichen habe. Ich habe zu viel getrunken und bin Euch gefolgt. An den Rest erinnere ich mich nicht mehr deutlich, aber ich dachte, dass Ihr derjenige gewesen wärt, mit dem ich geschlafen habe. Als Lerio herausgefunden hat, was passiert ist und dass ich schwanger bin, war er schrecklich wütend. Er dachte, Ihr hättet mir ein Unrecht getan, und hat sich auf den Weg zum Schloss gemacht, um Euch zur Rede zu stellen. Dabei seid Ihr gar nicht der Vater meines ungeborenen Kindes!«

Emanio war schockiert. Torra war ebenfalls eines der Opfer des Verführers geworden?

Lerio ließ den Kopf hängen. »Es tut mir so leid, Emanio. Ich hätte dir viel früher vertrauen sollen und als ich es dann tat, konnte ich das Versprechen, das ich Torra gegeben hatte, nicht brechen. Sie hatte mich schwören lassen, niemandem ihr Geheimnis zu verraten. Dabei habe ich versucht, sie zu überzeugen, dir die Wahrheit zu sagen. Ich fand, dass du ein Anrecht auf sie hast. Du solltest die Möglichkeit haben, dein eigenes Kind kennenzulernen. Nur dass es anscheinend nicht deins ist.« Lerio seufzte. »Weißt du, ich hatte begonnen Gefallen an dem Gedanken zu finden, dass wir nun eine Familie sind. Es fühlte sich so richtig an. Jetzt ist jedoch alles falsch und wenn Adella erfährt, dass Torra schwanger ist, wird sie sie entlassen.«

Der Luchs starrte zur Herrin seiner Schwester hinüber und Emanio folgte seinem Blick. Doch Adella hatte von Torras Geständnis nichts mitbekommen, denn sie stand abseits der anderen und war in eine leise, aber hitzige Diskussion mit Akurio verwickelt. Über was sich die beiden stritten, konnte er nicht hören, denn um sie herum herrschte helle Aufregung. Alle standen in kleinen Grüppchen um das heilige Becken herum und diskutierten lautstark die neuesten Enthüllungen.

Als sich Emanio zu Lerio und seiner Schwester umdrehte, wirkte Torra noch immer bekümmert. »Könnt Ihr mir vergeben?«

Emanio nickte. Leider konnte er Torra nicht in den Arm nehmen, aber zum ersten Mal, seit er die Nachfolge seines Vaters angetreten hatte, hätte er das gerne getan und nicht nur, weil die Menschen es von ihm erwarteten. Hing sein Widerwille vor Berührungen und das häufig auftretende Gefühl, unrein zu sein, auch mit seiner Herrschaftsmagie zusammen? Doch warum empfand er dann so? Lag es an den Untertanen oder der jeweiligen Situation? Waren dies Warnzeichen gewesen, die er nicht richtig zu deuten gewusst hatte? Hätte er womöglich den Verführer und andere Verbrecher aufhalten können, wenn er gewusst hätte, dass er der rechtmäßige Herrscher über Ternilus war und dass seine Gabe ihn warnte?

Er bekam Kopfschmerzen bei dem Versuch, sich zu erinnern, in wessen Gegenwart er sich alles unwohl gefühlt hatte. Dies war die negative Seite seiner Magie, aber er nahm sie gerne auf sich, wenn das bedeutete, dass er ein Unrecht beenden oder ein Verbrechen verhindern konnte. Seine Entschlossenheit wuchs. Er würde den Verführer finden und zur Rechenschaft ziehen!

Emanio versuchte, Torra und Lerio aufzumuntern, die noch bedrückt zu sein schienen, indem er anfing zu schnurren. Doch Lerio seufzte bloß.

»Ich hätte dich nicht mit deiner Familie in einen Topf werfen dürfen«, machte sich sein Freund erneut Vorwürfe. »Ich habe doch schnell bemerkt, dass du nicht wie Akurio bist. Dein Bruder hat sich über mich und meinen Makel lustig gemacht, bevor er mir seinen zahmen Fuchs auf den Hals gehetzt hat.«

»Was hat er getan?«

Emanio starrte empört zu seinem Bruder hinüber, der sich nicht mehr mit Adella, sondern mit Costario stritt.

Lerio fuhr fort, als hätte er seinen Ausbruch nicht bemerkt. »Ich muss dir noch etwas gestehen. Denn der Bewaffnete im Wald, der mir damals als Kind die Schwertverletzung im Gesicht beigebracht hat, das war niemand anderer als dein Vater. Es war aus Schuldgefühl, nicht aus Mitleid mit uns, dass er meine Eltern eingestellt hat – er hat jedem Mitglied meiner Familie eine lebenslange Anstellung im Schloss versprochen, um seine Tat wiedergutzumachen. Doch er hat mich nie gemocht, hat uns nie vertraut und ist uns, so gut er konnte, aus dem Weg gegangen. Darum war er sofort davon überzeugt, dass ich hinter den Anschlägen auf dich stecke. Denn seiner Meinung nach hätte ich allen Grund gehabt, mich für den Verlust meines Augenlichts und den Tod meines Vaters, den er nie aufgeklärt hat, zu rächen. Am Ende hat er seinen Schwur gebrochen, als er mich aus dem Schloss verbannt hat und als ich dank Kudonio auch noch meine Anstellung als Wildhüter verloren habe.«

»Was!«

Emanio schwindelte von all den überraschenden Offenbarungen. Sein Vater war derjenige, der Lerio fast getötet hätte? Dann hatte er nur halbherzig versucht, das Unrecht wiedergutzumachen? Und jetzt hatte Lerio dank seinem Vater und Kudonio auch noch seinen Lebensunterhalt verloren?

Ihn überkam die Wut, als er an all die Ungerechtigkeiten dachte. »Es tut mir sehr leid. Ich werde seine Taten wiedergutmachen und ihn zur Rede stellen. Du wirst deine Anstellung selbstverständlich zurückbekommen oder eine andere. Ich würde mich sehr freuen, wenn du mir weiterhin Gesellschaft leisten würdest. Und wenn ich dir das Lesen beigebracht habe, stehen dir alle Möglichkeiten offen. Du musst nicht zu den Wildhütern zurückkehren, die dich so schikaniert haben.«

Lerio schnurrte leise und schmiegte sich an seine Seite, um seine Dankbarkeit auszudrücken. Doch bevor er etwas sagen konnte, war der Oberpriester zu ihnen getreten. Torra ging respektvoll beiseite, um sie ungestört miteinander reden zu lassen.

Der alte Mann neigte den Kopf. »Bitte verzeiht mir, Euer Gnaden. Ich bedaure, dass ich Euch vor der Gruppe bloßstellen musste, um Euren guten Ruf zu verteidigen. Normalerweise verraten wir Priester Unbeteiligten nicht, was uns unsere Herrin über die Pilger erzählt, die sich dem Reinigungsritual unterzogen haben. Aber ich dachte, dass es ausreichen würde, ihnen zu sagen, dass Ihr in den letzten zwölf Monaten keusch gelebt habt. Ich musste ihnen nicht verraten, dass Euch Wollust völlig fremd ist.«

Emanio zuckte zusammen, als ihn eine heiße Welle der Scham überflutete. Zwar hatte der Priester von Ajane leise gesprochen, aber Emanio hatte nicht gewusst, dass die Göttin ihren Dienern solche intimen Details über das Leben der Büßer berichtete. Dass der Oberpriester jetzt auch noch aussprechen musste, dass Emanio mit zweiundzwanzig Jahren noch nie Geschlechtsverkehr gehabt hatte – was mit Sicherheit zu neuen Fragen über seine Eignung als Herrscher führen würde, sollte jemand sie belauscht haben – und das auch noch vor Lerio, fand Emanio äußerst beschämend. Am liebsten hätte er sich in einem Loch im Boden versteckt und wäre nie wieder daraus hervorgekrochen.

Lerio, der Emanios Unbehagen spürte, fiepte leise an seiner Seite. Nur der Oberpriester bemerkte Emanios tödliche Verlegenheit nicht und sprach weiter: »... sehen uns dann beim Empfang heute Abend. Herzogin Uria war so freundlich, mich ebenfalls einzuladen.«

Der Alte verbeugte sich kurz, nickte ihnen zum Abschied zu und verschwand.

Emanio sprach kein Wort und sah niemanden an, als sich ihre Gruppe kurz darauf auf den Rückweg machte. Peronio und Omira, die nicht mitbekommen hatten, welch ein unbehagliches Schweigen zwischen ihm und Lerio herrschte, unterhielten sich angeregt über die Ereignisse im Tempel. Von ihm unbemerkt hatten sich noch zwei Mitglieder des Hofs der Reinigungszeremonie im Becken der göttlichen Tränen unterzogen.

»Bitte sag etwas, Emanio!«, flehte Lerio schließlich in der Kutsche. »Ich ertrage das Schweigen zwischen uns nicht mehr. Ich weiß, dass ich dir nicht so lange hätte verheimlichen dürfen, dass es dein Vater war, der mich verwundet hat. Aber ich wollte keinen Keil zwischen euch beide treiben und am Ende war es nicht wichtig, wer mich verletzt hat, sondern nur wie mich die Verstümmelung meines Gesichts geprägt und verändert hat.«

Wie bitte? Lerio dachte, er sei wütend auf ihn und dass er deswegen schwieg?

»Daran liegt es nicht, dass ich nichts gesagt habe.« Er riskierte einen Blick zu dem Luchs hinüber, bevor er erneut peinlich berührt wegschaute. »Es ist wegen dem, was der Priester gesagt hat. Das war mir dermaßen peinlich, dass ich nicht wusste, wie ich damit umgehen sollte. Wenn ich dir das Gefühl gegeben habe, dass du etwas falsch gemacht hättest, dann tut mir das sehr leid. Das ist nicht der Fall.«

Lerio legte eine Pfote auf sein Fell. »Du weißt, dass das nichts ist, wofür du dich schämen musst, oder? Himmel, ich bin bereits fünfundzwanzig und war auch noch nie mit jemandem zusammen! Es ist schon schwierig genug, weil ich ein Gestaltwandler bin und nur Männer anziehend finde. Aber ich habe noch nie einen Mann getroffen, der mich ebenfalls anziehend gefunden hätte und nicht angewidert beim Anblick meiner Narben zurückgewichen wäre. Inzwischen habe ich die Hoffnung aufgegeben, dass ich jemals einen Gefährten fürs Leben finden werde.«

»Dann sind die Männer Idioten!«, entfuhr es Emanio laut. »Dein Gesicht ist nicht abstoßend und dein Luchs ebenfalls nicht. Viel wichtiger ist doch, wie jemand im Inneren aussieht, nicht das Äußere. Glaub mir, die Menschen sehen bei mir auch stets bloß den äußeren Schein. Aber ich bin nicht *der Schöne* oder *der Herzog*, so wie du nicht *der Hässliche* oder *der Gestaltwandler* bist. Ich bin Emanio und du bist Lerio. Wir sind so viel mehr als nur zwei unserer Eigenschaften!«

Lerio schwieg einen Moment und Emanio drehte den Kopf, um ihn anzusehen. Er musste wissen, wie sich sein Freund fühlte, und das konnte er nicht, indem er zu Boden sah.

Der Luchswandler starrte ihn in diesem Moment an und schluckte mühsam. Er wirkte, als wäre er kurz davor zu weinen. Etwas, das Emanio nicht ertragen konnte, weshalb er auch anfing, gedankenlos das Erstbeste von sich zu geben, das ihm in den Sinn kam.

»Ich war noch nie verliebt. Ich weiß leider nicht, wie das ist. Wenn mein Bruder und seine Freunde eine junge Frau anziehend finden und von ihr schwärmen, dann sehe ich womöglich ihre körperliche Schönheit, ein nettes Lächeln oder einen ähnlichen Vorzug, doch dieser lässt mich persönlich völlig kalt. Ich kann ihre Schönheit bewundern, wie ich ein Gemälde bewundern und dann weitergehen würde. Emotional hingegen berührt sie mich nicht. Zuerst dachte ich, dass es daran liegt, dass ich mich nicht von Frauen angezogen fühle, aber ich habe dasselbe Problem auch bei Männern.«

Bei den Göttern! Kann nicht jemand dafür sorgen, dass ich den Mund halte?

Wieder breitete sich die Verlegenheit in ihm aus und er warf einen raschen Blick in Lerios Gesicht. Doch der Luchs hörte ihm voller Verständnis zu. Es schien keine Belustigung oder Verurteilung in seinen Augen zu liegen. Deshalb sprach Emanio weiter.

»Ich habe versucht, den Fluch auf einem anderen Weg aufzuheben, weil ich Angst habe, dass ich nicht fähig bin zu lieben. Wie soll ich bis zur Wintersonnenwende meine wahre Liebe zu finden? Das ist unmöglich!«

Lerio stupste ihn mit dem Kopf leicht an und rückte näher an ihn heran. »Das stimmt nicht. In dir steckt so viel Gutes. Mitgefühl, Gerechtigkeitsempfinden, Nächstenliebe, Verständnis für andere und vieles mehr. Du wirst deine große Liebe finden, den Fluch überwinden und glücklich werden. Ich glaube fest daran.« Er leckte ihm kurz über das Gesicht. »Und deine Großmutter tut das auch. Deshalb hat sie doch all die jungen Frauen ins Schloss eingeladen, in der Hoffnung, dass Porelle, Olita oder eine andere deine Gefühle weckt. Magst du denn keine von ihnen?«

Emanio zuckte schuldbewusst zusammen, als er sich erinnerte, was er seiner Großmutter versprochen hatte. Doch seitdem er herausgefunden hatte, dass Lerio ihm gefolgt war, und sein Freund angeschossen worden war, hatte er mit keiner der drei Kandidatinnen Zeit verbracht. Adella hatte es versucht, indem sie sich bei den Mahlzeiten unter die anderen Höflinge gemischt hatte. Und Olita und Porelle hatten sich bemüht zu helfen, als Lerio verletzt gewesen war, doch Lerio war ihm wichtiger gewesen.

»Ich mag Olita und Porelle«, gab er zu. »Ich habe gehofft, dass ich Gefühle für eine der beiden entwickeln könnte, aber mehr als Zuneigung und Respekt, vielleicht noch Freundschaft, empfinde ich nicht für sie. Es ist hoffnungslos.«

Darauf wusste Lerio auch nichts zu sagen.

Zwei Stunden später geleitete ihn ein Dienstbote von Herzogin Uria zum Empfangssaal, wo das abendliche Festbankett stattfinden sollte. Emanio hoffte, dass er den Oberpriester nicht so bald wieder sprechen musste und nicht neben ihm saß. Er wusste nicht, wie er nach ihrem letzten Gespräch mit dem zu offenherzigen Priester umgehen sollte.

Dafür freute er sich jedoch darauf, Lerio wiederzusehen, der unmittelbar nach der Ankunft seine Schwester aufgesucht hatte, um sich zu vergewissern, dass sie die schockierende Neuigkeit ebenfalls verdaut hatte. Seitdem hatte er ihn nicht gesehen.

Als er den Saal betrat, bemerkte er, dass die Gäste abrupt verstummten, als sie ihn erblickten. Herzogin Uria schien die Anwesenden vorgewarnt zu haben, denn niemand zuckte zusammen oder wich ängstlich vor ihm zurück. Stattdessen sahen sie ihn neugierig an. Anscheinend hatten sie von seinem Fluch und seinem Aufstieg zum rechtmäßigen Herzog gehört.

Nun kam ihm Herzogin Uria mit einem breiten Lächeln entgegen. »Herzog Emanio! Es ist schön, Euch wiederzusehen. Ich hoffe, Ihr konntet Euch in der Zwischenzeit ein wenig von der anstrengenden Reise und den Ereignissen des Nachmittags erholen? Eure Gemächer sind hoffentlich zu Eurer Zufriedenheit? Falls nicht, lasst es mich bitte unverzüglich wissen.«

Er nickte, während er sich unauffällig nach seinen Begleitern umsah. Peronio, Omira und Costario hatten wie er einen Platz an der Tafel der Gastgeberin. Doch er konnte Lerio, Torra, Porelle, Olita und Adella dort nicht entdecken. Stattdessen saßen sie an zwei anderen Tischen und sein Bruder fehlte gar ganz.

Beunruhigt nahm er an der hohen Tafel Platz. Er saß direkt neben der Herzogin, an seiner anderen Seite hatten sie Omira platziert.

Die Seherin neigte sich jetzt zu ihm hinüber, um ihm ins Ohr zu flüstern: »Euer Bruder lässt sich entschuldigen. Aber keine Sorge, es geht ihm gut. Die letzten Tage haben ihn lediglich erschöpft und er klagte über Kopfschmerzen.«

Er nickte, erleichtert, dass es nichts Schlimmes war. Auch wenn ein Teil von ihm immer noch Verärgerung darüber empfand, wie sein Bruder Lerio behandelt hatte.

Dann starrte er wieder zum Nebentisch, wo sein Freund saß und sich angeregt mit seinem Nebenmann unterhielt. Warum hatte er sich zurück in einen Menschen verwandelt? Warum befand er sich nicht bei ihnen? Und wer war der Mann, der ihn zum Lachen brachte?

Emanio konnte nicht aufhören hinüberzusehen. Etwas an der Situation störte ihn. Es war noch nicht einmal, dass Lerio an der Seite seiner Schwester und eines Fremden saß oder Zeit als Mensch verbrachte. Er missgönnte Lerio die Momente in seiner anderen Gestalt nicht. Es war nicht so, dass er sich gewünscht hätte, Lerio würde nur noch in seiner Luchsgestalt verbleiben und ihm ständig Gesellschaft leisten.

Natürlich brauchte Lerio seinen Freiraum und Zeit mit seiner Schwester, nachdem diese einen so großen Schock erlitten hatte.

Doch musste er dafür seine neue Kleidung tragen, die seine schlanke Statur zur Geltung brachte? Und musste sein Gesprächspartner sich die ganze Zeit zu ihm herüberlehnen, um ihm scheinbar fasziniert ins Gesicht zu starren, als sei Lerio die interessanteste Person, der er je begegnet war?

Er wusste nicht, warum er plötzlich Wut auf jemanden empfand, den er gar nicht kannte. Er verstand es nicht. Was war dieses Gefühl, das in ihm rumorte und ihm den Appetit ruinierte? Warum konnte er nicht aufhören, ständig zu Lerio hinüberzustarren? Und wann hatte Lerio die Zeit gefunden, zum Barbier zu gehen? Beim letzten Mal waren seine Haare noch nicht so frisiert gewesen! Es sah gut aus, was auch sein Gesprächspartner zu finden schien, denn der deutete auf seine Frisur und lächelte.

»Euer Gnaden? Euer Gnaden!«

Emanio zuckte zusammen, als Omira ihm jetzt ins Ohr zischte und ihn dann mit dem Ellenbogen anstupste. Nachdem er erschrocken zusammengezuckt war, wandte er sich zu ihr um und bemerkte dann, dass die Seherin auf seinen vollen Teller deutete.

»Die Diener möchten den nächsten Gang bringen. Herzogin Uria wollte wissen, ob Ihr das noch esst?«

Er schüttelte den Kopf. Die Vorstellung, etwas zu sich nehmen zu müssen, verursachte ihm Übelkeit. Er hatte absolut keinen Hunger.

Erneut ertappte er sich dabei, zu Lerio hinüberzuschauen. Und dieses Mal bemerkte es auch Omira.

»Entschuldigt, Euer Gnaden«, wandte sie sich an Herzogin Uria auf seiner anderen Seite. »Könnt Ihr mir sagen, mit wem sich Wildhüter Lerio dort drüben unterhält? Es scheint ja ein sehr angeregtes Gespräch zu sein.«

Die Herzogin folgte ihrem diskreten Fingerzeig und lachte dann. »Oh, das ist Magier Erko, ein wahrlich begabter junger Mann. Zur großen Überraschung aller hat er sich bereits auf der Zaubererakademie entschieden, sich dem Studium der Gestaltwandler zu widmen. Seine Meister befürchteten zu Anfang, dass er den Verstand verloren hätte, schließlich ist diese Gabe nicht erlernbar. Doch er war der Meinung, dass die Magie des Gestaltwandelns faszinierend sei und dass man – wenn es Flüche gibt, die jemandem eine tierische Gestalt geben können – die natürliche, weitervererbbare Gabe der Gestaltwandler ebenfalls erforschen sollte. Als er von Wildhüter Lerio und seiner Schwester gehört hat, flehte er mich an, die beiden neben ihn zu setzen, damit er sich mit ihnen unterhalten kann. Ich fürchte, er löchert sie mit Fragen, bis sie seiner überdrüssig werden. Er konnte nicht aufhören, von Eurem Luchswandler zu sprechen, als ich heute Nachmittag vom Tempel zurückkehrte.«

Emanio hörte ein Knurren und bemerkte dann, dass er selbst es ausgestoßen haben musste. Wegen diesem verrückten Magier nahm Lerio also in menschlicher Gestalt am Festbankett teil? Nur damit dieser Kerl ihn studieren konnte?

Der Rest des Abendessens flog förmlich an ihm vorbei. Er wusste noch, dass ihn Omira und die Herzogin dazu gebracht hatten, ein paar Bissen zu sich zu nehmen, da sie sein ständiges Knurren für Hunger gehalten hatten. Doch er hatte nichts davon geschmeckt. Er war froh, als das Bankett offiziell endete und er sich in seine Gemächer zurückziehen konnte.

Leider hörte der Magier mit der Begeisterung für Gestaltwandler noch immer nicht auf, Lerio in Beschlag zu nehmen, sodass Emanio vor dem Saal stehenblieb, um auf ihn zu warten. Er drückte sich in den Schatten, um nicht im Weg zu sein, während Lerio, Torra und Magier Erko sprachen und lachten, bis sie zu den Letzten gehörten, die im Saal verblieben waren.

Es war spät geworden und die restlichen Gäste und Schlossbewohner hatten sich bereits für die Nacht zurückgezogen. Daher wunderte er sich auch, als er aus dem Augenwinkel eine Bewegung wahrnahm und beim Umdrehen seinen Bruder bemerkte. Hatte sich Akurio nicht wegen Kopfschmerzen vom Bankett entschuldigt? Doch davon war jetzt nichts zu bemerken. Er unterhielt sich angeregt mit einem korpulenten älteren Mann mit einem ausgeprägten roten Schnauzbart, bei dem es sich nach dessen Ausstrahlung ebenfalls um einen mächtigen Magier handeln musste. Hatte sich sein Bruder womöglich ein Mittel gegen seine Schmerzen bei ihm besorgt?

Er vergaß den Gedanken rasch, als jetzt der Oberpriester und die Herzogin auf ihn zukamen.

»Herzog Emanio, schön, dass Ihr Euch noch nicht zurückgezogen habt!«, rief der Oberpriester freudig. »Herzogin Uria und ich hatten vor, Euch morgen früh aufzusuchen. Wir haben Eure Situation besprochen und sind zu einer Entscheidung gelangt. Uns machen die Intrigen gegen Euch Sorgen: Der Verführer, der sich für Euch ausgibt und so die Angst und die Abscheu der Bevölkerung gegen Euch schürt, die zum Fluch der Hexe geführt haben, muss aufgehalten werden. Wir werden versuchen, Euren guten Ruf wiederherzustellen. Ich habe mit Ajane gesprochen und sie wird eine Nachricht zu ihren Schwestern übermitteln. Während sich Abgesandte der anderen Tempel auf den Weg machen, werden Herzogin Uria und ich Euch nach Ternilus begleiten! Ist das nicht eine hervorragende Idee?«

Fünf oder sechs Tage in der Begleitung des gesprächigen Oberpriesters, der kein Geheimnis für sich behalten konnte? Emanio schluckte. Er konnte sich nicht überwinden, das Lächeln der beiden zu erwidern, die sich auf die Reise freuten, als wäre sie ein großes Abenteuer.

Doch es kam noch schlimmer. Als er sich nach Lerio und seinen Gesprächspartnern umsah, war sein Freund mit dem Magier verschwunden.

Kapitel 32: Lerio

Wieder musste er lächeln, als er Erko und Torra auf der Sitzbank gegenüber beobachtete. Der Magier war bei ihrem Treffen während des Banketts von seiner Schwester sichtlich angetan gewesen und Torra war es ähnlich ergangen. Lerio hatte es an dem Abend mehr als einmal bereut, dass er zwischen den beiden gesessen hatte, sodass sie sich an ihm vorbei gegenseitig verliebte Blicke zugeworfen hatten. Mehr als alles andere hatte er sich anschließend gewünscht, dass ihn mal ein Mann so ansehen würde wie Erko Torra.

Die Begleitung des Magiers, der Herzogin, ihrer Berater und des Oberpriesters hatte für reichlich Chaos gesorgt. Nicht nur, dass ihre Gruppe um zwei weitere Kutschen und über zwei Dutzend Soldaten angewachsen war, auch hielten die Mächtigen aus Calirus nichts von festen Sitzplätzen in bestimmten Fuhrwerken, sondern entschieden sich nach jeder Rast ganz spontan, wo sie mitfahren wollten.

Bis auf Erko. Der junge Magier war seiner Schwester seit der Abreise nicht von der Seite gewichen. Lerio musste zugeben, dass er ein wenig besorgt um Torra war, zumal der Gelehrte für Gestaltwandler nicht so gut riechen konnte wie sie und daher noch nicht wusste, dass Torra von einem anderen Mann schwanger war. Ob das etwas an seinen Gefühlen für sie ändern würde? Lerio hoffte es nicht, denn er wollte seine Schwester glücklich sehen, aber er kannte Erko noch nicht gut. Lerio konnte sein Verhalten nicht vorhersagen. Daher war er in den ersten beiden Tagen in menschlicher Gestalt geblieben und hatte den Turteltauben Gesellschaft geleistet, obwohl er ein schlechtes Gewissen gegenüber Emanio hatte.

Heute musste sich der Herzog die Kutsche mit der Herzogin, dem Oberpriester und Adella teilen und wenn er nicht erst nach dem Einsteigen gesehen hätte, wer zu Emanio ins Fahrzeug geklettert war, hätte er noch die Plätze gewechselt. Mit dem Oberpriester tat sich Emanio immer noch schwer, obwohl sich der alte Mann bemühte. Doch sein Freund konnte nicht vergessen, dass der Priester seine sexuelle Unerfahrenheit ausgeplaudert hatte.

Als es Zeit für die nächste Pause wurde, zögerte er daher nicht. Er wartete, bis seine Schwester und ihr Verehrer ausgestiegen waren, dann sprang er ebenfalls heraus und rannte zu Emanios Karosse. Der Panther befand sich als Einziger noch im Wageninneren und schmollte, als Lerio hinzustieg. Er wandte den Kopf ab und gab keinen Laut von sich.

Ich fürchte, das habe ich verdient.

»Es tut mir leid«, begann er, doch Emanio blickte ihn nicht an.

Lerio seufzte, während er sich rasch umsah. Sollte er? Oder war das zu riskant? Ach egal!

Die anderen waren alle mit der Vorbereitung des Essens beschäftigt, vertraten sich nach der langen Fahrt die Beine oder standen in kleinen Grüppchen plaudernd beisammen. Niemand schaute zu ihnen herüber. Also griff er nach dem Saum seines Hemdes und zog es sich über den Kopf. Dann entledigte er sich seiner Schuhe und Strümpfe, danach folgte die Hose, am Schluss seine Unterwäsche. Fast hätte er vergessen, seine Lederklappe abzulegen.

Als er nackt war, fühlte er, wie ein Raubtier ihn intensiv musterte, als sei er Beute. Er bemerkte, dass Emanio ihn völlig verdutzt anstarrte, als könnte er nicht fassen, was Lerio soeben getan hatte. Doch das war notwendig gewesen, damit er jetzt die Gestalt wechseln konnte.

Wenige Augenblicke später stand er in seiner Luchsgestalt vor dem Panther und sah zu ihm empor.

»Redest du jetzt mit mir?«

»Warum? Bist du deines *neuen Freundes* schon überdrüssig geworden?«

Das klang so bissig, dass er nicht anders konnte, als Emanio ungläubig anzuschauen. So kannte er den Herzog nicht. Es war so untypisch für Emanio, dass er sich fragte, was geschehen war. Hatten die Herzogin, Adella und der Oberpriester ihn dermaßen gequält, dass er jetzt schlechte Laune hatte?

Doch halt! Sein Zorn schien eher gegen Erko und die Tatsache gerichtet zu sein, dass Lerio Zeit mit ihm verbrachte. War Emanio ... *eifersüchtig*?

Wärme durchströmte ihn, als er begriff, dass er recht hatte. Emanio hatte ihn vermisst und war deswegen so mies gelaunt.

»Du Stumpfkralle!« Er lächelte erleichtert. »Hör zu! Es tut mir leid, dass ich in den letzten Tagen so wenig Zeit mit dir verbracht habe. Zuerst musste ich mich um Torra kümmern und als wir dann Erko kennengelernt haben, wollte ich sichergehen, dass er ein guter Kerl ist und meine Schwester anständig behandelt. Mal abgesehen davon, dass es nicht schicklich wäre, die beiden allein in einer Kutsche reisen zu lassen.«

»Was?«

Nun wirkte Emanio völlig verwirrt und Lerio kicherte. »Der Mann ist total in Torra verschossen, hast du das nicht mitbekommen? Glaub mir, noch nie habe ich es dermaßen bereut, zwischen zwei Personen zu sitzen, wie beim Festbankett. Ich wusste nicht, wo ich hinschauen sollte, als die beiden sich verliebte Blicke zugeworfen haben! Dann ist Torra auch noch dermaßen schüchtern geworden – so habe ich sie noch nie erlebt. Sie hat den ganzen Abend kaum einen Ton gesagt, sodass ich die ganze Zeit seine Fragen beantworten musste, während die beiden sich angeschmachtet haben.«

Plötzlich entspannte sich Emanio sichtlich. Der Panther begann zu schnurren. »Dann lag es also nicht daran, dass du meiner Gesellschaft überdrüssig geworden bist?«

»Idiot! Natürlich nicht!« Er verpasste dem dummen Kater einen spielerischen Hieb auf die Nase. »Ich wollte den beiden nur helfen, bis sie allein klarkommen. Zwar mag ich Erko, aber nur als Verehrer von Torra. Hast du ernsthaft gedacht, ich würde seine Gesellschaft deiner vorziehen? Stumpfkralle!«

»Nur zu, beleidige mich ruhig weiter!«, brummte Emanio, während er aufstand. »Ich hingegen gehe jetzt nach draußen und esse etwas. Du kannst ja hierbleiben und dir in der Zeit neue Beleidigungen ausdenken. Stumpfkralle wird langsam alt.«

Als Emanio ihm beim Herausgehen einen leichten Schwanzschlag gegen die Hinterbeine verpasste, wusste Lerio, dass Emanio ihm verziehen hatte.

Am vierten Tag der Rückreise näherten sie sich der Grenze von Emanios Herzogtum, als der Panther keuchte und aufblickte. Seine Glieder zuckten, die Augen glühten vor Magie, als Emanio den Blick in die Ferne richtete. Lerio wusste nicht, was der Herzog sah, doch plötzlich umgab den Panther ein magischer Schutzschild, der ihn mit einschloss.

Peronio und Omira, die ihnen erneut gegenübersaßen, erschraken. Peronio riss die Augen auf, als die Seherin ebenfalls in die Ferne blickte.

»Ternilus ist in Gefahr!«, stöhnte Omira. »Ein Schwarzmagier will das Herzogtum in seine Gewalt bringen!«

Was?

Fassungslos starrte er die Seherin an, doch sie schien keine Scherze zu machen. Peronio war aufgesprungen, riss das Fenster auf und brüllte dann nach vorne zum Kutschbock: »Sofort anhalten!«

Unruhe kam auf. Augenblicklich hörte er, wie der Ruf von den Soldaten beider Herzogtümer aufgegriffen wurde. Pferde galoppierten heran, als sich Hauptmann Costario und sein Gegenpart aus Calirus ihrer Kutsche näherten. Wenige Augenblicke später klappten Türen, als die Insassen der anderen Karossen nicht länger sitzenbleiben, sondern erfahren wollten, was los war.

Das jedenfalls vermutete Lerio, denn er war noch immer innerhalb von Emanios Schutzschild gefangen und dieser ließ ihn so ohne Weiteres nicht heraus. Der Herzog bemerkte es nicht, als er versuchte, die sichere Hülle zu verlassen. Noch immer starrte Emanio in Richtung Ternilus, wo sich ein Schwarzmagier befand, wie eine Gestalt aus einer von Emanios Abenteuergeschichten. Er hatte Schwarzmagier stets für Schreckensgestalten gehalten, mit denen man Kindern Angst machte, doch anscheinend gab es sie wirklich.

Besorgt starrte er seinen besten Freund an, der sich jetzt ein magisches Duell mit einem unbekannten Feind lieferte, der vermutlich viele Stunden weit von ihnen entfernt war.

»Mist!«, fluchte Herzogin Uria, als sie die Tür zu ihrer Kutsche aufriss und Emanio in seinem Schutzschild bemerkte. »Das habe ich befürchtet.« Sie wandte sich den anderen zu. »Wie schnell können wir Ternilus erreichen? Wir müssen Herzog Emanio so rasch wie möglich in sein Herzogtum zurückschaffen. Er kann zwar aus der Ferne kämpfen und versuchen, die Bevölkerung zu beschützen, aber in seinem Territorium ist er am stärksten. Je dichter wir ihn an den Feind heranbringen können, desto größer sind seine Chancen, den Angriff abzuwehren. Wir dürfen nicht zulassen, dass ein Schwarzmagier Ternilus okkupiert. Falls es ihm gelingt, Emanios Verbindung zum Land und seinen Bewohnern zu durchtrennen und sich an seine Stelle zu setzen, wird das schreckliche Konsequenzen für alle haben.«

Peronio nickte. Was der Rest tat, konnte Lerio nicht sehen. Er hörte nur, wie draußen besorgt getuschelt wurde. Dann trat ausgerechnet der Oberpriester von Ajane vor und stellte sich neben die Herzogin. Er wirkte ungewöhnlich ernst, als er den Kopf zurücklegte, den Blick gen Himmel richtete und dann die Augen schloss. »Herrin, bitte erhört mich! Wir erflehen Eure Gnade und Eure Hilfe in der Stunde der höchsten Not!«

Er schwieg einige kostbare Momente. Als er die Augen wieder öffnete, lächelte er grimmig.

»Ajane wird uns beistehen. Wir sollen fahren und reiten, so schnell wir können.«

Die Herzogin kletterte augenblicklich zu ihnen in ihre Kutsche und schlug die Tür hinter sich zu. Mit ihr, Omira und Peronio auf der gegenüberliegenden Sitzbank sowie Emanio und ihm auf der anderen Seite wurde es eng im Wagen. Zumal Emanios magischer Schutzschild auch noch einen großen Teil des Innenraums einnahm und von beiden Richtungen unpassierbar war, denn die Herzogin musste sich an ihm vorbeiquetschen, um auf ihren Platz zu kommen. Sie hatte sich kaum gesetzt, als das Gefährt auch schon anfuhr.

Und dann rasten sie los. Ungläubig verfolgte Lerio beim Blick aus dem Fenster, wie die Landschaft an ihnen vorbeiflog. Viel zu schnell galoppierten die Pferde auf die Grenze zu, als dass sie ihre Geschwindigkeit mit natürlichen Mitteln hätten erreichen können. Zeigte sich so die Unterstützung der Göttin?

Lerio hatte sich zu früh Hoffnungen gemacht, denn trotz Ajanes Gunst waren sie Stunden unterwegs. Er hatte vergessen, dass sie beim letzten Mal anderthalb Reisetage gebraucht hatten, um die Grenze zu Calirus zu erreichen. Dieses Mal waren sie zwar um einiges schneller unterwegs, aber anscheinend hatte die göttliche Beeinflussung ihrer Geschwindigkeit ihre Grenzen. Zwar hatten sie recht schnell von Calirus zu Ternilus übergewechselt, aber Ajane konnte sie die Berge nicht überspringen oder überfliegen lassen. Als sie auf den schmalen Bergpfaden unterwegs waren, die sich Lerio vor einer Woche hochgequält hatte, mussten sie auf andere Reisende Rücksicht nehmen. Sie konnten sie nicht überholen oder sich an ihnen vorbeischieben, ohne zu riskieren, sie in den Abgrund zu drängen.

Also warteten sie ungeduldig, bis sie die engen Straßen hinter sich gelassen hatten und wieder von der göttlichen Geschwindigkeit profitieren konnten. Dennoch schien Emanio die bisherige Unterstützung bereits geholfen zu haben, denn er atmete etwas leichter, seitdem sie die Grenze zu seinem Herzogtum überquert hatten. Noch immer hielt er den Blick magisch auf seinen Gegner gerichtet. Lerio hatte sich in seiner Luchsgestalt dicht an ihn geschmiegt und schnurrte die ganze Zeit, in der Hoffnung, dass sein Freund ihn hören konnte und dass dies ihm Kraft geben würde.

Draußen verdunkelte sich der Himmel, je näher sie dem Schloss kamen. Omira hatte sich in den vergangenen Stunden nur einmal gerührt, um zu sagen, dass der Schwarzmagier dorthin unterwegs war. Seitdem schwieg sie und schien den Kampf zwischen Emanio und dem fremden Magier zu beobachten, der sich jetzt in dunklen Wolken am Himmel äußerte, aus denen immer wieder Blitze schossen, die von einer unsichtbaren Kraft abgelenkt wurden, in ihrer Nähe in den Boden einschlugen, wo sie Feuer auslösten, die jedoch von genauso plötzlichen Regenschauern gelöscht wurden.

»Er ist gut«, murmelte Herzogin Uria irgendwann anerkennend. »Ich kann nicht viel mehr tun, als Emanio zu helfen, Schilde über jede Kutsche und jeden Reiter in unserer Gruppe zu legen, um die Blitzangriffe abzuwehren. Emanio hingegen scheint instinktiv zu wissen, wo der Schwarzmagier als Nächstes zuschlagen wird und nutzt sein Verständnis für das Land, um Wetterbedingungen zu erzeugen, die Ternilus nicht schaden, uns aber zugutekommen.«

Lerio war froh, das zu hören. Dennoch wuchs seine Anspannung noch ein weiteres Mal, als sie das Schloss nach langen Stunden in der Ferne aufragen sahen.

Um den Hügel herum schien sich der Kampf zu konzentrieren. Über ihm hingen die dichtesten Wolken und zuckten die meisten Blitze. Lerio hoffte, dass seine Mutter und seine Schwestern rechtzeitig vor dem Nahen des Schwarzmagiers gewarnt worden waren und sich in Sicherheit hatten bringen können.

Als sie den Schlosshügel hinaufrasten, bemerkte Lerio an den Masten erstmalig eine fremde Flagge. Das musste das Zeichen des Schwarzmagiers sein, welches er gehisst hatte, um zu zeigen, dass das Gelände in seiner Gewalt war. Lerios Magen verkrampfte sich, als er begriff, dass sie trotz der Hilfe von Ajane zu spät kamen, um den Fall des Schlosses zu verhindern.

Was ist mit Mutter, Gerania und Madira? Bitte, Götter, lasst es ihnen gut gehen!

Er hatte noch nie so viel gebetet wie an diesem Tag. Lerio schwankte zwischen Hoffen und Bangen, als sie in Sichtweite des geschlossenen Haupttores kamen. Vor den großen Torflügeln, die jetzt geschlossen waren, und den Mauern hatten sich Schlossbewohner, Dienstboten und besorgte Bürger aus Rius versammelt. Ein paar Magier und Hexer waren unter ihnen. Sie versuchten, die Tore und Mauern zu überwinden, die jedoch gegen magische Angriffe gefeit zu sein schienen, denn sie konnten nicht viel ausrichten.

Voller Angst, was das für das Schicksal all derjenigen bedeutete, die noch drinnen gefangen waren, riss Lerio seinen Blick von den Magischen los und ließ ihn über die Menschen vor den Mauern gleiten. Doch er entdeckte seine Schwestern und seine Mutter nicht.

Dafür bemerkte er den ehemaligen Herzog und die übrigen Mitglieder des Rats, die mit den Magiern und Soldaten sprachen und sich über eine gemeinsame Strategie berieten. Lerio fühlte, wie der Zorn ihn überkam. Das hier war alles seine Schuld!

Goldene Schilde lagen über den Menschenmassen, anscheinend Emanios Werk, denn sie hielten die Blitze und Feuerkugeln auf, welche der feindliche Magier aus dem Schlossinneren auf sie schleuderte.

Als ihre Kutsche neben dem Rat zum Halten kam, zeichnete sich Erleichterung auf ihren Gesichtern ab. Herzogin Uria öffnete die Tür, doch bevor sie aussteigen konnte, schlug Emanio die Augen auf. Er erhob sich und war aus dem Fahrzeug gesprungen, bevor einer von ihnen etwas sagen oder etwas tun konnte.

Die Menschen schrien erschrocken, als der Panther an ihnen vorbeistürmte, laut brüllte und dann mit einem gewaltigen Satz über die hohe Mauer sprang.

Emanio ist im Schloss! Himmel, wir müssen ihm folgen!

Herzogin Uria, Peronio und Omira kletterten aus der Karosse und Lerio beeilte sich, ebenfalls herauszuspringen.

»Fürchtet Euch nicht, Bürger von Ternilus!«, rief die Herzogin von Calirus laut. »Emanio, Euer rechtmäßiger Herrscher, ist von seiner Pilgerreise zurückgekehrt, um Euer geliebtes Herzogtum vor dem Angriff des Schwarzmagiers zu retten und Euch zu beschützen! Seht nur!«

Ein goldener Schild hatte sich jetzt über der ringförmigen Schlossmauer erhoben und formte eine Kuppel, aus der keine weiteren Blitze, Feuerkugeln oder ähnliche feindliche Zauber mehr entkommen konnten.

»Emanio hat diesen Schutzwall errichtet, damit Euch der Schwarzmagier keinerlei Schaden mehr zufügen kann!«

Es war erstaunlich still geworden angesichts der Menge, die sich vor dem Tor versammelt hatte. Die meisten wirkten bei Herzogin Urias Worten verwirrt. Sie sahen sich gegenseitig an, bevor sie untereinander leise zu tuscheln begannen. Lerio begriff, dass die Menschen die Herrscherin des Nachbarherzogtums nicht kannten und daher nicht wussten, ob sie ihren Worten Glauben schenken sollten. Widersprachen diese doch allem, was sie zuvor geglaubt hatten.

»Aber Herzog Orsio ist der rechtmäßige Herrscher von Ternilus!« Graf di Sperazione sprach aus, was sie alle dachten.

Nun trat auch der Oberpriester von Ajane vor. Seine weiße Kutte glühte, als ob die Göttin ihre Gunst für ihren obersten Diener allen beweisen wollte. »Das ist er nicht.«

Der Oberpriester warf einen zornigen Blick auf Emanios Vater. »Diese Posse hat lange genug gedauert, Orsio! Meine Herrin ist Eurer Lügen überdrüssig. Sechs Jahre lang habt Ihr diese Sünde auf Euch geladen – sprecht jetzt und erzählt diesen guten Leuten endlich die Wahrheit!«

Nach den Worten des Priesters starrten alle den früheren Herzog an. Misstrauen und Verwirrung hatte sich in die Miene der Umstehenden geschlichen. Das Wort des Oberpriesters hatte Gewicht und konnte nicht genauso leicht beiseitegeschoben werden wie das einer unbekannten Herzogin.

»Es ist wahr«, gab Emanios Vater nach einem langen Moment des Schweigens zu. »Ich bin nicht länger Euer rechtmäßiger Herrscher. Das bin ich bereits seit Jahren nicht mehr. Doch ich habe es niemandem gesagt, weder Euch noch meinem Sohn. Ich habe Euch unrecht getan.«

Entsetzen und Unverständnis breiteten sich auf den Gesichtern der Menschen aus. Der Graf wirkte wie vor den Kopf geschlagen, Morio und Brusperio wechselten einen Blick, den Lerio nicht deuten konnte, und Emanios Großmutter erinnerte an eine Gewitterwolke, als sie mit blitzenden Augen und grimmiger Miene auf ihren Sohn zuging.

»Was hast du getan, Orsio?«, verlangte sie zu wissen. »Die Herrschaftsmagie wechselt nicht einfach so zum nächsten Erben! Was hast du getan, dass die Magie dich verlassen hat und auf Emanio übergangen ist?«

Orsio zuckte zusammen und ließ den Kopf hängen, während er dem Blick seiner Mutter wie ein schuldbewusster Junge auswich. »Meine Magie hat mir Schwierigkeiten und Schmerzen bereitet, seit ich vor sechzehn Jahren versehentlich ein Kind verletzt habe. Es war ein Unfall! Ich wollte es nicht! Er war noch nicht einmal ein Bewohner meines Herzogtums! Aber meine Magie hat das nicht gekümmert, denn jeder, der sich in Ternilus aufhält und versucht hier zu leben, untersteht meiner Obhut und Fürsorge. Es wurde über die Jahre immer schlimmer, besonders als vor sechs Jahren der Vater des Jungen ermordet wurde. Ich wusste zwar, wer den Mann getötet hatte, aber ich konnte ihn für seinen Fehler nicht bestrafen. Nicht, nachdem meine Frau und Akurio sich für ihn eingesetzt und der Jäger beteuert hatte, dass er nicht wusste, dass es sich bei dem Luchs um einen Gestaltwandler gehandelt hat. Und so wurden meine Schmerzen immer stärker, bis ich sie nicht mehr aushielt und kurz nach Emanios sechzehntem Geburtstag Ternilus verließ, um meine Frau auf ihren Verwandtschaftsbesuch in Nadus zu begleiten. Ja, es war falsch, meinem Sohn die Herzogsbürde so früh aufzubinden und ihn ohne Hilfe regieren zu lassen, aber Ihr wisst nicht, wie schrecklich das alles damals für mich war! Welche Qualen ich erdulden musste! Erst in Nadus wurde es besser, als ich mich nicht mehr mit Ternilus beschäftigte und nicht mehr an die Vorfälle denken musste, die mein Leben ruiniert hatten. Irgendwann bemerkte ich, dass ich die Verbindung zu meinem Herzogtum nicht mehr spürte, dass ich frei war und nicht zurückkehren musste. *Und ich war froh!*«

Er sprach leise und erwähnte nicht den Namen von Lerio, seinem Vater oder dessen Mörder, als er von den furchtbaren Vorfällen sprach, die Lerios Leben verändert hatten. Orsio wollte noch immer seine Schuld verbergen, denn er flüsterte beinahe. Doch die Göttin ließ es nicht zu und sorgte mit ihrer Magie dafür, dass Orsios Geständnis für alle zu hören war.

Enttäuschung und Bitterkeit erfüllten ihn, dass der Mann sich als das Opfer präsentierte und auf Mitleid hoffte.

»Ihr habt uns im Stich gelassen!«, warf Brusperio Orsio jetzt vor. »Uns alle! Doch am schlimmsten habt Ihr Euren eigenen Sohn im Stich gelassen! Dachtet Ihr, dass Ihr immer so weitermachen könntet und dass die Wahrheit nie ans Licht kommen würde?«

Der Kastellan schäumte vor Wut, doch sein ehemaliger Herrscher wich seinem Blick aus.

»Warum hast du nicht versucht, das Unrecht wiedergutzumachen und deine Magie zu versöhnen?«

Emanios Großmutter war unerbittlich. Sie wirkte wütend und enttäuscht, als sie ihren einzigen Sohn ansah.

»Ich habe es ja versucht!«, behauptete dieser. »Ich habe der Familie des Jungen eine Hütte im Wald und den Eltern Arbeit gegeben – und das, obwohl es eine Gestaltwandler-Familie war! Ihr alle habt mich damals deswegen für verrückt gehalten!«

Orsios Mutter holte scharf Luft, als sie begriff. Sie wirbelte herum und starrte Lerio direkt an. Dann machte sie ihm ein Zeichen vorzutreten.

»Du meinst, du bist derjenige, der den Wildhüter und Luchswandler Lerio so schwer im Gesicht verletzt hat, dass er noch heute schreckliche Narben trägt?« Sie deutete auf ihn. »Und das, obwohl jeder Heiler ihn hätte heilen oder zumindest die Schmerzen und Folgeschäden hätte mindern können? Soll das heißen, dass du – nach allem, was du angerichtet hast – ihm keine Hilfe besorgt hast? Stattdessen hast du zugelassen, dass der arme Junge Qualen leidet, fast gestorben wäre und anschließend von allen Menschen schikaniert worden ist? Für etwas, das allein deine Schuld ist? Wusstest du, dass sie den armen Mann den Hässlichen nennen? Kein Wunder, dass deine Magie dir Schwierigkeiten gemacht und dich am Ende im Stich gelassen hat! Das ist keine Fürsorge, das ist Vernachlässigung von Untergebenen!«

Zustimmendes Gemurmel kam auf, als die Menschen um Lerio herum ihn jetzt ansahen. Ein paar von ihnen wirkten schuldbewusst, denn sie gehörten zu denjenigen, die ihn aufgrund seines Aussehens verspottet hatten. Sie wandten den Blick von ihm ab und schwiegen, als sie sich ihre eigene Schuld nicht eingestehen wollten.

Lerio war das egal, denn in diesem Moment brach die goldene Kuppel aus Magie über dem Schlossgelände in sich zusammen.

Emanio!

Lerio bekam nur am Rande mit, dass die Umstehenden vor Entsetzen aufschrien, denn er rannte bereits verzweifelt in Richtung Tor, obwohl dieses noch immer verschlossen war. Er musste ins Schloss! Er musste einen Weg finden, um Emanio beizustehen!

Bitte, Götter, lasst mich nicht zu spät sein! Bitte lasst ihn noch am Leben sein! Ich flehe Euch an!

Er winselte, als er am schweren Eisentor kratze und versuchte, einen Weg hineinzufinden. Seine Pfoten taten ihm weh und begannen zu bluten, doch das nahm er nur am Rande wahr. Er musste zu Emanio!

Als er begriff, dass er keine Chance hatte, das Tor auf diese Weise zu überwinden, und dass auch keine hohen Bäume an der Außenseite der Mauer standen, die er nutzen konnte, um aufs Schlossgelände zu gelangen und Emanio zu retten, brach er winselnd zusammen.

Emanio! Ich habe ihn verloren ...

Trauer erfüllte ihn, als er begriff, dass er zu spät war, dass er jetzt nie wieder die Möglichkeit haben würde, mit Emanio zu reden, ihn eine Stumpfkralle zu nennen, mit ihm zu lachen, sich über ihn zu ärgern oder an seiner Seite zu sitzen und an ihn gelehnt einzuschlafen, während der Panther zufrieden schnurrte. Es war alles zu spät.

Eine Hand legte sich sanft auf seinen Rücken und er roch, dass es Torra war, die versuchte, ihm Trost zu spenden.

»Oh, Lerio! Hast du jetzt erst erkannt, wie viel er dir bedeutet?«

Schwere Schritte waren zu hören und Lerio sah bekümmert auf. Hauptmann Costario und seine Leute hatten irgendwo eine Leiter organisiert, die sie jetzt auf die Mauer zuschleppten, in der Hoffnung, dass sie lang genug war, um dank ihr aufs Schlossgelände zu gelangen. Und plötzlich erfüllte Lerio neue Hoffnung. Er sprang auf.

Als er einen Augenblick später unerwartet ein scharrendes Geräusch von seiner anderen Seite hörte, hielt er inne und drehte den Kopf zum Tor zurück. Ungläubig beobachtete er, wie die schweren Eisentüren sich nach innen öffneten, gezogen von mehreren Dienstboten aus dem Schloss. Sie gaben den Blick auf das Gelände frei und Lerio blinzelte fassungslos, als er versuchte zu begreifen, was er sah.

Eine große, schwarze Gestalt hatte einen bewusstlosen Mann am Kragen gepackt und schleifte ihn hinter sich her, als sie sich auf das offene Haupttor zubewegte.

Emanio! Er lebt!

Jetzt hielt ihn nichts mehr. Er rannte auf den Panther zu, der in diesem Moment den Schwarzmagier losließ und ihnen entgegensah.

Costario war Lerio dicht auf den Fersen und überholte ihn dank seinen langen Beinen nun. Er erreichte Emanio und den Bewusstlosen als Erstes. Dann drehte er den Schwarzmagier um und ihr Blick fiel auf einen harmlos aussehenden älteren Mann mit einem gewaltigen roten Schnauzbart.

»Moment mal, den Mann kenne ich doch!«, rief Herzogin Uria. »Das ist der reisende Magier, der zuletzt an meinem Hof Station gemacht hat und kurz vor uns aufgebrochen ist. Er ist der Schwarzmagier, der versucht hat, Ternilus zu erobern? Hat er erkannt, dass Emanio als rechtmäßiger Herrscher außerhalb seines Herzogtums verwundbar ist, und hat deshalb versucht, die Situation auszunutzen? Welch ein Schurke!«

Lerio kümmerte es nicht, wer der Mann war oder welche Absichten er einmal verfolgt hatte. Mit zitternden Beinen kam er vor Emanio zum Stehen, der ihn unverwandt anstarrte. Ein Schluchzen der Erleichterung entrang sich Lerios Kehle. Dann hob er eine Pfote und verpasste dem armen Panther, der seinen Kopf zu ihm herabbeugte und nicht wusste, wie ihm geschah, einen ordentlichen Hieb auf die empfindliche Nase.

»Du verfluchte Stumpfkralle!«, schrie Lerio, während ihm die Tränen kamen. »Jag mir nie wieder einen solchen Schrecken ein! Ich dachte, du wärst tot, als der Schutzschild über dem Schloss zusammengebrochen ist! Ich habe um dich getrauert, weil ich dachte, dass ich dich für immer verloren hätte. Und dabei liebe ich dich doch!«

Kapitel 33: Emanio

Keuchend hielt er einen Moment lang inne und starrte seinen Gegner in einigen Schritten Entfernung an, der am Ende des Kampfes vor lauter Erschöpfung bewusstlos zusammengebrochen war. Emanio war froh, dass das magische Duell endlich vorbei und Ternilus gerettet war. Mit Erleichterung vergewisserte er sich, dass sein Band zum Herzogtum noch da war und streckte seine – wie er inzwischen wusste – magischen Sinne nach den Menschen um ihn herum aus. Er spürte Terror, Angst und Sorge, doch in seiner Nähe breitete sich nun auch die erste Erleichterung aus, als die Schlossbewohner sahen, dass der Schwarzmagier besiegt war.

Emanio starrte den Mann mit dem großen, roten Schnäuzer an. Er hatte in ihm sofort den Magier erkannt, mit dem sein Bruder nach dem Festbankett bei Herzogin Uria gesprochen hatte. War es Akurios Schuld, dass der Mann auf die Idee gekommen war, ihr Herzogtum anzugreifen? Hatte sein Bruder ihm leichtsinnigerweise verraten, dass der rechtmäßige Herrscher sich nicht nur außerhalb seines Territoriums aufhielt, sondern zudem auch noch gegen einen Fluch kämpfte? Hatte der Magier Ternilus deswegen für eine leichte Beute gehalten?

Emanio konnte nur eines mit Gewissheit sagen. Nämlich, dass er später ein ernstes Wörtchen mit seinem Bruder reden würde, wem dieser welche Geheimnisse unbedarft anvertraute! Dies war bereits das zweite Mal, dass Akurio das Wohl des Herzogtums gedankenlos aufs Spiel gesetzt hatte. In Kudonios Fall mochte das entschuldbar gewesen sein –

der Mann war Akurios Mentor gewesen und sein Bruder hatte ihm vertraut –, doch leider schien sein Bruder keine Konsequenzen aus seinem Fehlverhalten gezogen zu haben.

Die Glieder zitterten ihm jetzt, als er sich des Gewichts des magischen Schutzschildes über dem Schloss wieder bewusstwurde. Zum Glück benötigte er ihn nicht länger. Die Bevölkerung war in Sicherheit und er hatte hoffentlich verhindern können, dass jemand verletzt wurde. Daher ließ er den Zauber in sich zusammenbrechen, anstatt ihn ordentlich aufzulösen.

Anschließend spürte Emanio, wie ein Teil seiner Kraft zu ihm zurückkehrte, auch wenn er mit einem Anflug von schlechtem Gewissen bemerkte, dass seine Tat bei den Menschen innerhalb und außerhalb der Mauern für Unruhe und Angst sorgte. Er musste sie beruhigen und ihnen zeigen, dass der Kampf vorbei war.

Daher packte er den korpulenten Magier am Kragen und begann ihn in Richtung Haupttor zu ziehen. Zum Glück hatte er es bis dahin nicht allzu weit, denn der Schwarzmagier hatte sich ihm vor der Freitreppe zum Hauptgebäude entgegengestellt. So waren es nur wenige hundert Schritte, die Emanio jetzt jedoch lang vorkamen, als er den schweren, bewusstlosen Körper im Seitwärtsgang hinter sich herschleifte.

Er brauchte länger dafür, als er gedacht hätte. Inzwischen hatten sich die ersten Dienstboten aus ihren Verstecken hervorgetraut. Erleichtertes Gemurmel kam auf, als sie ihn erkannten. Ein paar der jüngeren Männer begleiteten ihn zum Tor und begannen die schweren eisernen Flügel zu öffnen, sodass er einen Blick auf die Menschen dahinter erhaschen konnte.

Die beiden ersten Personen, die ihm entgegengerannt kamen, waren Lerio und der Hauptmann. Völlig erschöpft blieb er stehen und ließ seine Last los. Jetzt konnte nichts Schlimmes mehr geschehen. Der Hauptmann würde sich um ihren Gefangenen kümmern und dafür sorgen, dass der Mann sicher weggesperrt wurde.

Daher ließ er es zu, dass Costario den Schwarzmagier packte und ihn auf den Rücken drehte. Unruhe kam auf, als an der Spitze der Menge, die sich durch das Haupttor drängte, Herzogin Uria abrupt stehenblieb, als sie wie Emanio zuvor den Mann erkannte.

Emanio ignorierte die Aufregung. Er hatte nur Augen für Lerio, der zitterte, als er stolpernd auf ihn zugerannt kam. Der Luchs blieb vor ihm stehen und Emanio neigte ihm erleichtert den Kopf entgegen.

Und dann verpasste Lerio ihm einen Schlag auf die Nase!

Emanio starte ihn fassungslos an. Warum tat er das?

Sein Freund begann zu weinen, während er ihn anschrie. »Du verfluchte Stumpfkralle! Jag mir nie wieder einen solchen Schrecken ein! Ich dachte, du wärst tot, als der Schutzschild über dem Schloss zusammengebrochen ist!«

Schuldgefühle breiteten sich in Emanio aus, als er begriff, was er in seiner Erschöpfung bei denen angerichtet hatte, die sich um ihn gesorgt hatten, während er fernab ihrer Blicke gegen den Schwarzmagier gekämpft hatte.

Doch Lerio war mit seiner Tirade noch nicht fertig.

»Ich habe um dich getrauert, weil ich dachte, dass ich dich für immer verloren hätte. Und dabei liebe ich dich doch!«, rief sein kleines Kätzchen jetzt.

Hitze breitete sich in seinem gesamten Körper aus, als er Lerios Worte hörte und begriff. Eine Welle des Glücks und des Hochgefühls erfasste ihn, als seine Freude so groß wurde, dass sein Körper für sie zu klein war. Er teilte sie mit dem Land und spürte, wie sich die dunklen Wolken über ihren Köpfen auflösten und die Sonne hervorbrach.

Lerio liebt mich! Mich! Mein kleines Kätzchen!

Endlich begriff er, was dieses Gefühl war, das seit Tagen immer stärker in ihm geworden war, seit er befürchtet hatte, dass Lerio sich für ihn geopfert hatte, seit sie sich nach dem

Besuch im Tempel ausgesprochen hatten, als er langsam begriffen hatte, dass er Lerio für gut aussehend und anziehend hielt, und er Eifersucht auf Magier Erko verspürt hatte.

»Ich liebe dich auch«, sagte er, während er die letzte Distanz zwischen ihnen überwand und sein Körper vor Glück, Liebe und Euphorie kribbelte.

Er wollte dem Luchs mit der Zunge über das Fell lecken und war verdutzt, als er plötzlich einen Mann in den Armen hielt. Dass *er selbst* wieder ein Mensch war, denn seine bloßen Arme schlangen sich nun um Lerios schlanke Gestalt. Emanio verstand nicht, was geschehen war, doch anscheinend war der Fluch, der auf ihm gelegen hatte, jetzt gebrochen. Voller Freude blickte er Lerio ins Gesicht, der ihn staunend ansah.

»Emanio?«, wisperte er fragend und Emanio erkannte, dass dies das erste Mal sein musste, dass Lerio ihn in seiner menschlichen Gestalt erblickte. Dass Lerio sich in *ihn* verliebt hatte und nicht in seine äußere Gestalt.

Die Glücksgefühle überwältigten ihn. Er brachte keinen Ton heraus, daher nickte er lediglich und küsste Lerio.

Meine wahre Liebe.

Und es fühlte sich so richtig an. Wie heimkommen, als wäre das Band, das er mit Lerio teilte, noch stärker als selbst seine Verbindung zu Ternilus und den Lebewesen im Herzogtum.

Lerio war der Teil seines Selbst, der ihm in all den Jahren immer gefehlt hatte. Endlich fühlte er sich vollständig.

Doch dann hallte ein lautes »NEIN!« über den Schlossvorplatz.

Emanio und Lerio zuckten überrascht zusammen. Ihr Kuss endete viel zu früh, als sie sich beide umdrehten und Adella erblickten, die fassungslos und rasend vor Wut wirkte, als sie mit dem keifenden Äffchen in ihren Haaren auf sie losging.

Nein, auf *Lerio* losging!

»Du Missgeburt! Hexer! Dieb!«

Sie hob die Fäuste und wollte auf seinen völlig überrumpelten Liebsten einprügeln, doch augenblicklich schob er Lerio hinter sich und errichtete einen Schild zwischen ihnen und Adella. Doch bevor er sie empört zur Rede stellen konnte, gellte eine neue zornige Stimme über den Platz.

»Es reicht, Adella!«

»Haltet Euch gefälligst heraus!«, fuhr Adella Porelle an, die jetzt überraschend vorgetreten war.

Die Augen der Heilerin strahlten vor Magie und Entrüstung, als sie die Grafentochter anfunkelte. »Da habt Ihr aber vor ein paar Wochen noch etwas ganz anderes von mir verlangt!«

Plötzlich stand nicht mehr Porelle vor ihnen, sondern die Hexe, die Emanio verflucht hatte.

Bei der Dunkelheit! Das glaube ich jetzt nicht!

Während Emanio geschockt taumelte, schlang sich Lerios Arm um seinen Oberkörper, um ihn zu stützen. Die Berührung gab ihm Kraft, als er fassungslos die Heilerin anstarrte, der er vertraut und die sie alle getäuscht hatte.

Wie hat sie mir das antun können?

Raunen war aufgekommen, doch außer ihm hatte lediglich Adella begriffen, wen sie vor sich hatten, denn sie war leichenblass geworden und zitterte.

Moment mal! Was hat Porelle gesagt?

Das Gefühl des Verrats breitete sich erneut in ihm aus, als er begriff, dass seine Kindheitsfreundin am Fluch nicht ganz unschuldig war.

Porelle sah jetzt von Adella zu ihm. »Ja, ich bin die sogenannte Hexe, die Euch verflucht hat. Es ist meine Schuld, was Ihr in den letzten Wochen unschuldig durchleiden musstet. Ich habe es leider nicht besser gewusst.«

Bedauern breitete sich auf ihrem jetzt alt wirkenden Gesicht aus. »Als ich vor zwei Jahren nach Ternilus kam, hatte ich auf einen Neuanfang gehofft. Liebeskummer hatte mich argwöhnisch gemacht, sodass ich es nicht erneut riskieren wollte, mich zu verlieben. Ich beschwor also dieses Trugbild, gab mich als einfache Kräuterhexe aus und siedelte mich am Rand von Rius an. Doch es dauerte nicht lange, bis mir die ersten Gerüchte über einen skrupellosen Verführer aus höheren Kreisen zu Ohren kamen und mich die ersten Mädchen unter Tränen aufsuchten, um die unerwünschten Folgen dieser Begegnungen loszuwerden. Dennoch mischte ich mich nicht ein, überzeugt davon, dass andere den Mann aufspüren und zur Rechenschaft ziehen würden. Bis ich irgendwann hörte, auf wen die Menschen anklagend mit dem Finger zeigten. Nämlich auf den Erben des Herzogtums.«

Sie seufzte. »Ich hörte die Vorwürfe so oft, dass ich sie nicht hinterfragte, wie ich es hätte tun sollen. Ich habe denselben Fehler gemacht wie alle anderen, ich bin auf die Lügen hereingefallen und habe Euch verurteilt.«

Porelle wandte sich wieder zu Adella um, die noch immer vor Schreck wie erstarrt zu sein schien. Das Mädchen blickte die Hexe mit großen Augen an, wie die Beute das Raubtier, und brachte keinen Ton über die bebenden Lippen.

»Als mich Adella Anfang Juni völlig aufgelöst und mit Tränen in den Augen aufsuchte, um mich um Hilfe anzuflehen, da hat sie behauptet, Euch zu lieben und Euch zu einem besseren Menschen machen zu wollen, doch Ihr würdet ihre Liebe nicht bemerken und stattdessen Nacht für Nacht, Woche für Woche andere, von Eurer Schönheit geblendete Frauen verführen. Ich bin auf ihre Tränen und das Bild des Jammers hereingefallen. Und als Adella mir dann noch berichtete, dass Ihr in jenem Augenblick vom Schloss auf dem Weg zur Gildenhalle in Rius wart, habe ich ihr versprochen, ihr zu helfen, sie zurück nach Hause geschickt und angefangen, den Zauber zu weben, der Euch zu mir geführt hat.«

Emanio erinnerte sich nur zu gut. Adella musste direkt nach ihrem Treffen losgeritten und sich auf den Weg zu Porelle gemacht haben. Und er Dummkopf hatte ihr noch gesagt, was seine Pläne waren! Doch er verstand nicht, warum sie das getan hatte. Nur weil er ihr Parfüm nicht gemocht hatte? Das war Irrsinn!

Er konnte nicht aufhören, zwischen Adella, die ihren Verrat nicht eingestehen wollte, und Porelle, die offen all ihre Irrtümer und Fehleinschätzungen beichtete, hin und her zu sehen. Übelkeit erfasste ihn, als er anhand der Schilderungen begriff, wie sehr ihn die beiden getäuscht hatten.

Erneut seufzte Porelle und sah ihm dann unverwandt ins Gesicht. »Es tut mir sehr leid, was ich getan habe. Ich habe den Fluch benutzt und Euch verwandelt, um Euch die Chance zu geben, Eure Fehler zu erkennen, Euch zu verändern und zu begreifen, was Liebe ist. Und Ihr habt tatsächlich Eure wahre Liebe gefunden, was mich für euch beide freut. Doch das ist nicht mein Verdienst.«

Sie wirkte ehrlich bekümmert und langsam ließ Emanios Zorn auf sie nach. Reue sprach aus jedem ihrer Worte und sie versuchte nicht, ihre Schuld zu leugnen, sondern stellte sich schonungslos seiner Gerechtigkeit.

»Ich habe einen schrecklichen Fehler gemacht«, gab Porelle offen zu. »Ich hätte es erkennen müssen, als ich Euch verflucht habe. Es ist mir außergewöhnlich schwergefallen, den Zauber zu wirken, und ich musste all meine Kräfte zusammennehmen und jede List benutzen, die ich kannte, damit sich der Fluch in Euch entfaltete. Anschließend habe ich meine wahre Gestalt angenommen, habe meine Spuren verwischt und bin ins nächste Dorf geflohen, um mich zu erholen.«

Jetzt gab sie die Illusion der alten Kräuterhexe auf und die junge Heilerin, die er bei der Brautschau kennengelernt hatte, stand wieder vor ihnen. Nur war ihr früheres Selbstbewusstsein jetzt Schuld und Elend gewichen.

»Als ich langsam genas und meine Kräfte sich regenerierten, habe ich begriffen, warum der Fluch fast gescheitert wäre. Ich habe erkannt, dass Ihr nicht nur der Erbe von Herzog Orsio, sondern der rechtmäßige Herrscher über Ternilus seid. Ich wusste nicht, was ich tun sollte. Mit meiner Tat hatte ich unbeabsichtigt das gesamte Herzogtum in Gefahr gebracht. Und dass Ihr der amtierende Herzog seid, ließ mich auch an den Vorwürfen gegen Euch zweifeln. Als Herzoginmutter Ilana dann den Aufruf zur Brautschau durch Ternilus schickte, habe ich die Gelegenheit genutzt, um mir selbst ein Bild von Euch und von den Vorkommnissen im Schloss zu machen. Doch Ihr wart nicht der Einzige, dessen wahres Ich sich mir offenbart hat.«

Porelle warf einen angewiderten Blick auf Adella. »Leider musste ich auch erkennen, dass das Mädchen, das Euch angeblich so selbstlos liebt, vor Eitelkeit, Eigennutz und Eifersucht nur so strotzt. Dass sie mir nur etwas vorgespielt hat, weil sie so unbedingt Eure Frau und Herzogin werden wollte, dass sie vor keinem Mittel zurückschreckte!«

Jetzt äußerte sich Adella erstmalig. Empört starrte sie Porelle an. »Das ist nicht wahr! Porelle lügt!«

»Wirklich, Mädchen?«, fragte der Oberpriester streng. »Bedenkt, was Ihr sagt! Die Göttin hört alles, was Ihr von Euch gebt, und wird später über Euch richten!«

Adella brach in Tränen aus, doch anders als früher verspürte Emanio keinerlei Mitleid mit ihr. Der Anblick ermüdete ihn nur noch und er hätte nicht zu sagen vermocht, ob ihre Verzweiflung echt oder gespielt war.

»Ich liebe Emanio!«, brachte das Mädchen unter Schluchzern hervor. Sie starrte ihn flehentlich an. »Bitte glaub mir! Ich wollte doch nur, dass du mich ebenfalls liebst! Es ist uns vorherbestimmt, zusammen zu sein! Ich habe nichts Falsches getan! Nicht ich habe dich verflucht, sondern *sie* war es!«

Sie deutete anklagend auf Porelle, die verächtlich schnaubte. »*Nichts Falsches getan*? Sprecht Ihr im Ernst? Darf ich Euch an den Liebeszauber erinnern, den Ihr in ein

Parfümfläschchen geschüttet und dann gegen Emanio eingesetzt habt?«

Was?

»Zum Glück hat er bei Emanio nicht gewirkt, aber stattdessen ist eine andere arme Kreatur dem Zauber zum Opfer gefallen! Das Äffchen auf Eurer Schulter steht noch immer unter Eurem Bann! Irgendwie passend, dass ausgerechnet die Verkörperung der Eitelkeit und Intrige zu Eurem Schoßtier wurde! Ihr habt nicht einmal versucht, den Zauber rückgängig zu machen, weil Ihr Angst hattet, dass dann ans Licht kommen würde, was Ihr geplant hattet!«

Porelles Worte waren wie Hammerschläge gegen Emanios Brust. Jeder Satz schmerzte, denn er erinnerte sich nur zu gut an die beiden Vorfälle mit dem Parfümfläschchen. Beim ersten Mal hatte seine angeborene magische Verteidigung unbewusst den Liebeszauber abgewehrt. Nach diesem Misserfolg hatte Adella sich unverzüglich zu Porelle begeben, vermutlich um einen neuen, kräftigeren Zauber von ihr zu bekommen. Doch dass Porelle stattdessen den Fluch über ihn verhängen würde, damit hatte Adella nicht gerechnet.

Erneut hatte er vor Augen, wie Adella kreischte und in Ohnmacht fiel, als sie ihn das erste Mal in seiner Bestiengestalt erblickt hatte. Sie hatte wissen müssen, dass es ihre Schuld war, dass Porelle den Zauber ihretwegen ausgesprochen hatte. Doch anstatt ihre Lügen zu bereuen, hatte sie die Gelegenheit genutzt, um ihn ein zweites Mal mit dem Liebeszauber – angeblich zur Stärkung seiner Abwehrkräfte gedacht, haha! – einzusprühen, nachdem sie sie vom Heckenlabyrinth heimlich belauscht und über die Möglichkeit hatte spekulieren hören, dass seine Schilde eventuell durch den Fluch geschädigt seien. Und so war das arme Äffchen ihr versehentliches Opfer geworden.

Nein, Adella empfand keine Reue. Immer noch nicht.

Angewidert starrte er das Mädchen an, das er einst eine gute Freundin genannt hatte. Wie hatte er sich nur so in einer Person täuschen können? Er musste wahrlich blind gewesen sein!

»Aber ich will Herzogin werden! Emanio ist *mein*! Meine Eltern haben es mir versprochen! Der Platz an Emanios Seite steht *mir* zu und nicht diesem Tiermenschen!«

Emanio erschauderte, als die Hässlichkeit in Adellas Innerem hervortrat. Selbst ihre Eltern wichen jetzt entsetzt vor ihr zurück.

Graf di Sperazione war blass im Gesicht, als er ihn ansah und beschämt den Kopf vor ihm neigte. »Bitte verzeiht uns, Euer Gnaden! Wir haben, ohne es zu wissen, eine falsche Natter an unserer Brust herangezogen. Es tut uns leid, was sie Euch alles angetan hat. Wir akzeptieren jede Strafe, die Ihr für richtig haltet.«

»Aber Vater!«

»Schweig, du dummes Ding!«, fuhr ihre Mutter sie an. Adella hörte vor Schreck auf zu weinen und klappte den Mund zu.

Doch welche Strafe sollte er verhängen? Emanio wusste es nicht. Er fühlte sich von den Ereignissen und Enthüllungen überfahren, sein Kopf schwirrte vor Gedanken, die er erst einmal sortieren musste.

Zum Glück spürte er Lerio an seiner Seite, der den Arm um ihn geschlungen hatte und sich an ihn drückte. Emanio schloss die Augen und atmete ein paar Mal tief ein, während er sich auf das konzentrierte, was wirklich wichtig war: Lerio.

Nicht Adellas Verrat, Porelles Enthüllungen, das Bedauern des Grafen oder das Gezänk, das um ihn herum erklang. Solange sein Liebster bei ihm war, würde er alles überstehen. Und er musste nicht für alles sofort eine Lösung haben.

Emanio schlug die Augen wieder auf, als ihm jemand einen Umhang über die Schultern legte. Unterdessen reichte Morio Lerio ein Laken, das sein Liebster sich um die Hüften schlang. Emanios Gesicht erhitzte sich, als er begriff, dass sie nach der Rückverwandlung immer noch nackt waren. Rasch schloss er die Schnallen. Bevor er jedoch sagen konnte, dass er die Entscheidung vertagen würde und angemessene Kleidung holen lassen konnte, ergriff jemand anders das Wort. Hauptmann Costario fluchte und Emanio drehte sich unwillkürlich zu ihm um.

»Vorsicht! Der Schwarzmagier erwacht!«

Anscheinend hatte der Hauptmann angefangen, seinen Gefangenen fortzubringen, war dann jedoch wie alle anderen von der Aufhebung des Fluchs und den folgenden Ereignissen überrascht worden, sodass er seine Aufgabe vergessen hatte.

Der Magier stöhnte und kam langsam wieder zu sich. Bevor er ihnen gefährlich werden und sie erneut angreifen konnte, schlang sich jedoch ein magisches Band um seine Handgelenke und fesselte diese auf seinen Rücken.

»Keine Sorge! Ich habe seine Kräfte – oder was von ihnen in diesem Moment übrig ist – gebunden! Er kann niemandem etwas tun!«, rief Porelle. Sie schien ihren Fehler unbedingt wiedergutmachen zu wollen.

»Hoch mit Euch!«, brummte Costario. »Ihr wandert jetzt in den Kerker, bis Seine Gnaden entschieden hat, was er mit Euch anfängt.«

Er half dem orientierungslos wirkenden Mann hoch und in diesem Moment vernahm Emanio ein Geräusch, von dem er gehofft hatte, es nie wieder zu hören. Nämlich das Zischen eines Pfeils.

Instinktiv hatte er eine magische Barriere um Lerio und sich errichtet und einen Augenblick später, da er sich an die drei toten Attentäter im Bergdorf erinnerte, auch um den Hauptmann und seinen Gefangenen. Erst dann blickte er sich um und versuchte panisch herauszufinden, woher der Pfeil kam. *Wen muss ich noch beschützen?*

Doch zum Glück prallte die Waffe des unbekannten Schützen jetzt auf den Schild, mit dem er den Schwarzmagier und Costario abschirmte. Hätte er nicht so schnell gehandelt, hätte der Pfeil den feindlichen Magier ins Herz getroffen.

Emanios Blick schnellte herum, seine Sinne streckten sich aus, suchten den Attentäter, der noch seinen Bogen in der Hand halten musste und fanden … Akurio?

»Schnappt ihn Euch!«

Er bekam nicht mit, wer den Befehl brüllte, sondern nur, wie sich ein halbes Dutzend Soldaten gleichzeitig auf seinen Bruder stürzten, ihn überwältigten und ihm seine Waffen entrissen. Sein Bruder war ein *Mörder*?

Noch immer konnte er es nicht fassen. Er spürte, wie Lerios Griff um seinen Oberkörper fester wurde und sein Liebster erschrocken in sein Ohr zischte.

»Wie konnte ich das nur vergessen?«, stöhnte Lerio. »Es waren *zwei* Mitglieder aus der Reisegruppe, die sich mit den Jägern getroffen hatten! Zwei, nicht einer! Kudonio konnte also nicht der einzige Verräter in unserer Gruppe gewesen sein.«

»Akurio?«

Selbst sein Vater und seine Großmutter wirkten erschüttert, als sie verfolgten, wie die Wachen ihn wegen Verrats festnahmen.

»Warum hast du das getan?«, wollte Emanio von Akurio wissen.

Doch es war der Dunkelmagier, der lachte und ihm antwortete. »Habt Ihr das noch immer nicht begriffen, Euer Gnaden? Euer kleiner Bruder ist neidisch auf Euch! Er denkt, dass Ihr Euer Erbe nicht verdient habt, dass das Herzogtum besser ihm gehören sollte. Oder warum denkt Ihr, dass ich ausgerechnet hierhergekommen bin? Euer Bruder hat mich im Schloss der Herzogin aufgesucht und mir versprochen, dass wir gemeinsam über Ternilus herrschen würden, wenn ich ihm helfe, Euch zu beseitigen. Nur dass ich nicht so dumm war. Warum hätte ich mich darauf verlassen sollen, dass ein Herrschaftszauberer teilt, wenn er erst einmal an der Macht ist? Also bin ich hierhergeeilt, um das Herzogtum zu erobern, bevor Ihr zurückkehrt.«

»Akurio?«

Sein Vater wirkte verstört und um Jahrzehnte gealtert, als er Akurio ansah. Trotz seiner eigenen Pflichtvernachlässigung schien ihm direkter Verrat am Herzogtum unvorstellbar zu sein.

Akurio zog eine verächtliche Grimasse und wandte sich von ihm ab. Sein jüngerer Bruder starrte Emanio direkt ins Gesicht, als er das Wort ergriff. »Also schön, ich gebe es zu. Ich habe den Schwarzmagier angeheuert. Und ich war auch derjenige, der mit Kudonio zusammen die Jäger im Bergdorf beauftragt hat.«

Hass sprach aus jedem seiner Worte und bereitete Emanio sogar körperlich Qualen. Sein Kopf pochte, als würde sein Bruder wiederholt einen Dolch in ihn rammen. Deshalb also hatte er hin und wieder diese plötzlichen Schmerzattacken gehabt! Er war in Gegenwart einer Person gewesen, die ihn hasste!

Emanio wusste nicht, was sein Gesichtsausdruck sagte, aber Akurio blickte ihn an und frohlockte. »Oh, jetzt in dein verhasstes Antlitz zu schauen und das Entsetzen darin zu erblicken! Wie lange musste ich auf diesen Anblick warten!«

Die unverhohlene Schadenfreude seines Bruders war wie ein Stich ins Herz und erneut verfluchte Emanio seine eigene Ignoranz. Er war blind und naiv gewesen, denn selbst wenn ihm vor ein paar Wochen jemand verraten hätte, dass sein eigener Bruder seinen Tod wollte, er hätte ihm nicht geglaubt.

»Doch das war nicht das erste Mal, dass Ihr versucht habt, Euren Bruder zu töten, oder?«

Die Äußerung des Oberpriesters klang wie eine Gewissheit, nicht wie eine Frage.

»Nein«, gab Akurio zu. »Ich habe auch versucht, Emanio zu erschießen, als er als Panther allein durch den Wald gestreift ist. Nur dass mir eine verflixte Krähe in die Quere kam und ich fliehen musste, bevor ich es erneut versuchen konnte. Sonst wäre ich damals schon der verdiente Erbe gewesen.«

Emanio bemerkte, dass sich Lerio wieder an seine Seite presste und seine Wange an seine Brust gelegt hatte. Die Berührung und die schweigende Unterstützung gaben ihm ein wenig Trost.

»Aber auch das war nicht das erste Mal.« Ungerührt beichtete Akurio ein Verbrechen nach dem anderen, ohne nur das geringste bisschen Schuld oder Reue zu zeigen. »Ich wollte Emanio schon lange tot sehen. Immer ging es nur um ihn! Um den *tollen, verantwortungsbewussten Sohn*! Den Mann, dem alle Mädchen und Frauen zu Füßen gefallen sind, ohne dass er sich anstrengen musste, während sie mich nicht beachteten! Schließlich war ich ja nicht der Erbe oder *der Schöne*!«

Er spuckte aus, sein Gesicht verzog sich zu einer Grimasse voller Hass und Neid. »Niemand hat gesehen, wie Emanio wirklich war! Ein Schwächling und Jammerlappen, der kein Blut sehen konnte! Ein Bücherwurm, der sich lieber in Träume flüchtete, als sich der Wirklichkeit zu stellen! Ein eitler Geck, der es liebte, sich herauszuputzen!«

Akurio schüttelte angewidert den Kopf. »Nein, er hatte es nicht verdient, der Erbe zu sein. Doch Kudonio war der Einzige, der ebenfalls hinter Emanios schöne Fassade blicken konnte. Er hat mich von Anfang an unterstützt. Und als er vor zwei Jahren eines Tages zu mir kam und mir von dem unglücklich verliebten jungen Diener berichtete, dessen Angebetete Emanio schöne Augen machte, wusste ich, dass die Zeit gekommen war, etwas zu unternehmen. Also beschlossen wir, Emanios Ruf zu ruinieren und ihn bloßzustellen. Wir haben ihm mit Kios Hilfe Rauschmittel untergemischt. Nur dass der Plan zu lange dauerte. Also haben wir angefangen, ihm zusätzlich auch noch ein langsam wirkendes Gift zu geben. Nur dass Kio beinahe den gesamten Plan ruiniert hätte.« Akurio schnaubte frustriert. »Der Idiot war zu dumm, sich zu merken, welches Mittel sich in welchem Glas befand! Er hatte die Suchtstoffe und das Gift vertauscht und Emanio eine zu große Dosis gegeben! Wir wären beinahe aufgeflogen und mussten Kio die beiden Mittel anschließend in unterschiedlich farbigen Behältnissen geben. Doch du Trottel dachtest, die Übelkeit käme von einem Kater! Ha! Du hast nicht einmal einen Heiler gerufen, sondern dich von Morio zur Schnecke machen lassen und geschworen, nicht mehr auf Soirees zu gehen oder zu viel zu trinken. Schwächling!«

Emanio verspürte Übelkeit, als er sich an den Vorfall erinnerte. Er konnte im Nachhinein nicht fassen, wie dumm er gewesen war und wie nah er an jenem Morgen dem Tod gekommen war. Das war der einzige Tag in seiner Regentschaft gewesen, an dem er die Audienzen abgesagt hatte, weil es ihm so schlecht gegangen war.

»Das heißt, ich habe mich gar nicht betrunken, oder?« Er begriff, dass er die Frage laut gestellt hatte.

Akurio schnaubte. »Natürlich nicht! Du hattest ja Angst, deinen Ersatzvater Morio zu enttäuschen!« Er warf dem Sekretär, der mit sichtlichem Entsetzen seinen Ausführungen lauschte, einen verächtlichen Blick zu.

»Aber wir mussten dich dazu bringen, das zu glauben, denn das Rauschmittel hatte eine Nebenwirkung, nämlich Gedächtnisverlust. Lücken in der Erinnerung ließen sich prima durch einen Kater erklären. Also begannen wir, dir den Suchtstoff vor allem abends zu geben, und ich spannte meine Freunde ein und schmiss so viele Veranstaltungen wie möglich, damit sie dich überredeten, dich uns anzuschließen. Und es funktionierte prächtig! Ihnen gegenüber konntest du nie Nein sagen.«

»Aber warum? Warum das alles? Was hattest du davon?«

Akurio lachte auf. »Hast du es noch immer nicht kapiert, *Bruderherz*? Wir wollten dich doch nicht nur als Süchtigen oder Trunkenbold diffamieren! Nein, das wäre nicht ausreichend gewesen. Also haben wir dich als Frauenheld dargestellt, der seine Macht, Tinkturen und Pulver einsetzte, um Mädchen zu verführen und zu missbrauchen.«

Emanio entrang sich unwillkürlich ein Keuchen und Lerio an seiner Seite stöhnte entsetzt, als sie begriffen.

»Du warst es? Du hast all diese armen Frauen geschändet und ihre Leben zerstört?«

Ein lautes Grollen, als wäre er noch ein Panther, kam aus seiner Kehle. Eine heiße Welle des Zorns breitete sich in ihm aus und er trat wütend auf ihn zu. Zum ersten Mal flackerte Unsicherheit über Akurios Gesicht und er wich rasch einige Schritte vor ihm zurück, bevor er wieder selbstzufrieden wirkte und Emanio angrinste. Emanio hatte gedacht, dass ihn nichts mehr schockieren könnte, was aus Akurios Mund kam, doch er hatte sich geirrt. Die Abgründe in der Seele seines Bruders, die jetzt zum Vorschein kamen, waren entsetzlich. Sogar der Oberpriester, seine Eltern, seine Großmutter, der Rat und alle anderen wirkten, als wären sie von Akurios Anblick angewidert. Und die arme Torra, die eins der Opfer seines Bruders gewesen war, übergab sich nun.

»Aber wie habt Ihr all die Mädchen und Frauen glauben lassen können, dass es Euer Bruder war, der diese Verbrechen begangen hat?«, wollte Omira wissen. »Ich hätte es doch bemerken müssen!«

Akurio lachte amüsiert und hielt dann überraschend das Amulett hoch, von dem Emanio gedacht hatte, dass es ein Geschenk seiner Angebeteten sei.

»Euch zu täuschen war genauso einfach, wie all die dummen Huren zu täuschen!«, prahlte er. »Ich brauchte lediglich eine Strähne Eures Haars und einen skrupellosen Magier, der dieses Schmuckstück so verzaubert hat, dass Ihr nicht länger erkennen konntet, was ich tue. Von dem Mann habe ich auch einen goldenen Ring bekommen, mit dessen Illusionszauber ich das Aussehen meines Bruders annehmen konnte. Ich musste also nur dafür sorgen, dass mein Bruder bei der Abendveranstaltung auftauchte, ihn dann betäuben und unauffällig von Kio aus dem Weg schaffen lassen. Anschließend habe ich den Ring angezogen, so getan, als wäre ich Emanio, und die dummen Mädchen haben sich mir regelrecht vor die Füße geworfen! Ich musste sie mir nur nehmen! Und wenn unser Vater Emanio endlich enterbt hätte und ich der Erbe gewesen wäre, hätte ich diese all diese Pläne nicht mehr gebraucht! Dann hätten sie *mich* angeschmachtet und nicht ihn!«

»Nur dass es so nicht funktioniert hat«, sagte Porelle und schüttelte angewidert den Kopf. »Ich kann es nicht fassen, dass ich den armen Emanio wegen Eurer Boshaftigkeit und Eures Neids verflucht habe! Ihr seid genauso schlimm wie Adella! Nein, noch schlimmer!«

Akurio grinste kurz, bevor sich seine Miene verfinsterte. »Ja, Adellas dumme, kleine Intrige und Euer Fluch haben unseren schönen Plan durcheinandergebracht. Wenn Kudonio und ich nur gewusst hätten, wer in der Gestalt des Panthers steckte, als er zum Schloss zurückkehrte!« Er seufzte. »Danach ist leider alles schiefgegangen. Als Kio in seiner Panik versucht hat, die Bestie zu vergiften, damit Emanio nicht in die Nähe seiner Geliebten gelangen kann, und das Gift stattdessen die verfluchten Tölen getötet hat, flog unser Plan auf. Wir mussten ihn aus dem Weg schaffen, damit Kio uns nicht verraten konnte.«

»Also habt Ihr auch ihn getötet und nicht nur die angeheuerten Attentäter«, stellte Costario fest. Wie die Wachen, die seinen Bruder festhielten, lauschte er Akurios freimütigem Geständnis mit einem versteinerten Gesichtsausdruck.

Aber Emanio konnte mit seinen Sinnen den Hass spüren, der in Costario schwelte. Am liebsten hätte Costario den Mann, der seine Tochter geschändet hat, auf der Stelle getötet. Es fiel ihm schwer, all die Verbrechen zu hören, die Akurio und seine Verbündeten begangen hatten, um Emanio zu schaden.

Wieder überkamen Emanio Schuldgefühle, doch dann erinnerte er sich daran, was Lerio gesagt hatte. Nicht er war schuld an Akurios Verbrechen, sondern allein sein Bruder!

»Um den war es nicht schade«, meinte Akurio mit einer Menschenverachtung, die erschreckend war.

»All diese Verbrechen und wofür?«, fragte Herzogin Uria jetzt laut. Sie schüttelte fassungslos den Kopf. »Ihr habt nicht verstanden, was es bedeutet, ein Herrschaftszauberer zu sein! Denn ansonsten hättet Ihr gewusst, dass all Eure Pläne Euch nichts gebracht hätten, selbst wenn es Euch gelungen wäre, Euren Bruder zu ermorden oder ihn aus der Erbfolge auszuschließen. Denn die Herrschaftsmagie von Ternilus hätte Euch genauso abgelehnt wie Euren Vater. Jemand wie Ihr, der so vielen seiner eigenen Untertanen Schaden zugefügt hat und keine Reue empfindet, wäre niemals Herzog geworden!«

Akurio hatte ihr anfangs mit einem desinteressierten Gesichtsausdruck zugehört, doch nun wurde er blass. Mit weit aufgerissenen Augen starrte er die Herzogin an, während er die Zähne zusammenpresste und nun anscheinend begriff, dass sie recht hatte. Ähnlich wie Adella antwortete er auf das Scheitern seiner Pläne mit Trotz. »Mir doch egal, was Ihr sagt, Ihr dumme Nuss!«

Für einen Moment schwiegen alle, noch zu erschüttert von dem, was sie von Akurio erfahren hatten. Emanio konnte nicht verstehen, wie freimütig sein Bruder seine Verbrechen gestanden hatte. Hatte womöglich Ajane dabei ihre Hand mit im Spiel gehabt? Warum hätte er sich selbst belasten sollen? Oder hatte es Akurio Befriedigung verschafft, ihn zu verletzen, nun da er aufgeflogen war und ihm keine andere Möglichkeit mehr geblieben war, um Schaden anzurichten?

»Was soll jetzt mit ihm geschehen?«, stellte Brusperio schließlich die Frage, die sie mit Sicherheit alle beschäftigte.

Emanio ließ seinen Blick von seinem Bruder zu Adella weiterwandern. Beide hatten ihn verraten, beide hatten dabei anderen geschadet, doch wie sollte er sie gerecht bestrafen, wenn er selbst noch zu erschüttert von ihrem Verrat an ihm war? Er hatte keinem der beiden je etwas getan. Weil Adella einen gut aussehenden Ehemann haben und Herzogin spielen wollte, hatte sie geglaubt, dass es ihr Recht sei, ihm den freien Willen zu nehmen und ihm Zaubertränke zu geben. Während sein Bruder gedacht hatte, dass er jahrelang von seinen Eltern und allen anderen bevorzugt worden war. Akurio hatte die harte Arbeit nicht sehen wollen, die Emanio in die Vorbereitung auf seine Aufgabe gesteckt hatte, die vielen Stunden, die er damit zugebracht hatte, ihr Herzogtum zu regieren. Er hatte nur Emanios vermeintliche Privilegien gesehen, die Macht und die Aufmerksamkeit der Frauen begehrt und geglaubt, das rechtfertigte Gift, Attentate, Vergewaltigungen und wer wusste, wie viele weitere Verbrechen.

»Ich verstehe nicht, was aus dir geworden ist, Akurio!«, sagte sein Vater in die Stille hinein. »So haben wir dich nicht erzogen!«

Sein Bruder brach in schallendes Gelächter aus. »Ihr und mich erzogen? Das ist absurd! Ihr wart doch nie da!«

»Denkst du denn, dass es mir besser erging als dir?«, wollte Emanio von seinem Bruder wissen. »Morio, Brusperio und Großmutter waren es, die mich erzogen haben. Sie haben mir beigebracht, was es bedeutet, ein guter Mensch und Herzog zu sein. Du hättest das auch lernen können, aber du hast dich bewusst für deine Verbrechen und Untaten entschieden! Gib nicht unseren Eltern oder unserer Kindheit die Schuld! Du allein trägst die Verantwortung! Du hast aus Neid, Eifersucht und Wollust gehandelt und nicht, weil du von unseren Eltern vernachlässigt worden bist! Vielleicht kann ich dir eines Tages vergeben, was du mir angetan hast, aber bestimmt nicht, was du all diesen armen Mädchen und Frauen angetan hast, denen du rücksichtslos ihre Unschuld, Hoffnungen und Träume geraubt hast! Du hast ihre Leben zerstört!«

Emanio musste an die gebrochene Frau von der Brautschau denken, die ihre Familie und ihr kleines Kind auf so tragische Weise verloren hatte. Nein, es konnte für seinen Bruder keine Vergebung geben. Akurio empfand ja noch nicht einmal Reue!

»Euer Gnaden, wenn ich etwas vorschlagen dürfte?« Porelle wirkte ungewohnt zaghaft, als sie ein paar Schritte auf ihn zu machte. Er gab ihr mit einem Nicken das Zeichen fortzufahren. »Bitte lasst mich meinen Fehler wiedergutmachen. Ich hatte vorgehabt, den Verführer aufgrund seiner Verbrechen zu verfluchen. Nur traf mein Zauber den Falschen. Lasst mich jetzt die wahren Schuldigen bestrafen. Ich denke, es ist nur gerecht, dass Akurio und Adella unter dem Fluch leiden, den sie mit ihren Intrigen verursacht haben.«

Emanio stockte. Konnte es so einfach sein?

Er sah Lerio ins Gesicht, der auf seine stumme Frage hin zustimmend nickte. Auch in den Gesichtern seines Rats und der Menge um ihn herum bemerkte er die Zustimmung für Porelles Vorschlag.

»So sei es!«, meinte er.

Porelle drehte sich zu Akurio um, der jetzt angesichts der unerbittlichen Entschlossenheit in ihrem Blick zurückweichen wollte, es jedoch nicht konnte, weil die Soldaten ihn weiter festhielten.

»Akurio! Ihr seid von Neid zerfressen, daher verwandle ich Euch in einen Neidhammel, damit alle auf den ersten Blick Euer wahres Wesen erkennen können!«

Erneut breitete sich Porelles Magie in der Luft aus. Es war so offensichtlich, dass sie keine einfache Kräuterhexe oder Heilerin war, sondern eine Magierin sein musste. Die Stärke ihres Fluchs brachte seine Haut zum Kribbeln und im nächsten Moment stand ein Schafbock zwischen den Wachen, die Akurio überrascht losgelassen hatten. Der Hammel blökte erschrocken und nutzte die Gelegenheit zur Flucht. Blitzschnell schoss er zwischen den Beinen der Umstehenden durch und war in Richtung Tor und Wald verschwunden. Seine Eltern nahmen sich gegenseitig in den Arm.

»Nun zu Euch, Adella«, meinte Porelle, als sie sich zu dem Mädchen umwandte. »Auch bei Euch soll alle Welt sehen, wie Ihr in Wirklichkeit seid. Ihr legt so viel Wert auf Schönheit, während Euer eigenes Inneres hässlich ist.« Ihre Magie ließ das Mädchen jetzt runzlig und grau werden. In Sekundenschnelle stand ein unansehnliches, altes Weibsbild vor ihnen. »Nur wenn Ihr Eure Taten bereut und Euch bessert, sollt Ihr die Chance haben, Eure eigene äußere Schönheit zurückzuerlangen. Wenn Ihr einen reichen, gut aussehenden Ehemann wollt, dann muss er Euch entweder so lieben, wie Ihr jetzt seid, oder Ihr müsst Euch Euer glückliches Ende verdienen.«

Adella hob ihre zittrigen Hände vors Gesicht und kreischte entsetzt, als sie begriff, dass Porelle sie bereits verflucht hatte. Sie wollte ihr Antlitz verstecken, lief zurück ins Hauptgebäude, doch dabei stürzte sie und landete schluchzend im Staub. Niemand machte sich die Mühe, ihr aufzuhelfen. Noch nicht einmal ihre Eltern.

Emanio seufzte, als sich ein letzter Rest Bedauern für Adella in ihm regte. Doch seine Kindheitsfreundin hatte sich ihr Bett selbst gemacht, jetzt musste sie darin liegen. Vielleicht erkannte sie ja durch den Fluch ihre Fehler und änderte sich und ihr Verhalten, so wie er es getan hatte. Er hoffte es für sie, während er sich wieder den anderen zuwandte.

»Was ist mit dem Äffchen?«, wollte Emanio wissen, als ihm schließlich auffiel, dass es fehlte. »Es sollte nicht für Adellas Taten büßen müssen.«

Porelle lächelte bei seinen Worten. »Keine Sorge, ich habe den Liebeszauber bereits aufgehoben, als wir uns noch Akurios Geständnis anhören mussten. Es ist frei und durch das Tor in den Wald gelaufen.«

»Ich bin froh«, meinte Lerio. »Der arme Affe musste genug erleiden.«

Die junge Magierin nickte zustimmend. »Das dachte ich auch. Doch bitte sagt: Was kann ich für Euch tun, Euer Gnaden? Wie kann ich das Unrecht wiedergutmachen, das ich Euch angetan habe?«

Erneut erkannte Emanio, dass Porelle im Grunde ein guter Mensch war, der lediglich den Fehler begangen hatte, sich täuschen zu lassen. Er wollte sie nicht bestrafen, denn am Ende hatte der Fluch doch etwas Gutes bewirkt. Ohne ihn hätte er nicht Lerio kennen und lieben gelernt. Er drehte sich glücklich zu seinem Liebsten um, sah ihn an und lächelte.

Dann kam ihm ein Gedanke und er legte behutsam eine Hand auf Lerios entstellte Gesichtshälfte. Ihn störte der Anblick nicht, aber er wusste, dass es Lerio anders sah. Sein Liebster würde stets unter seinem Äußeren leiden und versuchen, sich zu verstecken, um anderen seine Erscheinung zu ersparen und nicht verletzt zu werden.

»Ich liebe dich, Lerio, so wie du bist«, sagte er leise und sah ihn zärtlich an. »Als Mensch oder als Luchs, mit Narben und ohne. Doch falls du es wünschst, können wir Porelle fragen, ob es eine Möglichkeit gibt, dich zu heilen. Es ist deine Entscheidung, mein Liebster. Vielleicht fällt es dir ja leichter, dich selbst zu lieben, wenn du nicht mehr vor deinem eigenen Spiegelbild zurückschreckst. Für mich ist es gleich, ich liebe dich bis an mein Lebensende, egal wie du dich entscheidest. Mir ist dein Äußeres egal, du bist mehr als deine Gestalt oder die Summe deiner Eigenschaften, wie du weißt.«

Er lächelte Lerio an und streichelte ihm sanft über die vernarbte Wange, während sein kleines Kätzchen das Auge aufriss. Staunen legte sich über seine Züge, als sei eine Heilung seiner Verletzungen etwas, das er nicht für möglich gehalten hätte.

»So etwas geht?«, wollte er aufgeregt von Porelle wissen. »Bitte! Ich möchte nicht, dass die Leute mich ständig anstarren, egal, wo ich mit Emanio bin. Ich möchte nicht, dass er dieselben gehässigen Bemerkungen ertragen muss, die ich mir mein Leben lang anhören musste!«

»Aber natürlich, Lerio.« Porelle lächelte voller Mitgefühl, als sie nähertrat.

Emanio nahm die Hand von Lerios Wange, während die Magierin ihre ausstreckte. Sie konzentrierte sich und dann konnte Emanio das Wunder vor seinen Augen beobachten, als das Gesicht seines Liebsten makellos wurde und Lerio ihn mit Tränen aus zwei klaren, unverletzten Augen anschaute. Lerios Lächeln war dabei so strahlend, wie Emanio es noch nie gesehen hatte.

»Es hat gewirkt. Ich sehe es an deinem Blick«, flüsterte er und Emanio nickte mit einem Kloß im Hals.

»Und was ist mit Euch, Emanio? Gibt es denn nichts, was ich für Euch tun kann?«

Emanio wollte bereits verneinen, als ihm beim Anblick seines Liebsten ein weiterer Gedanke kam. »Ich habe dir vor Kurzem etwas versprochen«, sagte er, als er sich erinnerte. »Ich wollte dafür sorgen, dass sich die Lebensbedingungen von allen Gestaltwandlern verbessern, dass ihr nicht länger wie Menschen zweiter Klasse behandelt werdet. Und wie könnte ich die Menschen besser dazu bringen, ihre Vorurteile und veralteten Ansichten abzulegen, indem ich ihnen *zeige*, dass sie falsch sind? Sagt, Porelle, ist es möglich, dass

Ihr mich in einen echten Gestaltwandler verwandelt und mir die Gestalt eines Panthers zurückgebt?«

»Wirklich? Das würdest du für mich und meine Familie tun?« So viel Liebe und Bewunderung lagen in Lerios Blick, dass Emanio wusste, dass er für diesen Mann noch viel mehr tun würde.

»Ja.«

»Ich bin sprachlos«, meinte Porelle, als sie sich jetzt beide zu ihr umdrehten. »Mit dieser Bitte habe ich nicht gerechnet. Ehrlich gesagt weiß ich nicht, ob ich es vermag. Eine dauerhafte Verwandlung ist doch etwas anderes als ein Fluch.«

»Wenn ich mich einmischen dürfte.« Magier Erko, den Emanio zu Anfang noch verabscheut hatte, war vorgetreten. »Ich habe die letzten Jahre damit zugebracht, die Magie des Gestaltwandelns zu studieren. Ich denke, wenn wir zusammenarbeiten, sollte es uns gelingen.«

Die beiden diskutierten eine Weile leise miteinander, bevor sie sich gemeinsam zu ihm umwandten. »Wir sind zuversichtlich, dass wir einen Weg gefunden haben«, sagte Porelle dann mit einem Lächeln.

Lerio machte einen Schritt zurück und Emanio vermisste sofort seine beruhigende, warme Präsenz an seiner Seite. Dann berührten ihn die beiden Magier und Emanio musste tief durchatmen, als er sich zwang, ihren Zauber zuzulassen. Es half, dass er Porelles Magie bereits gut kannte und sie sich angenehm und vertraut anfühlte. Der Zauber glitt an seinen angeborenen Schilden vorbei bis zum Kern seines Wesens, wo er sich niederließ. Emanio glaubte, den Zauber die Gestalt eines schwarzen Panthers annehmen zu sehen, der ihn anblinzelte, gähnte, sich zusammenrollte und dann die Augen schloss.

»Es hat funktioniert«, sagte er leise, aber mit Gewissheit, als sich die beiden Magier zurückzogen.

Augenblicklich war Lerio wieder an seiner Seite. »Ich liebe dich.«

»Habt vielen Dank«, meinte Emanio dann förmlich und in seiner Funktion als Herzog von Ternilus. »Porelle, Ihr habt Eure Schuld wahrlich getilgt und ich hoffe, dass Ihr es in Betracht zieht, Euch dauerhaft in meinem Herzogtum anzusiedeln. Ich würde mich sehr darüber freuen und hoffe, dass wir die Vergangenheit hinter uns lassen und Freunde werden können.«

Porelle nickte und lächelte strahlend. »Das hoffe ich auch.«

»Auch Euch danke ich, Erko. Ihr seid von nun an in meinem Herzogtum als guter Freund immer herzlich willkommen.«

Der Magier lachte. »Seid vorsichtig mit dem, was Ihr sagt! Ich könnte Euch beim Wort nehmen!« Er warf einen Blick zu Torra herüber, die näher gekommen war und mit dem Rest ihrer Familie, dem Rat und seinen Eltern darauf wartete, Lerio und ihn sprechen zu können.

»Ich denke, ich werde eine Weile hierbleiben, wenn Ihr erlaubt«, meinte Erko, während er Lerios Schwester nicht aus den Augen ließ.

»Aber sehr gerne.«

Emanio nickte Torra zu und die Gestaltwandlerin trat an Erkos Seite. Dann jedoch umarmte sie ihn überraschend. »Ich bin froh, dass ihr zwei endlich erkannt habt, was ihr aneinander habt. Ich hoffe, dass ihr stets glücklich miteinander seid. Willkommen in der Familie, Emanio!«

»Danke, Torra!«

Sie ließ ihn los und lächelte erneut. »Die Verwandlung in einen Gestaltwandler – mutig, muss ich sagen. Vielleicht ziert dann auch bald ein Panther das Wappen des Herzogtums? Es wäre jedenfalls passend.«

»Das ist eine hervorragende Idee!«, stimmte Emanio ihr zu.

»Natürlich! Es war schließlich meine!« Sie zwinkerte ihm frech zu, bevor sie wieder ernst wurde. Leiser fuhr sie fort: »Ich bin froh, dass sich herausgestellt hat, dass du nicht der Vater meines Kindes bist. Auch wenn das bedeutet, dass Akurio dieses Kind gezeugt hat.« Sie legte die Hand auf ihren noch flachen Bauch. Inzwischen musste sie im dritten Monat sein.

»Wenn ich etwas tun kann, um dich und das Kind zu unterstützen, musst du es nur sagen. Ihr seid meine Familie und das sogar im doppelten Sinne.«

Sie nickte. »Ja, das kannst du. Ich würde mich sehr freuen, wenn du Akurios Platz und die Vaterrolle für dieses Kind übernehmen würdest. Lerio hat recht gehabt. Du hast es verdient, Vater zu sein, und ich bin mir sicher, dass ihr es zusammen großartig machen werdet.«

Emanio war wie vor den Kopf geschlagen. Er als Vater? Das hatte Lerio gesagt? Gerührt ließ er den Blick von Torra zu Lerio wandern, der genauso überrascht aussah, aber ihn anlächelte. Dann kam ihm eine Idee.

»Wenn du damit einverstanden bist, Torra, würde ich das Kind darüber hinaus gerne auch offiziell als meinen Erben anerkennen. Als dein und Akurios leibliches Kind fließt sowohl mein als auch Lerios Blut durch seine Adern. Es fühlt sich richtig an. Ich möchte, dass auch die zukünftigen Herzöge und Herzoginnen von Ternilus die Gabe eines Herrschaftszauberers und eines Gestaltwandlers besitzen.«

»Sehr gerne.«

»Meinst du das ernst, Torra?«, wollte Lerio wissen und Torra nickte, wenn auch mit Tränen in den Augen.

»Ich liebe dich und hoffe, du wirst glücklich, du Stumpfkralle!«, flüsterte sie, während sie ihren Bruder kräftig umarmte. Als sie ihn losließ, grinste sie.

»Ist euch beiden klar, dass ihr immer noch halb nackt vor allen Bewohnern des Schlosses steht? Zieht euch endlich etwas an!«

Emanio spürte, wie sich die Verlegenheit in seinem gesamten Körper wie eine Hitzewelle ausbreitete, als er erkannte, dass sie recht hatte. Auch Lerio wurde rot, fing sich aber schneller.

»Kann uns bitte jemand etwas Richtiges zum Anziehen bringen?« rief er laut in Richtung der Wartenden. »Danke!«

Ein paar Minuten später waren sie endlich anständig bekleidet. Emanio versuchte, das Unbehagen darüber, dass ihn alle nackt gesehen hatten, zu verdrängen, als er vortrat und sich an die Menge wandte.

»Liebe Bürgerinnen und Bürger von Ternilus. Die vergangenen Jahre waren für uns alle nicht einfach. Ihr habt viel erleiden müssen, auch durch meine Familie. Ich möchte mich für ihre Taten und meine eigene Blindheit entschuldigen. Leider kann ich die Vergangenheit nicht ändern. Aber ich verspreche, ein besserer Herzog zu sein. Jeder Frau und jedem Kind, das Opfer meines Bruders wurde, biete ich an hierherzukommen. Ihr sollt in meinem Schloss euer neues Zuhause finden, ich werde euch als Teil meiner Familie behandeln und alles tun, damit ihr zukünftig ein glückliches Leben führen könnt.«

Emanio bemerkte, wie die Leute bei seinen Worten erstaunte Blicke wechselten. Dann begannen die Ersten zu jubeln und zu klatschen.

»Jeder, dem ein Unrecht widerfahren ist, möge sich bitte bei mir melden. Ich weiß, dass in der Vergangenheit nicht jeder zu mir vorgelassen wurde. Das wird sich von heute an ändern.«

Sein Blick streifte bei diesen Worten zufällig Morio und so bemerkte er, wie sein Sekretär schuldbewusst zusammenzuckte. Und plötzlich begriff Emanio. Er erinnerte sich an den Tag der Verwandlung, als Morio beiläufig den »Brief einer Verrückten« erwähnt, ihn Emanio aber nie gezeigt hatte. Wie häufig hatte sein Sekretär aus falsch verstandener moralischer Rechtschaffenheit ein Unrecht begangen, von dem er nichts geahnt hatte?

»Jeder Mann, jede Frau, jedes Kind und – ich erwähne es ganz ausdrücklich noch einmal – jeder Gestaltwandler hat das Recht, mich aufzusuchen und von mir persönlich angehört zu werden. Ich werde stets mein Bestes tun, um meiner Verantwortung und meinen Pflichten als Euer Herrscher allen gegenüber gerecht zu werden. Das schwöre ich!«

Er wandte sich Lerio zu, der in seiner neuen Kleidung eine gute Figur machte und ihn stolz ansah.

»Ich liebe dich«, flüsterte Lerio erneut und Emanio konnte es nicht oft genug hören.

»Ich liebe dich auch«, erwiderte er leise und küsste Lerio erneut unter dem begeisterten Jubel der Menge, während er begriff, dass sie bald nicht nur ein Paar, sondern dank Torra auch eine Familie sein würden. Erneut empfand er tiefe Dankbarkeit, dass Lerio und seine Familie in sein Leben getreten waren und ihn als einen der ihren aufgenommen hatten.

Er sah zu seinen eigenen Eltern hinüber, die ein wenig abseits standen und die Freude der anderen nicht teilten. Nein, für sie drei gab es leider keine Hoffnung auf einen Neuanfang.

»Heute Abend gibt es ein Festmahl zu Ehren von Herzog Emanio!«, rief Brusperio und die Leute jubelten noch lauter als zuvor.

»Aber ohne Fleisch!«, bestimmte Lerio und Emanio nickte. Das verstand sich von selbst.

»Ohne Fleisch.« Er machte dem Kastellan ein Zeichen. »Gebt es an die Küche weiter!«

»Zu Befehl, Euer Gnaden.«

Brusperio eilte davon, während sich Emanios Eltern wortlos abwandten und seine Mutter in Tränen ausbrach. Emanio verfolgte, wie seine Eltern in ein wartendes prunkvolles Pferdegespann stiegen. Er wollte erst zu ihnen laufen, seine

Mutter ansprechen, irgendetwas tun, aber er konnte nicht. Es schien ihm wie eine Mauer aus Magie zwischen ihnen. Eine Magie, die sie trennte. Die besser wusste, was zusammengehörte und was nicht.

»Nach Nadus!«, befahl sein Vater dem Kutscher und kurz darauf setzte sich die Karosse in Bewegung. Seine Eltern blickten nicht zurück und niemand winkte ihnen zum Abschied zu.

Sechs Jahre waren sie nicht hier gewesen und während er ihnen nachschaute, begriff er, dass sie eigentlich nie wirklich zurückgekommen waren. Er war der Herzog gewesen, die ganze Zeit schon. Das Verhalten seiner Eltern und ihre Pläne, das alles war auf das Schicksal selbst geprallt und es hatte sie zurückgewiesen.

»Wie geht es dir?«, wollte Lerio wissen, dessen Blick ebenfalls nicht von der Kutsche abgelassen hatte. Emanio sah ihm in sein junges, waches Gesicht, in dem keine Spur von Verschlagenheit und falschem Ehrgeiz lag. Ja, das Schicksal hatte dafür gesorgt, dass ihm der richtige Gefährte begegnete. Dieses Glück würde er dankbar festhalten. Er würde auf die Magie hören.

»Mit dir an meiner Seite geht es mir immer gut.« Seine Hand ruhte auf Lerios Schulter und er spürte die Wärme seiner Haut. Die Kutsche verschwand aus seinem Blickfeld und stattdessen kam ein anderes Bild vor seinem inneren Auge hoch: Akurio, der in diesem Moment verwirrt und wahrscheinlich ängstlich durchs Unterholz stakste und versuchte, auf seinen noch ungewohnten Hufen das Gleichgewicht zu halten. Ab heute würde sein Bruder auch Vegetarier sein. Ob er wollte oder nicht. Vielleicht würde das Schicksal ihn eines Tages erlösen, wenn er seine Taten bereute. Der Büßergang seines Bruders würde länger dauern als sein eigener. Viel länger. Ganz sicher würde er danach nie wieder das Bedürfnis haben, Tiere zu jagen. Ob Akurio sich für das Richtige entscheiden würde? Emanio vermochte es wirklich nicht zu sagen, aber eines wusste er: Das Schicksal und die eigenen Entscheidungen lenkten das Leben. Und die Magie. Er musste und würde seine Familie loslassen. Wie sie ihr Leben weiter bestritten, lag nicht mehr in seiner Hand.

Emanio legte die Arme um Lerio und küsste ihn sanft auf den Mund. Sein Schicksal war hier, lag in seinen Armen und die Magie hüllte sie beide ein, band sie aneinander. Ein nie gekannter Frieden breitete sich in Emanio aus, der keinen Platz ließ für Trauer oder Zweifel. Das Lächeln, das sich auf sein Gesicht stahl, spiegelte sich in Lerios Lächeln und seinen schönen Augen wider. Nun wusste Emanio, wie es sich anfühlte – das wahre Glück.

ENDE

Glossar

Personen:

Adella di Sperazione = 19-jährige Tochter von Graf di Sperazione, ist mit Emanio und Akurio aufgewachsen

Ajane = Göttin der Reinheit

Akurio = jüngerer Bruder von Emanio

Baron di Nadione = Adliger am Hof von Emanios Familie, gilt als Schürzenjäger

Baronesse di Porlione = Adlige am Hof von Emanios Familie mit schlechtem Ruf

Bergo = ein unglücklicher Getreidebauer

Beria = Tochter eines niederen Adligen

Brax = Fluchgelehrter aus Branellio, Kollege von Tario

Brik = Oberheiler im Schloss von Emanios Eltern, persönlicher Heiler der Herzogsfamilie und des Rats

Brusperio = Kastellan von Herzog Orsio, Mitglied des Rats von Ternilus

Celia = junge Heilerin im Schloss von Emanios Eltern, untersteht Oberheiler Brik

Cer = alter Zeugwart der Wildhüter und Jäger in Diensten von Herzog Orsio

Costario = Hauptmann der Wache, Witwer und Vater von drei Töchtern, Mitglied des Rats von Ternilus

Derks = ein Jäger

Elaria = brünettes Dienstmädchen im Schloss von Emanios Eltern

Emanio = ältester Sohn und Erbe von Herzog Orsio

Erko = ein junger Magier mit einer Faszination für Gestaltwandler

Gerania = 15-jährige Schwester von Lerio, Küchenmädchen im Schloss des Herzogs

Grabio = ein Jäger

Graf di Sperazione = enger Vertrauter und Freund von Herzog Orsio, Mitglied des Rats von Ternilus, Vater von Adella

Graf Zorak = Pelz liebender Nordmann, gilt am Hof von Ternilus als bequem

Herio = ein bei den Adligen beliebter Schneider in Rius

Herzog Orsio = Herzog von Ternilus, Emanios und Akurios Vater, Ehemann von Herzogin Latia

Herzogin Latia = Herzogin von Ternilus, Mutter von Emanio und Akurio, Ehefrau von Herzog Orsio, Nichte des Königs

Herzogin Uria = Herrscherin über das Herzogtum Calirus

Herzoginmutter Ilana = Mutter von Herzog Orsio, Großmutter von Emanio und Akurio, Mitglied des Rats von Ternilus

Kio = Diener im Schloss von Emanios Eltern

Kudonio = Jagdmeister und Mentor von Akurio, Mitglied des Rats von Ternilus

Lerio = Luchswandler, Wildhüter in den Diensten von Emanios Familie

Madira = 13-jährige Schwester von Lerio, Küchenmädchen im Schloss des Herzogs

Morio = Sekretär von Emanio, ein Wasserhexer

Nirelle = 16 Jahre alt, älteste Tochter von Hauptmann Costario

Numo = ein Jäger

Olita = Tochter von Bauer Bergo

Omira = Seherin in den Diensten von Herzog Orsio, Freundin von Herzoginmutter Ilana, Mitglied des Rats von Ternilus

Peronio = Erdhexer, Mitglied des Rats von Ternilus

Porelle = eine wandernde Heilerin

Razia = Tochter einer wohlhabenden Stoffhändler-Familie

Tario = Fluchgelehrter aus Branellio, Kollege von Brax

Torra = 17-jährige Schwester von Lerio, Zofe von Adella

Orte:

Ajado = Fluss, der durch Rius und das Herzogtum Ternilus führt
Branellio = Hauptstadt des Herzogtums Merus
Calirus = benachbartes Herzogtum von Ternilus im Süden
Merus = benachbartes Herzogtum von Ternilus im Norden
Nadus = Hauptstadt des Königreichs
Rius = Hauptstadt des Herzogtums von Ternilus
Ternilus = Herzogtum von Emanios Familie
Tirellio = Hauptstadt des Herzogtums Calirus

Begriffe:

Erdhexe/r = magisch Begabte/r unterer Stufe; ist im Gegensatz zum Elementarzauberer oder Magier auf ein Gebiet beschränkt, kann dort aber dennoch mächtig sein; kann Erde oder die Pflanzen in ihr manipulieren und diese beispielsweise wachsen lassen
Feuerhexe/r = magisch Begabte/r unterer Stufe; ist im Gegensatz zum Elementarzauberer oder Magier auf ein Gebiet beschränkt, kann dort aber dennoch mächtig sein; kann Feuer, Rauch oder Ruß erzeugen oder manipulieren sowie mit dem Feuer kommunizieren
Fluchbändiger = Magier, der sich auf die Arbeit mit Flüchen und das Auflösen von Flüchen spezialisiert hat
Fluchgelehrte/r = anderes Wort für Fluchbändiger
Gerrisblume = stinkende Wildblume
Gestaltwandler/in = magisch Begabte/r der niedrigsten Stufe; kann sich lediglich in eine tierische Gestalt verwandeln; die Gabe und die Gestalt werden vererbt
Heiler/in = magisch Begabte/r mittlerer Stufe; starke Heilkräfte verschaffen ihnen ein höheres Ansehen als den Tierheilern
Herrschaftszauberer/in = magisch Begabte/r der obersten Stufe; hierbei handelt es um den zurzeit Herrschenden eines Königreichs oder Herzogtums; bezieht seine/ihre Magie aus der Verbindung zum

Land und seinen Bewohnern, kann Gefahren frühzeitig erkennen und abwehren; natürliche Resistenz gegen alle magischen Angriffe, sehr starke Schilde

Hexe/r = Begriff für magisch Begabte der unteren Stufe; ist im Gegensatz zum Zauberer oder Magier auf ein Gebiet beschränkt, kann dort aber dennoch mächtig sein; es gibt z. B. Erdhexen, Feuerhexen, Kräuterhexer, Wasserhexen, etc.

Kräuterhexe/r = magisch Begabte/r unterer Stufe; ist im Gegensatz zum Elementarzauberer oder Magier auf ein Gebiet beschränkt, kann dort aber dennoch mächtig sein; kann Pflanzen und Kräuter mit magischer Wirkung aufladen und zum Beispiel Zaubertränke oder -parfüms herstellen

Magier/in = Magier stehen direkt unterhalb der Herrschaftszauberer, was ihre Stärke betrifft. Sie sind jedoch nicht an ein bestimmtes Gebiet gebunden und um einiges vielseitiger als diese oder Hexen. Sie können z. B. die Elemente beherrschen, Zauber und Illusionen wirken, heilen oder auf magische Weise für kurze Zeit eine andere Gestalt annehmen.

Rangfolge magisch begabter Personen:

Herrschaftszauberer

Magier

Elementarzauberer, Visionäre, Heiler

Elementarhexen, Seher, Tierheiler

Trickbeherrscher

Menschen ohne Magie

Gestaltwandler

Schwarzmagier = Magier, der seine Macht für das Böse und Eroberungen einsetzt

Seher/in = magisch Begabte/r unterer Stufe; seltene Fähigkeit; kann entweder die Vergangenheit, die Gegenwart oder die Zukunft sehen, im Gegensatz zum Visionär jedoch niemals mehr als eine Zeitebene

Tierheiler/in = magisch Begabte/r unterer Stufe; Heiler mit schwachen Heilkräften, daher finden sie in der Regel nur als Tierheiler bei wohlhabenden Adligen eine Anstellung

Trickbeherrscher/in = magisch Begabte/r der niedrigsten Stufe; beherrschen in der Regel nicht mehr als einen oder zwei kleine Zauber, mit der sie sich oder andere beeinflussen können

Wasserhexe/r = magisch Begabte/r unterer Stufe; ist im Gegensatz zum Elementarzauberer oder Magier auf ein Gebiet beschränkt, kann dort aber dennoch mächtig sein; kann Wasser oder andere Flüssigkeiten manipulieren und z. B. Eis oder Dampf einsetzen